金粉世家

张恨水 著

从前曾到金家去过一次

只觉他们家里，堂皇富丽令人欣羡

到了现在，竟也是这屋子主人翁之一个

想到这里，自然是一阵欢喜

你放心,我决不能让你有什么为难之处
灯在这里,我要是有始无终
打不破贫富阶级,将来我遇着水
水里死,遇着火,火里……

人生一世

草生一春

多久的光阴

转眼就过去了

情人的眼泪,是值钱的

但是到了一放声哭起来,就不见得悦耳

目 录

中 册

0477　第三十八回
拥翠依红无人不含笑
勾心斗角有女乞垂怜

0489　第三十九回
情电逐踪来争笑甜蜜
小星含泪问故示宽宏

0501　第四十回
胜负不分斗牌酬密令
老少咸集把酒闹新居

0515　第四十一回
当面作醉容明施巧计
隔屏说闲话暗泄情关

0528　第四十二回
云破月来良人避冢妇
莺嗔燕咤娇妾屈家翁

0543　第四十三回
绿暗红愁娇羞说秘事
水落石出惆怅卜婚期

0555　第四十四回
水乳樽前各增心上喜
参商局外偏向局中愁

0569　第四十五回
瓜蔓内援时狂施舌辩
椿萱淡视处忽起禅机

0584　第四十六回
手足情深芸篇诳老父
夫妻道苦莲舌弄良人

0599　第四十七回
屡数奇珍量珠羡求凤
一谈信物解佩快乘龙

0612　第四十八回
谐谑有余情笑生别墅
咄嗟成盛典喜溢朱门

0624　第四十九回
吉日集群英众星拱月
华堂成大礼美眷如仙

0637　第五十回
新妇见家人一堂沆瀣
少年避众客十目驰骋

0650　第五十一回
顷刻千金诗吟花烛夜
中西一贯礼别缙绅家

0663　第五十二回
有约斯来畅谈分小惠
过门不入辣语启微嫌

0676　第五十三回
永夜涌心潮新婚味苦
暇居生口角多室情难

0689　第五十四回
珍品分输付资则老母
债台暗筑济款是夫人

0702　第五十五回
出入一人钱皱眉有自
奔忙两家事慰醉无由

0715　第五十六回
授柬示高情分金解困
登堂瞻盛泽除夕承欢

0729　第五十七回
暗访寒家追恩原不忝
遣怀舞榭相见若为情

0741　第五十八回
情种恨风波醉真拼命
严父嗔豚犬忿欲分居

0755　第五十九回
绝路转佳音上官筹策
深闺成秘画浪子登程

0767　第六十回
渴慕未忘通媒烦说客
坠欢可拾补过走情邮

0781　第六十一回
利舌似联珠诛求无厌
名花成断絮浪漫堪疑

0793　第六十二回
叩户喜重逢谁能遣此
登门求独见人何以堪

0808　第六十三回
席卷香巢美人何处去
躬参盛会知己有因来

0821　第六十四回
若不经心清谈销永日
何曾有恨闲话种深仇

0834　第六十五回
鹰犬亦工谗含沙射影
芝兰能独秀饮泣吞声

0847　第六十六回
含笑看蛮花可怜模样
吟诗问止水无限情怀

0860　第六十七回
一客远归来落花早谢
合家都忭悦玉树双辉

0874　第六十八回
堂上说狂欢召优志庆
车前惊乍过迎伴留痕

0887　第六十九回
野草闲花突来空引怨
翠帘绣幕静坐暗生愁

0901　第七十回
救友肯驰驱弥缝黑幕
释囚何慷慨接受黄金

0915　第七十一回
四座惊奇引觞成眷属
两厢默契坠帕种相思

0928　第七十二回
苦笑道多财难中求助
逍遥为急使忙里偷闲

0942　第七十三回
扶榻问黄金心医解困
并头嘲白发蔗境分甘

0955　第七十四回
三戒异时微言寓深意
百花同寿断句写哀思

0969　第七十五回
日半登楼祝嘏开小宴
酒酣谢席赴约赏浓装

第三十八回

拥翠依红无人不含笑　勾心斗角有女乞垂怜

燕西见秀珠生气去了，心里也有些气，只管让她二人走去，却未曾加以挽留。背转身仍到来今雨轩，和曾乌二小姐谈话。曾美云自燕西去后，就问乌二小姐道："这白小姐就是七爷的未婚妻吗？"乌二小姐笑道："也算是也算不是。"曾美云道："这话我很不解，是就是，不是就不是，怎么弄成一个两边倒呢？"

乌二小姐道："你有所不知，这白二小姐是他们三少奶奶的表亲，常在金家来往，和七爷早就很好，虽没有正式订婚，她要嫁七爷，那是公开的秘密了。七爷今年新认识一位冷小姐，感情好到了极点，慢慢的就和白小姐疏淡下来了。而且这位白小姐又好胜不过，常常为一点极小的事，让这位燕西先生难堪。所以他就更冷淡，一味的和冷小姐成一对儿了。不过这件事，他们家里不很公开，只有几个人知道。这位白小姐更是睡在鼓里，不曾听得一点消息。所以她心里还是以金家少奶奶自居，对这未婚夫拿乔。其实，七爷的心事，是巴不得她如此。只要她老是这样，把感情坏得不可收拾，自然口头婚约破裂，他就可以娶这位冷小姐了。这位冷小姐，我倒是遇过好几次，人是斯文极了。我也曾和她说过好几次，要到她家里拜会她，总又为着瞎混，把这事忘了。"

曾美云笑道："我看这样子，你和七爷的感情，也不错啊。"乌二小姐脸一红，笑道："我不够资格，不过在朋友里面，我们很随便罢了。"曾美云笑道："很随便这句话，大可研究，你们随便到什么程度呢？"乌二小姐道："我虽不怎样顽固，极胡闹的事情也做不出来。随便的程度，也不过是一处玩，一处跳舞。我想人生一世，草生一春，多久的光阴，转眼就过去了。这花花世界，趁着我们青春年少，不去痛快玩一玩。一到年老了，要玩也就赶不上帮了。"

正说到这里，燕西却从外来了。曾美云笑道："白小姐呢？怎么七爷一个人回来了？"燕西道："我并不是去找她，和白太太有几句话说。"乌二小姐笑道："你和谁说话，都没有关系。言论自由，我们管得着吗？"燕西笑道："密斯乌说话，总是这样深刻，我是随便说话，并不含有什么作用的。"乌二小姐笑道："你这话更有趣味了。你是随便说话，我不是随便说话吗？"曾美云道："得了得了，不要谈了。这样的事，最好是彼此心照。不必多谈，完全说了出来，反觉没有趣味了。"燕西笑道："是了。这种事只要彼此心照就是了，用不着深谈的。"说时，对曾美云望了一眼。曾美云以为他有心对她讥讽，把脸臊红了。

乌二小姐笑道："你瞧瞧，七爷说他说话是很随便的。像这样的话轻描淡写，说得人怪不好意思，这也不算深刻吗？"燕西连摇手道："不说了，不说了，我请二位吃饭。"那站在一旁的西崽，格外的机灵，听了这话，不声不响，就把那个纸叠的菜牌子，轻轻悄悄的递到燕西手上。燕西接着菜牌子，对曾乌二人说道："二位看看，就是我不请客，他也主张我请客呢。"说着，又对西崽笑道：

"你这是成心给我捣乱。我是随便说一句话,做一个人情。你瞧,你也不得我的同意,就把菜牌子拿来。这会子,我不请不成了。我话先说明,我身上今天没带钱,回头吃完了,可得给我写上帐。你去问柜上,办得到办不到?"茶房不好意思说什么,只在一旁微笑着。燕西笑道:"看这样子,大概是不能记帐,你就先来罢,吃了再说。"茶房去了。

曾美云笑道:"金七爷人真随便,和茶房也谈得起来。"燕西道:"还是曾小姐不留心说了一句良心话,我究竟很随便不是?"乌二小姐道:"密斯曾,我是帮你的忙,你怎样倒随着生朋友骂起我来了?"曾美云笑道:"我只顾眼前的事,就把先前的话忘了,这真是对不住。我这里正式的给你道歉。你看好不好?"乌二小姐笑道:"那我就不敢当。"燕西道:"曾小姐因我的事得罪了乌小姐,我这里给乌小姐道歉罢。"乌二小姐道:"这就奇了,我和七爷是朋友,她和七爷是朋友,大家都是朋友,为什么曾小姐得罪了我,倒要七爷道歉?这话怎样说?若是我得罪了曾小姐呢?"燕西道:"那自然我也替你给曾小姐道歉。"乌二小姐道:"那为什么呢?"燕西道:"刚才你不是说了吗?大家都是朋友。我为了朋友和朋友道歉,我认为这也是义不容辞的事。"这一说,曾乌二位都笑了。燕西刚才本来是一肚气,到了现在,有谈有笑,把刚才的事,就完全忘却了。

惹事的秀珠,她以为燕西是忍耐不住的,总不会气到底,所以在公园里徘徊着,还没有走。现在和她嫂嫂慢慢的踱到今雨轩前面来,隔了回廊,遥遥望着,只见燕西和曾乌二人在那里吃大菜。一面吃,一面说笑,看那样子是非常的有趣味。秀珠不看则已,看得眼里出火,两腮发红,恨不得要哭出来。便道:"嫂嫂,我们也到那里吃饭去,我请你。"白太太还没有领会她的意思,便笑道:"你好好请我做什么?"秀珠道:"人家在那里吃了东西来馋我们,我们就会少那几个钱,吃不起一顿大菜吗?"白太太听了这话,向前一看,原来燕西和两位女友在那里吃大菜,这才明白过来秀珠这话,是负气说了出来的。便道:"你真是小孩子脾气,怎么说出这种话来?七爷未必知道我们还在公园里没走。是他请客,那还好一点,若是别人请他,我们一去,他还是招呼我们好呢?还是不招呼我们好呢?走罢!站在这里更难为情了。"说时,拉着秀珠就走。秀珠本来是一时之气,经嫂嫂一说,觉得这话很对,便硬着脖子跟着走了。

燕西远远的见两个女子在走廊外树影下摇摇动动,就猜着几分,那是秀珠姑嫂。且不理她,看她如何。后来仿佛听到一句走罢,声音极是僵硬,不是平常人操的京音,就知道那是秀珠嫂嫂所说的话。心里才放下一块石头。

到了上咖啡的时候,茶房就来报告,说是宅里来了电话,请七爷说话。燕西心里想着,家里有谁知道我在这里?莫不是秀珠打来的电话?有心不前去接话,恐怕她更生气,只得去接话。及至一听,却是金荣的报告。说是三爷在刘二爷那里,打了好几个电话来了,催你快去。那里还有好些个人等着呢。燕西一听,忽然醒悟过来。早已约好了的,今晚和白莲花在刘宝善家里会面,因为在公园里一阵忙,几乎把事忘了。现在既然来催两次,料想白莲花已先到了。也不便让人家来久候,当时就和曾邬二人说了一句家里有电话来找,我得先回去。于是掏出钱来,给她们会了帐。女朋友和男朋友在一处,照例是男朋友会帐的,所以燕西不客气,她们也不虚让。

燕西会了帐之后,出了公园门,一直就到刘宝善家里来。刘宝善客室里,已然是人语喧哗,闹成一片。一到里面,男的有鹏振、刘宝善、王幼春,女的有白莲花、花玉仙。一见燕西进来,花玉仙拖着白莲花上前,将燕西的手交给了白莲花,让白莲花握着。笑道:"嘿!你的人儿来了。总算刘二爷会拉纤,我也给你打了两回电话,都没有白忙。"刘宝善笑道:"嘿!花老板,说话客气点,别乱把话给人加上头衔。"花玉仙笑道:"什么话不客气呢?"刘宝善道:"'拉纤'两个字,都加到我头上来了,这还算是客气吗?"

他二人在这里打口头官司,燕西和白莲花都静静的往下听。白莲花拉住了燕西的手,却没有理会。燕西的手被白莲花拉着,自己却也没有注意。王幼春笑道:"七爷你怎么了?你们行握手礼,也有了的时候没有?就这样老握着吗?"这一句话说出,白莲花才醒悟过来,脸臊得通红,赶快缩回了手,向后一退,笑着对花玉仙道:"都是你多事,让人家碰了一个大钉子。"说时,将嘴撅得老高。

花玉仙道:"好哇,我一番很好的意思,你倒反怪起我来了,好人还有人做吗?得了,咱们不多事就是了。刘二爷,是咱们把七爷请来的。咱们何必多事?还是请七爷回去罢。"鹏振皱了眉道:"人家是不好意思,随便说一句话遮面子,你倒真挑眼。"花玉仙笑道:"你这人说话,简直是吃里扒外。"王幼春笑道:"你这一句话说出来不打紧,可有三不妥。"花玉仙笑道:"这么一句话,怎么就会有三不妥?"王幼春道:"你别忙,让我把这个理由告诉你。你说三爷吃里扒外,三爷吃了你什么,我倒没有听见说,我愿闻其详。这是一不妥。既然说到吃里,自然你是三爷里边的人了。这是自己画的供,别说人家是冤枉。这是二不妥。刚才你是挑别人的眼,现在你说这一句话,马上就让人家挑了眼去,这是三不妥。你瞧,我这话说得对也是不对?"花玉仙被他一驳,驳得哑口无言。鹏振拉着她在沙发椅上坐下。笑道:"我们谈谈罢,别闲扯了。"

在这个时候,白莲花早和燕西站在门外廊檐下,唧唧哝哝,谈了许多话。鹏振用手向外一指,笑道:"你看人家是多么斯文?哪像你这样子,唱着十八扯?"花玉仙笑道:"要斯斯文文那还不容易吗?我这就不动,听你怎样说怎样好?"她说完,果然坐着不动。那白莲花希望燕西捧场,极力的顺着燕西说话。越说越有趣,屋子里大家都注意他们,他们一点也不知道。王幼春是个小孩子脾气,总是顽皮。不声不响,拿了两个小圆凳子出来,就放在他两人身后,笑道:"你两个人,我看站得也太累人一点,坐下来说罢。"燕西笑道:"你这小鬼头倒会损人,我们站着说一会儿话,这也算什么特别?就是你一个人眼馋。得了,把黄四如也叫了来,大家闹一闹,你看如何?"白莲花笑道:"王二爷可真有些怕她,把她叫来也好。"王幼春是大不愿意黄四如的,自然不肯,于是又一阵闹。

一直闹了一个多钟头,还是鹏振问刘宝善道:"你家里来了这些好客,就是茶烟招待了事吗?你也预备了点心没有?"刘宝善笑道:"要吃什么都有,就是听三爷的分付,应该预备什么?"鹏振道:"别的罢了,你得预备点稀饭。"刘宝善站在鹏振面前,两手下垂,直挺挺的答应了一个"喳"字。鹏振笑道:"你这是损我呢?还是舍不得稀饭呢?"刘宝善道:"全不是,我就是这样的客气。客气虽然客气,可是还有一句话要声明,就是花老板李老板都有这个意思,希望大家给她打一场牌。"燕西听说,就问白莲花道:"是吗?你有这个意思吗?"白莲花笑道:"我可不敢说,就看各位的意思。"王幼春笑道:"何必这样客气?干脆,你分付大家动手就是了。"

鹏振道:"我先说,我弟兄两个只有一个上场。"刘宝善道:"这为什么?"鹏振道:"这有什么不明白的?这样打法,或者金家人赢了钱,或者金家人输了钱,省得有赢的,有输的。老七打罢,我和玉仙在一边看牌得了。"燕西道:"我不高兴打牌,我情愿坐着清谈。"

刘宝善笑道:"你二位是最爱打牌的人,何以这样谦逊。但今晚若没有两位女客在此,没有人陪着谈话,我怕大家要抢着打牌了。"一句话没说了,只听见有人在外面嚷道:"炸弹!"就在这炸弹声中,只听得屋子中间扑通一声,满屋子人都吓得心跳起来。白莲花正和燕西并坐,吓得一歪身,藏到他怀里去。接上大家又哄堂大笑。

原来是黄四如和王金玉来了。黄四如预先在玩意摊上,买了一盒子纸包沙子的假炸弹藏在身上。未进门之先,分付听差不许言语,等屋子里面正说得热闹,一手拿了三个,使劲向走廊的墙上一摔,所以把大家都吓倒了。她和王金玉看见大家上了当,都哈哈大笑。刘宝善看见,首先不依。说道:"幸而我们的胆子都不算小,若是胆子小点,这一下,真要去半条命。我提议要重重罚四如,你们大家赞成不赞成?"大家都说赞成,问要怎么的罚她?

刘宝善道:"我以为要罚她们……"说到这里,笑道:"我们当着王二爷的面,也不能占她的便宜,让她给王二爷一个克斯得了。"王幼春笑着跳了起来,说道:"胡说!我又没招你,怎么拿我开心?"刘宝善给他睒了一眼,笑道:"傻瓜!这是提拔你一件好事,这一种好机会,你为什么反对?"黄四如道:"嘿!刘二爷,话得说明怎样罚我?我不懂,什么叫克斯?别打哑谜骂人。"燕西学着唱戏道白的味儿,对她说道:"附耳上来。"黄四如道:"你说罢。刘二爷能说,你也就能说。"燕西道:"真要我说吗?我就说罢。他要你和王二爷亲一个嘴。"

黄四如听了对刘宝善瞟了一眼,将嘴一撇,微笑道:"这是好事呀!怎样算是罚我呢?刘二爷说,人家是傻瓜,我不知道骂着谁了?"刘宝善道:"我倒是不傻,不过我要聪明一点,硬占你的便宜，你未必肯。"黄四如道："为什么不肯？有好处给我就成了。"王幼春笑道："黄老板真是痛快，说话一点不含糊。"黄四如道："不是我不含糊，因为我越害臊，你们越拿我开玩笑。不如敞开来。也不过这大的事，你们就闹也闹不出什么意思了。"王幼春道："话倒是对，可是玩笑，要斯斯文文，才有意思。若是无论什么事都敞开来干，那也没有味。"黄四如道："我也不是欢喜闹的人，可是我要不给他们大刀阔斧的干，他们就会欺侮我的。"王幼春道："刚才你还没有进门先就摔炸弹吓人，这也是别人欺侮你吗？"黄四如笑道："这回算我错了，下次我就斯斯文文的，看别人还跟我闹，不跟我闹？"说着，便坐在王幼春一张沙发上，含笑不言。

燕西笑道："天下事，就是这样一物服一物，不怕黄老板那样生龙活虎的人，只要王老二随便说一句话，她都肯服从。王老二还要说和黄老板没有什么感情，我就不服这一句话。"黄四如道："为什么李家大妹子，就很听七爷的话呢，这不是一样吗？"王幼春道："你刚才说了斯斯文文，这能算斯文的话吗？慢说我和你没有什么关系，就是有关系，你也别当着大家承认起来呀。你要把我比七爷，我可不敢那样高比。"燕西道："大家都是朋友罢了。一定要说谁和谁格外的好，那可不对。"王幼春将黄四如推了一推，笑道："听见没有？人家这话，才说得冠冕呢。"黄四如笑道："我又怎样敢和七爷来比呢？七爷是个公子，我是唱戏的，说话要说得和七爷这样，那末，我至少也是一位小姐了。"燕西道："你两个人，这个也说比不上我，那个也说比不上我，既然都比不上我，你们别在这里坐着，就请出去罢。"这一说，倒驳得他两人无辞可答。

刘宝善道："大家别闹，还是赶快办到原议，来打牌。"鹏振道："角儿不够，怎么办呢？"刘宝善道："我也凑付一个，再打电话去找一个，总会找得着的。"燕西道:"不要找别人,找老赵罢。他和王老板不错。"说着,将嘴对王金玉一努。鹏振道:"算了。他有点像他那位远祖匡胤,手段高妙。"燕西道:"打牌就是十四张牌翻来翻去。他有什么大本领,也碰手气。"刘宝善笑着问王金玉道:"王老板,我们就决定了找他了,你同意不同意?"王金玉笑道:"刘二爷,你们大家请人打牌,我哪里知道找谁好呢?"燕西道:"刘二爷你真叫多此一问,好朋友还有不欢迎好朋友的道理吗!"刘宝善于是一面叫听差的摆场面,一面叫听差的打电话找赵孟元。

赵孟元本来知道刘宝善家里有一场闹,因为晚上有一个饭局,不得不去。走后告诉了家里人,若是刘宅打电话来了,就转电给饭馆子里。这里电话一去,他的听差果然这样办。赵孟元借着电话为由,饭也未曾吃完,马上坐了汽车到刘家来。

一进客厅,燕西便笑道:"真快真快!若是在衙门里办事,也有这样快,你的差事,就会办得很好了。"赵孟元道:"上衙门要这样勤快做什么?勤快起来,还有谁给你嘉奖不成?我觉得天天能到衙门里去一趟,凭天理良心,都说得过去。还有那整年不上衙门的人,钱比我们拿得还多呢。"鹏振道:"这里不是平政院,要你在这里告委屈做什么?赶快上场罢,三家等着你送礼呢。"赵孟元道:"今天是和谁打牌?谁得先招待招待我。这场牌打下去,不定输赢多少。赢了倒还罢了,若是输了呢,我这钱,岂不是扔到水里去了?"说这话时,先看了一看花玉仙,然后又看一看白莲花。她两人未曾听得主人表示,这牌是和谁打的,她们也就不敢出头来承认。

鹏振道:"我们还没有和李老板帮过忙,今天就给李老板打一场罢。"白莲花一站起身来,对鹏振笑道:"谢谢三爷。谢谢赵老爷。"赵孟元走上前一步,握住了她的手笑道:"我佩服你谢得不迟不早。"

白莲花被赵孟元握住了手,她可偏过头对刘宝善笑道:"谢谢刘二爷。"刘宝善笑道:"你真机灵。我心里一句话没说出来,说是不谢我吗?你倒先猜着了。你怎样不谢谢七爷呢?"白莲花道:"大家不是说我和七爷关系深些吗,这就用不着客气了。"刘宝善道:"七爷听见没有?就凭这两句话,一碗浓米汤也灌得你会糊里糊涂呢。"燕西靠了沙发椅坐着,只是微笑。

听差来说,牌已摆好了,刘宝善向鹏振道:"贤昆仲哪一位来?"花玉仙道:"李家大妹子说,七爷和她关系深呢,当然是七爷来。"刘宝善道:"不对,没有自己人给自己人抽头的。你说了这话,就应当三爷来。"花玉仙笑道:"我这一问,倒问出三爷的责任来了,这牌倒非他打不可呢。既然这样,就请三爷打罢,我是极力赞成,下一回子,我还可以照样办呢。"白莲花笑道:"得啦!大姐,你让三爷给我帮个忙,有你的好处。"花玉仙道:"你何必这样说呢?我还能拦住三爷不打吗?"说话时,大家都起身向旁边小客厅里走,白莲花就抱住花玉仙的脖子,对着她的耳朵,唧唧浓浓的说了一阵。然后拍着花玉仙的肩膀道:"大姐,就是这样说罢,我重托你了。"花玉仙的眼睛可瞟着燕西微笑。燕西笑道:"我知道了,将来一定给你帮忙。"花玉仙笑道:"只要七爷说句话,那我就放心了。"他们也就一齐跟到牌场上来。

鹏振道:"打多大的?五百块一底吗?"王幼春连连摇手道:"不成!不成!我不能打那大的牌。输了怎么办?三爷能借钱给我还账吗?"鹏振道:"别小家子气,就这么一点小事,推三阻四的,有多么寒碜?况且我们还是交换条件,下次我也和你帮忙呢。"王幼春道:"下次你给我帮什么忙?"鹏振将嘴向黄四如一努道:"难道你就不给她打牌吗?"黄四如真不料鹏振会说这样好的话,不由眯着眼睛笑道:"只要大家也能赏面子,三爷的顺水人情,还有什么不肯做的。"王幼春笑道:"你真一点不客气,就猜到我一定会做顺水人情。"黄四如笑道:"二爷,我就不会伺候你,你也只有心里不愿意。当着这些个人,你若说出来,我这面子望哪里搁?"她说出这样的软话来,倒弄得王幼春不好再说什么,只笑了一笑。

刘宝善笑道:"我们只是替人帮忙,二爷以为大家彼此拼命吗?我自己有限制的,至多是两百块钱一底。我若送个六七百块钱,大概还可以开支票,若是再大些,就不要怪我开空头支票抵债了。"鹏振笑道:"这话也只有你肯说,因为你总是陪客,捞不回本钱的。"刘宝善笑道:"可不是吗,若照定三爷的定额陪客,这里还摆着三四场呢,我要用多少钱来陪客呢?"燕西也以为王幼春在场,他是不能多输的。钱多输了,一来他拿不出,二来让玉芬知道了,说是戏弄她的兄弟,负担不住那个名义。因此便道:"小点的罢。大家无非好玩,过了几天,我要出来陪客,也是照样子办。"王幼春笑道:"就是七爷能体谅我,我们就打二百块底罢。"形势如此,大家也就无异议。

四圈打完,王幼春就输了一底半。燕西心里,老大过不去。便道:"老二,我们合股开公司罢。"王幼春笑道:"不成,我输了一个小窟窿下去了,合股起来,我要捞本,只能捞回一半。"燕西道:"若要开公司,当然从前四圈起算。"赵孟元对燕西伸了一个大拇指,笑道:"七爷做事漂亮。第二次我们要打牌输了,也要找七爷开公司了。公司里要倒,有洋股份加入,那是自然有人欢迎的。"王幼春笑道:"胡说!我这公司,资本雄厚,绝不倒的。"

正说这话时,燕西在身上拿出一沓钞票,由他肩上伸了过去,轻轻放在王幼春面前,笑道:"你先收下,这是两股。"王幼春笑道:"嘿!这是诚心来捧场的,身上带着许多现款呢。"燕西笑道:"你以为我是财神吗?身上随身带着就有几百块。其实,因为钱完了,今天下午,在银行里取来的钱。若是输了,我明天零用钱,都要想法子了。"王幼春笑道:"不会输的。衣是精神,钱是胆,有了钱,就会放手做去了。"刘宝善道:"老二,你这话露了马脚了。原来你上场是空心大老官,没有本钱?我们可差一点让你把钱蒙去了。"王幼春道:"蒙去就蒙去罢。是你要我来的,又不是我自己要来的。"燕西道:"不要说笑话了。别把我几个血本也输了,我来给你当参谋罢。"于是燕西坐在他左边,白莲花坐在他身后,黄四如坐在他右边,三个人帮着他打牌。

四圈打完了,王幼春居然反输为赢。在他输钱的时候,黄四如坐在边下,也不敢靠近,也不敢多说话。现在那就有说有笑。王幼春一抽烟卷,黄四如就擦了取灯儿,给他点上。王幼春抽了半根,不要抽了,黄四如就接过来自己抽。打牌的人,一心打牌去了,倒不留神。燕西就不住用胳膊碰白莲花,眼睛去望着她。白莲花也对燕西望望,微微笑了一笑。

黄四如正在抽烟时,王幼春却伸手到旁边茶几上来拿茶杯。拿了茶杯,就要拿过去喝。黄四如按住他的手,说道:"凉的,不能喝,我来罢。"于是站起身来,在旁边茶几上的茶壶里,斟了一杯热气腾腾的茶,送到王幼春面前。他心在牌上,茶来了,举起茶杯就喝。连"劳驾"二字,都没有说出来。燕西先未曾注意,自从发生了这事之后,可不住的瞟着她了。那黄四如和王幼春各有各的心事,有人注意,她却不知道。后来王幼春取了一副好牌,正要向清一色上做,黄四如伸着头到王幼春肩膀上,笑嘻嘻的指挥他打牌。燕西私私的将白莲花的衣袖扯了一下,却忍不住一笑,他的意思,是告诉王黄亲热的模样。白莲花却误会了他的意思,以为有什么话要说,便借着斟茶喝为由,坐到一旁去了。

第三十九回

情电逐踪来争笑甜蜜　小星含泪问故示宽宏

这时,燕西伸了一个懒腰笑道:"休息一会儿罢。"便取了一根烟卷坐在一边抽烟。白莲花静静的坐着,忽然微微一笑。笑了之后,抽出胁下掖的手绢,结了一个大疙瘩,坐了拿着,向右手掌心里打,低了头,可不做声。燕西笑道:"来,坐过来,我有话和你说。"白莲花笑道:"我们离得路也不远,有话可以说,何必还要坐到一处来说?"燕西笑道:"我的中气不足,坐到一处,声音可以小一点,省力多了。"白莲花笑道:"坐过来就坐过来,我还怕你吃了我不成?"说时,便坐到燕西一处来,牵过燕西一只手,将手绢疙瘩在他手心里打。

燕西笑道:"怎么着?我犯了什么法,要打我的手心吗?"白莲花笑道:"你这话我可不敢当。"燕西轻轻的说道:"不要紧的,你打就打罢,你不知道打是疼,骂是爱吗?"白莲花红了脸,也轻轻的笑道:"别说罢,他们听见,那什么意思?"燕西笑道:"听见也不要紧。你瞧,王二爷和黄老板那种情形,不比我们酸得多吗?"白莲花道:"可惜我们家屋子脏得很,要不然,可以请七爷到我家里去玩玩。"燕西道:"真请我去吗?"白莲花微笑道:"我几时敢在七爷面前撒谎?"燕西道:"撒谎倒是没有撒过。不过从上海来的人,多少总有些滑头,我觉得你说话很调皮,怕你也有些滑头呢。"白莲花道:"七爷,你说这话,有些冤枉人。我纵然调皮,还敢在七爷面前调皮吗?"燕西笑道:"那也说不定。但是调皮不调皮,我也看得出来的。"白莲花道:"这就是了。七爷凭良心说一句,我究竟是调皮不调皮呢?"燕西笑道:"在我面前,还算不十分玩手段。可是小调皮,不能说是没有。"白莲花笑道:"请七爷说出来,是哪一件事有些小调皮?"

赵孟元抬起一只手,对这方面招了几招,笑道:"七爷,七爷,请过来,给我看两牌。"燕西道:"我自己开了公司,不看公司里的牌,倒看敌手的牌吗?"赵孟元笑道:"我倒不一定要七爷看牌,不过七爷在那里情话绵绵,惹得别人一点心思没有,我愿七爷到隔壁屋子里说话,与人方便,自己方便。"燕西就对白莲花笑道:"好罢?我们到隔壁屋子里说话去。"白莲花笑道:"何必故意捣乱?我还是来看牌。"说时,就走到鹏振后面来看牌。

这正是鹏振当庄。掷下骰子去,就叫:"买一百和,老刘,你顶不顶?"刘宝善笑道:"我不顶。上次你买五十和,我顶五十和,上了一回当,你想我会再上第二回当吗?"鹏振笑道:"你不顶,就没有种。"刘宝善道:"你不要用这种激将法。我又不是当兵的老侉,也不和人打架,管他有种没有种呢?"说话时,鹏振已将牌起好,竟是一上一定,牌好极了。白莲花笑道:"怪不得三爷要头一百和。"刘宝善道:"怎么着?手上有大牌吗?"白莲花微笑道:"我不便说。"刘宝善碰了一个钉子,就不做声。过了一会儿,鹏振吃了一张,果然和了。自这一牌之后,他就接连稳了三个庄。赵孟元笑道："了不得，我要钉他几张牌了。不然，尽让他兄弟两个人赢钱。"

白莲花见站在这里，鹏振大赢，不好意思，也就闪了开去。坐了一会儿，又慢慢踱到刘宝善身后，看了一牌。因见他哪里衔了烟卷，要找取灯儿，连忙擦了一根，送了过去，给他点烟。刘宝善将头点了一点，然后笑说道："劳驾！劳驾！到了这里，我是主人，怎么还要你来帮我的忙呢？"白莲花笑道："这算什么？二爷帮我的忙可就大了。"刘宝善道："怎么不算什么？我告诉你一段笑话罢。我有一个本家兄弟，专门捧唐兰芬，天天去听戏叫好，花的钱也可观了。戏散之后总要上后台的小门口去站班，希望人家给一点颜色。有一天，经人介绍，在后台门口见了面，人家也没有多说，只说了一句：贵处是湖北罢？听你说话的声音很像呢。他这一乐，非同小可，一直笑了回来。不问生熟朋友，见了就先告诉人说道：唐兰芬和我说话了，唐兰芬和我说话了。你瞧，只和他说两句话，他就乐得这样。我又没捧过李老板一次，李老板倒肯给我点烟，这面子可就大了。还值不得说一说吗？"

白莲花笑道："言重言重，你打牌罢。若为我擦了一根取灯儿，让刘二爷挨一牌大的，我心里倒过不去。"刘宝善笑道："只要李老板肯说这句，挨一牌大的也值。"赵孟元笑道："这样说，你就多灌他一些米汤，让他多挨几牌大的罢。"白莲花笑笑，对赵孟元映了一映眼睛，在刘宝善身后看了两三牌，慢慢的却又踱到赵孟元身后来。

燕西躺在沙发上，冷眼看着白莲花。见她在四个人身后，都站了一会子，这分明是对各人都要表示好感，不让任何人不满意。这样一来，她所需要捧场的人，也可以多一点。如此说来，真是用心良苦了。白莲花一直将四个人的牌都看过了，然后才坐到燕西一处来。

燕西握住了她的手，正要安慰她两句。忽然有人在外面哈哈大笑一声，接上说了一句道："好哇！你们躲在这里快活，今天可让我捉住了。"说话的人走了进来，正是凤举。

刘宝善笑道："呵哟！大爷，好久不见了。今晚上怎样有工夫到我们这里来走走？"凤举一见燕西和一个漂亮女子坐在一处，便问道："这位是谁？"燕西还不曾介绍，白莲花就站起来先叫了一声大爷。接上说道："我叫白莲花。"凤举笑着点了一点头。便和鹏振道："这倒好，郎舅兄弟捧角儿捧到一处来了，这一班小孩子也就够胡闹的了。"赵孟元笑道："大爷别怪我旁边打抱不平。你做大爷的，在外面另租小公馆住都可以。他们和几个女朋友打一桌牌，这也很平常的一件事。"凤举笑道："我可没有敢说你，你也别挑我的眼。"

赵孟元笑着对鹏振道："怎么样？我给你报仇了不是？大爷，你这件事，什么时候公开？也应该让我们去看看新奶奶罢？"凤举道："不过是个人，有什么看头？"赵孟元道："怎么没有看头？要是没有看头，大爷也不会花了许多钱搬到家里去看呢！"刘宝善、王幼春都附和着说："非看不可。"凤举笑道："我不是不让诸位去看，无奈她不愿意见人，我也没有办法。"赵孟元道："这是瞎扯的，靠不住。我现在可以先声明一句，无论是谁，见了这位新大奶奶的，都要保守秘密，不许漏出一个字，有谁漏了消息半点，就以军法从事。"说这话时，可就用眼睛瞟了鹏振、燕西一下，笑道："执法以绳，虽亲不二。你们二位，听见没有？"鹏振和燕西自然不好说什么，只是微笑。

刘宝善道："我看大爷还是让我们去的好。若不让我们去，我们就会邀一班胡闹的朋友作不速之客。到了那个时候，大闹起来，那就比招待我们费事多了。"凤举笑道："你二位的事，还不好办吗？随便哪一天去，先通知我一声就是了。"白莲花在一边听了半晌，这才明白了一些，大概是这位大爷，瞒住了家里，在外面又娶了一位姨奶奶。因笑道："大爷新娶的大奶奶，来了多少日子了？"刘宝善道："还不过一个来月哩！不但是娶过去没有多久，就是他们俩认识，也没有多久。像你和七爷这样要好，恐怕还要不了这么久呢。"白莲花弄得不好意思，将嘴一撇笑道："干吗？……"这两个字说完，又无什么话可说了。

赵孟元笑道："别不好意思，这话也不是瞎说的。好比今天这场牌，我们不和别人打，单替你打，这就是看到你和七爷的关系深，帮你的忙，也就和帮七爷的忙一样。就在这一点上，你可以知道将来怎么样了，还用得着说吗？"白莲花笑道："你要说这话，我可要驳你一句。将来大家总也有给花大姐、黄大姐打牌的日子。这又能说因为和谁要怎样，才肯来的吗？"鹏振道："你这句话，说得很奥妙，什么叫做怎样？谁和谁怎样？又怎样呢？"白莲花笑道："唉！三爷别说了，瞧牌罢。若是谁要敲了一个三抬去，可不便宜。"凤举见他们围在一处打牌说笑，却是有趣，不觉也就加入他们的团体，一直看他们打完了四圈牌，接上又吃稀饭，还舍不得说走。

这时电话就来了，听差说是请金大爷说话。这电话就在打牌的隔壁屋子里。大家听他答应道："是了，我就回来的，还早着呢！"凤举挂上电话进来，赵孟元便问道："是新奶奶打来的电话吗？"凤举笑了一笑。赵孟元道："这就太难了。出来这一会子，就要打电话催，比旧奶奶管着，还要厉害多少倍了。"王幼春道："这位新嫂子，耳目也灵通，怎样就知道大爷在这里？又知道这里的电话哩？"刘宝善道："老二，你还没有经过这时期，你还不知道。一个人在新婚燕尔的时候,是没有什么话不对新夫人讲的。大爷今天出来,一定是对夫人先声明了,说是到我这里来了。一来让新奶奶好找,二来也可借此表示并没有回家去见旧奶奶。所以新奶奶打了电话来了,大爷自己接着,这就算没有走开,证实了大爷说话,并不撒谎。大爷,你说我这话猜到了你的心眼儿去了没有?"凤举笑道:"猜到心眼儿里来了,你刘二爷还不是一位神机妙算的赛诸葛吗?"凤举虽然是这样说着,但是也只再看了三四牌,一声不响的就走了。

赵孟元道:"老刘,明天我们就去。三爷七爷你们二位去不去?"鹏振道:"大爷还没有对家里人实说呢,我们还是不去的好,将来家里发生了问题,我们也省得置身事内。"刘宝善道:"以大爷的身份而论,讨一个姨太太,那也不算过分,为什么连家里都不告诉哩?要是这样,轮到你二位身上,哪有希望吗?我看你们帮大爷一点忙,把这事通过家庭罢。将来你二位,也好援例呀,你看我这话对不对呢?"金氏兄弟不过微笑而已,倒弄得花玉仙、白莲花很有些不好意思。

这时,牌又打完了四圈,共是十二圈了,依着刘赵还要打四圈,鹏振就不肯。大家明知道他是夫人方面通不过,当着他大舅在这里,不好开玩笑,也就算了。算一算,共打了二百多块钱头钱。输得很平均,只鹏振赢了三四百块钱;其余三家都输。输家为头家可得现钱起见,都掏出钞票换了筹码,没有开支票。燕西将头钱里面的钞票叠在一处,轻轻的向白莲花手里一塞,笑道:"太少,做两件粗行头穿罢。"白莲花拿着钱,就满座叫多谢。说毕,一回头,又对燕西道:"七爷,我还有一件事求你。我回去没有车,借你的车坐一趟回去,成不成?路也不多,开到我家马上就让他们回家去,也不耽误什么时候的。"燕西道:"我这也就走了,我送你回去得了。"

花玉仙就问鹏振道:"我呢?"鹏振道:"当然我也送你回去。"王幼春就对鹏振道:"三哥,你那车让我搭一脚成不成?"鹏笑道:"我这车,要送你,又要送你的朋友,有好几趟差事呢。你不知道省几个钱,自己买一辆小伏脱坐吗?遇到新朋友,也是一个小面子呀。"王幼春道:"我要坐就坐好的,摇床似的汽车坐着有什么意思?就是请朋友坐,朋友也会笑断腰呢。"燕西笑道:"黄老板,你笑断腰不笑断腰呢?你说二爷把自己汽车送你有面子呢?还是搭人的车坐有面子呢?"黄四如笑道:"有交情没有交情,也不在乎坐汽车不坐汽车。"燕西对王幼春道:"她到处关照你,盛情可感啊!"王幼春笑道:"你不要多我的事,你送你的贵客回家去罢。"

这时,白莲花已经披上一件天青色的斗篷,两手抄着,站在人丛中有许久了。别人说笑,她只是站在那里望着。这才说道:"我等了许久了,要走就走罢。"燕西微微的抄着她斗篷里的胳膊,并排走出大门,又同上汽车。

车开了一会儿,白莲花微微一笑。燕西道:"你笑什么?"白莲花道:"你那些朋友,开玩笑开得厉害,我有些怕他们。"燕西道:"怕什么?你也索性和他们开玩笑,他们就不闹了。"白莲花摇摇头道:"像老黄那个样子,我办不到。"她这样一摇头,有一支头发却从额角上披了下来。燕西见她两手抄了斗篷,不能去理头发,一伸手就给她轻轻的将头发理上去。笑问道:"你回去得晚了,你妈不会问你吗?"白莲花道:"平常除了上戏园子,回去晚了,那是不成的。不过和七爷在一处,无论什么时候回去,都不要紧的。"燕西笑道:"那为什么呢?对于我感情特别的好吗?"白莲花笑道:"凭你说罢!我是不知道。"燕西道:"据你这话看,自然是特别和我要好。但是她一回也没有看见过我,怎样就对我特别要好呢?"白莲花道:

"那也因为是我的关系。"燕西道:"你这话我越听越糊涂了。刚才你说你母亲有些干涉你。现在又说有你的关系,她就特别对我要好,这话我简直不能明白。"

白莲花在斗篷里伸出手来,握着松拳头,在燕西大腿上轻轻捶了一下。笑道:"你这人真是蘑菇。"燕西笑道:"你到北京还没有几天,怎么新出的土话也学会了?"白莲花道:"你以为我们在上海,也是说南方话吗?"燕西道:"你说起这个,我倒想起了一桩事,我以为在上海住着,听着人说北京话,觉得格外的好听。好比在北京住着,听人说苏州话一样,娇滴滴的,分外入耳。"白莲花道:"你说的是小姑娘说话罢?"燕西笑道:"自然是小姑娘,娘们也还对付。在南方听男子汉说北京话呢,倒不怎样讨厌。若是在北方听一大把胡子的人说真正的苏州话,可是怪肉麻的。"白莲花道:"我在苏州前后也住过一年多,勉强说得来几句苏州话。以后我们见面就说苏州话罢。"燕西笑道:"你不是苏州人,我也不是苏州人,见了面说苏州话,人家还要笑我们是一对傻子呢。"

说到这里,汽车门忽然开了,小汽车夫手扶着门,站在地下。燕西道:"怎么着?到了吗?"小汽车夫笑道:"早到了。"燕西笑道:"你瞧!我们说话都说糊涂了,到了都会不知道。"白莲花笑着下了车,说道:"你愿意坐在车上说话,我再坐上去,开了绕一个弯罢。"燕西笑道:"好罢。只要你肯坐上车来,我就带你去绕个圈圈,要什么紧?"白莲花只回头对燕西一笑,自上台阶,去敲门环。燕西让她敲开了门,才肯分付开车。白莲花家里听到门外汽车响,知道是燕西把汽车送白莲花回来了。她的母亲就亲自走出来开门,看见汽车上坐了一个年青的人,料定了就是金七爷。便道:"七爷,费你心啦,还要你亲自送来,真是不敢当。家里坐一坐去罢?"白莲花道:"这样夜深了,家里没个茶没个水,请人哪儿坐呀?我约了七爷了,请他过一天再来。"燕西就隔着车窗,笑着给她母亲点了点头,汽车这才开走了。

燕西回到家里,已经差不多到三点钟。金荣已经将棉被展开,他脱了衣服,倒头便睡。一觉醒来,已是红日满窗,坐了起来,伸了一个懒腰,靠着床柱便按电铃,恰好听差屋里人走空了。按了两次铃,还没有见人来。便喊道:"金荣呢?怎么老不见人?"说话时,门轻轻一推,燕西看时,却是佩芳。

她穿了青哔叽滚白辫的旗衫,脸色黄黄的,带有三分病容。脸上固然摒除了脂粉,而且头发也不曾梳拢,两鬓的短发,都纷披到耳边。她究竟是个大嫂,不须避嫌,就一直进房来,笑问道:"好睡呀!怎么睡到这个时候?"燕西道:"是什么时候?有十二点钟吗?"佩芳道:"怎么没有十二点钟?你忘了你的窗户到下午才会晒着太阳吗?"燕西在枕头底下掏出一只小瑞士表来一看,却是两点多钟了。笑道:"真好睡,整睡十二个钟头。"佩芳道:"又打了一宿牌吗?怎么闹到这时候才醒?"燕西笑道:"可不是!打了一宿牌,倒赢了几块钱。"

佩芳笑道:"我管你输钱赢钱。我问你打牌,有没有大哥在内?"燕西道:"没有他,我们几个人坐在一处闲谈,回头凑付着就打起牌来了。"佩芳道:"在哪里打牌?"燕西道:"在刘宝善家里。"佩芳笑道:"我知道的,那里是你们一个小俱乐部,到那里去了,没有好事。那地方你常去吗?"燕西道:"也不天天去,偶然一两天去一两回罢了。"佩芳道:"你大哥呢?"燕西道:"大概也是一两天去一回。"佩芳道:"这样说,你们哥儿们是常在一处玩的。怎么他娶了一位新大嫂子,你一声也不言语呢?"燕西做出很惊讶的样子道:

"谁说的？哪有这件事？"佩芳道："你这孩子，也学得这样坏。嫂子有什么事对你不住？你也学着他们一样，也来冤我？"说到一个"冤"字，嗓子就哽了，有话也说不出来，眼圈就起了一个红晕儿。

燕西一面穿衣服下床，一面说道："我能够起誓，我实在不知道这一件事情。别说不见得有这一件事，就是有这件事，我一张嘴是最快的，大哥焉肯先对我说。"佩芳道："你就是不知道，大概总听见说过的了？听说这个女人有二十多岁，长得并不好看，倒是苏州人，对吗？"燕西正对了洗脸架子上那面大镜子，在扣胸前纽扣，背对着佩芳，听她样样猜一个反，不觉好笑。转念一想，且慢，不能听得样样相反，她不要故意如此，让我说不对，她就好追问罢？因笑道："我对于这个消息，根本上就不知道，我知道是苏州人还是扬州人呢？你真要问这个事，你叫我去打听打听得了，你要问我，真是问道于盲了。"

佩芳笑道："你这孩子真调皮，讨不出你一点口风。你既然担任给我打听，我就拜托你罢。你什么时候给我的回信？"燕西道："这可说不定，也许两三个钟头以内，也许二三十天以内，事情是在人家嘴里，人家什么时候告诉我，我什么时候告诉你，我怎样可以预定呢？"佩芳道："你不要说这样的滑头话，干脆，不肯给我打听就是了。不过我托你一件事，见了你大哥的时候，你给我传个信，你说我要到医院里去养病，请他抽空送我一趟。医药费也不必他拿一个，我全有。他若是不回来，我就自己去找，找了不好的医院，把病医治坏了，可是人命关系。"

燕西笑道："何必叫我撒这样一个谎？叫大哥回来就是了。你能说能笑，能吃能喝，哪里像有病呢？"佩芳笑道："是罢，你是处女式的小爷们，知道什么病不病？你给我对他一说就是了，至于他回来不回来，你可不必管。"燕西道："叫他回来还不容易吗？

何必费这些事？他昨天下午，不是回来了一趟吗？"佩芳道："我有一个多礼拜没有见他的面，昨天他哪里回来了呢？"燕西道："他昨天的确回来了。大概他只在前面混一混，没有到后面去。"说着，笑了一笑，因道："我给你一个好主意，你只要对听差说一声，只要大哥来了，就报告你一声，你马上出来，你还见不着吗？"佩芳道："我叫你办这一点儿小事，你就这样推三阻四的。以后你望嫂子替你做事，你还望得到吗？"燕西笑了一笑道："我这是两姑之间难为妇了。痛痛快快帮嫂子的忙罢，又得罪了大哥。不管这些闲事罢，又得罪了大嫂。我究竟应该怎么样办呢？"

佩芳笑道："你和你哥哥有手足之情，自然应当卫护着哥哥。但是要照公理讲起来呢，谁有理就该帮谁，那应当帮为嫂的了。我也不是不肯让你哥哥讨人。只要讨的人走出来看得过去，又还温柔，他就彰明昭著一马车拖了回来，我决不说半个不字。现在瞒了我，瞒了父母，索性连你们兄弟都瞒起来了，另在外面开一个门户，这实在不成事体。不知道的，还要说我是怎么厉害呢。我不恨他别的，我就恨他为什么瞒着我们讨了，还要给我们一个厉害的名声？"燕西笑道："据大嫂这样说，这个人竟是可以把她接回来的了？"佩芳一拍手道："怎样不可？你怕我想不通吗？他在外面另成一个门户，一个月该花多少钱？搬了回来，要省多少钱？花了省了，是谁的呢？"

燕西笑着把大拇手指头一伸，说道："这样大方，真是难得！"佩芳道："我不是说一句不知上下的话，我们上一辈子，不就是两个姨母吗？母亲对姨母是怎样呢？他照着上人的规矩办下来，我还能说什么？不过我们老爷子讨两位姨母，可不像他这样鬼鬼祟祟的呀！"燕西见她话说得这样切实，也很有理由，笑道："嫂子是真大方，既然如此，我给你和老大办办交涉看。"佩芳道："你尽管去和他说，你看我办得到办不到？你在什么时候对他说了，就请你什么时候给我一个信。我对于这位新奶奶也是以先看为快呢。"燕西道:"只要见着了他,我就对他说,绝没有问题。"佩芳见他已表示可以帮忙,总算是表示好意了。因此,陪着他说了许多闲谈,一直等到燕西洗过脸喝过茶,金荣送上点心来吃,佩芳才出门而去。

燕西起来得晚,混一混就天晚了。吃过晚饭,一人转觉无聊,坐汽车出去,汽车又让人坐走了。想着还是找清秋谈一谈,比较有趣一点。于是就雇了一辆人力车到冷家来。不料到了那里,清秋又出去了。心想,白莲花昨天约我,我不曾告诉她日子,我今天给她一个冷不防撞了去,看她究竟在家里做些什么?这也算是很有趣的事,何妨试试。

因这样一想,又坐了车,到白莲花家来。打了几下门,是白莲花家一个老妈子来开门。她在黑影里,也看不出燕西是怎样一个人,开了门,便粗声粗气的问是找谁?燕西道:"我姓金,会你们李老板来了。"白莲花有个远房哥哥,是戏班子里一个打零碎的小角,也住在这里。他喜欢提了鸟笼子上小茶馆,乱七八糟的朋友很多。白莲花的母亲李奶奶很讨厌他的朋友前来麻烦。因此,有朋友来会李老板,总是回绝的时候多。因此,那老妈子很不客气的说道:"她不在家,出去一天了。"燕西道:"还不回来吗?"老妈子道:"今晚上就睡在外头,不回来了。"燕西一想,这是什么话?怎么白莲花会睡在外面?但是她是这般说的,也就不便追问所以然。因笑道:"她就一宿都不回来了吗?"老妈子道:"你这人真麻烦,谁知道呢?"

燕西出世以来,也未尝碰过老妈子的钉子。现在受老妈子这样抢白,十分不高兴,不过自己为人,向来不大会发脾气,况且白莲花家里,一回也没有来过,怎么可以对人家发气?只得认作倒霉,自行走了。

第四十回

胜负不分斗牌酬密令　老少咸集把酒闹新居

那老妈子一路唧咕着进去，口里念念有词道："又是一个冒失鬼，我也没问他姓什么？他自己说是姓金。我三言两语，就把他轰跑了。"白莲花问道："是一个二十来岁穿外国衣服的人吗？"一面说着，一面向屋子外跑。老妈子道："可不是！倒穿得是洋服呢。"白莲花母女不约而同的叫一声糟了。白莲花道："大概没有走远罢？赶快去请回来。"她母亲李奶奶道："她哪儿成？她去请人家，人家也不会来呢。你去一趟罢，平白得罪一个人怎么好呢？"白莲花一想也是，顾不得换衣服，问明老妈子是走南头去的，出了大门，赶紧就向南头追赶。

恰好燕西无精打采，两手插在衣袋里有一步没一步的走着，还没有雇车呢。白莲花在后认得后影，就连叫了几声七爷。燕西一停步，白莲花走上前，握住燕西的手笑道："真是对不起！我家雇的那个老妈子，什么也不懂得。她以为是找我们哥哥的呢。"燕西还没有答话，后面又有人嚷道："大姑娘，七爷在这儿吗？"白莲花道："在这儿呢。"李奶奶听说，就赶上前来，笑着对燕西道："七爷，真对不起，真不知道七爷肯到这儿来。你不要见怪，请到我们家坐坐去，就是屋子脏一点。"白莲花笑道："人家怕屋子脏就不会到咱们家来敲门了。七爷你说是不是？七爷倒是真以为我不在家，所以就走了，他值得和老妈子生气吗？"李奶奶道："我在前面走罢，这胡同里漆漆黑黑的，不好走。"

燕西本来一肚子不高兴，现在被她母女二人包围着，左一声右一声的叫七爷，叫得一肚子气，都化为轻烟。加上白莲花执着他两只手，又暖和，又柔软，随便怎样，不能当着人家生气。只得笑道："我又没说什么，你们左一句右一句对不起，倒把我叫得怪难为情的。"白莲花道："走罢，有话到家里去说。"说时，拉着燕西的手，就跟着李奶奶一路回家去。到了家里，直把他引到白莲花自己住的屋子里去坐。

白莲花究竟是从南方来的人，屋子里的陈设，都是南式的白漆家具，床虽不是铜的，却是白漆漆的新式架子床。挂着白夏布的帐子，白绫子的秋被，白绒垫毯，一望洁白，倒是很有可喜之处。因笑道："怪不得你叫白莲花，进了你这屋子，就像到了雪堆里一样。"白莲花抿嘴一笑，然后说道："你的公馆里，和王府差不多。我们这儿，不敢说摆得怎样好，总要干净一点，才敢请七爷来呢。"燕西笑道："你这话，简直该打。说屋子脏是你，说屋子干净也是你，究竟是干净是脏呢？"白莲花笑道："说脏呢不过是客气话。但是和你公馆比起来，那是要算十二分脏的了。"说时，便握着燕西的手，一同在床沿上坐下。

燕西笑道："我明天来也不要紧，为什么一定要把我拉了进来？"白莲花笑道："你是难得来的人，来了就叫你碰钉子回去，我们心里怎样过得去呢！你吃过晚饭没有？"燕西道："吃过了。正因为吃过了饭没事干,这才来找你谈谈。"白莲花道:"那就很好,你多谈一会子去罢。七爷你会接龙吗?我在上海,老玩这个,到了北京来,老找不着对手。"燕西道:"我倒是知道一点,但是接得不好,未必是你的对手。"白莲花笑道:"那就好极了,我们来罢。"

于是在玻璃橱子里,取出一个精制的黄松木匣子,抽开盖来是一副牙牌。她就哗啦啦向桌子上一倒,拉着燕西在椅子上坐了。自己搬了一个机凳,和燕西椅子只隔了一个桌子犄角,就这样坐下。翻过牌来,洗得好了,一人分一半。燕西将手按着十六张牌面道:"我们赌什么?"白莲花道:"我有那样大的胆,敢和七爷赌钱吗?"燕西道:"不一定要赌钱,无论赌什么都可以。"白莲花道:"赌什么呢?打手心罢。谁输了,谁该打三下手心。"燕西道:"不好,那是小孩子闹的玩意。"白莲花道:"我家里现成有两瓶果子酒,我们打开一瓶酒来喝。谁输了,谁就该喝一杯。"燕西道:"酒要连着喝才有趣。接完一回龙,喝一杯酒,时候太久了。我倒有个办法,我输了呢,一回送你一条手绢,明日准送来。你要输了呢……"

说到这里,就轻轻对着白莲花的耳朵边说了一句。白莲花一掉头,站起身来向后一退,笑道:"我不来,我不来。"李奶奶正好走进来,说道:"你陪着七爷玩玩罢,为什么又不来呢?"白莲花鼓了嘴笑道:"你又不知道,他真矫情。"李奶奶见这种情形,料到燕西就有些占白莲花的便宜。笑道:"七爷怎样矫情?你才矫情呢!"燕西笑道:"我不是为吃东西来的,你不用张罗。"李奶奶听说,斟了一杯茶放在燕西面前就走了。

白莲花正和燕西在接龙,回头一看,见没有人,就拿了一张牙牌,在燕西手指头上敲了一下。笑道:"你说的是些什么话?我没有听见说过这样罚人的。"燕西道:"怎样不能?输钱是论个儿的,这也是论个儿的。"白莲花站了起来,笑道:"你还说不说?你再说,我们不来了。"燕西道:"我就不说什么,可是你输了,罚你什么呢?"白莲花道:"我若输了,我就罚唱一段戏,你瞧好不好?"燕西道:"不好。我自己也会唱,要你唱做什么呢?"白莲花道:"咳!你别让人家为难了。人家在家里正腻得很,你来了,算心里舒服一点,你又要来捣乱。"燕西道:"你心里腻些什么,说给我听罢,我倒是愿闻其详。"

白莲花道:"你要问我心里的事吗?我心里的事可多着呢。我这个名字,真把我的心事叫出来了。"燕西道:"你这话我倒有些不解,怎样你心里的事和你的名字有些关系呢?"白莲花道:"你去想,白莲花在外面看起来不是很好看的吗?可是结了莲子,莲子不也是很好吃的吗?可是莲子的心,非挑去不能吃,若不挑去,就吃得很苦。许多人给我捧场,也不过是看莲花,吃莲子,要吃莲子苦心的人,恐怕没有呢。"燕西笑道:"你这话倒说得很雅致。但是我在昨晚牌场上,看你应酬这些人,我就知道你心里很苦呢。这个年头儿专凭本事卖钱,可真是还有些不行呢。"白莲花道:"可不就是这样,我手头要有个万儿八千的,我情愿回到乡下买几顷地种,谁还干这台上的事?唱戏的人,随便你怎样红,也是冬不论三九,夏不论三伏,也就够苦的了。人生在世,有饭吃就得了,何必苦巴苦挣弄那些个钱?"

燕西笑道:"你想得这样开豁,实在难得。但是你不想想,种地不是姑娘们的事嘛,真要种地起来,恐怕冬不论三九,夏不论三伏,比那唱戏还要困难呢。"白莲花笑道:"你别那样死心眼儿呀,我说种地,不是要我自己就去种,不过买了地,让人家来种罢了。"燕西笑道:"你就吃那几顷地,就能了事吗?"白莲花笑道:"有什么不能？乡下人有两顷地就能过日子呢。"燕西笑道："我的话，你还没有听明白。我是说一个姑娘家，反正不能过一辈子，总得跟着一个男子汉。你现在是姑娘，一辈子还做姑娘吗？"白莲花道："为什么不能？我就打算做一辈子的姑娘。"燕西笑道："假使有人不许你做姑娘，你打算怎么办呢？"

白莲花笑道："胡说，没有那回事。就是我妈她也管不着，别说是别人。"燕西道："譬如说罢，现在要有个年青的公子哥儿，性情儿好，人也好，老是捧你，你打算对他怎么办呢？也说做一辈子的姑娘吗？"白莲花拿起茶杯子来举了一举，笑道："我拿茶泼你。"燕西笑道："这是什么话？我又没说什么得罪你的话，为什么要拿茶泼我？"白莲花笑道："你还说没有得罪我呢？若是有第三个人在这里，听得进耳吗？你说这话，可完全是占我便宜哩！"燕西笑道："你以为我说的公子哥儿，就是说我自己吗？那完全不对。我也不是公子哥儿，我人不好，性情也不好，和我说的人，哪有一点对呢？"白莲花笑道："得了得了，咱们不说这些话了，还是接龙罢。"燕西也就笑着洗牌，继续的接龙。

接连五次，白莲花输了三次，先是白莲花说赢一盘抵一盘输的。到了第五次，燕西按着牌道："别往下接了。这一牌不结账，我就不干了。"白莲花道："不干就拉倒，反正我也不吃亏呢。"燕西笑道："你在我面前玩这样的滑头手段，你不怕我将来玩你的手段吗？"白莲花笑道："我没有玩什么手段，纵然玩手段，也玩你七爷不过去。"说时，就向这屋子的套间里一跑。燕西笑道："我看看你这里面屋子怎么样？"说时，也追了进去。

白莲花在屋子里格格的笑了几声，两只手扶着燕西的脊梁，把他推了出来。一面用手去理松下来的鬓发，一面望着道燕西笑道："真是岂有此理！"燕西笑道："这是我赢家应有的权利。你若是赢了呢？也能放过我吗？"白莲花鼓了嘴道："哼！你要这样闹，我不来的。下一次，我不和你接龙了。"燕西笑道："真的吗？下次我也不来了，你这地方是赵匡胤的赌，输打赢要的，这才真是岂有此理呢！"白莲花笑道："你是来做客的，不是来赌钱的。你要说我们这儿赌钱不规矩，倒是不怕你说。"燕西道："坐得也久了，我也走了。"说着，站起身来，就有要走的样子。

白莲花一把将他的袖子扯住，笑道："好意思吗？真个要和我闹别扭不成？"燕西笑道："先是很强硬，这会子我要走，又怕把我得罪了。作好作歹，都是你一人包办了。"白莲花笑道："你这话，不屈心吗？我什么事强硬？多会子又强硬？七爷说的话，我不敢不遵命啦。"燕西见她这话说得倒有几分可怜，不忍再说走，又握着她的手，笑着一同坐下。

李奶奶就左一个碟子，右一个碟子，送了许多东西进来，什么熟栗子、炒杏仁、榛子仁、花生豆、陈皮梅等，摆下了一桌。李奶奶笑道："七爷，你随便用一点，没有什么好东西，表表我们的心罢了。"燕西笑道："我看见这些东西，倒想起一件事。"白莲花道："你想起什么？"燕西道："我四五岁的时候，常常和着家里的小孩子和丫头在一块儿做客玩。把厨房里的小酱油碟子，小酒杯子偷了许多来，躲在走廊椅角上摆酒。厨子知道了，又不敢拦阻，又怕我们把东西摔了，总是对小丫头们嚷。如今想起来，倒很有趣的。至于酱油碟子里盛的，无非是瓜子、花生豆、糖球儿、饼干。我现在看一看，真有些像那日子的光景。不过碟子大了，人也大了。"

李奶奶笑道："那是你做官人家少爷们的玩意儿。平常人家小孩子，哪有那样东西玩啦？捡了几块小瓦片儿，抓了一小撮土放在上面,大家蹲在墙椅角上凑付着,那才是摆酒呢。"燕西笑道:"我们小时候摆酒玩,原不在乎吃,只要摆得热闹一点就是了。"白莲花笑道:"七爷第二次到这儿来的时候,咱们把场面也拿了出来。"李奶奶道:"那为什么?"白莲花道:"七爷不是说,只要热闹七爷就高兴?"这一说三人都笑了。

这一场谈笑,终把燕西说得透顶高兴,这才很快乐的回家。刚一出大门,恰好一辆汽车停在门口,燕西心里倒是扑通骇了一跳,心想,难道还有第二个金七爷来捧白莲花吗?正在大门外踌躇着,车门一开,一个人向下一跳,一把将燕西抓住。说道:"我不找则已,一找就把你找到了。"燕西看时,却是赵孟元。燕西笑道:"你真怪!怎么知道我在这里?"赵孟元道:"我有神机妙算,一算就把你算出来了。"燕西道:"神机妙算是未必,但是你的侦探手腕,我倒相当的佩服,你怎样就探到我向这里来了?"赵孟元道:"那你就不必管我,要告诉你,第二次这事就不灵了。"燕西道:"那个我且不管,我问你,你来找我做什么?"

赵孟元笑道:"有一个好机会,你不可以错过了。你老大今晚在小公馆请客,去的人一律招待,我主张你也去一个。现在是九点钟,到了时候了。"燕西道:"我不去,我还有个约会。"赵孟元道:"不管你有约会没有约会,你总得去。"燕西道:"你不知道,我去了有许多不便。"赵孟元道:"正因为不便,这才要你去呢。"燕西笑道:"你说这话我明白了,你是奉了我老大之命,叫你把我引了去的。"赵孟元道:"算你猜着了就是了。"燕西道:"我更不能去了。今天白天,我大嫂还找我帮忙呢。这倒好,我成了汉奸了。"赵孟元道:"你真是一个傻瓜。这个年头儿,会做人要做得八面玲珑，不能为着谁去得罪谁，也不能为一个不为一个。我都听见说了，你大嫂有一个梅香，和你感情很好，她都极力的在里面监督，不让你们接近，你何必还顾全着她呢？"燕西笑道："胡说，哪有这样一件事？"

两人原是站在车门前说话的，这个时候燕西被汽车一颠，把他颠得醒悟过来，自己已和赵孟元并坐在汽车上，汽车风驰电掣似的，已离开白莲花家很久了。燕西笑道："我真是心不在焉，糊里糊涂坐上了汽车，我一点也不知道，我们这上哪儿去？"赵孟元道："上哪儿去呢？就是上你尊嫂家去啊。"燕西道："不好不好，你还是把我送回去罢，我今天不去。"赵孟元道："我管你去不去，我的车子，是一直开上你新大嫂那儿。"燕西笑道："你这不是代人请客，简直是绑票。"赵孟元道："绑票就绑票罢。到了，请下车。"车子停住，小汽车夫抢着开了汽车门，赵孟元拉着燕西，一路走下车来。

燕西一看，两扇红漆大门楼，上面倒悬着一个斗大的白球电灯罩。电光下，照着一块金字牌，正书"金宅"两个大字。大门前一列停着三四辆汽车，几辆人力车。汽车一响，旁边门房里就出来一个很年老的听差，站在一边，毕恭毕敬的站着。燕西心里想着，老大也特为糊涂，怎样如此铺张？这要让两位老人家知道，非发脾气不可。这简直是开大宅门，哪是住小房子呢？赵孟元笑道："你看他这大门口的排场，不算错罢？走！我们进去。"说时，拉着燕西的手，一直向里冲。燕西道："你别拉，我和你一块儿进去就是了。拉拉扯扯的，像个什么样子呢？"赵孟元在前走，燕西随后跟着，进了两重院子，才到最后一幢。

只见上面银灯灿烂，朱柱辉煌，笑语之声，闹成一片。赵孟元先嚷道："新奶奶预备见面礼啊，小叔子拜见大嫂子来了。"说着，上屋听差,将风门一拉,只见里面人影子一挤,已有人迎了出来。燕西看时,是凤举一对最亲密的朋友朱逸士、刘蔚然。他两人走出,握了燕西的手,笑道:"我们各处的电话都打遍了,这才把你找着。特恭请老赵驾专车去接你,这也就够得上恭维了。"赵孟元道:"别嚷,别嚷。你一说,我的锦囊妙计,就要让他识破了。"大家一面说话,一面走进屋子,只见刘宝善和凤举并坐在一张沙发椅上。另外有个十八九岁的剪发女子,穿了一件豆绿色的海绒旗袍,两手交叉着,站在沙发椅子头边。

燕西还没有说话,凤举已先站起来,指着燕西先向她笑道:"这是我们老七。"那女子就是一鞠躬。燕西知道这就是那位新嫂子晚香女士,没有个小叔子先受大嫂子礼的。因此也就取下帽子,和她一鞠躬。可是要怎样称呼,口里可说不出来,只得对着她干笑了一声。赵孟元道:"大奶奶,你看这小叔子多么客气!你要给一点见面礼,才对得住人家呀。不然,这大孩子,可难为情啊。"晚香见了凤举的朋友,倒不觉怎样,见了凤举的兄弟,总算是一家人,这倒有些难为情。偏是赵孟元一进门,便大开玩笑,弄得理也不好,不理也不好,只好含笑呆立着。燕西已是不好开口,晚香现在又不开口,简直两个人成了一对演电影的人了。

幸而凤举知趣,就插嘴笑着对赵孟元道:"你这个玩笑,开得太煞风景,她是不会说客气话的人。老七呢,见了熟人,倒是也说得有条有理。见了生人,他也是大姑娘似的,不知道说什么好。"在这个当儿,晚香叫了一声王妈倒茶,未见有人,自己便将茶桌上的茶倒了一杯,双手递到燕西的茶几边,笑道:"喝茶。"燕西欠了一欠身子,将茶杯接了。笑道:"我们是自家人呢,用得着客气吗?这里也要算是我的家啊。"刘蔚然笑道:"凤举兄,你说老七见了生人不会说话,你瞧他刚才说的话,很是得体啊。"燕西笑道:"什么得体不得体,我这不是实话吗?"

晚香站在凤举坐的沙发椅边看看凤举,又看看燕西,因低下头去,对着凤举轻轻说话。凤举笑着大声说道:"又要说傻话了。人家是兄弟吗,岂有不像之理?"晚香道:"你这话就不对,兄弟之间,也有许多相貌不相同的。"朱逸士将头摆了一摆,笑道:"新大奶奶,真是不错。过来还没有多少日子,就会咬文嚼字,你瞧,'之间'二字,都用上来了,这不能不说是我们大爷教导有方啊!"凤举笑道:"这'之间'二字,也是很平常的,这又算什么咬文嚼字呢?"朱逸士道:"这'之间'二字,虽然很是平常,但是归究起来,不能不算是新大嫂子力争上流。一斑如此,全豹可知。"晚香笑道:"朱先生人是极和气的,就是这一张嘴不好,喜欢瞎说。"朱逸士道:"这是抬举你的话,怎样倒说我的不是呢?"晚香道:"真不早,你们大概都饿了,吃饭去罢。"

于是凤举在前面引道,绕着玻璃格子的游廊,将他们引到旁边一个长客厅里来。客厅外面,一道游廊,将玻璃格扇,完全来掩护着。游廊里面,重重叠叠,摆下许多菊花。电灯照耀着五色纷呈,秀艳夺目。人走了进来,自有一种清淡的香味。这客厅里,一样都是红木雕花的家具,随着桌案,摆下各种菊花。中间一张大理石圆桌,上面陈设着一套博古细瓷杯碟。

赵孟元道:"大爷对于起居饮食,是极会讲究的。你瞧,这屋里除了电灯,都是古色古香,而且电灯还用五彩纱灯罩着,也看不出是舶来品了。"凤举道:"菊花这样东西,本来是很秀淡古雅的,这就应该配着一些幽雅的陈设,才显得不俗。若是在花前陈设着许多洋货,大家对着吃大菜,也不能说不行,然而好像不大相投似的。"

朱逸士道："这是你的心理作用。我们也在外国人家里看见他们养菊花。那种地方洋气冲天，好像和菊花的古雅不相合了。然而我们看那菊花，依然是好看啊！"刘蔚然道："你们这种说法，简直没有懂得人家的意思所在。你们太粗心，走进这屋子来，也没有留心那门上一块横匾吗？"朱逸士和赵孟元听了这话，果然就走到门外抬头一看。

原来上面用虎皮纸裁成一张扇面式，在上面写了三个大字"宜秋轩"。朱逸士道："这也没有什么特别之处，与菊花陈设，有什么关系？"刘蔚然道："你再瞧旁边那副对联。"朱逸士看时，照样的两张虎皮纸，写了五言联贴在廊柱上。一边是"栽松留古秀"，一边是"供菊挹清芬"。拍手道："我知道了。这副对联，正暗藏着新嫂子的尊讳呢。怪不得这个屋子，要叫宜秋轩！"刘蔚然道："这算你明白了。你想，一副小对联，还要和夫人发生些关系。那末，这屋子里陈设，固然不可繁华，而且也不宜带了洋气。"

晚香听他们说，只是微笑，等说完了，这才说道："大爷是无事忙，他哪有工夫弄这些不要紧的东西？这也是前天来的那个杨老先生，他说，这屋子应该贴上一副对联，马上叫人买了纸来，还要我亲自研一砚台墨。砚台又大，水又多，研了半天，研得我两手又酸又痛。他高高兴兴让大爷牵着纸，站着写。一直等墨干了，我们贴上去了，他才肯走。他写的时候，还是一个字儿一个字儿念给我听，好像很得意。这一位老人家，我真让他腻得可以的。"

朱逸士道："哪里有这样一位杨老先生？"凤举道："还有谁呢？就是杨半山。他弄了许多挂名差事，终日无事，只是评章风月，陶情诗酒，消磨他的岁月。无事生非他还要找些事情做，何况是有题目可想呢？他也是说这地方很好，要我请他吃一回菊花锅子，我说时间尚早,这才把他推开了。"燕西道:"那是推不开的,他不要人请则已,若是要人请他,就不知道什么叫做客气了。"刘蔚然道:"这老头儿很有趣,何不就借今天晚上这一席酒,请他来吃一餐?就是大爷也算顺便做了一个人情。"凤举一想,这话也对,就叫听差打电话去问杨老先生在家没有,那里答应在家,凤举就亲自去接电话,催他过来。

那杨半山因为晚上在家,极是无聊,捧了一本唐诗,在灯下消遣,现在接到电话,有酒可喝,自然是极端愿意。马上坐了自己的马车,向凤举小公馆而来。到了凤举家时,这里大家入席已久。大家因都是极熟的人,围住了一张小圆桌,不分宾主的胡乱坐下,惟是空了正面一个位子给杨半山。杨半山还未进门,在玻璃门外,就连连嚷道:"不用提,后来居上,后来居上。"他一走进门,大家都站起来。看他穿一件古铜色团花夹袍,外罩枣红对襟坎肩。这个日子虽未到冬天,他已戴上一顶瓜皮小帽,有一个小红帽顶儿。最奇怪的,他手上还执着湘妃竹的加大折扇,嘴上稀稀的几根苍白胡子,倒梳得清清楚楚。

刘蔚然笑道:"久不见杨半老,现在越发态度潇洒,老当益壮了。"杨半山将折扇轻轻打开,摇了两下,笑道:"缓带轻裘羊叔子,纶巾羽扇武乡侯。"燕西笑道:"杨半老的诗兴,实在比谁也足。我早就要找个机会,和你去谈一谈,总是不能够。"一面说着,一面给他让座。杨半山毫不客气的就坐在首席。他旁边还有一个空位,将手上的折扇,敲着坐椅道:"老七,这儿来坐,这儿来坐。"燕西听说,真个坐过来。杨半山拍着他的肩膀道:"你今年多大年纪了?"燕西笑道:"十八岁。"杨半山道:"好啊,这真是现在人所谓的黄金时代啊。你定了亲事没有?"燕西笑道:"怎么样?杨半老问我这句话，想喝我的冬瓜汤吗？"杨半山道："你这话，说得就该打。你们这班新人物，赶上了改良的年头儿了，正好干那才子佳人的韵事，自己去找佳偶。而且现在是光明正大自订终身，用不着半夜三更上后花园了。你说要我做媒，岂不是冤我老头子？"燕西笑道："那也不然，喝冬瓜汤，不一定是旧式的媒人。就是新式结婚的介绍人，也可以算是喝冬瓜汤。"

杨半山左手一把摸着胡子，将头点了两点道："这话倒也持之成理。你若真是有这个意思，我倒可以给你介绍一个。"燕西一面听他说话，一面伸手去拿了酒壶来，向老头子的酒杯里，就冷不防斟上一杯酒，笑道："我先给你斟上一杯做定钱，将来事情成了，再谢媒罢。"杨半山道："得！我先收下你这定钱。"端起杯子，咕嘟一声，把酒一口喝干了，对着满桌人照了一照杯。晚香和凤举坐在主席，面前还有一把酒壶。

晚香拿酒壶站了起来，对杨半山微微一笑道："老先生，我敬你一杯。"杨半山左手按了酒杯，右手拿了折扇，在桌一敲，伸着头笑道："新奶奶敬我一杯，这是得喝的，但是主不请，客不饮呢。"晚香笑道："我是不大会喝酒。但是老先生要我陪一杯，我就陪一杯。"说时，将自己面前的酒杯，满满斟上了一杯。凤举一顺手就把她的酒杯按住。笑道："你又要作怪。回头灌醉了，又要闹得不成样子。我看你还是安静一点儿的好。"杨半山道："岂有此理！哪有主人翁敬客，旁人从中拦阻之理？"凤举笑道："不是我不让她喝酒，因为她一点酒量没有，喝下去就要闹的。所以我不敢让她放肆。若是半老非陪不可，我代陪一盅如何？"杨半山道："不成，她是她的，你是你的。你把酒喝到口里，不会到她肚子里去。"

凤举笑道："半老，你不是她的先生吗？哪有个先生要灌女弟子喝酒之理？"杨半山抚摸着胡子笑道："不错,我是有此一说,但是你贤夫妇,并没有承认。"凤举道："不是不承认,因为杨半老是一位大文学家,把一位认识不了三个大字的女子,拜在门墙,岂不是坏先生的名誉？而且杨半老连这种弟子也收,岂不成了教蒙馆的先生,连《三字经》、《百家姓》,都要教起来了？"杨半山笑道："我的门生多着呢！若是一个一个都要我亲自去教他,那会把我累死了。我的意思只不过要有一个名义,能不以无关系的人待我,那就行了。"

晚香在他讨论之际,已经捧着壶离开了席,走到杨半山面前笑道:"得啦！我不敢把先生当平常人看待。这儿给你敬酒来了。"杨半山唱着昆曲的道白说："酒是先生馔,女为君子儒。女学生,我生受你了。"大家一听,哈哈大笑。凤举道："半老,这是说不得的话啊。"大家以为凤举不喜欢杨半山开玩笑,都愣住了。

第四十一回

当面作醉容明施巧计　隔屏说闲话暗泄情关

凤举也看出大家的意思了，因道："这两句诗，不是《牡丹亭》上的吗？那末，半老成了在陈绝粮了。"杨半山道："那也不要紧。我现在虽不绝粮，也就到了典裘沽酒的时代了。"晚香将酒杯拿起来，交给杨半山道："你喝！喝完了，我还要敬你一杯。"杨半山有了她相劝，不喝也不好意思，于是连干了两杯。晚香让他喝完，这才回席。

杨半山将扇子一拍桌沿，叹了一口气道："凤举世兄，这是你们的世界了。我们当初到京的时候，年少科甲，真个是公子哥儿。一天到晚，都是干那诗酒风流的事儿，比你们现在这样还要快乐。不料只一转眼，青春年少，就变了白发衰弱，遇到这种诗酒之会，不免要成少年人的厌物，真是可伤感得很。"凤举道："不然！不然！无论是什么人都有一个年少时代，这是不足羡慕的。譬如说罢，据半老自己所言年少的时候，已经快活了半辈子，现在到了年老，又和我们这班小孩子在一处，是你已经快活两个半辈子了。我们现在快活，将来能不能像半老这样快活，却是说不上。如此看来，只有我们不如半老,不能半老不如我们。况且半老精神非常的好,看去也不过五十岁的人。若是不长胡子,看去就只三四十岁,这正是天赋的一副好精神,为什么不快活呢?"燕西道:"真是的。杨半老真看不出来是六十多岁的人。"

杨半山现在虽然是个逸老,不怕人家说他穷,也不怕人家说他没有学问。就是一样,怕人家说他年老,你若说他老,他必定说,我还只六十三岁,七八十岁的人,那就不应该穿衣吃饭了。所以人家当他的面说出他不老,说他精神好,他就特别欢喜。现在金氏兄弟异口同声的说出他不老,喜欢得眯起双眼,笑出满脸皱纹来。凤举道:"我这话你听了以为如何?你问问同席的人,我这话错不错?"刘蔚然道:"实在是真情。半老的精神固然不错,就是他发笑的声音,也十分洪亮。若不是熟人,他在屋子外面听了,他绝猜不到是个六旬老翁的声音。"杨半山道:"这话我也相信,倒不是刘世兄当面恭维我。他们凤鸣社里的昆曲集会,每次都邀我在内。若是论起唱来,我真不怕和你们小伙子比一比。"

刘宝善笑道:"燕西兄现在正在学昆曲,而且会吹笛子,半老何不和他合奏一段曲子?"说这话时,却向燕西使一个眼色。燕西道:"唱我倒能来几段。笛子是刚学,只会一支《思凡》。"刘宝善正和他比座而坐,听了这话,用脚在桌子下,敲了一敲他的大腿。笑道:"就是《思凡》好,你就和半老合奏这个罢。"杨半山道:"不唱呢,我今天怕不行,而且也没有笛子。"凤举道:"那倒现成。胡琴笛子这两样东西反正短少不了。"晚香笑道:"就是上面屋子里挂的着那支粗的笛子吗?我去拿来。"说毕,带走带跳的去了。

杨半山将脑袋摆了一摆,笑道:"玲珑娇小,刚健婀娜,兼而有之。"于是拈着下颔上几根长胡子,对凤举一点头道:"世兄,你好艳福啊。"凤举端了杯子呷着酒微笑。一会儿工夫,晚香取了笛子来,交给燕西。燕西拿笛子在手,向杨半山笑道:"半老,半老,如何?"杨半山笑道:"这一把胡子的人,要我唱《思凡》,你们这些小孩子,不是拿我糟老头子开玩笑吗?"刘宝善连连摇手道:"不然,不然。你没有听见燕西说,他只会吹这个吗?"杨半山笑道:"真的吗?燕西兄,你先吹一支曲子给我听听看。你若是吹得好,我就一抹老脸,先唱上一段。"燕西也是看了众人高兴,要逗着老头子凑趣,当真拿了笛子,先吹一段。然后歇着笛子向杨半山笑道:"你看怎么样?凑付着能行吗?"杨半山点了点头道:"行,我唱着试试罢。"

于是将身子侧着开口唱起来。唱到得意的时候,不免跟着做身段。晚香和凤举坐在一处的,握住了凤举的手,只是向着他微笑。凤举只扯她的衣服,让她别露形迹。燕西见杨半山扭着腰子,摆着那颗苍白胡子的脑袋,实在也就忍不住笑。笛子吹得高一声细一声,也只好背过脸去,不看这些人的笑相。好容易唱完了,大家一阵鼓掌。杨半山拈着胡子道:"我究竟老了,唱得还嫌吃力,若是早十年,我就一连唱四五支也不在乎呢。"大家又是一阵笑。

杨半山道:"燕西世兄,什么时候学的昆曲?吹得很不错。"燕西指着刘宝善道:"我们这班朋友,都是在二爷家里学的。有一个教昆曲的师傅天天到二爷那里去。我们爱学的,一个月也不过出个六七块钱,有限得很。我原不要学,偏是他们派我出一份学费。我不学,这钱也就白扔了,所以我每星期总学个两三天,你看怎样?学得出来吗?"杨半山道:"学得出来,学得出来。这个我也知道一点,我们可以研究研究。"朱逸士道:"七哥倒用不着半老教。你有一个新拜门的学生,倒是要教给人家一点本领呢。这个新门生,皮黄就好,再加上昆曲,就是锦上添花了。"晚香道:"朱先生,你别给我添上那些个话,我是什么也不能。"

杨半山笑道:"新奶奶,你的话我算明白了。你是怕我们要你唱上一段呢。其实,我这一大把胡子的人,都老老实实的唱了,你们青春年少的人,有什么害臊的?"晚香笑道:"老先生,要会唱的人,那才能唱啊。我是一句不会,唱些什么呢?"朱逸士道:"新嫂子,你这话不屈心吗?我要骂那会唱的人了。"晚香抿嘴笑道:"你尽管骂,不要紧。我反正是不会唱。"朱逸士道:"凤举兄,你说句良心话,新嫂子会唱不会唱?"凤举笑道:"这话说得很奇怪,要我说做什么?她不会,我说她会,她也不会唱。她会,我说她不会,她也不能要唱一段来证明。"正说到此地,晚香低低的叫了两声刘妈。因叫不着,自己就走了。一去之后,许久也没有来。

赵孟元道:"了不得,我们都中计了。人家当着我们的面从从容容的逃席走了,我们会丝毫不知道,这是多么无用啊!"朱逸士道:"不要紧,逃了席,也逃不了这幢房子。咱们回头吃饱了,喝足了,到她屋子里闹去。"凤举笑道:"她很老实的,绝不能逃席,我自叫她来罢。"便分付听差请大少奶奶来。听差笑着,却不曾移动。凤举道:"你们请不来吗?我去!"他于是走到里面,将晚香带劝带拉,牵着她一只手,一路到客厅里来。晚香笑道:"别闹,我又不是小孩子怕客,拉些什么?"说毕,将手一摔。

凤举道:"坐下罢。你唱得那样糟糕,他们不会要你唱的,你放心坐下罢。他们要你唱是和你开玩笑的呢。"朱逸士道:"大爷真是会说话,这样轻描淡写的,把新奶奶这一笔帐就盖过去了。不成,我们总得请新奶奶赏一个面子。"晚香笑道:"所以我就很怕诸位闹,不敢请诸位过来。请了这一回客。第二回我就不敢再请诸位了。"刘宝善笑道:"我们这样的客,来了一回,还想来二回吗?反正闹是不能再来,不闹也是不能再来,我们就敞开来闹罢。"这一说,于是大家哈哈大笑。

他们这样闹,凤举不觉得怎样,惟有燕西一想,晚香总是一个嫂嫂,大家当着小阿叔的面,和嫂嫂开玩笑,未免与人以难堪。这其间自己固然是游夏不能赞一词,就是大家一定要逼晚香唱戏,燕西也觉得太不客气。因此他默然坐在一边,脸上有大不以为然的样子。晚香和燕西正坐在斜对面,看他那般局促不安,也就看出一部分情形。因对凤举道:"七爷倒是老实。"凤举点了一点头。朱逸士道:"他老实吗?只怕是老实人里面挑出来的呢?"晚香道:"你瞧!大家都在闹,只有他一人不闹,不算是老实吗?"朱逸士道:"他因为新奶奶是一位长嫂,在长嫂面前,是不敢胡乱说话的。若是在别的地方,你瞧罢?他就什么话也能说了。"燕西听了,也不辩驳,只是微微一笑。

杨半山道:"女学生,你不唱也得,你陪大家喝一杯罢。"晚香调皮不过,捧了酒壶,就挨座斟了一巡酒。然后回到自己的位子,也斟上一杯,就举着杯子对大家一请,微笑说道:"招待简慢得很,请诸位喝一杯淡酒罢。"说毕,先就着嘴唇,一口吸干了,对着大家照了一照杯。杯子照着众人,老是不肯放下来。大家因为她这样,也就不便停杯不饮,都端起杯子,干了一杯。刘宝善道:"来而不往非礼也,我们不能不回敬一杯。"于是要过酒壶去斟上一杯,举了起来道:"新奶奶,怎么样?不至于不赏脸罢?"晚香笑道:"我的酒量浅,大家再干一杯得了。"说毕,她端起来先饮。杨半山笑道:"我这位女弟子,真是机灵,她怕你们一个一个的回敬,有些受不了,倒先说干一杯,真是有门儿。"说到这里,已上了菊花锅子。

厨子擦了取灯儿,将锅子正面的火酒点着,火光熊熊,向上乱吐,一股热气，兀自向人面乱扑。晚香喝了酒，本来也就将几分春色送到脸上，现在炉子火光一烘，面孔上更是红红的。晚香拿着凤举的手，在脸上抚摩了一会儿，笑道："你摸，我不是醉得很厉害吗？"凤举笑道："你太没有出息。喝这两杯酒，怎么就会醉了？"晚香两只白手互相叠着，放在桌沿上将额角枕了手背，说道："哎呀！我的脑袋，有些发晕了，怎么办呢？"凤举道："吃腻了罢？不会是头晕。"晚香将一只胳膊，闪了一闪，说道："吃腻了头晕，我没有听见说过。"凤举道："你真是头晕，就进去睡罢，不要吃了。"说着，挽了她一只胳膊就让她走。晚香一只手扶了人，一只手按了桌子，对大家笑道："这不算是逃席罢？"大家碍了面子，不好说什么。看她那样子，也许真是头晕，因此都不会为难。凤举挽着她转过了玻璃门，晚香将手一挥，回头一笑，轻轻的说道："傻瓜，谁要你扶着？"一扭头，带跳带跑，就回上房去了。

  凤举一看，这才知道她是捣鬼。这鬼算捣得好，连自己都不曾知道，不觉一个人好笑起来，在屋子外停了一停，忍住了笑，然后才走进屋子去。朱逸士道："酒是喝不醉，怕是中寒。这个日子，天气已太凉了，我看她还穿的是夹袄，只那瘦小的身儿，我都替她受不了。"刘宝善道："现在太太们爱美的心思，实在太过分了。到了冬天，皮衣都不肯穿了，只是穿一件驼绒夹袄，真是单薄得可怜。今天这样凉，新嫂子好像还穿的是一件软葛夹袄。"刘蔚然笑道："你看走了眼了。人家并不是夹袄，乃是一件单褂子呢。"朱逸士道："穿一件单褂子吗？我不相信。"凤举笑道："是一件单褂子。不过褂子里面，另外有一件细毛线打的小褂子，所以并不冷。"杨半山笑道："她们实在也想得周到，知道穿单褂子好看，又会在单褂子里另穿上毛线褂子。这样一来，既好看，又不凉，实在不错。"凤举见人家夸奖他的如夫人,不由得心里笑将起来,端了杯子只是出神。刘宝善手里捧着碗,将筷子敲着碗沿当当的响,口里说道:"大爷,大爷,吃饭不吃饭?我们可吃完了。"凤举这才醒悟过来,找补半碗稀饭喝了。

大家一散席,一阵风似的拥到上房。晚香知道他们爱闹,假装在里面屋里睡了。大家因晚香脸上曾一度发现红晕,倒认为她是真不大舒服,因此不再请出来,各人谈了一会儿,各自散开。只有燕西和杨半山没走。晚香换了墨绿的海绒夹袄,一掀门帘,笑着出来了。杨半山笑道:"好孩子,你真会冤人,我这才知道你的手段哩!"晚香笑道:"你哪里知道,大爷的一班朋友,都是爱闹的。不理他们,可得罪了人。要理他们,他老是和你闹,你简直没有法子对付。所以我只好假装脑袋疼,躲开他们。反正他们天天也不能有这些人来闹。一个两个,我不怕,倒对付得了。"凤举笑道:"刚才躲起来,这又夸嘴了。"晚香说话时,就给杨半山和燕西斟了一杯茶,共围坐在一套沙发上。

晚香先对燕西笑道:"七爷,你回宅里去的时候,可别这样说。我原是想在外面住,总不成个规矩。等大爷在老爷太太面前疏通好了,我再回去。这个时候,你尽管来玩,回去可一字别提。我是不要紧,闹出什么事,不言语躲开就是了,可是大爷就够麻烦的。"杨半山摸着胡子,连连点头道:"这话言之有理。老七,你要守秘密。闹出风潮来,大家都不好。"燕西笑道:"今天是赵孟元硬拉我来的。不然,我还不知道住在哪儿呢?我的脾气,就是不管本人分外的闲事。"晚香笑道:"我不是说七爷管闲事啊。就怕你一高兴,顺口说出来了,今天晚上在哪里吃的晚饭。回头你那位大嫂子听见一问,你怎么办?还是说好呢,不说好呢?不说,对不住大嫂,说了对不住自己大哥。"燕西见她三言两语,就猜中了本人的心事,不由得噗哧一声就笑将起来。

晚香笑道:"我这话说得挺对不是?"燕西笑道:"我刚才说了,是不管闲事的人,无论发生什么事,我是不会两面说的。"晚香笑道:"那就好极了。现在我是不出大门闷得慌,若是没有事,七爷可以常来和我谈谈。最好能再凑上一个人,我们可以在家里打小牌。"凤举笑道:"你倒想得周到,叫人整天陪你打小牌,别人也像你一样,一点事没有吗?"晚香道:"我并不是说叫你整天陪我打小牌,不过没有事就来就是了,你没有听清楚我的话吗?七爷,你还是一个人来罢,别邀人来打牌了。我是刚说一句,你的大哥就不愿意。若是真打起来,你哥哥非揍人不可了。"

她说话时,两只胳膊撑住了沙发椅子的扶手,人坐在上面一颠一耸,两只高底皮鞋的后跟,一上一下,打得地板咚咚的响。燕西见她如此,活现是一个天真烂漫的人,并没有什么青楼习气。若是对佩芳说了,让她来大兴问罪之师,良心上说不过去。因此把佩芳所托的话,根本推翻。还是依着大哥,给他始终保守秘密为是。这样一来,倒很随便的谈话下去。一直谈到一点钟,才坐凤举的汽车回家。到了家里,再坐一会儿,就快三点钟了。

一觉醒来,又是下午。因为金太太早先对金荣说了,七爷醒了,叫他去有话说。因此燕西一起来,金荣就说道:"七爷,你这几天回来得太晚了,总理要你去说话哩。"燕西道:"是真的吗?你又胡说。"金荣道:"怎么是胡说?太太就派人来问了好几回,问你起来了没有?"燕西心里一惊,难道是昨晚上的事犯了?这一见了父亲,不定要碰怎样一个大钉子。因道:"太太也问我来的吗?你是怎样对太太说的?"金荣道:"我没有对太太说什么,太太是叫人来问的。"燕西道:"总理在家里没有?"金荣道:"上衙门还没有回来。"燕西笑道:"那倒还是我走运。让我先进去试试看,太太就是说上一顿,也不要紧。"于是抢忙洗了一把脸,赶紧就向上房走。

到了里院的月亮门下,背着两手,慢慢的在长廊下踱着缓步,口里还不住的唱着二黄。金太太正戴了一副老花眼镜,捧了一本大字《三国演义》,就着窗下的亮光看。见窗外人影子晃来晃去,又听到燕西哼哼的声音,便问道:"外面那不是老七?"燕西道:"是我。我要找四姐问几个外国字呢。"金太太道:"你别要假惺惺了。给我滚进来,我有话问你。"燕西含着笑,一只手打了帘子,一只脚在房门里,一只脚在房门外,靠住门框站了。

金太太把眼镜取了下来,问道:"我问你,你这些时候,忙些什么东西?我简直三四天不见你的面。你就这个样子忙,你应该赶上你的父亲了,为什么你还是一个大子儿也挣不了?"燕西笑道:"你老人家真骂苦了我了。可是我天天不在书房里看书,又说我行坐不定,没有成人的样子。一天到晚在书房里坐着,又说见不着人,这不是太难吗?"金太太用一个食指,对燕西点了几点,笑道:"孩子,你在我面前,就这样撒谎,若是你老子在面前,也能这样说吗?"燕西笑道:"并不是我撒谎,我是真正每天都有几个钟头看书。"金太太道:"你这就自己不能圆谎了。刚才还说是一天到晚不出去,这又改为几个钟头了。昨天晚上,到了一点钟派人去叫你。你还没有回来,你到哪里去了?"燕西道:"我在刘二爷家里。"金太太道:"你胡说!我叫人打电话到刘家去问,就听说刘二爷本人不在家呢。"

燕西这时已走进屋里,斜躺在一张沙发上。轻轻的说道:"真是骑牛撞见亲家公,单单是我昨天打了四圈牌,就碰到你老人家找我。"金太太道:"你不要推托是打牌,就是打牌,你也不应该。你父亲为你的事,很生气。你还嬉皮涎脸,毫不知道呢。"燕西道:"我又没做什么错事,父亲为什么生气?回来得晚一点,这也不算什么。而且回来得晚,也不是我一个人。"金太太道:"我是不说你。你有理,让你老子回来了,你再和他去说罢。据许多人说,你是无所不为,天天晚上都在窑子里。"燕西跳了起来说道:"哪有这个事!是谁说的?我要把这个报告的人,邀来当面对质。"金太太道:"说得不大对,你这样跳。可见说你终日在外不回来,你并不说什么,那是事实。"

正说到这里,老妈子进来说:"魏总长的老太太打了电话来了,请太太过去打小牌。"金太太道:"你去回她的电话,就说我待一会儿就来。"老妈子就去了,燕西对他母亲望着,笑了一笑,可不做声。金太太笑道:"没出息的东西,你心里在说我呢。你以为我骂你打牌,我自己也打牌了。你要知道,我这是应酬。"燕西道:"你老人家真是诛求过甚,连我没做声,都有罪。要说我心里在犯罪,那末,在你老人家随时都可以告我的忤逆。"金太太将手一摔道:"出去罢,不要在这里啰嗦了,我没有工夫和你说这些闲话。"燕西一伸舌头,借着这个机会,就逃出来了。

刚一出门,碰到了梅丽。她一把揪住燕西的胸襟,笑道:"这可逮住了。"燕西道:"冒失鬼!倒吓我一跳。什么事要抓住我?"梅丽道:"王家朝霞姐是明天的生日。我买了点东西送她。请你给我写一张帖子。"燕西道:"小孩子过生日,根本上就不用送礼;送礼还用开礼单,小孩子做成大人的样儿更是寒碜。"梅丽道:"寒碜不寒碜,你别管,反正给我写上就是了。"说时,拖了燕西的手就走。

梅丽因为自己要温习功课,曾在二姨太的套房里用了两架锦屏,辟作小小的书室。因此她拉着燕西,一直就到那套间里去。二姨太看见燕西被拉进来,笑道:"梅丽,你就是不怕七哥,老和他捣乱。七哥也端出一点排子来,管管她才好。"燕西笑了一笑。梅丽将头一偏道:"你别管!这也不碍你的事。"二姨太道:"这丫头说话好厉害,我不能管你,我能揍你。"说着,顺手拿了瓷瓶里插的孔雀尾追过来。梅丽笑着把套房门訇的一声,紧关上了。燕西笑道:"打是假打,躲也是假躲。我没看见用那轻飘的东西能打人的。梅丽,你的皮肉,除非是豆腐做的。你会怕孔雀尾子把你打伤了吗?真是没有出息。"梅丽笑道:"人家要挨打,躲也躲不了,你又从中来挑祸,这更是糟糕了。"二姨太笑道:"我是随手一把,没有拿着打人的东西,你以为我真是骇吓你就算了呢。"燕西道:"得了,二姨太你就饶她一次罢。反正打不痛,她也是不怕的啊。"二姨太见燕西从中拦住,也就算了。

里边屋里,梅丽自去找燕西写字。佩芳因为梅丽抱着燕西向屋里走,因此也跟了来。站在房门外,看见二姨太那样管梅丽,也是好笑。等二姨太打人了,这才笑了进来,说道:"二姨太疼爱妹妹,比母亲究竟差些,母亲连骂都不肯骂一句呢。"二姨太道:"那究竟为了隔着一层肚皮的关系。太太是对孩子客气一点,其实,她若打了小孩子骂了小孩子,我们还敢说她不公心吗?"佩芳道:"其实,倒不是客气,实在小妹妹是有些好玩,怪不得老人家疼她,连我都舍不得对她瞪一瞪眼呢。"

说这话时,只听见梅丽说道:"七哥,你就不怕大嫂说吗?"佩芳还以为是梅丽听见说话,搭起腔来了。便偏着头,听了下去。只听见燕西道:"我的态度最是公正,也不得罪新的,也不得罪旧的。"

梅丽道："你这话就该让大嫂生气。她到咱们家来多少年了，和你也是很好。这个新嫂子呢，你也不过昨日见了一面，你就不分个厚薄吗？"燕西道："别嚷别嚷，让人听见传到大嫂耳朵里去，我又是个麻烦。"二姨太先还是不留心，后来看见佩芳不做声，静静听下去，心里不由得乱跳。这一对小孩子口没遮拦，却是尽管说下去。二姨太想拦住，恐怕是佩芳不高兴，不拦住，若把内容完全说出来了，少不了有一顿大吵大闹，更是祸大。她事外之人格外急得脸上红一阵，白一阵，只得提高了嗓子，连连叫王妈。

梅丽哪里理会？依旧是说下去。就问燕西道："你看这新嫂子，人长得怎样？漂亮不漂亮？"燕西道："当然漂亮。不漂亮，你想老大会如此吗？"梅丽道："她见了你，你怎样称呼呢？"二姨太在隔壁听了，只急得浑身是汗，就对佩芳道："大少奶奶，这事居然是真的，我看我们老大有些胡闹了。我们把老七叫来，当面审他一审罢？"便用手拍了桌子，嚷道："老七，你不要在那边说了，大嫂来了，你到这边来说罢。"燕西忽然听了这话，心里倒吓了一跳。连忙走出套房门，伸头向这边一望，佩芳可不是坐在这里吗？

燕西满面通红，问道："大嫂什么时候来的？"佩芳笑道："你不知道我在这里罢？若是二姨太不做声，大概你们还要往下背'三字经'呢。"燕西笑道："我原对八妹说，把你请来，和你要求一个条件，然后把内容告诉你，不料你先来了，倒捡了一个便宜去。"佩芳指着燕西的脸，冷笑道："好人哪，我是怎样的问你，你倒推得干净，一点儿不知道。可是当天晚晌，你就去见那位新嫂子去了。去见不见，那是你的自由权，你怎样对八妹说，不敢得罪新的。反不如八妹有良心，说你对不住我。"燕西被佩芳盖头盖脑一顿讥讽，逼得脸加倍的红，犹如喝醉了酒一般。只得傻笑道："大嫂，我这事是有些对不住你。但是你能不能容我解释一下。"佩芳道："用不得解释,我完全知道,你也是不得已而为之。"燕西笑道:"我真没法子向下说了。得了,我躲开你,有话我们回头再说罢。"说时,掉转身子,就想要走。

佩芳一伸手,笑道:"不行,你又想在我面前,玩金蝉脱壳之计哩。"燕西道:"这可难了。我在这里,你是不许我说。我要走,你又嫌我没有说出来,这应该怎么办呢?"佩芳道:"骂我要骂你,说你是得说。"燕西对着二姨太笑,皱着眉两手一扬,说道:"你瞧我这块骨头!"二姨太也笑了。佩芳坐在一张海绒的软榻上,将脚向榻头的一张转椅,踏了两下,笑道:"在这里坐着,我有话问你。"燕西笑道:"这样子,是要审问我呢。得!谁叫我做了嫌疑犯哩,我坐下你就审罢。"佩芳道:"我是规规矩矩和你谈话,并不是开玩笑。"燕西故意把转椅扶得正正当当的,然后坐下,面向着佩芳说道:"大嫂请你问,我是有一句说一句,不知道的就说不知道。"佩芳道:"我问的,都是你能知道的。我多也不问,只问十句。可是这十句,你都实实在在答应,不许撒谎。若要撒谎,我就加倍的罚你,要问二十句。"

燕西一想,十句话有什么难处,还不是随便的就敷衍过去了。因道:"那成,这头一问呢?"说时,竖起一个食指。佩芳道:"我问了,你可不许不说。我问你这第一句话,是她住在什么地方?"燕西不料第一句,就是这样切切实实的一个问题。便道:"住在东城。"佩芳道:"你这句话,是等于没说。东城的地方大得很,我晓得住在什么地方?你说了答应我十句话,一句也不撒谎。现在刚说第一句,你就说谎了。"燕西脸上笑,心里可大窘之下。不说呢,自己不能完成一个答案,显是撒谎。说了呢,她简直可以按图索骥。这一下子,真把燕西急得无可奈何了。

第四十二回

云破月来良人避冢妇　莺嗔燕咤娇妾屈家翁

佩芳见燕西犹豫的样子，鼻子里哼着冷笑了一声。燕西想了一想，有主意了。因道："凡事总得让人家办成了局面，你再来下批评。我刚才说出'东城'两个字，不过是顶大帽子，至于详细地点，当然还要让我再往下面说。我这说了'东城'两个字，你就说不对，这样的批评，岂不是有些不对？"佩芳笑道："猪八戒收不着妖怪，倒打一耙。我要说你，你倒反驳起我来了。好！这就算我输了。我问你，她住在东城什么地方？"燕西装出很老实的样子说道："住在燕儿胡同一百号。"

佩芳看着燕西的面孔，呆滞着，出了一会儿神，笑道："你不要胡扯！没有这样一个胡同。一个胡同里，也不能有这样多门牌。"燕西道："你并没有到过，你怎能断定没有这些门牌？不但一百号门牌，有二百号的都多着呢。"佩芳道："门牌倒说得过去。可是我就没有听见说过有什么燕儿胡同。"燕西道："北京城里地方大得很，哪里能处处都知道？我说有，你一定说没有，那有什么法子。"佩芳道："燕儿胡同，由哪里过去？"燕西道："你这个问题，问得实在难一点。我是坐汽车去的,我坐在车子里头,走过那些胡同,我哪里知道?这是很容易的事,你若是有意思要去看看,你就叫汽车夫直接开到燕儿胡同去得了。"佩芳道:"好,算你随便说都是有理。我再问你,她是怎样一个人?"燕西道:"不过中等人罢了,没有什么特美之点。"佩芳道:"你这话有些不对。若是长得没有什么特美之点,你大哥为什么讨她呢?"燕西道:"不过年青一点罢了,加上把好衣服一穿,自然不觉怎样坏。"

佩芳点了点头,笑道:"这总算是你一句良心话。我很愿意把她弄回家来,我和她比一比。哼!我要让她比下去了,我就不姓这个吴。"燕西笑道:"这可不结了。你知道是这么样,你还生什么气?"佩芳冷笑道:"我生气吗?我才不值得生气呢。她住的那个屋子有多么大?听说设备得很完全,是吗?"燕西道:"不过是个小四合院子,没有什么好处。我不知道老大,在那里面怎样呆得住?"佩芳道:"她穿的是些什么衣服?"燕西道:"她在家里能穿什么好的呢?不过是一件巴黎哔叽的夹袄。"佩芳道:"她在家里,穿得这样好,也就可以了。她是什么东西出身!还要望穿得太好吗?"

燕西说一句,佩芳驳一句。燕西笑道:"这样子,大嫂子不是问我的话,倒好像和我拌嘴似的,这不很妙吗?"佩芳笑道:"我和你拌什么嘴?我看得这事太笑话了,忍不住不说两声。"燕西道:"你说只问我十句,这大概有十句了,你还有什么可问的没有?若要再问,已经在十个问题之外,我可以随便的答复你了。"佩芳笑道:"那由着你。但是我也不问,请你自己拣可以说的对我说罢。"燕西道:"我所知道的,都可以说。这又不关我什么事,我何必隐瞒呢?"于是把大家吃饭说笑的话,略微谈了几句。

佩芳在问话之时,自是有谈有笑。现在不问了,专听燕西说,尽管呆着听下去。听下去之时,她不躺着了,坐将起来,右腿架在左腿上,两手相抄,向前一抱着,脸上先是显得很忧愁的样子,慢慢的将鼻子尖耸了两耸,接上有七八粒泪珠滚到胸襟上。二姨太皱眉对燕西道:"这,全是老七多嘴多舌,惹出来的麻烦。小孩子在家里,总是搬弄是非,让你大嫂这样伤心。"燕西道:"这是哪里说起?先是大嫂要我说,说完了之后,又怪我多事,这岂不是有意叫我犯罪?"佩芳道:"这不能怪老七。老七就是不说,我也会慢慢打听出来的。二姨太不要提罢,等我见了母亲,把他找着,当面把这事从长评论评论。"

佩芳口里说着,心里已在盘算,当了二姨太的面,是不能反对人纳妾的。于是将脸正了一正,说道:"二姨太,你不知道。我是三十快到的人,绝不会吃什么醋,而且与其让他在外面胡闹,不如让他再讨一个人。但是你要讨人,要对父母回明,拣一个好好的人才,讨了回来,多少也可以帮我一点忙,我有什么不乐意的?"二姨太道:"大少奶奶这话很是。与其让老大在外终日胡闹,不如让他讨一个人。但是这件事总应该先通知家里一声,不当那样偷偷摸摸的。这话说明了,我想你是不会反对的。"佩芳坐了不做声,垂了一会儿泪。燕西面上虽然笑嘻嘻的,心里可就想着,今天这一场大祸,惹得不小。搭讪着一掀门帘,向天上看了一看太阳就溜走了。

这里佩芳心里是一万分委屈,走回房去,想了又哭,哭了又想。蒋妈一看情形和平常不同,便走到金太太屋里去报告。说道:"太太,你去瞧瞧罢。我们少奶奶也不知道是什么事受了委屈,今天哭了大半天。我看那样子,很生气似的,我又不敢问。"金太太道:"她这一向子总是和老大闹别扭。"道之、慧厂都坐在屋子里,道之听了对慧厂微笑了一笑。金太太看见,笑道:"正是的,你两口子,也是闹别扭，现在怎么样了？"慧厂道："他是屡次和我生气，我不和他一般见识。"金太太一面起身，一面说道："我暂且不问你的事，我先看看那个去。"于是跟着蒋妈一路到佩芳院子里来。

恰好一转走廊，顶头就碰到了凤举，金太太一把将他抓住说："你哪里来？驾忙得很啦。你的妇人快要死去了，你还不去看看。"凤举突然听到了这句话，倒吓了一跳，问道："那为什么？真的吗？"金太太见他真吓着了，就乘此机会要把他拉住，因正色说道："我哪里知道？你和我去看看就明白了。"凤举到了此时，不由得不跟着母亲走，一面说话，一面就在金太太前面走去。

佩芳一个人坐在屋子里，正在垂泪，听到外面有脚步响，隔着玻璃窗子向外一看，连忙倒退一步，面向里横躺在床上。金太太和凤举走了进来，便问道："佩芳你怎么样了？不舒服吗？"佩芳躺着，半晌不做声。金太太走上前，将她推了一推，问道："怎么样？睡着了吗？"佩芳翻了一个身，慢慢用手撑着身体，坐将起来，说道："妈来了。我没有什么不舒服。"凤举见她满脸憔悴可怜，不由动了爱惜之念，便道："我们请大夫来瞧瞧罢。"佩芳对凤举一望，身子站了起来，冷笑道："原来是大爷回来了。你大驾忙得很啦。谁是我们？谁是你们？刚才大爷是和我说话吗？"凤举虽被她抢白了几句，一来见她哭泣着，二来母亲在当面，也就完全忍耐，不说什么。

金太太也就脸一板道："不是我当着你媳妇的面，扫灭你的威风，你这一阵子，实在闹得不成话。"凤举陪着笑道："不过没有在家住，闹了什么呢？"佩芳用手向凤举一指道："你这话只好冤母亲，你还能冤别人吗？姨太太讨了，公馆也赁好了，汽车也买了，样样都有了，还说没有闹什么？你不回来，都不要紧，十年八年，甚至于一辈子不回来，也没有谁来管你。只是你不能把我就如此丢开，我们得好好的来谈判一谈判。你以为天下女子，只要你有钱有势，就可以随便蹂躏吗？有汽车洋房就可以被你当玩物吗？你不要我，我还不要你呢！凭着母亲当面，我们一块儿上医院去，把肚子里这东西打下来。然后我们无挂无碍的办交涉。"凤举的脾气，向来不能忍耐的。佩芳这样指着他骂，他怎样肯含糊过去？而且母亲在当面，若是就这样容下去，未免面子很难看。就说道："你这种说法，是人话吗？"

佩芳道："不错，不是人话，你还做的不是人事呢。在如今的年月，婚姻自然要绝对自由。你既然不高兴要我，我也犯不着要你。这地方暂且让我住了，就是我的境界，多少带有几分贱气。这种贱地，不敢劳你的驾过来，请你出去，请你出去！"说这话时，两只手扬开，向外做泼水的势子。金太太原来觉得是儿子一派不是。现在看到佩芳说话，意气纵横，大有不可侵犯之势，而且凤举并没有说什么话，立刻转一个念头，觉得是佩芳不对。脸上的颜色，就不能像以先那样和平，很有些看着佩芳大不以为然的样子。因对佩芳说道："你又何必这样子？有话不能慢慢说吗？我看那些小户人家，没吃没喝，天天是吵，那还可以说是没有法子。像我们这种人家，比上不足，比下有余，何至于也是这样天天的吵？好好的人家，要这样哭着骂着过下去，这是什么意思？"

金太太这话，好像是两边骂，但是在佩芳一人听了，句句话都骂的是自己。心想，丈夫如此胡闹，婆婆还要护着他，未免有些偏心。便道："谁是愿意天天这样闹的呢？你老人家并没有把他所行所为的事调查一下。你若是完全知道，就知道我所说的话不错了。我也不说，省得说我造谣。请你老人家调查一下就知道。"金太太道："他的事我早已知道一点。可是你们只在暗里闹，并不对我说一声儿。我要来管,倒反像我喜欢多事似的。所以我心里又惦记,又不好问。不然,我们做上人的,岂不是成心鼓动你们不和?"说到这里,回头对着凤举狠声说道:"你也是个不长进的东西,你们只要瞒过了我和你父亲的眼,什么天大的事,也敢办出来。据许多人说,你在外头,另弄了一个人,究竟这事是怎么样的?你真有这大胆量,另外成一所家吗?"

佩芳靠了铜床栏干,两只手背过去扶着,听到这里,嘿嘿的冷笑了两声。金太太看见,便道:"佩芳,你冷笑什么?以为我们上人昏聩糊涂吗?"佩芳陪笑道:"母亲这是怎么说法?我和凤举当着你老人家面前讲理,原是请你公断,怎敢说起母亲来?"金太太随身在旁边一张靠椅上一坐,十指交叉两手放在胸前,半晌说不出话。佩芳刚才说了一大串,这时婆婆不做声,也不敢多说。凤举是做错了事了,正愁着没有法子转圜,自己也就不知道要怎样措词。因此在桌上烟卷盘子里找了半截剩残的烟卷头,放在嘴里。一时又没有火柴,就是这样把嘴抿着。

这时,慧厂和道之已经赶了来,玉芬和梅丽也来了。先是大家在外面屋子里站着听,接上大家都走进来。梅丽伏在金太太肩上,说道:"妈!你又生气吗?"金太太将肩一摆,一皱眉道:"我心里烦得很,不要闹!"梅丽回转来,对道之一伸舌头。玉芬伸了一个食指,在脸上耙了几下,又对她微微一笑。梅丽对玉芬一撇嘴道:"这有什么害臊?你就没有碰钉子的时候吗?"

那二姨太得了这边消息,以为燕西告诉佩芳的话,全是在自己屋子里说的,现在这事闹大了,少不得自己要担些责任,所以也就静悄悄走到这儿来,现在看到梅丽和金太太闹,便插嘴道:"你还要闹哩,事情都是你弄坏了。"梅丽道:"关我什么事呢?"二姨太失口说了一句,这时又醒悟过来,若是说明,少不得把燕西牵引出来。便走进房来,牵了梅丽的手道:"别这样小孩子气了,走罢。"梅丽道:"人家来劝架来了,你倒要我走!"道之笑道:"你瞧大哥嘴里衔着一支烟卷,也没有点着,八妹找根火柴给他点上罢。"

满屋子里人,七嘴八舌,只说闲话,金太太和凤举夫妇,依然是不言语。还是金太太先说道:"凤举,从今天起,我要在每晚上来点你一道名,看你在家不在家?你若依旧是忙得不见人影,我决计告诉你父亲,让他想法子来办你。到了那个时候,你可不要求饶。"凤举听说,依然是不做声。佩芳道:"他回来不回来,那没有关系。不过他既然另讨了人,这件事全家上上下下都知道,不应该瞒着父亲一个人。回头父亲回来了,我和他一路去见父亲。那是你二位老人家做主,说要把那人接回来就接回来,说让她另住,就让她另住。"佩芳说这话时,脸上板得一丝笑容都没有。

凤举看见弄得如此之僵,这话是说既不好,不说也不好。还是金太太道:"那也好,我是不配管你们的事,让你父亲出面来解决。我这就走,听凭你们自己闹去。"说毕,一起身就要走。梅丽伸开两手,将金太太拦住,笑道:"妈!走不得。你若是走了,大哥大嫂打起架来,我可拉不开。"金太太道:"别闹,让我走。"梅丽拖着金太太的手,却望着凤举道:"大哥,你说罢。你和大嫂,还动手不动手?"凤举忍不住笑了,说道:"你指望我们演《打金枝》呢。我父亲够不上郭子仪,我也没有那大的胆。"佩芳道:"你这话分明是笑我门户低,配不上你这总理的公子。但是现在共和时代,婚姻是平等的,不应当讲什么阶级,况且我家也有些来历,不至于差多大的阶级。"凤举道:"知道你父亲是一位科甲出身的人品,很有学问。我们配不上。"

玉芬笑道:"蒋妈呢?沏一壶热茶来。"蒋妈答应了一声是。

玉芬道:"别忙,看看你们少奶奶玻璃格子里,还有瓜子花生豆没有?若是有,差不多一样装两碟儿,我那屋子里,人家新送来的一大盒埃及烟卷,也捧了来。"大家见她笑着高声说,也猜不透是什么事情,都忙忙的望着她。她笑道:"你们看着我做什么?不认得我吗?大哥大嫂,不是在家里说身价吗?我想这件事不是三言两语可以说完的,我以为要喝着茶,磕着瓜子,慢慢的谈一谈。不知道大哥大嫂可能同意?"这话说完,大家才知道她是开玩笑,不由得都笑了。就是这一笑,这许多人的不快,都已压了下去。金太太也情不自禁的笑了一笑,说道:"玉芬就是这样嘴尖,说了话,教人气又不是,笑又不是。"

凤举笑道:"你瞧屋里也是人,屋外也是人,倒像来瞧什么玩意儿似的。"一面说道,一面搭讪着向外走。佩芳道:"嘿!你别走,你得把我们办的交涉先告一个段落。"凤举道:"我不走,这是我的家,我走到哪里去?"佩芳道:"不走就好,咱们好慢慢的讲理。"这倒弄得凤举走也不好,不走也不好。却只管在外面屋子里踱来踱去。玉芬便对佩芳道:"大嫂到我屋子里去坐坐罢。你若高兴,我们可以斗个小牌。"佩芳道:"还斗牌呢?我还不知生死如何呢?"玉芬拉着佩芳的手道:"走罢!"于是一边说着,一边拉了她的手,自己身子向门外弯着。

佩芳原是不曾留心,被她拉着走了好几步,笑道:"别拉,我是有病的人,你把我拉得摔死了,你可要吃官司。"玉芬道:"是啊!我忘了大嫂是双身子,这可太大意了。"佩芳道:"胡说!我的意思不是这样,你别挑眼。"玉芬撒手道:"我反正不敢拉了。至于你去不去,我可不敢说。你若是不去……"说到这里,对佩芳笑了一笑。道之道:"其实打牌呢,坐两三个钟头,也不大要紧。"

佩芳原不要去打牌，因为他两个人都这样说俏皮话，笑道："打牌，那要什么紧！打完了牌，我们还可以来办交涉。走！"她既说了一声去，大家就一阵风似的，簇拥着她，到玉芬屋子里去。

凤举是料到今日定有一次大闹，不料就让玉芬三言两语轻轻带了过去。大家走了，他倒在屋子里徘徊起来，还是留在屋子里？还是走呢？要说留在这里，分明是等候佩芳回来再吵。若是走开，又怕佩芳要着急，而且金太太也未必答应。所以在屋子里坐卧不宁，究竟不知如何是好。后来还是想了一个折中的主意，先到母亲屋子里闲坐，探探母亲的口风，看母亲究竟说些什么。若是母亲能帮着自己一点，随便一调和，也就过去了。借着这个机会将晚香的事说破，一劳永逸，也是一个办法。于是慢慢的踱到母亲房门口，先伸着头向屋子里看了一看。

金太太正斜躺在一张软榻上，拿了一支烟卷，抽着解闷。一抬头看见凤举，便喝道："又做什么？这种鬼鬼祟祟的样子。"凤举道："我怕你睡着了呢。所以望一望不敢进来。"金太太道："我让你气饱了，我还睡得着觉吗？"凤举笑嘻嘻的，慢慢走进来，说道："受我什么气？刚才佩芳大吵大闹，我又没说一个字。"金太太道："你就够瞧的了，还用得着你说吗？我问你，你在哪里发了一个几十万银子财，在外面这样大讨姨太太，放手大干？"凤举笑道："你老人家也信这种谣言，哪里有这种事？"金太太身子略抬一抬，顺手将茶几上大瓷盆子里盛的木瓜拿了一个在手中，扬了一扬道："你再要强嘴，我一下砸破你的狗头！"凤举笑道："你老人家真是要打，就打过来罢。那一下子，够破头出血的了，破头出血之后，我看你老人家心疼不心疼？"金太太笑骂道："你把我气够了，我还心疼你吗？"说这话时，拿着木瓜的那手，可就垂下来了。

凤举见母亲已不是那样生闷气，便挨身在旁边一张方凳子上坐下，笑道："妈！你还生我的气吗？"金太太将手一拍大腿道："不要这样嬉皮涎脸的，你还小吗？你想，你做的事，应该怎样罚你才对？依我的脾气，我就该这一辈子都不见你。"凤举笑道："我也很知道这事做得很不对，无奈势成骑虎，万搁不下。"金太太不等他说完，突然坐将起来，向他问道："怎样势成骑虎？我要问你这所以然。讨姨太太，还有个势成骑虎的吗？"凤举道："起先原是几个朋友在一处瞎起哄，后来弄假成真，非我办不可，我只得办了。其实，倒没有花什么钱。"金太太道："胡说！你父子就都是这一路的货。先是严守秘密，一点也不漏风，后来车成马就了，一问起来，就说是朋友劝的，就说是不得已。你说朋友要你办，你非办不可。若是朋友非要你吃屎不可，你也吃屎吗？"凤举笑道："得了，既往不咎，我这里给你陪罪。"说着，站立起来，恭恭敬敬给金太太三鞠躬。

金太太笑骂道："这么大人做出这种丑态。只要你有本事，养活得过去，你讨十个小老婆，我也不管。可是你怎样去对你老婆说？这是你们自己的事，我做娘的管不着。将来若是为这事打架吵嘴，闹出祸事来，你也不许和我来说。"凤举笑道："娶妻如之何，必告父母。哪有不对上人说的道理？"金太太道："呸！你越发混扯你娘的蛋！你和佩芳订婚的时候告诉过我们吗？这个时候，要讨小不奈老婆何，却抬出孔夫子来，要哄出我们这两把老黄伞，然后可以挟天子令诸侯，说是父母同意让你讨小，你老婆就无可说了，是也不是？"凤举笑了一笑，说道："你老人家的话，总是这样重。"金太太道："我这话重吗？我一下就猜到你心眼儿里去了，你给我滚出去，别在这儿打搅，我要躺一会儿。"凤举又坐下来，笑道："只要你说一声,佩芳也就不闹了。"金太太道:"我管不着,我没那个能耐。刚才在你屋里,你没瞧见吗?气得我无话可说。这会子我倒赞成儿子讨小,她说我几句,我脸往哪儿搁?"

凤举正要麻烦他母亲。忽听见走廊子外有人说道:"吃了饭,大家都不干事。你瞧,走廊下这些菊花,东一盆,西一盆,摆得乱七八糟,什么样子?"凤举一听,是他父亲的声音,不敢多说话,站起来就走了。走到廊子下,见金铨正背了手在看菊花。就在他身后轻轻的走过去了。刚转过屏风,侧门里一件红衣服一闪,随着是一阵香气。有人嚷道:"嘿!你哪里去?"

凤举料是他夫人赶上,心里扑通一下,向后退了一步,只见那个红衣衫影子,兀自在屏风后闪动。他一想,佩芳打牌去了,这会子不会到这里来,而且她穿的也不是红衣服。因此定了一定神,问道:"谁在那儿?吓我一跳。"那人笑道:"你的胆说大就太大,说小又太小,什么大事,一个人也干过去了。这会子我说一句不相干的话,你就会吓倒,我有些不相信。"说话时,却是翠姨转了出来。身上正穿了一件印度红的旗袍,脖子上绕了法国细绒墨绿围巾。手上提了一个银丝络子的钱袋,后面一个老妈子捧了一大抱纸包的东西,似乎是买衣料和化妆品回来。

凤举道:"叫我有什么事吗?"翠姨道:"我没有什么事,听说你和大少奶奶办交涉呢。交涉解决了吗?怎么向外走?"凤举道:"翠姨不是买东西去了吗?怎样知道?"翠姨笑道:"我有耳报神,我就不在家里,家里的事,我也是一样知道。"凤举回头一望,见四处无人,就向翠姨作了一个揖。笑道:"我正有事要劳你的驾,能不能够给我帮一个大忙?"翠姨笑道:"我这倒来得巧了。我要是不来呢?"凤举道:"待一会子,我也会去求你的。"翠姨道:"大爷这样卑躬屈节,大概是有事求我。你就干脆说罢,要我办什么事?"凤举笑道:"妈那一方面,我是疏通好了。我看爸爸回来就生气,不知道是不是为我的事?若是为我的事,我想求求你给我疏通几句。"

翠姨道:"这个我办不到。你父亲回头将胡子一撅,我碰不了那大的钉子。倒是你少奶奶我可以给她说几句,请她别和你为难。"凤举道:"她倒不要紧,我有法子对付。就是两位老人家,这可不能不好好的说一说。这件事,你还有什么不明白的?"翠姨笑道:"若是疏通好了,你怎样的谢我哩?"凤举笑道:"你瞧着办罢。"翠姨道:"你这话有些不通,又不是我给你办事,怎么倒要我瞧着办?"凤举道:"得了,你别为难,晚上我来听信儿。"说毕,不待翠姨向下说,竟自去了。

翠姨走进上房,金铨还在那里看菊花。翠姨叫老妈子将东西送回房去,也就陪着金铨看花。因道:"今年的花没有什么特别样儿的,我都不爱挑了。"一面说,一面将脖子上围的绒巾向下一抽,顺手递给金铨,便蹲下身子,扶那盆子里的花头看。金铨接着那绒巾,一阵奇异的香味,扑入鼻子,也就默然拿着。一看如夫人穿了那种艳装,伸出粉搏玉琢的胳膊来扶那花朵,不由丢了花去看人。

翠姨一回头,见金铨呆呆望着,不由瞟了他一眼,抿嘴微笑,然后就起身回房去了。金铨拿了绒巾,也由后面跟了来,笑道:"你连东西都不要了吗?"说话时,一眼看见翠姨脱了长衣,穿着一件水红丝葛的薄棉小紧身,开那玻璃橱子要换衣服。她回头一见,将玻璃橱门使劲一关,笑道:"老不正经,人家换衣服也跑来看。"金铨笑道:"我是碰上的,你不许我在这里,我走开就是了。"说毕,抽身就要走。翠姨道:"别走,我有话问你。我回来的时候,你不是很生气吗?这会子怎么气就全下去了?刚才你生谁的气?"

金铨因翠姨叫着说话,便走了回来,站在房门口,将手上的绒巾,向沙发软椅上一扔,淡淡的说道:"我的事,你不要管。"翠姨道:"谁管你的事?我回来的时候,看见这样子,以为有什么事得罪你呢,所以问一声儿。你不是发我的气,何以先见着就撅着你那几根骚胡子?"金铨道:"你难道一点子都不知道吗?"翠姨道:"我不知道。知道我还问什么?那不是废话。"金铨道:"还不是为了凤举的事。"翠姨道:"凤举什么事?我没有听见说。"金铨道:"你是成心给我开玩笑。这一件事,全家都知道,何以你一个人就毫无所闻?"翠姨道:"我是什么地位,我不敢问你们的事。"金铨道:"还不是为他在外面又讨了一个人?"翠姨道:"什么?我没听见。"金铨道:"他在外面又讨了一个人。"翠姨道:"又娶了一个少奶奶吗?"金铨道:"可不是!这一件事,他已经办了一个月,家里瞒得像铁桶一般,大家全不知道。你说可恶不可恶?"

翠姨冷笑了一声,说道:"你们家里有几个臭钱,就是这样糟踏人家女儿。哼!又不知是哪里倒八百年霉的可怜虫,又要像我这样低眉下贱,受人家的气了。先是说得天上有,地下无,你家如何如何的好。把人家讨来了,上人说是坏了家规,老婆又要吃那种不相干的飞醋,把那个讨的人,弄得进退两难。哼!我把你们这班人看透了。就譬如你讨了一个姨太太不算,又把我讨了来。儿子只讨一个,你就生气。这是只许州官放火,不许百姓点灯。"

金铨微笑道:"你这是和我拌嘴呢,还是和凤举出气呢?你这样夹枪带棒,来上一气,我可不知道你命意所在?"翠姨道:"我怎么是夹枪带棒?我说的还不是真话吗?你们自己做上的不正,却来管做下的,那怎样能够?设若我是凤举,你要问起我来,我却这样说,是跟父亲学的,我看你怎样说?"金铨笑着向沙发椅上一坐,将大腿一拍,说道:"得!你不用说,我全明白了。一定是凤举那东西,怕我和他为难,托你来疏通我。你又怕我的话难说,不管三七二十一,先和我开起火来。我说你不过,你就可以做好做歹,和凤举说情了,你说是不是?你们的心事,没有我猜不着的。这一句话,你说,是不是猜到了你心眼儿里去了?"

翠姨在玻璃橱里取出一件衣服,穿了一只衫袖,半边衣服披在肩上,半边衣服套在手胳膊上,站在那里,静静的听候金铨说话。金铨说完了,真把哑谜猜着,不由得一笑。说道:"我不是那个意思,你不要瞎说。凤举又不是我亲生的儿子,为什么我要给他说好话?"金铨道:"真的吗?其实,他有这大岁数了,只要他养活得了,我管他讨几个。不过他事先一点不通知家里,就这样放手做去,其情可恼。不过事已如此,就是你不讲情,我也没法子,难道我还能叫他把讨得了的人退回去不成?只要他妇人不说话,平安无事,也就行了。"翠姨将衣服穿上,用手指着金铨说道:"这可是你说的话,你的少爷,若都援例起来呢?"金铨道:"他们都要援例,就让他一致援例罢。还是那句话,只要他们有那个能耐,无论怎样,我都不管。"

翠姨笑道:"那就好办了。我且问你,凤举讨的这个人,你打算怎办呢?还是让她老在外面住呢?还是搬了回来呢?"金铨道:"以我的意思而论,当然是不搬回来的好,这事我也不便出什么主意,让他母亲出来主持罢。"说到这里,叹了一口气道:"年青的人糊涂。在高兴头上,爱怎样办,就怎样办。等到后来,他才会知道种种痛苦。一个男子,实在不必弄几房家眷,还是像外国人一夫一妻的好,两下愿意,就好到头,两下不愿意,随时可以离婚。中国人不然,对于一个不满意,就打算再讨一个满意的。殊不知一讨了来,不满意的更要不满意,就是满意的,也会连累得不满意。譬如烂泥田里摇桩,越摇越深,真是自己害自己。"翠姨笑道:"你这话是说自己吗?"

金铨道:"你说我是说一般人也可以,说是说我自己也可以。无奈我不会作小说,我若会作小说,我一定要作一部叫《多妻鉴》,把多妻的痛苦痛说无遗。"翠姨道:"你嫌多妻吗?未必罢?为什么今年上半年有人送一个丫头给你,你还打算收下呢?不是我极力的反对,丫头早就讨了。"金铨道:"你这话根本就不对。丫头是丫头,姨太太是姨太太,那怎样能混为一谈?"翠姨将嘴一撇道:"你以为我不知道呢?其名是送你丫头,其实是姨太太啊。"金铨道:"你这话有些说不过去,人家送丫头,为什么你定说是送姨太太呢?"翠姨笑道:"这全是你们做官的人玩的花样,我有什么不知道?因为送姨太太给人,固然是名声不好听,而且名正言顺的送姨太太来,也怕家庭通不过。所以绕个弯子说送丫头。等到送来之后,人是你的了,你要讨做姨太太还有什么难处吗?"金铨道:"你们也是一样的可以反对啊!"翠姨道:"反对虽然是可以反对,但是到了那时候,可就迟了。"

金铨道:"得了,我不和你谈这些了。我还有事呢。"说毕,站起身来,就打算要走。翠姨伸过手来,一把拉住,笑道:"且住,我问你一句话,凤举这件事你到底打算怎样办?"金铨笑道:"我晓得,他一定要送一笔厚礼来感谢你的。我给你一个实的信,你就告诉他说,是你讲情已经讲妥了。"翠姨放了手,微微一推道:"胡说!我受他什么厚礼?老实说,我也是人家的姨太太,总会帮人家姨太太说话的。你们不是常说兔死狐悲吗?我就是这一句话。"金铨道:"别嚷罢,嚷出来了,又是是非,我的事忙得很,哪有工夫给你们管这些闲账?我要走了。"说毕,抽身就走开了。

第四十三回

绿暗红愁娇羞说秘事　水落石出惆怅卜婚期

翠姨靠了门，望着金铨后影微笑。一回头，只见燕西站在旁边夹道里，尽管伸舌头。翠姨道："你为什么在这里鬼鬼祟祟的？"燕西道："这一场大祸是我惹出来的，你叫我怎样不担心害怕？"翠姨道："你说的是凤举的这一件事吗？这与你有什么相干，要你担惊害怕？"燕西因把梅丽问话，被佩芳听见的话，从头到尾说了一遍。因道："你想，糟糕不糟糕？"

翠姨笑道："你这事，不是一场祸事，是一件两面讨好的大功劳。"燕西道："这话怎样说？我不懂。"翠姨道："不是因为你一说，这事就能闹穿了吗？在你大嫂一方面，虽不记你什么大功，也不会说你有什么过。至于你大哥呢，这一下子可闹得好了。太太说是不管，你父亲也说是不管，只要和佩芳一疏通，就可以带回家来了。本来是一件私事，现在闹得公开起来，岂不是大大的方便？无论如何，对凤举是有利而无害，这岂不是你一场大功吗？"燕西道："果然如此，倒是一件功劳，不过父亲为什么这样好说话？"翠姨将鼻子一耸，用一个食指，指了鼻子尖道："哼！那不是吹，全靠我给他疏通了。你信不信?"燕西道:"我有什么不信?"翠姨道:"你信就好。将来你有什么为难的事,也可以托我疏通。虽然办得不能十分好,总不至于坏事。"燕西听说,就直挺挺站在翠姨面前,给她鞠三个躬。

翠姨道:"这是为什么?马上就有事要求我吗?"燕西笑道:"现在可没有事相求,不过据我想,总是难免的。难得你有这种好话,机会不可失过,我这里先给你鞠了三躬,放下定钱,以后要求你的时候,你收了我的定钱,你就不能推辞了。你说我这个主意好不好?"翠姨笑骂道:"年轻轻儿的孩子,不学好,做出这种滑头滑脑的神气,我不喜欢这种样子。"燕西道:"我有事要求你,不欢欢喜喜的,还要哭丧着脸不成?"翠姨道:"别在这儿瞎起哄了,到你母亲屋子里去听好消息罢。听得了,给我一个信儿,别忘了。"

燕西听说,果然就向金太太屋子里来。刚进院子门,秋香站在那外院子门边,又点头又招手,好像有很要紧的话对他说似的。燕西便走了过去,问道:"什么事?说给我听听。"秋香笑道:"有一个好朋友打电话请你吃饭。金荣大哥到处找你,满头是汗呢。"燕西道:"请我吃饭的,就是好朋友吗?"秋香道:"不是那样说,因为这个朋友,是个小姐呢。"燕西道:"你怎样知道是个小姐?是谁?"秋香道:"我不知道是谁。金荣找你的时候,我又接着找你的电话。我请她等一等,她说不用等,回头再打电话来。我听那声音,是个姑娘说话,所以我知道她是小姐。"燕西笑道:"你可别到里面去瞎说。"秋香道:"七爷就是这样不知道好歹,人家到处寻你,你倒疑心我们。"燕西笑道:"混蛋!你这样说我,也不分个大小。我要把大爆栗子敲你。"秋香听说,笑着一扭身跑了。

燕西找到金荣一问,才知清秋打电话来了。说是马上到西味楼去吃饭,有要紧的话说,叫燕西务必去一趟。燕西心想,她要有事,何必不在家里说,要请到大餐馆里去说,这也就奇了。当时,家里虽还闲着一辆汽车,也不坐,雇了一辆人力车就到西味楼来。到了西味楼,那里的茶房,自认得他,便笑道:"七爷来了。早来了一位,在这儿等着你呢。"燕西道:"我知道了。"于是一直上楼,到了一间小单间里,只见清秋站在那里,手扶了椅子背,看墙上的风景画,似乎是很无聊。因笑道:"早来了吗?今天这样子是要请客呢。"

燕西一面取下帽子,自挂在钩上,一面偏着头和她说话。她转身过来,淡淡的对燕西说道:"你怎么这样忙?老不看见你。"燕西道:"我不知道你有事对我说,要是知道,早就来了。什么事,还要请我吃饭才肯说出来吗?"清秋且不说什么,自在主席的地方坐了。燕西连忙在横面挨着桌子犄角坐下。燕西虽然谈笑自如,看见她两个眉头紧锁,目光下射,便也停止了笑声,因问她道:"怎么样?又有什么事为难吗?"清秋叹了一口气道:"我是为你牺牲,无论到什么地步,在所不计的。不过我还有个母亲,遇事总得替她想想,难道叫她也跟着我一处牺牲不成?"燕西道:"你这话,凭空而来,我好生不解。"说到这里,茶房已经进屋来上菜。

平常清秋吃西餐,拿了菜牌子在手,必定再三的考量。这回随便看了一看菜牌,就向桌上一推,并没有多说什么话。燕西满肚皮狐疑,其志不在吃上,也就没有说什么,只对茶房摆了摆头。茶房见是如此,自拿着预备去了。燕西问道:"你究竟有什么话,先告诉我一点,免得我着急。"清秋道:"忙什么?你先吃,回头我再告诉你。"燕西道:"我们何妨一边吃,一边说呢?不然,我吃不下去。"清秋道:"你吃不下去吗?我才吃不下去呢!"燕西道:"我的天,有什么事,你尽管说,我真闷死了。"

清秋到了这时,眉头松着,又嫣然一笑。说道:"我打个哑谜你猜罢,就是俗说种瓜得瓜,种豆得豆。"燕西道:"这是什么意思?我更不懂了。"清秋道:"你还是存心,你还是真不懂?"燕西道:"规规矩矩的说话,我为什么要滑头?我实在是真不懂。"清秋道:"看你是这样清秀,原来是个银样镴枪头。"燕西道:"不用骂,我早自己定下一个好名字,乃是绣花枕头。你想枕头外面,都是绫罗绸缎,里面呢,有荞麦皮,有稻草,有芦花,有鸭绒。"清秋微笑道:"里面若是鸭绒芦花,那倒罢了。"燕西道:"是呀!我这个枕头里面不过是稻草荞麦皮而已。"清秋道:"你既然不懂,我回头再说罢。"燕西看那样子,知她是碍着茶房,只好不问,一直等到上了咖啡,茶房不来了。

清秋红了脸道:"我不是早对你说了吗?一之为甚,岂可再乎?你总说是不要紧的,而且又举出种种的理由来,上次我也说了,总要防备一点,你也是不在乎。你瞧……"燕西道:"怎么样?伯母说什么了吗?"清秋道:"她还是不知道,但是不想法子补救,就该快知道了。我今天不能客气了,我问你一句,你到底愿意什么时候公开?"燕西道:"就为这个吗?反正在今年年内。"清秋脸色一正,说道:"正经是正经,玩话是玩话。人家和你谈心,你何以还是这样随便?"燕西道:"我并不随便,这是我心眼儿里的话。"清秋道:"是你心眼儿里的话,难道你利害都不计较吗?"燕西道:"有什么利害?"清秋一皱眉道:"你还不懂,腻死我了。"说着,一顿脚道:"你害苦了我了。"

说时,把纽扣上插的自来水笔,取了下来,又在小提包里,取出自己一张名片,却在名片背上,写了一行字道:"流水落花春去也,浔阳江上不通潮。"写毕,向燕西面前一掷,说道:"你瞧瞧。"燕西接过一看,笑道:"一句词,一句诗,集得很自然哪。"清秋道:"别尽瞧字面,仔细想想。"说时,两只胳膊,平放在桌上,十指交叉,撑了下巴,望着燕西。燕西拿了名片在手上念了两遍,笑道:"要是一年以前,你算白写。这大半年的工夫,蒙老师教导我,我懂得这言外之意了。可是我猜没有这回事,你吓我的。"清秋道:"我心里急得什么似的,你还是这样不在乎。"燕西道:"真怪了,何以那样巧?有多久了?"清秋红了脸,把头枕着胳膊,脸藏起来。

燕西道:"刚才你说我玩笑,你呢?"清秋抬起头道:"亏你问,还能多久吗?就是现在。我的身体很好,从来日期很准的,这回过去半个月了。起先我还以为是病,现在我前后一想,决计不是,你看要怎样办?"燕西端了咖啡杯子,慢慢出神的呷着,皱了眉道:"若是真的,可是一件棘手的事情。我一时想不出办法,让我考量考量。"清秋道:"怎样考量考量?我觉得挨一日多一日,这事情非办不可。你要考量,我可不能等。"燕西道:"何至于急得如此呢?就是依你的话,我们就结婚,也要一个月的预备啊。"清秋道:"我也是这样想。干脆,你送我到医院里去把这个问题解决了罢。"燕西笑道:"这个我绝对不赞成。抖一句文的话,这简直有伤天地之和。你忍心这样办吗?"清秋道:"我没法子呀,不忍心怎么办?"燕西道:"这办法究竟不好。请你给我三天限期,我在三天以内,准给你确实的答复,你看如何?事已如此,也不是说解决就解决了的。"

清秋皱了眉道:"从前天我发觉了以后,我就时时刻刻惦念着,不知道你有什么法子没有?而今你说出来,也是没有办法,你真叫我为难。等三天是不要紧,可是你又叫我要急三天了。"燕西道:"你虽然急三天,我想只要把法子想出来,那是一劳永逸的事了。也许这小把戏是促成我们的好事哩。"清秋伸了右手一个食指,在脸上耙了一耙,笑道:"亏你把'小把戏'三个字都说出来了。"燕西道:"这不是事实吗?"说时,站了起来,扶着清秋的肩膀道:"你不要着急,反正前途是乐观的。我早就想了一个妙诀。真是家庭有什么难关,我就用我最后那一着棋,拿钱出洋。到了外国,随便怎样办,也没有人管得着的。你看我这个办法如何?"

清秋道:"我就是舍不得我母亲,不然,倒是一个好办法。"燕西笑道:"我也是如此说,恐怕你舍不得伯母。但是这种办法,乃是最后一着。我在这三天之内,当然还要想出比较完善的办法来。你千万别着急就是了。"清秋笑道:"你说话是没有凭准的。当面说的是如何如何的好,只一转身,你就会把这事丢在脖子后了。"燕西道:"平常玩笑的事,我或者是这样不留意。若说正经的事,什么时候,我会有头无尾的?"

清秋听他说有办法,心里宽一点,见桌上摆着水果,拿了一个梨起来,将刀周围地削皮,削得光光的,用两个指头来箍了蒂,放在燕西碟子里。燕西欠了一欠身子,笑道:"劳驾啊!你削得怪累的,我不好意思一个人吃,一人分一半罢。"燕西拿了刀子,正要向下切,清秋按了他的手道:"有的是,我要吃,再削一个就是了。你吃罢。"燕西放下刀笑道:"我又想起来了。我记得有一次分梨,你拦住了我,这还是那个意思啊。"清秋笑道:"我并不是迷信,我不愿吃这些凉东西。"燕西拿了刀,扁平着在右腮上拍了一下。笑道:"是啊!我这人是如此的粗心,你不能吃生冷啊。"清秋说:"胡说!我的意思,不是如此,你不要胡扯。我向来就不爱水果的。"

燕西道:"晚上你能出来不能出来吃饭,一块儿瞧电影去?"清秋道:"人家心里乱得什么似的,哪里还有心思去看电影?就是你,也应该早点回去,好好的躺着想法子去罢。"燕西笑道:"何至于就忙在这一刻呀?"于是会了帐,二人一同下楼出门。燕西道:"要不要我送你回家?"清秋道:"我不回家,我去看一个同学,你就快快的回去罢。"燕西看她这样无谓的焦躁,虽然可笑,却又可怜。只得依着她的话,搁下了一切的事,自回家去。

到了家里,在沙发上一躺,慢慢的想着,要想个什么法子,才能把这个问题解决了。只是这一件事,是个人的秘密,又不能对第三个人去商量,三个姐姐,或者可以和自己出点主意,无奈事涉闺阃,话又不好出口。三个哥哥呢,都是不了汉,出的主意未必可用。其他的人,就不会关痛痒的。想了半天,居然想了一个绕弯的法子,就叫金荣把四姑爷刘守华请来。

金荣笑道:"七爷和他是不大合作的啊……"燕西皱了眉道:"去!不要废话!"金荣见他满脸发愁的样子,或者有正经事,就不敢多说,把守华请了来。刘守华一进门便笑说:"你不用提,你要说的事,我已经猜着了。是不是你已给我找着了房子?"燕西道:"不对,请坐下慢慢谈罢。"于是起身将门一掩,把刘守华指使到一张沙发上坐下,笑道:"你先该向我贺喜。"说时,眉毛一扬,望了他的脸色。刘守华道:"什么事道喜?赢了钱吗?"燕西道:"你怎样总不猜我有一件好事?我这人就坏到如此?"说时,竖起手来,自己在头上敲了一个爆栗。

刘守华笑道:"我失言了,对不住。我想你一定决定进一个学堂了。"燕西道:"你这简直是损我了。我能进哪个学堂呢?"刘守华笑道:"这就难了。说是你不干正经,你不愿意。说你干的是正经事,你又说我损你。究竟要怎样说呢?这样不正不歪的事,我猜不着,你就干脆自己说罢。"燕西笑了一笑,话到口边,却又忍了回去。因道:"还是你猜罢。你向人生最得意的一件事想去,你就猜着了。"刘守华笑道:"人生最得意的事情……"一面说时,一面搔着头发,笑道:"有了,莫不是做了官?"燕西笑道:"我还用不着做官呢。和做官可以成为副对子的,你再去想罢。"刘守华笑着一顿脚道:"这一回我完全猜着了,你和白小姐已经正式订婚,快要同居?"

燕西道:"猜来猜去,你还只猜了一半。"刘守华道:"怎么只猜到一半呢?还有比结婚更进一步的吗?"燕西道:"并不是更进一步,你猜的人不对,我的对手方,并不是姓白的。"刘守华道:"并不姓白,姓什么?我没听见说有第三者和你资格相合啊!"燕西道:"岂但你不知道,不知道的人可多着呢。"刘守华笑道:"好哇,你倒快要结婚了,你的爱人,还保守秘密,你真是了不得。你快说,这人是谁?"燕西握着他的手,连摇了几摇,说道:"别嚷别嚷!你一嚷这事就糟了。"刘守华道:"那为什么?"燕西笑道:"自然有讲究啊,我问你,现在我要宣布和一个大家不认识的女子结婚……"刘守华道:"别废话了,快说这人是谁罢?"燕西尽管摇曳着两腿,含笑不言。刘守华便问道:"这是什么意思?你还害臊不肯说吗?"燕西道:"我害什么臊?不过这件事情很长,得让我慢慢的说呢。"刘守华道:"你尽管慢慢的说,我并不要抢着听。"

燕西到了这时,只得将自己和清秋认识,及订有婚约的话,从头至尾,说了一个详细。刘守华道:"怪不得你姐姐说,你和一位冷小姐很好,原来如此。你叫我来是什么意思?要我给你通知堂上吗?"燕西道:"不但是通知而已,我们打算结婚了,希望你转告堂上,给我预备一点款子。"刘守华道:"哪有这样急的道理?你既然是打算在目前结婚,早就该公开,为什么这样临时抱佛脚的干起来?"燕西道:"早先原没有打算现在结婚。因为现在突然要结婚,所以不得不来求你给我说情。"刘守华道:"为什么突然要结婚呢?"燕西笑道:"你这不是废话。爱情到了终点,自然便有这种现象发生,这有什么可疑惑的?"

刘守华望着燕西的脸,笑了一笑,又将头摆了两摆,然后说道:"你这样的人,又这样的讲恋爱,说是干干净净的,没有其他问题,我有些不相信。你不要是糊里糊涂弄出什么毛病来了罢?"燕西脸一红,说道:"有什么毛病?不要胡说了,我和冷女士可是由朋友入手,然后规规矩矩,说到婚姻问题上去的,并没有不正当的手续。"刘守华道:"并不是说你们订婚的手续不当。就是怕订婚以后,大家益发无所顾忌,岂不就会弄出毛病来了呢?"燕西听他说了,默然无语。刘守华道:"你说句良心话,我这话是不是已猜中了你的心病?"燕西道:"一个人都有一个人的困难,我说是说不出来,反正事后大家都会知道就是了。现在我没有别什么要求,你能不能对四姐说,去疏通两位老人家。"刘守华道:"这是乐得做的人情,有什么不可以?"燕西道:"那就好了。事情成功了,我重重的谢你。"刘守华道:"谢是不用谢,办得不好,少埋怨两句就是了。"

于是又把清秋的性情才貌和她家里的情形,盘问了一个够。由燕西口里说出来,当然是样样都好,一点批评也没有。刘守华道:"果然是好,我想两位老人家,没有什么不赞成的。不过,这样一来,那位白秀珠女士,要实行落选了。这一下子,你岂不让她十分难堪?"燕西笑道:"这也没有什么难堪哪,我们还是朋友呢。现在的情形之下,一个男子,只有一个正式夫人的,我有什么法子可以安慰她呢?"刘守华笑道:"那是自然,不过我想白女士总是难堪的,而且你还不免要得罪一个人。"燕西道:"你说的是秀珠的令兄吗?"刘守华道:"不相干。他对秀珠的婚姻,完全是放任主义,你讨不讨,没有什么关系。"燕西道"那还有谁管这一档子事?"

刘守华道:"你三嫂不是很要玉成你们的婚姻吗?这就不行了!"燕西道:"说到这一层,那更是不成问题。我相信玉芬姐在小叔子与表妹之间,至少也是不分厚薄。不能因为我不娶她的表妹,她就见怪。"刘守华道:"见怪是不见怪,不过她一团高兴,给你完全打消了。"燕西笑道:"这是小事,不要去管它。就是玉芬姐真的不高兴,我也顾不得许多了。"刘守华道:"好罢,我和你四姐商量商量看。成不成,是绝对没有把握的。"燕西道:"你什么时候给我回信?"刘守华道:"我还没有商量出一个办法来呢,怎样倒先就决定给你回信的时间?"燕西笑道:"实在因为我性子太急,巴不得马上就有结果,就是那一方面,我也该早些回人家的信。"刘守华站起来,笑着拍了一拍燕西的肩膀道:"你这孩子,真是个急色儿。"燕西再要说什么时,他已经走了。

燕西到了这时,反而不出去玩了。拿了一本小说,躺在睡椅上看,看了几页,又看不下去,便丢了书到道之住的这边来。先在窗户前踱了过去,似乎无意由这里过似的。但仔细听去,并不听到刘守华说话的声音。因此踱过去之后,复又折将回来。看见道之抱着外甥女小贝贝引着发笑,便也搭讪走进来逗孩子笑。玩了一会儿,因问道:"姐夫呢?"道之道:"不是你把他叫去了吗?"燕西道:"是。但是只说了几句话,他早走了。"道之道:"是那时候去的,还没转来呢。"燕西见守华不在这里,说了几句闲话便走了。

到了晚上,吃过晚饭,又跑到道之屋外的走廊上来。道之在屋子里听见燕西微微的咳嗽声,便说道:"那不是老七?在外面走来走去干什么?"燕西道:"没有什么,姐夫呢?"道之道:"没回来呢。"燕西听说刘守华不在这里,就走了。道之见窗子外没有声息,也就不说什么。

直到十二点，刘守华才回来。道之见他一进门，便问道："你答应替老七办什么事吗？"刘守华先看了一看夫人的脸色，然后问道："你何以问起这话？"道之道："老七像热石上蚂蚁一般，今天到我这里来三四次，只问你来了没有？又不肯说出所以然来。"刘守华一顿脚道："哎呀！我把他这事忘了。"说毕，又笑起来道："这孩子实在也是太急，哪里就要办得如此的快？"道之道："究竟什么事？大概是哪里有急应酬，短少一笔款子，要你替他筹划，对不对？"守华道："钱吗？这事比要钱还急个二十四分呢。"因坐下来，将燕西所说的事，详细说了一说。

道之道："原来如此。只要他愿意，那倒没有什么不可以。不过这女孩子究竟如何？"刘守华道："若据他说，自然是天上少有，地下难寻。不过他说你五妹六妹都见过的，她们而且极是赞成。"道之道："若是敏之、润之都看得上眼，总不至于十分坏。让我先问明白了再说。"刘守华道："敏之还到人家里去过呢，你最好是去问她。不过你要对五妹说，在对两位老人家没有疏通以前，可不要先张扬出去。若是张扬出去了，一不成功，老七的面子，很不好看。而且白小姐也要笑他一顿。这是他最受不了的。"道之笑道："这一点事我还不知道吗？就趁这夜里没有人，我去和她说说看。"于是起身就到敏之屋里来。

这时已经一点多了。敏之、润之看电影回来，在火酒炉子上，烧了一小锅麦粉粥，坐着对吃。桌上摆了一碟油醋香萝卜，一碟拌王瓜片，一碟新鲜龙须菜，又是一碟雪花糖，吃得很香。道之先掀起一角门帘，望了一望，走进来笑道："你们真是舒服，这个时候，还吃夜餐。"润之道："都是我们自己办的，又不难为人，算什么舒服呢？"道之一眼看见阿囡的头上，插着一根赤金耳挖子，便顺手取了下来，将手绢擦了一擦针尖，在碟子里一戳，也戳了一根龙须菜，一偏头，送到嘴里吃了。笑道："很好，又脆又香。"润之道："你是想再吃一根，就这样夸奖。其实，龙须菜是不香的。"道之道："龙须菜不香，做的总是香的啊。我就喜欢这新鲜龙须菜。不要说是吃，就是看它那细条条儿的，绿绿儿的，就有个意思。"

润之将筷子一拨王瓜片，笑道："这也是绿绿儿的，怎样儿就不说好呢？"道之道："怎么不好？我就爱它这个颜色，吃倒是不在乎。这叫吃的美术化，你相信不相信我这句话？"润之道："吃就是吃，喝就是喝，什么吃东西还要美术化？"敏之笑道："这话是有的，你倒不可以说她是胡扯。我常到东安市场去，看见那些水果摊子上，堆了那些大大小小的水果，非常好看。而且隐隐之中，夹了一股水果香，是非常的好闻。"道之鼓掌道："对了。我老早有这种感想，没有说出，让你说出来了。至于摆得最好看的时候，我以为是九月以后。那个时候，所有的水果，差不多可以齐了。"

敏之道："你说最好看的是什么？"道之道："自然是大苹果，球形的西瓜也好看。此外，就是木瓜、佛手、蜜柑、橘子。梨没有多大意思，柿子颜色好，形状不大雅。"敏之道："葡萄怎么样？"道之道："整串玫瑰紫的葡萄，带上些新鲜的绿叶儿，也好。"敏之道："那海棠果的颜色，很像苹果，小得倒也有趣。"道之道："大概不大好看的，就是香蕉了。"润之道："这三更半夜，四姐跑到这儿，就是为讨论水果好看不好看来了吗？"道之一笑道："自然不能啦。"两个指头一伸，先做了一个引子出来。

第四十四回

水乳樽前各增心上喜　参商局外偏向局中愁

润之看了笑道:"这两个指头,算是什么意思,指着人呢?指着时间呢?"敏之道:"或者是指着人。"道之道:"是有趣的问题哟!二者,成双也。阿囡,你也给我盛一小碗粥来,我看她们吃得怪香的。"于是挪开桌子边一把小椅,随身坐了下去。因道:"这话不定谈到什么时候,让我先吃饱了,慢慢再说。"敏之道:"有话你就说罢,我们电影看得倦了,希望早一点睡。"道之道:"我这个问题提出来了,你们就不会要睡了。"敏之、润之听了她这样说,都以为这事是很有趣味的新闻,便催着道之快说。

道之道:"论起这事,你两个人也该知道一半。"敏之道:"知道一半吗?我们所知道的事,就没有哪一件是有趣味的。"道之道:"何必一定是有趣味的事呢?你们可以向郑重一些的事想去。"润之道:"你就说罢,不必三弯九转了。"道之喝完了一碗稀饭,让阿囡拧了一把毛巾擦了脸,然后脸色一正,对阿囡道:"你听了我们的话,可不要四处去打电报。"阿囡笑了一笑。敏之道:"究竟什么事呢?这样郑而重之的。"道之斜坐在大沙发上,让了一截给敏之坐下。说道:

"你不是认识老七一个女朋友吗?"敏之道:"他的女朋友很多,有的也是我们的朋友,岂止一个?"道之笑道:"这是一个不公开的女朋友呢。"

敏之道:"哦!是了,是那位冷小姐,人很好的。你问起这话做怎么?"道之道:"他们打算结婚了,你说这事新鲜不新鲜?"敏之道:"不至于罢?老七未尝没有这种意思。不过我看他爱情并不专一,似乎对于秀珠妹妹也有结婚的可能。而且他老是说,要打算出洋,又不像等着结婚似的。在这种情形之下,差不多有好几个月了。你何以知道他突然要结婚?恐怕是你听错了,把他两人交情好,当做要结婚呢。"道之道:"这个消息,是千真万确的。老七告诉守华,守华告诉我,能假吗?"敏之道:"他告诉姐丈是什么意思?打算托你夫妇主持吗?"道之道:"主持是没有资格,不过望我们代为疏通罢了。"敏之道:"疏通父亲母亲吗?这事不是这样容易办的,要等了那种机会再说。"

润之道:"我们不要管了。老七托的是姐丈,又没托我们,我们管得着吗?"道之道:"可不能那样说。助成自己兄弟的婚姻,又不是好了旁人。况且我看老七不来托你们,一定是另有原因。"敏之道:"大概是,他以为姐丈究竟在客的一边,对上人容易说一点。我们一说僵了,这话可就没有转圜的余地了。"润之道:"他为什么这样着急?"道之笑道:"守华也是这样问他呢,他说是爱情成熟的结果,这也就教人没法子向下说了。"润之道:"内容绝不是这样简单,必然另有原故在内。五姐,你看对不对?"

敏之瞟了她一眼,笑道:"你是诸葛亮,袖里有阴阳八卦?你怎样知道另有原故?这四个字可以随便解释的,可是不能乱说。"润之道:"我断定另有原故。不信,我们叫了老七来问。"道之笑道："你还要往下说呢，连守华问他，他都不肯说，何况是我们。"润之笑道："哦！你们是往那一条路上猜。以为他像大哥一样，在外面胡闹起来了。那是不至于的。何况那位冷小姐也是极慎重的人，决不能像老七那样乱来的。"道之笑道："这话可也难说。不过我的意思，先要看看这孩子，然后和父亲母亲说起来，也有一个根据。你两个人都是会过她的，何妨带了我去，先和她见一见？"

敏之道："到她家里去，太着痕迹了，我想，不如由老七给她一个信，我们随便在哪里会面。"道之道："那也是个办法，最好就是公园。"敏之道："公园渐渐的天气冷了，不好，我看是正式请她吃饭，我们在一处谈谈。反正双方的事，都是彼此心照，若要遮遮掩掩，反是露痕迹的，而且显得也不大方。"润之道："这话很对。不过那冷小姐明知婚姻问题已发动了，肯来不肯来，却不能下断语。"敏之道："来不来，老七可以做一半主。只要老七说，这一次会面大有关系，她就自然会来了。"道之昂头想了一想，说道："这话是对的，就是这样办罢。阿囡，你去看七爷睡了没有？叫他来。"阿囡听了这消息，不知为了什么，却高兴得了不得。连忙三脚两步，跑到燕西这里来。

燕西在屋子里听得外面脚步噼噼响，便问道："是谁？打听消息来的罢？"阿囡道："七爷，是我。怎么知道我是打听消息来的？"燕西自己开了门笑道："我一晚上都没有睡着。就为着心里有事。常言道：为人没有亏心事，半夜敲门心不惊。我有了亏心事，半夜敲门自然要心惊了。"阿囡笑道："这是喜事，怎么会是亏心事呢？"说了，走进房来，对燕西鞠了躬，笑道："七爷，恭喜！"燕西道："你怎么知道这件事？上面老太太说出来了吗？"阿囡道："四小姐在我们那边，和你商量这事，请你快去呢。"燕西听说，连忙就跟着阿囡到敏之这边来。可是走到房门口又停住了脚步。

阿囡道:"走到这里,七爷怎么又不进去?"燕西道:"不是不进去,说起来,我倒有些怪害臊的。"阿囡道:"得了罢,你还害臊呢!"道之道:"快进来罢,我们等着你来商量呢。"燕西走了进去,先靠着门笑道:"为了我的事,你们开三头会议吗?"润之道:"你是怎么回事?突然而来的就要和冷女士结婚。"燕西只是瞧着她微笑,没有说出什么来。敏之道:"这件事,我们是可以帮你的忙。但是你必须把内幕公开出来。而且四姐也要见一见本人。"燕西笑道:"那很容易的事。若是不能见的人,我决计不要的。"敏之道:"听你这话,你就该打,完全是以貌取人。"燕西笑道:"并不是我以貌取人。因为你们要去看她,所以我说出这话。"道之道:"我要去看她,并不是看她长得漂亮不漂亮,是看她举止动静,看出她的性情品格来。"

燕西道:"四姐几时学会看相?"道之道:"你以为人的品行在脸上看不出来吗?我敢说,无论什么人,只要她和我在一处有一两个钟头,我就能看出她是什么人。"燕西道:"不信,四姐你一去看她,你就会说她是一个老实人。"道之笑道:"谁是她?她是谁?我听这个'她'字,怪肉麻的。"燕西交叉了两手,胳膊捧了胳膊,越发嘻嘻的微笑起来了。道之道:"你坐下来,先把你两个认识的经过,说给我们听听。"燕西道:"这事说出来有什么意思?而且现在也没有什么关系。"敏之笑道:"你甭管,我们就爱听这个。"燕西一高兴,坐下来,就将组织诗社和冷家做街坊这一段话说出来。

敏之道:"怪不得,今年上半年你那样高兴作诗,原来是醉翁之意不在酒。但是你是因为有了冷小姐才组织诗社呢?还是组织诗社,然后就认识了冷小姐呢?"燕西道:"自然是先组织诗社。

道之笑道："所以一个人肯读书总有好处，书中自有颜如玉，绝不是假话。你要不是这样用功，哪里会有这段婚事？"润之道："那倒不要紧，反正他的女朋友很多，得不着这个可以得着那个。"燕西道："你们把我叫了来，还是批评我呢？还是帮我的忙呢？若是批评我，我可就去睡了。"道之道："大家都为你没睡，你倒要睡吗？"燕西道："实在也夜深了。就是刚才的话，由我明天去对她……密斯冷说，约定一个地点，在一处会面。"润之笑道："又一个'她'字，自己吞下去了。"

道之道："会面的地方，不要吃外国菜，要吃中国菜。"燕西道："这是很奇怪的，你们没有出洋的时候，衣服要穿西装，吃饭要吃大菜。一回国之后，宗旨立刻变了，衣服还将就有时穿西装，对于大菜，可就深恶痛绝。"道之道："今天算你明白了。出洋的人，不但如此而已，第一，不像从前那样崇拜外国人。第二，不爱说外国话。我在西洋吃了两年大餐，在日本吃了两年料理，我觉得还是中国的菜软烂得好吃。"燕西笑道："好好，就吃中国菜，不要把问题又讨论得远了。我约定了时间，便来告诉你们，可是千万得守秘密。"道之道："保守秘密，那是不成问题的。但是要正式的和母亲商量起来，这话可得告诉她。不然，母亲还疑惑我们也作弊呢。"

燕西听了她们的话，是怎样说，怎样好。当夜他心里落下一块石头，睡一夜安稳的觉。到了次日，他是起得很早，起身之后，就向冷家去了。在她家里吃了午饭回来，一直就到润之屋里来。润之昨晚闹到天亮才睡，这个时候，方才起床，在梳妆台边站着梳短头发。她在镜子里看见燕西走进来，便问道："你这个时候，还没有出去吗？"燕西道："怎么没有出去？我在外面回来的呢。我已经说好了，今天晚上六点钟，我们在新安楼见面。我和她说了，怕她不肯来，我只说是两个人去吃饭，等她到了饭馆子里，然后你们和她会面，她要躲也躲不了。"润之道："你做事，就是这样冒失，这样重大的事情，哪里可以架空？"燕西道："你不知道，她这个人非常的柔和，很顾全体面，到了见面的时候，你叫她怎么样，她就怎么样。"润之道："那样不好，太不郑重了。"

敏之在里面屋子说道："管他呢，我们只要见了面就是了。撒谎架空，那是老七的责任。你要怕得罪人的话，我们在席先声明一句就是了。"燕西道："这不结了。我还有事，回头见罢。"燕西走到自己屋里，坐一会子，心里只还有事，还是坐不住。但是仔细一想，除了晚上吃饭，又没有什么事。

到了下午三点钟，燕西实在忍耐不下去，便坐了汽车到冷家来。冷太太也知道他们的婚姻已经发动了，料到他们是有一番议论的。对于清秋的行动，是愈加解放。燕西来了，一直就向上房走，见着清秋便笑道："我来了。自从得了你一句话，我就加了工，日夜的忙。"清秋正坐在屋子里，靠了窗户底下，打蓝毛绳褂子，低了头，露出一大截脖子。白脖子上，一圈圈儿黑头发，微微鬈了一小层，向两耳朵下一抄，漆黑整齐。又笑道："美啊！"清秋回转头来，对燕西瞟了一眼，将嘴向屋子里一努。燕西知道冷太太在屋子里，便站在屋子外头，没有敢进去。清秋将手上的东西，向桌上一放便走出来。

燕西道："我们晚上到新安楼吃饭去，还是照以前的话，我有好些话和你说。"清秋道："有什么话，简单的就在这里说得了，何必还上馆子？为了这事，你今天来两趟，我倒有些疑心了。"燕西道："何必不详详细细的谈一谈呢？这有什么可疑的，伯母面前通过通不过？"清秋道："她老人家是无所谓，你也不必去对她说。不过……"说到这里，看了燕西的脸微笑道："你做事，是一点忍耐不住的。只要有一个问题等着去解决,就会乱七八糟忙将起来。"燕西道:"你这人真难说话,我不赶紧的办,你嫌我做事麻糊。我赶紧的办,你又疑心我别有用意,这话怎么样子说呢?"清秋见他如此说,便答应了去。

燕西在冷家谈了两三个钟头,已经是七点多种,然后和清秋一路坐了汽车,到新安楼。在汽车上,燕西笑着和清秋道:"我的五姐六姐,你都会过了,只是四姐你没会过。我介绍你见一见四姐,好不好?"清秋道:"我知道你今天一定要我出来,必然有事,果然不出我之所料。你把我引得和你一家人都见了面,然后我进你家门,都是熟人,那也好,但是要不进你家门呢?"燕西在她胁下抽出她的手绢,将她的嘴堵上。笑道:"以后大家不许说败兴的话。"清秋劈手将手绢夺下,道:"真是你四姐在那里,我可不去。"燕西道:"那要什么紧?女子见女子,还有什么害臊的吗?"清秋道:"这样会面,并非平常会面可比,我去了,她是要带了眼镜瞧我的。自己明知道人家要瞧,倒成心送给人家去瞧,你瞧,那有多么难为情!"

燕西要说时,车子已到新安楼门口。这里的小汽车夫还没有下车,却另有一个人走上前给这车子开门,他还对这里车夫说道:"你们才来吗?"燕西正要下车,清秋一手扯住他的衣裳角,轻轻说道:"别忙!究竟是什么人在这儿?你要乱七八糟的来,我可不进去,我雇车子回去。"燕西道:"实在没有别人,就是我三个姐姐。你不信,问这汽车夫。到了这里不去,我可僵了。"清秋道:"你只顾你僵了,就不怕别人僵了?"燕西含着笑下车,就伸手来搀她。清秋要不下来,又怕汽车夫他们看见要笑话。只得勉强下来。可是将手向后一缩,轻轻的道:"别搀我。"她下了车,燕西让她在前面走,监督着她一同上了楼。伙计认得燕西,就笑道:"七爷刚来。三位小姐,都在这儿等着呢。"于是对楼上叫了一声七号。

走到那七号门口,伙计打着帘子。清秋忽然停住了脚,不向前走。燕西在后微微的一推道:"走啊!"清秋这才一正颜色,大步走将进去。在里面三个女子,润之、敏之是认得的。另外有一个女子,约摸二十五六岁。圆圆的面孔,修眉润目,头发一抹向后。脸上似乎扑了一点粉,那一层多血的红晕,却由粉层里透将出来。身上穿着一件平常的墨绿色袍子,镶了几道细墨绦,在繁华之中,表现出来素净。清秋这就料到是燕西的四姐道之了。

这未曾说话,道之早含笑迎了上来,笑道:"这是冷小姐吗?很好很好!"走上前,便拉着她的手。清秋也不知道这"很好"两个字,是表示欢迎呢?还是批评她人好?不过连说了两句很好,那的确是一种欢喜,不由冲口而出的。这时,心里自又得着一种极好的安慰。当时便笑道:"大概是四姐了,没有到府上去拜访,抱歉得很。"道之道:"我们一见如故,不要说客气话。"于是便拉了她在一处坐下。清秋又和敏之、润之寒暄了几句,一处坐下。道之笑着对敏之道:"冷小姐聪明伶俐,和我们八妹一样,而温厚过之。"敏之道:"话是很对的,不过你怎样抖起文来说?"道之笑道:"我觉得她是太好了,不容易下一个适当的批评,只有用文言来说,又简捷又适当。"润之道:"密斯冷,的确是一副温厚而又伶俐的样子。"说到这里,笑着对燕西道:"老七,你为人可是处于这相反的地位,只一比,就把你比下去了。"清秋还没有说什么,她们早是一阵批评,倒弄得怪不好意思的。只红了脸,低着头,用手扶着筷子微笑。

道之拿了纸片和笔,就偏了头问清秋:"密斯冷,我们就像自己姊妹一样,不要客气。你且说,你愿意吃什么菜?"清秋笑道:"我是不会客气的。要了什么菜,我都愿意吃。"道之笑道:"初见面,总有些客气的。密斯冷爱好什么,老七一定知道,老七代表报两样。我今天很欢喜,要吃一个痛快。"燕西道:"她愿意吃清淡一点的东西的。"润之听了他又说了一个"她"字,对他望了一望,抿嘴微笑。燕西明知润之的用意,只当没有看见。对道之道:"在清淡的范围以内,你随便写罢。"道之偏了头,轻轻的问着清秋道:"清炖鲫鱼好吗?"清秋说:"好。"道之又问道:"吃甜的不吃?清淡是葡萄羹呢?是橙子羹呢?"清秋微笑说道:"随便哪样都可以。"道之索性放了笔,手抚着清秋的手背,笑着说道"就是葡萄羹罢,你以为如何?"清秋微微点头笑道:"可以。"

敏之看见道之这样疼爱清秋,也只是微笑。道之笑道:"你笑什么?你以为和密斯冷亲热得有些过分吗?"敏之道:"并不是说你们亲热得过分,你把密斯冷当了一个小孩子看待了。"道之笑道:"说起来,我应该是一个老姐姐啊!密斯冷贵庚是?"清秋微笑道:"十七岁了。"道之道:"怎样?比我小九岁哩。梅丽只比密斯冷小两岁,常常还睡到我们怀里来,要我们搂着呢。"润之道:"这样子,你也要搂密斯冷一下子吗?"这一说,大家都笑了。

道之将菜单子开下去,便和清秋一面说笑着,一面吃东西。清秋真料不到道之待人是这样的温厚亲热,心里非常痛快,便一定要道之到她家去坐。道之道:"我一定来的。但是我们那里,你也可以去玩玩。"清秋听了这话,脸上一红,勉强一笑,说道:"一定去的。"润之道:"密斯冷,不要紧的,只管去。你到了我们门口,不要招呼大门口的号房,一直向里走。到了楼边下,那里有听差,你只说找我们姊妹的,他就会一直引到我们那里来。舍下院子多,你只要到我那里去坐,绝不会和别的人在一处的。"清秋微笑道:"并不是怕人,实在因为我一点礼节不懂,到了府上那样的人家去,恐怕失仪呢。"道之道："得了罢,我们又是什么讲礼节的人家吗?你将来就会知道了。"清秋听说,只是微笑。

道之原有许多话,要当着清秋说,现在见清秋一笑一红脸,不忍让她为难,就不说了。燕西看了大家这样和睦的样子,心里是非常的高兴,因对清秋道："我对你所说的话如何?我们家姊,不是蔼然可亲的人吗?"清秋笑道："是的,我不是早就承认了你这句话吗?"燕西道："你从前说,除了几个女同学,就没有人可以和你来往,是很单调的。现在你要和我三位家姊来往,她们可以给你找上许多女朋友,你就不嫌单调了。"清秋笑道："你不叫我跟着三位找些学问,长些见识,倒先叫我多交些女朋友?"燕西笑道："是啊!这话是我说错了。可是你又对我说,《红楼梦》上的对联'世事洞明皆学问,人情练达即文章',那是很对的。贾宝玉反对这十四个字很无理由。"清秋道："我的这话,并不算反对这十四个字呢。不过说交朋友比求实学要次一等罢了。"

道之笑道："我们老七,从前是高山滚鼓,有些不通往下的,可是这大半年以来,动不动就咬文嚼字,我以为他忽然肯用功夫。最近调查起来,才知道都是密斯冷教的,我要替我们老七谢谢了。"清秋笑道:"这实在不敢当,不过偶和七爷讨论一点书本上的事罢了。"润之笑道："哎哟!密斯冷,你怎样和老七是如此称呼啊?这样客气,不像知己了。"说时掉过脸来,对燕西望了一望,微微一摆头道："老七,这是你的不对了。你既然和密斯冷这样好,为什么还受她这样的称呼?你真是岂有此理!"燕西笑道："没有,没有,这是她当着你们的面,客气一点说话呢。我们平常说话,就是你我他。"

润之道："这样是俗得很。你不看见大哥他们是怎样的称呼吗?"润之突然说出这句话,觉得太冒失,自己脸也红了。冷眼看清秋秋时,却好她并不在意。其实,清秋听了这话,不但不嫌润之冒昧,心里却是暗暗为之一喜。以为自己和燕西的关系,就是金家姊妹,也很知道的。所以她也不客气跟着燕西叫四姐五姐六姐。敏之润之倒还罢了。惟有道之经清秋这样一亲热,喜欢得什么似的,执着清秋的手,滔滔谈个不绝,吃完了饭,伙计来沏了两壶茶喝。道之还没有走的意思。润之道:"我们走罢,不要老占住人家的屋子了。你有话说,第二次再谈,也还不迟哩。"道之这才笑道:"我真也是高兴得糊涂了,只管向下谈。密斯冷,我们下次再会罢。"伙计呈上账单来,由燕西签了个字,然后大家下楼出门而去。

清秋仍坐的是燕西的车子,由燕西送她回家。燕西在车上问清秋道:"今天这一餐,你总吃得很满意罢?我早就对你说了,我们四家姊是最好说话不过。你现在可以证明我的话,不是瞎说了。"清秋道:"你们四姐,实在和气。我想,我有什么话,只要和她说,没有不成功的。烦你的驾,今天回府去,约一声令姐到我舍下来,我和她仔细谈一谈。"燕西道:"你母亲呢?当着面,有许多话好谈吗?"清秋道:"那一层你就不必管,我自然有我的法子,你只要把四姐请得来就成了。"燕西道:"好,我就依你的话,明天就把她请来。我看你进行的结果,比我怎样?"说话时,清秋到了家,燕西不下车,马上回家去。

到了家里,一直就向道之屋里来。见屋里没人,又跑到敏之屋里来,她们三人,正坐着在评论呢。燕西一进房就笑着问道:"如何如何?"道之点点头道:"这个人算你认得不错。我明天就对母亲去说,准包成功。这孩子小模样儿又可疼,又可爱,又怪可怜的。可是她的名字太冷一点。本来就姓冷,又叫清秋,实在不是年青人应当有的。她嫁过来了,我一定给她改一改。"燕西道:"只要四姐办成功，什么都好办。"道之道："充其量，你也不过是要早些结婚。人反正是定了她了，或迟或早，主权在你。我们又不是小户人家，说是拿不出钱办事，时间是没有问题的。"

大家正说得热闹，恰好玉芬有点小事，要来和敏之商量。走到门口，听见他们姊妹正在大谈燕西的婚事，站在门口听了一会儿，她就不进去。轻轻的退出这个院子，走到屋里，见鹏振斜躺着在睡榻上。玉芬冷笑一声，说道："哼！你们男人家的心思，就是这样朝三暮四，我都看透了！"鹏振一翻身坐了起来说道："又是什么谣言让你听来了？一进门就找岔儿。"玉芬道："谣言吗？我亲耳听当事人说的。"鹏振道："什么事？谁是当事人？"玉芬道："就是老七，他要结婚了。"鹏振噗哧一笑道："我看你那样板着面孔，不知道什么事发生了，原来是老七要结婚，这事有什么可奇怪的？"玉芬道："你以为他是和谁结婚？"鹏振道："自然是秀珠妹妹。"

玉芬啐了鹏振一下，说道："你们不要把人家大家闺秀，信口雌黄糟踏人家！"鹏振道："'结婚'两个字，能算是糟踏吗？气得这个样子，至于吗？"玉芬道："现在并不是她和老七结婚，你提到了她，自然就是糟踏。"鹏振道："老七和谁结婚？我并没有听说。"玉芬以为鹏振果然不知道，就把刚才听见敏之她们所说的话，告诉了鹏振。因道："老七和秀珠妹妹的婚事，早就是车成马就，亲戚朋友谁不知道？到了现在，一点缘由没有，把人家扔下，叫白家面子上怎样搁得下去？这个姓冷的，知道是什么人家的人？头里并没有和我们家里有一点来往。糊里糊涂就把这人娶来，保不定还要弄出多少笑话呢。"

鹏振明知道玉芬和秀珠感情十分的好，秀珠的婚姻不成功，她心里是不痛快的。便道:"老七也是胡闹,怎样事先不通知家里一声,就糊里糊涂提到结婚上来?真是不该。"玉芬听他的话,居然表示同意,心里倒安慰一点。因道:"可不是!并不是我和秀珠妹妹感情好,我就替她说话,照秀珠妹妹的品貌学问,哪一样比不过老七?"鹏振道:"那都罢了,最是秀珠待老七那一番感情,是不容易得到的。我还记得,有一次家里榨甘蔗喝。老七上西山了,她恰好到我们家里来,分了一碗,不肯吃。找了一只果子露的瓶子,将汁灌好,塞了塞子,放在冰缸里,留给老七喝。"玉芬笑道:"你也知道这是女子体贴男子一点心思。但是像这样的事,我也不知做了几千万回,怎样你一点也不感谢我的盛意?"鹏振道:"我们已经结婚了,我要感谢你的地方,也只能于此而止,还要怎样感谢呢?"玉芬微笑道:"结婚算得什么感谢?这是你们男子占便宜的事呢。"

鹏振见他夫人在灯光之下,杏眼微波,桃腮欲晕,背靠了梳妆台,微微挺起胸脯。她穿的是一件极单薄的蓝湖绉短夹袄,把衣里的紧身坎肩,早脱下了两只短衫袖,露出袖子里的花边水红汗衫来,真个是玉峰半隐,雪藕双弯,比得上海棠着雨,芍药笼烟。鹏振不由得心里一动,便挨近身来,拉住玉芬的手笑道:"怎么结婚是男子占便宜的事?我愿闻其详。"玉芬道:"那自然是男子占便宜的事。从来男子和女子缔婚,总是表示男子恳求,没有说女子向男子表示恳求的。这样看来,分明是男子有好处。"鹏振道:"男子就是这样贱骨头,把一件很平等的事,看做是一桩权利,以为女子是义务。越是这样,越让女子拿乔。依我看来,以后男子和女子交朋友,无论好到什么程度,也不要开口谈到婚姻上去,非要女子来求男子不可。"玉芬道:"没有那样的事!女子决计不求男子。"鹏振笑道:"得!以后我就提倡男子别求女子。"

玉芬将鹏振的手一摔道:"别挨挨蹭蹭的,过去!我看不惯你这样嬉皮涎脸的样子。"鹏振一肚子高兴,不料又碰了一个钉子。他就笑道:"好好儿的说话,你又要生我的气。得了,算我说错了还不行吗?来,我这里给你赔个礼儿。"说时,含着笑,故意向玉芬拱了拱手。把头一直伸到玉芬面前来。玉芬将一个指头向鹏振额角上一戳,笑道:"你真是个银样镴枪头。刚才你说你不求女子,怎样不到两分钟,你就求起女子来了?"鹏振笑道:"理论是理论,事实是事实。得了,我们言归于好。"玉芬道:"我不能像你那样子,好一阵儿歹一阵儿,决裂定了,不和你言归于好。"

鹏振向床上一倒,伸了一个懒腰,说道:"我今天真倦。"玉芬笑道:"你出去,今天晚上,我不要你在这儿睡。"鹏振一翻身,坐了起来,笑道:"你这东西,真是矫情。"玉芬道:"了不得,你索性骂起我是东西来了,我更要轰你。"鹏振道:"你要轰我也成,我有一段理,得和你讲讲。我要讲输了,当然我滚了出去。若是你讲输了呢?"玉芬道:"你只管把你的理由说出来,我不会输的。"鹏振道:"我也知道你不会输的。但是假使你输了呢?"玉芬笑道:"若是我输了,我就输了罢。"

鹏振道:"我输了,依你的条件;你输了,也得依我的条件。我来问你,我们这一场辩论,因何而起?"玉芬道:"由秀珠妹妹的事而起。"鹏振道:"那就是了。刚才你说结婚是男子占便宜的事,对不对?"玉芬挺着胸点了点头道:"对!现在我还是说对。"鹏振道:"既然如此,老七不和白小姐结婚,那算是不肯占白小姐的便宜,这种态度,不能说坏,为什么你说他不好呢?"这一句话,十分有力量,总算把玉芬问住了。

第四十五回

瓜蔓内援时狂施舌辩　椿萱淡视处忽起禅机

鹏振这一问可把玉芬问得抵住了,笑道:"他们两个人,又当作别论。"鹏振道:"同是男女两个的结合,为什么又要当作别论呢?"玉芬道:"我以为老七对秀珠妹妹不能说是占便宜,应当说是感恩图报。"鹏振笑道:"好哇,究竟是你输不了啊。我也是感恩图报,你为什么不许呢?"玉芬将头一偏道:"我不要你这种无聊的感恩图报。"鹏振笑道:"在你施恩不望报,可是我要受恩不忘报啊。"两个人说笑了一阵,谁有理谁无理,始终也不曾解决。

一宿无话,到了次日,玉芬便和鹏振道:"事情到了这种样子,我应该给秀珠妹妹一个信儿,才是道理。不然,她还要说我和大家合作,把这件事瞒着她呢。"鹏振道:"你这话说得是有理由。不过你一对她说了,她是十分失望的,未免让她心里难过。依我的意思,不告诉她也好。"玉芬道:"你以为统北京的女子,都以嫁你金家为荣哩!她有什么失望之处?你且说出来。"鹏振笑道:"为别人的事,何必我们自己纷扰起来?我所说的,自有我相当的理由,而且我是好意。凡是一件婚姻,无论男女哪一方,只要不成功,都未免失望的，这也并不是我瞧不起谁，你又何必生气呢？"玉芬笑道："并不是我生气。不过你们兄弟，向来是以蹂躏女子为能事的，你就是说好话，我也不敢当做好事看。"鹏振笑道："这样说来，我这个人简直毁了，还说什么呢？"玉芬听他如此说，也就算了。

早晨，玉芬把事忍耐住了，却私私的给秀珠打了一个电话，叫她在家里等着，回头到家里来，有话要说。吃过午饭，也不坐汽车，私自就到白家来了。白秀珠听说，一直迎到大门外，笑道："今儿是什么风，把姐姐刮将来了？"玉芬走上前，握住了秀珠的手，笑道："是什么风呢？被你的风刮着来了。"秀珠道："我猜你也是有所为而来的。"于是二人携着手，一路走到秀珠屋子里来。

玉芬先是说了一些闲话，后来就拉着秀珠的手，同在一张沙发上坐下，因道："你不许害臊，实话实说，我问你，你看老七待你是真爱情呢？还是假爱情呢？"秀珠微笑道："你问我这句话是什么意思？我没有猜到这一点。我没法子答复你。"玉芬道："那你就不用管。你实实在在答应我，你们究竟是真爱情假爱情？"秀珠脸一红道："这一层，我无所谓，你们七爷，我不知道。我们不过是朋友罢了。"玉芬笑道："只要你说这一句话，这话就结了，我倒免得牵肠挂肚。"秀珠微笑道："你这话我不懂，怎样让你牵肠挂肚了？"玉芬顿了一顿，复又微微一笑，说道："我这话说出来，你有些不肯信。但是你和我们老七，总算是知己。你不是说，你和老七不过朋友罢了吗？他果然照你的话，把朋友看待你了。'爱情'两个字，似乎谈不到了。"

秀珠因她一问，早就料到是为婚姻而来的。但是还不知道是好消息呢？或者是恶消息？现在玉芬这样一说，大八成就知道燕西有些变卦了。便道："表姐今天说话，怎么老是吞吞吐吐的？"玉芬道：

"并不是我吞吞吐吐,我怕说了出来,你不大痛快,所以不愿直说。但是这事和你关系很大,我又不能不说。老实告诉你罢,老七他要和人结婚了,不知道你知道不知道?"秀珠听了这话,脸色却不由得一变,微笑道:"这和我有什么关系呢?"那嘴角上的笑容,还不曾收住,脸色更是变得厉害。她的两颊,是有一层薄薄儿的红晕的,可就完全退去了,脸色雪一般白。

玉芬道:"你这人就是这样不好。我实心实意的来和你商量,你倒不肯说实话。"秀珠道:"我说什么实话?我不懂。我们能拦住人家不结婚吗?我早说了,天下的男子,决不肯对于一个女子拿出真心来的,总是见一个爱一个,爱一个扔一个。我们做女子的,要想不让人家来扔,最好就不让人家来爱。让人家爱了,自己就算上了人家的当,那要让人家扔了,也是活该。有什么可埋怨的呢?"说到这里,眼睛圈儿可就红了。玉芬道:"我说了,你要伤心不是?不过你和老七,究竟相处有这些年,两个人的脾气,彼此都知道。这两个月,你两人虽然因小事口角了几次,那都是不成问题的。只要你肯不发脾气,平心静气的对老七一说,他一定还是相信你。"秀珠道:"表姐,你说这话,把我看得太不值钱了。他不理我,我倒要低眉下贱去求他,这还有什么人格?"玉芬原是一番好意,把话来直说了。可是就没有想到话说直了,秀珠受不了。

秀珠见玉芬说着话,忽然停止不说,那面色也是异常踌躇,便笑道:"说得好好儿的,你怎样又不说了,难道你还忌讳个什么吗?"玉芬道:"我不忌讳,我看你这样子,好像要生气呢。"秀珠道:"我纵然生气,也不会生你的气啊。打架哪里会打帮拳的?"玉芬笑道:"你这话,我又不能承认了。你以为我是帮你打老七的吗?那一说出去,可成了笑话了。"秀珠叹了一口气道:"其实,你是一番好意,和我打抱不平，但是我要维持我自己的人格，我绝不能再认燕西先生做朋友。我们还是姐妹，以后你有事，你尽管到我这里来，我决计不登金氏之门了。"说到这里，再也忍不住，声音就哽了。接上说道："我没有什么事辜负了他，他为什么这样对待我？我早就知道他变了心了，但是料不到有这样快，我到如今，才把人心看透了。"那话是越说越声音哽咽，两行泪珠禁不住自滚下来。她不好意思怎样放声大哭，就伏在沙发的靠背上，手枕了额角只是息息率率的垂泣。

玉芬将手抚着她的背道："你不要伤心，好在他和那冷家姑娘的婚姻，还没有通过家庭，未必就算成功，等我把老七叫到一边，给你问个水落石出。他若是随随便便的事呢，我就向他进忠告，叫他向你负荆请罪，你们还是言归于好。若是他真心要决裂，那只好由他去。妹妹，宁可天下人负我罢。"这"宁可天下人负我"七个字，正打入秀珠的心坎，就越发哽咽得厉害。

正在这个当儿，白太太走窗户外经过，便道："屋子里是哪一位？好像是王家表姐呢。"秀珠怕嫂嫂看见了泪容，连忙爬起来，将手极力的推着玉芬，玉芬会意，便迎了出去。秀珠一个人在屋子里，看看洗脸盆子里，还有大半盆剩水，也不管冷热，自取手巾来打湿了，擦了一把脸。又对着镜子，重新扑了一扑粉，这才敢出去。因是当了嫂嫂的面子，许多话不便说，一定留玉芬在家里晚上吃便饭，将玉芬再引到屋子里去，谈了一下午的话。凡是心里有事的人，越闷越烦恼，若是有个人陪着谈谈，心里也痛快些。所以到了下午，秀珠却也安定些。

玉芬回得家去，已是满屋子灯火辉煌了。回屋子去换了一套衣服，就走到金太太屋子里来坐坐。走进屋去，只见金太太斜在软榻上躺着，道之三姐妹一排椅子坐下来，都面朝着金太太。梅丽和佩芳共围着一张大理石小圆桌儿,在斗七巧图。看那样子,这边娘儿四人,大概是在谈判一件什么事。玉芬并不向这边来,径直来看梅丽做什么。自己还没坐下,两只胳膊向桌上一伏,梅丽连连说道:"糟了,糟了,好容易我找出一点头绪来,你又把我摆的牌子全弄乱了。"玉芬道:"七巧图什么难事?谁也摆得来呢!"佩芳笑道:"这不是七巧图,比七巧图要多一倍的牌子,叫作益智图。所以图本上,也多加许多图案。明的还罢了,惟有这暗示的,不容易给它拼上。你瞧这个独钓寒江雪,是很难。"佩芳说时,手里拿着一本书伸了过来。

  玉芬接过书一看,见宣纸装订的,上面用很整齐的线,画成了图案。这一页,恍惚像是一只船露了半截,上面有一个人的样子,这图只外面有轮廓,里面却没有把线分界出来。桌上放了十几块小木板,有锐角的,有钝角的,有半圆,有长方形的,一共有十四块。那木牌子是白木的,磨洗得光滑像玉一般。玉芬道:"这个有趣,可以摆许多玩意儿,七巧图是比这个单调。"佩芳道:"你就摆一个试试,很费思索呢。"玉芬果然照着书本画的图形,用木牌拼凑起来。不料看来容易,这小小东西,竟左拼一下,右拼一下,没法子将它拼成功。后来拼得勉强有些像了,又多了一块牌。于是将木牌一推,笑道:"我不来了,原来有这样麻烦。八妹,你来罢,我看你怎样摆?"于是坐在旁边围椅上,将一只手来撑了下巴颏,遥遥的看着,耳朵早就听金太太和三位小姐在讨论燕西的婚事。

  金太太道:"对于你们的婚事,我一向都是站在赞成人之列,没有什么异议可持。不过老七这回的事,太奇怪了,我不能不考量一下。"道之道:"有什么可考量的?女孩子我见着了,若说相貌,准比八妹还要高一个码子。"梅丽一回头,说道:"谁比我高一个码子?我是猪八戒,比我高一个码子,那也不过是沙和尚罢了。可不要拿我比人,拿我比人,可把别人比坏了。"金太太皱了眉道:"你这孩子,就是这样不好。正经的本领不学,学会了一张贫嘴。"梅丽笑道:"我是真话。人家小姐长得俊,什么法子也可以形容,为什么拿我做一个标准呢?"道之道:"你这小家伙,连把你做标准你都不愿吗?你可知道要好的,才能够做标准呢。"

金太太道:"别和她斗贫嘴,你且把那孩子和订婚的这一番经过仔细说一说,让我好考量。"道之道:"我所知道的都说了。再要详细,不如你老人家自己问老七去。我现在就是问你老人家一句话,究竟能答应不能答应?"金太太道:"靠我一个人答应了也不行,总得先问一问你父亲。看他的意思怎样?若是我答应下来,将来有了不是,我倒要负完全责任。"道之道:"那也不见得,而且只要你老人家能做主,父亲就没有什么意见的。你这样说,就是你不肯负责任的了。"金太太道:"啊哟!你倒说我不负责任?你和那冷家女孩子,也没有什么关系,为什么这样大卖气力?"

道之道:"和冷家女孩子是没有关系,可是这一边,是我的兄弟啊。我的兄弟深深的托了我,我不能不卖力气。不算别的,我们老七的国文,可以说只有八成通。自从认识了人家之后,几百个字的文章作得是很通顺,而且也会作诗了。人家模样儿现在且放到一边,就是那一种温柔的样子,一见就让人欢喜。老七是那样能花钱的人,平生也用不着帐本。若是让他娶一个能交际的少奶奶,不如娶一个出身清苦些的,可以给他当把钥匙。"金太太道:"你这两句话,倒是对的。他们哥儿几个,就是老七遇事随便,好玩的心思,又比谁还要浓厚!若是再讨一个好玩儿的小媳妇,那是不得了。我就不主张儿女婚姻,要论什么门第,只要孩子好,哪怕她家里穷得没饭吃呢,那也没有关系。我们是娶人家孩子,不是娶人门第。"润之笑道:"说了半天,你老人家还是绕上了四姐这条道。"金太太道:"我也得看看那孩子。"

玉芬听到这里,看着金太太已经有允准的意思,就站起来笑道:"妈!给你老人家道喜啊!这是突然而来的,掉下来的一场喜事呢。"说着,便走了过来,见金太太面前茶几上放一只空茶杯,就拿着茶杯将桌上茶壶斟了一大半杯茶,放到茶几上,笑道:"谈判了半天,口也渴了,喝一杯罢。"趁这倒茶的工夫,就挨了沙发在一张矮的软皮椅上坐下了。回头对敏之道:"你们三位知道,怎么也守秘密呢?我们早晓得了,也可先交一交朋友啊。"敏之道:"我们哪里知道,也是昨天晚晌听了刘姐夫说,才知道的。"玉芬却一掉转脸,对金太太道:"妈!这是怪啊!老七那样直心直肠的人,有事恨不得到处打电报,对于这件事,他能这样守秘密,一直到要发动,才对家里说。你老人家还老把他当一个小孩子,可知道早怀着满腔的心事呢。"说着,将右手大拇指伸了一伸,笑道:"我很佩服我们老七有本领。"

金太太道:"这事我也很纳闷的。一向我就不大注意他的婚事,因为他是无话不告诉人的,他要办什么事,先会露出一个大八成来。等他有了形迹,我再说也不迟。可不料这一回,他真熬到要办才说。"玉芬笑道:"知子莫若母,老七的形迹,你老人家也未尝不看了一些出来。"金太太道:"是啊!从前我看他和白小姐来往亲密,倒不料白小姐以外,他还有要好的呢。"玉芬道:"这事真奇怪极了,秀珠和老七那样好,结婚的对手方,倒不是她!"金太太道:"秀珠那孩子呢,倒也很伶俐,就是小姐脾气大一点。他们私人方面,究竟到了什么程度,我是不知道。所以我总含糊着。你们年青的人,见识浅,老是和他两人开玩笑,我就觉得不对。"玉芬道:"这也难怪呀。你想，他们好到那样的程度，还有什么问题呢？据我看，他们过去的历史有那末长，或者还可以转圜的。"

道之见玉芬过来，就知道她有话说，静静的望着她，这时便笑了一声道："三姐，你有点具体错误罢？交朋友是交朋友，结婚是结婚。若是男女交了朋友，就应当走上结婚的一条路上，那末，'社交公开'这四个字不能成立。结了婚的男女，也没有交朋友的可能了。老七和白小姐，也不过朋友罢了，有什么可奇怪的呢？"玉芬和金太太话里套话，正说得有些来由；不料遇着道之这个大姑子，是丝毫不讲情面，噼里啪啦，大刀阔斧，说上一大套。本想要驳她两句，无奈驳了出来，就有帮助秀珠的嫌疑。要是不驳，自己肚里放着了许多话，又忍受不住。进退为难之间，面孔可就涨得通红，因勉强笑了一声。说道："四妹的话，真是厉害，一家伙提出男女朋友不一定要结婚这句话，就把我驳倒。可是我也没说男女交朋友，就要结婚。不过我的意思，以为老七和秀珠的感情太好，有结婚的可能。这一件事，几乎是我们公认的了。可是到了现在并不是他两人结婚，所以我引为奇怪，我并不是对老七有什么不满意。"

道之明知玉芬和秀珠那层关系，哪里又肯默尔？便笑道："真理是愈辩愈明的，我们就向下说罢。既然三姐说老七是变了心，那末，当然是不以老七为然。所以不然，又自然是没有和秀珠妹妹结婚。我先说的那一番道理，就没有错误。现在你又说，老七和秀珠妹妹在感情上有结婚的可能。但是我们不是秀珠妹妹，又不是老七，怎样知道他们有结婚的可能？"玉芬道："从表面上自然观察得出来。"道之道："这未免太武断了。我们在表面上看去，以为他们就有结婚的可能，须知事实上，他们尽管相去得很远。本来他们的心事，我们不能知道。现在有事实证明，可以知道他们以前原不打算结婚。"

玉芬道："四妹，这话好像你很有理。但是你要晓得人心有变动啊！这个时候，老七不愿和秀珠妹妹谈到婚姻问题上去，那是小孩子也知道的事情，还要什么证明？不过现在他是这样，决不能说他以前也是这样。"道之笑着一挺胸脯，两手一鼓掌道："这不结了。以前他爱秀珠，现在他不爱秀珠妹妹，这有什么法子？旁边人就是要打抱不平，也是枉然。"玉芬道："四妹，你这是什么话？谁打了什么抱不平？"

金太太先以为她两人说话故意磨牙，驳得好玩，现在听到话音不对。那玉芬的脸色，由额角上红到下巴，由鼻子尖红到耳根，抿了嘴，鼻孔里只呼呼的出气。手上在茶几上捡了一张报纸，搭讪着，一块儿一块儿的撕，撕得粉碎。金太太这就正着颜色说道："为别人的事，要你们这样斗嘴劲做什么？"玉芬道："你老人家还有什么不明白的？因为秀珠和我有点亲戚的关系，我说了两句公道话，四妹就疑惑我反对老七的婚姻事来了。难道我还有那种力量，不许老七和姓冷的结婚，再和秀珠订婚不成？"道之冷笑道："我不那样疑心。婚姻自由的时代，父母都做不了主，哥嫂还有什么力量？要不服，也只好白不服罢了。"玉芬突然站将起来，用脚将坐的软椅一拨。便道："这是当了妈的面，你是这样对我冷嘲热讽，我算让你，还不成吗？"一昂头，便出门走了。

金太太看见，气得半晌说不出话来。佩芳虽然在一边拼益智图，可是她的心里，也是注意这边婚姻问题的谈话。她对于燕西和秀珠决裂一层，也是站在反对的方面。不过这件事和自己并没有多大的关系，用不着去插嘴。当玉芬和道之争论的时候，她十分的着急，玉芬怎么就没有理由去驳倒道之？自己坐在一边，拿了益智图的图本，尽管翻着看。一页一页的翻着看完了，又从头至尾重翻一遍。

这样的翻着看书，耳朵却是在等听她这一篇大议论的结局。到后来，玉芬和道之闹翻了，自己要调解几句，又见婆婆生着气，索性不说什么。

金太太气得沉默了一会子，然后就对道之道："大家好好的说话，你为什么语中带刺，要伤害人？"道之道："我这不算语中带刺，是老老实实的几句话，我就是这样，有话摆开来说，直道而行。得罪了人也在明处，这是无所谓的。不像她那样做说客似的，悠悠的而来。"金太太也明知玉芬是帮着秀珠的，虽然这次道之给玉芬以难堪，若是就事论事，玉芬也有些咎由自取。所以玉芬一气走了，也不怎样说道之。只道："你们这年青的人，简直一点涵容没有。这样不相干的事情，我不知道你们三言两语的，怎样就吵起来了？"道之道："我就是这样，不爱听宋公明假仁假义那一套。我不说了。"说毕，她也是一起身，掉头就走。

金太太一回头笑着对佩芳道："你瞧瞧！"佩芳这就开口了，笑道："你老人家这也值不得生她们的气，这会子只管争得面红耳赤，回头到了一处，还是有说有笑的。"金太太道："她们争吵，我倒是不生气，不过老七这回提的婚事，不知道怎么着，我心上倒像拴了一个疙瘩。我也不知道是由他好，还是把这事给他拦回去？"敏之道："老七对于这事，自然下有一番决心，你老人家要把事拦回去，恐怕不容易。"金太太坐着，又是好久没有说话。

佩芳道："论说这件事，我们是不敢多嘴。不过这事突如其来，加一番考量，也是应当的。这又不忙，再迟个周年半载，也没有关系。"金太太道："我不也是这样说。可是他们合了我们南边人说话，打铁趁热，巴不得马上就决定了。决定了之后，就把人娶来。我是不明白，为什么要这样抢着办？我说提前也可以，必定要举出理由来，可是他们又没有丝毫的理由,你说我怎样不疑心?"敏之笑道:"这不过年青的人一阵狂热罢了,又有什么可疑的?当年大哥和大嫂子结婚,不也是赶着办的吗?"佩芳道:"我们没有赶着办,不要拿我做榜样。"大家谈谈说说,把问题就引开了。

当天晚上,道之到敏之、润之一块儿吃饭,润之就埋怨道:"四姐今天说得有个样子了,又要抬个什么杠,把事情弄翻?而且还得罪了一个人,真是糟糕。"道之道:"那要什么紧?反正我们要办,他们也反对不了。"说话时,筷子把碟子里的虾酱拌豆腐,只管去夹,夹得粉碎,也不曾吃一下。润之笑道:"这一碟豆腐,活该倒霉,我看你整夹了五分钟,还不曾吃一下。"道之也笑道:"你不知道,我心里真气得什么似的。我就是这样,不能看见人家捣鬼。有什么心事,要说就说,绕那末大的弯子干什么?吃过了饭,我碰一个钉子,去对父亲说一说。"说完了这一句话,拿了汤匙,就在一碗火腿萝卜汤里,不住的舀汤,舀得汤一直浸过了碗里的饭,然后夹了几根香油拌的川冬菜,唏哩呼噜,就吃起饭来。吃完了这碗饭,一伸手,说道:"手巾!"

阿囡看见笑着,就拧了一把热手巾送过来。因道:"四小姐,今天怎么回事?倒像喝醉了酒。"道之接了毛巾,搽着脸,且不管阿囡,却对敏之道:"回头你也来,若是我说僵了,你也可以给我转一转圜。"说毕,掀帘子就要走,阿囡却拿了一只玻璃罐子,一只手掀了盖,一只手伸到道之面前来,笑道:"你也不用点吗?"道之道:"是什么?"阿囡道:"是巴黎美容膏。"道之道:"名字倒好听,我来不及要它了。"掀开帘子,竟自来见父亲。

当时金铨背了两手,正在堂屋里闲踱着。嘴里衔了半截雪茄,一点烟也不曾生出,他低了头,正自在想心事。道之心里想,大概父亲也知道了,正踌躇着这事没有办法呢。于是且不说什么,竟自进屋去。金铨也进来了,眼光可就望着道之,将嘴里烟取下,自放在烟灰缸上,问道:"你兄弟的事,你很清楚吗?"说完这句,又把烟拿起,在嘴里衔着,道之看见,便在桌上拿了取灯儿盒,擦了一支取灯儿,伸过去给金铨点上烟。因笑道:"爸爸,你都知道了吗?这一定是妈说的。妈说了,她请你做主。你怎样说呢?"

金铨道:"这事我本没有什么成见,但是燕西这东西,太胡闹。上半年骗了我好几个月,说是开什么诗社。原来他倒是每月花几百块钱,在外自赁房子住。为了一个女子,就肯另立一个家,和人做街坊,慢慢的去认识。用心实在也用心,下工夫实在也肯下工夫。但是有这种工夫,何不移到读书上去?老实说,他简直是靠他几个臭钱,去引诱人家的。这种婚姻,基础太不正当,成就了也没有什么好处。严格一点的说,就是拆白。我四个儿子,全是正经事一样不懂,在这女色和一切嗜好上,是极力地下工夫,我恨极了。"说时,把脚连顿了几顿。

道之原是一肚子的计划,原打算见了父亲,慢慢的一说。不料自己还没有开口,父亲就说了这一大篇。而且看他的脸色,略略泛出一层红色,两只眉头,几乎要挤到一处来。于是一肚子话,都吓得打入了冷宫,只是傻笑。却对金太太道:"妈!我听说拆白党是骗人家钱的,不能用在还拿钱向外花的。"金太太道:"你老子是个正经人,他就恼恨这些花天酒地的闹。生平所做的事,没有一样不能告诉人的。这些男女的事情,他一点不知道,怎样不说外行话?"

金铨听说,不由笑道:"太太,你为什么损我?"金太太道:"说你是正经人,你倒说我损你?难道你是坏人吗?"金铨道:"这样子,你竟是有些偏袒燕西。刚才你不是也反对这种婚姻吗?现在我说起来,你又好像不以为然的样子,这是什么道理?"金太太道:"婚姻问题,我倒没有什么主张,我就不明白,为什么你把自己的孩子说得那样不值钱?这事纵然不好,也是男女两方的事,为什么你怪一边呢?"金铨道:"你不是说那女孩子国文都很好吗?我想她未必瞧得起我们这擀面杖吹火的东西。不过年纪轻的人,经不得这些纨绔子弟引诱罢了。"正说到这里,张顺进来说:"李总长家里催请。"金铨就走出去了。

金太太因对道之道:"你听听,这事是不大容易说罢?本来吗,这事就不成话。"道之笑道:"未见得没有办法,等明后天再说罢。"回头一看,敏之已站在房门口,敏之笑道:"碰了钉子了吗?"道之笑道:"没有。我看那形势不对,我就不敢提。"敏之道:"我就料这事不能像你预料的那样容易。可是这样一来,把那一位真急得像热石上蚂蚁一般,只得到处打听消息。刚才我由外面进来,还看见他在走廊上踱来踱去。那意思是要听这边人说话。再要两天下去,他这样起坐不宁的样子,准会急出病来。"金太太道:"真的吗?这种无出息的东西!"说着话,就到堂屋里来,将帘子掀开一点,向外一望。

只见燕西由那海棠叶的小门里,正慢慢走将来。金太太且不做声,看他走来怎么样?燕西走到廊下,那脚步放得是格外的慢,靠近金太太房外的窗户,就站住了。金太太看了他那种痴呆呆的样子,心里老大不忍。索性掀开门帘子,走将出来。因问道:"阿七,你这是做什么?"燕西正静静的向屋子里听,忽然在身边有一个人说话,却不由得吓了一跳。回头一看是母亲,便拍着胸道:"这一下子,把我吓得够了。"金太太道:"你为什么鬼鬼祟祟的?进来罢。"

燕西道:"我不去,心里不大舒服,我要去睡觉了。"金太太走上前,一伸手扯了燕西的衣服,就向里拉。燕西笑道:"你老人家别拉罢,我就进去罢。"于是跟了母亲,一块儿进去。

到了屋里,在电灯下,金太太将燕西的颜色一看,见他脸上的肉,向下一削,眼眶子陷下去许多。于是拉了燕西靠近电灯,对他脸上望了一望,哎呀一声道:"孩子,怎么两天的工夫,你闹得这个样子憔悴?"道之笑道:"这孩子简直是害相思病,要不给他治一治,恐怕就会躺下了。"燕西道:"四姐,可别说玩话,母亲会信以为真的。"敏之道:"病倒不是病,可是你心里那一份着急恐怕比害病还要难过几多倍。"燕西笑道:"五姐真成,现在又懂得心理学了。"金太太且不管他们姊弟说话,拉了他的手,站到一边,却问道:"你实说,有什么病?明天瞧瞧去。"燕西道:"我没有病,瞧什么?"金太太道:"还说没病,刚才你自己都说心里不舒服。"燕西道:"心里倒是有些不舒服,这也是大家逼我的。我瞧什么?"金太太道:"谁逼你了?就是说这冷家的婚事罢,我们都也在考虑之中,这事尽可以慢慢的商量,值不得这样着急。"燕西皱了眉道:"各有各的心事,谁能知道?不着急的事,我为什么要着急呢?"

金太太道:"我真也猜不透,这件婚姻问题,是多么要紧的事,可是你不提就不提,一提起来了就要办,办得不痛快还要着急。我真不懂,这是为了什么?"燕西将脚一顿道:"我不要你们管我的事了,过两天,我做和尚去!"说毕,板了脸,却坐在沙发上,一言不发。金太太看了他这样子,不觉噗哧一笑。对道之道:"你听他说,倒好像他不讨老婆,会陷了别人似的,你要做和尚,就去做和尚。这样的儿子,慢说少一个,跑了一个光,倒落个干净。"道之笑道:"老七,事到如今,你只可以好说,哪里可以讲蛮呢?你趁妈这会子心疼你的时候,你一求情,这事就有个八成了。"金太太道:"谁心疼他?这样的东西,让他做和尚去了事。"燕西道:"做和尚就做和尚,我有什么看不破的。我马上就走。"说毕,站起来,就向外而去。

当他一走,那门帘子底下的那一块木板,敲得门啪哒一下响。金太太道:"你看这孩子,他倒发别人的脾气。"道之淡淡的说道:"我看他神气都变了,一横心,也许他真跑了,那才是笑话呢。小怜的事,不是前车之鉴吗?"金太太心里,其初也不过以为燕西胡生气,胡说,做和尚这一节,那是办不到的。现在听到道之说小怜的事是前车之鉴,这倒觉得有几分理由。加上看燕西出去那份神情,是很决裂的。越想这件事,心里越有些不安,然而在燕西方面,却也急转直下了。

第四十六回

手足情深芸篇诳老父　夫妻道苦莲舌弄良人

敏之看到母亲有一番为难的样子，索性装出发愁的样子来。金太太便对她道："你到前面去看看这东西，他在做什么？"敏之道："我说这件事，母亲做主答应就是了，何必闹得这样马仰人翻？"金太太道："我又何尝反对他们什么？不过事到如今，闹得这事的内容，你父亲也完全知道了。我要办，也得和你父亲解释清楚了才办得动。你不管别的，先去用几句好话把他安顿了再说。"道之道："人在气头上，是不顾一切的，他说做和尚去，宁可信是真话，不要信他是吓人的。"金太太对敏之道："你站在这里听什么？还不快快的去！"敏之站在门边，手正扶着帘子听话，笑道："先是满不在乎，一提醒了，就着急。这一会子，我去把他拖了来，有话还是妈对他说罢。"

于是就到前面燕西屋子里来，在窗子外，只见里面电灯通亮。敏之将头靠近玻璃窗，隔了窗纱向里一望，只见燕西坐在椅子上发呆，有一只手提的皮箱，翻开了盖，里面乱叠着东西，燕西对了那箱子现出一种踌躇的样子。敏之身子向后一退，便喊了一声老七，燕西在屋里答应道："不要来罢，我脱衣睡觉了，不开门了。"敏之明知道他没有睡,不管三七二十一,走上前将门一拉,门就开了。一走进房门,燕西不是坐着,却在那里捡箱子里的东西。敏之道:"你这是做什么?真要走吗?"燕西道:"这样的家庭,有什么好处?不如一走,反可以得到自由。"说时,又在满屋子里找东西向箱子里装置。

敏之一走上前,挽住了燕西的手,笑说道:"我是来做红娘的人,有话你该和我直说,那才是道理,你倒在我面前弄这些手段?你以为这样,就能吓着我吗?"燕西道:"我为什么吓你?我难道早知道你要来,先装这样子等你来看不成?"敏之笑道:"你不要强了嘴。刚才我在玻璃窗外面,就看见你一人坐在这里踌躇不定,因为听见我言语一声,你又站起来拾掇箱子了,这不分明是做给我看吗?你要好好的听我的话,我们在一块儿出主意,我倒有个商量。你这样做给我看,显然对我没有诚意,我还和你出个什么主意?得!从此你干你的,我干我的,我不管了。"说毕,一扭身子,就要向外走。

燕西一把扯住道:"你还生我的气吗?"敏之道:"我不生你的气,你先生我的气了。你反正不领我的情,我还说什么?"燕西笑道:"既然如此,我就领你的情罢,但不知道你有什么好法子告诉我?"敏之道:"你不是要做和尚去吗?何必还想什么法子?"燕西道:"那原是不得已的办法。只要有法子可想,我自然还是不做和尚,我这里给你道谢。"说毕,连连拱手。

敏之笑道:"我又瞧不得这个。我告诉你的法子,自己可担着一份欺君之罪。现在我进去说,说是你意思十分坚决,马上就要走,是我分付人不许给你开门。这样一来,你可以不必装着走,只向床上一躺,把被蒙头盖住。我进去一说,包你要什么,母亲就得给什么。"燕西道:"法子是很好,可是要严守秘密,一漏消息,不但全局都糟,我的名誉,也就扫地以尽。"敏之笑道:"你还爱惜名誉吗?"燕西正要驳这一句话,敏之连连摇手道:"少说废话,我这就去,你照计而行得了。"

敏之走到上房,快要到金太太窗户边下,放开脚步,扑扑扑一阵响,就向屋子里一跑。金太太见她进来,便问道:"怎么样了?他说什么来着?"敏之脸上装出很忧闷的样子道:"这孩子脾气真坏,竟是没一点转圜之地,非走不可。"金太太原是坐着的,这就站了起来,望着敏之的脸道:"现在呢?"敏之道:"我已告诉前头两道门房,叫他们不许开门,他已生气睡了。今晚大概没事,可是到了明天,谁也不能保这个险。"

金太太听了这话,这才安然坐下,说道:"我并没有说完全不肯,他为什么决裂到这样子?你去对他说,只要他父亲不反对,我就由他办去。"道之道:"还不是那一句话,他要是满意,早就不说走了。"金太太道:"此外,我还有什么法子呢?"道之笑道:"我只有请你老人家,在父亲面前做硬保,一力促成这件事。"金太太道:"我怎样一力促成呢?你父亲的话,你们还不知道吗?我看这件事,还不如你们去对老头子说,由我在一旁打边鼓,比较还容易成功一点。"

道之低头想了一想,笑道:"这件事我倒有个主意,我不办则已,一办准可以使爸爸答应。"金太太道:"这回事,本来你帮老七忙的,你就人情做到底,办了下去罢。这个法子,我想都不容易,你有什么好办法呢?"道之笑道:"这却是天机不可泄漏。到了明天,我再发表。一走漏了消息,就不容易办。"润之笑道:"这倒好像《三国演义》上的诸葛亮,叫人附耳上来,如此如此,这般这般。"道之道:"其实说出来,倒也没有什么,不过将来一发表,就减少许多趣味,所以我非到那个时候说出来不可。"润之道:"我猜猜看,究竟是什么法子？"敏之道："不要猜了，一说两说，这话就会传到父亲耳朵里去的。我先去看看那一位去，他现在究竟怎么样了？"

说着，又去敲燕西的门。燕西听是敏之的声音，就起来开门，笑道："五姐这就来了，事情准有八成希望。"敏之就把刚才的话说了一遍。燕西一拍掌道："她说这话，一定有把握的。"说到这里，遥遥听见走廊上有咳嗽声。敏之道："你还是躺下，假就假到底。"燕西向床上一倒，扯着被盖了。却是道之走进屋来，问道："老七呢？"燕西不做声。道之道："睡着了吗？"燕西还是不做声。

道之走上前，将被向上一翻，掀开大半截道："你倒在军师面前玩起手段来？"燕西笑着坐了起来道："我不敢冤你，我是怕你身后，还跟有别人。我听说四姐给我想了一个极妙的计，但不知这条计是怎样的行法？我能不能参与？"道之道："你当然能参与，而且还要你才办得到。"道之谈到这里，于是扶着门，伸着头向外望了一望，见门外没有人，这才掩上门。姊弟三人商量了一番，敏之拍掌笑道："原来是这条计，这是君子可欺以其方啊。"燕西道："别嚷别嚷，无论让谁知道，这事就不好办。"敏之、道之也不多说，自去了。燕西于是起来写了一封信，交给金荣，叫他次日一早就送出去，不可误事。这就安心去睡觉。

到了次日十一点钟，燕西睡着，还未曾起来。金太太可是打发人来看了几次，探听他的行动，不让他走，见他安然睡觉，也就算了，这件事就依了道之的话，未曾告诉金铨。金铨自有他政治和金融界的事，家庭小问题，一说也就丢开了。过了一天，大家竟不提，犹如云过天空，渺无痕迹。

这日是星期，金铨在桌上看完报之后，照例也到他的书室里去，把他心爱的一些诗文集翻一两部出来看看。不料走进书房，只见自己桌上,放着一条绿丝绉纱围脖,竟还有些香气,充溢屋中。再一看自己爱的那一盒脂色朱泥,不知谁揭开了盖子,也未曾盖上。心里一生气,不由得一人自言自语道:"这又是谁到这里胡闹来着?"他说时,顺手捡起那条围脖一看,上面用白丝线绣了"ΤΤ"两个外国字母。金铨知道这是"道之"两字缩写,自言自语的道:"这大岁数的人了,也是这样一点不守秩序。"于是把印泥盖好,将围脖儿放在一边,自抽了一本书看。

不多大一会儿工夫,道之手里拿着一本钞本书,笑了进来,很不在意的将钞本书放在桌上,却拿围脖披上。金铨将手上捧的书本放下,顺眼一看,见那钞本上写着很秀媚的题签,是"嫩红阁小集"几个字。便道:"这好像是一本闺秀的诗稿,是哪里来的?"道之道:"是我一个朋友,年纪很轻。你老人家瞧瞧,这诗词作得怎样?她要我作一首序,我随便写几句话,用了这儿的印泥,盖上一颗图章。"

金铨笑道:"现在女学生里面,哪里有作得好诗的?平仄不错,也就是顶好的了。"说时随便就把那册钞本取了过来,偶然翻开一页,见是上等毛边纸订成的,写了整整齐齐的正楷字,旁边却有红笔来逐句圈点着。卷页上头,还有小字,写了眉批。金铨笑道:"这倒像煞有介事,真个如名人诗集一般。"道之道:"你老人家没有看内容,先别批评。等你念了几首之后,再说好不好的话。"

金铨果然随便翻开一页,且先看一首七绝,那诗道:"莫向东西问旧因,看花还是去年人。"金铨先不由赞一声道:"啊!居然是很合绳墨的笔调。"道之道:"你看我说的话怎么样?"金铨微笑,再向下念那句诗是:"明年花事知何似?莫负今年这段春。"金铨道:"倒也有些议论,只是口吻有些衰败的样子,却不大好。"随手又翻了一页,看了几首,都是近体,大致都还说得过去。后来又看到一首七律,旁边圈了许多密圈。题目是"郊外"。

那诗道:

> 十里垂杨夹道行,春畴一望绿初平。
> 香随暖气沾衣久,风送游丝贴鬓轻。
> 山下有村皆绕树,马前无处不啼莺。
> 寺钟何必催归客?最是幽人爱晚晴。

金铨用手拈了胡子,点点头道:"这孩子有才调,可惜没有创造力。若是拜我做先生,我可以纠正她的坏处,成全她做一个女诗人。"道之道:"你怎样说人家如此不成?有什么凭据吗?"金铨将手一指道:"就拿这一首诗为凭,初一念,好像四平八稳,是很清丽的一首诗。可是一研究起来,都是成句。这'垂杨夹道行',只是改了一个'斜'字。颈联呢,是套那'沾衣欲湿杏花雨,吹面不寒杨柳风'。腹联呢,更明显了,是套'阆苑有花皆附鹤,女墙无树不栖鸾'。末了,还直用了李义山一句'幽人爱晚晴'。真正她自己的一句诗,不过是'春畴一望绿初平'。啊,这是谁写的眉批。恭维得这样厉害。什么诗如其人了,什么诗中有画了。可是话又说回来了,总也算难为她。差不多的人,可真会被她瞒过。"

道之道:"你这话,我有些不承认。我虽不懂得诗,我觉得念出来怪好听的。好比你刚才说的,什么'有花皆附鹤,无树不栖鸾',我就觉得抽象得很。她说的这'山下有村皆绕树,马前无处不啼莺',闭了眼一想,你要是坐了马车,在西山大马路上走,望着远处的村子,听着鸟叫,她这诗说得一点也不错。"金铨笑道:"岂有此理!难道她偷了人家的诗,还要赛过人家去不成?"道之道:"这可就叫青出于蓝了。"金铨道:"这孩子,倒是有几分聪明,所以这样,并不是有心偷古人之作,不过把诗读得烂熟了,一有什么感想,就觉和古诗相合,自己恰又化解不开,因此不知不觉的就会用上古人的成句,这正是天分胜过人力所致。肯用人力的人,一个字一个字都要推敲,用了成句,自己一研究就醒过来,绝不肯用的。这非找一个很有眼光的先生严厉指示一番不可。"

道之笑道:"哪里找这样的先生去?不如就拜在你的门下罢。"金铨摸着胡子道:"门生是有,我还没有收过女门生,而且我也不认得人家啊。"道之道:"她和老七是朋友。"金铨端了钞本将眉批又看了一看,微笑道:"这可不是燕西的字吗?这样鬼打的字,和人家的好字一比较起来,真是有天壤之别,亏他好意思,还写在人家本上。"道之道:"字写得好吗?"金铨道:"字写得实在好,写这种钞本小楷,恰如其分。我想这个孩子,一定也长得很清秀。"道之道:"自然长得清秀啊。我们老七,不是说人家诗如其人吗?你不信,我给一张相片你瞧瞧。"这时,就在身上一掏,掏出一张带纸壳的四寸半身相片来,一伸手递给金铨看,道:"就是这个人。"

金铨道:"看人家的作品,怎样把人家的相片都带在身上?"道之道:"这相片原来在书里,是一块儿送来的。"道之说时,手里拿着相片却不递给他,只是和金铨的面孔对照。金铨笑道:"倒是很清秀。"道之笑道:"说给你老人家做第四个儿媳妇,好不好?"金铨道:"燕西那种纨绔子弟,也配娶这样一个女子吗?"道之笑道:"你别管配不配,假使老七能讨这样一个女子,你赞成不赞成呢?"说到这样,金铨恍然大悟。还故意问道:"闹了半天,这女孩子究竟是谁?"道之道:"那书面下有,你看一看就知道了。"金铨翻过来一看,却写的是"冷清秋未定草"。这就将书放下,默然不做声。

道之笑道:"这样的女子,就是照你老人家眼光看起来,也是才貌双全的了,为什么你不赞成老七这一回的婚事呢?"金铨道:"不是我不赞成,因为他办的这件事,有些鬼鬼祟祟,所以我很疑心。"
道之道:"管他们是怎样认识的呢?只要人才很好就是了。"金铨道:"这孩子的人品,我看她的相片和诗,都信得过,就是福薄一点。"道之道:"这又是迷信的话了。算命看相的,我就不信,何况在诗上去看人?"金铨道:"你知道什么?古人说,诗言志,大块之噫气……"道之连连摇手笑道:"得了,得了。我不研究那个。"

金铨微笑道:"我知道你为燕西的事,你很努力,但是这和你有什么好处呢?"道之道:"他的婚事,我哪里有什么好处?不过我看到这女子很好,老七和她感情又不错,让他们失却了婚姻,怪可惜的,就是说不能赞成,也无非为了他们缔婚的经过不曾公开,可是这一件小事,不能因噎废食。爸!我看你老人家答应了罢?"说时,找了洋火擦着,亲走到金铨面前,给他点上嘴里衔的那根雪茄。就趁此站在金铨身边,只管嘻嘻的笑,未曾走开。金铨默然的坐下,只管吸烟。道之笑道:"这样说,你老人家是默许的了,我让他们着手去办喜事罢。"金铨道:"又何必那样忙呢?"

道之听到这句话,抽身便走,出了书房门,一口气就跑到金太太屋里去。她进门,恰好是佩芳出门,撞了一个满怀。她不觉得怎样,佩芳是个有孕的人,肚子里一阵奇痛,便咬着牙,靠了门站着不动,眼睛里却不由得有两行眼泪流将出来。只苦笑道:"你这人,怎么回事?"金太太便走来问道:"这不是玩的,撞了哪里没有?可别瞒着。"道之笑道:"大嫂,真的,我撞着了没有?"说时,就要伸手来抚摸她,佩芳将手一摔笑道:"胡闹!"扶着门走了。道之这才笑着一拍手道:"事情妥了,事情妥了,我的计策如何?老七呢?"这句话说完,她跑了出来又去找燕西,把话告诉他。燕西没有别什么可说的,只是笑着向道之拱手。

道之笑道:"怎么样?我说我的妙计,不行则已,一行起来,没有不中的。"燕西道:"我早就佩服你了,不过不敢对你说。早知道你是这样热心,我一早托重了你,事情早就成功了。现在是只望四姐人情做到底,快些正式进行。我的意思,在一个月内,就把人接到我们家里来,你看快一点吗?"道之道:"岂但快一点,简直太快了。"燕西连连作揖道:"这一件事,无论如何,都望办到,至于婚礼,那倒不怕简单,就是仿照新人物的办法,只举行一个茶会,也无不可。"道之道:"人家说爱情到了烧点,就要结婚,我想你们的爱情,也许是到了烧点,哪有这样急的?"燕西道:"这其间我自有一个道理,将来日子久了,你自然知道。现在你也不必问,反正我有我的苦衷就是了。"道之道:"这些事,妈可以做主的。妈做主的事,只要我努一点力……"

燕西连忙接着说道:"那没有不成功的。妈本来相信你的话,你说的话,又有条理,妈自然可以答应。"道之笑道:"你不要胡恭维,我不受这一套。"燕西笑道:"我这人什么都不成,连恭维人都外行。"道之道:"你倒有一样本事,很能伺候异性的朋友。我不明白,冷小姐那样才貌双全的人,倒看中你了。"燕西道:"以后这话,你千万别说,说出来,我大丢人。现在只谈正事罢,我提到这个问题怎样?"说着,偏了头,看着道之傻笑。道之因为这件事办得很得意,燕西说要提早结婚日子,也一拍胸答应了。

到了晚上吃过晚饭之后,金太太屋子里,照例婆媳母女们有一个谈话会。道之带了小孩子,随便的坐在金太太躺的软榻边。那小贝贝左手上抱了一个洋囡囡,右手拿了一块玫瑰鸡蛋饼,只管送到洋囡囡嘴边,对它道:"你吃一点,你吃一点。"金太太伸手抚摸着贝贝的头发,笑道:"傻孩子,它不会吃的。"贝贝道:"刘家那小弟弟,怎样会吃呢?"金太太笑道:"弟弟是养的,洋囝囝是买的啊。"佩芳在一边,笑问道:"你说弟弟好呢,还是洋囝囝好呢?"贝贝道:"弟弟好。舅母,你明天也给我养一个弟弟罢。"这一句话,说得通屋人都笑了。

道之道:"你准知道是弟弟吗?真是弟弟,姥姥就要欢喜弟弟,不喜欢你了。"贝贝听说,就跑到金太太身边去笑道:"姥姥,我跟着你玩,我跟着你睡。"金太太抱起来,亲了一个嘴,笑道:"你这小东西,真调皮,说话实在引人笑。"道之道:"妈,这些个下人,都添起小孩子来,那是真不少,怎样疼得过来?"金太太道:"怎样疼不过来?我和旁人不同,无论多少,我都是一样看待。"道之道:"妈这一句话,我就有个批评,就以老七婚事而论,你老人家,就没有像处分其他几个儿女婚事那样痛快。"金太太道:"事情完全都答应你们了,你们要怎样办,就怎样办,我怎样不痛快?"道之笑道:"你老人家真能那样痛快吗?这里一大屋子人,这话可不好收回成命啦。"

金太太也笑道:"你这孩子在你父亲面前用了一些手腕,这又该到我面前来用手腕了。你说这话,显然还有半截文章没有露出来。"道之笑道:"我哪敢用什么手腕呢?就是我从前说的老七婚期的话,你老人家不是说明年再说吗?但是老七的意思还是要马上就办。你老人家若是痛快的答应,就依他的办法。"金太太道:"照他办,也没有什么不可以。但是我不明白,他为什么要这样的急法?"道之道:"这个我也不十分清楚。但是我听见说,这位冷姑娘的母亲要回南去。若是婚期还早,她就带了姑娘走。老七总怕这一去,不定什么时候回来,所以情愿先结婚。"金太太道:"何以赶得这样巧?"

道之道:"就是因为人家要走,老七才这样着慌呢。"金太太道:"婚事我都答应了,日子迟早,那还有什么问题?可是办得最快,也要一个月以后,因为许多事情,都得慢慢去筹办。"道之道:"据老七说,什么也不用办,开个茶会就行了。"

佩芳笑道:"那岂不是笑话?我们许多亲戚朋友不明白,说是我们借了这个原故省钱。面子上怎样抹得开?"道之见事情有些正谈得眉目了,佩芳又来插上这样一句话,心里很不高兴。一回头道:"那有什么要紧?说我们省钱,又不说我们是浪费。"佩芳白天让她碰了一下,心里已十分不高兴。这回子又碰了道之一个钉子,实在有气。但是她对于姑娘,总相让三分的,就没做声。玉芬坐在屋椅角边,却鼻子一呼气,冷笑了一声。

道之见玉芬此种形状,明知她是余忿未平,存着讥笑的态度。但是自己立定主意,也绝不理会她们有什么阻碍,只瞟了玉芬一眼,也就算了。因故意笑着对金太太道:"你老人家若要怕麻烦,事情都交给我办,我一定能办得很好。"润之在一边,又极力的怂恿,金太太受了她姊妹的包围,只得答应了。说道:"既然这样,日子我不管,就由阿七自己去酌定罢。要花多少钱,叫他自己拟个单子来,我斟酌了把他叫来办,我有几句话问他。"一回头,见秋香站在门边下,用了小剪刀慢慢剪手指甲。便道:"秋香,你又在这里打听消息。这全都明白了,明天让你到报馆里去当一个访事,倒是不错。把七爷给我叫来。"秋香噗哧一笑,一掉头就来叫燕西。

燕西在家里等消息,知道事情有了结果了,心里正欢喜。不过和家庭表示决裂了的,这个时候,忽然掉过脸来,转悲为喜,又觉不好意思。因此只拿了几本,缩在屋子里胡乱的翻着看。秋香一推门,便喊道:"七爷,你大喜啊。"燕西笑道:"什么事大喜?"秋香笑道："事情闹得这样马仰人翻,你还要瞒人吗?这位新少奶奶,听说长得不错,你有相片吗?先给我瞧瞧。"燕西笑着推她道:"出去出去,不要麻烦!"秋香道:"是啊!这就有少奶奶了,不要我们伺候了,可是我不是来麻烦你的。太太说,请你去呢。"燕西道:"是太太叫我去吗?你不要瞎说。"秋香道:"我怎敢瞎说?不去,可把事情耽误了。"燕西想不去,又真怕把事情耽误了。去呢,倒有些不好意思。便道:"你先去,我就来。"秋香拖着他的衣裳道:"去罢,去罢。害什么臊呢?"燕西笑道:"别拉,我去就是了。"秋香在前,燕西只走到金太太房门口为止。

金太太见他穿了一件米色薄呢的西服,打着鹅黄色大领结子,头发梳得光而又滑,平中齐缝一分。便道:"你这是打算做和尚的人吗?做和尚的人,倒穿得这样的时髦!"燕西只是站着笑。道之道:"进来啊!在外头站着做什么?你所要办的事,妈全答应了,这就问你要花多少钱,自己开一个单子来。"燕西听说,还是笑,不肯进去。金太太看着,也忍不住笑了。因道:"究竟还不像老大老三那样脸厚,大概过个一两年也就够了。你还有什么说的没有?你若是不说,我可不会办。"燕西被逼不过才道:"我的话,都由四姐代表就是了。"说毕,掉身自去。这里金太太屋子里,依然谈笑。

佩芳伸了一个懒腰道:"今天怎么回事?人倦得很,我先要去睡了。"说毕,也抽身回房去。刚到屋子里,玉芬也来了。因道:"大嫂,你看老七这回婚事怎样?事情太草率了,恐怕没有好结果。"佩芳道:"以后的事,倒不要去说它。我不知道之为什么这样包办?"玉芬道:"我也是这样想。金家人件件事是讲面子,何以对这种婚姻大事,这样的麻糊从事?你望后瞧罢,将来一定有后悔的日子。"佩芳叹了一口气道:"自己的事情还管不着,哪有工夫去生这些闲气?"玉芬道:"怎么样?大哥还是不回来吗?"佩芳道:"可不是!他不回来那要什么紧?就是一辈子不回来,我也不去找他。不过他现在另外组织了一份家,知道的,说是他胡闹。不知道的,还要说我怎样不好,弄得如此决裂。所以我非要他回来办个水落石出不可。我原是对老七说,他要不回来,就请老七引我去找他。偏是老七自己又发生了婚姻问题,这两天比什么还忙,我的这事,只好耽误下来了。"

玉芬道:"我想让大哥在外面住,那是很费钱的,不如把他弄的人一块儿弄回来。"佩芳脸一板道:"这个我办不到!我们是什么家庭,把窑姐儿也弄到家里来?莫要坏了我们的门风。"玉芬道:"木已成舟了,你打算怎么呢?"佩芳道:"怎么没有办法?"不是她走,就是我走,两个凭他留一个。"玉芬笑道:"你这话又不对了。凭你的身份,怎样和那种人去拼呢?等我和鹏振去谈一谈,让他给大哥送个信,叫他回来就是了。"佩芳道:"老三去说,恐怕也没有什么效力。老实说,他们都是一批的货!"玉芬道:"惟其他们是一路的人,我们有话才可以托他去说。鹏振是见人说人话,见鬼说鬼话的。我若是有情有理的和他谈话,他也不能随便胡闹,必定会把我们的意思慢慢和大哥商量。"

佩芳道:"你说这话,准有效验吗?倒也不妨试试。怎样和他说呢?"玉芬道:"那你就不必管,我自有我的办法。"佩芳笑道:"说是尽管说,可不许说到我身上的事。"玉芬笑道:"算你聪明,一猜就猜着了。你想,除了这个,哪还有别的法子可以挟制他?我就老实不客气的对他说,说是你气极了,决计上医院去,把胎打下来,这一下子,他不能不私下回来和你解决。"佩芳道:"不,不,不。我不用这种手腕对待他。"玉芬笑道:"那要什么紧?他挟制你,你也可以挟制他,孙庞斗志,巧妙的战胜。我这就去说,管保明天就可以发生效力。"她说毕,转身就要走。

佩芳走上前,按住她的手道:"可别瞎说。你说出来了,我也不承认。"玉芬道:"原是要你不承认。你越不承认,倒显得我们传出去的话是真的,你一承认,倒显得我们约好了来吓他的了。"佩芳鼓了嘴道:"无论如何,我不让你说。"玉芬不多说,竟笑着去了。

玉芬走回自己屋子,见鹏振戴了帽子,好像要向外走。于是一个人自言道:"都是这样不分昼夜的胡闹,你看,必定要闹出人命来才会罢休。这日子快到了,也不久了。"鹏振听了这话,便停住脚不走,回转头来问道:"你一个人在这里说些什么?又是谁要自杀?"玉芬道:"反正这事和你不相干,你就不必问了。"鹏振道:"这样说,倒真有其事了。"一面说着,一面就把头上的帽子摘下来,因道:"你且说,又是谁和谁闹?"玉芬道:"告诉你也不要紧,你可别去对大哥说。说出来了,又要说我们搬是搬非。你不知道吗?大嫂让他气极了,我听到她的口气,竟是要上医院里去打胎。"

鹏振倒为之一怔,望着玉芬的脸道:"那为什么?"玉芬道:"打了胎就没有关系了。这个办法很对。"说到这里,脸上可就微微露出一丝笑容。人向软椅上一躺,鼻子里哼了一声道:"也许有人学样。"鹏振道:"中国的妇女,她是什么也不明白。打胎是刑事犯,要受罚的,弄得不好,也许可以判个三等有期徒刑。"玉芬道:"你别用大话吓人,我是吓不着的。难道到外国医院去,还怕什么中国法律吗?"鹏振道:"除非是那不相干的医院,有身份的医院,他是不做这种事的。"玉芬道:"哪管他呢,只要事情办得到就是了。医院有身份没有身份,和当事人有什么关系?"鹏振道:"真是要这样胡闹,我就到母亲那里去出首,说你们不怀好意,要绝金家的后。"

玉芬站起来,紧对鹏振的脸啐了一口。一板脸道:"你还自负文明种子呢,说出这样腐败一万分的话来。"鹏振将身一闪,笑道:"为什么这样凶?"玉芬道:"你这话不就该罚吗?你想,现在稍微文明的人,应讲究节制生育,你这话显然有提倡的意思,不应该啐你一口吗?"鹏振笑道:"想不到你的思想倒有这样新。但是节制生育,种在未成功之先,成功之后,那就有杀人的嫌疑。"玉芬道:"越来越瞎说了,我不和你辩,咱们是骑着驴子读皇历,走着瞧。"鹏振笑道:"玩是玩,真是真,这事你可告诉大嫂,别胡来。"玉芬只笑,并不理他。

鹏振说着话,伸了手就把挂钩上的帽子取下,拿在手上。他是心里要走,又怕玉芬盘问。但是玉芬知道他要去报告的,平常爱问,今天却是只装模糊,好像一点也不知道。鹏振缓缓将帽子戴了,因道:"有什么事吗?没有什么事,我可要出去了。"玉芬将身子一扭道:"谁管你!"鹏振道:"因为你往常很喜欢干涉我,我今天干脆先问你。"玉芬笑道:"你是有三分贱,我不干涉你,你又反来问我。那末,今天晚上,不许出去。出去了,我就和你干上。"鹏振连连摇手道:"别生气,别生气,我这就走。"连忙就走出来了。

第四十七回

屡数奇珍量珠羡求凤　一谈信物解佩快乘龙

原来鹏振的意思，是要出去打小牌的，现在听了这个消息，就打了一个电话给凤举，约他在刘宝善家会面。凤举听他在电话里说得很诚恳，果然就来了。这个时候，这小俱乐部里，只有一桌小牌，并无多人，鹏振便将凤举引到小屋子里去谈话。凤举见他这样鬼鬼祟祟，也不知道为了什么，只得跟着他。

鹏振第一句就是："老大，你怎样总不回去？你是非弄出事体不可的！"凤举道："什么事？说得这样郑重。"鹏振就把玉芬告诉他的话，详细一说。凤举笑道："她要这样胡闹，让她闹去就是了。"鹏振道："你和大嫂，又没有什么固结不解之仇，何必决裂到这样子呢？这件事，一来违背人道，二来事情越闹越大，让外人知道了，也是一桩笑话。很好的家庭，何必为一点小事，弄得马仰人翻呢？我看你只要回去敷衍敷衍，事情就会和平下去的。"凤举坐在一张软椅上，只是躺着抽烟卷，静默有四五分钟之久，并没有说一句话。右腿架在左腿上，只管是颠簸个不了。

鹏振看他那样子，已经是软化了，又道："几个月之后，就可以抱小孩子玩了,这样一来……"说到这里,凤举先噗哧一笑。说道:"这是什么怪话?你不要提了,让老刘他们知道了,又是一件极好的新闻,够开玩笑的。我先走,你怎么样?"鹏振道:"我们来了,又各一走,老刘更容易疑心,你先走罢。"

凤举听说,先回自己的小公馆。如夫人晚香问道:"接了谁的电话,忙着跑了出去?"凤举道:"部里有一件公事,要我到天津办去,大概明日就要走。"晚香道:"衙门里的事,怎么在衙门里不说?这个时候,又要你朋友来说?"凤举道:"这朋友自然也是同事,他说总长叫我秘密到天津去一趟。"晚香道:"你去一趟,要多少天回来?"凤举见她相信了,便道:"那用不着要几天,顶多一星期,就回来了。"晚香道:"天津的哔叽洋货料子,比北京的便宜,你给我多带一点回来。"凤举道:"那是有限的事,何必还远远的由天津带了来?你要什么,上大栅栏去买就是了。"晚香道:"你出门一趟,这一点小便宜都不肯给人吗?"凤举也不便再行固执,只得答应了。

到了次日,上过衙门之后,就回乌衣巷自己家里来。一进门,就先到燕西那里,那门是虚掩着,不见有人。向里边屋里看,小铜床上,被褥叠得整齐,枕头下塞了几本书,床上没有一点绉纹,大概早上起床以前,就离开这屋子了。床头大茶桌上有一个铜框子穿的日历,因为燕西常在上面写日记的,听差不敢乱动,现在这日历上的纸页,还是三四天以前的,大概忙得有三四天不曾管到这个了。凤举按了一按铃,是金贵进来了。凤举道:"七爷呢?"金贵笑道:"这两天七爷忙着办喜事,一早就走了。"凤举道:"你到上房去看看,太太叫我没有?"金贵这可为难了,无缘无故,怎样去问呢?因道:"大爷听见谁说的太太叫?"凤举道:"太太来叫了我,我还要你去问什么?去!我等你回信。"

金贵没法,只得到上房去,恰好一进圆洞门,就会到了蒋妈,因笑道:"你瞧大爷给我一件为难的事,他叫我来问太太叫了他没有?哪里叫了他呢?"蒋妈笑道:"这有什么不明白的,这就是大爷的意思,要你进去告诉一声,说是他回来了,好让太太把他叫了进去。"金贵头上,正戴了一顶瓜皮帽,于是手捏了帽疙瘩,取将下来,对蒋妈一鞠躬道:"蒋奶奶,你行好罢,在太太那里提一声儿。你想,我要糊里糊涂进去给太太一提,太太倒要说我胡巴结差事,我这话更不好说了。"蒋妈见他如此,笑道:"大爷在哪儿?"金贵道:"在七爷屋子里。"蒋妈道:"你在这儿等一等,我进去对太太说。"说毕,她走到金太太屋子里,对金太太道:"太太,你瞧,这可奇怪,大爷坐在七爷屋子里,又不进来,又不往外走。"金太太道:"那是他不好意思进来罢了,你给我把他叫进来。"蒋妈答应着出去,就走到圆洞门边对金贵道:"你的差事算交出去了,你去告诉大爷罢,就说太太请他进去。"金贵到前面对凤举一说,凤举进来,到了母亲屋子里。

金太太首先说道:"你是忙人啊!多少天没有回家了?"凤举笑道:"你老人家见面就给我钉子碰,我有几天没回来呢?不过就是昨天一天。"金太太道:"为什么我老见你不着?"凤举笑道:"因为怕碰钉子,不敢见面。"金太太道:"既然怕碰钉子,为什么今日又来见我呢?别在这里胡缠了,你到你媳妇屋子去瞧罢,说是又病了,你们自己都是生男育女的人了,倒反要我来操心。"凤举道:"这是怎么回事?三天两天的,她老是病。"金太太:"难道我骗你不成?你看看去。"凤举正愁没有题目可以转圜,得着这一句话,就好进门了。就带着笑容,慢慢的走回院子来。上得台阶,就看见蒋妈在那里扫地。因道:"太太说,大少奶奶病了,是什么病?"蒋妈站立一边笑道:"不知道。"凤举道:"怎么老是病?我看看去。"

说着,走进屋子去。只见佩芳和衣躺在床上,侧面向里。因走到床面前,用很柔软的声音,问道:"怎么又病了?"佩芳只管睡,却不理他。凤举一屁股坐在床沿上,用手推着佩芳的身体道:"睡着了吗?我问你话。"佩芳将凤举的手一拨,一翻身坐了起来,同时口里说道:"是哪个混帐的东西,在这里吓我一跳?"说完了这句话,她才一抬眼来看凤举。连忙伸脚下床,趿了鞋就走到一边去。凤举见她板着面孔,一丝笑容没有,却笑嘻嘻的伸头向前,对她笑道:"以前的事,作为罢论,从今日起,我们再妥协,你看成不成?"佩芳侧着身子坐了,只当没有听见。凤举见她坐在一把有围栏的软椅上,随身坐在围栏上,却用手扶她的肩膀笑道:"以前当然是我……"

"我"字不曾说完,佩芳回转身使劲将他一推,口里说道:"谁和你这不要脸的人说话?"凤举丝毫不曾防备,人向后一倒,正压在一只瓷痰盂上。痰盂子被人一压,当的一声已经打碎。凤举今天是来谋妥协的,虽然被他夫人一推,却也不生气,手撑着地板,便站立起来。不料他这一伸手,恰按住在那碎瓷上,新碎的瓷,是非常的锋利的,一个不留神,就在手掌心里割了一条大口,那血由手掌心里冒流出来,像流水一般,流了地板上一大片。凤举只管起来,却没有看到手上的血。这时,站起一摸身上,又把身上一件湖绉棉袍,印上一大块血痕。

佩芳早就看见他的手撑在碎瓷上,因为心中怒气未息,随他去,不曾理会。这时,见他流了许多血,实在忍耐不住,便哟了一声道:"你看,流那些血!"凤举低头看到,也失了一惊道:"哎呀!怎么弄的?流了这些血!"将手摔了几摔,转着身体,只管到处去找东西来包裹。佩芳道:"唉!瞧我罢,别动。"于是赶忙在玻璃橱下层抽屉里,找出一扎药棉花和一卷绷带来,打开香粉盒子,抓了一大把香粉,拿起凤举一只手,就把香粉向上一按。然后拆开棉花包,替他把手的四围,揩干了血迹。可是那血来的汹涌,把按粉都冲掉。

佩芳见按不住血，又抓了一把粉按上，在粉上面，又加一层厚的棉花。口里说："今天血可是流得多了，总是不小心。"一面把绷带一层层将他手捆好，问道："痛不痛？"

凤举道："就是流一点血罢了，不痛。怎样棉花绷带都预备好了？倒好像预先知道我要割破手似的。"佩芳道："这样一说，倒好像我有心和你开玩笑。"凤举笑道："不是不是，我绝对没有这个意思，你现在越太太化了，什么小事，都顾虑得周到，连棉花绷带这种东西，都预备好了。"佩芳道："我并不是为人家预备的，还不是为我自己预备的。"凤举笑道："我知道了，这一定是那日本产婆叫你预备的，未免预备得太早了。"佩芳道："给你三分颜色，你这又要洋洋得意了。不许胡说！"

凤举见佩芳是一点气都没有了，就叫蒋妈进来扫地，捡开那破瓷片。蒋妈一见凤举的手，用布包着，身上又是一片血迹，也不觉失声道："哎呀！我的大爷，怎么把手弄得这样？"佩芳道："你这会子就觉得害怕，先你还没有看见，那才是厉害呢。拉了总有两三寸长的一条大口子！"蒋妈道："怎么会拉了那大的口子呢？"凤举道："我摔一跤，把痰盂子摔了。用手一扶，就拉了这一个口子。没关系，明天就好了。"佩芳见凤举给她隐瞒，不说出推了一把的话，总觉人家还念夫妻之情，因此心里一乐，禁不住笑了一笑。

蒋妈把碎瓷收拾去了，凤举在屋子里坐了没有走。佩芳道："我知道，你今天是来上衙门画到的。现在画了到了，你可以走了。"凤举道："你干吗催我走？这里难道还不许我多坐一会儿吗？"佩芳道："我是可以让你坐，可是别的地方，还有人盼望着你呢。我不做那种损事啊。"凤举笑道："你总忘不了这件事。"佩芳道："我忘得了这件事吗？我死了就会忘了。"凤举道："这件事我已经办了，悔也悔不转来，现在要把她丢了，也是一件不好的事。"佩芳道："谁叫你丢她？你不要瞎说。你又想把这一项大罪，加在我头上吗？"凤举道："我并没有说你要她走，不过譬方说一声，你不喜欢听这件事，我不再提起就是了。"他说毕，果然找些别的话谈，不再提到晚香这件事上去。

当天就混着在家里没有肯走，暗暗打了一个电话给晚香，就说是从天津打来的。晚香知道他和夫人决裂得很厉害，决不会回家的，却也很相信。佩芳对于凤举，原是一腔子的怨气，但是很奇怪，自从凤举回来以后，这一腔子怨气瓦解冰消，不期然而然的消除一个干净。是第三日了，凤举见佩芳已完全没有了气，便不怎样敷衍。这日从衙门里回来，只见道之在前，后面两个老妈子捧了两个包袱，笑嘻嘻跟将进来。凤举道："为什么大家这样笑容满面？买了什么便宜东西回来了吗？"道之笑道："你是个长兄，这事应该要参点意见，你也来看看罢。"凤举道："是什么东西，要我看看？"道之道："你别管，跟着我到母亲屋子里来看就是了。"凤举听她说得很奥妙，果然就随着她一路到金太太屋子里来。

两个仆妇将包袱向桌子上一放，屋子里的人，就都围上来了。道之道："你们别忙，让我一样一样拿出给你们看。"说时，先解开一个布包袱，里面全是些大小的锦绸匣子。先揭一个大的匣子，却是一串珠链。匣子是宝蓝海绒的里子，白珠子盘在上面，很是好看。金太太道："珠子不很大，多少钱？"道之道："便宜极了，只一千二百块钱。我原不想买这个，一问价钱不贵，就买下了。"金太太笑道："我全权付托你，你就这样放手去做？"道之道："三个嫂嫂来的时候，不是都有一串珠链吗？怎样老七可以不要呢？"金太太原也知这样办也是对的，但是心里却有一种奇异的感觉，以为三个大儿妇，都是富贵人家的小姐，谈到聘礼，有珠链钻戒这些东西,是很相称的。现在这个儿妇,是平常人家的一个女孩子,似乎不必这样铺张。但是这句话,只好放在心里,却又说不出口来,当时只点了点头。恰好佩芳、慧厂、玉芬三人,也都在这屋子里,听到她母女这样辩论,彼此也都互看了一眼。

道之又将紫绒的一个匣子打开,笑道:"这个也不算贵,只六百块钱。妈,你看这粒钻石大不大?"金太太接过去看了看。两个指头捏了戒指,举起来迎着光,又照了一照,摇摇头道:"这个不大见得便宜。"玉芬对佩芳道:"大嫂,我们的戒指,可没有这样大的。母亲不是说过吗?我那个只值五百块。"道之道:"那怎样比得?一年是一年的价钱啊!你们买的那个时候,钻石便宜得多了。"玉芬笑道:"四姐,这一次你可说错了。这些宝石东西,这两年以来,因为外国来的货多,买的人又少,便宜了许多。从前卖六百块的,现在五百块钱正好买,怎么你倒说是现在的比从前贵呢?"道之道:"这个我就没有多大的研究。反正贵也不过一二百块钱,就是比你的大也有限。这其间也无所谓不平。"佩芳冷笑道:"这是笑话了,我们不过闲谈,有什么平不平的?"

凤举看见,连连摇手道:"得了得了,这是一件极不相干的事,争论些什么?"说着,走上前,也把一个大锦匣打开,见里面一件结婚穿的喜纱,提了起来,看了又看,放下去,自己一人又笑了。润之道:"看大哥的样子,见了这喜纱,好像发生什么感想似的?"凤举道:"可不是!我想人生最快乐的一页历史,是莫过于结婚。在没有结婚以前,看到别人结婚,虽然羡慕,还有一段希望在那里,以为我总有这一天。结婚以后,看到别人结婚,那种羡慕,就有无限的感慨。"

佩芳插嘴道:"那有什么感慨呢?你爱结几回婚,就结几回婚。

没有多久，你不是结了一回婚了吗？你要嫌着那边没有名正言顺的大热闹，我这就让开你，你就可以再找一个结婚了。"凤举笑道："你也等我说完，再来驳我，我的话，可并不是这样说。我以为过后思量，这种黄金时代可惜匆匆的过去了。在那个时候，何以自己倒不觉怎样甜美，糊糊涂涂的就算过去？"

玉芬笑道："大哥这话说得是有理由的。"因和润之道："六妹听见了没有？没有结婚的人，还有一种极好的希望，不要糊里糊涂的过去了啊！"润之道："你不用那样说。不曾结婚的人，他不过把结婚的环境，当了一个乌托邦，没有什么关系。只是你们已经结过婚的了，到过那极乐的花园。而今提起来，是一个甜蜜的回忆。"敏之笑道："你把这话重说一遍罢，让我把笔记下来。"润之道："为什么？当着座右铭吗？"敏之道："亏你一口说出那多现成的新名词，若是标点排列起来，倒是一首绝妙的新诗。"这样一说，大家都笑了。在这一笑之间，才把道之姑嫂间的口锋舌剑给他牵扯过去。依旧把两包袱里的东西，一件一件打开来看。

结果，道之所预备的聘礼，和给新人的衣服，比较之下，都和以前三位嫂嫂不相上下。慧厂对于家庭这些小问题，向来不很介意，倒也罢了。只有佩芳和玉芬总觉燕西所娶的是一个平常人家的姑娘，没有什么妆奁，所有的东西，不免都是这边代办。而下的聘礼，比之自己，却有过之无不及。佩芳又罢了，向来和燕西感情不错，只嫌道之多事而已。玉芬是协助白秀珠的人，眼睁睁秀珠被人遗弃，心里老大不平。而今聘礼，又是这般丰富，说不出来心里有一种抑郁难伸之气。只是婆婆一手交给道之办了，又不能多事挑剔，不敢言而敢怒，越用冷眼看，越看不过去。道之办得高兴，越是放开手来，向铺张一方面去办，至于旁边有人说话，她却一概置之不理。这时大家看了新人的装饰品，自然有一番称颂。

恰好燕西不知什么事高兴,笑嘻嘻的从外面进来。梅丽笑着跳了上前,一把拖住燕西的手,口里嚷道:"七哥,七哥,你来看看,你来看看,新嫂子的东西,都办得了。"说着,两手将燕西一推,把他推到人堆里,连忙拿了那个小锦匣子,打开盖来,将那钻石戒指露出,一直举到燕西脸上,笑道:"你看看,这个都有了,七哥准得乐。"燕西正着颜色说道:"不要闹。"梅丽嘴一撇道:"你就得了罢。到了这个时候,还端个什么哥哥牌子?"燕西又笑道:"怎么样?要结婚的人,连哥哥的身份都失掉了吗?"梅丽道:"那是啊!新郎新娘,谁都可以和他开玩笑的。"燕西道:"我不和你们胡扯了。"说毕,抽了身就走。

他走到自己屋子里一想,三位嫂嫂所有的衣饰,四姐都给办好,和清秋一说,自己的面子就大了。这一向子,因为婚姻问题业已说好,到冷家去,本可以公开。但是清秋私私的对他说了,在这几日中,两边都在备办婚事,自己看了新婚的东西,固然有些不好意思,旁人看了,一遇着就不免有一番话说,劝燕西少见面。燕西一想也对。加上燕西从前到冷家去,只有她母女。而今宋润卿听说甥女要结婚,也就由天津请假回来。燕西又不愿和宋润卿去周旋,所以三四天没有到冷家去。这时一想,东西办得有这样好,不能不给清秋一个信,让她快乐快乐。因此,连晚饭也不吃,就到落花胡同去。现在是很公开的来往了,汽车就停在冷家门口。燕西一直进去,就向上房走。

清秋正架着绣花的大绷子,坐在电灯下面绣一方水红缎子。燕西进来了,清秋回眸一笑,依旧低了头去绣花,口里却道:"索性不做声,就向里面闯进来。"燕西走过来,只见绷子上的花,绣了三停之二，全用纸来蒙住了，清秋手下正绣了一朵大红的牡丹花。燕西道："红底子上又绣红花，不很大现得出来罢？"清秋道："惟其是水红的底子，所以才绣大红的花。"

燕西道："伯母呢？"清秋道："到厨房去了。"燕西笑道："什么时候了？你还有工夫闹这个？"清秋道："什么时候？吃晚饭的时候。"燕西笑道："真的，你绣这个做什么？"清秋道："衣服料子，你还看不出来吗？你想想，我什么时候穿过水红色的衣服？"燕西道："哦！明白了，这是一件礼服，为什么还要自己绣？绸缎庄上，有的是绣花缎子。"清秋道："我嫌花样粗，所以自己绣起。我问你，你主张穿长袍呢，还是穿裙子呢？"燕西看那衣料上的花样很长，不是短衣服所能容纳得下的，便道："自然是长的好，第一，这衣服上的花，可以由上而下，是一棵整的。其二，长衣服披了纱，才是相衬，飘飘欲仙。其三，穿裙子是低的，不如穿长衣下摆高，可以现出两条玉腿来。其四……"

清秋放下针，轻轻将燕西一推道："胡说，胡说，不要望下说了。"燕西笑道："胡说吗？这正是我的经验之谈，我不知道你的意见是不是和我一样，但是主张穿长衣，那是很相同的。"清秋笑道："今天跑了来，就是为说这些散话的吗？"燕西道："我有许多好消息告诉你。"因把家里预备的东西说了一个大概。清秋道："好是好。我是穷人家的孩子，不知道可有那福气穿戴？"燕西笑道："那种虚伪的话，我不和你说。在我们的爱情上，根本没有'穷富'两个字。"燕西说时，清秋只低了头去刺绣。燕西见她头发下弯着一截雪白的脖子，因走到她身后，伸了右手一个食指，在她的脖子上轻轻的耙了两下。

清秋笑着将脖子一缩，转过身来，将绣针指着燕西道："你闹，我拿针戳你。"燕西道："这就该戳我吗？我在书本上也见过，什么闺中之乐，甚于画眉。"清秋道："这是我家，可不是你们家，到了你们家，再说这一句罢。"燕西笑道："我以为你脖子上擦了粉呢，所以伸手摸一摸，但是并没有擦粉。"清秋回头一皱眉道："正经点罢，让人听见什么意思？"燕西还要说时，听到院子里冷太太说话声音，就不提了。

冷太太一进门，燕西先站起，叫了一声伯母。冷太太只点了点头。因为他已是女婿了，不能叫他少爷或先生，可是双方又未嫁娶，也不能就叫姑爷，叫他的号呢，一时又转不过口来，所以索性不称呼什么。因问道："这时候来，吃了饭吗？"燕西道："没有吃饭，因为有样东西，我问清秋要不要，所以来了。"冷太太道："我也用不着说客气话。你们家里出来的东西，绝没有坏的，我们还有什么要不要？"燕西道："清秋她说了，已经有了一串珠链，不要珠链。现在家里又买了一串，倒是比从前的大，不知道她还要不要？"冷太太道："你们府上怎样办，怎样好，这些珍宝放一千年，也不会坏的，多一串也不要紧。"

燕西道："那就是了。伯母要办什么东西，可以对我说，我私下还有一点款子，可以随便拿出来。"冷太太道："我没有什么可办的。我们是一家人了，我又只清秋一个，我看你当然和着我自己的孩子一样，我没有什么不能说的。你有钱也可以留着将来用，何必为了虚幻的事把它花了？"燕西笑道："伯母这话是不错的，不过我的意思给她多制一点东西，作为纪念。"冷太太听他说到这里，便笑道："谈到这一层，我倒很赞成的。不过你们新人物，都是换戒指，我觉得太普通了。最好是将各人自己随身带的交换一下，那才见真情，值钱不值钱，倒是不在乎。"冷太太只说了这一句，韩妈在外面叫唤，又出去了。

燕西走过去,轻轻的对清秋道:"怎么回事?我看伯母倒有些信我不过的样子。"清秋停了针正色说道:"那可没有。不过她老人家的心事,我是知道,她总以为我们两家富贵贫贱,相隔悬殊,她总有点不放心,怕你们家里瞧不起穷亲戚。"燕西道:"那绝对不成问题的。慢说不致有这种现象发生,就是有,只要我们两人好就是了。"清秋道:"我也是这样说,但是彼此总愿家庭相处和睦,不要有一点隔阂才好。"燕西道:"你放心,我决不能让你有什么为难之处,灯在这里,我要是有始无终,打不破贫富阶级,将来我遇着水,水里死,遇着火,火里……"

清秋丢了手上的针线,抢向前一步,一伸手掩住了燕西的嘴,说道:"为什么起这样厉害的誓?"燕西道:"你老不相信我,我有什么法子呢?我现在除了掏出心来给你看,我没别的法子了。"清秋道:"我有什么相信你不过的,你想,我要是不相信你的话,我何至于弄到这种地步呢?我母亲究竟是个第三者,她知道我们的结合是怎样的?她要不放心,也是理所当然啦。"燕西道:"怪不得她老人家说交换戒指是很普通的事,要用随身的一样东西交换才成呢。这事原很容易,但是我的脾气,你是知道的,向来身上不带钻石宝石这些东西,我把什么来交换?"清秋道:"那也不一定要宝石钻石,真是要的话,你身上倒有一件东西,可以交换。"

燕西道:"我身上哪里有?除非是一支自来水笔,这个也成吗?"清秋红着脸一笑道:"你别在外表上想,你衣服里面贴肉的地方有什么东西没有?"燕西道:"是了,我裤带上系着一块小玉牌子,那是从小系的。从前上辈什么意思,要给拴上这个,我不知道。但是到了我懂的时候,我因为拴在身上多年,舍不得解下,所以至今留着。因为不注意,自己都忘了,你若是要,我就送你。"清秋微笑道:"我要你这个东西做什么?不过我母亲这样说了,我希望你把这东西拿一个来,算应个景儿。你要知道,她说这话,得了一个乘龙快婿,已是高兴到一万分啦。"燕西笑道:"这是我乘龙快婿乐得做的人情,一个月之后,还不是到我手里来了吗?"清秋道:"你知道还说什么呢?"

燕西于是一掀衣服,就伸手到衣服里去,把那一块佩玉解将下来,递给清秋。她接过来一看,是一根旧丝绦拴着一块玉牌。上端是一只鸭子,鸭子下面是一块六七分阔、一寸一分长的玉石,其厚不到一分,作春水色,上面又微微的有些红丝细纹。那玉在身上贴肉拴着,摸在手上,还有些余温。因提着只管出神,脸上只管红了起来。摇了头,低声道:"不要罢。"燕西道:"特意让我解下来,交给你,又为什么不要呢?"清秋停了一下,才说出缘由来,燕西也就跟着笑了。

第四十八回

谐谑有余情笑生别墅　呲嗟成盛典喜溢朱门

原来清秋说,这东西既是燕西挂在靠肉地方的,自己怎么会知道的呢?这要是一问起来,倒有些不好意思了。因轻轻的道:"不用提了。你想,你什么我都知道,说出来什么意思?"燕西道:"你母亲不会问,问了也没有关系。你倒是看看这东西到底是怎么样?"清秋就了灯光仔细看了一看,笑道:"这东西是好。"燕西笑道:"你对这较有研究吗?我挂了十几年了,我就不知道它好在什么地方,你说给我听,怎么的好法?"清秋笑道:"我哪里又懂得,我不过因为是你随身的法宝,就赞了一声好罢了。"

他们在讨论,冷太太正走进来,清秋连忙将那块玉送给她看道:"妈,你不是说要他件随身的东西吗?他马上就解下来了。"冷太太托在手里看了一看,连道:"这果然是好东西,你好好的带着罢。"回转头问燕西道:"你这块玉系在什么地方?我从来没有见过。"燕西道:"这是从小就挂在身上,到大了也没有解掉,一向都是系在贴肉的地方,哪里看得见?"冷太太笑道:"清秋她原也有一个项圈儿的,一直带到十二岁,后来人家笑她,她就取下来了。"燕西笑道:"人家笑什么呢?"清秋道:"人家怎么不笑?那个时候,我已升到高小了。你想,许多同学之中,就是我一个人戴上这样一只项圈,那还不该笑吗?"燕西道:"据人说,男女从小带东西在身上,是要结婚的时候才能除下的,我也不知道这是什么理由?"清秋道:"不要胡说了,我没听见过这句话。"燕西倒不回答,只默然的笑了。

冷太太见他一对未婚而将婚的夫妇,感情十分水乳,心里也非常痛快。当时,就把那块玉牌交给清秋道:"孩子,你好好的收着罢。我希望你们二人好好的在一处,学着新人物说的一套话,希望你们成为终身良伴,为家庭谋幸福。"清秋笑道:"妈现在也维新多了,也会说这种新式的颂词。"燕西道:"老人家都是这样的。眼看晚辈新了,无法扭正过来,倒不如索性一新,让晚辈心里欢喜。"冷太太笑道:"你这话不全对。但是论到我,可是这样子。就以你们的婚事而论,在早十年前,要我这样办是做不到的。到了现在,大家都是这样了,我一个又去执拗些什么?我说这话,你可不要误会,并不是说我对你府上和你本人有什么不愿意,我就是觉得你们这办法不对。"

清秋听她母亲说到这里,脸板上来,对她母亲望了一望。冷太太便笑道:"这些话都是过去的事,也不必说了。你也是个聪明孩子,又是青春年少,我得着这样一个姑爷,总也算是乘龙快婿。"燕西笑道:"刚才说伯母能说新名词,这一会子,又说典故了。"说着,向清秋一望,心想,我们刚刚才说着呢。冷太太道:"不是我说什么典故,这是很平常的一句话。我们家乡那边,若是女婿入赘的,就是这样一副对联,什么'仙缘引凤,快婿乘龙。'你虽然不入赘,但是由我看来,也像入赘一样,所以我就偶然想到这一句话。"

清秋道:"咳!很好的一个典故,用得也挺对,经你老人家加上这一串小注,又完全是那回事了。"因回头对燕西微笑道:"你知道不知道这一个典?"燕西道:"这是极平常的一句话,我为什么不知道?"清秋笑道:"你知道吗?你说出在哪一部书上?"燕西道:"无非是中国的神话。"清秋道:"自然是中国的神话,这不必怎样考究,一看字面就知道了。"燕西笑道:"怎么样?你今天要当着伯母的面,考我一下子吗?其实,你是我的国文教习,这一件事,我家里都传得很普遍了。我是甘拜下风,你还考我什么?"清秋原是和他闹着玩,不料他误会了,以为自己要在母亲面前出他的丑。连连说道:"得了得了。你是只许你和人家说笑话,不许人家和你说笑话的,弄玉来凤,箫史乘龙,这样一件烂熟的典故,当真的还不知道不成?"燕西明知她是替自己遮盖,索性把典故的出处都说出来了。因笑道:"冷先生,你真是循循善诱,我不懂的地方,你只暗暗给我提一声儿我就知道了。"

清秋望着他笑道:"以后不要说这种话,说了那是和我惹麻烦。"燕西道:这也无所谓。天下的人,总不能那样平等,不是男的赛过女的,就是女的赛过男的。"清秋撇嘴一笑道:"没有志气的人。"冷太太看见也笑了。她心里总是想着,自己家里门户低,怕金家瞧不起,现在听燕西的话音,是一味的退让,而且把女儿当做先生,是一定爱妻的。同时,清秋又十分的谦逊,不肯赛过丈夫。这样的办法,正是相敬如宾,将来的结果自不会坏。半年以来,担着一分千斤担子,今日总算轻轻的放下。因此,和燕西谈得很高兴,就让他在一块儿吃晚饭。

吃过晚饭,燕西就到隔壁屋子里去看了看。原来燕西自奉父命,撤消落花胡同诗社之后,他在表面上虽然照办,但是这房子一取消,和清秋来往就有许多不便利。因此,大部分的东西,并未搬回去,每天还是要来一趟。而且对自己几弟兄，也都不避讳，随便他们和他们的朋友来，无形之中，这里也成了一个俱乐部。不过燕西订了一个条约，只许唱戏打小牌，不许把异性带到这里，免得发生误会。大家也知道，有异性关系的事，就不在这里聚会。

这时，燕西走了过去，只听到小客厅里有男女嬉笑之声，有一个女的道："你们七爷结婚之后，这地方就用不着了，你们何不接了过来赁着？这比在刘二爷家里方便得多。"只听见鹤荪笑道："模模糊糊的对付着过去罢，不要太铺张了。"那妇人道："忠厚人一辈子是怕太太的。"说毕，格格的笑了起来。接上听到高底鞋拍地板声，闹成一片。那女子的声音，彷佛很熟，却记不起是谁。

走到客厅外边，隔了纸窗，向里张望，这才知道屋子里坐了不少的人，除了鹤荪之外，还有刘宝善、赵孟元、朱逸士、乌二小姐。其中有一个女子和鹤荪并坐在一张沙发上，正背了脸，看不清楚。料着也没有什么生人，便在外门吆喝道："你们真是岂有此理！也不问人家主人翁答应不答应，糊里糊涂，就在人家屋里大闹。"一面说着，一面走进屋去，这才觉得自己有些失言，原来那个女子站立起来，还是上次见面的那个曾美云小姐。

燕西便笑道："我真是莽撞得很，不知道有生客在座。"曾美云伸出手来，和燕西一握，随着这握手之际，她身上的那一阵脂粉香，向人身上也直扑过来。笑道："七爷，我们久违了。"燕西道："真是久违，今天何以有工夫到我这里来？"曾美云笑道："听说七爷喜事快到了，是吗？"燕西道："密斯曾何以知道？消息很灵通啊。"曾美云笑道："都走到七爷新夫人家里来了，岂有还不知道的道理？"燕西道："更了不得，什么都明白。"

乌二小姐道："不要老说客气话了，人家是今天新来的客人，应该预备一点东西给人家吃才对。"燕西道："密斯曾,你愿意吃什么?我马上就可以叫他们办。"曾美云笑道："吃是不必预备,我打算请你新夫人见一见面,可以不可以?"燕西笑着一摇头道:"不行,她见不得人。"曾美云笑道："和我们一见,也不要紧啊。难道一见之下,就会学成我们这浪漫的样子吗?"燕西道："言重言重!其实,她是没有出息。"

曾美云原是站在鹤荪面前,鹤荪坐着没起来,用两个手指头,将曾美云衣服的下摆扯了一扯笑道："坐下罢,站在人家面前,裙子正挡着人家的脸。"曾美云一回转身,一扬手缩着五个指头,口里可就说道:"我这一下,就该给你五个爆栗。"鹤荪道："这为什么?你挡着我,我都不能说一声儿吗?"曾美云笑道："你叫别挡着就是了,加上形容词做什么呢?"一面说着一面坐下。乌二小姐道："二爷是个老实人,现在也是这样学坏了。"曾美云嘴一撇道:"老实人?别让老实人把这话听去笑掉了牙。"鹤荪拉着她的手道:"美云,我做了什么大不正经的事,让你这样瞧我不起?说得我这人简直不够格了。"美云道:"反正有啊,我不能白造谣言。"

乌二小姐正坐在曾美云的对过,不住的向她丢眼色。她一时还没有想到,毫不为意。刘宝善对乌二小姐微笑,又掉转脸来对曾美云点了点头。曾美云道:"鬼鬼祟祟的,又是什么事?"乌二小姐笑道:"傻子啊!说话你总不留心,让人捞了后腿去了。"曾美云道:"什么……"这个"事"字,还没有说出,心里灵机一转,果然自己的话有点儿漏缝。将脸涨得通红,指着乌二小姐道:"你这个好人,怎样也拿我开玩笑?"

乌二小姐道:"你这人真是不懂得好歹,我看你说话上了当,才给你一个信儿,你不但不领谢我的人情,倒反说我拿你开玩笑。"

曾美云本来随便说一句,将这话遮盖过去的,不料就没有顾全到乌二小姐的交情,又让她添了一分不痛快。可是即刻之间词锋又转不过来,因笑着将两只脚在地板上乱踢,口里只道:"不说了,不说了。"说时,身子还不住的扭着。这样一来,才把这一篇帐扯过去了。

乌二小姐也就借故,将话扯开,因问燕西道:"真的,这里和冷小姐家里一样,我上次见面,就约了来看她。我这人也是心不在焉,当时说得挺切实,一转身一两桩事儿一打搅,就把事情耽搁过去了。今天到了这里,我何不做个顺水人情去看看她?"燕西笑道:"我实说了罢。人家是快要做新娘的人了,这里有二家兄,她从来没见过,这时忽然见面,她会加倍的难为情。"乌二小姐笑道:"你真是会体贴这位冷小姐的了。人还未曾过门,你就处处替她遮盖。"鹤荪也觉清秋来了有些不妥,便道:"究竟不大方便……"乌二小姐眼珠微微一瞪,脖子一歪,说道:"二爷,你这话我又得给你驳了回去。同是一个女子,为什么我们在这里方便,换一个人就不方便?"

鹤荪先不说什么,突然站了起来,从从容容的对乌二小姐行了一个鞠躬礼,口里道:"得!我说错了,我先赔礼,再说我的理由。"乌二小姐将身子一偏,笑道:"你要死啊!好好的给我行这样一个大礼做什么?"鹤荪笑道:"你不生气了吗?我再和你把这理由解上一解。你想,我们都是极熟的朋友,若在一处,什么话不能说,真也不敢以异性相待。"乌二小姐把脚顿着地板,口里又连说:"得得,不要望下说了,越说越不像话。你不以异性相待,倒以同性相待吗?我们自己是个女子,承认是个女子,女子就不见得比男子矮了下去,为什么我们要你不以异性相待?难道把我当做男子,这就算是什么荣耀吗?"鹤荪被她一驳,驳得哑口无言,只站着那里发呆。

燕西道:"密斯乌,不是我替二家兄说一句,他这话没错。他说不以异性相待,并不是藐视女子。他以为当是同样的人,就说他自己当自己是个女子,也未尝不可。不然,他何以不说不敢以女子相待,要说不敢以异性相待哩?这分明他不说女子弱于男子,甚至于说女子强于男子,也未尝不可。我这话不但是在这屋子里敢拿出说,就是照样登在报上,也不至于有人说不对。"乌二小姐看了燕西一眼,又望了望曾美云。曾美云望着燕西,也是微微一笑。复又点了点头道:"说得好,说得很好,理直气壮,让人没法子驳你。老二,你可别屈心,你说话的时候是这样的意思吗?"

鹤荪不多说了,只是微笑。燕西笑道:"得了,这一篇话,我们从此为止,不要望下谈了。由我和二家兄认个错,算他失言了。密斯曾,你看这事如何?"曾美云第一次就觉得燕西活泼有趣,今天燕西说话,硬从死里说出活来,越是看到他很可人意。便望着燕西笑了一笑。燕西也不知道她这是什么用意,她笑了出来,也就回报她一笑。

曾美云眼珠一转,因道:"七爷,我要求你一件事情,成不成?"燕西道:"只要是能办到的,无不从命。"曾美云道:"这事很小,你一定可以办到。我明日下午,到这里来拜访你,请你介绍我和新夫人见一见,这事大概没有什么为难之处。"燕西道:"那何必呢?不多久的时候,她就可以和大家见面的。"曾美云道:"到了做新娘子的时候,她是不肯说话的,要和她谈谈,很不容易。现在就和她相见,就可以很随便的谈话,到了做新娘子的时候,我还算是她一个老朋友,可以照应照应她了。你若是不答应,就是瞧不起我,不肯介绍了。"燕西道:"言重言重。密斯曾真要见她,也未尝不可……"

说到这里,话说得很慢,尾音拖得很长,似乎下面这句话,非说不可,而又有不可说的情形,只管望着了曾美云的脸。她噗哧一笑道:"你不要小心眼儿,我也知道你介绍女友和新夫人见面,那是很犯忌讳的,但是不要紧,我和密斯乌一块儿来。"乌二小姐道:"别约我,我怕没有工夫。"曾美云见她如此答复,却也并不向下追问。大家瞎闹了一阵子,各自散去。

到了次日上午,曾美云果然一个去访燕西。燕西并不在落花胡同睡,当曾美云去拜访的时候,他在家里睡着,并没有起床。曾美云当然是扑了一个空。她于是在身上掏出一张片子,在上面写道:"七爷,我是按着时间,拜访大驾来了,不料又是你失信。今晚上令兄鹤荪约我到贵行辕来,也许晚上能见面。"丢下这个片子,她就走了。李贵拿了片子送回家来,燕西刚刚是起床,李贵将名片递上,燕西两手擦着胰子,满胳膊都起了白泡,对着洗脸架子的镜子,正在擦面,他不能用手去接名片,李贵两个指头捏了一个犄角,就将这名片送到燕西面前让他看。看完了,将头一摆。李贵知道没有什么要紧,就给他扔在桌上。燕西自然也是不会留意,后来用手摸起,就塞在写字台一个小抽斗里。因为明日间一天,后日就过大礼。这一过大礼,接上便要确定结婚的日子。这样一来,自己也少不得忙一点。

洗过脸后,只喝半碗红茶,手拿着两片饼干,一面吃着,一面就到道之这边来了。道之正伏在桌上起什么稿子,燕西一进来,她就将纸翻着覆过去了。燕西道:"什么稿子不能让我看?"道之道:"你要看也可以。"燕西听说,伸手便要来拿。道之又按住他的手道:"我还没有把这话通知你的姐夫,不知道他的意思如何?"燕西笑道:"我明白了,开送我喜礼的礼单呢。这回事,四姐帮我帮大了。什么礼物,也比不上这样厚。这还用得送什么礼?"道之笑道:"你这话倒算是通情理的。不过日子太急促了,我只能买一点东西送你,叫我做什么可来不及。"

燕西笑道："我正为了这件事来的,你看什么日子最合宜？"道之道："在你一方面,自然是最快最合宜。但是家里要缓缓的布置,总也会迟到两个礼拜日以后去。"燕西笑道："那不行。"道之道："为什么不行？你要说出理由来。"燕西笑道：其实也没有什么理由,不过我觉得早办了,就算办完了一件事。"道之道："我们没有什么,真是快一点,也不过潦草一点,可不知冷家愿意不愿意？"燕西道："没有什么不愿意,真是不愿意,我有一句话就可以解决了。"

道之微笑,一手撑着桌子,扶了头,只管看燕西。燕西穿的西服,两手插在口袋里,只管在屋子里走来走去。道之咳嗽了一声,他马上站住,一翻身就张口要说话似的。道之笑道："我没有和你说话哩,你有什么话要说？"燕西不做声,两手依然插在袋里,又在屋子里走来走去。猛不提防,和一个人撞了一个满怀,站不住,把身子向后一仰,不是桌子撑住,几乎摔倒。抬头一看,是刘守华进来了。他笑道："你瞧,找急找到我屋子里来了！"燕西笑道："这也不能怪我一个人,你也没有看见我。若是你看见了我,早早闪开,就不会碰着了。"刘守华笑道："你这是先下手为强了。我没有说你什么,你倒怪起我来了？什么事,你又是这样热石上蚂蚁一般？"道之就把他要将婚期提前来的话说了一遍。

刘守华道："提前就提前罢,事到如今,我们还不是遇事乐得做人情。也不必太近,干脆,就是下一个礼拜日。老七,你以为如何？"燕西听说,便笑了一笑。道之道："今天是礼拜三了,连头带尾,一共不过十天,一切都办得过来吗？"燕西道："办呢,是没有多少事可办的了。"道之笑道："反正你总是赞成办的一方面。好！我就这样的办。让我先向两位老人请一回示。若是他赞成了,就这样办去。"燕西笑道："这回事情,好像是内阁制罢？"道之道：

"这样说,你是根本上就要我硬做主。你可知道为了你的事,我得罪了的人,对于各方面,我也应该妥协妥协一点?"刘守华笑道:"江山大事,你做了十之八九,这登大宝的日子,索性一手办成,由你做主。你客气未必人家认为是妥协罢?"道之一挺胸道:"要我办我就办,怕什么?"刘守华点点头,接上又鼓了几下掌。

道之将桌上开的一张纸条,向身上一揣,马上就向上房里去了。刘守华走过来执着燕西的手,极力摇撼了几下,望着燕西的脸,只管发傻笑。燕西也觉有一桩奇趣,只管要心里乐将出来,但是说不出乐的所以然。刘守华看了他那满面要笑的样子,笑道:"这个时候,我想没有什么能比你心里那样痛快的了。不过你要记着,你四姐和你卖力气不少,你可不要新人进了房,媒人扔过墙呀。"燕西听说,还只是笑。一会儿,道之由里面出来,说是母亲答应了,就是那个日子。这样一来,燕西一块石头,倒落下地了。

自从这天起,金宅上上下下就忙将起来。所有听差,全体出动,打扫房屋。大小客厅,都把旧陈设收起,另换新陈设。因为燕西知道清秋爱清静的,早就和母亲商量了,把里面一个小院子的三间屋划出来作为新房。这三间房子,因为偏僻一点,常是空着,所以房子也旧一点,现在也是赶紧的粉饰。他们究竟新家庭,不好意思贴喜联,搭喜棚。但是文明的点缀,却不能少。因之,各进屋子,所有来往要道,都有彩绸花扎了起来。各门口,更是扎着鲜花鲜叶的彩架,在花架里缀着无数小电灯。沿着长廊悬着仿古的玻璃罩电灯,灯下垂着五彩的穗子。晚上电灯亮了,一道红光在翠叶红花之下,那一种繁华,正是平常人家所梦想不到。架下各种梁柱,都是重加油漆,在喜气迎人的大气里,就是对了那朱漆栏干,也格外有一种不可言喻的喜意。好在金家什么东西也有储藏的,只要小小布置,就无不齐备了。

在过大礼的那一天，金铨和金太太备了一席酒专请宋润卿、冷太太亲戚会面。冷太太踌躇了一日，以为人家是夫妻二人，自己是兄妹二人，究竟不大合适，因此只推诿分不开身，家里人少，只让宋润卿一个人来。可怜宋润卿始终是个委任职的末吏，现在和任总理的大人物分庭抗礼，喜极而怕。到金家的时候，吃了一餐饭，倒出了几身汗。人家问一句，他才说一句，人家不问，他也无甚可说的。燕西因为这样，这婚事就偏重男家一方面的铺张，女家那一面，太冷淡了，也觉不称。暗暗之中，交了清秋一张六百元支票，又叫金贵、李德禄到冷宅去帮忙。自己只顾要这边的铺张，这几天之内，就没有到冷家去。

好在宋润卿在家里，总能主持一些事情，倒也放心。忙乱之中，忽然就把筹备婚典的日子，混了过去。金家因为门面太大，对于儿女的婚姻，向来不肯声张，只是拣那至亲好友写几张请帖。这回燕西的婚事如此的急促，更来不及通知亲友。不过也不曾守秘密，其中如刘宝善这些人，无中生有，还要找些事情做，现在有了题目怎样肯罢休？因此，只几个电话一打，早哄动了全城的好友，前五天起，向金家送礼物的就络绎不绝于途。刘宝善这些人，却专送的是些娱乐东西，是一台戏，一班杂耍，半打电影片。刘宝善不辞劳苦，却做了总提调。

到了先一日晚上，金家的门户，由里至外各层门户洞开。所有各处的电灯，也是一齐开放，照得天地雪亮。金家的仆役，穿梭一般来往。燕西本人，现在倒弄得手足无所措，只是呆坐。可是人虽静坐，又觉东一件事没办，西一件事没办，心里一忙，精神也很是疲倦。坐下无聊，便私下想一想证婚人主婚人如何训辞？设若大家要我演说时，我怎样答复？

原来金铨为着体面起见，已经请了北方大学校的校长周步濂证婚。他当过教育总长,燕西又在那大学的附中读过两个学期的书,也算是他的座师。况且周校长又是个老学者,足为金冷两氏婚姻生色的。那两个介绍人,在新式婚姻中,本来是一种仪式。因为介绍人的身份,等于旧式的媒妁,新式婚姻,根本上是用不着媒妁的。至于就字面说,大概新式夫妇的构成,十之八九不会要人从中介绍。及至婚约已成,男女双方才去各找一个介绍人,往往甲介绍人和乙介绍人不认识,或者和结婚的不认识,倒反要结婚人和介绍人介绍起来。这话说起来,是很有趣味的。因为如此,所以金家索性一手包办,将两个介绍人,一块儿请了。这两个介绍人,一个是曾当金铨手下秘书长的吴道成,一个是曾当金铨手下次长的江绍修。这两个人在金家就很愁找不到事做,而今金铨亲自来请,当然唯命是从了。

金铨就为了儿女的姻事,不能不讲点应酬。因此,先一天晚上,就备了一席酒,请了一个证婚人,两个介绍人。恰好有一班天津相知的朋友,坐了下午的火车来京,七点多钟就到了。金铨顺带和他们洗尘,临时加了两桌,里面金太太陪了一桌天津来的女宾。所以这一晚上,也就闹了大半夜。

到了次日,总统府礼官处处长甄守礼,便带了公府的音乐队,前来听候使用。步军统领衙门也拨了一连全副武装的步兵助理司仪。警察厅不必说,头一天就通知了区署,在金总理公馆门前加四个岗,到了喜期,区里又添派了十二名警士、一名巡长随车出发,沿路维持秩序。此外还有来帮忙的,都是一早到。因之,上午九点钟以前,这乌衣巷一带,已是车如流水马如龙。有些做小生意买卖的,赶来做仆从车夫的生意,水果担子、烧饼挑子,以至于卖切糕的、卖豆汁的,前后摆了十几担,这里就越是闹哄哄的。这一种热闹,已不是笔墨可以形容的了。

第四十九回

吉日集群英众星拱月　华堂成大礼美眷如仙

　　这是外面的情形，金家里面，更不待说。先且从两个男傧相说起。这两个人都是燕西的旧同学，一个叫谢玉树，一个叫卫璧安，都是十七八岁的未婚男子，非常英秀。本来是和燕西不常来往，燕西因为要找两个美少年陪伴着，所以特意把他两人请来。这两人可是家世和燕西不同，都是中产之家的子弟，谢玉树更是贫寒，几乎每学期连学费都发生问题。因之，燕西请他们来当傧相，靴帽西服，一律代办。这两个少年，要不答应，未免有些对不住朋友，因之，老早的也就来了。金家都是生人，而且今日宾客众多，非常之乱。所以两人一来之后，哪里也不去，就坐在燕西屋子里。这样一来，倒帮了燕西一个大忙，许多少奶奶小姐们要来和燕西开玩笑的，看见屋子里坐了两个漂亮的西装少年，都吓得向后一退。

　　燕西一班常常周旋的朋友，也是到了十二点以后才来。王幼春是首先一个来了，跳进屋里笑道："怎么回事？你弄两个人在这里保镖，就躲得了吗？"谢玉树、卫璧安都不认识，看了他这样鲁莽的跳了进来，都笑着站起身。燕西连忙介绍了一阵。王幼春道："密斯脱卫，密斯脱谢，你们不要傻，现在离结婚的时候还早，你们还不应该有保镖的责任，过去罢，让我来拿他去开开心。"燕西笑道："不要闹，时候还早哩。回头晚上你们就不闹了吗？"王幼春笑道："你们二位傧相听听，他是公开的允许我们闹新房的了，请你二位做证，晚上我们闹起新房来，可不许说我闹新房闹得太厉害了。"燕西微笑。就在这时，回廊外就有人嚷道："恭喜恭喜！我昨天晚上就要来，老抽不动身，这婚礼火炽得很啦。"王幼春道："你瞧，老孟究竟是雄辩大家之后，人还没有到，声音早就来了。"

来的正是孟继祖，也是长袍马褂，站在回廊里，隔着玻璃窗就向里面一揖。燕西笑道："这位仁兄，真是酸得厉害！"孟继祖走了进来笑道："别笑我酸，你们全是洋气冲天的青年，不加上我这样老腐败的人，那也没有趣味。"说时，接上一阵喧嚷，又进来几个人。孔学尼在前面，也是长袍马褂，手上举着帽子，口里连连"恭喜，贺喜"。孔学尼后面紧跟的是赵孟元、朱逸士、刘蔚然，自然也是西服。因为前面的人作揖，他也就跟着作揖，伸出两只大拳头，一上一下，非常的难看。连卫谢两位，也忍俊不禁笑将起来。

朱逸士道："这小屋子，简直坐不下了，我们到礼堂上和新房去参观参观，好不好？"燕西道："参观礼堂可以，新房还请稍待。"朱逸士道："那为什么？"燕西道："现在正是女客川流不息的在那里，我们去了，人家得让，未免大煞风景。"朱逸士道："这话不通，难道你府上的女宾，还有怕见男子的吗？"燕西道："怕是不怕。大家都不相识，跑到新人屋子里去，还是交谈呢，还是不交谈呢？自然是不交谈。许多生人，大家在那里抵眼睛不成？让我叫人先去通知一声，然后再去。"刘蔚然道："先参观礼堂去罢，是不是在大楼下？刚才我从楼外过，看见里面焕然一新。"燕西道："除了那里，自然也没有那适当的地方了。"

大家说话时，燕西便在前面引导，到了楼外，走廊四周，已经用彩绸拦起花网来，那楼外的四大棵柳树，十字相交的牵了彩绸，彩绸上垂着绸绦绸花，还夹杂了小纱灯，扎成瓜果虫鸟的形样，奇巧玲珑之至。由这里下礼堂，那几个圆洞式的门框，都贴着墙扎满了松柏枝，松柏枝之中，也是随嵌着鲜花。在走廊下，有八只绢底彩绘的八角立体宫灯，那灯都有六尺上下长，八角垂着丝穗，在宫灯里安下很大的电灯。刘蔚然道："好大的灯，不是这高大廊檐，也没有法子张挂。"

燕西道："这宫灯原是大内的东西，原来里面可以插八支蜡烛，听说传心殿用的。有人在里面拿出来卖在古玩店里，家父看看很好，说是遇到年节和大喜事可以用用，就买了过来。平常用时，都点蜡，我嫌它不大亮，就叫电料行在电架上临时接上白罩电灯，既不改掉原来古朴的形式，又很亮。"卫璧安笑道："我几乎做了一个外行，以为是在廊房头条纱灯店里买来的呢。"燕西道："其实，也不算外行，从前大内要这种东西，也是在廊房头条去办，廊房头条的纱灯绢灯，做得好，也正是因为当年曾办内差的缘由。"

说着话，走进礼堂来，一进门就见一方红缎子大喜帐，正中四个字，乃是"周南遗风"。上款是"金总理四令郎花烛志喜"，下款是"耕云老人谨贺"，卫璧安道："这是谁？送礼怎样用号？"刘蔚然道："密斯脱卫真是一个不问治乱的好学生，连我们大总统别署都不知道。你想，这里又不是大做喜事，自然不便用大总统题，然而他老人家又不肯屈尊写真名字，只好写别号了。"卫璧安笑道："原来如此，怪不得这一幅帐子，挂在礼堂中间了。由这样轮着算，这两边应该是哪一位巡阅使的了？"燕西道："老远的疆吏，那倒是不敢去惊动,不过挨着大总统,总是政界的人物罢了。"王幼春道:"不要去讨论这个罢,那都是凭老伯面子来的,不算什么。我带你看看他女友送的东西,那才是面子呢。"因指着右边一排桌子道:"那里一大半是的。"

原来这左右两边,各一边排列着大餐桌,桌上铺着红绸桌围,上面陈设许多刺绣图画和金银古玩。别的都罢了,其中有两架湘绣,一架绣的是花间双蝴蝶,一架是叶底两鸳鸯,都细腻工致,远看去栩栩欲活。在绫子空白,绣了黑线上下款,乃是"昊藹芳谨献"。谢玉树对卫璧安道:"密斯脱卫,你看这种好东西,出在女子的手上,实在有价值啊!"卫璧安只管低头去赏鉴,谢玉树说话,他都没有听见。

燕西笑道:"老卫,我看你这样子,倒很爱其物,你要不要见一见其人呢?"说时用手拍了一拍他的脊梁。卫璧安道:"这花是绣得好,专门作贺喜事用的,不像是买来的。"燕西道:"你不见上头绣的有款,当然是特制的。这位吴女士,在半个月之内,就赶绣起来的,真是人情大啊!"卫璧安道:"这位女士和你有这样的感情,似乎不是泛泛之交,人长得漂亮吗?"朱逸士道:"这两句话在一处,倒有些意思。"卫璧安道"这两句话说在一处,就有意思吗?有什么意思,敢问?"朱逸士道:"你以为吴女士和燕西感情这样好,并不谈到婚姻上去,一定是长得不漂亮。你看我这种揣想,猜到你心里去了没有?"卫璧安笑道:"倒是有一点。"刘宝善道:"你以为不漂亮吗?回头你就有机会可以看到了,漂亮得很哩!燕西,你结婚,怎样弄许多女朋友送礼?新妇看见,不免要生气。"朱逸士道:"生什么气?许多女朋友,不过是朋友,冷女士独和燕西结了婚,这才见得燕西对她感情最好,足以自豪的了。"

大家在礼堂上说笑一阵，宾客来的就越多了。人家看见礼堂上一班嬉嬉笑笑的少年，都免不得要看一下，尤其是女宾见了礼堂上这些翩翩佳公子，都有一番注意。卫璧安道："新郎，客在这里走来走去，都要看上我们，怪难为情的，走罢。"刘宝善笑道："这倒怪了，人家新郎，都不怕瞧你做傧相的人倒先难为情起来？"卫璧安道："新郎是不怕人家瞧，怕人瞧的，正是我们，我们拥在这礼堂上，算哪一回事呢？"谢玉树道："诚然的，我们找个地方，好好的先休息休息罢，回头新娘到了，大家都要忙，更不能休息了。"

燕西道："这话倒是对，跟我来。"于是在前引导，把他们引到第二个院靠西三间厢房里来。刘宝善一见先缩住了脚，说道："来不得，来不得，我不敢去碰那钉子。"燕西道："今天是例外，不要紧的。"刘宝善道："总理天天是要在这里办公的，怎么会是例外？"燕西道："他老人家今天自己放假了，而且说了，他要躲避客，今天就在上房不出来。这不是例外吗？这个地方，差不多的人是不敢来，我们在这里休息，是最好不过的了。"说时，他已伸手推开了门，引了大家进去。

第一个是孔学尼，走进门便去赏鉴壁上对联那几颗图章。孟继祖道："孔大哥得了罢，知道你认识几个篆字，何必这样一副研究家的面孔摆出来哩？"孔学尼笑道："今天我不是新郎，不要把我打趣，我是脸皮厚，若是不厚，还有两位生朋友，说得我多难为情啊！"卫璧安、谢玉树原是生怯怯的，现在看他们很随便的玩笑，也就夹在一处说笑了。谢玉树看外面是所精致的小客厅，地毯铺得有一寸来厚，屋里并没有硬木家具，都是缎面沙发椅榻，连桌几上都铺得极厚绒垫，这大概是金铨休息之所了。左边，一副花绒双垂的门幕，露出中间一个小尖角的门幕，看见里面还放着一架紫檀木玻璃书橱，正中摆了一张写字台,一张绿绒靠转椅。因见桌上有几样古朴的文具,便想进去看看。恰好这里满地是地毯,走得又一点声音都没有,因此里面有人,也不会知道有人来。谢玉树只管往里走,走到桌子边,掉头一看,这才知道冒失,不由红了脸。

原来他们进来的时候,梅丽正在金铨屋子里找样东西,因为许多客来了,懒得招呼他们,就在屋子里坐着等一等,预料他们一会儿就走的。不料谢玉树竟不声不响的走将进来,梅丽倒是不怕人,就站起来点头招呼。谢玉树心里却怪难为情,以为许多人都没有进来,就是我一个人进来,倒好像故意如此似的,一阵害臊,也忘了回礼,只笑了一笑,便退出去。梅丽不能回避了,也走了出去,这里一些人,大半都认识,燕西便和她将卫谢二人介绍了。梅丽有事,自然进去。谢玉树见她穿的蛋青色缎子的短袍,短短两只袖子,齐平肘拐,白色皮肤的人,穿了这样清淡的衣服,越发俊秀。自己在学校里,从来不曾见过这样漂亮的女子,当时见了,心里不免印下一个很深的印子。

刘宝善虽然听见燕西说金铨就不会来的,但是心里总是不安,大家还是一阵风似的,拥到内客厅里来。这客厅里,金氏兄弟同辈的客人,来了十停之六七,这人就太多了。燕西一进门,大家如众星捧月一般,将他围上,闹将起来。谢玉树便离了这客厅,在走廊上散步,因为他人长得漂亮,胸前又垂了一张写明男傧相的红缎条,来往人都要看他一眼。尤其是女宾,觉得正面看人有些唐突,只偏了眼珠一看。有些挨身走过去的,有几步之远,还回转头来,无意之间,对谢玉树一看。大家心里都不觉想着,哪里找来的这样一个傧相?这一个消息一传出去,女宾里面,传得最是普遍,都说今天两个男傧相长得非常漂亮,我们倒要看看。

这个时候，已经十二点多钟了，金家预备四马花车，已经随着公府里的乐队，向冷宅去了。冷宅的一切排场，都是燕西预备好了，四个大小女傧相呢，原是要由清秋找同学来承担的。后来她和燕西商量的结果，怕是不妥，若是她的同学，和金家的人，完全不认识，不免有许多隔阂，倒不如这边也找一个。燕西想这办法是对的，因此，便请了大嫂吴佩芳的妹妹吴蔼芳，就是刚才大家所谈着那送刺绣的人了。好在大小四傧相的衣履，都是由燕西出钱，女家代制，总可一律的。那边清秋所请的大傧相是她同班生李淑珍，小傧相是附小的两个小女学生。除了各有他们家里的女仆照应而外，男家又派小兰和秋香两丫头帮同照料，自是妥当。大小傧相在两小时之前，已经在冷家齐集。所有清秋的同学，不便到金家来，在他们家里也是一餐喜酒。

这日，清秋穿了那水红色的绣花衣，加上珠饰，已美丽得像天人一般。不过穿了嫁衣，也说不出一种什么感想，不觉得自己好好的矜持起来，只是在屋子老守一把椅子坐下，不肯多动。她里面穿的是一件小绒褂子，外面罩上夹的嫁衣，虽说不算多，然而只觉浑身发热。她心里也就想着，不料这段婚事，居然成功了。从前曾到金家去过一次，只觉他们家里，堂皇富丽令人欣羡，到了现在，竟也是这屋子主人翁之一个。想到这里，自然是一阵欢喜。但是转身一想，他家规矩很大，不知道今天见了翁姑，是怎样一副情形？再说，他们家里少奶奶小姐有七八位，不知道她们可都是好对付的？据燕西说，就是三嫂子调皮一点，二嫂是维新的女子，是各干各事，没关系，大嫂子年岁大一点，有些太太派。至于几位小姐，除了八小姐而外，其余的都是会过的了，想来倒也不要紧。

可是燕西又说了，她们姑嫂之间，也有些小纠纷的，似乎各位小姐也不容易对付。况且她们都是富贵人家的儿女，只有自己是贫寒人家出身，和她们比将起来，恐怕成了落伍者。尤其是富贵人家的仆役们，眼睛最势利不过的，他若知道我的根底，恐怕又是一番情形相待。以后倒要寸步留心，要放出大大方方的样子来。由这里又想，今日是到金家的第一天，更要二十四分仔细，见了翁姑应当持怎样的态度？见了姑嫂应当持怎样的态度？于是想到古人所谓齐大非偶一句话，是有理由的。若燕西也是平常人家一个子弟，像我这样的女子，无论谈什么仪节，我都可应付，就用不着这样挂虑了。心里这样胡想一阵，人更是烦躁起来，倒弄得喜极而悲了。

清秋一个人只管坐在那里胡想，默然不做一声。冷太太虽然将女儿嫁得一个好女婿，但是膝下只有这样一个人，从前是朝夕相见的，而今忽然嫁到人家去了，家里便只剩下一个人，冷清清的，想起来怎样不伤心。她见清秋盛装之后坐在那里只管发呆，以为是舍不得离别，一阵心酸，就流下泪来。清秋心里正不自在，不知如何是好，看见冷太太流泪，她也跟着流泪。还是许多人来劝清秋，说虽然出阁了，来家很方便，只当在上学一样，有什么舍不得呢？两个傧相，又拉了一拉她的衣服，对她耳朵轻轻说了几句，清秋听说，这才止住泪。韩妈重打了一盆脸水来，用热手巾给她擦了脸，两个傧相牵她到梳妆台边，重新敷了一回粉。粉敷好，宋润卿便进来说，时候不早了，可以上车了，免得到那边太晚。

招呼过后，音乐队就奏起乐来了，在奏乐声中，清秋就糊里糊涂让两个傧相引上了花马车。在花马车中，只是一阵一阵的思潮，由心里涌将上来，而心中也就乱跳起来，这时说不出是欢喜，是忧愁，是恐慌，只觉心绪不宁。在心绪稍安的时候，只听见车子前面一阵阵的音乐送进耳来。自己除了把如何见翁姑,如何见姑嫂的计划,重温习一遍外,便是听音乐。一路之上,听了又想,想了又听。在车里觉得车子停了,而同时车子外面,也就人声鼎沸起来。她想,这一定是到了,心里就更跳得厉害。

一会儿工夫车子门开了,就见两个傧相走上前,将手伸进车来,各扶着清秋一只胳膊。清秋很糊涂的下了车,随着她们走。自己原不敢抬起头来,只是在下车的时候,把眼光对着前面一看。只觉得四围都是各种车子,中间面前一片敞地,却是用石板铺的,上面一排磨砖横墙,沿墙齐齐的一排槐树,槐树正中,向里一凹,现出一座八字门楼。在门楼前,一架五彩牌坊,彩绸飘荡,音乐队已由那彩牌坊下吹打进门去了。只在这时,迎面一群男女拥将出来,最前面就是两个西服少年,搀着燕西。只看到燕西穿了燕尾大礼服,其余也来不及看,只低了头。看身子面前二三尺远的土地,仿佛燕西在前面有什么动作。那傧相吴蔼芳扯着她道:"鞠躬鞠躬!"清秋就俯着腰鞠躬,为什么要鞠躬?也不知道。

这时,周围前后全是人包围了,低了头看见许多人的衣服和腿,挤来挤去,这就更不敢抬起头了。似乎进了几重门,还有一道回廊,到了回廊边,那乐队就停住了不上前。上了几层台阶,便觉脚下极柔软,踏在很厚地毯上。人缝里只见四处彩色缤纷,似乎进到一座大屋里,屋里犄角上,又另是一阵鼓角弦索之声,原来这已到礼堂上了。这里本是舞厅,厅角上有音乐台,是乌二小姐她们主张,把华洋饭店里的外国乐队叫来了,让他们在这里奏文明结婚曲。外面音乐队的乐声未止,里面音乐队的乐声,又奏将起来,一片鼓乐弦索之声,直拂云霄。音乐本来是容易让人陶醉的东西,人在结婚的时间,本来就会醉,现在清秋是醉上加醉,简直不知身之所在了。

这礼堂开着侧边门,就通到上房了,上房已临时收拾了一间小客厅,作为新人休息之室,就是和燕西书房隔廊相对地方。一进休息室,金家年纪大些的人还好些,惟有年青些的,早忍耐不住,就拥进屋来。第一便是梅丽和玉芬妹妹王朝霞,一直看到清秋脸上。吴蔼芳就给她介绍道:"新娘子,这是八妹,这是你三嫂子的王家妹妹。"清秋便对她二人笑了笑,梅丽一见清秋年纪不大,和自己差不上下,先就有几分愿意。她百忙中想不出一句什么话来,就道:"新娘子,我早就知道你了。"清秋笑着低声道:"我也知道妹妹,我什么也不懂,请你指教。"还要说第二句,外面司仪人已经请新娘就席了。傧相搀着清秋出去,梅丽受了新娘一句指教的话,立刻兴奋起来,便紧傍着傧相,好照应这位得意的嫂嫂。

走上礼堂,男男女女,围得花团锦簇,简直不通空气。新人入了席,大家一看这一对青年男女,都是粉搏玉琢,早暗暗的喝了一声彩。偏是这四位大的男女傧相,又都俊秀美丽,真是个锦上添花。司仪人赞过夫妇行礼之后,证婚人念婚书完毕,接上便是新郎新妇用印。这一项手续,本来分两层办理,有的新郎新妇自己上前盖印,有的是傧相代为盖印。这个礼堂,虽非常之大,但是家族来宾过多,挤得只剩了新人所站的一块隙地。新郎倒罢了,新妇若要上前,现在是面朝北,必得由左边人堆挤上去,绕过上面一字横排的证婚礼案,然后再朝南用印。她除了两个傧相在身边挽了一只手臂而外,身后还另有两个小天使牵着喜纱,这就太累赘了,要走上去,似乎不容易。

当司仪赞一声新郎新妇用印之后,新妇便在衣服里一掏,掏出图章盒子来,顺手递给傧相吴蔼芳,将手又把她扯了一扯。吴蔼芳明白,这是要她代表,好在金家她是熟极了的,便毫不踌躇,走到礼案面前去。这边是傧相代庖,那边新郎也是请傧相代,顺手是卫璧安，就把图章盒子交给他了。他当傧相，真还是生平第一次，也就绕到礼案上面去。他看见吴蔼芳来了，引起了他一肚子西洋墨水，用那女子占先的例子，要让吴蔼芳先盖印，站在一边未动。但是吴蔼芳却是一个老手，她知道按着礼节，是不适用女子占先的。见卫璧安有谦让之意，便对卫璧安道："请你先盖。"卫璧安又是个多血的男儿，一难为情，脸上先就是一红，点头说："是是。"但是那个"是"字，也只有他自己听见罢了。

吴蔼芳看见，心里想道：人长漂亮罢了，怎样性情也像是个女子？含羞答答的，这倒有个意思。这样想着，眼睛就不免多看他两眼。卫璧安正是有些心慌，见人家注意他，更是手脚无所措，他将燕西的图章，在结婚人名下盖了印之后，要放进图章盒子里去。他忘了婚书男女各一张，盖了男方的，却未盖女方的。吴蔼芳知道他错了，又觉得人家很斯文的，别再说出错处了，让人家下不下去。因挤了向前，将压着婚书的铜镇纸一挪，把上面的一张婚书拿开，低低的道："这一张也是由男方先盖印的。"卫璧安这才明白过来，自己几乎弄错，也来不及说是了，微微和吴蔼芳点了一下头，便向婚书上盖章。盖完了章，他又忘了退回原处，只管站在那边看吴蔼芳盖印。吴蔼芳盖完，一抬头，见他还站在这里，便道："我们这应该退回原处了。"卫璧安微微应了一声哦哦，自退下来。这一种情形，燕西都看在眼里。

这以后证婚人介绍人来宾致颂词，都是些恭维的话。有些调皮的青年男宾，虽然想说几句，见那上前的主婚人证婚人，都是郑而重之的样子，也不敢说。到了后来，是主婚人致谢词，因为是在金家，金铨就向宋润卿谦让了一下，说是润卿兄请。宋润卿拱着手，大马褂袖口齐平额顶，连连拱揖道："总理请，总理请，兄弟不会演说。"

金铨一想，既是不会演说，若是勉强，反觉得不好。因此，自己便由主婚人的位置，向中间挤了一挤，挺着胸脯，正着面孔，用很从容的态度说道："今天四小儿结婚，蒙许多亲友光临，很是荣幸。刚才诸位对他们和舍下一番奖饰之词，却是不敢当。我今天借着这个机会，有几句话和诸位亲友说一说。就是兄弟为国家做事多年，很有点虚名，又因为二三十年来，总办点经济事业，家中衣食，不觉恐慌。在我自己看来，也不过平安度日，但是外界不知道的，就以为是富贵人家。富贵人家的子女，很容易流于骄奢淫逸之途。我一些子女，虽还不敢如此，但是我为公事很忙，没有工夫教育他们，他们偶然逸出范围，这事在所不免。所以从今以后，我想对于子女们，慢慢的给他一些教训，懂点做人的方法，燕西和冷女士都在青春时代，虽然成了室家，依然还是求学的时代。他们一定不应辜负今天许多亲友的祝贺，要好好的去做人。还有一层，世界的婚姻恐怕都打不破阶级观念。固然，做官是替国家做事，也不见得就比一切职业高尚。可是向来中国做官的人，讲求门第，不但官要和官结亲戚，而且大官还不肯和小官结亲戚。世界多少恶姻缘由此造成，多少好姻缘由此打破，说起来令人惋惜之至！"

他说到这里，四周就如暴雷也似的，有许多人鼓起掌来。金铨是个办外交过来的人，自然善于辞令，而且也懂得仪式。当大家鼓掌的时候，他就停了没有向下说。鼓掌过去了，他又道："我对于儿女的婚姻，向来不加干涉，不过多少给他们考量考量。冷女士原是书香人家，而且自己也很肯读书，照实际说起来，燕西是高攀了。不过在表面上看起来，我现时在做官，好像阶级上有些分别。也在差不多讲体面的人家，或者一方面认为齐大非偶，一方面要讲门第，是不容易结为秦晋之好的。然而这种情形，我是认为不对的。所以我对于燕西夫妇能看破阶级这一点，是相当赞同的，我不敢说是抱平等主义,不过借此减少一点富贵人家名声。我希望真正的富贵人家,把我这个主张采纳着用一用。"说到这里,对人丛中目光四散,脸上含着微笑。

男宾丛中,又啪啪的鼓起掌来。金铨便道:"今天许多亲友光临,招待怕有不周,尚请原谅!今天晚上,还有好戏,请大家听听戏,稍尽半日之乐。统此谢谢!"说毕,对来宾微微鞠躬。这是总理表谢意,和平常的主婚人不同,来宾看见,也陪着一起鞠躬。真有几位来宾,还在人丛里走出来,忙着一鞠躬的。这些仪式过去了,便是谢来宾,新郎新妇退席了。

第五十回

新妇见家人一堂沉漄　少年避众客十目驰骋

这时，清秋还只认得公公，在男族一堆里面，站着有老有少，谁是谁，还是分不清楚。清秋心里虽然为这事踌躇，可是人家早已替她打算好了，行过婚礼之后，依然引到休息室里，暂时休息。一会儿，傧相重新将她引上礼堂，这时宾客都退了，男家老少约有一二十位，随便的坐在那边，一出来，就见自己公公，引了一二个妇人一块儿向前来。挤挨着公公是位五十上下的太太，清秋一看就明白，那是婆婆了。正面放了两把太师椅，铺了围垫，他两人过来就分左右坐下了。两个傧相把清秋引到下面，燕西却由身后转出来了。说道："这是父亲和母亲。"说毕，声音放低了几倍道："你三鞠躬。"清秋这里礼还没有行下去，老夫妇两人已站起来了，清秋行礼，他俩含着微笑，也微微一点头。礼毕，金铨道："新妇今天也很累，其余只一鞠躬罢。"

于是老夫妇俩站开，二姨太上来，她不坐了，只靠住椅子站着一点头下去。又其次，便是翠姨，她先笑道："不敢当！不敢当！"连椅子边都没站过去，就是侧面立了。清秋偷眼一看，见她尖尖脸儿，薄敷胭脂，非常俊秀。穿了一件银红色的缎袍，腰身只小得有一把。起先还以为她不定是那位嫂子，这时燕西告诉她是三姨太，心里才明白，不料公公偌大年纪，还有这样花枝般的一位姨母，于是也是一鞠躬相见。她过去之后，哥嫂们便一对一对的由燕西介绍，都是彼此一鞠躬。清秋偷眼看这些人，都还罢了，惟有那三嫂一双眼睛很是厉害，一刹那之间，如电光一般，在人周身绕了一遍。

这时，道之笑着从人丛中走了出来道："老七，我的情形特别一点，用不着介绍，我为你们的事，多少总出了一点儿力，你两个人给我三鞠躬谢一谢，成不成？"燕西笑着答道："成！你请上。"道之道："别忙，我还有一个人儿。"于是回过手去对身后连招了几下，刘守华一见，就笑着出来了。燕西真个陪着清秋向他们二人三鞠躬。他们夫妇走了，敏之、润之、梅丽，都是认识的，只一齐走出来，平行了一鞠躬。行完礼之后，金太太就走过来了，因对四个傧相道："各位请休息休息罢，小姐们都忙累了。"又对梅丽道："牵新娘子到新房里去罢。"梅丽颔首，就引清秋到上房里来。

清秋只觉转过几重院子，还绕几道走廊，进了一个海棠叶式的门内，旁边一道小曲廊，通到上房。上房是三楼三底，一所中西合璧的屋子。屋外是道宽廊，照样的有四根朱漆圆柱，由上通下，所以槅扇门窗，齐上朱漆，好在并没有配上一点其它的颜色，倒也不见得俗。窗扇里只糊着白纸和白纱，也不用其他的颜色。沿着走廊，垂了八盏纱罩电灯，也只是芽黄色的。清秋一看，倒觉不是那样热闹，心里倒是一喜。院子里有一株盘枝松树，虽不很大，已经高出屋脊，此外有几株小松，却很矮。西屋角边，栽了有一丛竹子，这时虽半已凋黄，倒是很紧密。此外就是几堆石头，上面兀自挂着枯藤，却没有别的点缀。

走进屋子里去,屋子都是雕着仿古槅扇,糊了西洋图案花纸,左边一个木雕大月亮门,垂了湖水色的双合帷幔。帷幔里面两只四五尺高的镂花铜柱烛台,插着一双假的红烛,这正是清秋往落花胡同初见燕西的时候所看到的,乃是两个红玻璃罩,里面藏着小电灯泡。屋里的木器家具,一律是雕花紫檀木的,这因为清秋说过,在中国的图画上,看到古来那些木器,含有美术意味,很是古雅,所以燕西就按照她的话,妥办起来。有些东西是家里的,有些东西还是在旧王府里买出来的。清秋进展之后,便有秋香、小兰给她除了喜纱,让到床上坐去。床也是紫檀的架子,清秋以为必是硬梆梆的,可是一坐下去,才知道下面也安有绷簧。心想,这些东西,不知是谁所办?没一样不令人称心合意的。这样好屋子,不说有一生一世享受,就是能住个十天半月,此生也就不枉了。刚才在家里那一番的愁闷,到了此时都已去个干净。心里欢喜,脸上愁痕自然也就去个干净。那新人所应有的喜色,就充满了眉宇之间。

这时,看新娘子的,也就拥满了内外屋。金太太含着笑容,也跟着来了。一看人如此之多,便道:"这里地方小,许多客,挤窄得很。"就有人道:"好极了,叫新娘子出来招待招待罢。听说新娘子,也是个新人物,还害臊吗?"金太太笑道:"害臊是不会害臊的,不过她是生人,一切事都摸不着头脑,恐怕弄得招待不周。"大家又笑着说:"不周也不要紧,请她出来坐一坐,谈一谈就行了。"金太太见众意如此,是不可拂逆的。便走进屋子去。

清秋一见婆婆进门,就站起来了。这时,她除了喜纱,穿着一件水红绣花缎的袍子,头发上束着匝花瓣,显得很是年青。金太太看了,不免发生疼爱之心,就走上前,握着她的手说道:"许多来宾,都要你招待,你就出去见见他们罢。"清秋听到婆婆这样说,就答应了出去。走到这种生地方来,所见的又没有一个熟人,在这里却要做主人,招待来宾,自然有些心慌,这也只好自己极力的镇静,免得发慌。偏是自己一出垂幔,满屋子女宾噼噼啪啪就鼓起掌来。这样一来,倒越弄得她有些不好意思。

还是梅丽比较和她熟些,就引她在屋旁边一张椅子上坐下,就对大家笑着说道:"人出来了,你们有什么话和人家谈就说罢。"玉芬也在这里,却微微一笑道:"我们这位新弟媳,和姐妹真是投机,没过门之前,大姐妹三,就好得了不得。过了门之后,你瞧我八妹,又是这样勇于做一个保护者。天下事都是个缘法,有了缘,随便怎样疏远,都会亲密起来的。所以人常说,有缘千里来相会,无缘对面不相逢。我们老七和新娘子,自然是一对玉人儿,可是事先谁也不会想到这一段婚姻的。"玉芬这一篇话,清秋还不能十分明了,以为不过是说笑而已。梅丽一听,就知道话里有话,只是当了许多亲戚朋友,又是在新娘子面前,这话简直不好回驳,也就只好含糊对她笑了一笑。

其中就有一个女宾说道:"我们把七爷请来罢?让他来报告恋爱的经过。"玉芬笑道:"这里全是女宾,用不着他来,我看我们还是请新娘子报告罢。老七这段婚姻,纯粹是自由恋爱的结果,比一切婚姻,都要有趣,当事人要能说一说,那我们就比听小说还有味。这里都是女宾,新娘子要说也方便得多。请新娘子把这种好情史,告诉我们一点,不知诸位赞成不赞成?"她这样一说,大家都狂喊着赞成,加上还有几个人,夹在里面鼓掌。清秋到了这时,也不知道应该怎样表示好?只臊得低着了头,将身子扭过一边去。有几个活泼些的女太太们,就围绕清秋身边来,一定要她说。清秋无可如何,只得站起来说道:"真是对诸位不住,我向来没有演说过,实在说不出来,请诸位原谅!"玉芬道:"不,新娘子撒谎,我听老七说过,新娘子最会演说,在天安门开大会还登过台呢。"清秋道:"没有这回事,三嫂子大概是听错了。"

众女宾听了这话,哪里肯信?只是要清秋说,还有人说道:"新娘子若是不演说,就是看这些来宾不起,我们一点面子也没有了,那我们也不好意思在这里待着,戏快开台了,我们听戏去罢。"金太太见大家逼得新娘子太厉害,便由屋里走出来,笑道:"诸位,我也不为着谁,有一句最公道的话,和大家说一说。结婚要报告恋爱经过,这也是有的。但是向来都是新郎报告,没有新妇报告的,除了小姐,其余诸位,都是当过新娘子的,诸位当新娘子的时候,也报告恋爱经过没有?若是都没有报告过,舍下的新娘子,也就不能例外。"

金太太这几句极公道的话,却成了极强硬的话,谁也没有法子来反驳,都只说金太太疼爱新娘过分一点。金太太给大家碰了一个钉子,恐怕人家不愿意,便笑道:"我们那老七是脸皮厚的,诸位尽管要他报告,新娘子请诸位原谅罢,给大家鞠一个躬道谢。"清秋明知这是婆婆使的金蝉脱壳之计,正好趁此下场。因此,当真斯斯文文的给大家鞠了一躬。大家明知她婆媳演了一出双簧,但是人家做得很光滑,有什么法子呢?就有人提议道:"前面戏开演了,我们听戏去罢。"于是也就借着这么机会,一阵风似的走了。

那边戏厅里,本很干净,鹏振就欢喜邀了他一班朋友,在这里玩票儿。这回家里有大戏,他们更收拾得清楚,早已仿了外面新式大戏院的办法,一排一排,都改了藤座椅。像这样的人家,当然是男女不分座,不过靠左有一圈圈地方,是女宾的特殊地位,女宾有不愿男宾混杂的,可以上那儿去。但是来的女宾,却没有故意坐在那儿去的。燕西本来在前面陪客,他觉得太腻了,家里有现成的戏,不能不来看一看,因此,他趁着大家欢喜之际,一溜就溜到戏场里来,随便找了个位子坐下。一回头倒平空添了一桩心事,原来那位舞女邱惜珍女士,正坐在身边,只隔了一个空位子。燕西还没有开口,她先就笑道:"七爷,恭喜啊!怎么有工夫来听戏?"她说这话,燕西倒不知所答,不觉先笑了一笑。

本来一个男子,不能娶尽天下的好女子,也不能说一个男子在女友中娶了一位做夫人,就对不住其他的女友。可是很怪,燕西这个时候,好像见了什么女友,都有些对不住人家似的。加以邱惜珍和本人讨论电影及跳舞,感情又特别一点,所以她恭喜一声,似乎这里面都含有什么刺激意味似的。因含着笑坐近一个位子来,笑道:"以先我怎么没有看见你?"邱惜珍道:"你们行大礼的时候,我就参与的,还鼓了掌欢迎你的新夫人呢。那个时候,你全副精神,都在新娘身上了,哪会看见女友呢?"燕西笑道:"言重言重!"

邱惜珍且不理他,半站起身来,对那边座位上招了一招,燕西看时,那边位上也有个女子起身点头。邱惜珍笑道:"回头再谈。"说毕,她起身到那边了。燕西碰了一鼻子灰,没意思得很。心想,这样看起来,无论男子和女子,还是不结婚的好,结了婚身有所属,就不能得大多数的人来怜爱了。怪不得,我们兄弟中,从前以我交女友最容易,而今看起来,恐怕也要取消资格了。"

燕西正在这里想入非非,忽然有个人,啪的一声,在他肩膀上拍了一下。燕西一回头,原来是孟继祖笑嘻嘻的站在身后。他道:"大家到处找你,你倒在这儿快活!"燕西拉着他的手道:"何妨坐着听一两出戏呢?"孟继祖道:"今天的戏,无非是凑个热闹劲儿,有什么看头?"说到这里,后面跟来一大班人。最前面就是他们诗社里的朋友韩清独、沈从众。他们自从上年诗社一会而后,常引燕西作为文字朋友。这次燕西结婚,韩清独作了十首七绝,工楷写了,用个镜框子架着,送到金宅来。他既发起了这个事,诗社里的朋友,少不得都照办。燕西知道,他们的诗都不大高明,若是挂在礼堂上,恐怕父亲看了说闲话,因此,只把七八架镜屏,都在新房的楼上挂了,料着那个地方,父亲是不会去的。

不料这韩先生他偏留心这件事,到了金家前前后后,找了一个周,却不见同会诗友的大作,自己满心想借这个机会露上一露,不料一点影子没有。大为扫兴之下,这时见了燕西,他首先就说道:"燕西兄,我们作的那几首歪诗,是临时凑起来的,实在不高明。"燕西道:"好极了,都好。"说到这里,低了声音笑道:"我把你们的作品都列在新房楼上,明天我要引新娘子看看你们的大作呢。"韩清独听说他的作品挂在新房楼上,他高兴得了不得,将手一拍道:"这话是真吗?我知道新娘子文学不错,我们一定要请新娘赐和几首。"说时,两手一扬,声音非常之高。韩清独这样说,他是要表示自己会作诗,好让大家知道。燕西连忙拉住他的手道:"别嚷别嚷!"韩清独见燕西不是那样高兴的样子,就不敢追着向下说。

接上他们诗社里的那位老前辈杨慎已先生,也就跟着来了,手上拿了帽子,老远的就一步一个长揖,高举到了鼻尖,口里可就说道:"恭喜恭喜。"燕西一看,事情不好,搬了这些个醋缸到戏场里来,非把戏场上人全酸走不可。便起身道:"我们到客厅里去坐坐。"杨慎已晃着身躯道:"我看燕西兄大有和我们联句之意。清独兄,继祖兄,走,我们联句去。趁着良辰吉日,诗酒联欢,多么是好!比在这里听戏,不强得多吗?"燕西巴不得他们走,自己引导,就把他们引将出来,一直引到小客厅里。

杨慎己并不住的摸着胡子道："今日催妆之诗，未可少也。"说时，连摇了两下头。孔学尼笑道："新娘子都进房几个钟头了，还催什么妆？催新娘上妆到婆婆家来了，催于何有？"杨慎己先是一时高兴，把话说错了，这里要更正，已是来不及，便笑道："对了对了！某有过，人必知之，我是说花烛之诗，一个不留神，就说出催妆诗来了。该打该打！我听说新娘子天才极高，今天晚上不要学那苏小妹三难新郎罢？"这句话倒把孟继祖提醒了，笑道："今天晚上新房里是有意思的，我们要斯斯文文的闹一闹才好。"孔学尼对孟继祖眅了眅眼，笑道："可不许做煞风景的事。"

他们这种酸溜溜的样子，别人还罢了，惟有谢玉树和卫璧安两个人，看不大惯。卫璧安就低低的说道："遇到这样的好戏，我们为什么不去看看？"谢玉树笑道："我早就想去看，无奈这里全是生人，没有人引去，怪不好意思的。"卫璧安道："人多客乱，谁又认识谁？我们还是去听戏罢。"二人约好，也不惊动众人，慢慢的踱到戏场上来。这里面男宾不过三分之一，女宾要占三分之二，说不尽鬓影衣香，珠光宝气。卫谢两人也不敢多事徘徊，看到身边有两个空椅子，便坐了下去。这一坐下，心里倒坦然了，反正是坐着听戏，就不怕受女宾的包围了。听得正有趣的时候，因人家鼓掌，卫璧安忘其所以，也赶着鼓起掌来。一面对谢玉树道："真好。"这"真好"两个字刚说出，前面坐的女宾，忽然一位回转头一看，卫璧安见了，心中正如什么东西撞了一下一般，浑身似乎有一种奇异的感触。

那人不是别人，正是刚才在礼堂上会面的那位女傧相吴蔼芳女士。卫璧安因为和人家并没有交情，未曾打算和她打招呼，那吴女士倒是落落大方，笑着点了一点头，又叫了一声卫先生。卫璧安来不及行礼了,竟把身子一欠,站将起来。吴蔼芳嫣然一笑道:"听戏不客气,请坐请坐。"卫璧安还是说不出所以然来,只是是的答应了一声。直待吴蔼芳回过头去,他才坐下来。谢玉树看见,早是拐了他胳膊两下。卫璧安虽然心里十分矜持,脸上也就不由得一阵发热,也不能做什么表示,只得把脚对谢玉树的腿敲了一敲。谢玉树一笑,也就算了。

那前面吴蔼芳正和她姐姐吴佩芳同坐。佩芳低了头下去,轻轻的问道:"你和他原来认识吗?"蔼芳没说,只摇了一摇头。吴氏姊妹坐的前排,就是乌大小姐乌二小姐,她两人是文明种子,凡事都不避什么嫌疑的。二小姐看见卫璧安、谢玉树这一对美男子在座,就不住的回过头来看,现在看到吴蔼芳向卫璧安打招呼,倒以为他两人认识,便回过脸来,对她一笑。蔼芳见她这一笑,倒莫名其妙,对着她只是发愣。二小姐于是手扶着椅背,回过头来对着蔼芳。蔼芳看那样子,好像是有话说,便也将头就过来,轻轻的问道:"说什么?"二小姐眼皮向后,下巴颏接下一翘,笑道:"这个人真可以说是美男子。七爷在哪里找了这样两个漂亮人物来当傧相?"蔼芳不料到她问出这话来,答复不好,不答复也不好,倒十分为难起来,脸上红着,只哼了一声。

乌二小姐看到一二分,觉得不便说什么,依然回过头去看戏。佩芳见乌二小姐这样鬼鬼祟祟的,不觉又回过头来,对卫璧安看了一眼。卫璧安先曾见她站在男方家族队中,知道她是金家的一位少奶奶。见她这样注意自己,恐怕自己有什么失仪的地方,索性板着面孔,只管看了台上,什么话也不说,对于佩芳的探望,只当没有看见。佩芳也明知卫璧安不好意思,看了一下,也只是微微一笑。

过了一会儿,梅丽笑嘻嘻的来了,她换了玫瑰紫色海绒面的旗袍,短短的袖子,露出两只红粉的胳膊,下面穿的湖水色的跳舞丝袜子,套着紫绒的平底鱼头鞋,漆黑头发,靠左边鬓上,夹了一个张翅珊瑚蝴蝶夹子,浑身都是红色来配衬,极得颜色上调和,佩芳看见,先就笑道:"八妹今天喜气洋洋的。你瞧,穿这一身红。"梅丽道:"今天家里有喜事,为什么不穿得热闹些?"说时,一挨身就在蔼芳身边坐下。蔼芳笑道:"你总是这样喜欢赶热闹,那边不有空位子,挤到一处来做什么?"梅丽道:"咱们谈谈不好吗?一会子,三嫂也来,她就是个戏迷,什么戏也懂,台上唱一段,让她先讲一段,那就有个意思了。"

一面说着,一面目光向四处张看,偶然看到身后,忽见那两个漂亮的男傧相,齐齐的坐在那里听戏。她也认得谢玉树的,倒先站起来,和他点着头笑了一笑。谢玉树看见人家招呼,也不能不理会,和梅丽点了一点头。这一来,把前面的两位乌小姐,倒看呆了。乌二小姐更是疑惑,八小姐怎么会和那个美少年认识?这小小一点年纪,倒也知道捷足先得,可见爱美的心思,人人都是有的。因之,要偷看背后的意思,更为密切,差不多三四分钟时间,就要回头向后一看。梅丽天真烂漫的人,倒不甚注意。蔼芳明知其中之意,也装不知道。心想,随便你去看,看你看到什么时候。

这其间卫璧安和谢玉树两个人都有些不好意思,再要坐这里,就怕看得引出风潮来,大家都怪难为情的。因此,二人说了一句走罢,就各自走开,依旧到小客厅里来。燕西道:"到处找你两个人,全找不着,哪里去了?"卫璧安笑道:"我们有哪里可去哩?这里全是生地方,我们听了两出戏来了。"王幼春笑道:"你们去看戏,仔细人看你啦。"他这样一说,又弄得谢卫二人无辞可答。孟继祖道:"这话未免可怪,他们又不是两个大姑娘,怕什么人来看?"卫璧安勉强笑道:"这傧相真是做不得,朋友和傧相开起玩笑来,比和新郎开起玩笑来还要厉害呢。"孟继祖道:"这话对。我们还是闹新郎,新郎纵然脸皮厚,我们还可以闹新娘啊。走罢,我们闹新娘去!"于是这一大班人,一阵风似的,又拥到新房里来。

这新房里,本还有几位女客,看见这一班如狼似虎的恶少拥了进来,也就不言而退。清秋在家里早几个星期,就愁到了闹新房的这件事。知道金家亲戚朋友,家乡人最多,遇到这些喜庆礼俗,还有袭用家乡的老套。家乡闹房这件事,向来是十分厉害的。新娘越是怕羞,他们会越闹得厉害。这其间只有一个法子,老着脸全给他一个不在乎,事情一平淡,闹房的人就乐不起来,这就不会那末闹了。主意打定了,心里也就不害怕,所以这些人一拥进屋子,她并不躲闪,索性站着笑脸迎上前来,说道:"诸位先生请坐,我是生地方,招待不周,请多多原谅。"

大家一进门,打算就痛痛快快闹上一阵子的,不料新娘子和理想中的人物不同,大大方方的出来见面,而且不让众人开口,她那里就先表示了:这里是生地方,招待不周,请大家原谅。这几句很轻松的话,听去好像不算什么,可是大家都觉得她有先发制人的手腕。人家是规规矩矩的来招待你,你若嬉皮涎脸和人开玩笑,这在表面上,似乎讲不过去。因之,大家都收着笑脸,愣住了,没办法。

究竟还是孟继祖口才好一点,便笑着上前一拱手道:"新嫂子。"清秋道:"不敢当,我不知道怎样称呼,请原谅。"孟继祖正要向下说几句玩话,偏是新娘子又客气起来了,不过自己出了马,决计不让新娘子挡回去,就笑道:"我叫孟继祖,是燕西世交朋友,亲密一点说,也可以算是弟兄们罢。我听说新娘子文学很好,作得一手好诗,今日大喜之期,一定有绝妙的佳章定情,能不能先给我们瞻仰瞻仰呢？"这个题目提出来，清秋有些为难了，难道这也可以给他们一个不在乎，说是我能作诗，当面就作，那未免太放肆了。只得笑说道："不会作诗，请原谅。"孟继祖将右手一举，向大家伸出三个指头来，笑道："我们进门，新娘便什么没有赏赐，可连给了我们三原谅。"那个"三"字，故意用土语念成"沙"，越是俏皮。清秋一想很对，也就嫣然一笑。大家看见，乘机便鼓了一阵掌。

孔学尼道："我们一进来，几乎弄成了僵局，到底小孟有本领，总算把新娘引笑了。"王幼春也笑道："我们排了大队，来了这么些个人，引着新娘一乐，这就算了吗？"孟继祖道："依你怎么办呢？我就只有这样大的本领，只能办到这个程度。不过你要能出好主意，叫我去做，我一定能照着法子去办的。"王幼春道："我倒有个好法子，不知你能办不能办？可是办不办在你，让你办不让你办，又在乎新娘子是不是给面子。"孟继祖道："什么法子？你说罢，若是新娘子不给面子，我就对她先行个三鞠躬。"清秋一听这话，见事不妙，看这人样子是很轻佻的，若他真个对人行个三鞠躬起来，那怎么办呢？还是答应人家的要求，不答应人家的要求呢？便不等孟继祖开口，就轻轻说道："诸位请坐，诸位请坐！"说话时故意放出很殷勤的样子，向大家周旋。

大家见新人客气，不能不中止笑谑的声浪。人既多，大家一谦逊，把这事又打断了。燕西原也跟了众人来的，只在房门外徘徊，这时，也不知道哪里拿了一筒烟卷进来，就向大家敬烟。孟继祖道："新郎敬烟不算奇。"下面一句，正是说了新娘送火。清秋早抢上前一步，接了烟筒过来，就拿烟筒每个人面前递了去。燕西会意，拿了盒取灯儿，接上就擦了给人点烟。两个人应酬起来，态度是非常的恭敬，大家无论如何，也不好再挑眼。随后虽然还有人出主意，燕西已懂了清秋御敌之法,只是对大家一味的谦和,大家真也再没有法子向下闹。说笑了一阵,觉得没有多大的趣味,也就走了。

到了外面,王幼春不见燕西在内,便道:"这对新人真厉害,我们简直没有法子逗他。"孟继祖道:"新娘子也并不难对付,实在是去闹的人太无用,新娘一客气,你们全不做声,让我个人去闹,闹得我孤掌难鸣,那有什么法子?"孔学尼望了他一望,笑道:"还是照我那个法子办罢,准没有错。"孟继祖道:"别说别说,这是攻其无备的事,就要出其不意。"这些人里面,有知道的,大家也就相视而笑,不知道的,以为这里面有好文章,也不愿明问。好在这里,有的是热闹场合,大家暂分头取乐去了。

第五十一回

顷刻千金诗吟花烛夜　中西一贯礼别缙绅家

燕西自一班朋友走后，还留在新房里，清秋一看佣人全在外面屋子里，对他望了一眼，低声道："还不快走！"说时，跟着把脚微微一顿。再要说第二句话时，已进来一大批女客，有的就道："新郎戏也不去看，客也不去招呼，就在这里陪新娘子吗？"燕西道："我刚陪了一班客进来，把客送走了，我还没出门呢，你们就来了。"有人说："不行不行，刚才我们要新娘报告恋爱经过，伯母说，没有这个先例，要新郎说。现在正好遇着你，也不用得我们去请了。"燕西笑道："我只听见男客闹新娘，没有听见说女客闹新郎的。"

乌二小姐这回也来了，便笑道："七爷这话有些失于检点，现在男女平等。"燕西一见她，在人丛中向前一挤，便笑道："外面来谈罢，里面太挤窄。"一面说，一面就在脂粉堆里，绮罗丛中，硬挤将出来。走到外面屋子里，里面就有人嚷跑了，燕西头也不回径自走了。到了外面，许多人在一处一起哄，时间就是这样混过去了。

到了晚上，比日里更是热闹，前前后后，上上下下，各处的电灯，都已明亮，来来往往的人，如穿梭一般，赴宴的赴宴，听戏的听戏。

鹏振这一班公子哥儿,他们是欢喜特别玩意儿的,冷淡了一天半日,就想大热闹一下,可是到了真热闹的场合,反而不参加。因之,约了几个人,另组一局,在西边跨院里,邀了一班女大鼓书,暗暗的还把几个唱旦的戏子,约了去听书。燕西先是不知道,后来金荣报告,才赶了去。这里原是金铨设的一个小课堂,当他们兄弟姊妹小的时候,请了两三个教员,在这里授课,早已空着,不做什么用。古人所谓富润屋,德润身,像他们这样的人家,穷了几间屋子,是不会去理会的。这时,收拾起来做书场,大鼓娘就在讲台上唱,是再合适没有的了。

燕西进来看时,听书的不过二十左右,大鼓娘倒有十几个,大兄弟们,都坐在这里。鹏振还带着那个旦角陈玉芳坐在一处。燕西一进来,大鼓娘目光,来了个向外看齐,全望着燕西。有两个是燕西认识的,都笑着点了点头。刘宝善早站起来道:"你怎样这时才到?"燕西道:"我哪知道你们有这一手呢?大戏是你发起的,你放了戏不听,又到这儿来闹。"刘宝善道:"我们一组,全在这儿,一个人跑去听戏,那就太没有团体心了。可是这里多么清静,比听戏有味罢?"

燕西说笑道,就在第一排椅子上坐下。朱逸士也走过来了,和他坐在一处,都笑道:"今天你有新娘子靠了,不应该坐在这里,又去沾香气。"说时,眼睛望了那排唱大鼓的女子。燕西道:"你这话,根本就不通。我今天刚有新娘子,就不许沾香气,你们早就有太太的人了,为什么还老要到处沾香气呢?"

这时,台上唱大鼓的王翠喜,正是凤举所认识的人。他刚点了一支曲子让她唱,现在燕西尽管说话,他就把眉皱将起来,因道:"说话低一点,成不成,人家一点也不听见。"燕西看在兄长的面子上,究竟不能不表示让步,只好不做声。朱逸士却偏过头来,伸了一伸舌头,再回过去,却对王翠喜叫了两声好。这样一来,和凤举的表示,暗暗之中恰是针锋相对，惹得在座的人都笑将起来了。那些唱大鼓的姑娘，也是笑得扭住在一团，花枝招展，看起来非常之有趣味，燕西觉得这里是别有一种情趣，就是没有打算走。后来还是金荣来找他去陪客，他才走了。可是把他一找，他们在西跨院里唱大鼓书的事，闹得里面女眷们也知道了。

玉芬一听到这话，就拉着佩芳道："他们这样秘密组织，决计没有什么好事，我们也偷去看一看，好不好？"今天家里有喜事，大家都是高兴的，二人果然就过去。她们怕由前面去，彼此撞见了，却由一个夹道里，叫老妈子扭断了锁，从那院子的后面进去。由这里过去，便是那课堂的后壁，这一堵墙，都随处安放了百叶窗，这时百叶窗自然是向外开着，只隔一层玻璃。可是屋子里有电灯，屋子外没电灯，很给予在外面偷看的人一种便利。当时佩芳和玉芬同走到窗子边，将向外的百叶窗轻轻儿向里移，然后在百叶窗缝里向屋里张望。

玉芬只一望，首先就看见凤举和一个唱大鼓的姑娘并坐在椅子上，那姑娘含着笑容，偏了头和凤举说话，那头几乎伸到凤举怀里去。玉芬一见连连向佩芳招了一招手，轻轻的道："你瞧，大哥和那姑娘，那种亲密的样子。"佩芳低头看时，心里一阵怒气也不知从何而起，心里只管扑通扑通乱跳。玉芬笑道："他们这些人，真是不讲求廉耻。有许多客在一处，他们就是这样卿卿我我的谈起爱情来。"佩芳扶着窗户只管望，一句不做声。玉芬忽然鼻子里哼了一声，也是不做声。佩芳紧挨着她的，只觉得浑身乱颤。佩芳道："怎么着？三妹，你怕冷吗？"玉芬道："不，不，你瞧，你瞧！你望北边犄角上。"

佩芳先也不曾望到这里，现在看时，只见鹏振和那个旦角陈玉芳同坐在一处，一个唱大鼓的姑娘，却斜了身子，靠着鹏振的右肩坐下。鹏振拿出烟盒，让姑娘取了一根烟，又欠了身子将那按机自来火盒子亮了火,点着烟,她倒自由自在的抽上了。抽了两口,然后两个指头夹着烟卷,顺便一反手就交给鹏振。鹏振倒一欠身子,笑着接住,好像这是一桩很荣幸的事一般。玉芬对着百叶窗,下死劲的啐了一口,然后一顿脚,轻轻的骂道:"该死的下贱东西!"

佩芳看见凤举闹,本是有气,好在他是有个姨太太的人,自己战胜不过姨太太,却也不愿丈夫的爱,为姨太太一人夺去。现在若是丈夫和别的女子好,可以分去姨太太得到的爱,借刀杀人,倒也是一件痛快的事。所以看见丈夫和别个女子谈爱,虽然心里很不痛快,却也味同鸡肋,恋之无味,弃之可惜,不是十分生气。现在见玉芬有很生气的样子,便道:"进去罢,天气很冷的,站在这里有什么意思?这个时候新娘子房里,一定很热闹的了,我们到新娘子房里去看看罢。"玉芬道:"忙什么?我还要看看,看他们究竟弄些什么丑态,才肯算数。"

佩芳知道玉芬是沉不住气,若让她还在这里看,她一时火气,也许撞进里面去。今天家里正在办喜事,可不要为了这一点小事,又生出什么意外风波来。因就拉着她的衣服道:"走罢,在这里站得人浑身冰冰冷的,我真受不了。"玉芬身子被她拉得移了一移,但是一只手依旧扶住了窗子,还把眼睛就窗叶缝向里望。佩芳没法,只得使蛮劲把她拉开。玉芬原是不想走,要看一个究竟,无奈这屋檐下的风,是打了旋转吹下来了,由上面刮进人的领子里去,如刀刺骨,非常难受。经佩芳一拉,也只好跟了走。

走到新房这边,里里外外,灯光如昼,两个人挤了进去。只见男男女女,满屋是人,左一阵哈哈,右一阵哈哈,那笑声尽管由里面发出来。燕西被许多人包围在中间,只是傻笑。佩芳将玉芬一拉道:"屋里面乱极了,不进去罢。"玉芬原是一肚皮的气,但是到了这里,就忘去了一半,回转头低低说道:"看看要什么紧?就站在这帷幔边看罢。"

佩芳见她这样低声下气的说话,想是有什么用意,向前一挤,只见妹妹蔼芳陪了新娘坐了一处。那个姓卫的男傧相,虽然也夹在人丛里,但他并不说什么,也没什么举动,偶然发出一种柔和的笑声,却不免有意无意之间,看蔼芳一下。蔼芳似乎也知道人家这一种表示,却不大轻易说笑,然而也不离开。由这种情形看起来,心里已明白四五分,不过这事虽然不涉于暧昧,然而自己有了一层姊妹的关系,这话究竟不好意思说破;看在心里,也就算了。又知道玉芬一张嘴是不会饶人的,千万不要在她面前露出什么马脚。因此,只当不知道什么,混在人群中站了一会儿。

这新房里的人,虽不是怎么大闹特闹,但是这些人坐着说笑,总是不走。燕西知道他们这种办法,是一种消极的闹房,实在是恶作剧。可是人家既不曾闹,而又规规矩矩的谈话,就没有法子禁止人家在这里坐。这样一直等到两点多钟了,还是金太太自己走了过来,这里闹的人,不是晚辈,就是下僚,大家就不约而同的都站了起来。金太太笑道:"诸位戏也不听,牌也不打,老是在这里枯坐,有什么意思?"孟继祖笑道:"这个时候,戏大概完了罢?办喜事人家的堂会,和做生日人家堂会不同,不拉得那末长的。"金太太笑道:那是什么原故呢?"

孟继祖尽管言之成理,却不曾顾虑其它,因笑道:"伯母恕我说得放肆,这办喜事的人家,洞房花烛夜,真是一刻值千金,弄了锣鼓喧天,到半夜不止,这是讨厌的事。"金太太笑道:"我不敢说的话,孟少爷都对我说了。我还说什么呢?我想诸位坐在这里,不在演堂会戏以下罢?"孟继祖伸起手来,在头上敲了一下爆栗,笑道:"该死!我怎这样胡说八道,自己打自己的嘴巴?大家走罢,我们不要在这里做讨厌的事了。"大家听说,就是一阵哄堂大笑。本来金太太来了,就不得不走,既是孟继祖说错了话,还有什么话说,大家也就一阵风似的,拥将出去了。

当时,金太太就分付两个老妈子收拾收拾屋子,便对清秋道:"今天你也累够了,时候不早。"便走出房去。清秋低了头,答应两句是,那声音极低微,几乎让人听不出来。金太太走到门口,随手将双吊起的帷幔放了下来,回头对清秋道:"不必出来了。"清秋又轻轻的答应了一声,便在离房门近的一把椅子上坐下了。屋子里两个伺候的老妈子,已经没有了事,就对燕西笑道:"七爷没有事吗?我们走了。"燕西点了点头,两个老妈子出去,顺手将门给反带上了。燕西便上前将门暗闩来闩上,因对清秋道:"坐在门边下做什么?"清秋微微一笑,伸起一只拳头,捶着头道:"头晕得厉害。从今天早上八点钟起,闹到现在,真够累的了,让我休息休息罢。"燕西道:"既然是要休息,不知道早一点睡吗?"

清秋且不理他这句话,回头一看屋子里,那挂着珠络的电灯,正是个红色玻璃罩子,配上一对罩住小电灯的假红烛,红色的光,和这满屋的新家具相辉映,自然有一种迎人的喜气。铜床上是绿罗的帐子,配了花毯子、大红被,却很奇怪,这时那颜色自然会给人一种快感,不觉得有什么俗气。看完了,接上又是一笑。燕西道:"你笑什么?还不睡吗?"清秋笑道:"今晚上我不睡。"燕西笑道:"过年守岁吗?为什么不睡?"清秋鼻子哼了一声,笑道:"过年?过年没有今晚上有价值罢?"燕西道:"这不结了!刚才人家说了,春宵一刻值千金。"清秋笑道:"这可是你先说诗,我今天要考考你,你给我作三首诗。"燕西道:"不作呢?"清秋道:"不作吗?

我也罚你熬上一宿。"燕西道："你别考，我承认不如你就是了。"

他们正在这里说话时，那外面屋子里，早隐伏下了听房的许多男客。起首一个做指挥的，自然是孟继祖。因为他们约好了，白天和晚上，新房都没有闹得好，所以暗暗约了一下，到了深夜要来听房。若是听到什么可笑之词，要重重和燕西闹上一番。所以金太太要他们走，他们果然走了。其实，有七八个人藏在下房里。等到两个老妈子出来，大家已站在院子里，十几只手，不约而同的竖了起来，在电光底下，只管和老妈子摇着。这里面的王幼春跨着特别的大步，忙着走了过来，笑道："你们千万别做声，让我们闹着玩玩。没你们的什么事了，你们去睡罢。"老妈子一看，有王少爷在内，是极熟的人了，却不能拦阻的，料也不会出什么事，且自由他。

这里七八个人，就悄悄的走到外面屋子来。这里沿着雕花格扇门，外面又垂着一副长的紫幕，一直垂到地毯上。若是要由格扇里戳一个窟窿向里望，得先钻进紫幕去，这可是老大不方便。大家且不动身，先侧身站立，用耳朵贴着紫幕。恰好清秋坐在门边椅子上说话，相距很近，外面听个真着。孟继祖一听里面开口，乐得直端肩膀。

外面屋子里，还留了一盏小电灯，发出淡色的光来。大家看见孟继祖的样子，也忍不住发笑。各人都把手掌捂住了嘴，不让笑声发出来。偏是燕西说话的声音，又比较的高些，大家听了他向新娘示弱的话，格外要笑。那孔学尼本是近视眼，加之今天又多喝了几杯酒，他过于高兴，就不免挤到人缝中来，将垂的帷幕，由下向上掀起，钻进头去，将耳朵紧贴着格扇。听里面说些什么。

只听得燕西笑道："你真要我作诗，我就作罢。房里也没有笔墨，我就用口念给你听。

就听他念道：

紫幔低垂绛蜡明，嫁衣斜拥不胜情。

檀郎一拂流苏动，唱与关雎第四声。

双红烛底夜如何……

只听清秋道："得了，我叫你作七律，你怎么作绝句呢？你要知道，你料我会考你，我也料得你会早预备下了腹稿呢，恐怕还是人家打枪的罢？这个不算，我要限韵出题。"燕西道："得了，得了，这就够受的了，还要限韵，我这里给你……"说到这里，就是唧唧哝哝的声音，听不清楚。

一会儿，听到脚步响，铜床响，大家听得正是有趣，偏是孔学尼被垂幔拂了鼻尖，不知吸了什么东西到鼻子里去了，连连打了两三个喷嚏。这是无论如何，瞒不住里面了。燕西就在里面笑问道："是哪一位外面做探子？"孔学尼答道："好一个风流雅事啊！唱与关雎第四声，这是君子好逑啊！求些什么呢？"大家知道也瞒不住的，都嚷起来道："窈窕淑女，君子好逑！君子好逑！"大家高声朗诵，别人罢了，清秋听了这样嚷，真有些不好意思。

而且这一片喧哗，早惊动了里外各院子的人。这里鹏振的院子，相隔最近，不过只隔一道墙。玉芬因等到此时还不见鹏振进来，已经派了两人到前面找他去。不多一会子，鹏振果然进来了。他头上正戴了一顶海绒小帽，一进房之后，取了帽子向桌上一扔，板着一副面孔，在椅子上坐下。这时，秋香正把温水壶上了一壶热水进来。鹏振就骂道："你这东西，简直一点规矩也不懂。我在那里陪客，一次两次去找我。我多寒碜？人家都说我是一个终身充俘虏的人，身体都不能自由了。人家这样一说，我面子上怎么抹得开？你这样闹，简直是和我开玩笑。下次还是这样,我就不依了。"

玉芬微微一笑道:"三爷,你这话是说秋香呢?是说我呢?我去请你进来,完全是好意,你不要误会。你若是和朋友有话说,不来不要紧,来了再去也不要紧,又何必生气呢?"鹏振道:"我倒不是生气,实在是我不知道有什么要紧的事,赶快就进来了。进来之后,又一点事没有。这倒好像你们勾结了秋香去叫我的,我是临阵脱逃的一个人了。"玉芬便推一推他的背脊梁道:"你真是有事,你就先走。不要因我随随便便的要你进来了一趟,你就不出去,误了事。"鹏振道:"进来了,我就不再出去了。"玉芬道:"其实,你们男子,谁也不至于真怕老婆,何必做出这种怪相来?我的意思,并不是干涉你在外面玩。我因为夜深了,人家新娘子都睡了,你还在外面,所以我叫秋香看看你去。听说外面还有一班大鼓书,这大概又是老大干的把戏。"

鹏振道:"那倒不是,是朱逸士他们闹的,你兄弟很高兴,他也在闹,你别看他年纪轻,什么事他也比我们精。"玉芬道:"你还要说呢,这都是你们带坏的。你在家里听听大鼓,这倒没有什么关系,可是我有件事不大赞成。听说那陈玉芳,你们把他当客待,请他上坐,你们太平等了,不怕失身份吗?这种人,早十几年,像妓女一样,不过陪客陪酒的,让他在一边伺候着,还当他是异性呢,何况还把他当客。"鹏振道:"谁把他当客?不过让坐在一处听书罢了。"玉芬道:"这人太不自重,听说他长衣里面穿着女衣。"鹏振连摇摇手道:"没有的事,没有的事,别那样糟踏人。"玉芬道:"一点也不糟踏,你没有看见罢了。"鹏振道:"这话我可和他保证的,绝对不确。我和他坐得最近,没有看不清楚的。"玉芬道:"我问你,和他坐得相距有多么远?"鹏振道:"坐得椅子挨着椅子,我怎样看不清楚？"

玉芬点了点头道："既然坐得最近，一定看得很清楚，那当然不会错的了。不是你们都有三四个唱大鼓的女孩子，坐在身边吗？哪里还有他的座位哩？"鹏振笑道："胡说！哪里有许多？"玉芬道："有几个呢？"鹏振道："顶多不过有两个罢了。"玉芬道："你自然是顶多的了。"鹏振笑道："没有没有，我为人家找得没法子，才敷衍了一个。"玉芬道："我早知道了，不就是李翠兰吗？"鹏振笑道："你别瞎扯了，人家叫月琴。"玉芬道："名字没有猜对，她的姓我总算猜着了。我问你，你和她有多久的交情了？"鹏振笑道："哪里谈得上交情？不过认识罢了。"

玉芬一步一步的向下问，正问得高兴，忽然新人房里高声喧嚷起来，笑成了一片。鹏振道："这班人真闹得不像样子！人家都睡了，还去闹什么？我给他们解围去罢。"玉芬道："你可别乱说，得罪了人。充量的闹，也不过是今天一宿，要什么紧呢？"鹏振笑道："你知道什么，惟其是今天这一晚，人家才不愿意有人闹呢。"

说时，鹏振就起身到这边院子来。看见孟继祖这班人闹成一团，非要燕西打开门不可。鹏振笑道："喂！你们还闹吗？你也不打听是什么时候了？快三点钟了。"孟继祖道："你来调停吗？好！我们就闹到你房里去。"鹏振笑道："不胜欢迎之至，可是我那里不是新房是旧房了。"大家也觉得夜深了，借着鹏振这个转圜的机会，大家就一哄而散。可是这样一来，清秋在新房里考试新郎的这一件事，就传出去了。

这一晚上，清秋只稍合了一合眼，并没有十分睡着。天刚刚的一亮，就清醒过来，听到外面有声息了，便起床。天下当新娘子，都是这样，不敢睡早觉。等到老妈子开着门响，清秋已经穿好了衣服，开了房门，坐在椅子上了。这个女仆李妈，原先是伺候金太太的，因为燕西幼年时，她照应得最多，所以燕西结婚，金太太就派她来伺候。金家的事，她自然是晓得很多的了。这时，她见清秋已坐起来了，就笑道："新少奶奶，你怎么起来得这样早？这里除了八小姐上学，谁也睡到十点钟才起来的。"清秋笑道："我已经醒了，自然就坐起来了。"李妈也知道新娘子非起来早不可的，所以也不再说什么，赶快就去预备茶水。

清秋漱洗以后，喝了一点茶，就静静的坐着。叫李妈去打听总理和太太起来了没有？一直到了十点钟，金铨和金太太才先后起来，清秋就叫李妈前面引路，向上房里来。金铨坐在外面屋里，口里衔着一截雪茄，手上捧了一张报，靠在沙发上看。清秋进来，他还未曾看见，李妈抢上前一步，先站在他面前，正要说少奶奶来了。金铨拿下报，清秋就远远站着，一鞠躬，叫了一声父亲。金铨见她今天换了一件绛色的旗袍，脸上就淡淡的施了一点脂粉，向前平视着，缓缓走将来，只觉华丽之中，还带有一分庄重态度，自己最喜欢的是这样新旧合参的人，而且看她那娇小的身躯，年岁很轻，还有一种小儿女态，便觉得这一房媳妇，就算肚子里没有什么学问，已经可以满意了，何况还很不错呢？当时也就点了一点头笑道："你母亲在屋子里头。"平常所谓严父慈母，儿媳对于翁姑也是这样，公公总是在于严肃一方面，不敢不格外恭顺，表示一些惶恐的样子。所以金铨说了这样一声：母亲在房里。当时她就转过身去，走向金太太房里。

她看见屋子里也陈设得非常的华丽，一进门，这间屋子是一方檀木雕花的落地罩，垂着深紫色的帷幔。屋子里最大的绿绒沙发，每张沙发上都有缎子绣花的软枕。地板上的地毯,直有一寸多深。那地毯上还织着有五龙捧日的大花样,两边屋角都有汽水管,却是朱漆的红木架子,将汽管罩住。在落地罩的旁边,有一架仿古的雕花格架,随格放着花盆、茗碗、香炉、果碟,休息时间所要用的东西,大概都有。只在这一点上,可以知道金太太平常家居之乐了。一个老妈子,在捧了一杯浆汁之类的东西,向小桌子上一放。她看见清秋进来,便笑道:"呀,新少奶奶来了。"连忙一抽身,就先走到落地罩所在,站立一边,将手遂撑起帷幔。清秋这才看见帷幔里面是一间卧房,金太太只穿一件灰哈喇长夹袄,趿着拖鞋向外走,可想见她身体上的温和与自在。

清秋一见,就叫着妈行礼,金太太道:"我听说你早起来了。昨晚大概一宿都没有睡罢?其实,今天还有不少的客,应该先休息一会儿,回头好招待。"清秋道:"那倒不要紧!在家里读书的时候,一向也就起早惯了。"说话时,金太太坐下,清秋就站在一边。

金太太道:"你坐下罢。在我们做儿媳的时候,老太爷正戴着大红顶子做京官,前清的时候,讲的是虚伪的排场。晚辈见了长辈,就得毕恭毕敬,一家人弄得像衙门里的上司下僚一样,什么意味?所以到了我手里,我首先就不要这些规矩。我和你公公,到过几国,觉得外国人的家庭,大小老少,行动各行各便,比我们中国的家庭有乐趣多了。不过有一层,他们太提倡小家庭制度,儿女成家了,都不和父母合居,钱财上也分个彼此。骨肉里面这样丁是丁,卯是卯的,也有伤天和。所以我的意思,主张折衷两可。大体上还是照老太爷留下来的规矩,分个彼此上下体统,平常母子兄弟尽管在一处取乐。你是个还没有出学堂门的青年人,自然那种腐败家庭的老规矩,是不赞成的,不要以为我们是做官人家,就过那些虚套,一家相处,只要和和气气快快乐乐,什么礼节都没有关系。我看你倒没有那些浮华的习气,老七那孩子就是太浮了,你这样很好,很可纠正他许多。今天我先把这些话告诉你,你好有个定盘星。你在这里坐一会儿,你公公在巴黎的时候,提倡国货,喝豆精乳,我倒染了他的习气,我早上就是喝这个,你要不喝一点?"

金太太说一句,清秋答应一句是。金太太说完了,直说到问她喝不喝豆乳,便道:"给母亲预备的,还是母亲喝罢。"金太太道:"每天有喝的有不喝的,预备总有富余的。"说着,回头对老妈子道:"给你七少奶奶也来一杯。"老妈子答应着预备去了。一会儿工夫,端了一杯温和的豆乳,放在茶几上。清秋到了金家寸步留心,婆婆给东西吃,自然是长者赐,少者不敢辞。但是看见金太太在喝豆精汁,她也跟着端起来,将这杯子里的小茶匙顺过来,慢慢的挑着喝了。

金太太不过是问她一些家常琐事,清秋喝了半杯的时候,金太太忽然笑道:"你不要在这里坐了,回房去罢,那边刘妈正等着你。"清秋一想,怕有人到新房里来,回房去也是,就端了那杯子,想一口喝完。金太太笑道:"不必喝了,他们大概给你预备得有哩。"清秋也不知什么缘由,只得放下,从容走出,自回新房来。

第五十二回

有约斯来畅谈分小惠　过门不入辣语启微嫌

清秋回到房里，燕西兀自拥被睡得香。清秋见刘妈站在一边，对床上一努嘴道："由他去睡罢。"说毕，她不待清秋再说，却出去了。一会儿工夫，她捧着一只银边珐琅的小托盆，托着一只白玉瓷小杯子进来，放在桌上。清秋一看，是一杯水，带着一点鸭蛋青色，杯子里热气腾腾的往上升。清秋这却不知道是什么东西，但是端来了，还是喝呢？还是不喝呢？这又是个疑问。刚才婆婆也曾说了，刘妈在等着我，让我回来喝，那末，总要喝的了。因此，拿了杯子的把子，端将起来。这时，那杯子里的一股热气，不由触到鼻端，仔细一闻，却是一股参味，这一闻之下恍然大悟，原来是一杯人参汤。向来也就听到说过，有钱的人家，在新人进门的次晨，是会送一杯补身的人参汤来喝的。自己冒冒失失，接过来就喝，未免不好意思。可是已经接过来了，不喝更不合适了，只好大模大样，不在乎似的，端着喝了几口。这水里着实放的冰糖不少，却也没有什么药味，倒是甜津津的，喝了大半杯，就放下了。

刘妈端杯子走了，清秋就走到床边，就把燕西极力的推揉了几下，轻轻的道："嘿！醒醒罢！什么时候了，你老是睡着？一会儿人来了，看见了，成什么样子？"燕西翻了一个身，揉了揉眼睛，向外看去。清秋道："看什么？十点多钟了，还不起吗？外边客厅里，客不少了。"燕西一翻身坐了起来，伸了一个懒腰，笑道："我恍惚听见你早就起来了。"于是一面穿衣起身，一面到床后洗澡房里去洗脸。及至洗了脸出来，那刘妈也照样的端了一杯参汤，送到燕西面前来。燕西将手一挥道："端去罢，给我斟一杯茶来就是了。"刘妈还笑着站立不动。清秋这才知道这参汤是不喝为妙的，只可惜自己大意了，却老实的喝了。好在这事在闺房以内，不会有人知道，就也模糊过去。

燕西起身不久，果然就有客闹到新房里来了，燕西陪他们闹了一阵子，也就跟着到了客厅里去了。许多女宾也就陆续不断的到新房里来。午晚两餐饭，也是燕西、清秋分别做主人，招待得很周密。这一天晚上，又是熬到三点钟。燕西倒罢了，白天随时可以休息，而且晚上觉得睡得很足，可是清秋日夜不停，简直撑持不住。

到了第三天，他们应着南边的旧俗，夫妻双回门。冷太太一见，只见她那小姐的脸，更减少了一个圈圈。这几天原就想着，她还是一个小孩子，突然到了这样富贵人家去，不要受不了这种的拘束。这一见面，见她是这样清瘦，不由心里一阵难过。拿着清秋的手，不由得流下眼泪来。清秋笑道："我离了家里，你舍不得我，掉泪还有可说。现在我回来了，你还掉泪做什么？"冷太太因燕西在面前，当时且不说什么。后来清秋到屋子里来了，因就问道："孩子，你看怎么样？那种大家庭你过得惯吗？"清秋笑道："你老人家不要说这种不知足的话。我们和人家那边比，自有天壤之别，过惯了这种日子，到那里去，反而会过不惯吗？这话真也说得奇怪了，这一层你就放心好了。"冷太太听到清秋这样说，心里自然宽慰了，也就不再多说什么。到了下午，夫妻二人，又双双坐了汽车回来。

这日，已经没有客了，清秋回家之后，换了衣服，就到婆婆屋子里坐。这屋子里有佩芳、玉芬、梅丽、道之、二姨太。先是金太太问清秋道："你今天回去，亲家太太舍不得你罢？"清秋道："还好。"金太太道："那总是舍不得的。况且亲家太太面前，只有你这样一个，平常是母女相依，而今分开了一个，怎样舍得呢？"这句话说了不打紧，说得清秋心里一动，几乎要哭将出来。因屋子里有许多人，就极力的忍耐着，笑道："这又不是离开一千八百里，要什么紧呢？像几位姐姐都出过洋的，千里迢迢，远山远水，你老人家也没有说一声舍不得。"金太太笑道："我就非你母亲可以打比了。我养了这么些个，直叫他们累了个够，只要能走开两个，眼面前图个清净，我倒是欢喜的。你母亲只你一个人，你走了，她就孤单了。虽然说同住一城，可是这样一来，女儿就是人家的人了，心理作用，总是有的。不过我想亲家母无事，倒可以常来常往，我是终年到头的闲人，若是不出门不打牌，就喜欢找几个人谈天，亲家太太来了，我一定欢迎，多一个谈天的人了。"

佩芳笑道："要做别事的人没有，要谈天的人，家里还不有的是，何必巴巴的欢迎冷家伯母来哩？"金太太道："这就叫物以类集了，你们年青的人，和我哪里谈得拢？"佩芳笑道："我们这些人真也是饭桶，连陪母亲说话的这种容易事，都办不过来？"金太太道："倒不是陪不过来，我是人老珠黄不值钱，没有法子让你们陪着来说呢。"道之笑道："妈这句话，是自谦之词，可惜这一谦，谦得不大妥当，把人家冷家伯母拉在内做一个陪客了。"金太太道："该打，我说话，哪里能够那样绕着弯子呢？"

她们这样说笑，清秋看在肚内，觉得金家太太那天早上对自己说的话，只要举家和睦，不讲那些虚伪的礼节，今日看起来，倒也很符其实，觉得家庭有这种乐趣那才是。对于自己，心里也就安定许多。金太太有时谈到她头上，她也就回答一两句，不过自己是个新来的媳妇，有些话却不敢糊涂乱说。金太太见她这样，觉得她总是在忠厚一边。当燕西未结婚以前，有许多人说，冷家女孩子如何如何和燕西过从亲密，如何如何时髦，如何如何会出风头。金太太其初虽不大相信这些话，然而燕西从前是醉心于白秀珠的，现在清秋能把燕西爱白秀珠的心夺了过来，那末，清秋的交际，必超出白秀珠之上。后来道之姊妹极力说她的学问好，又经了许多方法证明，知道她的确不错。及至一进门，金太太就曾加以充分注意，这就有信任清秋的意思表现出来了。当日谈了一场，各自散去。

玉芬回到房里，恰好老妈子说来了电话。玉芬道："是谁来的电话？糊里糊涂，就叫我接电话？"老妈子道："好像是一位小姐，我问她，她在电话里直发狠，就说请你三少奶奶说话得了，干吗发狠，难道我说话的声音都不懂吗？"玉芬听她这样说，料想是熟人，便接了电话，问道是谁。那边答道："好人啦！连我的声音，你都听不出来了？玉芬姐，干吗你也是这样呢？"玉芬这才听出她的口声来了，原来是秀珠。便笑道："你给我这个钉子碰得太岂有此理！我还没有听见你说话之前，我知道你是谁？我的小姐，你有什么事不高兴，拿你老姐姐出气呢？"

玉芬先是随便的说，但是，说到这里之后，她已经知道秀珠是为什么事生气了。连忙就说道："不说废话了，你有什么事找我说吗？"秀珠道："我有许多东西扔在你那里，请你查一查，拿一个东西装了，给我送回来。劳驾劳驾！"玉芬道："你这话我不大懂，有什么东西扔在我这里，又叫我把一个东西装了，送到你那里去？这是什么意思?"秀珠道:"你是存心,有什么不明白的?我丢在你家里的衣裳也有,用的零件东西也有,小说杂志也有,请你用一个小箱子,或是柳条篮子,给我装好,送到我家来。这话说得很清楚了,你该明白了吗?"玉芬道:"明白是明白了,不过你扔的东西,我见了才知道是你的,见不着可查不出来,最好请你亲自到我这里来一趟。"秀珠道:"怎么样,我托你这一点小事,还不成吗?"玉芬道:"我实在不清楚,你有些什么东西,你抽空来一趟……"秀珠不等他说完,就接着道:"来一趟吗?来生见罢!你若分不清我的东西,就算了,我也不要了。"说毕,嘎的一声,就把电话筒子挂上了。

玉芬和她说话说得好好的,忽然挂上话机,也不知道哪句话得罪了她,将挂机只管按着,要秀珠继续的接话。秀珠又接着说道:"玉姐吗?有什么话?还没说完吗?"玉芬道:"你是不肯光降的了,我到你府上来,可以不可以呢?"秀珠笑道:"那是很欢迎的了。几时来?"玉芬道:"明天上午来罢。"秀珠道:"好极了,我预备午饭给你吃。可不要失信啦。"玉芬道:"决不决不!"于是说声再见,挂了电话。玉芬当时在屋子里搜罗了一阵,把秀珠的东西,找了一只小提包,一处装了。

鹏振在一边看见,问道:"你这是做什么?"玉芬道:"我要逃走,你打算怎么样呢?"鹏振笑道:"怎么一回事?这两天你说起话来老是和我发狠。"玉芬道:"这就算发狠吗?我要说的话,还没有说呢?我因为这几天家里做喜事,不便和你吵,过了几天,我再和你一本一本的算帐。"鹏振道:"这就奇了,我还有什么不是呢?"玉芬道:"你自己做的事,你自己总应该明白。"鹏振道:"我真迷糊起来了,我仔细想想,我并没有做什么错事。"玉芬道:"你没有做错事吗?又是小旦,又是大鼓娘,左拥右抱,还要怎样的闹,你才算数?"鹏振这才知道是前三天的事。

玉芬道:"你这回还能抵赖吗?全是你自己当面供出来的。"鹏振笑道:"你这个坏透了的东西,那天慢慢的哄着我,让我把真话全告诉了你,你今天才来翻我的案。"说着话,慢慢的向前走,走到玉芬身边来。她一扭身子,就把他一推,板着脸道:"谁和你这不要脸的东西说话!"鹏振站不稳,倒退了好几步,碰了一个大钉子,心里当然有些气愤不平。但是自己做错了事,有了把柄在人手上了,又不好和她硬挺。便道:"我不和你闹。让开你,等你一个人去想上一想。"说毕,一转身,打开房门,竟自走出去了。

玉芬见他走了,也不理他,把东西理了一理。到了次日上午,谁也没有告诉,却在汽车行里叫了一辆汽车,竟自到白家来。白家并不是那样王府一样的房子,汽车在外面喇叭一响,里面就听见了,秀珠知道是玉芬到了,亲自迎将出来。玉芬进去,在重门就遇着了她了。秀珠携着她的手道:"你真来了,而且按着时候到了,这是我料不到的事。"玉芬笑道:"你这话就不对,我在你面前,有多少次失过信哩?"秀珠道:"倒不是你有心失信,不过贵人多忘事,容易失信罢了。"说着话,秀珠把她引到自己屋子里来坐。

老妈子献过了茶烟,秀珠将手一挥道:"出去,不叫你不必来。"等老妈子走了,然后笑着对玉芬道:"你家办喜事,忙得很罢?"玉芬道:"办喜事不办喜事,关我什么事?"秀珠道:"这是什么话?娶弟媳妇,倒不关嫂嫂什么事吗?你难道不是他金家一家人?"玉芬道:"你说,又关着我什么事呢?"秀珠道:"既然不关你事,怎么这几天你在家里,忙得电话都不能给我一回?"玉芬道:"家里办喜事,少不得有许多客,我能说不招待人家不成?"秀珠道:"这不结了,还是关着你的事啊。"玉芬道:"妹妹,你别把这话俏皮我,老七这一场婚事,我从中也不知打了多少抱不平。直到现在,我还和他们暗中闹别扭,不是我说你,这件事老七负七八分责任,你也得负两三分责任。"秀珠道:"这倒怪了?我为什么还要负两三分责任呢?"玉芬道:"从前你两人感情极好的时候,怎么不戴上订婚的戒指?其二,你以一个好朋友的资格,为什么对老七取那过分的干涉态度?年青人脾气总是有的,这样慢慢的望下闹,闹得就不能……"

秀珠道:"别说了,别说了,要照你这样说,我哪里还有一分人格?一个青年女子,为着要和人结婚,就像驯羊一般,听人家去指挥吗?不结婚又要什么紧,何至去当人家的奴隶?"玉芬因为彼此太好,无话不可说,所以把心中的话直说了。现在秀珠板着面孔打起官话来,倒叫人无话可答,因道:"表妹,你是和我说笑话,还是真恼我呢?要是说笑话,那就算了。要是认真呢,打开天窗说亮话……"秀珠连忙一笑道:"得了,别往下说了。"玉芬道:"你既然知道我的意思不错,我就不说了。可是最近的情形,你还不很明了。这件事,完全是道之一手包办,好就好,若是不好,我看道之怎样负得了这一个大责任?"秀珠道:"怎么样?伯母对于那个姓冷的有什么不满的表示吗?"玉芬道:"怎么会不满哩?这个时候,正是新开茅厕三天香,全体捧着像香饽饽一样哩。"秀珠冷笑道:"我就知道吗,你从前说你家里哪个和我好,哪个和我感情不错,现在这怎么样呢?"玉芬道:"还是那句话,从前你若是和老七感情好,一帆风顺的向前做去,当然有圆满的结果。所以我刚才说你从前办的法子不对,你又要和我名正言顺的谈什么人格不人格!"

秀珠笑道:"得了,过去的事,白谈什么,东西带来了吗?"玉芬道:"带来了,放在走廊上,你去检查检查。"秀珠道:"不用的,回头再检罢。短了什么，我再打电话给你。"玉芬道："真的，从此以后，你就不到我们那边去了吗？"秀珠靠着沙发椅子，两手胸前一抱，鼻子哼了一声。半晌道："金家除了你之外，我一律都恨他！"玉芬笑道："我也不会除外罢？这是当面不好意思说呢。"秀珠将两手向人乱摆，右手捏着一方小小的绸手绢，也就像小蝴蝶一样，跟着摆动。摇头道："得了得了，不提这种不相干的事了，找别的话谈谈罢。我知道你要来，我已经预备了几样好菜，我们先痛快喝一点酒罢。"玉芬道："酒是不要喝，你做的好菜，我倒要吃一点。"秀珠道："就是我们两个吃罢，不要惊动他们，我们好说话。"于是就叫了老妈子来，分付在小客厅开饭，陪着玉芬吃饭。

吃饭以后，又引她到屋子里来谈话。谈了许久，玉芬道："在屋子里闷得慌，我们到公园里去玩玩，好不好？"秀珠道："就在家里谈一会子算了，何必还要跑到公园里去？我到了那些地方，我就要添上一分烦恼。"玉芬笑道："逛公园怎么会添烦恼？我知道了，莫非你看见人家成双成对的，你不乐意吗？若是这样，你真合了现在新时髦的话了，有了失恋的悲哀了。"秀珠道："怎么回事？我和你说了一天的话了，怎么你还是和我开玩笑吗？"玉芬道："不是开玩笑，我劝你不要把这种事横搁心上。我们慢慢的向后瞧。"秀珠冷笑了一声道："哼！我就是要望后瞧！"两人说着话，又把出游的念头打消了。

坐了一会儿，秀珠打开自己的箱子，在里面小小的皮革首饰箱子内翻了一会儿，拿出一个蓝绸面的小盒子。打开来，里面盛了一盒子棉花，揭开棉花块，却是一个翡翠戒指，绽在一张白纸壳上。秀珠拿了起来，递给玉芬看道："这是今年正月我在火神庙庙会上买的。你看这东西怎么样？"玉芬接过来一看，只见那戒指绿阴阴的,周围一转,并不间断。就是戒指下部,也不过绿浅一点,并没有白纹,不觉赞了一声好。秀珠道:"自然是好,若是不好,我干吗收得这样紧紧的呢?"玉芬道:"什么东西都是时新,都是反古,这翡翠手饰,不是二三十年前人家爱用的东西吗?现在又时新起来。许多人都要戴这个东西。我也买了一个,没有这样绿。"

秀珠道:"不就是上次我看见的那一只吗?你戴在无名指上,倒是嫌大一点,多少钱买的?不会贵吗?"玉芬道:"是二十八块钱买的,我倒不是图便宜,实在买不到好的,有三四十块钱一只的,比一比,和我那个竟差不多,我又何必买价钱大的呢?若是像这只绿的,这样爱人,出五十块钱,我也愿要。"说时,将戒指由纸壳上慢慢的取下来,向左手无名指上一套,竟是不大不小,刚刚落下第三节指节去。自己将手翻来覆去的,把戒指看了又看,那绿色虽然苍老,却又水汪汪的,颜色非常的润泽。因又赞了一声道:"这东西是不错,你怎样收罗来的?出了多少钱?"秀珠且不答应她多少钱,只是对玉芬微微笑了一笑。

玉芬道:"据我看,你是谋来的,花钱不少罢?"秀珠笑道:"你带得怎样,合适吗?"玉芬道:"倒也合适。"秀珠道:"宝剑赠与烈士,你既然是这样爱它,我就送给你罢。"玉芬出于意料的听到这一句话,突然将头一偏,向秀珠问道:"你送给我?"秀珠道:"说送你就送你,这难道还有什么假意不成?我向来不是那样口是心非做假人情的人。"玉芬笑道:"你不要疑心,我不是说你口是心非。因为这只翡翠戒指,也是你所爱的东西,君子不夺人之所爱,我怎能把你所爱的东西夺了过来?"秀珠道:"这话不对,是我愿意送给你的,又不是你见了我的问我要的,谈不到那个'夺'字。"

玉芬觉突然之间,她送了一样重礼,实在情厚,东西价值多少呢,那还不算什么,惟有这种纯粹的翡翠,倒是不易物色得到的东西。因笑道:"你既然诚意送给我,我若是不收,倒有些却之不恭了。"说着,两手捧着拳头,拱了两下,笑道:"谢谢你,谢谢你。"秀珠看那样子,很是滑稽,倒也为之一笑。二人坐在一处,又谈了一阵,一直谈到下午四点钟,玉芬道:"我要走了,出来这样一天,也没有给他们一个信儿,他们还不知道我到哪里去了呢。"说着,就站起身来。秀珠执着她的手,脸上很显出亲热的样子,因道:"我是不能看你的了。没有事,我希望你常来和我谈谈。"玉芬道:"你若有事,给我通电话得了。"秀珠道:"电话我也不愿意和你多打,还是你通电话来罢。"二人牵着手,一面说话,一面慢慢向外走。

秀珠走到院子里道:"啊!你坐来的汽车,我已经打发走了。我哥哥车子没回来,重给你叫一辆罢。"玉芬道:"不必,我就雇洋车回去得了。"秀珠道:"何必省那几个钱?这附近就有一个汽车行,一个电话,马上就到的。"于是就分付听差的打电话叫汽车,二人还是执了手站着谈话。二人说着话,也不觉时间长久,门口听差,就进来报告,说是汽车到了。玉芬道:"得了,不要送了,我回去了。"秀珠执着她的手,却不肯放,因道:"既然送你送了这样久,索性送到大门外罢。"真个搀着手,同行到大门外。玉芬上了车,和秀珠点了个头,让她进去,车子开走,还见着她站在门口呢。

玉芬到了家,正要分付门房付车钱,汽车夫就说:"白宅说了到那边去拿钱呢。"于是掉过车头,就开走了。鹏振先碰了玉芬一个钉子,早躲个将军不见面。其余家里人,又没有注意玉芬是什么时候出去的,所以玉芬虽出去了一整天,然后回来,家里都没有人知道。玉芬回到自己屋子里去,刚换了衣裳,佩芳由廊外过,隔着窗户,见她照镜子,扣纽襻，便道："好懒的人，午觉睡得这时候才起来吗？"玉芬道："哪个睡了？我是刚回家换一件旗袍呢。"说着话，佩芳就进来了。玉芬轻轻的道："隔壁院子里静悄悄的，新少奶奶在哪儿？"佩芳道："在母亲那边罢？"玉芬道："你别看她一点小东西，倒是会哄人，你看母亲对她多么喜欢。"佩芳道："这年头儿，要像她那样才好。不然，我们那位老七，见一个爱一个的人，怎样会给她笼络上了？"

说时，看见桌上放着一个蓝扁盒子，便打开一看，见是一只纯粹的翡翠戒指，拿起来反复翻看了几看。笑道："不错，新买的吗？"玉芬笑道："是人家送的。"佩芳道："谁送的？不要瞎说了！你又不是过生日，又不办喜事，谁好好的送你这样重礼？"玉芬道："是重礼吗？你看这一只戒指，能值多少钱？"佩芳就戴在手指上，细细看着，笑道："大概值五十块钱，我猜的对吗？"玉芬微笑着，点了一点头道："你说五十块就是五十块罢。值多少钱，我也不知道呢。这是今年正月里，秀珠妹妹送我的，刚才我寻东西，把它寻出来了。"佩芳道："这东西若让老七看见了，我不知道他是怎么一种感想？"玉芬道："我知道是这样结局，我真后悔从前不该见着他们两人就说笑话。现在我们没有关系了，想一想我们从前的事，实在过于孟浪。"佩芳道："过去的事，我们不必说了。以后我们对'白秀珠'三个字，少提就是了。"

玉芬道："还好意思提到人家吗？清夜扪心，说句对得住人的话，我看从此以后，老七还有什么脸见人？他倒罢了，是当事者不得不如此，我不解这一位为什么要这样好了一个，得罪一个？"说着，板住了她那一副俊俏的面孔，将右手四指向上一伸，对佩芳脸上一照。佩芳道："岂止她一个！"说着，也回头对窗子外看了一看，因道："她们那几位小姐，不都是这样吗？唉！说句迷信话，这也是各人的缘分，强求不来罢？"

玉芬也是叹了一口气,正想说什么呢,佩芳却朝着她只管摆手,嘴对着窗外努了一努。

玉芬心里明白,就低了头在窗子缝里,向外张望一下,只见清秋正在对面廊子上走过去,后面跟着一个老妈子,手里拿着一个包袱,好像金太太又是新有什么赏赐了。这个时候,恰是佩芳禁不住咳嗽,就咳了两声。清秋回头问老妈子道:"这不是大少奶奶的声音吗?"老妈子道:"是的。"清秋就笑着叫了一声大嫂。佩芳道:"到这儿来坐坐。"清秋道:"回头来罢。"说时,已进了那边走廊下的角门了。清秋这样两句话,不过是偶然的。玉芬听了心里又不痛快。以为走这里过,不叫三嫂,单叫大嫂,那倒罢了。偏是佩芳请她进来,她又不肯赏面子进来。碍着佩芳的面子,也就没有说什么。

到了这日下午,燕西由里面出来,玉芬从帘子里伸出一只手来,招着手叫道:"老七老七。"燕西站住了脚问道:"三嫂叫我吗?什么事?"玉芬道:"你进来,我对你说。难道娶了一个有学问的少奶奶,你的身价也就抬高起来,不肯光顾吗?"燕西笑道:"啊哟!这话真是承担不起。"一面说一面就走了过来,一掀帘子进来。却是玉芬笑着站起身,微弯了一弯,笑道:"欢迎欢迎!"

燕西分明知道她是俏皮话,却又不好怎样去说破它,只得笑道:"三嫂今天为什么这样客气?"玉芬笑道:"我这里你都不愿意来看一看了,再要不客气一点,也许以后你得在那边院子里另开一个门,都不愿意由我这里经过了。"燕西笑道:"三嫂这是什么意思?我倒有些不懂?"玉芬道:"你好久都不上这里来了,来来去去,尽管由这里过身,可是不肯停留一步。大概你们那位新少奶奶,也是得了你的教训。大嫂在这里,她都招呼了,就是不理主人翁。"燕西笑道:"绝不能够,都是嫂嫂,哪能分彼此呢?这里面恐怕你有误会,回头我问问她看。"

玉芬道："这是我说了，你别去问人。人家是新来的人，你问了，她面子上不好看。我倒愿意我是误会呢。"

燕西心里明白，知道她对于本人是欠谅解的。因为对于自己欠谅解，所以迁怒到清秋头上去。因连对玉芬作了几个揖道："这都是我这一向子疏忽，有这样子的错误。明天我再来赔不是。"玉芬笑道："你这是损我吗？我怎样敢当呢？"燕西手一摇道："得了得了！我们不谈了。越谈越有误会，晚上请到我屋子里去打小牌。"玉芬道："好罢，再说罢。"燕西看她还是愤愤不平的样子，不能离开，又在玉芬屋子里东拉西扯，说了许多话，一直把玉芬说得有说有笑了，才告辞而去。

第五十三回

永夜涌心潮新婚味苦　暇居生口角多室情难

到了晚上吃晚饭的时候，燕西和清秋在金太太屋子里会晚餐。原来清秋到金家来，知道他们吃饭，都是小组织，却对燕西说："我吃东西很随便的，并不挑什么口味。我是新来的人，不必叫厨子另开，我随便搭入哪一股都行。你从前不是在书房里吃饭吗？你还是在书房里吃饭得了。"燕西道："你愿意搭入哪一股哩？"清秋笑道："这一层我也说不定，你看我应该搭入哪一股好呢？"燕西道："这只有两组合适，一组是母亲那里，一组是五姐那里，你愿意搭入哪一股呢？"清秋道："我就搭入母亲那一组罢？"燕西道："母亲那里吗？这倒也可以，晚上我们在母亲那里吃晚饭，我就提上一句，明天就可以实行加入了。"这样一提，到了次日，就开始在金太太一处吃饭。燕西又是不能按着规矩办的人，因之，陪在一处吃饭，不过是一两餐。此外，还是他那个人，东来一下子，西来一下子，只剩了清秋一个人在老太太一处。

这天晚上，他夫妇在金太太那里吃饭的时候，恰好玉芬也来。她见金太太坐在上面，他夫妻二人坐在一边，梅丽坐在一边，同在外屋子里吃饭。清秋已经听到燕西说了,这位嫂嫂有点儿挑眼,不可不寸步留心。因之,玉芬一进门,放下筷子,就站起身来道:"吃过晚饭吗?"玉芬正要说她客气,金太太先就笑道:"随便罢,用不着讲这些客套的。"玉芬道:"是啊!家里人不要太客气,以后随便罢。"说着,在下首椅子上坐了。清秋也没有说什么,依然坐着吃她的饭。吃过饭之后,梅丽伸手一把抓住,笑道:"听说你台球打得好,我们打台球去。"清秋也喜欢她活泼有趣,说道:"去是去,你也等我擦一把脸。"梅丽道:"还回房去吗?就在这里洗一洗就得了。"于是拉着她到金太太卧室里去了。

金太太早已进房,燕西又是放碗就走的,平白的把玉芬一个人扔在外面。他们虽然是无意出之,可是玉芬正在气上,对了这种事,就未免疑心。以为下午和燕西说的话,燕西告诉了母亲,也告诉了清秋,所以人家对她都表示不满意。这样看起来,清秋刚才客客气气的站起身来,也不是什么真客气,大有从中取笑我的意思了。你一个新来的弟媳刚得了一点宠,就这样看不起嫂嫂,若是这样一天一天守着宠过下去,眼睛里还会有人吗?越想越是气,再也坐不住,就走开了。心里有事,老憋不住,不大经意的,便走到佩芳这里来。佩芳见她一脸的怒容,便笑道:"我没有看到你这个人,怎样如此沉不住气?三天两天和老三就是一场。你也不看看我,所受凤举的气应该有多少,我对于凤举,又是什么样子的态度?"

玉芬手扶着一把椅子背,一侧身子,坐下去了。十指一抄,放在胸前,冷笑道:"你瞧,这是不是合了古人那句话,小人得志会癫狂吗?那新娘子倒会巴结,她和母亲一处吃饭。可是你巴结你的,你得你的宠。谁会把你当一尊大佛,你就保佑谁,别人无所谓,你就不能在人家面前托大啊。刚才是我去得不撞巧,去的时候,碰着他们在那里有说有笑的吃饭。我去了不多一会儿,他们饭也吃完了,人也走开了,把我一个人扔在外面,恶狠狠的给我一个下不去,我倒不知道这是什么意思?"佩芳道:"不能罢?一点儿事没有,为什么给你下不去呢?"玉芬道:"我也是这样想,彼此井水不犯河水,何至于对我有过不去的样子呢?佩芳道:"这自然是误会。不过她特别的和母亲在一处吃饭,故意表示亲热,让人有些看不入眼。虽是对上人,无所谓恭维不恭维,究竟不要做得放在面子上才好。你以为如何?"玉芬道:"如今的事,就是这样不要脸才对呢。"两个人这样议论,话就越长,而且越说越有味,好半天没有走开。

清秋对于这件事,实在丝毫也不曾注意。在金太太那里又坐了一会儿,方才回院子里来,自己也不曾做声,自回屋子里去。正要走进上屋的时候,却听见下屋里有一个妇人的声音说道:"你们少奶奶年纪太轻些,也许自己是无心,可是别人就怪下来了。"清秋听到这种话,心里自不免一动,且不回上房,也不去开电灯,手摸着走廊上的圆柱子,静静的站着,向下听了去。

只听又一个道:"三少奶奶对大少奶奶还说了一些什么呢?"那个道:"为什么他小两口儿就要跟着太太吃?据三少奶奶那意思,你们这位新少奶奶,看她不起,不很理她。"一个道:"那可冤枉,你别瞧她年纪小,可是心眼儿多。她自己知道她不是大宅门里的小姐,对什么人也加着一倍子小心,哪里会看不起人?"那个带着笑音道:"这里面还有原因的,你不知道三少奶奶是白小姐的表姐吗?"那一个道:"这事我早知道了。从前说把白小姐给七爷,就是三少奶奶做媒呢。"这个道:"这不结了,你想,这一门亲事,没有成功,她多么没有面子?你们新少奶奶一说成,她就怄着三分气,现在一家子,天天见面,你耗着我,我耗着你,怎么不容易生气?三少奶奶还说了好些个不受听的话呢。你猜怎么着？她说……"说到这里，声音就细微得了不得，一点也不听见。

唧唧哝哝了一阵子，有一个道："嘿！那可别乱说，这是非大非小的事，说出来了，要惹乱子的。"那个道："不说了，我去了，回头大少奶奶叫起来了，没有人，又得骂我了。"清秋听到这里，赶快向角门边一蹩，蹩出门外去，隐到一架屏风边。直等那妇人出去，暗中一看，原来是佩芳屋子里的蒋妈。等她去得远了，然后慢慢的走过来。站在门边先叫了一声刘妈，这才回到上房，拧着了电灯。刘妈心里想着，真是危险，要是蒋姐再要迟一步走，我们说的话，就会让她全听了去，那真是一桩祸事。刘妈进了房，见她只拧着了壁上斜插的一盏荷叶盖绿色电灯，便拧着中间垂着珠络那盏大灯。清秋连忙摇手道："不用不用。我躺一会儿，我怕光，还是这小灯好。"刘妈斟了一杯茶，放在桌上，又摸了摸屋角边汽水管子。见清秋斜靠着沙发坐下，料是很疲倦，大概没有什么事，放下垂幔，竟自去了。

清秋静默默的一个人坐在屋子里，心想，我自信是有人缘的人，到处都肯将就，何以一进金家门就变了，会让她妯娌们不满意？据刚才老妈子的谈话，是为了白小姐，我从前只知道燕西有个亲密些的女朋友叫白秀珠，至于婚姻一层，我却是未曾打听。燕西也再三再四的说，并没有和别人提过婚姻问题。这样一来，他和白小姐是有几分结婚可能的，她的地位，是被我夺将过来的了。至于我们这三嫂和白小姐是表姊妹，他更没有对我提过一字。这样大的关系，燕西真糊涂，为什么一点不说？是了，他怕这一点引起我的顾虑，障碍婚姻问题进行，所以对我老守着秘密。可是你事前秘密，还是有可说，及至我们非结婚不可了，你就该说了。你只要一说，至少我对玉芬有一种准备。直到现在人家已经向我进攻了，我还是不知道,这是什么用意？今天晚上,我得向他问个详详细细。主意想定了,也不睡觉,静坐在沙发上等候燕西回家。

偏是事有凑巧,这晚上燕西到刘宝善家去玩,大家一起哄,说是七爷今天能不能陪大家打八圈？燕西笑说:"八圈可以。"刘宝善笑道:"八圈可以。大概十二圈就不可以了。不行,今晚上我们非绑他的票不可。"燕西道:"我向来打牌不熬夜的,又不是从现在开始。"刘宝善道:"不管,非打一宿不可。而且不许打电话回去请假。"燕西道:"那是为什么？以为结婚以后,我失却了自由吗？你不信,我今天就在这里打牌打到天亮,你看就有什么关系？"他这样说了,就在刘家打牌,真连电话都没有打一个回去。

清秋在家里,哪里知道他这一套原故？还是静静的躺着。可是由十点等到十二点、一点、两点。在两点钟以前,清秋知道他们家里人是睡得晚的,也许这个时候还没有到要睡的时候。直到两点钟打过,无论听戏看电影,都早已散场了。就是在朋友家里打牌,所谓新婚燕尔,这个时候,不该不回来。至于冶游,在新婚的期中,也是不应有的现象。那末,他为什么去了？难道知道三嫂今天和我过不去,特意躲开吗？更不对了,我是你的爱人,你要保护我,安慰我才对,你怎样倒躲起来了？想着想着,桌上那架小金钟,吱咯吱咯的响着,又把短针摇到了三点。无论如何,这样夜深,他是不回来的了。自己原想着等燕西回来一块儿睡,那才见得新婚的甜蜜。等候到此时还不见来,那就用不着等了。于是,一个人展开被褥,解衣就寝。

但哪里睡得着？头靠着枕上,想到自己的婚姻,终是齐大非偶,带着三分勉强性。结婚的日期,也太急促,弄得没有考量的余地。这三嫂我看她就是一个调皮的样子,将来倒是自己一个劲敌。清秋在枕上这样一想，未免觉前途茫茫，来日大难。第一，妯娌都是富贵人家的小姐，背后有一种势力可靠。第二，自己和燕西这一段恋爱的经过，虽在这种年月，原也算得正大光明，可是暗暗之中，却结下几个仇人。自己虽然是极端的让步，然而燕西为人有点喜好无常。虽然他对于我是二十四分诚恳，无奈他喜欢玩，仇人在这里面随便用一点狡猾，自己就得吃亏。譬如今天，新婚还没有到一周，他就没有回家，就显得他靠不住。第三，自己母亲对于这婚事，多少也有点勉强。若知道我一进金家，就成了一个入宫见妒的蛾眉，她要怎样的伤心呢？要说我不该嫁燕西，这种心事是不应有的。他是怎样一个随随便便的人，对我却肯那样用心，而且牺牲一切来就我，我不嫁他，哪里还找这种知己去？可是嫁过了，就是这样的一副局势，前途又非常的危险，我这真是自寻苦恼。

好好的一个女子，陷入了这一种僵局之内，越想越觉形势不好，她就越伤心，也不知这眼眶内一副热泪从何而起，由眼角下流将出来，便淋在脸上。起初也不觉得，随它流去。后来竟是越流越多，自己要止住哭也不行。心想，不好，让老妈子知道了，还不知道我为什么事这样哭；加上他今晚上又没回来，她们若误会了，一传出去，岂不是笑话？因此，人向被窝中间一缩，缩到棉被里面去睡。在被窝中间，哭了一阵，忽然一想，我这岂不是太呆？人生不满百，长怀千岁忧。我为什么做那样的呆事？老早的愁着。天下事哪有一定，还不是走一步看一步再说。现在不过有我母亲，遇事不能不将就。若是没有我母亲，只剩我一个人，那就生死存亡，都不足介意。慢慢向宽处想，心里又坦然多了。因为这样，人才慢慢地睡着。

睡得模模糊糊，觉得脸上有一样软和的东西，挨了一下。睁眼看时，却是燕西伏在床沿上，他身上穿的西服，外面罩着大衣，还没有脱下,看那样子,大概还是刚刚回来。因为自己实在没有睡够,将眼睛重闭了一闭,然后才睁开眼来。燕西笑道:"昨晚上等我等到很夜深罢?真是对不住。他们死乞白赖的拉我打牌,还不许打电话,闹到半夜,我又怕回来了,惊天动地。就在刘家客厅里火炉边下,胡乱睡了两个钟头。"

清秋连忙扶着枕头,坐起来道:"你简直胡闹,这样大冷天,怎么在外熬一夜?我摸摸你手看。"说时,一摸燕西的手,冷得冰骨。连忙就把他两手一拖。拖到怀里来,说是:"我给你暖和暖和罢。"燕西连忙将手向回一抽,笑道:"我哪能那样不问良心,冰冷的手伸到你怀里去暖和,哎呀,怎么回事?你眼睛红得这样厉害。"说时,将头就到清秋脸边,对她的眼睛仔细看了一看,轻轻的问道:"小妹妹,昨晚上你哭了吗?"清秋用手将他的头一推,笑道:"胡说,好好的哭什么?"燕西笑道:"你不要赖,你眼睛红得这样,你还以为人家看不出来吗?"于是走到后房洗澡兼梳妆室里,取了一面镜子来,递给清秋手里,笑道:"你看看,我说谎吗?"

清秋将镜子接过来,映着光一看,两只眼睛珠长满了红丝,简直可以说红了一半。将镜子向被上一扔,笑道:"你还说呢?这都是昨晚上等你,熬夜熬出来的。"燕西笑道:"难道你一晚上没有睡吗?"清秋道:"睡不多一会儿,你把我吵醒的,可以说一晚上没有睡着。"燕西道:"既然如此,你就睡罢。时候还早着哩,还不到八点钟,他们都还没有起来呢。"燕西一面说着,一面脱了大衣,卸下领带。清秋道:"你为什么都解了。"燕西笑道:"我还要睡一会儿。"清秋手撑着枕头,连忙爬起来,笑道:"不行,你要上床来睡,我就起来。"

燕西见她穿了一件水红绒紧身儿,周身绣着绿牙条。胸前面还用细线绣了一个鸡心。脖子下面,挖着方领。燕西一伸手就按住她道:"别起来,别起来。"清秋将他手一拨道:"冰冷的手,不要乱摸。"燕西道:"刚才你说我的手冰冷,还给我暖和暖和,这会子你又怕冷。"清秋道:"不和你说这些,你睡不睡?你要睡,我就起来,你不睡,我躺一会子。"燕西道:"你忍心让我熬着不睡吗?"清秋道:"你不会到书房里睡去?"燕西道:"书房里的铺盖,早收拾起来了,这会子你叫我去睡空床吗?"清秋见他如此说,一面披衣,一面起身下床。燕西道:"你真不睡了吗?"清秋笑道:"你睡你的,我睡不睡,关你什么事?"燕西伸了一个懒腰,笑道:"你真不睡,我就用不着客气了。"于是清秋起来,燕西就睡上。

下房里的李妈、刘妈听到上房有说话的声音,逆料燕西夫妇都起来了,便来伺候茶水。一进房门,看见清秋对着窗子坐了,李妈道:"哟,七少奶奶,怎么了?你眼睛火气上来了罢?"清秋微笑道:"可不是!这几天都没有睡好,熬下火来了。我眼睛红得很厉害吗?"李妈道:"厉害是不厉害,不过有一点红丝丝,闭着眼养养神,就会好的。天气还早,你还躺一会儿罢。"清秋笑道:"起来了又睡,那不是发了癫吗?"李妈道:"就不睡,你也在屋子里坐一会儿罢,先别到太太那儿去了。"清秋听她这样说,以为自己眼睛不好,又拿镜子来照了一照,一看之下,果然眼睛的红色,一点也没有退。便笑道:"你到太太房里去一趟,若是太太问起我来,就说我脑袋儿有点晕,已经睡了。"李妈笑道:"一点事没有,我怎样去哩?"清秋道:"那就不去也好,到了吃午饭的时候,再去说明就是了。"

清秋这样说了,果然她上午就没有出房门,只是在屋子里坐着。燕西先没有睡着,还只管翻来覆去。到后来一睡着了,觉得十分的香,一直到十二点钟,还不知道醒。清秋因为自己没有出房门,燕西又没起来，很不合适，就到床面前叫了燕西几回。哪里叫得醒？心想，他是熬夜的人，让他去睡罢。又拿镜子照了一照，眼睛里的红丝，已经退了许多，不如还是自己出去罢。因此，擦了一把脸，拢了一拢头发，便到金太太这边来吃午饭。恰好佩芳为了凤举的事，又来和婆婆诉苦，金太太劝说了一顿，叫她就在这里吃饭。清秋来了，金太太先道："我刚才听说你不很大舒服，怎么又来了？"清秋道："是昨天晚上睡得晚一点，今天又起来得早，没有睡足，头有点晕，不觉得怎样。"佩芳笑道："我听到李妈说，老七昨晚上没有回来，你等了大半夜，一清早回来，就把你吵醒了。你也傻，他不回来，你睡你的得了，何必等呢？要是像凤举，那倒好了。整夜不归，整夜的等，别睡觉了。哟！眼睛都熬红了，这是怎么弄的？"

佩芳本是一句无心的话，清秋听了，脸上倒是一红。笑道："我真是无用，随便熬着一点，眼睛就会红的。"清秋说着话，就在金太太面前坐下。金太太就近一看，果然她的眼睛有些红。心里想，那也难怪，新婚不到几天，丈夫就整晚不在家，大概昨晚上又急又气，又想家，哭了一顿了。便道："老七这孩子。非要他父亲天天去管束不可。有一天不管他，他就要作怪了。他又到哪里去了？"清秋笑道："据说昨晚上他就是不肯在外面打牌，因为人家笑他，他和人家打赌，就没有回家，而且还打赌不许打电话。"

金太太心想，她不但不埋怨丈夫，而且还和她丈夫圆谎，这也总算难得。她心里这样想着，就不由对佩芳望了一望。心想，人家对丈夫的态度是怎样？你对丈夫的态度，又是怎样？佩芳心里也明白。金太太口里虽没有说出来，但是她心里分明是嘉奖清秋，对自己有些不满。这样一想，好个不痛快。金太太哪里会留意到这上面去？因对清秋道："由清早七八点钟睡到这时候，时间也就不少了，你可以催他起来。"清秋笑道："随他去罢，他八点多钟才上床，九点钟才睡着，这个时候也不过睡两个多钟头，叫他起来，他也是不吃饭的了。"她这一篇话，又是完全体谅丈夫的，佩芳听了，只觉得有些不顺耳。一会子开了饭来，大家一同吃了。

佩芳谈了几句话，就回房去了。她这时虽然不乐意清秋，可是仔细一想，燕西对于清秋，他实在钟情，无怪她这样卫护。再看自己丈夫凤举是怎么样？弄了一个人不算，还要大张旗鼓的另立门户。他既不钟情于我，我又何必钟情于他？一个女子要去委曲求全的去仰仗丈夫，那太没有人格，我非和他办一个最后的交涉不可。决裂了，我就和他离婚，回娘家过去。看他将来有什么好结果？他要弄出什么笑话来了，我乐得在旁边笑他一场。心里这样一计划，态度就变了。好好一个人，会在家里生闷气。恰好凤举是脱了西装，要回来换皮袍子。佩芳鼓着脸坐在一边，并不理他。

凤举很和平的样子，从从容容的问道："这两天天气冷得厉害，我想换长衣服穿了。我那件灰鼠皮袍子，不知道在哪只箱子里？"佩芳不做声，只管发闷的坐。凤举又问道："在哪只箱子里？你把钥匙交给蒋妈，让她给我把箱子打开。"佩芳不但不理，她索性站了起来，对着挂在壁上的镜子去理发。凤举一看这样子，知道她是成心要闹别扭，不敢再和她说话了。就叫了一声蒋妈，佩芳依然是不做声，在玻璃橱抽斗里，拿出一把小象牙梳子，对着镜子，一下一下慢慢的去梳拢她的头发。脸对着镜子，背就朝着房门，蒋妈一进来，佩芳先在镜子里看到了。猛然的将身子掉转来问道："你来做什么？"蒋妈听到是凤举叫的，现在佩芳说出这种话来，分明是佩芳不同意的。就笑道："没有事吗？"说着，身子向后一缩，就退出去了。

凤举看这样子,佩芳今天是有些来意不善。下午正约了人去吃馆子,举行消寒会,若是一吵起来,就去不成功,只得忍耐一点,便含着微笑,坐在一边。佩芳见他不做声,也不好做声。坐了一会儿,凤举便站了起来,去取衣架上的大衣。佩芳突然问道:"到哪里去?"凤举道:"我有一个约会,要去应酬一下子,你问我做什么?"佩芳道:"是哪里的约会?我愿闻其详。"凤举道:"是李次长家里请吃饭。我们顶头的上司,也好不去吗?"佩芳道:"顶头上司怎么样?你用上司来出名,就能压服我吗?今天无论是谁请,你都不能去,你若是去了,我们以后就不要见面。"凤举道:"你不要我出去也可以,你有什么理由把我留住?"佩芳将头一偏道:"没有理由。"

凤举见她这样蛮不讲理,心里愤极了,便瞪着眼睛,将大衣取在手上,将脚一顿道:"个人行动自由,哪个管得着?"佩芳跑了过来,就扯住他的大衣,说道:"今天你非把话说明白了,我不能要你走。"凤举无名火高三千丈,恨不得双手将她一下推开,但是看着她顶着一个大肚皮,这一推出去,又不定要出什么岔事。只得将大衣一牵,坐在旁边一张小椅子上,指着她道:"有什么事要谈判?你说你说。"佩芳道:"我问你,这一份家,你还是要还是不要?若是要,就不能把这里当个行辕。你若是不要,干脆说出来,大家好各干各的。"凤举道:"各干各的,又怎么样?"佩芳将脖子一扬道:"各干各的,就是离婚。"凤举听说,不觉冷笑了一声。

佩芳道:"你冷笑什么?以为我是恐吓你的话吗?"凤举道:"好罢!离婚罢。你有什么条件,请先说出来听听?"佩芳道:"我没有什么条件,要离婚就离婚。"凤举道:"赡养费,津贴费,都不要吗?"佩芳突然身子向上一站道:"哪个不知道你家里有几个臭钱？你在我面前还摆些什么？就是因为你有几个臭钱，你才敢胡作胡为。你以为天下的女子都是抱着拜金主义，完全跟着金钱为转移吗？只有那些无廉耻的女子，为了你几个臭钱，就将身体卖给你。吴家的小姐，要和你金家脱离关系，若是要了你金家一根草，算是丢了吴家祖宗八代的脸。"说毕，两手向腰上一叉，瞪着眼睛，望了凤举。凤举看她那种怒不可遏的样子，恐怕再用话一激，更要激出了事端来。便默然的坐在一边，在身上掏出烟卷匣子来，在匣子里取了一根烟卷，放在茶几上慢慢的顿了几顿。然后将烟卷放在嘴里衔着，只是四处望着找取灯儿。

佩芳还是叉了腰，站在屋子中间，却问道："你说话啊，究竟怎样？我并无什么条件，我问你，你有什么条件没有？"凤举淡然答应一声道："你爱怎么办就怎么办，我没有条件。"佩芳道："好，好，好！我今天就回家，回了家之后再办离婚的手续。蒋妈来，给我收拾东西。"蒋妈听到叫，不能不来，只得笑嘻嘻的走进来，站在房门口，却不做声。佩芳道："为什么不做声？你也怕我散伙，前倨后恭起来吗？把几口箱子给我打开，把我衣服清到一处。"蒋妈听说，依然站着没动。佩芳道："你去不去？你是我花钱雇的人，都不听我的话吗？"蒋妈笑道："得了，一点小事，说过身就算了罢，老说下去做什么呢？大爷你没有什么要紧的事，就在家里呆着，别出去了。"

凤举看他夫人那样十分决裂样子，心想，再要向前逼紧一步，就不可收拾的。蒋妈这样说了，心想一餐不相干的聚会，误了卯也没有什么要紧，不去也罢。便道："你去给我找一盒取灯儿来。"蒋妈答应着，就把取灯儿拿来了。自己擦着，给凤举点了烟卷。佩芳道："你也是这样势利眼，我叫你做事，无论如何你不动身。人家的事只一说你就做了。下个月的工钱，你不要在我手上拿了。"

蒋妈笑道:"我只要拿到钱就是了,管他在哪个手上拿呢。"佩芳道:"好罢!你记着罢。"凤举一听佩芳都有等下月初拿工钱的话了,当然已将要走的念头取消。心想,妇人们究竟有什么难于对付?只要见机行事就是了。想着,不由得一笑。

佩芳道:"哪个和你笑?你看我没有做声,这样大的问题,就搁下了。我是休息一会儿,再和你来算清账目。"凤举笑着对蒋妈道:"蒋妈,你给她倒一杯茶,让她润一润嗓子罢。"蒋妈果然倒了一杯茶,送过去。佩芳依然是两只手抱了膝盖坐着,将头偏在一边去,只看她那两臂膀耸了两耸,大概也是笑了。凤举看见她这种情形,知道她还不至于到实行决裂的地位,便笑道:"我真不知道是什么来由,好好的和我生气?我就让你,不做声,这还不成吗?你自己也笑了,你也知道你闹得没来由的了。"说时就周转着身子,走到佩芳面前去。佩芳把头低着将身子又一扭,将脚又一顿道:"死不要脸的东西,谁和你这样闹?滚过去!"

凤举见夫人有点撒娇的样子,索性逗她一逗,便装着《打渔杀家》戏白说道:"后来又出来一个大花脸,他喝着说,呔!滚回来。你滚过去没有?冲着咱们爷儿们的面子,我哪里能滚出去,我是爬过去的。咳!更寒碜。"他时而京白,时而韵白,即景生情,佩芳是懂这出戏的,听了这话,万万忍不住笑,于是站起身来,跑进里面屋子躲着去笑了。

第五十四回

珍品分输付资则老母　债台暗筑济款是夫人

佩芳这样一来，凤举知道一天云雾散，没有多大事了，提起了大衣，打算又要走。蒋妈低低声音笑道："大爷，今天你就别走了，有什么大不了的事，明天去办也不迟。"佩芳听到凤举要走，又跑出来了，站在门边板着脸嚷道："说了半天，你还是要去吗？你若再要走，今天我也走，我不能干涉你，你也不要干涉我，彼此自由。"凤举两只手正扶着衣架子，要取那大衣，到了这时，要取下来不好，将两只手缩回来也不好，倒愣住了。半响他才说道："我并不是要走，因为早已约好了人家了，若是不去，就失了信，你若是不愿意我出去应酬，以后的应酬，我完全不去就是了。"佩芳道："真的吗？今天出去也成，在今年年里，你就哪里也不许去。不然的话，我就随时自由行动。"凤举笑道："难道衙门里也不许去吗？"佩芳道："衙门当然可以去，就是有正大光明的地方，白天晚上也可以去，不过不许瞒着我。我侦察出来了，随时就散伙。"凤举又躺在沙发上，将脚向上一架，笑道："我并没了不得的事，今天不出去也罢。"佩芳道："你今天就是不出去，我的思想也决定了，听便你怎样办。"

凤举道："我不去了，回头我就打个电话，托病道谢得了。"

这时，蒋妈已走开了，凤举站起来拍着佩芳肩膀笑道："你为什么把离婚这种大题目压制我？"佩芳双手将凤举一推道："下流东西，谁和你这样。你那卿卿我我的样子，留着到你姨太太面前去使罢，我是看不惯这种样子的。"凤举依然笑道："这可是你推我，不是我推你。"佩芳道："你要推就推，我难道拦住了你的手吗？"说着，将身子挺了一挺，站到凤举身边来。两人本站在门边，凤举却不去推她，随手将门帘子放下，闹了一阵，闹得门帘子只是飘动。佩芳笑着一面将帘子挂起，一面将手绢擦着脸道："你别和我假惺惺，我是不受米汤的。"凤举苦心孤诣才把佩芳满腹牢骚给她敷衍下去。这晚上，他当然不敢出去。就是到了次日，依然还在家里睡下，不敢到小公馆里去。

这个冬天的日子，睡到上半午起来的人，混混就是一天，转眼就是阴历年到了。这天是星期，吃过午饭，凤举就叫听差通知做来往帐的几家商店，都派人来结帐。原来金家的帐目，向来是由金太太在里面核算清楚，交由凤举和商家接洽。结完了总帐之后，就由凤举开发支票。这天，凤举在外面小客厅里结帐，由两点钟结到晚上六点半，才慢慢清楚。商店里来结帐的，知道金府上是大爷亲自出面，不假手于外人的，公司是派帐房来，大店铺是派大掌柜来，所以都很文明。

凤举是瞒上不瞒下，叫家里帐房柴贾二先生当面结算，自己不过坐着那里监督而已。结算以后，凤举伸了一个懒腰，向沙发椅子上一躺，笑道："每年这三趟结帐，我真有些害怕。尤其是过年这一回，我听说就头痛。"说着，一按壁上的电铃，金贵进来了。凤举道："叫厨房里给我做一杯热咖啡，要浓浓的滚烫滚烫的。"

金贵去了，帐房柴先生道："大爷是累了，要喝咖啡提一提精神呢。"

可是还有一笔麻烦帐没有算,那成美绸缎庄,还没有来人呢。"凤举道:"是啊,他那个掌柜王老头儿,简直是个老滑头。"外面有个人却应声答道:"今天真来晚了,我知道大爷是要责备的。"说着话,那门帘一掀,正是王掌柜来了。他穿了哗叽皮袍,青呢马褂,倒也斯文一脉。他胁下夹着一个皮包,取下头上戴的皮帽在手,拱着手只对凤举作揖,笑道:"对不起!对不起!生意上分不开身来,大爷别见怪。"说着,把他两撇小八字胡,笑得只管翘起来。凤举着:"真是巧,骂你滑头,你就来了。"说着,也没有起身,指着旁边的椅子道:"请坐罢。"

王掌柜笑道:"大爷骂我老滑头吗?我可没有听见。"凤举笑道:"分明听见,你倒装没有知道,这还不够滑的吗?不说废话了,你把帐拿出来我看看罢。我等了这一天,我要休息了。"他打开皮包,拿出一本皮壳小帐簿,上面贴了纸签,写着金总理宅来往折。凤举道:"我哪里有工夫看这个细帐,你没有开总帐吗?"王掌柜道:"有有有。"于是在皮包里拿出一张白纸开的帐单,双手递给凤举。

凤举拿过来一看,上面写道:

太太项下,共一千二百四十元。
二太太项下,共二百七十三元。
三太太项下,共四百二十元。
大爷项下,共二千六百八十元。

凤举看到,不由心里扑通一跳,连忙将帐单一按,问道:"我的帐,你全记在上面吗?"王掌柜笑道:"大爷早分付过我了,新奶奶的帐,另外开一笔,已经把帐另外开好了。"凤举道:"既是另外开帐,何以这里还有这样多的钱?"王掌柜回头看了一看,笑着轻轻的道："大爷的帐，一共有四千多哩。不说别的，就是那件灰鼠外套，就是五百多块钱了。我也怕帐多了，大爷有些受累，所以给你挪了一千二百块钱到公帐上来了。"凤举道："有这些个帐目？我倒是始终没有留心。柴先生，你把他这折子上的细帐，给我誊一笔下来。"于是柴先生在誊帐，凤举接上将帐往下看，乃是：

二爷项下，三百六十八元。
三爷项下，五百零五元。
四小姐项下，二千七百零二元。

凤举笑道："这倒罢了，还有一个比我更多的。"王掌柜笑道："四小姐回国有多久了呢？哪里有这些帐？这都是四小姐给七爷办喜事买的东西，和四小姐自己没有关系。"凤举道："我说呢，她何至于买这些东西？"

又往下看是：

五小姐项下，二百一十二元。
六小姐项下，一百九十元。
七爷项下，一千三百五十元。
八小姐项下，五十八元。
共收到现洋五千元，下欠……

凤举也不看了，将帐单向柴先生面前一扔道："请你仔细核对一下。"王掌柜趁柴先生核对帐目的时候，却在皮包里取出一张纸单来，双手递给凤举。凤举接过来一看，上面首先写着"恭贺新禧"

四个字。以后乃是：今呈上巴黎印花缎女褂料成件，翠蓝印花缎旗袍料成件，英国绿色绸女袍料成件，绛色大公司缎女衣料成件，西藏獭皮领一张，俄罗斯海狸皮领一张，灰色五锦云葛男袍料一件，浅蓝锦华葛袍料一件，花绸手绢一匣，香水一匣。下面盖着庄上的水印。

凤举道："这是怎么回事？你们来年是不想做生意了。我们先别说一节做了上万块钱的生意，我们给你介绍多少主顾？外国人除非不买绸缎皮货，买起来总是到你家去，不是我的力量吗？再说，对你们店东，交情更大了，上半年在银行里挪二十万款子，就是总理口头担保。虽然你们只挪用了一个星期，这一星期，若是在银行里就可以敲你们一笔竹杠。"

王掌柜眯着鱼纹眼睛，连连摇手道："大爷，你别嚷，你别嚷。别说宅里做这些年生意了，就凭总理和大爷这几年公事私事帮忙，我们也应该孝敬的。回头，大爷又要说王掌柜老滑头了。这也是我的主意，这边宅里，官样文章，不成个意思，大爷对太太含糊回一声儿就过去了。明天上午，还有点东西，我亲自送到那边大爷小公馆里去。"凤举笑道："什么大公馆，小公馆？别胡说了。"王掌柜道："果然的，大爷什么时候在那边？"凤举道："不管我在那里不在那里，你把东西送去就是了。"王掌柜道："那就是了，我明天早上八九点钟准送去。"凤举道："那时候最好，我就在那边的。"说时，厨子送咖啡来了。凤举告诉厨子，也给王掌柜做一杯。自己却拿了帐单礼单，来见金太太。

金太太戴上眼镜，坐在电灯下面，捧着单子，迎了光看。看完了，将眼镜收下，望着凤举脸上道："你怎买了许多钱东西？佩芳知道吗？不见得你全是自穿的罢？"凤举笑道："这一节的钱，我简直凑不出来。

你老人家帮我一个大忙，开一张两千元支票给我，好不好？"金太太将单儿向地板上一摔道："什么？我给你开两千元支票。我早就说了，以后这些私帐，各人去结，不要归总。你们就说，这样不好，让人家笑我家里分彼此。其实，你们哪里是怕人笑，要把我拉在里面，给你们垫亏空就是了。哪一节算帐，不给你们填上一两千？管它呢，只要不太伤神，我也就不说给你老子听。第一，就是你的帐多，哪一节也不会自己付个干净。这一节，你倒干脆，整帐是我的，你只管零头了。我问你，自己挣的钱哪里去了？"

凤举一点也不生气，弯着腰把帐单捡起，笑嘻嘻的站着说道："你老人家别生气，并不是我要你老人家代垫，不过请你老人家借给我罢了。"金太太道："我不能借，我也不能开这个例。设若大家都援你的例子和我借起钱来，那就这一节的帐，归我包办了。"凤举笑道："我不是说吗，我只借一下，不久就归还的。我总慎重处之，不敢胡来。设若我算完了帐，马上就开支票钱拿去了，你老人家也不过是和我要钱而已。"金太太道："你果然是那样丧失了信用，以后我还能把银钱过你的手吗？"凤举退后一步，深深的行了一个鞠躬礼。笑道："得了，妈，你救我一下罢，只两千块钱的事，白扔了，也没有好过了别人。那话你就别提了，请你看一看这礼单。"

金太太于是复戴上眼镜，将礼单看了一遍。因道："他们越发的胡闹了！怎么连锦华葛的衣料和手绢都送来了？这能值几个钱？"凤举笑道："只要买他的东西，价钱公道一点就行了，我们哪里计较他送什么礼物。再说，这礼物也不轻，这一张西藏獭皮领子，就该值一百多块钱了。怎么样？这支票就开给他吗？"金太太道："道之给老七买的东西，是结婚用的，算在我帐上。你只把我这笔帐归拢起来，算一算，我已经付过两千了，大概不差他多少。其余的帐，各人自己付,省得我将来和你们讨。"凤举笑道:"讨一讨,要什么紧呢?我就开总帐罢。得了,我给你行礼了。"说着,又是深深的一鞠躬。金太太还要说时,凤举一转身,就走出去了。

接上金荣就把礼物拿了进来,左一个匣子,右一个匣子,倒是挺好看。金太太正要叫人拿进房去,凤举又跟着来了。金太太笑骂道:"你又进来做什么?这些东西,你又要分吗?别的是不大值钱,只有这一张藏獭领子,还值几文,你又想拿吗?这回你什么东西也不要想,给我滚出去。"凤举笑道:"东西既然是没有分,那末,钱是不成问题,一定归你老人家垫了。"金太太道:"钱我也不管。"凤举笑着出去,就将支票开了。晚上就在家里睡,没有敢出去。佩芳问有多少钱衣料帐?凤举说:"只有五百多块钱,在总帐上开销了,含糊一点,你就不要去问母亲。一问明白,我们就要拿钱出来了。"佩芳信以为真,当真没有问。

次日早上,凤举只说上衙门,便一直到小公馆里来。晚香拥着绒被,头窝在一只方式软枕中间,被外只露了一些头发。凤举掀开一角被头,把头也插进被里去。晚香突然惊醒,用手将凤举的头一推,伸出头来一看道:"吓了人家一跳。一大早,冰冰冷冷的脸,冰了我一下子。"凤举笑道:"快起来罢,一会子就有人送礼来了。"晚香将手扯着他的胳膊,慢慢的坐起来,笑道:"你说你不怕少奶奶的,现在也怕起来了,昨晚上你又没来。"凤举道:"我不是怕她,我是怕老人家说话呢。"晚香道:"你不要瞎扯!从前为什么就不怕呢?你不要打搅我,我还要睡觉。"说着,身子又要向被窝里缩,凤举按住她的身子,笑道:"不要睡了,待一会子,绸缎庄上就要送东西来。"晚香听说,果然就不向下缩,问道:"送些什么来呢?"凤举道:"人家送礼,我哪里能知道他送些什么?不过我知道,绝不至于坏到哪里去。"晚香也知道逢到年度,绸缎庄是有一道年礼要送的,倒不料会送到这里。连忙披了衣服起来。

不到一点钟之久,王掌柜果然将东西送来了。除了绸缎料子八样不算,另外还送了一件印度缎白狐领的女斗篷,又是一件豹皮的女大衣,一齐由外面送进上房来。晚香连忙披在身上一试,竟非常的合适。晚香道:"这真奇怪,他们怎么知道我腰身大小?"凤举道:"那还不容易吗?你在他那里做衣服,又不是一回,他把定衣的尺寸簿子一查,就查出来了。"晚香道:"送礼的东西,怎么不往宅里送,送到这里来哩?"凤举道:"这一笔帐目,本是我经手,我私下和他们商量好了,叫他送到这里来的。"晚香笑道:"你这回事件办得很好,应该有点赏。"凤举笑道:"赏什么?你少同我捣两个麻烦,也就行了。外面有人在那里,我还得去见见他呢。"说着,到客厅里来。

王掌柜起身相迎道:"我不敢失信不是?"凤举道:"我要上衙门了,不能陪你了,我的帐过两天给你罢。"王掌柜连忙站起来笑道:"大爷,你随便开一张支票,不算什么工夫,何必又要我跑一趟呢?"凤举道:"你们做买卖的人,这还能怕跑一点路吗?"停了一停,又笑道:"对不住,我的这笔帐,今年是不能给的,只好等到明年再说罢。"王掌柜笑道:"嘿!大爷还在乎这一点钱,少打一晚小牌,就有了。"凤举和他说话始终也不曾坐下,一面说一面走,已经出去了。王掌柜又不敢得罪他的,凤举一定不肯开支票,也就只好算了。

可是凤举心里,比他更为难,今年为讨了这房姨少奶奶,另立门户,差不多亏空到一万上下。东拉西扯,把帐还了一半,还欠四五千,简直没有法子对付。这还罢了,佩芳又有一个老规矩,每年过年,要给五百块钱散花。今年讨了姨少奶奶,这钱更得痛痛快快拿出,不然,她就要生是非的。本来想到银行里去移挪几个钱,无如今年银行里生意不好，也是非常的紧，恐怕不容易移挪。若是和朋友们去移挪罢，一两千块钱，还不至于移挪不动，无如又不肯丢下这面子，心里老是为难。

转眼就是阴历二十八了，帐房里正忙着办过年货。凤举从衙门里回来，一直就到帐房里来，只见满地下堆着花爆，屋外走廊上，一排悬着七八架花盒子。柴先生正数好了一沓钞票，拿在右手，左手便要去按叫人铃。凤举一脚踏进屋来，笑道："今年又买这些花爆，我是全瞧着别人快活。"柴先生正要搭话，进来一个听差，于是将钱交给他，让他走了，起身又关上了门。这才笑道："我也看出来一点，这几天，大爷似乎很着急。"凤举见旁边有一张靠椅，坐着向上一靠，笑着叹了一口气道："糟透了，我是自作孽，不可逭。"

柴先生道："我估量着，大爷大概还差六七千块钱过年罢？"凤举道："六七千虽不要，五千块钱是要的了。你说，这事怎么办呢？"柴先生道："大爷是不肯出面子罢了，若是肯出面子，难道向外面移挪个五七千块钱，还有什么问题不成？"凤举道："不要说那样容易的话，这年关头上，哪个不要钱用，哪里就移挪到这些？你……"说到一个"你"字，凤举顿了一顿，然后笑道："我也成了忙中无计，你能不能给我想一条路子？"柴先生笑道："我这里是升斗之水，给大爷填填小漏洞，瞒上不瞒下，还盖得过去。这五七千的大帐……"

凤举不等他说完，便道："我知道，我是因为你终年干帐的事，或者可以想法，并不是要你在帐房里给我挪动这些个钱。"柴先生笑道："有是有一条路子，不知道大爷肯办？"说时，把他坐的小转椅，挪一挪，挪得靠近了凤举，轻轻的道："吴二少爷一万块钱，叫我送到一家熟银行去存常年，商量要一分的息，何不挪用一下？"

凤举道："哪个吴二少爷，有这样多的钱要你去放？"柴先生道："就是大少奶奶家里的二少爷，还有谁呢？"凤举道："这真怪了，他是一个不管家中柴米油盐的人，怎样会有这些钱放帐？"柴先生道："这自然不是公款，吴府上也不至于为这一笔款子，要少爷来和我商量，这大概是少爷自己积下的私帐罢？"凤举动了脚，叹了一口气道："咳！我真不如人，我每月挣了这些个钱，还闹一屁股亏空，人家当大少爷，却整万的有钱放私债。"柴先生听说，只笑了一笑。

凤举道："有什么法子没有？若有法子，瞒着把那笔款子先挪来用上一用。"柴先生道"有什么不可以，就说有人借着用一用，十天半月奉还，多多的加些利钱就是了。"凤举道："利钱不成问题，我也就是过年难住了，过了年，我就有办法了。"柴先生道："让我来问一下看。"于是拿起桌上的座机电话，和吴宅通了一个电话。恰好那边吴佩芳的兄弟吴道全在家里。柴先生在电话里告诉了他，说是有人借那一笔款子，充着过年关，愿出月息二分，可不可以借出去？吴道全就答应考量一下，下午要到这边来，回头当面回你的信就是了。柴先生放下电话机，笑道："有点希望了，大爷回头听信罢。"凤举虽不敢认为有把握，也只好无望作有望。

到了下午，吴道全果然来了，他且不见柴先生，一直就来探望佩芳。这个时候，凤举和佩芳都在家里，吴道全走进院子来，隔着窗户先叫一声大姐。佩芳就在里边答应道："是二弟吗？"吴道全一面答应着，一面走进来，就在外面屋子里坐了。先只是说些闲话，好像此来并无所谓似的。凤举在屋子里坐了一会儿，急于要出去问柴先生的消息，就出去了，吴道全见屋子里并没有外人了，因轻轻的笑着对佩芳道："姐姐那款子现在有人愿按月二分利，承受你这一笔款子，你的意思怎么样？"佩芳道："是谁的路子？"吴道全道:"是你这里柴先生的路子。"佩芳道:"靠得住吗?若是靠不住,就算出四分利五分利,也不能冒这个险。"吴道全道:"那自然要和你这里帐房先生,盘查个清楚明白,不能含糊了事,我为慎重起见,所以先来问问你。你说能办我就办,不能办我就不办。"佩芳道:"你还没有和前途接头,我也不能说死,我全权付托你,你斟酌办罢。"

吴道全也不愿多说,怕人家把话听去了,就起身向外边来。佩芳道:"二弟你进来,我还有话和你说。"吴道全进来了,佩芳笑道:"你在柴先生那里,口风得紧一点,不要露出马脚来了。这事让凤举知道了,那就不得了。"吴道全笑道:"我又不是一个傻子,这事何消嘱咐得。"说时,昂昂头笑着出去了。吴道全只当没有事似的,慢慢的踱到帐房边来。一见门外廊檐下,挂了许多花盒子,便笑道:"今年花盒子买得不少啊。你们七爷,今年娶了少奶奶,不玩这个了,这是谁来接脚玩哩?大概是八小姐。"柴先生隔着玻璃,在屋子里就看见了,因笑道:"吴二爷,请进来坐坐罢。"吴道全于是背着两只手,慢慢的走了进去。

一推开门,见堆了许多花爆,又借此为题,说笑了一阵。柴先生让吴道全坐下,拿了一支雪茄,双手递过去,笑道:"这是好的,二爷尝尝。"吴道全咬了烟头,衔在口里,柴先生就擦了火柴送过去,低低的笑道:"电话里和二爷说的话,二爷意思怎么样?"吴道全道:"办是可以办,不知道是谁要?靠得住靠不住?"柴先生笑了拍着胸道:"这事有兄弟负完全责任。约定了日期,二爷只管和我要钱。"吴道全笑道:"有你做硬保,莫说是一万,就是十万也不要紧。不过你也要告诉这借钱的是谁?"柴先生想了一想,笑道:"这个人你先别打听,只要接洽好了,我当然要宣布的。"吴道全笑道:"是个什么有体面的人,借钱怕破了面子?"柴先生笑道:"既然是个有体面的人,二爷就更可以放心,这钱是少不掉的了。"说到这里,就把债务人的身份,说了一遍,隐隐约约的,就暗指着万总长的兄弟。

这万总长的兄弟,在交通界服务多年,手头最阔绰,每年总有个一二十万,到年节,却也免不了闹亏空。这柴先生和他都很认识。吴道全也觉这种人出面子借一两万块钱,是不至于有事的,大概是因为一处凑钱不容易,所以用集腋成裘的办法,东挪一万,西扯一万,由柴先生和他凑个整数。只要真是他借钱,那倒是不怕。便笑道:"你说这话,我也知道。但是多久的时期呢?"柴先生想了一想道:"至多一个月。不过不到一个月,也是按月算利钱,决计不会少付的。"吴道全究竟是个少爷,经不得柴先生左说右说,把他就说动了心,满口答应,把这笔款子放出去。

这天下午,就在金宅吃晚饭,吃饭以后,佩芳私下将款子交给了道全。原来这钱本是存在一家银行的,因为那家银行有点摇动,所以佩芳把存款提出来了。现在所存在家里的全是一百块钱一张的钞票。佩芳将这款子交给道全以后,道全揣在身上,出去绕了一个弯,然后就回来交给柴先生,说是特意在家里取来的。柴先生决不会料到这是大门里的钱,倒也相信。这天晚上,就把凤举找来,告诉他款子已经借好。凤举借到一万块钱,就好像拾到一万块钱一样,欢喜得了不得,立刻心里愁云尽退,喜上眉梢。笑道,"得!老柴,正月里请你听戏。"坐到十二点钟,才高高兴兴的进房去睡。

佩芳手上正捧了一杯茶,靠着床柱喝。看见凤举进来,将茶杯放下,昂着头问道:"你就是这样一天忙到晚,忙些什么?我问你,要你办的款子,已经办得了吗?"凤举道:"我哪怕穷死了,你散花的钱,我还总得筹划,是也不是?"佩芳将茶杯向下一放,突然站将起来,抵到凤举面前问道:"什么屁话?到了现在,年都到眉毛头上来了,你倒说没钱,硬要赖下去吗?"凤举笑着连连摇手道:"别忙别忙!我的话还没有说完,你怎么就生起气来?"佩芳道:"你不是在哭穷吗?还有什么可说的呢?"

凤举道:"我是这样子譬方说。今天晚上,我在外面闹了这大半夜,就是为了借款。"佩芳道:"你还不是哭穷吗?你不必这样说,就算你是过不了年,在外面借钱,那也是活该!谁叫你大肆挥霍,弄得自己不能收拾?老实对你说,你要不给我钱,大家就别想过年。我今年用过你什么钱?衣服一大半都是我自己做的,我都拖穷了。你不信,打开我的箱子看看,还有多少钱?连铜子票都算在内,还不到一百块钱,我早就指望你这一笔款子了。到了日子,你倒打算抵赖。你养得起老婆,你就养老婆,养不起,我也能独立生活,用不着向你拿几个臭钱。"

凤举笑道:"我等你把牢骚发完了,我再说话。"佩芳道:"我只是要钱过年,没有什么牢骚,你能拿钱来就算了。"凤举笑道:"你若提起别的事情,或者把我难住了,若是光为几个钱,很值不得这样生气,明天一早,我一准把钱奉上。今天晚也是晚了,明天一早奉上,总也不至于误你的什么事罢?"佩芳道:"我就要的是钱,只要有钱到手,我还有什么话说。但是明天一早,准拿得出来吗?"凤举道:"有,有,有!若是不和我再为难,我明天除了五百正数之外,再奉送一百元的压岁钱。"佩芳道:"你不必乱许愿了,只要我本分的钱你照数给了我,我就感激了。"如此一说,佩芳也就不再吵闹了。

第五十五回

出入一人钱皱眉有自　　奔忙两家事慰醉无由

到了次日清早，凤举记挂着柴先生答应的那一笔钱。起床之后，漱洗完毕，马上就到前面帐房里来。这几天柴先生为了过年盘帐也是累个不了，一早就起来了。凤举到帐房里时，柴先生道："大爷，这款子全是一百元的一张票子，不要先换换再使吗？"凤举道："用不着换，我的帐，大概没有少于一百元的。你给我先拿出三千来。"柴先生打开保险柜，取了三十张票子，交到他手里。他于是拿起桌上的话机，就叫了好几处的电话，都是约人家十二点钟以前到家里来取款。电话叫毕，身上揣着三十张钞票，就来找他夫人说话。

一进房，佩芳没有起来，还睡得很香。凤举就连连推了她几下，说道："起来起来，款子办来了。"说时，数了六张票子，拿在手里。佩芳被他惊醒，睁眼一看，见凤举手拿着钱，还没有说话，凤举接上又把手上的票子，对着佩芳面前晃。佩芳一眼看到是美国银行百元一张票子，心里就是扑突一跳，不由失神问道："咦！你这票子，是哪来的？"凤举哪知其中原故，笑道："你倒问得奇怪？难道就不许我有钱过，真要哭穷赖债吗？"佩芳一面从被窝里起身，一面接过票子去,仔细看了一看,可不是昨晚上拿出去放债的票子吗?柴先生说有个体面人要借钱,不料就是他。他一把借了上万块的钱,不定又要怎样大吃大喝,大嫖大赌,将来到哪里去讨这一笔帐?二弟做事,实在也糊涂,怎样不打听个水落石出,就把钱借了出去?当时,人坐在床上,掩上被窝,就会发起呆来。

凤举不知什么一回事,便问道:"你要五百,我倒给了六百了,你还有什么不愿意的地方吗?"佩芳定住了神,笑道:"见神见鬼,我又有什么不愿意的呢?只因为我想起一桩事情,一刻儿工夫,想不起来原是怎样办的?"凤举道:"什么事?能告诉我吗?"佩芳掀开棉被,就披衣下床,将身子一扭道:"一件小事,我自己也记不起来,你就不必问了。"凤举自己以为除了例款而外,还给了她一百元,这总算特别要好,佩芳不能不表示好感。在这时候,所谓官不打送礼人,佩芳总不至于和自己着恼。他这样想着,看见佩芳不肯告诉他所以然,就走上前来,拉着她的手道:"你说你说,究竟为了什么?"

佩芳这时丧魂失魄,六神无主,偏是凤举不明白内容,只是追着问。她气不过将手一摔道:"我心里烦得要命,哪个有精神和你闹?"凤举看她的脸色,都有些苍白无血。她一伸手,就把壁电门一扭,放亮了一盏灯。凤举道:"咦!青天白日,亮了电灯为着什么?"佩芳经他一提醒,这才知道是扭了电灯。于是将电灯关了,才去按电铃。一会子,蒋妈进来,伺候着佩芳漱洗,凤举看了,就不好说什么。佩芳漱洗完毕,首先就打开玻璃窗在烟筒子里拿出一支烟卷衔在嘴里,蒋妈擦取灯儿,给她点上。她就一手撑了桌子,一手夹着烟卷,只管尽力的抽。佩芳向来是不抽烟的,除非无聊的时候,或者心里不耐烦的时候,才抽一半根烟卷解闷。现在看佩芳拿了一支烟卷,只抽不歇,倒好像有很重大的心事,闹得失了知觉似的。凤举心里很是纳闷,她睡了一觉起来,凭空会添什么心事?除非昨晚的梦,做得不好罢了。

佩芳一直抽完了一支烟卷,又斟一杯热茶喝了,突然的向凤举道:"我来问你,你外面亏空了多少债?"凤举心想,多说一点的好,也好让她怜惜我穷,少和我要一点钱。因道:"借债的话,你就别提了,提了起来,我真没有心思过年。我也不知道怎么样弄的,今年竟会亏空七八千下去了。"佩芳一点也不动色,反带着一点笑,很自在的问他道:"你真亏空了那些吗?不要拿话来吓我。"凤举道:"我吓你做什么?我应给的钱,都拿出来了,不然,倒可以说是我哭穷,好赖这一笔债。"

佩芳道:"你果然亏空这些债,又怎样过年呢?难道人家就不和你要债吗?"凤举道:"你这是明知故问了。这几天我忙得日夜不安,为了何事,还不是这债务逼迫的原故吗?"佩芳道:"哼!你负了这些债,看你怎样得了?"凤举笑道:"天下事就是这样,总是置之死地而后生,没有多少人推车碰了壁,转不过弯来的。昨天无意之中,轻轻巧巧借得一万块钱。我就做个化零为整的办法,把所有的债,大大小小的一齐还了,就剩了这一笔巨债负了过年。"

佩芳问到这里,脸上虽然还是十分镇静,可是心里已经扑通乱跳。因微笑问道:"你借人家许多钱,还打算不打算还呢?"凤举道:"还当然是要还,不过到什么地方说什么话,现在还是不能说死的。"佩笑道:"你倒说得好!打算背了许多债,月月对人挣利钱吗?你是赶快还的好。你不还,我就去对父亲说。"凤举笑道:"这倒是难得的事,我的债务,倒劳你这样挂心!"佩芳道:"为什么不挂心呢?你负债破了产,也得连累我啊!"佩芳一面说着,一面急着在想法子，虽丢了这一万块钱，自己还不至于大伤神，可是这件事做得太不合算，债纵然是靠不住，可不能出了面子去讨，这有多么难受？

当时，且和凤举说着话。一等凤举出去了，连忙将壁子里电话机插销插上，打电话回家里找吴道全说话，这还是早上，吴道全当然在家。佩芳在电话里，开口就说了两声糟了，要他快快的来。吴道全一问什么事？佩芳道："还问呢！你所办的事办得糟不可言了。"吴道全一听就知道那一万元的款子事情有点不妥，马上答应就来。挂了电话，匆匆忙忙的就上金宅来，一直走到佩芳院子里。佩芳隔着玻璃就看见他，连招了两招手。其实，吴道全在外面，哪里看得见？等他进来了，佩芳由里面屋子里走出来，皱着眉先顿一顿脚道："你办的好事！我这钱算扔下水去了。"吴道全道："咦！这是什么话？难道……"佩芳顿着脚轻轻的说道："别嚷别嚷！越嚷就越糟了。"吴道全回头望了一望门外，问道："究竟是怎么一回事？"

佩芳趁着无人，就把凤举借钱，和拿着那一百元一张钞票的话，对吴道全说了。吴道全道："这一百元一张的钞票，许我们有，也就许人家有。况且他和帐房里有来往的，他或者在帐房里挪款子，帐房将你的钞票顺便给了他，也未可知？帐房若付款给那借债的，把别的票子给人也是一样，难道给你放债就非把你的钞票给人不可吗？"佩芳道："事到如今，你还说那菩萨话？不管是谁借，这钱我不借了，无论如何，你把我的钱追回来就没事。"

吴道全见他姐姐脸色都变了，也觉这事有点危险性，立刻就到帐房里去和柴先生商量，前议取消。柴先生不能说一定要人家放债，便道："二爷，你这真是令我为难了。你昨天说得那样千真万确，到了今天，你忽然全盘推翻，这叫我怎样对人去说呢？二爷你就放松一把罢，二十天之内，我准还你的钱，你看怎么样？"吴道全道："不行！你就是三天之内还我的钱，我也不借，不管三七二十一，我就得提款回去。"说了也不肯走，就在帐房里等着。柴先生一看，这事强不过去，只管告诉他实话，已经挪动三千，先交回七千元，其余约了二十四个钟头之内，一准奉还。吴道全得了这个答复，方才回佩芳的信。

柴先生又少不得要去逼迫凤举，加之凤举电话约着取款的人，也都陆续来了。这一下子，真把凤举逼得走投无路，满头是汗。这时凤举挪动了三千块钱，不但不能拿出来，还和柴先生商量，要格外设法把这些债主子打发开去。柴先生也是做错了事，把缰绳套在头上，这时要躲闪也是来不及，只得把公用的款子先挪着把债权人都打发走了。好在这两天过年，公款有的是，倒是不为难。可是到了正月初几，是要结帐的，事先非把原款补满不可。因此钱虽替凤举垫了，还催凤举赶快设法。凤举也知道这件事不是闹着玩的，只好四向和朋友去商量。六七千块钱究竟不是一件容易的事，因此有两天没有到晚香那边去。

这天就是二十九，晚香是从来没有一个人过年的事，不料今年这年也做了一家之主，这年是过得很甜蜜的。不料理想却与事实相违，偏是凤举躲得一点形迹没有。外面有些人家，已是左一声，右一声，噼啪噼啪在放爆竹。晚香由屋子里出来，打开玻璃门向天空一望，只见一片黑洞洞的，不时有一条爆竹火花，在半空里一闪。想到未坠入青楼以前，自己在家中做女儿的时候，每到年来就非常的快活。二十八九，早已买了爆竹，在院子内和孩子们放。那个时候，是多么快活！后来到了班子里，就变了生活了，那可以算是第二个时期。这总算生平最不幸的一件事。现在嫁了金大爷，那就可以算是第三时期了。满想今年这个年，过得热闹闹的。一看这种情形，竟十分不佳。当时晚香隔着玻璃望着外面天空，黑洞洞中，钉头似的星光，人竟发了呆。

忽然门一推，厨子送进晚饭来，晚香是和老鸨断了往来的，娘家人又以不能生活，早逃到乡下度命去了。这里凤举不来，就是她一个人过日子，所以凤举体谅到这一层，总是来陪伴着她。先些时，凤举先是为了佩芳管束得厉害不能来，这几天又因为债务逼得没奈何，不能分开身。而且最难堪的，就是这两种话都是不能告诉晚香。所以他心里尽管是难过，却只好憋着了放在肚子里。晚香既不明白他是何来由，倒疑心男子的心肠是靠不住。现在恋爱期已过，是秋扇见捐的时候了。想到这里，不由得悲愤交集。屋子正中，一盏敞亮的电灯，不过照见桌子上一桌子菜饭。这样孤孤单单的生活，就是再吃得一点，也觉得是人生趣味索然。坐到桌子边下，扶了筷子，只将菜随便吃了两下，就不愿意吃了。

因凤举常是在这里请客，留下来的酒还是不少，于是在玻璃格子里，拿了一只玻璃杯子，倒上一杯葡萄酒，一面喝，一面想心事。凡有心事的人，无论喝酒抽烟，他只会一直的向前抽或喝，不知道满足的。这时晚香满腔子幽怨，只觉得酒喝下去心里比较的痛快，所以一杯葡萄酒，毫不在意的就把它完全喝下去了。她喝完了，还觉得不足，又在玻璃格子里，取了一只高脚小杯子，倒上一杯白兰地，接上的向下喝。

当时喝下去，原不觉得怎么样，不料喝下去之后，一会儿工夫，酒力向上鼓荡，只觉头上突然加重，眼光也有些看不清楚东西。心里倒是明白，这是醉了。丢下筷子，便躺在旁边一张沙发椅上。老妈子看见，连忙拿手巾给她擦脸，又倒了一杯水给她漱口，便道："少奶奶，你酒喝得很多了，床上歇一会儿罢，我来搀着你。"晚香道："搀什么？歇什么？反正也醉不死。这样的日子，过得我心里烦闷死了，真是能醉死了，倒也干脆。"老妈子碰了一个钉子，不敢向下再说什么，便走开去了。可是晚香虽然没有去睡，但精神实在不支，她在沙发椅上这样躺着，模模糊糊就睡着了。

当她睡着了的时候，老妈子就打了一个电话到金宅去告诉凤举，恰好凤举在外面接着电话，说是晚香醉得很厉害，都没有上床去睡。凤举心里一想，这几天总是心绪不宁，莫非祸不单行，不要在这上面又出了什么乱子。也不管佩芳定下的条约了，马上就问家里有汽车没有？听差说："只有总理的汽车在家。"凤举道："就坐那汽车去罢。若是总理要出去，就说机器出了毛病，要等一等。我坐出去，马上就会让车子先回来的。"听差见大爷自己有这个胆子，也犯不上去拦阻，就传话开车。凤举大衣也没有穿，帽子也没有戴，就坐了汽车，飞快的来看晚香。到了门口，汽车夫问要不要等一等？凤举道："你们回去罢。无论哪一辆车子开回来了，你就叫他们来接我。"说时，门里听差，听见汽车喇叭声，早已将门开了。

凤举一直往上房奔，在院子里便道："这是怎样回事？好好的醉了。"老妈子推开玻璃门迎了出来，低着声音道："刚睡着不大一会儿，你别嚷。"凤举走到堂屋里，见晚香睡在一张沙发上，枕着绣花软垫，蓬了一把头发。身上盖了一条俄国绒毯，大概是老妈子给她加上的。脚上穿着那双彩缎子平底鞋，还没有脱去呢。凤举低着身子看看她脸上，还是红红的，鼻子里呼出来的气，兀自有股浓厚的酒味。因伸手摸了她一下额角，又将毯子牵了一牵，握着她的手，顺便也就在沙发上坐下。

老妈子正斟了一杯茶,放在茶几上。凤举道:"这是怎么回事?一个人喝酒,会醉得这样子。"老妈子笑道:"都是为了你不来罢?少奶奶年青,到了年边下,大家都是热热闹闹的,一个儿在家里待着,可就嫌冷淡了。家里有的是酒,喝着酒解解闷,可也不知道怎么着,她就这样喝醉了。我真没留意。"凤举一接电话,逆料是不出自己未来这层原故,现在老妈子一说,果不出自己所料。看了看海棠带醉的爱姬,又看了看手上的手表,一来是不忍走,二来也觉得时间还早,因此找了一副牙牌,倒在圆桌上来取牙牌数,借以陪伴着她。晚香醉得很厉害,一睡之后,睡得就十分的酣甜,哪里醒得了?约摸到了十一点钟,电话来了,正是家里的汽车夫来问,要不要来接?凤举一看晚香还是鼻息不断响着,就分付不必来了。

一直等到十二点多钟,晚香才扭了一扭身子,凤举连忙上前扶着道:"你这家伙,一不小心,你就会滚到地下来了。"晚香听到有人说话,人就清醒些,用手揉着眼睛,睁开一看,见凤举坐在身边,仍旧闭上了眼。闭了一会儿,然后睁开来,突然向上一坐,顺手把盖在身上的毯子一掀,就站起来。凤举一把捞住她的手,正想说一句安慰她的话。她将手使劲一牵,抽身就跑进房里去了。凤举候了半晌,倒讨了这一场没趣,也就跟在后面,走进房里来。晚香正拿了一把牙梳,对了镜子,梳着自己头上的蓬松乱发。凤举对她的后影,在一边坐下,叹了一口气道:"做人难啰!你怪我,我是知道,但是你太不原谅我了。"晚香突然回转身来,板着脸道:"什么?我不原谅你,你自想想,我还要怎样原谅你呢?爷们都是这样,有了新的,就忘了旧的,见了这个,就忘了那个,总是做女子的该死!"

凤举听了她的话,知道她是一肚子的幽怨,便笑道:"你不用说了,我全明白。"晚香道:"你明白什么?你简直就是个糊涂虫。"

凤举笑道："你骂我糊涂，我知道这是有原故的，无非是丢下你一个人在这里过这种寒年，很是冷淡，觉得我这人不体谅你。但是你要想想，又是家事，又是公事，双料的捆在身上，我不能全抛开了来陪你一人。"晚香道："你不要瞎扯了，到了这年边下，还有什么公事？"凤举道："惟其不懂，所以你就要错怪人了。这旧历年，衙门里向来是注重大家得照常的办公。况且我们是外交部，和外国人来往，外国人知道什么新历旧历年哩？他要和我办的公事，可得照常的办。家里的事呢，一年到头，我就是这几天忙。你说，我一个人两只手两条腿，分得开来吗？"晚香道："说总算你会说，可是很奇怪，今天晚上，你又怎么有工夫来了？"凤举笑道："不要麻烦了，酒喝着醉得这样子，应该醒一醒了。"便分付老妈子打水给少奶奶洗脸。又问家里有水果没有？切一盘子来。

老妈子说是没有。凤举道："这几天铺子里都收得晚，去买去买。"于是又掏出两块钱，分付听差去买水果。水果买来了，又陪着晚香吃。这个时候，就有一点半钟了。晚香虽然是有他陪着，却是老不肯开笑脸，这时突然向凤举道："你还不该走吗？别在这里假殷勤了。"凤举本也打算走的，这样一说他就不好意思走了。便笑道："你不是为了一个人冷淡，要我来的吗？怎么我来了，又要我走？"晚香道："并不是我要你走。大年下弄得你不回去，犯了家法，我心里也怪过意不去的。"说着，就抿嘴一笑。凤举伸了手扯住她两只手，正要说什么，晚香一使劲，两只手同时牵开，板了脸道："别闹，我酒还没有醒，你要走，你就请罢。"说时，她一扭身坐到一张书桌边，用手撑了腮，眼睛望着对面墙上，并不睬凤举。

凤举笑道："你看这样子，你还要生气吗？"晚香望了他一眼，依然偏过头去。凤举见晚香简直没有开笑脸，空有一肚子话，一句也不能说，只得也就默然无声，在一边长椅上躺下。晚香闷坐了一会儿，自己拿了一支烟卷抽着，抽了半根烟卷，将烟卷放在烟灰缸上，又去斟茶喝。喝完了茶，回头看那烟时，已经不见了，凤举却衔了半截烟，躺在那里抽。晚香也并不做声，还是用两手撑了腮，扭着身子，在那里坐下。凤举笑道："我们就这样对坐着，都别做声，看大家坐到什么时候？"晚香道："我哇，我真犯不着呢。"说毕，一起身，就一阵风似的解了衣服，只留了一身粉红的小衣，就上床去，人一倒在枕上，顺手抓了棉被，就乱向身上扯。凤举道："唉！瞧我罢。"于是走上前，从从容容的，给她将两条被盖好。

闹了这一阵子，外面屋子里的挂钟当当又敲着两下过去了。凤举一看这种情形，回去是来不及的了。他一人就徘徊着，明日回家要想个什么法子和佩芳说，免得她又来吵。正是这样踌躇未定，晚香在被里伸出半截身子来说道："什么时候了，你还不走？再不走，可没有人和你关门了。"凤举道："谁又说了要走呢？"晚香道："我并不是要你在这里，这些日子，我都不怕，难道今天晚上我就格外怕起来了吗？"凤举皱了眉道："两点多钟了，别啰嗦了，你就睡罢。"晚香哼了一声，没有再说什么，就睡下去了。这一晚上，凤举也就极笑啼不是、左右为难之至。

到了次日上午，陪了晚香吃过早点心，又分付听差买了许多过年货，这才回去。这天就是除夕了，像他这样钟鸣鼎食之家，自然是比平常人家还要加上一层忙碌与热闹。凤举却只坐在帐房里，并没有回上房去，一直快到下午两点钟，才借着换皮袍子为由，回到自己屋里去。佩芳因所放出去债款，居然都收回来了，料到凤举奔走款子，席不暇暖，绝没有工夫到姨太太那里去。凤举昨晚一晚不见，她也没有放在心上。凤举却又做贼心虚，心想，自己首先破坏了条约，佩芳吵起来，倒是名正言顺。在这种大除夕日子，弄出这些不堪的事情来吵，未免难为情。因此走到自己院子里，就很不在乎似的向屋里走。不料佩芳在玻璃窗里看见，连连嚷道："别进来，别进来！"凤举想道："糟了，又要吵。"还未曾进屋，先就嚷了起来，简直是不让我进房。于是只好站在房门外走廊上发愣。

原来这个时候，佩芳正在屋子里盘她那一本秘帐，桌子上有现款，也有底帐，也有银行里的来往折子。这要让凤举进来撞见了，简直自己的行为是和盘托出，无论何人，这是要保守秘密的。所以老远的看见凤举，赶忙就一面关起房门，一面嚷着别进来。就在凤举站在走廊下发愣的时候，她就一阵风似的，将帐本钞票向桌子抽屉里一扫，然后关了抽屉，将锁锁上。这才一面开门，一面笑道："吓我一跳，我说是谁？原来是你。"凤举听他夫人说话，不是生气的口吻，这又醒悟过来，以为他夫人不让进来是别有原因，并非生气。也就连忙在外面笑道："你又在做什么呢？老远的就不要人进来。"

佩芳由里面屋子里已经走到了外面屋子，凤举见她穿的驼绒袍子一溜斜散了胁下一排纽扣，她正用手侧着垂下去，一个一个的向上扣。凤举道："不迟不晚，怎么在这时候换衣服呢？"佩芳道："我原是先洗了澡，就换了小衣了，因为穿得太不舒服，我又换上一件了。"凤举是自己掩藏形迹不迭的人，哪里敢多盘问佩芳？只要佩芳不追究他昨天晚上的事，他已算万幸，所以换了一件衣服，他就走了。他的年款本来是东拉西扯勉强拼凑成功，有一部分是在帐房里移挪的，总怕柴先生处之不慎，会弄出什么马脚，所以他自己总坐在帐房里以便监督。

他到帐房里时，燕西也在那里坐着，凤举笑道："这里忙得不能开交，你一个闲人，何必跑到这里来？"燕西道："何以见得我是个闲人？我也不见得怎么闲罢？这两天为了钱闹饥荒，我是到处设法。"柴先生听说，望了一望凤举，又望了一望燕西。凤举道："你何至于闹得这样穷，今年下半年，你便没有大开销呀？"燕西笑道："各有各的难处，你哪里知道。"凤举道："你有多少钱的亏空？"燕西道："大概一千四五百块钱。"

凤举昂着头笑了一笑道："那算什么，我要只有你这大窟窿，枕头放得高高的，我要大睡特睡两天了。"燕西道："是要还的零碎帐，还有过年要用的钱呢！这一叠起来，你怕不要两千。"柴先生笑道："不是我从中多嘴，我看几位少爷，没有不闹亏空的。这亏空的数目，大概也是挨着次序来，大爷最多，二爷次之，三爷更次之，七爷比较上算少。"燕西道："这一本烂帐，除了自己，有谁知道？我想我的亏空，不会少似二爷罢？"凤举道："往年你交结许多朋友，这里吃馆子，那里跳舞，钱花得多了，或者有之。最近这半年中，我没有看见你有什么活动，何以你还是花得这样厉害？"燕西道："你不是说一两千块钱，很不算什么吗，怎么你又说花多了？"凤举这可不能说，我花了不算什么，你花了就算多，只得笑了一笑。

燕西本想向帐房私挪几百块钱。见凤举这种情形，他是有优先权了。随便说了几句话，先就抽身走了。且不回新房，把那日久不拜会的书房，顺步踏进去了。金荣拿了一床毯子，枕着两只靠垫，正在长沙发上好睡。燕西喝道："你倒好，在这里睡将起来了。"金荣一骨碌翻身起来，看见了燕西，也倒不惊慌，却笑道："我真不曾料到，七爷今天有工夫看书来了。"燕西皱了眉道："你们倒快活！过年了，有大批的款子，又得拼命赌上几场。"金荣将那半掩的门，顺手给他掩上了。却笑道："七爷为难的情形，还不是为了过年一点小亏空吗？这一点事，你何至于为难。"燕西坐下来，翻一翻桌子上烟筒子里的烟卷,却是空空的,将烟筒子一推道:"给我拿烟去。"

金荣微笑道:"别抽烟,心里有事抽烟,就更难过了。我告诉你一条好路子,四姑爷手上,非常的方便,你只要到四小姐那里闲坐,装着发愁的样子来,他们一定就会给你设法。"燕西道:"你怎么知道四小姐有钱?"金荣笑道:"你是不大管家务事,所以不知道。这一阵子刘姑爷是天天嚷着买房,看了好几所了,都是价钱在五万上下。他要是没有个十万八万的,肯拿这些钱买房?四小姐是肯帮你忙的,这个时候,你问她借个一千两千的,还不是伸手就拿出来吗?"

燕西道:"你瞧,我算是糊涂,他们这样大张旗鼓的要买房,我就会一点也不知道。有了这样一个财神爷,我倒不可放过。"金荣笑道:"三个臭皮匠,抵个诸葛亮,你说我这主意不错不是?要去,你这就去,趁着四姑爷还没有出门,事情儿准有个八分成功。"燕西道:"我就信你的话,三个臭皮匠,抵个诸葛亮,我这就和四小姐说去。"说着,起身到道之这边屋子里来。

第五十六回

授柬示高情分金解困　登堂瞻盛泽除夕承欢

燕西这回前来正是机会，刘守华正好拿出支票簿来，签了一张一千二百元的支票，放在桌上，用铜尺来压着。燕西看了便笑道："大家都好，只有我一个人闹穷。你瞧，你们这支票满屋子扔，看了真让人家羡慕。"道之道："你嚷什么穷？柴米油盐的帐，哪样让你管了一天了？"燕西道："你只知道那样说，你不知道大家是有进款的，就只有我一个人没有进款的。过了年，父亲若要不让我去留学，我就得到机关里去弄差事，不然，这个穷劲儿，我可是抗不了。"说着，向沙发椅子上一靠，叹了一口长气。

道之对刘守华笑道："老七是无事不登三宝殿，他来哭穷，你知道他的用意吗？"刘守华笑道："我不是诸葛亮和刘伯温，猜不到他此来什么用意。"道之道："你不要装傻了，你要装傻，我就不必叫你刘守华，要叫你刘守财了。"刘守华笑道："据你这样说，老七是和我们借钱来了。老七，你姐姐猜得对吗？"他这一问，燕西难为情起来，姐夫究竟是别姓的人，怎么好意思说借钱的话。因此他却十分踌躇着，不知道是直说好，还是不说的好。只这一犹豫之间,就把答话机会错过。燕西又不好补说,自己此来,可是借钱的,却只一笑了之。

刘守华道:"那有什么不好意思?你要多少钱用,我替你想点法子就是了。年青人都要这样,以为说没有钱用,就丢了面子,问人家借钱呢,人家答应,还是罢了,人家若是不答应,是加倍的难为情。可是要这样,就不是应时的手腕了。"燕西笑道:"你倒好像爱克斯光镜,照见了我的心肝五脏。其实我穷虽穷,勉强凑起来,对付着也就可以过年,倒是不敢闹亏空。"刘守华一番好意,经燕西这样一说,就不能再向前说。他不说,道之也是默然无语。燕西又说了一些闲话,也就走了。不过走出了道之这院子里,自己又有些后悔,刚才人家说得好好的了,只要我说出数目来,就可以照办,偏是当时又要什么面子,说了硬话,把现成的支票退回,这只好另想法子了。随脚所之,不觉就走到自己内室来。

这个日子,清秋在金家虽然过了许久,但是看他们家里过年,别有一种狂热的情形,看了倒是有趣。只有她是一个新嫁娘,一点事也没有,拿了一本书,正背着窗户看。燕西走了进来,见她看书,就笑道:"你倒自在!"清秋道:"我不自在怎么样呢?这里并没有我要做的事呀。但是我看你没有什么事的人,何以也忙得不亦乐乎?"燕西向旁边长椅上一躺,叹了一口气道:"唉!你哪里知道?"清秋道:"我什么不知道?你还有什么痛苦吗?"

燕西一时失神,把口气露了出来,现在要勉强掩饰,也是来不及。因道:"别的什么痛苦是没有,一到了过年的时候,大家都用钱,我想到消耗和别人一样,可是并没有收入,这事是很危险。"清秋先是抿嘴一笑,然后说道:"为了钱发愁,我看你这是第一次罢?你那每月三百元的月费,怎么用了?"燕西一拍手道:"靠那一点子钱,当然是闹亏空。可是闹亏空不算，还不让人知道。第一是父亲不能知道这件事。他以为一个读书的人，每月用这些钱，已经太多了，哪里再能说不够？"清秋脸一红道："你为我花了钱不少罢？"燕西闹得图穷匕现，更是不堪，因道："我有是有点亏空，但是相沿的日子久了。"

说到这里，屋子外面，有人喊道："七爷在这里吗？"燕西便问道："谁？"那人听到答应，就进来了，原来是道之用的李妈。燕西见她手上拿着一封信，心里就是一动，因问道："是给谁的信？"李妈道："是我们太太给你的，你瞧罢。"燕西拆开来一看，先有一张支票，射入了自己的眼帘。另外是一张八行，上写道："你大概是很着急罢？想借钱，又不好意思开口，是不是？现在把一张空白支票，盖了图章送来，要多少钱，你斟酌情形去填上。时候不早了，填了赶快就去兑罢。我并不对人说，你放心。姊道之字。"燕西一见，不由得喜上眉梢，对李妈道："我知道了，你去罢。待一会儿，我自己就会来。"

李妈去了，燕西笑嘻嘻的将支票向清秋脸上一扬，说道："嘿！咱们正月里花的钱都有了，现在几点钟？"清秋笑道："来了一笔什么意外的财喜，把你乐成这个样子？钟在你面前桌上，倒来问我？"燕西便将支票递给清秋看道："天下放债的人，我看没有比这更痛快的了，将支票盖好了图章，倒让我们来填数目。四姐待我们总算不错的了。"清秋道："这样子，你打算填多少数目呢？"燕西一手拿着支票，一手搔了一搔头发，笑道："依我的意思，最好是填上三千。可是人家给我们一个大方，真填上那样多，又觉有一点子知进而不知退。"清秋道："我说你什么事快活？原来是借到一笔钱。借钱是很不幸的事情，没有看见你，倒把它当了一件快活的事。你以为借了钱，不用得还吗？就是不用还，究竟也不算快活。"燕西道：

"还自然是要还，但是有了钱，就救了目前的急，先快活一下再说。"于是拿了支票，就到桌上去填写数目。

清秋赶过来，一手挽住了他的胳膊笑道："你可别胡闹，填上许多数目。你要知道，有多了钱，你也就是多花，不如写上几百就行了。正月里我没有什么可花的，你别要为我打算盘，你自己划算着，你要花多少，你就写上多少罢。"燕西笑道："无论如何，我得写两千，除了还欠债，自己还要留几个钱用用。"说时，他已把数目填上。一看桌上的钟，还只四点钟，笑道："行行行！今天银行里营业的时间，都延长到下午七八点钟的，这时候去，拿了钱，还可以买东西回来。"于是回转身，两只手握了清秋的手，一直问到清秋脸上，笑道："你要什么东西？我都给你带来。"清秋道："我什么也不要，只要一个条件，你把钱交给我，让我替你保管，你的意思怎样？"燕西笑道："这不成问题，你不给我保管，我也要把钱放在你这儿的。难道我还能带着整千的款子在身上，到处去玩吗？"说毕，找了帽子戴上，就出去了。

出去了约有一个多钟头，他高高兴兴回来，在身上掏出那两沓票子，交给清秋道："每沓是五百，共总一千。"清秋道："还有一千呢？"燕西道："姓了别人了，还有吗？"清秋道："你真会用钱，出门去拿两千块钱，不到家就用了一半，这不能不算一个大手笔。"燕西笑道："我这就算大手笔吗？你去查查老大老三他们用的钱，每月是要多少？"清秋道："为什么不学人的好处，却学人的坏处？再说大哥、三哥他们都能挣钱，你总还算是在求学的时代，也不能和他去打比啊！"燕西道："他们挣的钱吗？那更可笑了，恐怕还不够每月坐汽车的油费呢。"

清秋笑道："我不是说一句刻薄话，大概'纨绔子弟'四个字，你们贵昆仲,倒是货真价实。"燕西听了这话,未免脸上一红,就说不出话来。清秋也觉得这话有些言重了,便走到燕西身边,轻轻的拍着他的肩膀道:"对不住!我的话说错了,回头我给你拜年,再向你道歉。"燕西握住她的手,转过身来,这位新夫人正穿了一件玫瑰紫的驼绒袍,两颊带上一点似有如无的红晕,配上那乌缎子似的头发,双钩起来,掩住一角白脸,她美目流盼,瓠犀微露,真是娇艳极了。她的头正靠住了燕西的左肩,燕西偏着头由上向下一看,笑道:"今天为什么穿得这样漂亮?"清秋道:"今天不是过年吗?我总得穿个热闹闹的,免得人家说我姓冷,人也冷。"燕西道:"谁说了这话?"清秋道:"没有谁说,不过我这样猜想罢了。反正穿得热闹,总也不讨人厌。"燕西笑道:"这话不可一概而论,有那种猪八戒似的人,可就越热闹越讨厌。"清秋笑道:"我就知道我和猪八戒的相差不多,你可要算高家庄的高小姐了。"

就在这个时候,玻璃窗外有一个人影子一闪,似乎是走过来,又退回去了。清秋眼快,便问道:"外面是谁?"忽然外面有人格格的笑将起来。燕西听来人的声音,好像是道之,问道:"四姐吗?为什么不进来?"道之笑道:"说起新婚燕尔,你们真是当之无愧,那种鹣鹣鲽鲽的样子,我冲了进来,有些不大合适罢?"一面说着,一面已走将进来。清秋听了这话,倒有些不好意思,笑道:"四姐是做母亲的人,应该指导指导我们才是,你倒拿我们开玩笑?"道之道:"指导指导你们吗?除非是指着老七说。你是聪明人里头挑出来的顶尖儿,恐怕你要指导我才对呢。得!不要说那些客气话。老七我问你,我那支票,你给我填上了多少数目?"

燕西作了一个揖道:"姐姐,真多谢你,救我出了难关。我填了两千,但是已用过去一半了,马上还得开销五百。"清秋将他递过来的钞票,依旧向他手上一塞,说道:"罢罢,你叫我保管,还没有拿过来,又要用去一半,还保管什么?当了债权人的面,你拿回去罢。"燕西笑道:"自然是等着花,你想,我要是把款能保管起来,又何必去借债呢?"道之道:"我正是来告诉清秋妹,让她监督着你,你要知道,我是债权团,就有派代表监督你财政的权利。"燕西道:"我还得出去开发债主子呢。"说毕,转身就向外走。

清秋隔了窗子望着,默然不语。道之见她这样,好像有什么感触似的,便笑问道:"清秋妹,你看不惯他这种样子吗?他们都是这样,花钱像流水一样,已经花惯了。从前除了两位老人家,别人是不好干涉他们。现在你来了,你就负有这一层责任。"清秋笑着摇了一摇头道:"四姐,猜错了,我不是为这个。"但是她虽然否认了,却说不出另有别的原因。道之向来就不管这些屑末小事,清秋不说,她也就算了。便道:"母亲屋里去坐坐罢,一个人坐在屋子里又要看书了,昼夜坐着不动,这很是与卫生有碍的。"不待清秋答复,拉了清秋就跑。

清秋跟着她走到外面,只见那些听差和老妈子,分批在扫院子擦玻璃,走廊上沿着花格栏,一齐编上了柏枝,柏枝中间,按上大朵的绸花和五彩葡萄大的电灯泡。廊檐下,一条长龙似的悬着花球和万国旗。清秋道:"嘿!我们这样文明的新家庭,对着旧年还是这样铺张。"道之道:"这是母亲的意思,一年一次的事,大家同乐一下子。她老人家本欢喜热闹,反正无伤于文明,我们倒乐得凑趣。这就算铺张吗?你上那大厅里去看看,那才是热闹呢!"

清秋是初来金家过第一个年,少不得要先看看,以免临时露怯。于是转着回廊向外,到了大厅上,只见西式的家具一齐撤去,第一样先射入眼帘的,就是正中壁上悬了许多画像,男的补服翎顶,女的是凤冠霞帔,一列有七八幅之多,这不用猜,可以知道是金家先人的遗像。在先人遗容之下,列着长可数丈的长案,长案边系着平金绣花大红缎子的桌围,案上罗列着的东西,并不是平常铜锡五供之类,都是高到二三尺的古礼器。大到三四尺的东西,有的是竹子制的,长长的,下直上圆,还有一个盖。有的是木制的,圆的地方更扁。有的是铜制的,是个长方形的匣子,两端安有兽头柄,下端有托子撑起。

清秋因为念过几本书,记得竹制是笾,木制的是豆,铜制的是簋,此外圆的方的,罗列满案,却不能一一指出名字来。沿着桌子,一列摆着乌铜钟爵之类,并不像人家上供摆那些小杯小碟。心想,他这种欧化的人,倒不料有这种古色古香的供品,这也是礼失而求诸野了。旁边壁上,原来字画之类也同时撤除,另换了一批。看那上下款,必有一项是金氏先人的名号,大概是保存先人手泽之意。此外还有七八个大小的木盒子,有的盛着马刀,有的盛着弹弓,有的盛着书册。还有一个金漆的木盒,里面列着一幅楷书的册页,近前隔着玻璃盖看时,却是清朝皇帝的手诏。清秋知道燕西的曾祖曾做过边疆巡抚,这就是给那位老人家的了。

看得正入神,道之笑道:"清秋妹,你瞧瞧,我们祖上,可都也是轰轰烈烈的人。曾祖不必说了,我们爷爷,他是弟兄三个,有文有武,谁也是二品以上。就是人丁不旺,长二房留下一个姑母。"清秋道:"燕西老说他的大姑母,如何如何疼他,只可惜他们一家都在上海,不能常往来,他还叫我和他一路去探望这位老人家呢。"道之道:"可不是!我们这位姑母太慈善了,非常的欢喜看到我们,这也因为我们家人丁单少之故。"清秋笑道:"这也就不算少了,一共有八个人呢。难道还要二十位三十位不成?"

道之笑道:"这是我说错了,应该说亲人不多才对了。这话我得再说回来,你想,往上两辈子只有两个后辈,自然看得很重。我们爷爷行三,他的眼光是很远的,自己又尝做过海边上的官,他就说官场懂外务的人太少,让我们父亲出洋。老人家反对的自然是多,三房共这一个人,倒让他到外国去,可是爷爷非这样办不可。结果,父亲就在欧洲住了几年回来。他老人家旧学原有底子,出洋以后,又有了新知识,所以正是国家要用的人才,也总算敌得住上辈。只是到了我们这辈子,可就糟了。"清秋道:"怎么会糟?不过好的,都是在女子的一方面罢了。我们祖上是那样有功业的人,应该是要传过四代去的,书上不是说得有'君子之泽,五世而斩'吗?"道之道:"你既然知道这个,你和老七好好的养下几个小国民,把……"

清秋不让她说完,用手捶了道之一下,转身就跑。恰好这里新换地毯,还没有铺匀,毯子一绊脚,摔了一跤,不偏不倚,摔在地毯上的红毡垫中间。道之看到,连忙上前来搀起她。笑道:"还没有到拜年的时候哩,你倒先拜下来了。"清秋道:"这都是你,把我这样摔了一跤,你可别对人说,怪寒碜的。"道之拍了她的肩膀道:"妹妹,我对你,哪里还有一点不尽心尽力的照顾吗?你要难为情,也就和我难为情差不多,哪里会对人说哩?"清秋站定了,伸手理了一理鬓发,笑道:"别说了,越说越难为情,我们到母亲房里去坐一会儿罢。"于是携着道之的手,笑嘻嘻的同到金太太屋子里来。

金太太正打开了一只箱子,拿了一些金玉小玩意摆在桌上,自己坐在旁边的一张沙发上,口里衔着一支象牙细管长烟嘴子,闲闲望着。清秋走上前,站在桌子一边,低了头细看。金太太笑道:"你瞧瞧,哪一样好?"清秋笑道:"我是一个外行,知道哪一样好呢?"

金太太笑道:"我是不给压岁钱的,一个人可以给你们一样。你是新来的,格外赏你一个面子,你可以拿个双份儿。你说你欢喜哪两样,你就先挑两样。"道之道:"呵哟!这面子大了,你就挑罢。"清秋笑道:"这样一来,我是乡下人进了龙宫,样样都好,不知哪一种好了。"道之道:"好是样样都好,好里头总有更好的,你就不会把更好的挑上一两样吗?"清秋听说,果然老实起来,就在二三十件小玩器中,挑了一支白玉的小鹅和一个翡翠莲蓬,莲蓬之外,还有两片荷叶,却是三根柄儿连结在一处的。

金太太笑道:"你还说外行,你这两样东西,挑得最对,我的意思也是这样。"清秋笑道:"谢谢你老人家了。说起来不给压岁钱,这钱可也不少。"金太太道:"我也不能年年给,看我高兴罢了。"道之笑道:"其实你老人家要赏东西,今年不该给这个,应当保存起来,留着给小孩子们。"金太太笑道:"你知道什么,我是另有一番用意的。我的意思,先赐给小孩子母亲,由她们再赐给小孩子,那末,这也就算是传代的物件了。若是留到将来直接给小孩子,中间就间了一代了。"

道之笑着对清秋道:"你听见没有?你倒不客气,是自己挑给小孩子的。"清秋笑道:"我真不知道绕上这一个大弯,妈也是,你还拿我开玩笑呢。"金太太笑道:"你这孩子说话,我还和你开什么玩笑?你上了四姐的当,你倒说我和你开玩笑。"道之道:"得了,妈别怪她了,让她回头辞岁的时候,多给你鞠几个躬罢。趁着现在腰软,让她多弯弯腰,将来她有一天像大嫂一样,直了腰子,她就不肯往下弯了。"越说越让清秋难为情,金太太抽着烟笑道:"这事真也奇怪。一个姑娘定了婆婆家,那要害臊,还情有所可原,一个少奶奶要添孩子,这是开花结实,自然的道理,还用得着什么难为情？"清秋道："照这话说，男大须婚女大须嫁，一个姑娘要上婆婆家，也就不必害臊了？"

金太太还要说时，听到门外咳嗽了两声，这正是金铨来了，大家就停止了说笑话。清秋首先站起，他一进来，看见桌上摆了许多小玩器，便问道："把这些东西翻出来做什么？"金太太道："过年了，赏给儿媳姑娘们一点东西当压岁钱。"金铨笑道："人老了，就是这样，会转童心，太太倒高兴过这个不相干的旧年。"金太太道："我们转了童心，充其量也不过听听戏，看看电影罢了。这要是你们，一转童心，不是孩子们在这里，我可要说出好的来了。"金铨道："别抬杠，今天是大年三十夜啦。"金太太将手上那根象牙细烟管指着金铨，眼望着清秋和道之，笑道："你听听他的。刚才还说，不过不相干的旧年，现在他自己倒说出大年三十夜，不许抬杠起来。这岂不是只许州官放火，不许百姓点灯吗？"这一说，大家都笑了。

金铨靠上手一张大软椅上坐了，笑道："做事的人，总想闲一闲，其实真闲了，又觉得不合适似的。每年到了阴历阳历这两个长些的假期中，我反是闷得慌，不知道找什么玩意儿来消磨光阴。我倒佩服鹏振和燕西。鹏振的衙门，是一月也不去三回，燕西更不必谈了，他们一年到头的闲着，反是有事要找他，找不着人影。我就没有他们这种福气可以闲得下来。"清秋本坐着的，站起来笑道："这些时他倒看书，父亲若是要找他，我去找他来。"金铨笑道："他在看书吗？这倒奇了。并没有什么事找他，不过白问一声。他既然在看书，那是十年难逢金满斗的事，就随他去罢。"道之侧转脸去，背了金铨，却对清秋微笑。清秋也偏了头和金太太说话，道之的举动，她只当没有看见。金太太以为她见了公公来了，格外正襟危坐，她就没有去留心。

坐了一会儿，天色就晚了。里里外外，各屋里电灯，都已点亮。男女佣仆，像穿梭一般的，只在走廊外跑来跑去。过了一会儿，李贵站在堂屋中门外，轻轻的问了一声总理在这里吗？金铨问道："什么事？"李贵只站在房门边，答道："大厅上各事都预备好了，是不是就要上供？"金铨道："还早呢。"李贵道："大爷说了好几回了，说是早一点好。"金铨一听，心里就明白，这一定是他要催着上完了供，就好去和姨少奶奶吃团圆酒。这孩子这样往下做，实在是胡闹。但是这件事在没有揭穿以前，自己总是装模糊不知道，免得容之不可，取缔又有所不能。现在又看破了这种行动，便勃然把脸色一沉，喝道："你听他的话做什么？知道他又是闹什么玩意儿！"金太太笑道："这也值得生气？凤举也是一样的孩子气，他想今天晚上，家里和朋友家里，当然有些玩意儿，他催着上了供，就好去玩了。"便对李贵道："早一点也好，你全通知大家罢。"李贵答应走开。

道之先站起来道："我去换衣服了，要不要让守华也参与这个盛会？"金铨道："当然让他看看。"清秋听了这话，知道这一幕家祭，完全是旧式的，不必让人招呼，自当回屋子里去换衣服。她正要起身，金太太笑道："这样子，你也是要换衣服了？你穿的这紫色袍子就很好，不必换了。阿四她是因为怕孩子啰嗦，穿的是件黑袍子，太素净了，不能不换。"清秋心里可就好笑，他们家里，说新又新，说旧又旧。既然过旧年，向祖宗辞岁，同时可又染了欧化的迷信，认为黑色是不吉利的颜色，遇到盛会，黑色衣服就不能穿了。当时因为婆婆说不必换，只坐在金太太屋子里闲话。虽然不知道有些什么礼节，好在自己排最末，就是行礼，也要到最后，才摊派到自己头上来，到那时候，看事行事就得，也不必预先踌躇了。

金太太屋子里，自从几个大丫头出阁了，只有一个小兰，她就为潮流所趋，不肯再添使女。上半年有些小事情，都是阿囡、小兰两个人分别了做。现在却是金荣一个寡妇妹妹在屋子里做些精细事情，因为她婆婆家姓陈，年纪又只二十岁，金太太不肯叫她什么妈，就叫她一声陈二姐。陈二姐虽然是穷苦人家出身，倒生了个美人坯子，很是清秀，身材也瘦瘦的。大户人家，就是看不惯牛鬼蛇神的那种黄脸老妈子，因之金家的女仆，都是挑那种年纪轻干净伶俐的妇人做工。金太太一来怜惜陈二姐是个年青寡妇，二来又爱她做事灵敏，只要你有这个意思，还不曾说出来，她已经把你的事情做好了。所以陈二姐到金家来只有几个月，上上下下倒摸得很熟。这时，金太太一说要换衣服。陈二姐早拿了一把钥匙在手上，走了过来，问要开哪一号箱子？金太太道："家里并不冷，就是把那件鹿皮绒袄子拿来，系上一条裙，那就行了，用不着开箱子。"于是清秋在外面屋子里候着，等着金太太衣服换好，然后一同上大厅来。

那大厅在扎彩松枝花球之间，加上许多电灯，这个时候是万火齐明，而且彩色相映，那电灯另有一种光彩。供案前，有两只五狮抱柱的大烛台，高可四五尺，放在地板上，上面点了饭碗粗细的大红烛，火焰射出去四五寸长。再看那些桌上陈设的礼器，也盛了些东西，都是汤汁肉块之类。家中大小男女，这时都齐集了。凤举穿了长袍马褂，向长案右角上，对着一个二三尺高的铜磬拿了磬槌当当当敲了三下。金铨就和金太太一同上前，站在供案之下，齐齐的向祖先遗容三鞠躬。礼毕，又是三下磬，只听得轰通一下，接上哗啦哗啦，院外的爆竹，万颗争鸣，闹成一片。在这种爆竹声中，男女依着次序，向祖先行礼。他们还是依着江南旧俗，走廊下，东西列着两只铜火盆，火炭烧得红红的，上面掩着青柏枝，也烧得噼啪噼啪的响，满处都是一种清香。闻到这香气和爆竹声，自然令人有一种过年的新感想了。

在这时,梅丽就笑着跳出来道:"爸爸,你请上,大家要给你拜年了。"金铨看见儿女满堂,自然也有一种欣慰的情态,背了手,在地毯上踱着笑道:"你们一年少淘一点气,多听两句话就是了,倒不在乎这种形式上。"但是他这样说时,大家已经将他围困上了,就团团的给他鞠躬。像凤举兄弟们,究竟是儿子,父亲既说不必行礼,也就是模模糊糊过去了。这儿媳们姨太太们是不便含糊的。小姐们也是女子,也只好照样。金铨只乐得连连点头。大家行礼毕,于是一阵风的又来围上金太太。

金太太倒是喜欢这件事,她就先笑着在供案面前等着。这自然是平辈的二太太首先行礼。只向下一站,说声太太,"拜年"二字还不曾说出,金太太就向前一把拉住了她,笑道:"我也给你拜年,两免罢。"二太太和她,已是老君老臣了,而且自己也有儿有女,只要面子敷衍一下,也就算了。其次便是翠姨,倒整整的和金太太行了一个鞠躬礼,金太太只点着头笑了一笑道:"恭祝你正月里财喜好,多多赢几个钱。"翠姨笑道:"讨太太的口彩。"不过嘴里这样说,心里却以为单提到赌钱,倒有些寓祝于讽了。金铨也觉得太太这话有些刺激的意味,但是她好像无意说的,脸上还带着笑容,当然不见得要在这个时期和翠姨下不去;心里虽然拴上一个疙瘩,好在这时大厅上,人正热闹忙碌,只一混,就过去了。翠姨只一行礼,其他的人,已经一拥而上,和金太太行礼,翠姨退到一边去,这事就过去了。

大厅上大家热闹一会子,时候就不早了,大家就要饭厅上去吃年饭。清秋见事行事,也是跟着了一块儿去。那饭厅上的桌子,列着三席,大家分别坐下。正中一席,自然是金铨夫妇坐了,其余的分别坐下。

清秋正挨着润之,却和燕西对面坐下,润之推了她一推,低着头轻轻的笑道:"坐到对面去罢,怎么坐在我这里?"清秋轻轻的笑道:"父亲在这里,不要说了,多难为情?"润之依旧推了推她道:"去罢去罢。"清秋两手极力的按住桌子,死也不肯移动。满堂的人,都含笑望着她。鹏振正和玉芬坐在并排,便回转头去,轻轻的笑道:"你瞧,就是这样,不坐在一处的,他们毫不注意,能坐在一处的,又很认为平常的事。"玉芬回了头,斜看了鹏振一眼,轻轻道:"耍滑头!"说毕,她看见下方还有一个空位,就坐到下方去了。道之又和鹏振紧邻,却拿筷子头,插了两下,旁人看见,都为之一笑。

这一餐饭,大家都是吃得欢欢喜喜的。吃完了饭,大家也就不避开金铨,公开的说打牌打扑克。金太太也就邀了二太太、佩芳、玉芬共凑一桌麻雀牌。金铨也背了两只手,站在她们身后,转着看牌。清秋是因为第一次在外过年,少不得想到她的母亲,一人轻轻悄悄的步回房去了。

第五十七回

暗访寒家追恩原不忝　遣怀舞榭相见若为情

清秋一人到了自己屋子里时,只有李妈在这里,刘妈也去赶热闹去了。想到外边热闹,越觉得这里清静。她一人坐着,不觉垂了几点泪。却又不敢将这泪珠让人看见,连忙要了热水洗了一把脸,重新扑了一点粉。但是心事究竟放不下去,一个人还是默默的坐着。恰好燕西跑了过来拿钱,看见清秋这种样子,便道:"傻子,人家都找玩儿去了,你为什么一个人坐在屋子里发闷?走!打牌去。"说着,就来拉清秋的手。清秋微笑道:"我不去,我不会打牌,我吃多了油腻东西,肚子里有些不舒服。"燕西一把托了清秋的下巴额,偏着头对她脸上望了一望,指着她笑道:"小东西,我看出来了。你想起家来了,是不是?"说着,就改着唱戏腔调道:"我这头一猜……"

清秋笑道:"猜是猜着了,那也算是你白猜。"燕西道:"我有一个法子,马上让你回去看伯母去,说出来了,你怎样谢我?"说时,一直问到清秋脸上来,清秋身子一低,头一偏道:"不要废话了。"燕西道:"你以为我骗你吗?我有最好一个法子呢!现在不过十点钟,街上今晚正是热闹，我就说同去逛逛去，咱们偷偷的回你们家里去一趟，有谁知道？"清秋道："是真的吗？闹得大家知道，那可不是玩的。"

燕西道："除了我，就是你，你自己是不会说，我当然也是不能说。那末，哪里还有第三个人说出来呢？不过我若带你回了家，你把什么来谢我呢？"清秋道："亏你还能说出这种乘人于危的话！我的母亲，也是你的岳母，她老人家一个人，在家里过那寂寞的三十晚，你也应当去看看。再说，她为什么今年过年寂寞起来哩？还不是为了你。"燕西笑着拱拱手道："是是！我觉悟了。你穿上大衣罢，我这就陪你去。"清秋这一喜自是非凡，连忙就换上衣服，和燕西轻悄悄的走出来。只在门房里留了话，说是街上逛逛去。门口的熟车子也不敢坐，一直到了大街上，才雇了两辆车，飞驰到落花胡同来。

燕西一敲门，韩观久便在里面问是谁，清秋抢着答应道："妈爹，是我回来了。"韩观久道："啊哟！我的大姑娘！"说时，哆里哆嗦，就把大门开了，门里电灯下，照着院子里空荡荡的。清秋早是推门而入，站在院子里，就嚷了一声妈。冷太太原是踏着旧毛绳鞋，听了一声妈，赶快迎了出来。把一双鞋扔在一边，光了袜子底，走到外面屋子里来。等不及开风门，在屋子里先就说道："孩子。"清秋和燕西一路进了屋来，冷太太眯眯的笑了，说道："这大年夜怎么你两人来了？"清秋笑道："家里他们都打牌，他要我到街上来看今晚的夜市。我说妈一人在家过年，他就说来看你。"冷太太道："也不是一个人，你舅舅刚走呢。"清秋看家里时，一切都如平常，只是堂屋里供案上，加了一条红桌围。冷太太这才觉得脚下冰凉，笑着进房去穿鞋。燕西夫妇，也就跟着进来了。

这一看，屋子里正中那一盏电灯，拉到一边，用一根红绳，拉在靠墙的茶几上。茶几上放着一个针线藤簸箕，上面盖了两件旧衣服。想到自己未来之前，一定是母亲在这里缝补旧衣服，度这无聊的年夜，就可想到她刚才的孤寂了。右边一只铁炉子，火势也不大，上面放了一把旧铜壶，正烧得咕嘟咕嘟的响，好像也是久没有人理会。便道："舅舅怎么过年也不在家里待着？乳妈呢？"韩妈穿了一件新蓝布褂，抓髻上插了一朵红纸花，一掀帘子，笑道："我没走开，听说姑娘回来了，赶着去换了一件衣服。"燕西笑道："我们又不是新亲戚过门，你还用上这一套做什么？"韩妈笑道："大年下总得取个热闹意思。"说着，她又去了一会子工夫，她就把年果盒捧了来。

燕西道："嘿！还有这个！"于是对清秋一笑道："今年伯母的果盒，恐怕是我们先开张了。"冷太太听说，也是一笑。这也不懂什么原故，立刻心里有一种乐不可支的情景，只是说不出来。韩妈也不知道有什么可乐的事，她也是笑嘻嘻的，在桌底下抽出一条小矮凳子，在一边听大家说话。坐了一会子，她又忙着去泡青果茶，煮五香蛋，一样一样的送来。清秋笑道："乳妈这做什么？难道还把我当客？"韩妈道："姑娘虽然不是客，姑爷可是客啊。难得姑爷这样惦记太太，三十晚上都来了。我看着心里都怪乐的，要是不弄点吃的，心里过得去吗？"她这样一说，大家都笑了。

说说笑笑，不觉到了一点多钟。清秋笑着对燕西道："怎么样？我们要回去了罢？"燕西道："今天家里是通宵有人不睡的，回去晚一点不要紧。"冷太太道："这是正月初一时候了，回去罢，明天早一点儿来就是了。"清秋笑道："妈还让我初二来吗？"冷太太笑道："是了，我把话说漏了，既然现在是正月初一的时候，为什么初一来，又叫明天哩？不要说闲话了，回去罢，你这一对人整夜的在外头,也让亲母太太挂心。"清秋也怕出来过久,家里有人盘问起来了,老大不方便。便道:"好!我们回去罢,我们去了,妈早点安歇,明天我们来陪你老人家逛厂甸。"于是就先起身,燕西跟在后面,走出门来,依然雇了人力车,一径回家。

金家上上下下的,这时围了不少的人在大厅外院子里,看几个听差放花爆花盒子。燕西走到院子走廊圆门下,笑着对清秋道:"差一点没赶上。"玉芬也就靠了走廊下一根圆柱子,在看放花爆,一见燕西,就笑道:"你小两口子,在哪儿来?弄到这般时候回家。"清秋最是怕这位三嫂子厉害,不料骑牛撞见亲家公,偏是自己回来晚了,又是让她发现的。当然心里一阵惶恐,脸上就未免一阵发热,先就一笑道:"他见你们打牌没有他一角,他就想起了我,就硬拉着我去逛街,我不能不跟他去。把我两只脚,走得又酸又痛。"说时,弯着腰,捶着两腿。燕西也笑道:"你真无用,走几步路,就会累得这样。"清秋也不和他多辩,就到人丛里面去了。燕西站在玉芬身边,未曾走开,玉芬道:"你小两口儿,感情倒是不错,这样夜深,还有兴致逛街。"燕西笑道:"你们玩的地方,我们不够资格哩。"玉芬将嘴一撇道:"干吗呀?这样损我们。"

燕西正要接着说时,那花盒子正放到百鸟投林的一幕,几千百只火鸟,随着爆竹声,四围乱射。大家哄的一阵笑,都向后退。一个大火星,斜刺里向玉芬耳鬓射来,吓得玉芬哎呀一声,向后一缩。不是燕西拉着她的手胳膊,她几乎摔倒在地下。玉芬站定了笑道:"这花盒子是谁放的?有这样一档子,事先也不告诉人,吓了我这样一大跳。"一面说着,一面用手去扶理额角前的那一段的头发。她似乎有些难为情,不等花爆放完,她就走开了。当天晚上,燕西到处赶着热闹,并未把这层事留意。及至过了这天,又是大正月里,大家赶着这儿玩，那儿闹，更不会把三十晚上那一节小事为念了。

这日是正月初四，燕西在家里打了一天小牌，到了下午，闷得慌，也不知道哪儿去玩好。这几天戏园子是不把戏名写上戏报的，都是吉祥新戏。你真要到戏园子里去撞撞看，就会撞到一些清淡无味的吉祥戏，白花了钱。要去看电影罢？这些日子，又没有报，也没有电影广告，不知道演的是什么片子。索性哪儿也不去玩，跑到屋子里来闲待着。清秋道："该玩的时候，又不去玩。"燕西道："你叫我去玩，这是第一次了。"清秋道："并不是我催你去玩，你哪儿也不去，老守在屋子里，是会让人家笑话的。"燕西笑道："原来为此。我实在是找不着玩意儿。"清秋道："你不是说带我到华洋饭店去看化装跳舞的吗？"燕西道："那要到星期六呢。"说时连忙站起来，看桌上大玻璃罩里的旋轮日历，今天可不是星期六！因笑道："不是你提起，我倒把这个机会错过了。别在家里吃饭了，我们一块儿到饭店里吃去。"清秋笑道："你就是这样胡忙，你常对我说，跳舞要到十点钟才会热闹，去得那早做什么？"燕西道："那我就先躺一会儿，回头好有精神跳舞。"清秋笑道："好罢，回头我要看你那灵活的交际手段了。"

燕西很是高兴，本想还多邀家中几个人一块儿去的，可是一到了下午，各人都预定玩的方针了，一个伴都邀不着。到了晚上九点多钟，有一辆送人上戏园子的汽车，打戏园子开回来。燕西夫妇便坐到华洋饭店去，分付汽车夫，把听戏的人接回家了，再上华洋饭店去接自己。清秋因为从小不懂跳舞，没有和燕西到这地方来过，今晚是破题儿第一遭，少不得予以注意。

进了饭店大门，早有一个穿黑呢制服的西崽，头发梳得光而且滑,像戴了乌缎的帽子一般,看着燕西来了,笑着早是弯腰一鞠躬。燕西穿的是西装,顺手在大衣袋里一掏,就给了那西崽两块钱。左手一拐,是一个月亮门,垂着绿绸的帷幔。还没有走过去,就有两个西崽掀开帷幔。进去一看,只见一个长方形屋子,沿了壁子,挂着许多女子的衣服和帽子,五光十色,就恍如开了一家大衣陈列所一般。燕西低声道:"你脱大衣罢。"清秋只把大襟向后一掀,早就过来两个人,给她轻轻脱下,这真比家里的听差,还要恭顺得多。由女储衣室里出来,燕西到男储衣室脱了衣帽,二人便同上大跳舞厅。

那跳舞厅里电灯照耀,恍如白昼,脚底下的地板,犹如新凝结的冰冻,一跳一滑。厅的四周,围扰着许多桌椅,都坐满了人,半环着正面那一座音乐台。那音乐台的后方,有一座彩色屏风,完全是一只孔雀尾子的样子,七八个俄国人都坐在乐器边等候。燕西和清秋拣了一副座位同坐下,西崽走过来,问了要什么东西,一会子送了两杯蔻蔻来。

立刻那白色电灯一律关闭,只剩下紫色的电灯,放着沉醉的亮光。音乐奏着紧张的调子,在音乐台左方,拥出一群男女来。这些人有的穿了戏台上长靠,有的穿了满清朝服,有的装着宫女,有的装着满洲太太。最妙的是一男一女扮了大头和尚戏柳翠,各人戴了个水桶似的假头,头上画的眉毛眼睛,都带一点清淡的笑容,一看见那样,就会令人失笑。在座的人,一大半都站将起来跳舞,那两个戴了假脑袋的,也是搂抱着跳舞,在人堆里挤来挤去。那头原是向下一套,放在肩膀上的,人若一挤,就会把那活动的脑袋,挤歪了过去,常常要拿手去扶正。跳舞场上的人,更是忍笑不住。

清秋笑道:"有趣是有趣,大家这么放浪形骸的闹,未免不成体统。"燕西道:"胡说,跳舞厅里跳舞,难道和你背《礼记》、《孝经》不成?"清秋道:"譬方说罢,这里面自然有许多小姐太太们,平常人家要在路上多看她一眼,她都要不高兴,以为人家对她不尊重。这会子化装化得奇形怪状,在人堆里胡闹,尽管让人家取笑,这就不说人家对她不尊重了。"燕西低着声音道:"傻子,不要说了,让人家听见笑话。"清秋微笑了一笑,也就不做声了。头一段跳舞完了,音乐停止,满座如狂的鼓了一阵掌,各人散开。

距离燕西不远的地方,恰好有一个熟人,这熟人不是别个,就是鹤荪的女友曾美云小姐,和曾美云同座的,还有那位鼎鼎大名的舞星李老五。燕西刚一回转头,那边曾李二位,已笑盈盈站起来点了一个头。燕西只好起身走过去,曾美云笑道:"同座的那位是谁?是新少奶奶吗?"燕西笑道:"小孩子不懂事。但是我可以给你二位介绍一下。"说着,对清秋点了点头,清秋走过来一招呼,曾美云看她如此年青,便拉在一处坐。

曾美云笑道:"七爷好久不到这里来了,今天大概是为了化装跳舞来的,不知七爷化的是什么装?"燕西道:"今天我是看热闹来的,并不是来跳舞的。"曾美云笑道:"为什么呢?"说这话时,眼光向清秋一溜,好像清秋不让他跳舞似的。燕西道:"既然是化装跳舞,就要化装跳舞才有趣,我是没有预备的。"李老五道:"这很容易,我有几个朋友预备不少的化装东西。七爷要去,我可以介绍。"清秋笑道:"李五小姐既要你去化装,你就试试看。"燕西也很懂清秋的意思,就对李老五道:"也好。这个舞伴,我就要烦李五小姐了,肯赏脸吗?"李老五眼睛望了清秋笑道:"再说罢。"清秋笑道:"我很愿看看李五小姐的妙舞呀,为什么不赏脸呢?"李老五点点头,来不及说话,已引着燕西走了。

到了那化装室里,李老五和他找一件黄布衫,一顶黄头巾,一个土地公的假面具,还有一根木拐杖。李老五笑道:"七爷,你把这个套上,你一走出舞厅去,你们少奶奶,都要不认得呢。"燕西道:"你呢?不扮一个土地婆婆吗?"李老五道:"呸!你胡说,你现在还讨人的便宜?"燕西道:"现在为什么不能讨便宜呢?为的是结了婚吗?这倒让我后悔,早知道结了婚就不得女朋友欢喜的,我就不结婚了。"李老五笑道:"越说越没有好的了,出去罢。"燕西真个把那套土地爷的服装穿起来。李老五却披了一件画竹叶的白道袍,头上戴着白披风,成一个观音大士的化装。外面舞厅里音乐奏起来,她和燕西携着手,就走到舞伴里面去了。

燕西在人堆里混了一阵,取下假面具。当他取下面具时,身边站的一个女子,化为一个魔女的装束,戴了一个罩眼的半面具。她也取下来了。原先都是戴了面具,谁也不知道谁。现在把面具取下来,一看那女子,不是别人,却是白秀珠。燕西一见,招呼她是不好,不招呼她也是不好,连忙转身去,复进化装室。把化装的衣服脱了,清秋也是高兴,跟到化装室来。燕西笑道:"你跑来做什么?一个人坐在那里有些怕吗?"清秋道:"凭你这一说,我成了一个小孩子了,我也来看看,这里什么玩意?"燕西脱下那化装的衣服,连忙挽着清秋的手,一路出去。到了舞厅里,恰好秀珠对面而来。她看见燕西搀了一个女子,知道是他的新夫人,一阵羞恨交加,人几乎要晕了过去。这会子不理人家是不好,理人家更是不好,人急智生,就在这一刹那间,她伸手一摸鬓发,把斜夹在鬓发上的一朵珠花坠落在地板上。珠花一落地上,马上弯着腰下去捡起来。她弯下去特别的快,抬起头来,却又非常之慢,因此一起一落,就把和燕西对面相逢的机会,耽误过去。

燕西也知其意,三脚两步的就赶到了原坐的座位上来。清秋不知这里面另含有原故,便道:"你这是什么回事?走得这样快。这地板滑得很,把我弄摔倒了,那可是笑话。"燕西强笑道:"好久不跳舞,不大愿意这个了。我看这事没有多大趣味,你以为如何?我要回去了。"清秋微笑道:"我倒明白了。大概这里女朋友很多,你不应酬不行,应酬了又怕我见怪,是也不是?这个没有关系,你爱怎么应酬,就怎么应酬,我决不说一个'不'字。"她原是一句无心的话,不料误打误撞的,正中了燕西的心病,不由得脸上一阵发热,红齐耳根。清秋哪知这里有白秀珠在场,却还是谈笑自若,看到燕西那种情形,笑道:"你只管坐下罢,待一会儿再走,来一趟很不容易,既然来了,怎又匆匆的要走?"燕西除了说自己烦腻而外,却没有别的什么理由可说,笑道:"你倒看得很有味吗?那末,就坐一下子罢。"

他这样说着,原来坐在正对着舞场的椅子上,这时却坐到侧边去。清秋原不曾留意,所以并不知道。只是白秀珠的座位,相隔不远,却难为情了,回去好呢,不回去好呢?回去是怕这里的男女朋友注意;若是不回去,更不好意思对着燕西夫妇。因此搭讪着有意开玩笑,只管把那半截假面具,罩住了眼睛。那李老五却看出情形来了,低了头把嘴向燕西这边一努,却对曾美云笑道:"今天这里另外还有一幕哑剧,你知道不知道?"曾美云道:"你不是说的小白吗?她不在乎的。"李老五道:"虽然不在乎,她和金老七从前感情太好了,如今看到人家成双作对,她的爱人却和别人在一处,心里怎么不难受呢?"两人头就着头,说了又笑,笑了又向燕西桌上望望,又向对面望望。

清秋对于李老五那种浪漫的情形,多少有一点注意,见了她俩只管看过来,看过去,就未免向对面看了一看。见那里有一位小姐,面上还带了假面具。燕西只管脸朝了这边,总不肯掉过去。清秋就问他道:"对面那位漂亮的小姐是谁?"燕西回头看了一看道:"我也不知道是谁,但是她罩着半边脸呢,你怎样知道她是一个漂亮的小姐?"清秋道:"若不是漂亮,她为什么把脸罩住,怕人看见呢?"燕西道:"是漂亮的,要露给人看才有面子,为什么倒反而罩住呢?"清秋道:"管她漂亮不漂亮,我问她是谁?你怎样不答复?"燕西想了一想,微笑道:"这倒也用不着瞒你,不过在这里不便说,让我回去再告诉你罢。"清秋抿嘴一笑道:"我就知道这里面有原故呢。"燕西在这里说话,白秀珠在那边看见,也似乎有点感觉了,不多大一会儿,她已起身走了。燕西见她起身已走,犹如身上轻了一副千百斤的担子,干了半身汗,掉过身子来,对着外坐了。自己虽没有继续跳舞,但是听了甜醉的音乐,看了滑稽的舞伴,也就很有趣,就不说走了。

  燕西坐了一会儿,回头一看李老五、曾美云却不见了,心想,她们莫不是到饮料室休息去了,找她们说笑两句也好。于是笑着对清秋道:"你坐会儿,我到楼上去,找一个外国朋友去。"清秋笑道:"是男的还是女的呢?"燕西道:"哪里那多女朋友?"这一句话说完,他就起身走开。华洋饭店的饮料室和跳舞厅相距得很远,燕西从前常和舞伴溜到这里来的。燕西推开门进去,却不见有多少人,靠近窗户,坐了一个女子,回过头来,正是白秀珠。双方相距得很近,要闪避就闪避不及了,只得点了头笑道:"过年过得好啊?"秀珠本想不理他,但是人家既然招呼过来了,总不能置之不理,便点了头,笑道:"好!七爷也过年好哇?"在这一刹那之间,她觉得人家追寻而来,就让他坐下,看他说些什么?燕西既招呼了她,不能不和她在一张桌子边坐下。

秀珠手上正拿了一只玻璃杯子，在掌心里转着，一句话也说不出来。燕西顷刻之间也想不出有什么话可说，和秀珠对面坐着，先微微咳嗽两声，然后说道："我们好久不见了。"秀珠依旧低了头，鼻子哼了一声。心里正有一句要说，抬头一看，曾美云和老五两人进来了。秀珠和燕西，都难为情到了万分，不知道怎么样好。曾美云、李老五也愣住了，觉得这样一来，有心撞破了人家的约会，也是难为情。一刻工夫，四副面孔，八只眼珠，都呆住了。还是秀珠调皮一点，站起来笑道："真巧，我一个人来，一会子倒遇着三个人了。一块儿坐罢，我会东。"曾美云和李老五见她很大方的样子，也坐过来。燕西走又不是，坐又不是，只好借着向柜台边打电话叫家里开汽车来，并不回头就这样走了。

到了舞厅上，清秋问道："你的朋友会到了吗？"燕西道："都没有找着，我觉得这里没有多大意思，我们回去罢。车子也就快来了。"清秋对燕西一笑，也不说什么，又坐十五分钟，西崽来说，宅里车来了。燕西递过牌子去，向外面走，走到半路上，就有两个西崽一人提了一件大衣和他们穿上。燕西穿上衣服，在衣袋里一掏，掏出两张五元钞票，一个西崽给了一张。西崽笑着一鞠躬道："七爷回去了。"燕西点头哼了一声，出门坐上车。

清秋道："你这个大爷的脾气，几时才改？"燕西道："又是什么事，你看不过去？"清秋道："你给那储衣室茶房的年赏为什么给到十块钱？"燕西笑道："你这就是乡下人说话。这种洋气冲天的地方，有什么年和节？我们哪一回到储衣室里换衣服，也得给钱的。"清秋道："都是给五块一次吗？"燕西道："虽不是五块一次，至少也得给一块钱，难道几毛钱也拿得出手不成？"清秋道："你听听你这句话，是大爷脾气不是？既给一块钱也可以，两个人给两块钱就是了,为什么要给十块呢?三十那天,你是那样着急借钱,好容易把钱借来了,你就是这样胡花。"

燕西将嘴对前面汽车夫一努,用手捶了清秋的腿两下。清秋低了声音笑道:"你以为底下人不知道七爷穷呢?其实底下人知道的,恐怕比我还要详细得多,你这样真是掩耳盗铃了。"燕西将手一举,侧着头,笑着行了个军礼。清秋笑道:"看你这种不郑重的样子。"燕西怕她再向下说,掉过头去一看,只见马路上的街灯流星似的,一个一个跳了过去。燕西敲着玻璃板道:"小刘,怎么回事?你想吃官司还是怎么着,车子开得这样的快。"小刘道:"你不知道,大爷在家里等着要车子呢。今天晚上,我跑了一宿了。"燕西道:"都送谁接谁?"小刘道:"都是送大爷接大爷。"他说着话,就拼命的开了车跑,不多大一会儿工夫,就到了家。

燕西记挂凤举跑了一晚,或者有什么意味的事,就让清秋一个人进去。叫了小刘来问:"大爷有什么玩意儿?"小刘道:"哪里有什么玩意儿?和那边新少奶奶闹上别扭了。先是要一块儿出去玩儿,也不知为什么,在戏院子里绕了一个弯就跑出来?出来之后,一同到那边,就送大爷回来。回来之后,大爷又出去,出去了又回来,这还说要去呢。"燕西道:"那为什么?跑来跑去,发了疯了吗?"小刘道:"看那样子,好像大爷拿着什么东西,来去掉换似的。"燕西道:"大少奶奶在家不在家?"小刘道:"也出去听戏去了,听说三姨太太请客呢。"燕西笑道:"这我就明白了。一定是他们在戏院子里碰到,大爷不能奉陪,新少奶奶发急了,对不对?"小刘笑道:"大概是这样,不信你去问他看。"燕西听了,这又是一件新鲜的消息,连忙就走到凤举院子里来。

第五十八回

情种恨风波醉真拼命　严父嗔豚犬忿欲分居

这个时候，凤举正将一件大衣搭在手上，就向外走。燕西道："这样夜深，还出去吗？戏院子里快散戏了。"凤举道："晚了吗？就是天亮也得跑。我真灰心！"燕西明知道他的心事，却故意问道："又是什么不如意，要你这样发牢骚？"凤举道："我也懒得说，你明天就明白了。"燕西笑道："你就告诉我一点，要什么紧呢？"凤举道："上次你走漏消息，一直到如今，事情还没了，你大嫂是常说，要打上门去。现在你又来惹祸吗？好在这事要决裂了，我告诉你也不要紧。这回晚香和我大过不去，我决计和她散场了。"燕西道："哦！你半夜出去，就为的是这个吗？又是为什么事起的呢？"凤举道："不及芝麻大的一点事，哪里值得上吵。她要大闹，我有什么法子呢？"他一面说着，一面向外走。燕西知道他是到晚香那里去，也不追问他，回头再问小刘，总容易明白，且由他去。

凤举走到门口，小刘早迎上前来，笑道："大爷还出去罢？车子我就没有敢开进来。"凤举道："走走走，不要废话。"说时眉毛就皱了起来。小刘见大爷怒气未消，也不敢多说话，自去开车。

凤举坐上车去一声也不言语,也不抬头,只低了头想心事。一直到了小公馆门口,车子停住,走下车去,手上搭着的那一件大氅,还是搭在手上。走到上房,只有晚香的卧室放出灯光,其余都是漆黑的。外面下房里的老妈子,听到大爷的声音,一路扭了灯进来。凤举看见,将手一摆道:"你去罢,没有你的事。"老妈子出去了,凤举就缓缓走到晚香屋子里来。

只见她睡在铜床上,面朝着里。床顶上的小电灯,还是开着。枕头外角,却扔下了一本鼓儿词,这样分明未曾睡着,不过不愿意理人,假装睡着罢了。因道:"你不是叫我明天和你慢慢的说吗?我心里搁不住事,等不到明天,你有什么话,就请你说。"晚香睡在床上,动也不动,也不理会。凤举道:"为什么不做声呢?我知道,你无非是说我对你不住。我也承认对你不住。不过自从你到我这里来以后,我花了多少钱,你总应该知道。你所要的东西,除非是力量办不到的,只要可以想法子,我总把它弄了来。而且我这里也算一份家,一切由你主持,谁也不来干涉你,自由到了极点了,你还要怎么样?我也没有别的话说,我要怎样做,才算对得住你?你若是说不出所以然来,就算你存心挑眼。天下没有一百年不散的筵席,那算什么?若是不愿意的话,谁也不能拦谁,你说,我究竟是哪一件事对你不住?"

晚香将被一掀,一个翻身,坐了起来,脸上板得一点儿笑容没有。头一偏道:"散就散,那要什么紧?可是不能糊里糊涂的就这样了事。"凤举冷笑道:"我以为永远就不理我呢,这不还是要和我说话?"晚香道:"说话要什么紧?打官司打到法庭上去,原被两告,还得说话呢。"凤举静默了许久,正着脸色道:"听你的口音,你是非同我翻脸不可的了。我问你,既有今日,何必当初呢?"

晚香道:"你倒问我这话吗?你讨我不过几个月,说的话你不应该忘记。你曾说了，总不让我受一点委屈的。不然，我一个十几岁的人，忙些什么，老早的就嫁给人做姨太太？我起初住在这里，你倒也敷衍敷衍我，越来越不对，近来两三天只来一个照面，丢得我冷冷清清的，一天到晚在这里坐牢似的，我还要怎样委屈？这都不说了，今天包厢看戏，也是你的主意，我又没和你说，非听戏不可。不料一到了戏院子里，你就要走，缩头缩脑，做贼似的。你怕你的老婆娘，那也罢了，为什么还要逼我一块儿走。有钱买票，谁也可以坐包厢。为什么有你怕的人在那里，我听戏都听不得？难道我在那里就玷辱了你吗？或者是我就会冲犯了她呢？"凤举道："嘿！我这是好意啊，你不明白吗？我的意思，看那包厢里，或者有人认得你，当面一告诉了她……"

晚香踏了拖鞋走下床，一直把身子挺到凤举面前来道："告诉她又怎么样？难道她还能够叫警察轰我出来，不让我听戏吗？原来你果然看我无用，让我躲开她，好哇！这样的瞧我不起。"凤举道："这是什么话？难道我那样顾全两方面，倒成了坏意吗？"晚香道："为什么要你顾全？不顾全又怎么样？难道谁能把我吃下去不成？"凤举见她说话，完全是强词夺理，心里真是愤恨不平。可是急忙之中，又说不出个理由来，急得满脸通红，只是叹无声的气。晚香也不睬他，自去取了一根烟卷，架了脚坐在沙发椅上抽着。用眼睛斜看了凤举，半响喷出一口烟来，而且不住的发着冷笑。

凤举道："你所说的委屈就是这个吗？要是这样说，我只有什么也不办，整天的陪着你才对了。"晚香将手上的烟卷，向痰盂子里一扔，突然站了起来道："屁话！哪个要你陪？要你陪什么？你就是一年不到这儿来，也不要紧，天下不会饿死了多少人，我一样的能找一条出路。你半夜三更的跑来为什么？为了陪我吗？多谢多谢！我用不着要人陪,你可以请便回去。"凤举被她这样一说,究竟有些不好意思。便道:"谁来陪你?我是要来问你,今天究竟为了什么事,要和我闹?问出原因来,我心里安了,也好睡得着觉。"晚香道:"没有什么事,就是这种委屈受不了,你给我一条出路。"凤举先听了她要走的话,还是含糊,不肯向下追问。现在晚香正式的说了出来,不容不理。便冷笑一声道:"哦!原来为此,好办。"说毕,站起来,随手把搭在椅背上的大衣拿起。

晚香道:"要走就请快一点,这里没有多少人替你大爷二爷候门。"凤举道:"我自然会走,还要你催什么?"晚香道:"不要走罢!仔细我今天晚上就偷跑了,你这儿还有不少的东西呢。你今天晚上是不放心,来看形势的,我不知道吗?老实告诉你,我没有那样傻,我是来去明白,要好好儿的走的。"说到这里,冷笑一声道:"真是要走的话,我还得见你们的老太爷老太太评评理呢。大爷,你放心,你回家陪你那大奶奶去罢。"说时,将两手便要来推凤举。凤举将手一摔道:"好,好,好。"说着"好"字,人就一阵风的走出大门。

小刘缩在门房,正围着炉子向火,只听得大门扑通一下响,跑了出来看时,凤举已经走出大门,开了车门,自己坐上车去。小刘看了这种情况,知道是大爷生气来着,这也用不着多问,马上上车,开了车就回家。凤举一路想着,孔夫子说得不错,惟女子与小人为难养也,近之则不逊,远之则怨。我实在糊涂,何必一时高兴,讨上这样一个人,凭空添了许多麻烦?家庭对我一片怨言,这一位对我也是一片怨言。真是我们家乡所谓,驼子挑水,两头不着实。我去年认识她后,认识她就是了,何必把她讨回来?讨回来罢了,何必这样大张旗鼓的重立什么门户?一路这样想着,只是悔恨交加。

后来到了家里,一看门口,电灯通亮,车房正是四面打开,汽车还是一辆未曾开进去。大概在外面玩的人，现在都回来了。凤举满腹是牢骚，就不如往日欢喜热闹。又怕自己一脸不如意的样子，让佩芳知道了，又要盘问，索性是不见她为妙。因此且不回房，走到父亲公事房对过一间小楼上去。这间小楼，原先是凤举在这里读书，金铨以声影相接，好监督他。后来凤举结了婚，不读书了，这楼还是留着，作为了一个告朔之饩羊。凤举一年到头也不容易到这里来一回。这时他心里一想，女子真是惹不得的，无论如何，总会乐不敌苦。从今以后，我要下个决心，离开一切的女子，不再做这些非非之想了。

他猛然间有了这一种觉悟，他就想到独身的时代常住在小楼，因此他毫不踌躇，就上这楼来。好在这楼和金铨的屋子相距得近，逐日是打扫干净的。凤举由这走廊下把电灯亮起，一直亮到屋子里来。那张写字台，还是按照学者读书桌格式，在窗子头斜搁着。所有的书，还都放在玻璃书格子里，可是门已锁了，拿不出书来。只有格子下面那抽屉还可打开，抽出来一看，里面倒还有些零乱无次的杂志。于是抽了一本出来，躺在皮椅子上来看。这一本书，正是十年前看的幼年杂志，当年看来，是非常有味，而今看起来，却一点意思都没有，哪里看得下去？扔了这一本，重新拿一本起来，又是儿童周刊，要看起来，更是笑话了。索性扔了书不看，只靠了椅子坐着，想自己的事。

自己初以为妓女可怜，不忍晚香那娇弱的人才，永久埋在火坑里，所以把她娶出来。娶出来之后，以她从前太不自由了，而今要给她一个极端的自由。不料这种好意，倒让人家受了委屈，自己不是庸人自扰吗？再说自己的夫人，也实在太束缚自己了，动不动就以离婚来要挟。一来是怕双亲面前通不过，必要怪自己的。二来自己在交际上，有相当的地位，若是真和夫人离了婚，大家要哗然了。尤其是中国官场上，对于这种事，不能认为正当的。三来呢，偏是佩芳又怀了孕,自己虽不需要子女,然而家庭需要小孩,却比什么还急切。

这样的趋势,一半是自己做错了,一半是自己没有这种勇气可以摆脱。设若自己这个时候,并没有正式的结婚,只是一个光人,高兴就到男女交际场上走走,不高兴哪一个女子也不接近。自己不求人,人家也挟制不到我。现在受了家里夫人的挟制,又受外面如夫人的挟制,两头受夹,真是苦恼。自己怎样迁就人家,人家也是不欢喜,自己为了什么?为了名?为了利?为了欢乐?一点也不是!然则自己何必还苦苦周旋于两大之间?这样想着,实在是自己糊涂了,哪里还能怪人?尤其是不该结婚,不该有家庭,当年不该读书,不该求上进,不该到外国去,想来想去,全是悔恨。

想到这里,满心烦躁也不知道怎样才能解释胸中这些块垒?一个人在楼上,只有酒能解闷,不如弄点酒来喝罢。于是走下楼去,到金铨屋里按铃。上房听差,听到总理深夜叫唤,也不知道有什么要紧的事,伺候金铨杂事的赵升便进来了。一进房看见是凤举,笑道:"原来是大少爷在这里。"凤举道:"你猜不到罢?你到厨房里去,叫他们和我送些吃的来。不论有什么酒,务必给我带一壶来。"赵升笑道:"我的大少爷,你就随便在哪儿玩都可以,怎么跑到这里来喝酒?"凤举道:"我在这里喝酒,找骂挨吗?对面楼上,是我的屋子,你忘了吗?"赵升一抬头,只见对面楼上,灯火果然辉煌。笑道:"大爷想起读书来了吗?"凤举道:"总理交了几件公事,让我在这楼上办。明日就等着要,今晚要赶起来。我肚子饿了,非吃一点不可。"

赵升听说是替总理办事,这可不敢怠慢,便到厨房里去对厨子说,叫他们预备四碟冷荤,一壶黄绍,一直送到小楼上去。同时赶着配好了一只火酒锅子的材料,继续送去。凤举一人自斟自饮,将锅子下火酒烧着,望着炉火熊熊,锅子里的鲜汤,一阵阵香气扑鼻,更鼓起饮酒的兴趣。于是左手拿杯,右手将筷子挑了热菜,吃喝个不歇。眼望垂珠络的电灯,摇了两腿出神。他想,平常酒绿灯红,肥鱼大肉,也不知道吃了多少?不觉有什么好胃口。像今晚上这样一个自斟自酌,吃得多么香,这样看起来,独身主义究竟不算坏,以后就这样老抱独身主义,妇女们又奈我何?不来往就不来往,离婚就离婚,看她们怎样?一个人只管想了出神,举了杯子喝一口,就把筷子捞夹热菜向嘴里一送。越吃越有味,把一切都忘了。

黄绍这种酒,吃起来就很爽口,不觉得怎样辣,一壶酒毫不费力,就把它喝一个干净。酒喝完了,四碟冷荤和那锅热菜,都还剩有一半。吃得嘴滑,不肯就此中止。因之下楼按铃,把赵升叫来。不等他开口,先说道:"你去把厨子给我叫来,我要骂他一顿。为什么拿一把漏壶给我送酒来?壶里倒是有酒,我还没有喝得两盅,全让桌子喝了。"赵升笑道:"这是夜深,睡得糊里糊涂,也难怪他们弄不好。我去叫他们重新送一壶来就是了。"凤举听了这话,就上楼去等着,不一会儿,厨子又送了一壶酒来了。而且这一壶酒,比上一次还多些。凤举有点酒意了。心里好笑,我用点小计,他们就中了圈套了,这酒喝得有趣。于是开怀畅饮,又把那一壶酒,喝了一个干净。

赵升究竟不放心,先在楼下徘徊了一阵,后来悄悄的走上楼,站在廊外,探头向里张望了几回,见凤举只喝酒,并没有像要做公事的样子。凤举一回头,见一个人影子在外面一晃,便问是谁?赵升就答应了一声,推门进去。凤举道:"酒又没有了,给我再去要一壶来。"说时,把酒壶举得高高的,酒壶底朝了天,那酒一滴一滴由酒壶嘴上滴到杯子里去。赵升笑道:"大爷还不去睡吗?你别老往下喝了,你是要醉在这里,总理知道了,大家都不好。"凤举向赵升一瞪眼，拿着酒壶向桌上一顿，骂道："有什么不好？大正月里，喝两杯酒也犯法吗？看你们这种谨小慎微的样子，实在是个忠仆。其实背了主子，你们什么事也肯干。喝酒？比喝酒重十倍的事，你们也做得有。主子能狂嫖浪赌，好吃好喝，你们才心里欢喜。用十块钱，你们至少要从中弄个三块两块的。"

赵升听了他这一套话，心里好个不欢喜。看看他的脸色，连眼睛珠子都带红了。不知道他是怒色，还是酒容，只得笑道："你怎样了？大爷。"凤举一放筷子，站起身来，身子向后一晃，正要两手扶桌子时，一只手扑了空，一只手扶在桌沿上，把一双筷子按着竖起来，将一只杯子一挑，一齐滚到楼板上去。他身子也站不住，向后一倒，倒在椅子上，椅子也是向后仰着一晃。幸得赵升抢上前一把扯住，不然，几乎连人和椅一齐倒下。这实在醉得太厉害了，夜半更深，闹出事来，可不是玩的！当时他上前将凤举搀住，皱眉道："大爷，我叫你不要喝，你还说不会醉呢。现在怎么样了？依我说，你……"不曾说完，凤举向一旁一张皮椅上一倒，人就倒下去了。

赵升一想，这要让他下楼回自己屋里去睡觉，已经是不可能，只好由他就在这里睡着。赶忙把碗筷收了下楼，擦抹了桌椅，撮了一把檀香末子，放在檀香炉子里点上，让这屋子添上一股香气，把油腥酒气解了。但是待他收拾干净了，已经是两点多钟。楼上楼下，几盏电灯，兀是开放着。这样夜深电力已足，电灯是非常的明亮。这楼高出院墙，照着隔壁院子里，都是光亮的。

恰好金铨半夜醒来，他见玻璃窗外，一片灯光，就起身来看是哪里这样亮？及看到那是楼上灯光，倒奇怪起来，那地方平常白天还没有人去，这样夜深，是谁到那楼上去了？待要出来看时，一来天气冷,二来又怕惊动了人,也就算了。第二日一早起来,披上衣服,就向前面办公室里看去,见那玻璃窗子里,还有一团火光,似乎灯还有亮的。便索性扶了梯子走上楼去。只见小屋里,所有四盏电灯,全部亮上。凤举和衣躺在皮椅上,将皮褥子盖了,他紧闭了眼,呼嘟呼嘟嘴里向外呼着气。金铨俯着身子,看了一看他的脸色,只觉一股酒气向人直冲了过来,分明是喝醉了酒了。便走上前喊道:"凤举!你这是怎样了?"凤举睡得正香,却没有听见。金铨接上叫了几句,凤举依然不知道。金铨也就不叫他了,将电门关闭,自下楼去。

回到房里,金太太也起来了,金铨将手一撒道:"这些东西,越闹越不成话了,我实在看不惯。他们有本事,他们实行经济独立,自立门户去罢。"金太太道:"没头没脑,你说这些话做什么?"金铨叹了一口气道:"这也不能怪他们,只怪我们做上人的,不会教育他们,养成他们这骄奢淫逸的脾气。"金太太原坐在沙发上的,听了他这些话,越发不解是何意思,便站起来迎上前道:"清早起来,糊里糊涂,是向谁发脾气?"金铨又叹了一口气,就把凤举喝醉了酒,睡在那楼上的话说了一遍。

金太太道:"我以为有什么了不得的事,你这样发脾气,原来是凤举喝醉了酒。大正月里,喝一点酒,这也很平常的事,何至于就抬出教育问题的大题目来?"说着这话,脸上还带着一脸的笑容。金铨道:"就是这一点,我还说什么呢。他们所闹的事,比喝醉了胜过一百倍的也有呢。我不过为了这一件事,想到其他许多事情罢了。"于是按了铃叫听差进来,问昨晚是谁值班?大家就说是赵升值班。金铨就把赵升叫进来,问昨晚上凤举怎样撞到那楼上去了?赵升见这事已经闹穿了,瞒也是瞒不过去的,老老实实,就把昨晚上的事直说了。

金太太听了,也惊讶起来,因道:"这还了得!半夜三更,开了电灯,这样大吃大喝。这要是闹出火烛来了,那怎样得了!赵升,你这东西,也糊涂。看他那样闹,你怎么不进来说一声?"赵升又不敢说怕大爷,只得哼了两声。金铨向他一挥手道:"去罢。"赵升背转身,一伸舌头走了。金铨道:"太太,你听见没有,他是怎样的闹法?我想他昨晚上,不是在哪里输了一个大窟窿,就是在外面和妇女们又闹了什么事。因此一肚子委屈,无处发泄,就回来灌黄汤解闷。这东西越闹越不成话!我要处罚处罚他。"金太太向来虽疼爱儿女,可是自从凤举在外面讨了晚香以后,既不归家,又花销得厉害,也不大喜欢他了。心想,趁此,让他父亲管管,未尝不好,也就没有言语。

那边凤举一觉醒来,一直睡到十二点。坐起来一看,才知道不是睡在自己房里。因为口里十分渴,下得楼来,一直奔回房里,倒了一杯温茶,先漱一漱口,然后拿了茶壶,一杯一杯斟着不断的喝。佩芳在一边看报,已经知道他昨晚的事了,且不理会。让他洗过脸之后,因道:"父亲找你两回了,说是哪家银行里有一笔帐目,等着你去算呢。"说毕,抿了嘴微笑。凤举想着,果然父亲有一批股票交易,延搁了好多时候未曾解决。若是让我去,多少在这里面又可以找些好处。连忙对镜子整了一整衣服,便来见父亲。

这时金铨在太太屋子里闲话,看见凤举进来,望了他一下,半晌没有言语。凤举何曾知道父亲生气,以为还是和平常一样,有话要和他慢慢的说,便随身在旁边沙发上坐下。金太太在一边,倒为他捏了一把汗,又望了他一下。这一下,倒望得凤举一惊,正要起身,金铨偏过头来,向他冷笑一声。凤举心里明白,定是昨晚的事发作了,可是又不便先行表示。金铨道:"我以为你昨晚应该醉死了才对呢,今天倒醒了。是什么事,心里不痛快,这样拼命喝酒?"凤举看看父亲脸色,慢慢沉将下来,不敢坐了,便站起身来道:"是在朋友家里吃酒,遇到几个闹酒的。"金铨不等他说完,喝道:"你胡说!你对老子都不肯说一句实话,何况他人?你分明回来之后,和厨房里要酒要菜,在楼上大吃大喝起来,怎么说是朋友家里?你这种人,我看一辈子也不会有出息的。我不能容你,你自己独立去。"

金太太见金铨说出这种话来,怕凤举一顶嘴,就更僵了。便道:"没有出息的东西,没有做过一件好事情,你给我滚出去罢。"凤举正想借故脱逃,金铨道:"别忙让他走,我还有话,要和他说一说。"凤举听到这话,只得又站住。金铨道:"你想想看,我不说你,你自己也不惭愧吗?你除了你自己衙门里的薪水而外,还有两处挂名差事,据我算,应该也有五六百块钱的收入。你不但用得不够,而且还要在家里公帐上这里抹一笔,那里抹一笔。结果,还是一身的亏空。我问你,你上不养父母,下不养妻室,你的钱哪里去了?果然你凭着你的本领挣来的钱,你自己花去也罢了。你所得的事,还不全是我这老面子换来的?假若有一天,冰山一倒,我问你怎么办?你跟着我去死吗?这种年富力强的人,不过做了一个吃老子的寄生虫,有什么了不得?你倒很高兴的,花街柳巷,花天酒地,整年整月的闹。你真有这种闹的本领,那也好,我明天写几封信出去,把你差事一齐辞掉,再凭你的能力,重新开辟局面去。"

凤举让父亲教训了一顿,倒不算什么。只是父亲说他十分无用,除了父亲的势力就不能混事,心里却有些不服。因低了头,看着地下,轻轻说道:"家里现在又用不着我来当责任,在家里自然是闲人一样。可是在衙门里,也是和人家一样办公事。何至于那样不长进,全靠老人家的面子混差事?"金铨原坐着,两手一拍大腿,站了起来。骂道:"好!你还不服我说你无用,我倒要试试你的本领?"金太太一见金铨生气,深怕言词会愈加激烈,就拦住道:"这事你值得和他生气吗?你有事只管出去,这事交给我办就是了。"金铨道:"太太!你若办得了时,那就好了,何至于让他们猖狂到现在这种地步?"说毕,又昂头叹了一口长气。这虽是两句很平淡的话,可是仔细研究起来,倒好像金太太治家不严,所以有这情形。要在平常,金太太听了这话,必得和金铨顶上几句。现在却因为金铨对了大儿子大发雷霆,若要吵起来,更是显得袒护儿子了。只好一声不言语,默然坐着。

金铨对凤举道:"很好!你不是说你很有本领吗?从今天起,我让你去经济独立。你有能耐,做一番事业我看,我很欢迎。"说明,将手横空一划,表示隔断关系的样子。接上把脸一沉道:"把佩芳叫来,当你夫妇的面,我宣告。"金太太只得又站起来道:"子衡,你能不能让我说一两句话?"金太太向不叫金铨的号,叫了号,便是气极了。金铨转过脸道:"你说罢!"金太太道:"你这种办法,知道的说你是教训儿子。不知道的,也不定造出什么是非,说我们家庭生了裂缝。你看我这话对不对?"金铨一撒手道:"难道尽着他们闹,就罢了不成?"

金太太道:"惩戒惩戒他们就是了,又何必照你的意思捧出那个大题目来哩?"于是一转面向凤举道:"做儿子的人,让父亲生气,有什么意思?你站在这里做什么?还要等一个水落石出吗?还不滚出去!"凤举原是把话说僵了,抵住了,不得转弯。现在有母亲这一骂,正好借雨倒台,因此也不说什么,低了头走出去。心里想着,真是福无双至,祸不单行。昨晚上在外面闹了一整晚,今天一醒过来,又是这一场臭骂。若不是母亲在里面暗中帮忙,也许今天真个把我轰出去了,都未可定呢。一路低了头,想着走回房去。

佩芳笑道:"这笔银行里的债,不在少数呢?你准可以落个二八回扣。"凤举歪着身子向沙发椅上一倒,两只手抱了头,靠在椅子背上,先叹了一口气。佩芳微笑道:"怎么样?没有弄着钱吗?"凤举道:"你知道我挨了骂,你还寻什么开心?"佩芳道:"你还不该骂吗?昨天晚上让姨奶奶骂糊涂了,急得回家来灌黄汤。你要知道,酒是不会毒死人的。没奈姨奶奶何,要寻短见,还得想别个高明些的法子。话又说回来了,你也应该要这种的泼辣货来收拾你。平常我和你计较一两句,你就登台拜师似的,搭起架子,要论个三纲五常。而今人家逼得你笑不是,哭不是,我看你有什么法子?"凤举一肚子委屈,他夫人不但不原谅,冷嘲热讽,还要尽量挖苦。一股愤愤不平之气,由丹田直透顶门,恨不得抡起拳头,就要将佩芳一顿痛打。转身一想,这种人是一点良心都没有的,打她也是枉然,只当没有她们这些人,忍住一口气罢。佩芳见凤举不做声,以为他还是碰了钉子,气无可出,就不做声,这也不必去管他。

这一天,凤举伤了酒,精神不能复原,继续的又在屋子里睡下。一直睡到下午二点钟方才起来。这天意懒心灰,哪儿也不曾去玩。到了次日上午,父亲母亲都不曾有什么表示,以为这一桩公案,也就过去了。不多大一会儿,忽然得了一个电话,是部里曾次长电话。说是有话当面说,可以马上到他家里去。这曾次长原也是金铨一手提拔起来的人物。金家这些弟兄们,都和他混得很熟,平常一处吃小馆子,一处跳舞。曾次长对于凤举,却不曾拿出上司的派头来。所以凤举得了电话,以为他又是找去吃小馆子,因此马上就坐了汽车到曾家去。

曾次长捧了几份报纸,早坐在小客厅里,躺在沙发上,带等带看了。曾次长一见他进来，就站起来相迎。笑道："这几天很快活罢？有什么好玩意儿？"凤举叹了一口气道："不要提起，这几天总是找着无谓的麻烦，尤其是前昨两日。"一面说时，一面在曾次长对过的椅子上坐下。曾次长笑道："我也微有所闻。总理对这件事很不高兴，是吗？"凤举道："次长怎么知道？"曾次长道："我就是为了这事，请凤举兄过来商量的哩。因为总理有一封信给我，我不能不请你看看。"说毕，在身上掏出一封信，递给凤举。他一看，就大惊失色。

第五十九回

绝路转佳音上官筹策　深闺成秘画浪子登程

原来那封信,不是别人写来的,却是金铨写给曾次长的信。信上说:

思恕兄惠鉴:

旧岁新年,都有一番热闹,未能免俗,思之可笑。近来作么生?三日未见矣。昨读西文小说,思及一事,觉中国大家庭制度,实足障碍青年向上机会。小儿辈袭祖父之余荫,少年得志,辄少奋斗,纨绔气习,日见其重。若不就此纠正,则彼等与家庭,两无是处。依次实行,自当从凤举做起。请即转告子安总长,将其部中职务免去,使其自辟途径,另觅职业,勿徒为闲员,尸位素餐也。铨此意已决,望勿以朋友私谊,为之维护。是所至盼,即颂新福。

铨顿

凤举看了，半晌做声不得。原来凤举是条约委员会的委员，又是参事上任事，虽非实职，每月倒拿个六七百块钱。而且别的所在，还有兼差。若是照他父亲的话办，并非实职人员，随时可以免去的。一齐免起来，一月到哪里再找这些钱去，岂不是糟了？父亲前天说的话，以为是气头上的话，不料他老人家真干起来。心里只管盘算，却望了曾次长皱了一皱眉，又微笑道："次长回了家父的信吗？"

曾次长笑道："你老先生怎么弄的？惹下大祸了。我正请你来商量呢。"凤举笑道："若是照这封信去办，我就完了。这一层，无论如何，得请次长帮个忙，目前暂不要对总长说，若是对总长说了，那是不会客气的。"曾次长笑道："总长也不能违抗总理的手谕，我就能不理会吗？"凤举道："不能那样说。这事不通知总长，次长亲自对家父说一说，就说我公事办得很好，何必把我换了？家父当也不至于深究，一定换我。"曾次长道："若是带累我碰一个钉子呢？"凤举笑道："不至于，总不至于。"曾次长笑道："我也不能说就拒绝凤举兄的要求，这也只好说谋事在人罢了。"凤举笑道："这样说，倒是成事在天了。"

曾次长哈哈大笑起来，因道："我总极力去说，若是不成，我再替你想法子。"凤举道："既如此，打铁趁热罢。这个时候，家父正在家里，就请次长先去说一说，回头我再到这里来听信。"曾次长道："何其急也？"凤举道："次长不知道，我现在弄得是公私交迫，解决一项，就是一项。"曾次长道："我就去一趟，白天我怕不回来，你晚上等我的信罢。"凤举用手搔着头发道："我是恨不得马上就安定了。真是不成，我另做打算。"于是站起来要走，曾次长也站起来，用手拍了一拍凤举的肩膀笑道："事到如今，急也无用。早知如此，快活的时候何不检点一些子。"说着，又是哈哈一笑。凤举道："其实我并没有快活什么,次长千万不可存这个思想。若是存这个思想,这说人情的意思,就要清淡一半下来了。"曾次长笑道:"你放心罢,我要是不维护你,也不能打电话请你来商量这事了。"凤举又拱了拱手,才告辞而去。

今天衙门里已过了假期,便一直上衙门去。到了衙门里,一看各司科,都是沉寂寂的,并不曾有人。今天为了补过起见,特意来的,不料又没有人。心想,怎么回事?难道将假期展长了?及至遇到一个茶房,问明了,才知道今天是星期。自己真闹糊涂了,连日月都分不清楚了。平常多了一天假,非常欢喜的事,必要出去玩玩的。今天却一点玩的意味没有,依然回家。到了家里,只见曾次长的汽车,已经停在门外,心里倒是一喜,因就外面小客厅里坐着,等候他出来,好先问他的消息。不料等了两个钟头,还不见出来。等到三点多钟,人是出来了,却是和金铨一路同出大门,各上汽车而去,也不知赴哪里的约会去了。凤举白盼望了一阵子,晚上向曾宅打电话,也是说没有回来,这日算是过去。次日衙门里开始办公,正有几项重要外交要办,曾次长不得闲料理私事。晚上实在等不及了,就坐了汽车到曾宅去会他,恰好又是刚刚出门,说不定什么时候回来,又扫兴而回。

一直到了第三日,一早打了电话去,问次长回来没有?曾宅才回说请过去。凤举得了这个消息,坐了汽车,马上就到曾家去。曾次长走进客厅和他相会,就连连拱手道:"恭喜恭喜!不但事情给你遮掩过去了,而且还可以借这个机会,给你升官呢。"凤举道:"哪有这样好的事?"曾次长道:"自然是事实,我何必拿你这失意的人开心呢?"凤举笑着坐下,低了头想着,口里又吸了一口气,摇着头道:"不但不受罚,还要加赏。这个人情,讲得太好了,可是我想不出是一个什么法子?"

曾次长道："这法子，也不是我想的，全靠着你的运气好。是前天我未到府上去之先，接到了总长一个电话，说是上海那几件外交的案子非办不可，叫我晚上去商议。我是知道部里要派几个人到上海去的，我就对总理说：部里所派的专员，有你在内。而且你对于那件案子，都很有研究，现在不便换人。而且这也是一个好机会，何必让他失了？总理先是不愿意，后来我又把你调开北京，你得负责任去办事，就是给他一个教训，真是没有什么成绩，等他回来再说，还不算迟。总理也就觉得这是你上进的一个好机会，何必一定来打破？就默然了。前夜我和总长一说，这事就大妥了。"

凤举听到要派他到上海去，却为难起来。别的罢了，晚香正要和自己决裂，若是把她扔下一月两月，不定她更要闹出什么花样来。曾次长看到他这种踌躇的样子，便道："这样好的事情，你老哥还觉得有什么不满意的吗？"凤举道："我倒并不是满意不满意的问题，就是京里有许多事情，我都没有办得妥当，匆匆忙忙一走，丢下许许多多的问题，让谁来结束呢？"曾次长笑道："这个我明白，你是怕走了，没有人照料姨太太罢？"凤举笑道："那倒不见得。"

曾次长道："这是很易解决的一个问题，你派一两个年老些的家人，到小公馆里去住着，就没有事了。难道有了姨太太的人，都不应该出门不成？"凤举让他一驳，倒驳得无话可说。不过心里却是为了这个问题，而且以为派了年老家人去看守小公馆的办法，也不大妥当。不过心里如此，嘴里可不能说出来，还是坐在那里微笑。这种的微笑，正是表示他有话说不出来的苦闷。然而曾次长却不料他有那样为难的程度，因笑道："既然说是有许多事情没结束，就赶快去结束罢，公事一下来，说不定三两天之内就要动身呢。"说着，他已起身要走，凤举只好告辞。

回得家来,先把这话和夫人商量。佩芳对这事正中下怀,以为把凤举送出了京,那边小公馆里的经济来源,就要发生问题。到了那个时候,不怕凤举在外面讨的人儿不自求生路。因道:"是很好的机会啊!有什么疑问呢?当然是去。要不去,除非是傻子差不多。"凤举笑道:"这倒是很奇怪!说一声要走,我好像有许多事没办,可是仔细想起来,又不觉得有什么事。"佩芳道:"你有什么事?无非是放心不下那位新奶奶罢了。"凤举经佩芳对症发药的说了一句,辩驳不是,不辩驳也不是,只是微微笑了一笑,佩芳道:"你放心去罢,你有的是狐群狗党,他们会替你照顾一切的。"凤举笑道:"你骂我就是了,何必连我的朋友,也都骂起来呢?"佩芳将脸一沉道:"你要走,是那窑姐儿的幸事了。我早就要去拜访你那小公馆,打算分一点好东西。现在你走了,这盘帐我暂揭开去,等你回来再说。"

她说时,打开玻璃盒,取了一筒子烟卷出来,当的一声,向桌上一板,拿了一根烟卷衔在嘴里。将那银夹子上的取灯儿,一只手在夹子上划着,取出一根划一根,一连划了六七根,然后才点上烟。一声不响的站着,靠了桌子犄角抽烟。这是气极了的表示。向来她气到无可如何的时候,便这样表示的。

凤举对夫人的阃威,向来是有些不敢犯。近日以来,由惧怕又生了厌恶。夫人一要发气,他就想着,她们是无理可喻的,和她们说些什么?因此夫人做了这样一个生气的架子以后,他也就取了一根烟抽着,躺在沙发上并不说什么,只是摇撼着两腿。佩芳道:"为什么不做声?又打算想什么主意来对付我吗?"凤举见佩芳那种态度,是不容人做答复的,就始终守着缄默。心里原把要走的话,去对晚香商量。可是正和晚香闹着脾气,自己不愿自己去转圜。而且佩芳正监视着,让她知道了,更是麻烦。在家中一直挨到傍晚,趁着佩芳疏神,然后才到晚香那里去。

晚香原坐在外面堂屋里,看见他来,就避到卧室里面去了。凤举跟了进去,晚香已倒在床上睡觉。凤举道:"你不用和我生气,我两天之内就要避开你了。"晚香突然坐将起来道:"什么?你要走,我就看你走罢。你当我是三岁两岁的小孩子怕你吓唬吗?"凤举原是心平气和,好好的来和她商量。不料她劈头劈脑就给一个钉子来碰。心想,这女子越原谅她,越脾气大了,你真是这样相持不下,我为什么将就你?便鼻子里哼了一声,冷笑道:"就算我吓唬你罢。我不来吓唬你,我也不必来讨你的厌。"抽身就走。

他还未走到大门,晚香已是在屋子里哇的一声哭将起来。照理说,情人的眼泪,是值钱的。但是到了一放声哭起来,就不见得悦耳。至于平常女子的哭声,却是最讨厌不过。尤其是那无知识的妇女,带哭带说,那种声浪,听了让人浑身毛孔突出冷气。凤举生平也是怕这个,晚香一哭,他就如飞的走出大门,坐了汽车回家。

佩芳正派人打听,他到哪里去了?而今见他已回,也不做声,却故意皱着眉,说身上不大舒服。她料定凤举对着夫人病了,不能把她扔下,这又可以监守他一夜了。哪里知道凤举正为碰了钉子回来,不愿意再出去呢。到了第二日早上,赵升站在走廊下说:"总理找大爷去。"凤举听了又是父亲叫,也不知道有没有问题,一骨碌爬起床,胡乱洗了一把脸,就到前面去。一进门,先看父亲是什么颜色,见金铨笼了手,在堂屋里踱来踱去,却没有怒色,心里才坦然了。因站在一边,等他父亲分付。

金铨一回头看见了他,将手先摸了一摸胡子,然后说道:"你这倒成了个塞翁失马,未始非福了。我的意思是要惩戒你一下,并不是要替你想什么出路。偏是你的上司，又都顾了我的老面子，极力敷衍你。我要一定不答应，人家又不明白我是什么用意。我且再试验你一次，看你的成绩如何？"凤举见父亲并不是那样不可商量的样子，就大了胆答道："这件事，似乎要考量一下子。"金铨不等他说完，马上就拦住道："做了几天外交官，就弄出这种口头禅来，什么考量考量？你只管去就是了，谁又敢说哪句话？办什么事，对什么事就有把握，好在去又不是你一个人，多多打电报请示就是了。我叫你来，并没有别什么事，我早告诉佩芳了，叫她将你行囊收拾好了，乘今天下午的通车，你就先走。我还有几件小事，交给你顺便带去办。"说着，在身上掏出一张字条交给他。

凤举将那字条接过，还想问一问情形。金铨道："不必问了，大纲我都写在字条上。至于详细办法，由你斟酌去办，我要看看你的能力如何？"凤举道："今天就走，不仓促一点吗？"金铨道："有什么仓促？你衙门里并没有什么事，家里也没有什么事，你所认为仓促的，无非是怕耽误了你玩的工夫。我就为了怕你因玩误事，所以要你这样快走。"金太太听了他父子说话，她就由屋子里走出来，插嘴道："你父亲叫你走，你就今天走，难道你还有什么大不了的事？就是有，我们都会给你办。"凤举看到这种情形，又怕他父亲要生气，只好答应走。

直等金铨没有什么话说了，便走到燕西这边院子里，连声嚷着老七。连叫好几声，也没有见人出来。一回头，却见燕西手上捧着一个照相匣子，站在走廊上，对着转角的地方。清秋穿了一件白皮领子斗篷，一把抄着，斜侧着身子站定。凤举道："难怪不做声，你们在照相。这个大冷天，照得出什么好相来？"燕西还是不回答，一直让把相照完，才回头道："我是初闹这个，小小心心的干，一说话分了心，又会照坏。"

清秋道:"大哥屋里坐罢。"凤举道:"不!我找老七到前面去有事。"燕西见他不说出什么事,就猜他有话,不便当着清秋的面前说,便收照相匣子,交给清秋,笑道:"可别乱动,糟了我的胶片。"清秋接住,故意一松手,匣子向下一落,又蹲着身子接住。燕西笑道:"淘气!拿进去罢。"清秋也未曾说什么,进屋子里去了。

燕西跟凤举走到月亮门下,他又忽然抽身转了回去,也追进屋子去,去了好一会儿。凤举没有法,只好等着。心想,他们虽然说是新婚燕尔,然而这样亲密的程度,我就未曾有过。这也真是人的缘分,强求不来的。燕西出来了,便问道:"怎么去了这么久?大风头上,叫我老等着。"燕西道:"丢了一样东西在屋子里,找了这大半天呢。你叫我什么事?"

凤举道:"到前面去再说。"一直把燕西引到最前面小客厅里,关上了门,把自己要走的话告诉他。因道:"晚香那里,我是闹了四五天的别扭,如今一走,她以为或有别的用意,你可以找着蔚然和逸士两人,去对她解释解释。关于那边的家用……"燕西笑道:"别的我可以办,谈到了一个'钱'字,我比你还要没有办法,这可不敢胡乱答应。"凤举道:"又不要你垫个三千五千,不过在最近一两个星期内,给她些零钱用就是了,那很有限的,能花多少钱呢?你若是真没有办法,找刘二爷去,他总会给你搜罗,不至于坐视不救。"燕西道:"钱都罢了。你一走保不定她娘家又和她来往,纵然不出什么乱子,也与体面有关。我们的地位,又不能去干涉她的。"

凤举听了这话,揪住自己头上一缕头发,低着头闭了眼,半响没做声。突然一顿脚道:"罢!她果然是这样干,我就和她情断义绝,天下没有不散的筵席。"燕西见老大说得如此决裂倒愣住了。凤举低着声音道:"自然,但愿她不这样做。"燕西见老大一会儿工夫说出两样的话来，知道凤举的态度，是不能怎样决绝的。因笑道："走，你总是要走的。这事你就交给我就是了，只要有法子能维持到八方无事，就维持到八方无事，你看这个办法如何？"凤举道："就是这样。我到了上海以后，若是可以筹到款子，我就先划一笔电汇到刘二爷那里。只要无事，目前多花我几个钱，倒是不在乎。"燕西笑道："只要你肯花钱，这事总比较的好办。"凤举在身掏出手表来看一看，因道："没有时间了，我得到里面去收拾东西，你给我打一个电话，把刘二和老朱给我约来。"燕西道："这个时候，人家都在衙门里，未必能来。就是能来，打草惊蛇的，也容易让人注意。你只管走就是了，这事总可不成问题。"

凤举也不便再责重燕西，只得先回自己屋里，去收拾行李。佩芳迎着笑道："恭喜啊，马上荣行了！"凤举笑道："不是我说你，你有点吃里扒外。老人家出了这样一个难题给我做，你该帮助我一点才是。你不但不帮助我，把老人家下的命令，还秘密着不告诉我，弄得我现在手忙脚乱，说走就走。"佩芳眉毛一扬，笑道："这件事情，是有些对不住。可是你要想想，我若是事先发表，昨晚上你又不知道要跑到小公馆里去，扔下多少安家费。我把命令压下了一晚上，虽然有点不对，可是给你省钱不少了。"凤举心里想，妇人家究竟是一偏之见，你不让我和她见面，我就不会花钱吗？当时摇了摇头，向着佩芳笑道："厉害！"

佩芳鼻子哼了一声道："这就算厉害？厉害手段，我还没有使出来呢。你相信不相信？我这一着棋，虽然杀你个攻其无备，但是我知道你必定要拜托你的朋友，替你照应小公馆的。我告诉你说，这件事你别让我知道，我若是知道了，谁做这事，我就和谁算帐！"凤举笑道："你不要言过其实了。我知道今天要走，由得着消息到现在，统共不到一点钟，这一会儿工夫，我找了谁？"佩芳道："现在你虽没有找，但是你不等到上海，一路之上，就会写信给你那些知已朋友的。"凤举心想，你无论如何机灵，也机灵不过我，我是早已拜托人的了。一想之下，马上笑起来。佩芳道："怎么样？我一猜中你的心事，连你自己也乐了。"凤举道："就算你猜中了罢。没有时间，不谈这些了。给我收的衣服，让我看看，还落了什么没有？"佩芳道："不用得看了，你所要的东西，我都全给你装置好了。只要你正正经经的做事，我是能和你合作的。"说着，把检好了的两只皮箱，就放在地板上打开，将东西重检一过，一样一样的让凤举看。果然是要用的东西差不多都有了。

凤举笑着伸了一伸大拇指，说道："总算办事能干。我要走了，你得给我饯行呀。"一伸食指，掏了佩芳一下脸。佩芳笑道："谁和你动手动脚的？你要饯行，我就和你饯行，但是你在上海带些什么东西给我呢？"凤举道："当然是有，可是多少不能定，要看我手边经济情形如何？设若我的经济不大充分，也许要在家里弄……"佩芳原是坐着的，突然站将起来，看看凤举的脸道："什么？你还要在家里弄点款子去。你这样做事，家里预备着多少本钱给你赔去？"凤举连连摇手道："我这就要走了，我说错了话，你就包涵一点罢。"妇人家的心理，是不可捉摸的，她有时强硬到万分，男子说鸡蛋里面没有骨头，她非说有骨头不可。有时男子随便两句玩话，不过说得和缓一点，妇人立刻慈悲下来，男子要怎么样，就怎么样。

这个时候，凤举几句话又把佩芳软化得成了绕指柔，觉得丈夫千里迢迢出远门去，不安慰他一点，反要给他钉子碰，这实在太不对了。因此和凤举一笑，便进里面，给他检点零碎去。凤举也就笑着跟进去了。不到一会儿，开上午饭来，夫妇二人很和气的在一块儿吃过了午饭,东西也收拾妥当了。于是凤举就到上房里,去见过母亲告别,此外就是站在各人院子里,笑着叫了一声走了。家里一大批人,男男女女,少不得就拥着到他院子里来送行。

人一多,光阴一混,就到了三点钟,就是上火车的时候了,凤举就坐了汽车上车站。家里送行的人,除了听差而外,便是佩芳、燕西、梅丽三人。凤举本还想和燕西说几句临别赠言,无如佩芳是异常的客气,亲自坐上凤举的车,燕西倒和梅丽坐了一辆车子。在车子上,佩芳少不得又叮咛了凤举几句。说是上海那地方,不是可乱玩的。上了拆白党的当,花几个钱还是小事,不要弄出乱子来,不可收拾。凤举笑道:"这一点事,我有什么不知道?难道还会上人家的仙人跳吗?"佩芳道:"就是堂子里,你也要少去。弄了脏病回来,我是不许你进我房门的。"说着话,到了车站。站门外,等着自己的家里听差,已买好了票,接过行李,就引他们一行四人进站去。

凤举一人定了一个头等包房,左边是外国人,右边莺莺燕燕的,正有几个艳装女子在一处谈话。看那样子,也有是搭客,也有是送行的。佩芳说着话,站在过道里,死命的盯了那边屋子里几眼,听那些人说话,有的说苏白,有的说上海话,所谈的事,都很琐碎。而且还有两个女子在抽烟,看那样子,似乎不是上等人。因悄悄的问燕西道:"隔壁那几位,你认识吗?"燕西以为佩芳看破了,便笑道:"认识两个。她们看见有女眷在一处,不敢招呼。你瞧,那个穿绿袍缀着白花边的,那就是花国总理。"

佩芳将房门关上,脸一沉道:"这个房间,是谁包的?"一面说时,一面看那镜子里边正有一扇门,和那边相通。凤举已明白了佩芳的意思,便笑嘻嘻的道:"我虽然不是什么正经人,决不能见了女子,我就会转她的念头。况且那边屋子里,似乎不是一个人,我就色胆如天,也不能闯进人家房子里去。"佩芳听了这话,不由得噗哧一笑。凤举道:"你这也无甚话可说了。"燕西道:"不要说这些不相干的话,现在火车快要开了,有什么话先想着说一说罢。"佩芳笑道:"一刻儿工夫,我也想不出什么话来。"因望着凤举道:"你还有什么说的没有?可先告诉我也好。"凤举道:"我没有什么话,我就是到了上海,就有一封信给你。"梅丽道:"我也想要大哥给我买好多东西,现在想不起来,将来再写信告诉你罢。"

说到这里,月台上已是叮当叮当摇起铃来。燕西佩芳梅丽就一路下车,站在车窗外月台上,凤举由窗子里伸出头来,对他们三人说话。汽笛一声,火车慢慢的向前展动,双方的距离,渐渐的远了。燕西还跟着追了两步,于是就抬起手来,举了帽子,向空中摇了几摇。梅丽更是抽出胸襟下掖的长手绢,在空气里招展的来而复去,佩芳只是两手举得与脸一样高,略微招动了一下。凤举含着微笑,越移越远,连着火车,缩成了一小点,佩芳他们方才坐车回家而去。

第六十回

渴慕未忘通媒烦说客　坠欢可拾补过走情邮

这时，梅丽和佩芳约着坐一车，让燕西坐一辆车，刚要出站门，忽见白秀珠一人在空场里站着，四周顾盼。一大群人力车，团团转转将秀珠围在中心，大家伸了手掐着腰只管乱嚷，说道："小姐小姐，坐我的车，坐我的车，我的车干净。"秀珠让大家围住，没了主意，皱了眉顿着脚道："别闹，别闹！"燕西看她这样为难的情形，不忍袖手旁观，便走上前对秀珠道："密斯白，你也送客来的吗？我在车站上怎么没有看见你？"

秀珠在这样广众之前，人家招呼了不能不给人家一个回答，便笑道："可不是！你瞧，这些洋车夫真是岂有此理，把人家围住了，不让人家走！"燕西道："你要到哪里去？我坐了车子来的，让我来送你去罢。"秀珠听了这话，虽有些不愿意，然而一身正在围困之中，避了开去，总是好的。便笑道："这些洋车夫，真是可恶，围困得人水泄不通。"一面说着，一面走了过来。燕西笑着向前一指道："车子在那面。"右手指着，左手就不知不觉的来挽着她。秀珠因为面前汽车马车人力车，以及车站上来来往往一些搬运夫，非常杂乱，一时疏神，也就让燕西挽着。

燕西一直挽着她开门，扶她上车去。燕西让她上了车，也跟着坐上车去。因问秀珠要到哪儿去？秀珠道："我上东城去，你送我到东安市场门口就是了。"燕西就分付车夫一声，开向东安市场而去。到了东安市场，秀珠下车，燕西也下了车。秀珠道："你也到市场去吗？"燕西道："我有点零碎东西要买，陪你进去走走罢。"秀珠也没有多话说，就在前面走。在汽车上，燕西是怕有什么话让汽车夫听了去了，所以没有说什么。这时跟在后面，也没说什么。走到了市场里，陪着秀珠买了两样化妆品，燕西这才问："你回家去吗？"秀珠道："不回家，我还要去会一个朋友。"燕西道："现在快三点了，我们去吃一点点心，好不好？"秀珠道："多谢你，但是让我请你，倒是可以的。"燕西道："管他谁请谁呢？这未免太客气了。"于是二人同走到七香斋小吃馆里来。

这时还早，并不是上座的时候，两人很容易的占了一个房间。燕西坐在正面，让秀珠坐在横头，沏上茶来，燕西先斟了半杯，将杯子擦了，拿出手绢揩了一揩，然后斟一杯茶，放在秀珠面前。秀珠微微一笑道："你还说我客气，你是如何的客气呢？"这时，秀珠把她那绛色的短斗篷脱下，身上穿了杏黄色的驼绒袍。将她那薄施脂粉的脸子，陪衬得是格外鲜艳。那短袖子露出一大截白胳膊，因为受了冻，泛着红色也很好看。在燕西未结婚以前，看了她这样，一定要摸摸她冷不冷的。现在呢，不但成了平凡的朋友，而且朋友之间，还带有一种不可侵犯的嫌疑，这是当然不敢轻于冒犯的。秀珠见他望了自己的手臂出神，倒误会了，笑问道："你看什么？以为我没有戴手表吗？"燕西笑道："可不是！这原不能说是装饰品，身上戴了一个表总便当得多。不然，有什么限刻的事，到了街上就得东张西望,到处看店铺门前的钟。"秀珠道:"我怎么不戴,在这儿呢。"说时,将左手一伸,手臂朝上伸到燕西面前。

燕西看时,原来小手指上,戴了一只白金丝的戒指。在指臂上,正有一颗纽扣大的小表。秀珠因燕西在看,索性举到燕西脸边。燕西便两手捧着,看了一看,袖子里面,由腋下发射出来的一种柔香,真个有些熏人欲醉。燕西放下她手,笑道:"这表是很精致,是瑞士货吗?"秀珠笑道:"你刚才看了这半天,是哪里出的东西都不知道吗?"燕西道:"字是在那一面的,我怎样看得出来呢?不过这样精小的东西,也只有瑞士的能做。你这样的精明人,也不会用那些骗自己的东西。"秀珠笑道:"还好,你的脾气还没有改,这张嘴,还是非常的甜蜜呢。"燕西道:"这是实话,我何曾加什么糖和蜜呢?"两人只管说话,把吃点心的事也忘了。还是伙计将铅笔纸片,一齐来放在桌上,将燕西提醒过来了,他问秀珠吃什么?

秀珠笑道:"你写罢,难道我欢喜吃什么,你都不知道吗?"燕西听她如此说,简直是形容彼此很知己似的,若要说是不知道,这是自己见疏了,便笑着一样一样的写了下去。秀珠一看,又是冷荤,又是热菜,又是点心,因问道:"这做什么?预备还请十位八位的客吗?"说着,就在他手上将铅笔纸单夺了过来,在纸的后幅,赶快的写了鸡肉馄饨两碗,蟹壳烧饼一碟。写完,一并向燕西面前一扔,笑道:"这就行了。"燕西看了一看,笑道:"我们两人,大模大样的占了人家一间房间,只吃这一点儿东西,不怕挨骂吗?"秀珠笑道:"这真是大爷脾气的话,连吃一餐小馆子,都怕人家说吃少了。你愿意花钱那也就不要紧,你可以对伙计说,弄一碗鸡心汤来喝,要一百个鸡心,我准保贱不了。"

燕西正有一句话要说,说到嘴边,又忍回去了,只是笑了一笑。

秀珠道:"有什么话,你说呀!怎么说到嘴边又忍回去了?"这时,伙计又进来取单子,燕西便将原单纸涂改几样,交给他了。一会儿,还是来了一桌子的菜,还另外有酒。秀珠这也就不必客气了,在一处吃喝个正高兴。饭毕,自然是燕西会了帐。一路又走到市场中心来,依着燕西,还要送秀珠回家,但秀珠执意不肯,说是不一定回家,燕西也就罢了,乃告辞而别。不过这在燕西,的确是一种很快活的事了,无论如何,彼此算尽释前嫌了。

燕西回得家去,一进去,门口号房就迎上来说道:"七爷,你真把人等了一个够。那位谢先生在这儿整等你半天了。"燕西道:"哪一个谢先生?"门房道:"就是你大喜的日子,他做傧相的那位谢先生。"燕西道:"哦!是他等着我没走,这一定有要紧的事的,现在在哪里?"门房道:"在你书房里。"燕西听说,一直就向自己书房里来,只见谢玉树一个人斜躺在一张软椅上,拿了一本书在看。燕西还未曾开言,他一个翻身坐起来,指着燕西道:"你这个好人,送人送到哪里去了?上了天津吗?"燕西道:"我又没有耳报神,怎么知道你这时候会来?我遇到一个朋友,拉我吃小馆子去了。你很不容易出学校门的,此来必有所谓。"谢玉树笑道:"我是来看看新娘子的,顺便和你打听一件事。"燕西道:"看新娘子那件事,我算是领情了,你就把顺便打听的一件事,变为正题,告诉我罢。"谢玉树笑道:"在我未开谈判之先,我还有一点小小的要求,我这个肚皮现在十分的叫屈。"

燕西一拍手道:"了不得,你还没有吃午饭吗?"一面说话,一面就按了电铃。金荣进来了,燕西道:"分付厨房里,快开一位客饭来,做好一点。"金荣答应去了。燕西笑道:"是了,你是上午进城的,以为赶我这里来吃饭。不料我今天吃饭吃得格外早,一点钟就上了车站。算没有合上你的预算,其实是你太客气了,你老实一点,让我们听差,给你弄一点点心来吃,他也不至于辱命。"谢玉树道:"谁知道你这时候才回来呢?"燕西道:"不去追究那些小问题了,你说罢,你今天为了什么问题来的?我就是这样的脾气,心里搁不住事,请你把话告诉我罢。"谢玉树也知道燕西的脾气,做事总是急不暇择的。因道:"并不是我自己的事,我也是受人之托。"燕西笑道:"你就不要推卸责任了。是你自己的事也好,是你受人之托也好,反正你有所要求,我认准了你办,这不很直截了当吗?"

谢玉树这倒只好先笑了一笑,因道:"那天你结婚日子,不是有位傧相吴女士吗?密斯脱卫托我问你一问,是不是府上的亲戚?"说到这里,他的脸先红了。燕西笑道:"你这话不说出来,我已十分明白了。这位密斯脱卫,也是一个十分的老外,怎么请你来做这一件事?天下哪有做媒的人,说话怕害臊的?"谢玉树经他说破,越发是难为情。所幸就在这个时候,厨子已经把饭开来了。燕西道:"对不住,我吃过点心不多久,不能又吃,我只坐在这里空陪罢。"谢玉树道:"那不要紧,我只要吃饱了就是了。"于是他就专门吃饭,一声也不响。

还是燕西忍耐不住,问道:"密斯脱卫是怎样拜托你来做媒?他就是在那天一见倾心的吗?"谢玉树鼓励着自己不让害臊,吃着饭很随便的答道:"在这个年头儿,哪里还容得下'做媒'两个字?他不过很属意那位吴女士,特意请我来向你打听,人家是不是小姑居处?"燕西笑道:"不但是小姑居处,而且那爱情之箭,还从未射到她的芳心上去呢!这一朵解语之花,为她所颠倒的,未始无人。不过她心目中,向来不曾满意于谁。以老卫的人才而论,当然是中选的。不过有一层……"谢玉树道:"我知道,就是为他穷,对不对?

难道像吴小姐那样冰雪聪明的人儿，还不能不拿金钱来做对象吗？"燕西道："我并不是说这个，我以为老卫这种动机，太突兀了，并没有什么恋爱的过程呢。"谢玉树道："就是因为没有什么恋爱的过程，我才来疏通你，怎样给他们拉拢拉拢，让他们成为朋友。等他们成了朋友以后，老卫拼命的去输爱，那是不成问题的了，这就看吴女士，能不能够接受？只要能接受，家庭方面，还要仗你大力斡旋呢。"

说着话，谢玉树已经把饭吃完了。漱洗已毕，索性和燕西坐在一张沙发上，从从容容的向下谈。说着，还拱拱手。燕西笑道："你这样给他出力，图着什么来？我给他们拉拢，少不得还要贴本请客，我又图着什么来？"谢玉树道："替朋友帮忙，何必还要图个什么？说成了功，这是多么圆满的一场功德。说不成功，我不过贴了一张嘴，两条腿。就是你七爷请一两回客，还在乎吗？"燕西道："我也巴不得找一件有趣味的事干，你既然专诚来托我，我绝不能那样不识抬举，不来进行。你今晚是不能出城的了，就在舍间下榻，我们慢慢的来想个办法。"

谢玉树道："只要你肯帮忙，在这里住十天半月我也肯。学校里哪里有总理公馆里住得舒服，我还有什么不乐意的吗？"燕西笑道："这样漂亮的人才，说出这样不漂亮的话来？"谢玉树笑道："你们天天锦衣肉食惯了，也不觉得这贵族生活有什么意义。若是我们穷小子，偶然到你们这里来过个一两天，真觉到了神仙府里一般，不说吃喝了，脚下踏着寸来厚的地毯，屁股下坐着其软如绵的沙发，就让人舒服得乐不思蜀呢。"燕西道："刚才说正经话，给人家做媒，就老是吃螺蛳吃生姜；现在闹着玩，你的嘴就出来了。"两个人说笑了一阵，燕西道："你在这儿躺一会儿，有好茶可喝，有小说可看，我到里面去布置一点小事。"谢玉树道:"我肚子吃饱了,就不要你照顾了,你请便罢。"

燕西又分付了听差们好好招待,便回自己院子里来。老妈子说:"少奶奶吃晚饭去了。"燕西又转到母亲屋子里来。金太太屋子里这一餐饭,正是热闹,除了清秋不算,又有梅丽和二姨太加入。佩芳因为凤举走了,一人未免有伤孤寂,也在这边吃。燕西一进门,清秋便站起来道:"我听说你在前面陪客吃过了,所以不等你,你怎么又赶来了?"燕西道:"你吃你的罢,我不是来吃饭的,我有事要和大嫂商量呢。"清秋又坐下吃饭,将瓷勺子在中间汤碗里舀着举了起来,扭转身来笑道:"有冬笋莼菜汤呢,你不喝点?"

佩芳笑道:"这真是新婚夫妇甜似蜜,你瞧,你们两人,是多么客气啊!"燕西笑道:"那也不见得,不过是仁者见仁,智者见智罢了。"佩芳道:"得了,我不和你说那些,你告诉我,有什么事和我商量?要商量就公开,不妨当着母亲的面,说出来听听。"燕西道:"自然啊,我是要公开的,难道我还有什么私人的请托不成?说起来这事也奇怪,他们不知道怎样会想到和一个生人提出婚姻问题来了,就是上次做傧相的那位漂亮人,他要登门来求亲了。"梅丽听了这话,也不知道怎么回事,脸都红破了。低了头只管吃饭,并不望着燕西。

佩芳道:"你没头没脑的提起这个话,我倒有些不懂,这事和我有什么相干?"燕西道:"自然有和你商量之必要,我才和你商量。不然,我又何必多此一举哩?"佩芳笑道:"哦!我知道了。其中有个姓卫的,对我们蔼芳好像很是注意,莫非他想得着这一位安琪儿?"燕西道:"可不是!他托那个姓谢的来找我,问我可不可以提这个要求?"佩芳道:"这姓谢的,也是个漂亮人儿啦。怎么让这个姑娘似的人儿来做说客？"燕西道："这件事，若办不通，是很塌台的。少年人都是要一个面子，不愿让平常的朋友来说，免得不成功，传说开去不好听。"佩芳道："提婚又不是什么犯法的事，有什么不可以。但是我家那位，眼界太高，多少亲戚朋友提到这事，都碰了钉子。难道说这样一个只会过一次面的人，她倒肯了？"二姨太插嘴道："那也难说啊！自古道千里姻缘一线引，也许从前姻缘没有发动，现在发动了。"梅丽道："这是什么年头？你还说出这样腐败的话！不要从中打岔了，让人家正正经经的谈一谈罢。"佩芳道："这件事，我也不能替她做什么答复，先得问她自己，对于姓卫的有点意思没有？"说着话，已经吃完了饭。

佩芳先漱洗过了，然后将燕西拉到犄角上三角椅上坐下，笑问道："既然他那一方面是从媒妁之言下手，我倒少不得问一问。"燕西道："不用问了，事情很明白的，他的人品不说，大家都认为可以打九十分。学问呢，据我所知，实在是不错。"金太太在那边嚼着青果，眼望了他们说话，半晌不做声，一直等到燕西说到"据我所知，实在不错"。金太太笑道："据你所知，你又知道多少呢？若依我看来，既然是个大学生，而且那学堂功课又很上紧的，总不至于十分不堪。不过谈到婚姻这件事情，虽不必以金钱为转移，但是我们平心论一句，若是一个大家人家的小姐，无缘无故的嫁给寒士，未免不近人情。这位卫先生，听说他家境很不好，吴小姐肯嫁过去吗？"佩芳还没有答话，梅丽便道："我想蔼芳姐是个思想很高尚的人，未必是把'贫富'两字来做婚姻标准的。"二姨太道："小孩子懂得什么！你以为戏台上《彩楼配》那些事，都是真的呢。"

燕西笑道："这件事，我们争论一阵，总是白费劲，知道吴小姐是什么意思？我们是个介绍的人，只要给两方面介绍到一处，就算功德圆满。以后的事,那在于当事人自己去进行了。我的意思,算是酬谢傧相,再请一回客,那末,名正言顺的就可让他们再会一次面。"佩芳道:"你这是抄袭来的法子,不算什么妙计,小怜不就为赴人家的宴席,上了钩吗?我妹妹,她的脾气有点不同。她不知道则已,她要知道你弄的是圈套,她无论如何也是不去的。就是去了,也会不欢而散。你别看她人很斯文,可是她那脾气,真比生铁还硬。要是把她说愣了,无论什么人,也不能转圜,那可成了画虎不成反类犬了。我倒有条妙计,若是事成功了,不知道那姓卫的怎么样谢我?"说到这里,不由得微笑了一笑。

燕西道:"不成功,那是不必说了,若是成了功,你就是他的大姨姐,你还要他谢什么?"佩芳道:"谢不谢再说罢。你们想想,我这法子妙不妙?去年那个美术展览会不是为事耽误了,没有开成功吗?据我妹妹说,在这个月内,一定要举办。不用说,她自然是这里面的主干人物。只要把那姓卫的弄到会里当一点职务,两方面就很容易成为朋友了,而且这还用不着谁去介绍谁。"燕西拍手笑道:"妙妙,我马上去对老谢说。"佩芳道:"嘿!你别忙,让我们从长商议一下。"燕西道:"这法子就十分圆满,还要商议什么?"一面说着,一面就走出去了。

燕西到了自己书房里,一推门进去,嚷道:"老谢!事情算是成功了,你怎样谢我呢?"谢玉树正拿了一本书躺在软榻上看。听到燕西一嚷,突然坐将起来,站着呆望了他。半晌,笑道:"怎么样?不行吗?"燕西道:"我说是成功了,你怎么倒说不行呢?"谢玉树道:"不要瞎扯了,哪有如此容易的婚姻,一说就成功?"燕西笑道:"你误会了,我说的是介绍这一层成了功,并不是说婚姻成了功。"谢玉树道:"三言两语的,把这事就办妥了,也很不容易啊!是怎么一个介绍法？"燕西就把佩芳说的话，对他说了。谢玉树笑着一顿脚，叹了一口气。燕西道："你这为什么？"谢玉树道："我不知道有这个机会，若是早知道，我就想法子钻一名会中职务办办，也许可以在里面找一个情侣呢。现在老卫去了，我倒要避竞争之嫌了。"

燕西看他那样子很是高兴，陪他谈到夜深，才回房去。次日一早八点钟就起来，复又到书房里来，掀开一角棉被，将谢玉树从床上唤醒。谢玉树揉着眼睛坐了起来，问道："什么时候了？"燕西道："八点钟了，在学校里，也就起来了，老卫正等着你回信呢，你还不该去吗？"谢玉树笑道："昨晚上坐到两点钟才睡，这哪里睡足了？"说着，两手一牵被头，又向下一赖，无如燕西又扯着被，紧紧的不放，笑道："报喜信犹如报捷一般，为什么不早早去哩？"谢玉树没法，只好穿衣起床。漱洗已毕，燕西给他要了一份点心，让他吃过，就催他走。谢玉树笑道："我真料不到你比我还急呢。"就笑着去了。

燕西起来得这般早，家里人多没起来，一个人很现着枯寂。要是出去罢？外面也没有什么可玩的地方，一个人反觉无聊了。一个人躺在屋子里沙发椅子上，便捧了一本书看。这时，正是热汽管刚兴的时候，屋子里热烘烘的，令人自然感到一种舒适。手上捧的书，慢慢的是不知所云，人也就慢慢的睡过去了。睡意朦胧中，仿佛身上盖着又软又暖的东西，于是更觉得适意，越发要睡了。一觉醒来，不迟不早，恰好屋里大挂钟当的一声，敲了一点。一看身上，盖了两条俄国毯子，都是自己屋子里的。大概是清秋知道自己睡了，所以送来自己盖的。

一掀毯子，坐了起来，觉得有一样东西一扬，仔细看时，原来脚下，坠落一个粉红色的西式小信封。这信封是法国货，正中凸印着一个鸡心，穿着爱情之箭。信封犄角上，又有一朵玫瑰花。这样的信封，自己从前常用的，而且也送了不少给几个亲密的女友，这信是谁寄来的哩？因为字是钢笔写的，看不出笔迹，下款又没有写是谁寄的，只署着"内详"。连忙将信头轻轻撕开一条缝，将手向里一探，便有一阵极浓厚的香味，袭入鼻端。这很像女子脸上的香粉，就知道这信是异性的朋友寄来的了。将信纸抽出来，乃是两张芽黄的琉璃洋信笺，印着红丝格，格里乃是钢笔写的红色字，给看信的人一种很深的美丽印象。字虽直列的，倒是加着新式标点。

信上说：

燕西七哥：

这是料不到的事，昨天又在一块儿吃饭了。我相信人和一切动物不同，就因为他是富于感情。我们正也是这样。以前，我或者有些不对，但是你总可以念我年青，给我一种原谅。我们的友谊，经过很悠久的岁月，和萍水之交，是不可同日而语的。当然，一时的误会，也不至于把我们的友谊永久隔阂。昨天吃饭回来，我就是这样想，整晚的坐在电灯下出神。因为我现在对于交际上冷淡得多了，不很大出去了。你昨晚回去，有什么感想，我很愿闻其详。你能告诉我吗？祝你的幸福！

妹秀珠上

燕西将信从头至尾一看，沉吟了一会儿，倒猜不透这信是什么意思。只管把两张信纸颠来倒去的看着。信上虽是一些轻描淡写的几句话，什么萍水之交，什么交谊最久，都是在有意无意之间。凭着良心说出来，自己结了婚，只有对秀珠不住的地方，却没有秀珠对不住自己的地方。现在她来信，说话是这样的委婉，又觉得秀珠这人，究竟是个多情女子了，实在应该给予她一种安慰。

想到这里，人很沉静了，那信纸上一阵阵的香气，也就尽管向鼻子里送来，不由得人会起一种甜美的感想。拿了信纸在手上，只管看着，信上说的什么，却是不知道，自然而然的，精神上却受了一种温情的荡漾。便坐得书案边去，抽了信纸信封，回起信来。对于秀珠回信，文字上是不必怎样深加考量的，马上揭开墨盒，提笔写将起来，信上说：

秀珠妹妹：

我收到你的信，实在有一种出于意外的欢喜。这是你首先对我谅解了，我怎样不感激呢。你这一封信来了，引起了我有许多话要对你说。但是真要写在信上，恐怕一盒信笺都写完了，也不能说出我要说的万分之一。我想等你哪一天有工夫的时候，我们找一个地方吃小馆子，一面吃，一面谈罢。你以为如何呢？你给我一个电话，或者是给我一封信，都可以。回祝你的幸福！

你哥燕西上言

燕西将信写好了，折叠平整，筒在信封里，捏着笔在手上，沉吟了一会儿,便写着"即时专送白宅,白秀珠小姐玉展。"手边下一只盛邮票的倭漆匣子,正要打开,却又关闭上了。便按着电铃叫听差的。是李贵进来了,燕西将信交给他,分付立刻就送去,而且加上一个"快"字。李贵拿着信看了看,燕西道:"你看什么?快些给我送去就是。"李贵道:"这是给白小姐的信,没有错吗?"燕西道:"谁像你们那一样的糊涂,连写信给人都会错了,拿去罢。"李贵还想说什么,又不敢问,迟疑了一会子。心里怕是燕西丢了什么东西在白家,写信去讨,或者双方余怒未息,还要打笔头官司。好呢,自己不过落个并无过错。若是不好,还要成个祸水厉阶,不定要受什么处分才对。不过七爷叫人办事,是毫无商量之余地的,一问之下,那不免更要见罪。也只好纳闷在心,马上雇了一辆人力车,将信送到白宅。

白宅门房里的听差王福,一见是金府上的,先就笑道:"嘿!李爷久不见了。"李贵便将信递给他,请他送到上房去。李贵也因是许久没来,来了不好意思就走,就在门房里待住了一会儿。那听差的从上房里出来,说是小姐有回信,请你等一等。李贵道:"白小姐瞧了信以后说的吗?"那听差道:"自然,不瞧信,她哪里有回信呢?"李贵心想,这样看来,也许没有多大问题,便在门房里等着。果然随后有一个老妈子拿了一封信出来,传言道:"是哪位送信来的?辛苦了一趟,小姐给两块钱车钱。"她估量着李贵是送信的,将钱和信,一路递了过来。李贵对于两块钱,倒也不过如是。只是这件差事,本来认为是为难的。现在不但不为难,反有了赏。奇不奇呢?那老妈子见了他踌躇,以为他不好意思收下,便笑道:"你收下罢。我们小姐,向来很大方的,只要她高兴,常是三块五块的赏人。"

李贵听了这话，也就大胆的将钱收下，很高兴的回家。信且不拿出来，只揣在身上。先打听打听，燕西在上房里，就不做声。后来燕西回到书房里来了，李贵这才走进去，在身上将信拿出来，递给燕西。他接过信去，笑着点了一点头。李贵想着，信上的话，一定坏不了，便笑道："白小姐还给了两块钱。"燕西道："你就收下罢。可是这一回事，对谁也不要说。"李贵道："这个自然知道。要不是为了不让人知道，早就把回信扔在这书桌上了。"燕西道："这又不是什么要不得的事不能公开，我不过省得麻烦罢了。"李贵笑了一笑，退出去了。燕西将秀珠的信，看了一看，就扯碎了，扔在字纸篓里。这样一来，这件事，除了自己和秀珠，外带一个李贵，是没有第四个人知道的了。

第六十一回

利舌似联珠诛求无厌　名花成断絮浪漫堪疑

燕西得了这封信以后,又在心里盘算着,这是否就回秀珠一封信?忽听窗子外有人喊道:"现在有了先生了,真个用起功来了吗?怎么这样整天藏在书里?"那说话的人正是慧厂。燕西就开了房门迎将出来,笑道:"是特意找我吗?"慧厂道:"怎么不是?"说着,走了进来,便将手上拿了的钱口袋,要来解开。

燕西笑道:"你不用说,我先明白了,又是你们那中外妇女赈济会,要我销两张戏票,对不对呢?"慧厂笑道:"猜是让你猜着了。不过这回的戏票子,我不主张家里人再掏腰包,因为各方面要父亲代销的戏票已经可观,恐怕家里人每人还不止摊上一张票呢。依我说,你们大可以出去活动,找着你们那些花天酒地的朋友,各破悭囊。"燕西道:"既然是花天酒地的朋友,何以又叫悭囊呢?"慧厂道:"他们这些人,花天酒地,整千整万的花,这毫不在乎,一要他们做些正经事,他就会一钱如命了。因为这样,所以我希望大家都出发,和那些有钱塞狗洞不做好事的人去商量。看看这里面,究竟找得出一两个有人心的没有?"

她一面说着，一面把自己口袋里一沓戏票拿了出来，右手拿着，当了扇子似的摇，在左手上拍了几下，笑道："拿你只管拿去。若是卖不了，票子拿回来，还是我的，并不用得你吃亏。因为我拿戏票的时候，就说明了，票是可以多拿，卖不完要退回去。他们竟认我为最能销票的，拿了是绝不会退回的，就答应我全数退回也可以。我听了这一句话，我的胆子就壮了，无论如何，十张票，总可以碰出六七张去。"燕西笑道："中国人原是重男而轻女，可是有些时候，也会让女子占个先着。譬如劝捐这一类的事，男子出去办，不免碰壁。换了女子去，人家觉得有些不好意思，他就只好委委屈屈，将钱掏出来了。"慧厂道："你这话未免有些侮辱女性！何以女性去募捐，就见得容易点？"燕西道："这是恭维话，至少也是实情，何以倒成为侮辱之词呢？"慧厂道："你这话表面上不怎样，骨子里就是侮辱，以为女子出去募捐，是向人摇尾乞怜呢。"燕西笑道："这话就难了，说妇女们募得到捐是侮辱，难道说你募不到捐，倒是恭维吗？"慧厂将一沓戏票向桌上一扔，笑道："募不募，由着你，这是一沓票子，我留下了。"她说完，转身便走。

燕西拿过那戏票，从头数了一数，一共是五十张，每张的价目，印着五元。一面数着，一面向自己屋里走。清秋看见，便问道："你在哪里得着许多戏票？"燕西道："哪里有这些戏票得着呢？这是二嫂托我代销的。戏票是五块钱一张，又有五十张，哪里找许多冤大头去？"清秋道："找不到销路，你为什么又接收过来？"燕西道："这也无奈面子何。接了过来，无论如何，总要销了一半，面子上才过得去。我这里提出十张票，你拿去送给同学的。所有的票价，都归我付。"清秋道："你为什么要这种阔劲？我那些同学，谁也不会见你一份人情。"燕西道："我要他们见什么情？省得把票白扔了。我反正是要买一二十张下来的。"

清秋道:"二嫂是叫你去兜销,又不是要你私自买下来,你为什么要买下一二十张?"燕西道:"与其为了五块钱,逢人化缘,不如自己承受,买了下来干脆。"清秋叹了一口气道:"你这种豪举,自己以为很慷慨,其实这是不知艰难的纨绔子弟习气。你想,我们是没有丝毫收入的人,从前你一个人袭父兄之余荫,那还不算什么。现在我们是两个人,又多了一分依赖。我们未雨绸缪,赶紧想自立之法是正经。你一点也不顾虑到这层,只管闹亏空,只管借债来用,你能借一辈子债来过活吗?"燕西听她说着,先还带一点笑容,后来越觉话头不对,沉了脸色道:"你的话,哪里有这样酸?我听了浑身的毫毛都站立起来。"清秋见他有生气的样子,就不肯说了。燕西见她不做声,就笑道:"你这话本来也太言重,一开口就纨绔子弟,也不管人受得住受不住?"清秋也无话可说,只好付之一笑。燕西就不将票丢下来了,将票揣在身上,就出门去销票去了。

有了这五十张票,他分途找亲戚朋友,就总忙了两天两晚。到了第三天,因为昨晚跑到深夜两点多钟才回家,因此睡到十二点钟以后,方始起床。醒来之后,正要继续的去兜揽销票,只听见金荣站在院子里叫道:"七爷,有电话找,自己去说话罢。"金荣这样说,正是通知不能公开说出来的一种暗号。燕西听见了,便披了衣服,赶快跑到前面来接电话。一说话,原来晚香来的电话。开口便说:"你真是好人啦!天天望你来,望了三四天,还不见一点人影子。"燕西道:"有什么事要我做的吗?这几天太忙。"晚香道:"当然有事啊!没有事,我何必打电话来麻烦呢?"燕西想了想,也应该去一趟。于是坐了汽车,到小公馆里来。

进得屋去,晚香一把拉住,笑道:"你这人真是岂有此理!你再要不来,我真急了。"带说,带把燕西拉进屋去。燕西一进屋内,就看见一个穿青布皮袄的老太太,由里屋迎了出来,笑着道:"你来了,我姑娘年青,别说是大嫂子,都是自己家里姐妹一样,你多照应点啊!"她这样说上一套,燕西丝毫摸不着头脑。还是晚香笑着道:"这是我娘家妈,是我亲生的妈,可不是领家妈,我一个人过得怪无聊的,接了她来,给我做几天伴。你哥哥虽然没有答应这件事,可不能说我嫁了他,连娘都不能认。"燕西笑了一笑,也不好说什么。晚香道:"我找你来,也不是别什么事,你大哥钻头不顾屁股的一走,一个钱也不给我留下。还是前几天,刘二爷送了一百块钱来,也没有说管多久,就扔下走了。你瞧,这一个大家,哪儿不要钱花?这两天电灯电话全来收钱,底下人的工钱也该给人家了。许多天,我就上了一趟市场,哪儿也不敢去。一来是遵你哥哥的命令,二来真也怕花钱。你瞧,怎么样?总得帮我一个忙儿,不能让我老着急。"

燕西正待说时,晚香又道:"你们在家里打小牌,一天也输赢个二百三百的,你哥哥糊里糊涂,就是叫人送这一百块钱来,你瞧,够做什么用的呢?"燕西见她放爆竹似的,说了这一大串话,也不知道答复哪一句好,坐在沙发上,靠住椅背,望了晚香笑。晚香道:"你乐什么?我的话说得不对吗?"燕西道:"你真会说,我让你说得没可说的了。你不是要款子吗?我晚上送了来就是。"说着,站起身来就要走。晚香道:"怎么着?这不能算是你的家吗?这儿也姓金啊!多坐一会儿,要什么紧?王妈,把那好龙井沏一壶茶来。你瞧,我这人真是胡闹,来了大半天的客,我才叫给倒茶呢。"她说时,笑着给他母亲瞟了一瞟眼睛。又按着燕西的肩膀道:"别走,我给你拿吃的去。你要走,我就恼了!"说着,假瞪了眼睛,鼓着小腮帮子。燕西笑道:"我不走就是了。"

晚香这就跑进屋去将一个玻璃丝的大茶盘子,送了一大茶盘子出来,也有瓜子,也有花生豆,也有海棠干,也有红枣。她将盘子放在小茶桌上,抓了一把,放到燕西怀里,笑道:"吃!吃!"燕西道:"这是过年买的大杂拌,这会子还有?"晚香道:"我多着呢,我买了两块钱的,又没有吃什么。"燕西笑道:"怪道要我吃,这倒成了小孩子来了,大吃其杂拌。"晚香的母亲坐在一边,半天也没开口的机会,这就说了。她道:"别这么说啊!大兄弟,过年就是个热闹意思,取个吉兆儿,谁在乎吃啊!三十晚上包了饺子,还留着元宵吃呢,这就是那个意思,过年过年吗。"

燕西听这老太婆一番话,更是不合胃,且不理她,站了起来和晚香道:"吃也吃了,话也说了,还有什么事没有?若是没有事,我就要走了。家里还扔下许多事,我是抽空来的,还等着要回去呢。"晚香道:"很不容易的请了来,请了来,都不肯多坐一会儿吗?你不送钱来,也不要紧,反正我也不能讹你。"这样一说,燕西倒不能不坐一下,只得上天下地,胡谈一阵。约谈了一个多钟头,把晚香拿出来的一大捧杂拌也吃完了。燕西笑道:"现在大概可以放我走了罢?"晚香笑道:"你走罢!我不锁着你的。钱什么时候送来呢?别让我又打上七八次电话啊。"燕西道:"今天晚上准送来,若是不送来,你以后别叫我姓金的了。"说毕,也不敢再有耽误,起身便走了。

回到家里,就打了电话给刘宝善,约他到书房里来谈话,刘宝善一来就笑道:"你叫我来的事,我明白,不是为着你新嫂子那边家用吗?"燕西道:"可不是!她今天打电话叫了我去,说你只给她一百块钱。"刘宝善道:"这我是奉你老大的命令行事啊。他临走的那天上午,派人送了一个字条给我,要我每星期付一百元至一百五十元的家用，亲自送了去。我想第二个星期，别送少了。所以先送去一百元，打算明后天再送五十元，凭她一个人住在家里，有二十元一天，无论如何也会够。就是你老大在这里，每星期也绝花不了这些个罢。怎么样？她嫌少吗？"燕西道："可不是！我想老大不在这里，多给她几个钱也罢，省得别生枝节。"

刘宝善道："怎样免生枝节？已经别生枝节了。凤举曾和她订个条约的，并不是不许她和娘家人来往，只是她娘家人，全是下流社会的坯子，因此只许来视探一两回，并不留住，也不给她家什么人找事。可是据我车夫说，现在她母亲来了，两个哥哥也来了，下人还在外老太太舅老爷叫得挺响亮。那两位舅老爷，上房里坐坐，门房里坐坐，这还不足，还带来了他们的朋友去闹。那天我去的时候，要到我们吃菊花锅子的那个宜秋轩去。我还不曾进门，就听到里面一片人声喧嚷，原来是两位舅老爷在里面，为一个问题开谈判。这一来，宜秋轩变成了宜舅轩，我也就没有进去。大概这里面，已经闹得够瞧的了。"燕西道："我还不知道她的两位舅老爷也在那里。若是这事让老大知道了，他会气死。今天晚上，我得再去一趟，看看情形如何？若是那两位果然盘踞起来，我得间接的下逐客令。"刘宝善道："下逐客令？你还没有那个资格罢？好在并不是自己家里，闹就让她闹去。"燕西道："闹出笑话来了，我们也不管吗？"

刘宝善默然了一会儿，笑道："大概总没有什么笑话的。要不，你追封快信给你老大，把这情形告诉他，听凭他怎样办。"燕西道："鞭子虽长，不及马腹，告诉他，也是让他白着急。"刘宝善道："不告诉他也不好，明天要出了什么乱子，将来怎么办？"燕西道："出不了什么大乱子罢？"刘宝善道："要是照这样办下去，那可保不住不出乱子。"燕西道："今天我还到那里去看看，若是不怎样难堪,我就装一点模糊。倘是照你说的,宜秋轩变了宜舅轩,我就非写信不可。"刘宝善笑道:"我的老兄弟,你可别把'宜舅轩'三个字给我咬上了。明天这句话传到你那新嫂子耳朵里去了,我们是狗拉耗子,多管闲事。"燕西道:"这话除了我不说,哪还有别人说?我要说给她听了,我这人还够朋友吗?"刘宝善听他如此说,方才放心而去。

燕西一想,这种情形连旁人已经都看不入眼,晚香的事恐怕是做得过了一点。当天筹了一百块钱,吃过晚饭,并亲送给晚香。到了门口,且不进去,先叫过听差,问少奶奶还有两个兄弟在这里吗?听差道:"今天可不在这里。"燕西道:"不在这里,不是因为我今天要来,先躲开我吗?"听差听说就笑了一笑。燕西道:"等大爷回来了,我看你们怎么交代?这儿闹得乌烟瘴气,你电话也不给我一个。"听差道:"这儿少奶奶也不让告诉,有什么法子呢?"燕西道:"你私下告诉了,她知道吗?我知道,你们和那舅大爷都是一党。"于是又哼了两声,才走向里院。

这时,那右边长客厅,正亮了电灯,燕西拉开外面走廊的玻璃门,早就觉得有一阵奇异的气味,射入鼻端。这气味里面,有酒味,有羊头肉味,有大葱味,有人汗味,简直是无法可以形容出来的。那宜秋轩的匾额,倒是依旧悬立着,门是半开半掩,走进门,一阵温度很高的热气,直冲了来。看看屋子里,电灯是很亮,铁炉子里的煤,大概添得快要满了,那火势正旺,还呼呼的作响。那屋子里面,并没有一个人。东向原是一张长沙发椅,那上面铺了一条蓝布被,乱堆着七八件衣服。西向一列摆古玩的田字格下,也不知在哪里拖来一副铺板,两条白木板凳,横向中间一拦,又陈设了一张铺。中间圆桌上乱堆了十几份小报,一只酒瓶子,几张干荷叶。围炉子的白铁炉档,上面搭了两条黑不溜秋的毛手巾,一股子焦臭的味儿。那屋子中间的宫纱灯罩的灯边,平行着牵了两根麻绳,上面挂着十几只纱线袜子。有黑色的,有捱布色的,有陈布色的。有接后跟的,有补前顶的,有配上全底的,在空中飘飘荡荡,倒好像万国旗。燕西连忙退出,推开格扇,向院子里连连吐了几口口沫。

晚香老远的在正面走廊上就笑道:"喂!送钱的来了,言而有信,真不含糊呀。"一面说,就绕过走廊走上前来。笑道:"你哥哥不在京,也没有客来,这屋子就没有人拾掇,弄得乱七八糟的,刚才我还在说他们呢。到北屋子里去坐罢,杂拌还多着呢。"燕西皱了眉,有什么话还没说出。晚香笑道:"别这样愁眉苦脸的了。你那小心眼儿里的事,我都知道。你不是为了这客厅里弄得乱七八糟的吗?这是我娘家两个不争气的哥哥,到这儿来看我妈。在这里住了两天,昨天我就把他们轰出去了。我一时大意,没有叫老妈子归拾起来,这就让你捉住这样一个大错。话说明白了,你还有什么不乐意的没有?"说着,带推带送,就把燕西推到正面屋子里来。

燕西笑道:"捉到强盗连夜解吗?怎么一阵风似的就把我拖出来了?"晚香道:"并不是我拖你来,我瞧你站着那儿怪难受的,还是让你走开了的好。"燕西道:"倒没有什么难受,不过屋子里没有一个人,炉子里烧着那大的火,绳子上又悬了许多袜子,设若烧着了,把房东的房子烧了,那怎么办?"晚香道:"铁炉子里把火闷着呢,何至于就烧了房?"燕西道:"天下事,都是这样。以为不至于闹贼,才会闹贼。以为不至于害病,才会害病。以为不至于失火,才会失火。要是早就留了心,可就不会出岔子了。"晚香笑道:"你们哥儿们一张嘴,都能说。凭你这样没有理的事,一到你们嘴里,就有理了。"燕西深怕一说下去,话又长了,就在身上衣袋里摸索了一会儿,留下一小叠钞票,摸出一小叠钞票,就交给晚香道:"这是五十元,我忙了一天了。请你暂为收下。"

晚香且不伸手接那钱,对燕西笑道:"我的小兄弟,你怎么还不如外人呢?刘二爷也没有让我找他,自己先就送下一百块钱来了。我人前人后,总说你好,从前也没有找你要个针儿线儿的。这回你哥哥走了,还让你照管着我呢,我又三请四催的把你请来了。照说,你就该帮我个忙儿。现在你不但不能多给,反倒不如外人,你说我应该说话不应该说话?"燕西笑道:"这话不是那样说,我送来的是老大的钱,刘二爷送来,也是我老大的钱。现在我们给他设法子,将钱弄来了,反正他总是要归还人家的。又不是我们送你的礼,倒可以看出谁厚谁薄来。"晚香一拍手道:"还不结了!反正是人家的钱,为什么不多送两个来?"燕西笑道:"我不是说,让你暂时收下吗?过了几天,我再送一笔来,你瞧好不好?"说时,把钞票就塞在晚香手上。晚香笑了一笑,将钞票与燕西的手一把握住,说道:"除非是你这样说,要不然,我就饿死了,等着钱买米,我也不收下来的。"燕西抽手道:"这算我的公事办完了。"晚香道:"别走啊,在这儿吃晚饭去。"燕西道:"我还有个约会呢!这就耽误半点钟了,还能耽误吗?"燕西说毕,就很快的走出去了。

晚香隔着玻璃门,一直望着出了后院那一重屏门,这才将手上钞票点了一点,叹口气道:"知人知面不知心。这孩子我说他准帮着我的。你瞧,他倒只送这些个来。"晚香的母亲在屋子里给她折叠衣服,听了这话便走出来问道:"他给你拿多少钱来了?你不是说这孩子心眼儿很好吗?"晚香道:"心眼儿好,要起钱来,心眼儿就不好了。"她母亲道:"嫁汉嫁汉,穿衣吃饭。这是什么话呢?

金大爷一走,把咱们就这样扔下了,一个也不给。"晚香道:"你不会说,就别说了,怎样一个也不给?这不是钱吗?"她妈道:"这不是金大爷给你的呀!"晚香也不理她母亲,坐在一边只想心事。

她母亲道:"你别想啊!我看干妈说的那话,有些靠不住。你在这儿有吃有穿,有人伺候,用不着伺候人,这不比小班里强吗?金大爷没丢下钱,也不要紧,只要他家里肯拿出钱来,就是他周年半载回来,也不要紧。将来你要是生下一男半女的,他金家能说不是自己的孩子吗?"晚香皱眉道:"你别说了,说得颠三倒四,全不对劲。你以为嫁金大爷,这就算有吃有喝,快活一辈子吗?那可是受一辈子的罪。明天就是办到儿孙满堂,还是人家的姨奶奶,到哪儿去,也没有面子。"她母亲道:"别那样说啊,像咱这样人家,要想攀这样大亲戚,那除非望那一辈子。人就是这样没有足,嫁了大爷,又嫌不是正的。你想,人家做那样的大官,还能到咱们家里来娶你去做太太吗?"

晚香道:"你为什么老帮着人家说话,一点也不替我想一想呢?"她母亲道:"并不是我帮着人家说话,咱们自己打一打算盘,也应这样。"晚香道:"我不和你说了,时候还早,我瞧电影去。你吃什么不吃?我给你在南货店带回来。"一面说,一面按着铃,就叫进了听差,给雇一辆车上电影院。进了屋子,对着镜子,打开粉缸,抹了一层粉。打开衣橱,挑了一套鲜艳的衣服换上,鞋子也换了一样颜色的。然后戴了帽子,拿了钱袋,又对着镜子,抹了抹粉,这才笑嘻嘻的,吱咯吱咯,一路响着高跟鞋出去。

正是事有凑巧,这天晚上,燕西也在看电影。燕西先到,坐在后排。晚香后到,坐在前排。燕西坐在后面,她却是未曾留意,晚香在正中一排,拣了一张空椅子坐下。忽然有一位西装少年,对她笑了一笑道:"喂!好久不见了。"晚香一看,便认得那人,是从前在妓院里所认识的一个旧客。他当时态度也非常豪华,很注意他的。不料他只来茶叙过三回,以后就不见了。自己从了良,他未必知道,他这样招呼,却也不能怪,因点着头笑了一笑。他问道:"是一个人吗?"晚香又点了点头。那人见晚香身边还有一张空椅子,就索性坐下来,和她说话。晚香起了一起身,原想走开,见那人脸上有些难为情的样子,心想,这里本是男女混坐的,为什么熟人来倒走开呢?不是给人家面子上下不去吗?只在那样犹豫的期间,电灯灭了。

燕西坐在后面,就没有心去看电影,只管看着晚香那座位上。到了休息的时候,电灯亮了,晚香偶然一回头,看见燕西,这就把脸红破了。连忙将斗篷折叠好,搭在手上,就到燕西一处来,笑道:"你什么时候来的?我没有看见你。"燕西道:"我进来刚开,也没有看见你呢。"晚香见隔他两个人,还有一张空椅子。就对燕西邻坐的二人,道了一声旁驾,让人家挪一挪。人家见她是一家人的样子,又是一位少妇出面要求,望了一望,不做声的让开了。晚香就把电影上的情节来相问,燕西也随便讲解。电影完场以后,燕西就让她坐上自己的汽车,送她回家去。到了门口,燕西等她进了家,又对听差分付几句,叫他小心门窗,然后回家。

到了家里,便打电话叫刘宝善快来。十五分钟后,他就到了。燕西也不怕冷,正背了手在书房外走廊上踱来踱去。刘宝善道:"我的七爷,我够伺候的了,今天一天,我是奉召两回了。"燕西扯了他手道:"你进来,我有话和你说。"刘宝善进房来,燕西还不等他坐下,就把今天和今天晚上的事,都告诉了他。因叹气到:"我老大真是花钱找气受。"刘宝善道:"她既然是青楼中出身,当然有不少的旧雨。她要不在家里待着,怎能免得了与熟人相见?"燕西道:"这虽然不能完全怪她,但是她不会见着不理会吗?她要不理会人家,人家也就不敢走过来,和她贸然相识罢?"刘宝善道:"那自然也是她的过。杜渐防微,现在倒不能不给她一种劝告。你看应该是怎样的措辞呢?"

燕西道:"我已经想好了一个主意,由我这里调一个年长些的老妈子去,就说帮差做事。若是她真个大谈其交际来,我就打电报给老大,你看我这办法怎样?"刘宝善道:"那还不大妥当。朱逸士老早就认得她的了,而且嫁过来,老朱还可算是个媒人,我看不如由我转告老朱去劝劝她。她若是再不听劝,我们就不必和她客气了。"燕西道:"那个人是不听劝的,要听劝,就不会和老大闹这么久的别扭了。上次我大嫂钉了我两三天,要我引她去。她说并不怎样为难她,只是要看看她是怎样一个人。我总是东扯西盖,把这事敷衍过去。现在我倒后悔,不该替人受过,让他们吵去,也不过是早吵早散伙。"

刘宝善笑道:"这是哪里说起!她无论如何对你老大不住,也不和你有什么相干,要你生这样大气?你老大又不是杨雄,要你出来做这个拼命三郎石秀?"燕西红了脸道:"又何至于如此呢?"刘宝善道:"我是信口开河,你不要放在心里。明天应该怎么罚我,我都承认。"燕西道:"这也不至于要罚。你明天就找着老朱把这话告诉他。我不愿为这事再麻烦了。"刘宝善觉得自己说错了一句话,没有什么意思,便起身走了。燕西正要安寝,佩芳却打发蒋妈来相请。燕西道:"这样夜深,还叫我有什么事?"蒋妈道:"既然来请,当然就有事。"燕西心里猜疑着,便跟了到佩芳这里来。

第六十二回

叩户喜重逢谁能遣此　登门求独见人何以堪

到了佩芳屋子里，佩芳斜躺在一张软椅上，她也不做声，也不笑，只冷冷的望着。燕西笑道："糟糕！这样子，我又像犯了什么事？"佩芳道："你想想看，犯了事没有？"燕西道："臣知罪，不知罪犯何条？"佩芳冷笑道："你还要和我开玩笑吗？你这玩笑也开得太够了！"燕西道："真的，越说我越糊涂了，我真猜不着犯了什么事？"佩芳道："大概我不说穿，你也不肯承认。我问你，今天两次把刘二爷找了来，那是为着什么？"燕西笑道："大嫂怎么知道这一件事？我真佩服你无线电报，比什么还快！"佩芳道："这倒不是无线电，是我做了一点不道德的事，我亲自在你书房外听了两幕隔壁戏，把你们所说的话全听来了。你虽然替你哥哥办事，但是你倒说了几句良心话，我认为差强人意。现在你们应该觉悟了，我反对你大哥讨人，并不是为了吃醋，也不是为省钱，就是为着大家的体面。"燕西坐在佩芳对面，背转身去，看了壁上悬的大镜子，只管搔头发。

佩芳道："你以为不带我去，我就找不着那个藏娇的金屋吗？"

燕西笑道："找是找得着的，不过……"佩芳道："不过什么？不过有伤体面吗？老实对你说罢，我要是不顾着'体面'两个字，我早就打上门去了。我现在听你所说的话，他们这局面，恐不能久长。早也过去了，现在我还干涉他做什么？我当真那样傻，现成的贤人我不乐得做吗？"燕西对佩芳作了两个揖，笑道："好嫂子，你这才是识大体。你初叫我来的时候，我不知有什么大祸从天降。现在经你一说，我心里才落下一块石头，我是以小人之心度君子之腹了。"佩芳道："你不要给我高帽子戴了。我也是为大家设想，不愿闹出来。其实，我不是贤人，也不是君子。我特地要声明的，我对你还有个小小的要求，你若是我的好兄弟，你就得答应我这一件事。"

燕西又摇了一摇头发道："糟糕！我心里一块石头刚刚落下去，凭你这样一说，我这一块石头，又复提了起来。"佩芳道："你不要害怕，我并没有什么很困难的问题要你去办。我所要求的，就是从今以后，你摆脱照顾你那位新嫂子的责任。"燕西道："我也没有怎样照顾她。自从老大去了以后，我就是今天到那里去了两回。"佩芳道："她要钱用，你们已经送了钱给她。此外，还有什么事要你们去照顾？而且她那样年青的人，又是那种出身，你们这些先生们去照顾，也有些不方便。我的意思，希望你和你那班朋友都不要去，免得自己先让人说闲话。"燕西笑道："那也不至于罢？难道自己家里人，到自己家里去，旁边人还要多嘴不成？"佩芳道："难怪呢，你还打算把她当家里人看待呢。我问你，她是什么出身？那边又没有一个人，你们来来去去的，人家一点都不说闲话吗？"

燕西自觉着是坦白无私的，现在让佩芳一说，倒觉得情形有些尴尬。因笑道："不去倒没有什么，不过将来老大知道了，又说我们视同陌路。"佩芳道："他要回来怪上你们，那也不要紧，你就说是我叫你这样办的就是了。"燕西踌躇了一会子,笑道:"以后我不去就是了。"佩芳道:"你口说是无凭的,以后我要侦察你的行动。你若是言不顾行,我再和你办交涉。还有两个条件,其一,那边打来的电话,你不许接。其二,你不许把我的话,转告诉你的朋友。"燕西道:"也不过如此罢?这些条件,我都答应就是了。已经一点钟了,我要告退。"于是不待她再说话,就回房去睡觉。

到了次日,一上午刘宝善就打了电话来了,说是朱逸士以为这种话,除了骨肉之亲,旁人说了,是会挨嘴巴子的。燕西也不好在电话回答得,就约了晚上到他那里来会面,当面再说。恰好晚上家里有小牌打,把这事搁下了。第二晚上,又是陈玉芳组新班上台。鹤荪、鹏振邀了许多朋友去坐包厢,这种热闹自是舍不得丢下。到了第三日,记起这件事了,便要打电话约刘宝善。恰好电话未打,那个前次来做小媒人的谢玉树,他又来了。他是由金荣引到书房里来的,燕西一见,他左手取下头上帽子,右手伸过来和燕西握着,连连摇撼了几下。笑道:"密斯脱卫,叫我致意于你,他非常的感谢。他说,虽然给他一个机会,让他单独进行。他自己估量着,恐不能得着什么好成绩。将来有求助于你的地方,还是要你帮忙。"燕西笑道:"你说话有点急不择词了。别的什么事可以请人帮助,娶老婆也可以请人帮助的吗?"谢玉树拍着燕西的肩膀,和他同在一张沙发上坐了。笑道:"论到恋爱,原用不着第三者。但是帮忙是少不了要朋友的。你真善忘啊,你结婚,还要我同老卫帮你一个小忙,做了一天傧相呢。不过结婚以后,这就用不着人帮忙了。"

一句话未了,只听到外面有人抢着答道:"谁说的?结婚以后,正用得着朋友帮忙呢。不说别人,我现在就是替人家结了婚的人跑腿。"那人一面说话,一面推门进来,原来是刘宝善。他在燕西结婚的那一天，已经认识了谢玉树，因之彼此先寒喧了两句。回头便对燕西道："老弟台，不是我说你，你做事真是模糊啊！你那天约了到我家去，让我好等。怎么两天也不给我一点儿回信？你难道把这件事情忘了吗？要不，你就是拿我老刘开玩笑。"燕西道："真不凑巧，恰好这两天有事，耽误了。今天想起来了，恰好又来了客。"谢玉树道："这客指的是我吗？我实在不能算是客。你若有什么事，尽可随便去办。我要在这里坐，你用不着陪，或者我走，有话明日再谈。"刘宝善笑道："这朋友太好，简直是怎么说就怎么好呢。"燕西道："老谢，你就在我这里坐一会儿罢，我把书格子的钥匙交给你，你可以在这里随便翻书看。我和老刘到前面小客厅里去谈一谈，大概有半个钟头，也就准回来了。"燕西说着，在抽屉里取出钥匙，放在桌上。就拉了刘宝善走，顺手将门给带上了。

　　谢玉树当真开了书格子，挑了几本文雅些的小说，躺在沙发椅上看。看入了神，也不知道燕西去了多少时候，只管等着。索性把门暗闩上，架起脚来躺着。正看到小说中一段情致缠绵的地方，咚咚两声，发自门外的下面，似乎有人将脚踢那门。谢玉树心想，燕西这家伙去了许久，我先不开门，急他一急，因此不理会。外面却有女子声音道："青天白日的，怎把书房门关上了？又是他怕人吵，躺在这里睡觉了。"接上又是咚咚几声捶在门上面。喊道："七哥！七哥！开门开门，我等着要找一本书。"谢玉树急了，先不知道来的是个什么女子，答应是不好，不答应是不好。后来听到叫七哥，分明是八小姐来了。心里突然一阵激烈的跳着。外面的人喊道："人家越要拿东西，越和我开玩笑。你再要不开门，我就会由窗户里爬进来的了。"谢玉树又不好说什么，就这样不声不响的开了门。

　　门一开，他向旁边一闪。只见梅丽穿一件浅黄色印着鱼鳞斑的短旗袍,出落得格外艳丽。不过脸上红红的,正鼓着脸蛋,好像是在生气。她一看见是谢玉树,倒怔住了,站在门口,觉得是进来不好,不进来也不好。还是谢玉树这回比较机灵一些,却和梅丽鞠了一躬,然后轻轻的笑着道:"令兄不在这里。"梅丽分明见他嘴唇在那里张动,却一点听不到他说些什么。猜他那意思,大概是说好久不见。人家既然客气,也只好和人客气了。因笑道:"我七家兄,难得在家的。谢先生又要在这里久等了。"谢玉树道:"他今天在家,陪客到前面客厅里坐去了。我不过在这屋里稍等一等罢了。八小姐要找书吗?令兄把书格子的钥匙丢在这里。"梅丽红了脸道:"刚才失仪得很,谢先生不要见笑。"说着,就进屋来开书橱。

谢玉树低了头,不由得看到她那脚上去。见她穿了一双紫绒的平头便鞋,和那清水丝袜相映,真是别有风趣。梅丽一心去找书,却不曾理会有人在身后看她。东找西找,找了大半天,才把那一本书找着。因回头对谢玉树道:"谢先生,请你坐一会儿,我就不陪了。"梅丽点头走了,这屋子里还恍惚留下一股子的似有如无的香气。

谢玉树手里拿着书,却放在一边,心里只揣念着这香的来处。忽然有人问道:"呔!你这是怎么了?看书看中了魔吗?"一抬头,只见燕西站在面前。因笑道:"并不是中了魔。这里头有一个哑谜,暂时没有说破,我要替书中人猜上一猜。"燕西道:"什么哑谜呢?说给我听听看,我也愿意猜猜呢。"谢玉树将书一扔道:"我也忘了,说什么呢?"燕西笑道:"你真会捣鬼!我听说你女同学里面有一个爱人,也许是看书看到有爱人相同之点,就发呆了?"谢玉树道:"你听谁说这个谣言?这句话,无论如何,我是不能承认的。谁说的?你指出人来。"燕西道:"嘿!你要和我认真,还是怎么着?这样一句不相干的话,也不至于急成这个样子。"谢玉树道:"你有所不知,你和我是不常见面的人,都听到了这种谣言,更熟的人就可想而知。我要打听出来,找一个止谤之法。"燕西道:"连止谤之法,你都不知道吗?向来有一句极腐败的话,就是止谤莫如自修。"谢玉树本想要再辩两句,但是一想,辩也无味,就一笑而罢。他本是受了卫璧安之托,来促成好事的,到了这里,就想把事情说得彻底一点,不肯就走。谈到晚上,燕西又留他吃晚饭。

就在这时,晚香来了电话,质问何以几天不见面?燕西就是在书房里插销上接的电话。谢玉树还在当面,电话里就不便和她强辩,因答说:"这几天家里有事,我简直分不开身来,所以没有来看你。你有什么事,请你在电话里告诉我就是了。"晚香道:"电话里告诉吗?我打了好几遍电话了,你都没有理会。"燕西道:"也许是我不在家。"晚香道:"不在家?早上十点钟打电话,也不在家吗?这回不是我说朱宅打电话,你准不接,又说是不在家了。"燕西连道:"对不住,对不住,我明日上午,准来看你。"不等她向下再问,就把插销拔出来了。

那边晚香说话说得好好儿的,忽然中断,心里好不气愤。将电话挂上,两手一叉,坐在一边,一个人自言自语的道:"我就是这样招人讨厌?简直躲着不敢和我见面,这还了得。"她母亲看见她生气,便来相劝道:"好好儿的,又生什么气?你不是说,今天晚上要去瞧电影吗?"晚香道:"那是我要去瞧电影,我为什么不去瞧?我还要打电话邀伴呢。他们不是不管我了吗?我就敞开来逛。谁要干涉我,我就和谁讲这一档子理。不靠他们姓金的,也不愁没有饭吃。妈,你给我把衣服拿出来,我来打电话。"说毕,走到电话机边便叫电话。她母亲道:"你这可使不得,你和人家闹,别让人家捉住错处。"晚香的手控着话筒,听她母亲说,想了一想,因道:"不打电话也行，反正在电影院里也碰得着他。"他母亲道："你这孩子就自在一点罢。这事若是闹大了，咱们也不见得有什么面子。"

晚香并不理会她母亲的话，换了衣服，就看电影去了。一直到一点钟才回家来。她母亲道："电影不是十二点以前就散吗？"晚香道："散是早散了，瞧完了电影，陪着朋友去吃了一回点心，这也不算什么啊！"她母亲道："我才管不着呢，你别跟我嚷！"晚香道："我不跟你嚷，你也别管我的事。你要管我的事，你就回家去，我这里容你不得。"她母亲听她说出这样的话，就不敢做声了。从这一天起，晚香就越发的放浪。

到了第四天，朱逸士却来了。站在院子里，先就乱嚷了一阵嫂子与大奶奶。这时一点钟了，晚香对着镜子烫短头发，在窗户里看见朱逸士，便道："稀客稀客。"朱逸士笑着，走进上面的小堂屋。晚香走出来道："真对不起，我就没有打算我们家里还有客来，屋子也没有拾掇。"朱逸士笑道："嫂子别见怪，我早就要来，因为公事忙，抽不开身来。"晚香道："就是从前大爷在北京，你也不过是一个礼拜来一回，我倒也不怪你。惟有那些天天来的人，突然一下不来了，真有点邪门。"于是把过年以来，和凤举生气，一直到几天无人理会为止，说了一个透彻。

朱逸士究竟和她很熟，一面为旁人解释，一面又把话劝她。晚香鼻子哼了一声，笑道："我早就知道你的来意了。"朱逸士笑道："知道也好，不知道也好，反正我的来意算不坏。我这里还有一点东西，给你看看。"说着，就在身边掏出一封信来，交给她道："这是大爷从上海寄了一封快信给我，里面附着有这封信。晚香将信接到手一看，是一个薄薄洋式信封，便道："又是空信，谁要他千里迢迢的灌我几句无味的米汤？"说着，将信封向沙发椅上一扔。

这一扔却把信封扔得覆在椅子上，背朝了外，一看那信封口究竟不曾粘上的。因又拿起信封，在里抽出一张信纸来，交给朱逸士道："劳驾，请你念给我听听。咱们反正是公开。有什么话，全用不着瞒人。"朱逸士笑道："所以我早就劝你认了字，要是认得字，就用不着要人念信了。"晚香道："反正是过一天算一天，要认识字做什么？"朱逸士捧了这张信纸，先看了一看，望了晚香摆头笑道："信上的话，都是他笔下写的，由我嘴里说出来罢了，我可不负什么责任的。"晚香道："咳！你说出来就是了，又来这么些个花头！"

朱逸士便捧着信念道："晚香吾……"晚香道："念啦，无什么？"朱逸士笑道："开头一句，他称你为妹，我怕你说我讨便宜，所以我不敢往下念。"晚香道："谁管这个？你念别的就是了。"朱逸士这才念道：

　　我连给你三封信，谅你都收到了，我想你回我的信也就快到了。对不对呢？

晚香的嘴一撇道："不对，我也像你一样……"朱逸士道："太太，怎么了？我不是声明在先吗？这是他笔头写的，我代表说的，你又何必向我着急呢？"晚香道："我也是答应信上的话，谁管你呢？你念罢。"朱逸士笑了一笑，又念道：

　　我本来要寄一点款子来的，无奈公费不多，我不敢挪动。好在是我已经托了朱先生刘先生多多照应。就是老七，他也再三对我说了，钱上面绝不让你有一天为难。因为这样，所以我寄钱，也是多此一举，不如免了。我有事要和你商量的，就是我不在京，请你在家看守，不要出去，免得让外人议论是非。你要玩，让我回京以后，多多陪你就是了。

晚香不等朱逸士念完，劈手一把将信纸抢了去，两手拿着，一阵乱撕，撕得粉碎，然后向痰盂里一掷。又对朱逸士笑道："朱先生，你别多心，我不是和你生气。"朱逸士的脸色，由黄变红，由红变白，正不知如何是好？见晚香先笑起来，才道："你可吓我一跳！这是什么玩意儿？"晚香道："你想，这信好在是朱先生念的，朱先生不是外人，早就知道我的事的。这封信若是让别人念了，还不知道我在外面怎样胡作非为，要他千里迢迢回信来骂我呢。这事怎样叫人不生气？"朱逸士本想根据信发挥几句，这样子就不用提了。但是僵着不做声，又觉自己下不了台。因笑道："人都离开了，你生气也是白生气啊，他哪里知道呢？"一面说，一面就站了起来，搭讪着看看这屋子里悬挂的字画。

因看到壁上有一架一尺多大的镜框子，里面嵌着凤举晚香两人的合影。在相片上，有一行横字，乃写的是"在天愿为比翼鸟，在地愿为连理枝"。横头写着"中秋日偕宜秋轩主摄于公园，凤举识。"朱逸士便拿了那镜框子在手，笑道："你别生气，你看了这一张相片，也就不要生气了哇。这上面的话，真是山盟海誓，说不尽那种深的恩情呢。"晚香道："你提起这个吗？不看见倒也罢了，看见了，格外让人生气。男子汉都是这样的，爱那女子，便当着天神顶在头上。有一天，不爱了，就看成了臭狗屎，把她当脚底下泥来踩。我现在是臭狗屎了，想起了当年做天神的那种精神，现在叫我格外难过。"朱逸士道："既然看着难过，为什么还挂在屋子里呢？这话有些靠不住啊。你看这相片上的人,是多么亲密!两个人齐齐的站着。"说时,就把那镜框送到晚香面前。

晚香道:"你不提起,我倒忘了,这东西是没有用,我还要它做什么?"说时,拿了过来,高高举起,砰的一声,就向地板上一砸,把那镜子上的玻璃,砸得粉也似的碎,一点好的也没有。朱逸士一见,不由得脸上变了色。正想说一句什么,一时又想不起一句相当话来。那晚香更用不着他来插嘴,拿相片出来,三把两把,扯了个七八块。朱逸士为了自己的面子生气,又替凤举抱不平。一声儿也不言语,就背转身出门了。

出得门来,坐上自己的包车,一直就到金宅来。走进门,正碰到金荣,便问你们七爷哪里去了?金荣见他脸上带有怒色。倒不敢直言相告,便道:"刚才看见他由里往外走,也许出门了。"朱逸士道:"我在书房里等他。你到里面去找找他看,看他在家里没有?我有要紧的话和他说。"金荣让朱逸士到书房里去,便一直走到上房来找燕西。四处找着,都不曾看见。正要到书房里回朱逸士的信,却见小丫头玉儿由外面进来。笑道:"金大哥,劳你驾,到七爷书房里找一个洋信封来。我瞧那里有客,不好去的。"金荣道:"有客要什么紧?他会吃了你吗?"玉儿将脚一伸道:"不是别的,你瞧。"金荣一看,她脚上穿着旧棉鞋,鞋头上破了两个洞。金荣笑道:"了不得,你多大一点年纪了,就要在人前要一个漂亮?"玉儿掉头就走,口里笑着说道:"你就拿来罢,七爷在三姨太太那里写信,还等着要呢。"金荣倒不想燕西在这里,就先来报信。

走到院子里,先叫了一声七爷。燕西道:"有什么事,还一直找到这地方来?"金荣道:"朱四爷来了,他有话,等着要和七爷说。看那样子倒好像是生气。"燕西道:"他说了什么没有?"一面说着,一面向外面走了出来。翠姨原站在桌子边,看着燕西替她写家信。燕西一扔笔要走,她就道:"什么朱四爷朱八爷?迟不来,早不来。我求人好多回了,求得今日来写一封信,还不曾写完,偏是要走。"说着,抢着堵住了房门口,两手一伸,平空拦住。燕西笑道:"人家有客来了,总得去陪。"翠姨道:"我知道,那是不相干的朋友。让他等一会儿,那也不要紧,你先给我把这封信写完,我才能够让你走。"燕西笑道:"没有法子,我就和你写完了再走罢。金荣,你去对朱四爷说,稍微等一等我就来的。你还在书房里送个信封来。"于是又蹲下身来,二次和翠姨写信。

信封来了,又给翠姨写好了,才站起来道:"这只剩贴邮票了,大概用不着我了罢?"翠姨笑道:"要你做这一点小事,还是勉强的,你还说上这些个话,将来你就没有请求我的时候吗?"燕西笑道:"要写信,我便写了,还有什么不是?"翠姨道:"你为什么还要说两句俏皮话哩?意思好像我要你做这一点事,你已经让我麻烦够了似的。"燕西笑道:"算我说错了就是了。你有帐和我算,现在且记下,我要陪客去了。"一面说着,一面向外飞跑。跑出了院子门,复又跑回来,玉儿却从屋子里迎上前,手里高举一件坎肩道:"是丢了这个,回头拿的不是?"燕西笑道:"对了,算你机灵。"顺手接过坎肩,一壁穿,一壁向外走。

到了书房里,朱逸士道:"不是新婚燕尔啦,什么事绊住了脚不能出来,让我老等?"燕西笑道:"我料你也没有什么要紧的大事,所以在里面办完了一点小事才出来。"朱逸士道:"问题倒不算大问题,只是我气得难受。"因就把晚香撕信和撕相片子的事,说了一遍。

燕西道:"这个人我真看不出,倒有这样大的脾气。"朱逸士道:"脾气哪个没有呢?可也看着对谁发啊?我到金府上来,大小总是一个客,怎么我说什么,就把什么扫我的面子?我是不敢在那里再往下呆,再要坐个几分钟,恐怕还要赏我两个嘴巴呢。"燕西笑道:"这件事她确是不对。但是我也没有法子,只好等着老大回来了再说。"朱逸士道:"我并不是来告诉你,要你和她出气。不过我看她这种情形,难望维持下去。你得赶快写信到上海去,叫他早回来,不要出了什么乱子,事后补救就来不及了。我听说她现在不分昼夜的总是在外面跑,这是什么意思呢?"燕西道:"你听到谁说的?"朱逸士笑道:"你想这些娱乐场所,还短得了我们的朋友吗?只要人家看见,谁禁得住不说?况且那位,她又是不避人的。"燕西听了这话,不由得呆了一呆,脸上也就红上一阵。

朱逸士笑道:"这干你什么事,要你难为情?"燕西勉强笑道:"我倒不是怕难为情,我想到金钱买的爱情,是这样靠不住。"朱逸士道:"并不是金钱买的爱情靠不住,不过看金钱够不够满足她的欲望罢了。你所给予她的金钱,可以敌得过她别的什么嗜好,她就能够牺牲别的嗜好,专门将就着你。老实说,你老大是原来许得条件太优,到了现在不能照约履行,所以引得她满腹是怨恨。换言之,也就是你老大的金钱,不曾满足她的欲望。无论什么事,没有条件便罢,若是有了条件,有一方面不履行,那就非破裂不可的。"燕西先是要辩论,听到这里,不由得默然起来。还是朱逸士道:"这件事据我看来,你非写信到上海去不可。若是不写信,将来出了事故,你的责任就更大了。"燕西道:"这事不是如此简单,你让我仔细想想。"于是两手撑在桌上,扶住了额顶。

正想着呢,金荣慌慌张张跑了进来,张口结舌的道:"七爷七爷,新大奶奶来了。"这不由燕西猛吃一惊。因问金荣道:"她在哪里?她的胆子也太大了。"金荣道:"她在外面客厅里。门房原不知道她是新奶奶,因为她说姓李,是来拜会七爷的。"燕西道:"那倒罢了,就当她是姓李。千万别嚷,嚷出来了,可是一件大祸。连我都是很大的嫌疑犯,大家不明白,还以为我勾引来的呢。"一面说着,一面就向外走。

走到外面客厅里,只见晚香把斗篷脱了,放在躺椅上。她自己却大模大样的在屋子里走来走去。燕西原是一肚子气,见了她竟自先行软化起来,一点气也没有了。因笑道:"有什么要紧的事没有?"晚香微笑道:"你想,我若是没有要紧的事,敢到这里来吗?我有一个急事,等着要用几百块钱,请你帮我一个忙。我也不限定和你借多少,你有一百就借一百,你有二百就借二百。可是有一层,我马上就要。"燕西心想,刚才她还和朱逸士两个人大闹,并没有说到有什么急事,怎样一会儿工夫就跟着发生了急事要钱?这里面一定另有原故。犹疑了一会子,便道:"既然是你亲自来了,想必很要紧。不过这一会子,我实在拿不出手,等到晚上我把钱筹齐了,或者我当晚就送来,或者次日一早我送来,都可以。"晚香微笑道:"你真能冤我,像府上这大的人家,难道一二百块钱拿不出来?"

燕西这却难了,要说拿不出来,很与面子有关;若说拿得出来,马上就要给她。因笑道:"怎么回事?你是来和我生气的呢?还是来商量款子呢?"晚香便站起来走上前,拍着燕西的肩膀笑道:"好孩子,我是来和你商量款子来了,你帮嫂子一个忙罢。"燕西站起来,向后退了一步,又回头看了一看,然后说道:"并不是我故意推诿,实在身上不能整天揣着整百的洋钱。要不随我到里面拿去?"晚香笑道:"好孩子,你还说不推诿呢?你们家里有帐房,随时去拿个三百二百,很不费事。就是没有现钱,帐房里支票簿子也没有一本吗?那平常和银行里往来,这帐又是怎样算呢?"燕西望着她笑了一笑,什么也不能说了。

晚香道:"行不行呢?你干脆答复我一句罢。"燕西笑道:"我到帐房里,给你去看看,有没有,就看你的运气。"说着,刚要提了脚出门,晚香又叫道:"你回来回来。"燕西便站住等话,晚香道:"今天天气不早了,来不及到银行里去兑钱,你别给我开支票,给我现钱罢。"燕西听她说这话,倒疑惑起来,要钱要得这样急,又不许开支票,这是什么意思?便道:"好罢,我进去给你搜罗搜罗罢。"说毕,就复到书房里来,告诉了朱逸士。

他望了燕西一望,微笑道:"你还打算给她钱吗?傻子!"燕西本来就够疑虑的了,经朱逸士这样一说,就更加疑虑,望了他,说不出所以然来。朱逸士道:"你想,刚才我由那里来,她一个字也没有提到。这一会工夫,她就钻出一桩急事来了,是否靠得住,也就不问可知。况且她来要钱,连支票都不收,非现洋不可,难道是强盗打抢,一刻延误不得。你不要为难,你同我一路去见她,让我来打发她走。"燕西笑道:"就这样出去硬挺吗?有点不好意思罢?"朱逸士道:"所以你这人没有出息,总应付不了妇女们。这要什么紧?得罪了就得罪了,至多是断绝往来而已。难道你还怕和她断绝往来吗?说时,伸了一只手挽住燕西的胳膊,就一同到外面来。"

晚香在小客厅里等着,一个人有点不耐烦,便在屋子里走着,看墙上挂的画片。一回头,只见朱逸士笑嘻嘻的一脚踏了进来,倒吓了一跳。朱逸士先笑道:"还生气不生气呢?刚才我在你那里,真让你吓了我一个够了。"晚香因见燕西紧随在身后,就不愿把这事紧追着向下说,因道:"我并不是和你生气,我先就说明白了。得啦,对你不住,等大爷回来,叫他请你听戏。"朱逸士笑道:"不要紧,不要紧,事情过了身,那就算了。七爷说,你有急事来找他来了,什么事？用得着我吗？我要表示我并不介意，我一定要给你去挡住这一场急事。"晚香被他这样硬逼一句，倒弄得不知如何措辞是好，望了朱逸士，只管呆笑。

朱逸士道："这事没有什么难解决的？无论什么事，只要是钱可以解决的，我们给钱就是了。是谁要钱？我陪你去对付他，现钱也有，支票也有，由他挑选。也许由我们去说，可以少给几个呢。"晚香笑道："朱先生，你还生气吗？你说这句话，是跌我的相来了，以为我是来骗钱的，要跟着我去查查呢。我这话说得对不对？"燕西连连摇手笑道："人家也是好意，你何必疑心？"朱逸士笑道："我这个人就是这样，要帮忙就帮到底，我既说了要去，就非去不可！燕西，请你下一个命令，叫他们开一辆汽车，我们三个人，坐着车子一块儿去。"

晚香脸色一变道："我就和七爷借个二百三百的，这也不算多，借就借，不借就不借，那都没关系。凭什么我用钱还得请朱先生来管？我并不是二三百块钱想不到法子的人，何苦为了这事，来看人家的颜色？"说着，拿起搭在椅子上的斗篷向左胳膊上一搭，转身就走。燕西不好拦住她，也不好让她这样发气而去，倒弄得满脸通红。朱逸士笑道："这可对不住了，你请便罢。"当他说这话时，晚香已经出去了，听得那高跟鞋声，嘚嘚然，由近而远了。

第六十三回

席卷香巢美人何处去　躬参盛会知己有因来

晚香走出门以后，燕西一顿脚，埋怨道："你这人做事，真是太不讲面子，教人家以后怎么见面？"朱逸士冷笑道："你瞧，这还不定要出什么花头呢，还打算见面吗？"燕西笑道："你说得这样斩钉截铁，倒好像看见她搬了行李，马上就要上车站似的。"朱逸士道："你瞧着罢，看我这话准不准？"燕西笑道："不要谈这个了，你今天有事没事？若是没有事，我们找一个地方玩儿去。"朱逸士道："可是我有两天没有到衙门里去了，今天应该去瞧瞧才好。"燕西道："打一个电话去问问就行了，有事请人代办一下，没有事就可以放心去玩。反正有事，也不过一两件不相干的公事，要什么紧呢？"朱逸士听了，果然笑着打了电话到部里去，偏是事不凑巧，电话叫了几次，还是让人家占住线。朱逸士将听筒向挂钩上一挂道："不打了。走，咱们一块儿听戏去。"燕西笑道："这倒痛快，我就欢喜这样的。"于是二人一路出去听戏。

这时已是四点多钟，到了戏院子里只听到两出戏。听完了戏，尚觉余兴未尽，因此，两人又吃馆子。吃完了馆子回家，一进门就碰到鹏振。鹏振道:"这一天,哪里把你找不到,你做什么去了?这件事我又不接头,没有法子应付。"燕西一撒手道:"咦!这倒奇了,无头无脑,埋怨上我一顿,究竟为了什么?"鹏振道:"晚香跑了。"燕西道:"谁说的?"鹏振道:"那边的听差老潘,已经回来了,你问他去。"燕西回到书房里,还不曾按铃,老潘哭丧着面孔,背贴着门侧身而进,先轻轻的叫了一声七爷。

燕西道:"怎么回事?她真跑了吗?"老潘道:"可不是!"燕西道:"你们一齐有好几个人呢,怎么也不打一个电话来?"老潘道:"她是有心的,我们是无心的,谁知道呢?是昨天下午,她说上房里丢了钱,嚷了一阵子,不多一会儿工夫,就把两个老妈子都辞了。今天下午,交了五块钱给我买东西,还上后门找一个人。找了半天,也找不着那个胡同。六点钟的时候,我才回去,遇到王厨子在屋里直嚷,他说少奶奶把钱给他上菜市买鱼的,买了鱼回来,大门是反扣上,推门进去一看,除了木器家伙而外,别的东西都搬空了。屋子里哪有一个人?我一想,一定是那少奶奶和着她妈、她两个哥哥,把东西搬走了。赶快打电话回来,七爷又不在家,我就留王厨子在那里看门,自己跑来了。"

燕西跌脚道:"这娘们真狠心,说走就走。今天还到这里来借钱,说是有急事。幸而看破了她的机关,要不然,还要上她一个大当呢。事到如今,和你说也是无用,你还是赶快回去看门,别再让那两个舅老爷搬了东西去。"老潘道:"这件事情,就是七爷,也没有法子做主,我看要赶快打个电报给大爷去。"燕西忍不住要笑,将手一挥道:"你去罢,这件事用不着你当心。"老潘还未曾走,只听见秋香在外面嚷道:"七爷回来了吗?大少奶奶请去有话说呢。"燕西笑道:"这消息传来真快啊!怎么马上就会知道了?"因对老潘道："你在门房里等一等，也许还有话问你。"于是就到后面佩芳院子里来，这里却没有人，蒋妈说："在太太屋子里呢。"

燕西走到母亲屋子里来，只见坐了一屋子的人。玉芬首先笑道："哎哟！管理人来了。你给人家办的好事，整份儿的家搬走了，你都不知道。"燕西看看母亲的脸色，并没有一点怒容，斜躺在沙发上，很舒适的样子。因笑道："这事不怨我，我根本上就没承认照应一份的责任。我前后只去过一回，大嫂是知道的。"佩芳笑道："我不知道，你不要来问我。"燕西笑道："人走了，事情是算完全解决了，有什么说不得的？"

佩芳道："老七，你这话有点不对，你以为我希望她逃跑吗？她这一下席卷而去，虽然没有卷去我的钱，然而羊毛出在羊身上，自然有一个人吃了大亏。照着关系说起来，我总不能漠不关心。不是我事后做顺水人情，我早就说了，在外面另立一份家，一来是花钱太多。二来让外人知道了，很不好听。三来那样年青的人，又是那样的出身，放在外面住，总不大好。所以我说，他要不讨人，那是最好。既是讨了，就应该搬回来住。除了以上三件事，多少还可以跟着大家学点规矩，成一个好人。我说了这话，也没有哪个理会，现在可就闹出花样来了。"

燕西笑道："所以我以先没有听到大嫂这样恳切说过。"佩芳道："哟！照你这样说，我简直是做顺水人情了？"燕西道："不是那样说，因为你也是知道她不能来的，说也是白说，所以不肯恳切的说。"佩芳道："这还说得有点道理，凤举回来了，我一个字也不提，看他对于这件事好不好意思说出来？"金太太笑道："这场事就是这样解决了呢，倒也去了我心里一件事。我老早就发愁，凤举这样一点年岁，就是两房家眷，将来这日子正长，就能保不发生一点问题吗？现在倒好了，一刀两断，根本解决。我看以后也就不会再有这种举动了。"佩芳笑道："这话可难说啊，你老人家保得齐全吗？"金太太道："这一个大教训，他们还不应该觉悟吗？"

玉芬就笑着接嘴说道："我们不要讨论以后的事了。还是问问老七，这事是因何而起？现在那边还剩有什么东西？也该去收拾收拾才好。"燕西道："不用去收拾了，那里没有什么要紧的东西了，不过是些木器罢了。至于因何而起，这话可难说，我看第一个原因，就是为了大哥不在北京。"佩芳冷笑道："丈夫出了门，就应该逃跑的吗？照你这样说，男子汉都应该在家里陪着他的太太姨太太才对罢？"燕西向佩芳连摇了两下手，笑道："大嫂，你别对我发狠，我并不代表那个人说话。而且我说的那句话，意思也不是如此啊。"金太太皱了眉道："你这孩子，就是这样口没有遮拦，乌七八糟乱说。说了出来，又不负什么责任。"佩芳本要接嘴就说的，因见金太太首先拦住了不让再说，就忍住了，只向着大家微笑。

金太太对燕西道："你不要再说了，还是到那里去看看，收拾那边的残局。花了几个钱，倒是小事，可不要再闹出笑话来。"燕西道："这自然是我的事，他们都叫我打一个电报到上海去，我想人已经走了，打了一个电报给他，不过是让他再着两天急，于事无补。而且怕老大心里不痛快，连正经事都会办不好，我看还是不告诉他的为妙。"佩芳笑道："为什么给他瞒着？还要怪我们不给他消息呢，我已经打了一个电报去了。对不住，我还是冒用你的名字，好在电报费归我出，我想你也不至于怪我。"燕西道："发了就发了罢，那也没有多大关系。好在我告诉他，也是职分上应有的事。"佩芳道："你弟兄们关于这些游戏的事，倒很能合作，说一是一，说二是二，若是别的事也是这样，一定到处可以占胜利的。"玉芬道："合作倒是合作，只可惜这是把钱向外花的。"

他们两人，你一言，我一语，只管向下说。清秋坐在一边，却什么话也不说，只望燕西微笑。燕西笑道："你可别再说了，我受不了呢。"清秋笑道："你瞧，我什么话也没有说，你到先说起我来了！"一说这话，脸先红了。润之笑道："清秋妹可不如几位嫂子，常是受我们老七的欺侮，而且老七常是在大庭广众之中，给她下不去。"燕西笑着连连摇手道："这就够瞧的了，你还要从旁煽惑呢。"说着，便一路笑了出来。到了外面，便分别打了几个电话给刘宝善、刘蔚然、朱逸士，自己便带了老潘，坐着汽车，到了公馆里来看情形。

一进门，就有一种奇异的感触，因为所有的电灯既不曾亮，前后两进屋子，也没有一点人的声音，这里就格外觉得沉寂。汽车一响，王厨子由后亮了走廊上的电灯出来。燕西道："你是豁出去了，怎么大门也不关？"王厨子笑道："无论是强盗或者是贼，他只要进门一瞧这副情形，分明是有人动手在先了，他看看没有一样轻巧东西可拿，他一定不拿就走了。"燕西叫老潘将各处电灯一亮，只见屋子里所有的细软东西，果然搬个精空。就以晚香睡的床而论，铜床上只剩了一个空架，连床面前一块踏鞋子的地毯，也都不见。右手两架大玻璃橱，四扇长门洞开，橱子里，只有一两根零碎腿带和几个大小纽扣，另外还有一只破丝袜子。搁箱子的地方，还扔了两只箱架在那里，不过有几只小玻璃瓶子和几双破鞋，狼藉在地板上。两张桌子，抽屉开得上七下八，都是空的，桌上乱堆着一些碎纸。此外一些椅凳横七竖八，都挪动了地位。墙上挂的字画镜框，一律收一个干净，全成了光壁子。

燕西一跌脚，叹了一口气，又点了头道："我这才知道什么叫席卷一空了。"老潘垂了手，站在一边，一声不敢言语。燕西望着他又点点头道："这个情形，她早是蓄意要逃走的了，这也难怪你们。"老潘始终是哭丧着脸的，听到燕西这一句话，不由得笑将起来,便和燕西请了一个安道:"七爷,你是明白人。大爷回来了,请你照实对他说一说。"燕西道:"说我是会对他说,可是你们也不能一点责任都没有。当她的妈和她的兄弟在这里来来往往的时候,你们稍微看出一点破绽来,和我一报告,我就好提防一二,何至弄得这样抄了家似的?"老潘这就不敢再说什么了,只跟着他将各屋子查勘了一周。燕西查勘完了,对老潘道:"今晚没有别事,把留着的东西,开一张清单,明天就把这些东西搬回家去,省得还留人在这里守着木器家具。"老潘都答应了,燕西才坐汽车回家。到家以后,也不知道什么原故,心里只是慌得很,好像害了一种病似的。不到十一点钟,就回房去睡觉。

清秋见他满脸愁容,两道眉峰都皱将起来,便笑道:"你今天又惹着了一番无所谓的烦恼了?"燕西笑道:"不知道怎么回事,我就有这样个脾气,往往为了别人的事,自己来生烦恼。可是我一见你,我的烦恼就消了,我不知道你有一种什么魔力?"一面说着,一面脱衣上床,向被里一钻。他的势力太猛,将铜丝床上的绷簧跌得一闪一动,连人和被都颠动起来。清秋站在桌子边,反背着靠了,笑道:"你这人就是这样喜好无常,刚才是那样发愁,现在又这样快活。这倒成了一个古典,叫着被翻红浪了。"燕西一骨碌坐将起来,笑道:"你不睡?"清秋道:"睡得这样早做什么?我还要到五姐那里去谈一谈呢。"燕西跳了起来道:"胡说!"便下床,踏着鞋,把屋子里两盏电灯,全熄灭了。清秋在黑暗中,只是埋怨,然而燕西只是哧哧的笑,清秋也就算了。

次日清晨,燕西起来得早,把昨日晚香卷逃的事,已是完全忘却。不过向来是起晚的,今天忽然起早,倒觉得非常无聊。便走到书房里去,叫金荣把所有的报都拿了看,先仿佛看得很是无趣,只将报纸展开，从头至尾，匆匆把题目看了一看。将报一扔，还是无事，复又将报细细的看去。看到社会新闻里，忽有一条家庭美术展览会的题目，射入眼帘，再将新闻一读，正是吴蔼芳参与比赛的那个会。心里一喜，拿着报就向上房里走。走到院子里，先就遇到蒋妈。蒋妈问道："哟！七爷来得这样的早，有什么事？"燕西道："大少奶奶还没有起来吗？我有话要和她说。"蒋妈知道这几天为了姨奶奶的事，他们正有一番交涉，燕西既然这一早就来了，恐怕有和佩芳商量之处。便道："你在外面屋子里待一待，让我去把大少奶奶叫醒来罢。"燕西道："我倒没有什么事，她既然睡了，由她去罢。"

佩芳在屋子里起来，已是隔了玻璃，掀开一角窗纱，说道："别走别走，我已经起来了。"燕西倒不好走得，便进了中间屋子。佩芳穿了白色花绒的长睡衣，两手紧着腰部睡衣的带子，光着脚，趿了拖鞋，就开门向外屋子里来。笑道："凤举有了回电来了吗？"燕西道："不是。"佩芳道："要不，就还有别的什么变动？"燕西道："全不是，和这件事毫不相干的。"佩芳道："和这事不相干，那是什么事，这一早你大惊小怪跑了来呢？"说着话，两只手向后理着头上的头发。燕西于是将手上的报纸递了过去，把家庭美术展览会那一条新闻指给她看。佩芳拿着看了一看，将报纸向茶几上一扔，笑道："你真是肯管事，倒骇了我一跳。"说着，也不向燕西多说，便一直到卧室后的浴室里洗脸去了。

燕西碰了一个橡皮钉子，倒很难为情的站在屋子里愣住了。佩芳也就想起来了，人家高高兴兴的来报信，给人家一个钉子碰了回去，未免有点不对。遂又在房子里嚷道："你等一等罢，待一会儿，我还有事要和你商量哩！别走啊。"燕西一听，立刻又高兴起来。因道："你请便罢，我在这里看报。"佩芳漱洗着，换了衣服出来，笑道："你瞧，闹了这半天，不过是十点钟，你今天有什么事，起来得这样早？"

燕西笑道："并不是起得早，乃是昨晚上睡得早，不能不起来。我现在觉得我们之不能起早，并不是生成的习惯，只要睡得早一点，自然可以起早。而且早上起来，精神非常之好，可以做许多事。"佩芳道："你且不要说那个，昨晚上你何以独睡得早呢？"燕西道："昨日为了晚香的事，生了许多感慨，我也不明白什么原故，灰心到了极点。"佩芳笑道："这可是你说的，可见得不是我心怀妒嫉了。"

燕西笑道："不说这个了，你说有话和我商量，有什么话和我商量？"佩芳笑道："难道人家有事关于家庭美术展览会的，你还不知道吗？"燕西道："你不是说到老卫的事吗？我正为了这个问题要来请教。可是刚才你不等我说完，就拦回去了。"佩芳道："这也并没有什么周折，只要找几个会员，写一封介绍信，把他介绍到会里去就是了。他的英文很好的，那会里正缺乏英文人才，介绍他去，正是合适。"燕西站将起来，连连鼓掌道："好极了！好极了！"

佩芳道："不过这介绍信，我们却不要出面，最好是用一个第三者写了去，我们就不犯什么嫌疑。不然，让我妹妹知道了，那就前功尽弃。"燕西道："那应该找谁呢？"说着，站了起来，就只管在屋子里转圈子。佩芳笑道："这也用不着急得这个样子，你慢慢的去想人选罢。想得了，再来告诉我，我再给你斟酌斟酌。"燕西道："我马上就去找人，吃午饭的时候，包管事情都齐备了。"说毕，转身就走了。佩芳坐在屋子里看了他的后影子，笑着点了点头。

到了吃午饭的时候，只见燕西手上拿了一封信，高高兴兴的由外面笑着进来，佩芳笑道："真快啊！居然把信都写好了。却是谁出名哩？"燕西笑道："最妙不过，我找的就是令妹。我刚才打了一个电话给她，我问会里要不要英文人才？她问我为什么提起这话？我就说我和一个姓卫的朋友打赌，说他对于交际上总不行的，他笑着也承认了。说是给他一个机会,他要练习练习。我就想起贵会来了,料着他英文还可以对付,我想介绍他到贵会来尽一点义务。她说尽义务自然是欢迎的。我又说我不是会员,不便介绍,请她写一封信。她满口答应了,只要我代写就行了。你说这事有趣没有趣?"

佩芳笑道:"人家心地光明,自然慨然答应,哪里会想到,我们算计于她哩?"燕西笑道:"我们和她撮合山,你倒怎样说我们算计她?"佩芳道:"我就觉得一个女子,是做处女到老的好,若是有人劝她结婚,就是劝她上当,所以你说给她做撮合山也是给她上当。"燕西笑道:"现在还只有一边肯上当,我还得想法子让他一边上当呢。"说着,他就出去打电话给谢玉树,说是介绍成功了,让璧安明日就到会里去。因为这个会里,很有些外交界的人参与,若向外国人方面,要发出一批请柬,先得预备,请卫璧安且先到会。谢玉树得了这个消息,连连说好,当日就转告了卫璧安。

这卫璧安在学校里却要算是个用功的学生,就是星期日也不大出门。这天听了谢玉树的话,就将那天当傧相穿的西装穿了起来,先上了一堂课。同班的学生,忽然看见他换了西装,都望他一望。有几位和他比较熟识的,却笑着问他:"老卫,今天到哪里去会女朋友吗?怎么打扮得这样漂亮?"卫璧安明知是同学和他开玩笑,可是脸上一阵发热,也不由得红将起来。有的人看见他红了脸,更随着起哄。说他一定是有了女朋友,不然,何以会红脸呢?卫璧安让大家臊得无地可容,只好将脸一板道:"是的,西装只许少爷们穿的,我们这穷小子穿了,就会另有什么目的。对不对?"大家看见卫璧安恼了,这才不跟着向下说。

可是这样一来,卫璧安自己心虚起来,到了下一堂课,还是继续的上。谢玉树原不是他同班,却有一两样选课和卫璧安同堂。这一堂课,他也来了,刚要进门,只见卫璧安手上拿了个讲义夹子,将一支铅笔敲着讲义夹的硬面,啪啪作响走了过来。谢玉树迎上前去,低低问道:"你还不去吗?就牺牲一堂课罢。"卫璧安道:"我不去了。"谢玉树道:"什么?费九牛二虎之力,得了这一点结果,你倒不去了。"卫璧安站着现出很踌躇的样子,微笑了一笑。谢玉树因为二人站在走廊上,免不得有来来往往的人注意,便拉着卫璧安的手,站在课堂后一座假山石边,看看身后无人,然后笑道:"你还害臊吗?你这人太不长进了。"

卫璧安不肯承认害臊,就把刚才同学开玩笑的事,说了一遍。因道:"我还没有去,他们就闹起来,若是我去了,更不知道他们要造些什么谣言呢。"谢玉树道:"这事除了我,并没有第二个人知道,怕什么?人家拿你开玩笑,是因为你突然换了衣报,知道什么?你越是顾虑,倒越给人家一条可疑的线索了。去罢!"说着,扶着卫璧安的肩,站在他后面直推。卫璧安笑道:"不过你要给我保守秘密啊!"谢玉树道:"这话何须你嘱咐?我也是给你在后面摇鹅毛扇子的人,我要是给你宣布出去,我也有相当的嫌疑哩。"说着,带推带送,已经把他送得走了,刚要转身,卫璧安却也回转身来。谢玉树道:"怎么回事?你还要转来?"卫璧安笑道:"一急起来,你这人的脾气又未免太急。"于是将手摸了一摸头,又把手上拿的讲义夹子举了一举。谢玉树会意,也就一笑而去。卫璧安回了自己的寝室,找了一条花绸手绢,折叠得好好的。放在小口袋里。梳了梳头发,将帽子掸了一掸灰,戴上。然后才走出学校,到家庭美术展览会来。

这个会的筹备处,本设在完成女子中学,为的是好借用学校里的一切器具,而且通信也便当些。吴蔼芳和这学校里的女教员,就有好几个相熟的。她自己虽然不在乎当教书匠,但是她看见朋友们教书教得很有意思，也想教教。若是有哪个朋友请假，请她来替代，她是非常的乐意。所以这个学校里，她极是熟识。借着做筹备会会址，就是她接洽的。她既爱学校生活，这个会又是她的常任干事，越是逐日到这学校里来了。她也曾对会里几个办事人说，介绍一个姓卫的学生，来办关于英文的稿务。另有一封正式的信呈报诸委员。大家都说，既是吴小姐介绍来的，就不会错，说一声就得了，也用不着要什么介绍信。但是吴蔼芳不肯含糊从事，必定把燕西写的那封信，送到筹备会来。

  这天卫璧安到了完成女子中学门口，心里先笑起来。生平就是怕和异性往来，偏偏就常有这种不可免的异性接洽。现在要练习交际，索性投身到异性的巢穴里面来了。到了号房里，号房见他穿了一身漂亮的西装，又是一个翩翩少年，就板着面孔问道："找谁？请你先拿一张名片来。"卫璧安道："我是找美术展览会里的人。"号房听他所言，并不是来找学生的，脸色就和蔼了几分。因问道："你找会里哪一位？"卫璧安心想，何尝认得哪一位呢？只得信口说道："吴小姐。"号房道："找吴蔼芳吴小姐吗？"说这话时，可就向卫璧安身上打量一番。他并不和号房多说，已是在身上拿出一张名片，交给了号房。号房道："你等一等。"手上拿了名片，一路瞧着走进去了。不大一会儿工夫，远远的向他一招手，叫他过去。卫璧安整了一整领结，将衣服牵了一牵，然后跟着号房走进去。

  这筹备会自成部落，倒有好几间屋子相连，吴蔼芳已是走到廊檐下，先迎着和他点了点头，说是好久不见。卫璧安自从那天做傧相之后，脑筋里就深深的印下吴蔼芳小姐一个影子。背地里也不知转了几千万个念头，如何能和她做朋友，如何能和她再见一面。做朋友应该如何往返，见面应该说什么话，也就计划着又计划着，烂熟于胸。当拿片子进来之后，自己也觉冒昧了。这会里有的是办事人，为什么都不要去拜会，却单单要拜会一位女职员？或者吴女士也会觉得我这人行为不对。

正自懊悔着，不料吴女士居然相请会面，而且老早的迎了出来，先很殷勤的说话。自己肚子里，本有一篇话底子，给刚才一闹，已是根本推翻，于今百忙中要再提，又觉抖乱麻团，一刻儿找不着头绪了。只好先点着头，连连先答应了两声。明明自己见异性容易红脸的，这时却极力镇静着，仿佛不曾见着异性一样。他心里是这样划算，脚步也就不似以先忙乱，一步一步的步上台阶。然而脖子和两腮上，已经感到有点微热了。

吴蔼芳抢上前一步，侧着身子给他推开了门，让他进去。一引便引到一个小客厅里，除了吴女士，这里就是卫璧安了。他原先曾想到这一层的。将来成了朋友，总有一天，独自和她在一处的，那末，我就可以探探她的口气了。谁知今天一见面，就有这样一个好机会，这倒不知怎样好。吴蔼芳见他那样局促不安的样子，心里想道："这个人是怎么一回事？还是见了女子就害臊。"只得先说道："前次接得金七爷的电话，说是密斯脱卫愿意给我们会里帮忙，我们是欢迎得了不得！所以我写了一封信给会里，正式介绍密斯脱卫加入，密斯脱卫今日先来了，真是热心。"卫璧安始终就没有料到吴蔼芳有这样一番谈话。尤其是最后一句，说到人家未请，自己先来，不免有点冒昧，接上便笑了一笑。然后说道："热心是不敢说，不过从来就喜欢研究美术，现在有这样一个机会，怎么可以放过？所以我听了这美术会的消息，我就极力要加入。可是我对于美术，简直是门外汉。"说到这里，对人笑了一笑。在笑的时候，抽出袋里手绢来，揩了一揩脸，接上又淡笑了一笑。

吴蔼芳低头沉思了一下，笑道："现在会里几位干事都在这里，我马上就介绍密斯脱卫去见一见，好不好？"卫璧安道："好极了，好极了，我是不善言辞的，还要请密斯吴婉转的给我说一说。"吴蔼芳笑道："都是学界中人，谁也没有什么架子。我们这个会，不过是大家高兴，借此消遣，都很可以随便谈话。"说时，她已经站起身来，向前引导。卫璧安也就站将起来，跟了她后面走。吴蔼芳把他引到会议室来，这里共有十个干事，其中倒有六位是女子，这又让卫璧安惊异了一下。吴蔼芳知道他见了女宾，是有点不行，索性替他做个引导人，因就站在他并排，将在场的人，一个一个给他介绍。

女会员中有一位安女士和吴蔼芳很知己，她以为吴蔼芳为人很孤高，生性就不大看得起异性，所以交际场中，尽管加入，却没有哪个是她的好朋友。她介绍一位男会员到会里来办事，已经觉得事出意外，现在她索性当着众人殷殷勤勤的给卫璧安介绍，更是想不到的事。不过看卫璧安这一表人物，却姣好如处女，甚合乎东方美男子的条件，也怪不得吴蔼芳是这样待他特别垂青。因站将起来，迎上前道："密斯脱卫来加入我们这会里，我们是二十四分欢迎的。不知道几时开始办公？我们这里，正有一些英文信件，等着要办呢。"说时，她那雪桃似的脸上，印出两个酒窝，眉毛弯动着，满脸都是媚人的笑容。

卫璧安眼睛看了一看，脸上越是现出那忸怩不安的样子，只是轻轻的答应着说："不懂什么，还求多多指教。"吴蔼芳便道："密斯脱卫，以后说话不要客气，一客气起来，大家都无故受了拘束了。"安女士听了这话，心想着，对于一个生朋友，哪有执着这种教训的语气去和人说话的，不怕人家难为情吗？但是回头看看卫璧安，却是安之若素，反连说着是是。安女士一想，这个人真是好性情，人家给他这般下不去，他反要敷衍别人呢。安女士是这样想，其他的人，也未尝不是这样想，所以卫璧安虽是初加入这个团体，倒并不是无人注意哩。

第六十四回

若不经心清谈销永日　何曾有恨闲话种深仇

过了几天，各方参与展览的作品，陆续送到。展览会的地点原定了外交大楼，因洋气太甚，就改定了公园，将社稷坛两重大殿一齐都借了过来。这美术里面，要以刺绣居多数，图画次之，此外才是些零碎手工。各样出品，除了汉文标题而外，另外还有一分英文说明，这英文说明，就是卫璧安的手笔。这种说明，乃是写在美丽的纸壳上，另外将一根彩色丝线穿着，把来系在展览品上。卫璧安原只管做说明，那按着展览品系签子，却另是一个人办的，及至由筹备处送到公园展览所去以后，有一个人忽然醒悟起来。说是那英文说明，没有别号头，怕有错误，应该去审查一下。

卫璧安一想，若真是弄错了，那真是自己一个大笑话。便自己跑到公园里去，按着陈列品一件一件的去校正。无奈这天已是大半下午，不曾看了多少，天色已晚，不能再向下看，这天只好回学校去。次日一早起来，便到公园来继续料理这件事。到了正午，才把所有的英文说明一齐对好。可是事情办完，人也实在乏了，肚子也很饿了。从来没有做过这样辛苦的工作，自己要慰劳自己一下，于是到茶社里玻璃窗下，闲坐品茗，而且打算要叫两样点心充饥。

正捧了点心牌子在手上斟酌的时候，忽听得玻璃铮铮然一阵响。抬头一看，只见吴蔼芳一张雪白的面孔，笑盈盈的向里望着。他连忙站起来道："请进！"便迎到玻璃门前，给吴蔼芳开门。吴蔼芳笑道："一个人吗？"卫璧安让她落了座，斟了一杯茶送她面前，然后就把对英文说明的事，对她说了。吴蔼芳笑道："我不知道，我若是知道，早就来替你帮忙了。既然是没有吃饭，我来请罢。"就拿自己手上的自来水笔，将日记簿子撕了一页下来，开了几样点心。卫璧安身上，一共只带一块钱，见吴蔼芳写了几样，既不便拦阻，又不知道开了些什么，将来会帐掏不出钱来怎么好？这就不敢把做东的样子自居了。吴蔼芳谈笑自若。一点也没有顾虑到别人。卫璧安先也是觉得有点不安，后来吴蔼芳谈得很起劲，也就跟着她向下谈去。

吴蔼芳笑道："做事就是这样，不可忽略一下。往往为五分钟的忽略，倒多累出整天的工作。好像这回挂英文说明，若是昨天翻译的时候，按着号码也添上阿拉伯字码，悬标题的人，他只照着中外号码而办，自不会错。现在倒要密斯脱卫到公园里来跑了两天，会里人对这件事应该很抱歉的。"卫璧安笑道："这件事，是我忽略了，应该对会里人抱歉，怎样倒说会里人对我抱歉呢？"吴蔼芳笑道："惟其是密斯脱卫自认为抱歉，所以昨天跑了来不算，今天一早又跑到公园里来。这两天跑功，在功劳簿上也值得大大的记上一笔。"卫璧安笑道："我不过跑了两天，在功劳簿上就值得大大记上一笔。像吴女士自筹备这会以来，就不分日夜的忙着，那末，这一笔功劳，在功劳簿上又应该怎样记上呢？"吴蔼芳道："不然，这个会是我们一些朋友发起的，我们站在发起人里面，是应该出力的。况且我们都有作品陈列出来，会办好了，我们出了风头，力总算没有白费。像密斯脱卫在我们会里出力,结果是一无所得的,怎么不要认为是特殊的功劳呢?而且这种事情办起来,总感不到什么兴趣罢?"

卫璧安笑道:"要说感到兴趣这句话,过后一想,倒是有味。这里的出品,大大小小一共有一千多样。我究竟也不知道哪里有错处?哪里没错处?只好挨着号头从一二三四对起,一号一号的对了去。对个一二百号头,还不感到什么困难,后来对多了,只觉得脑子发胀,眼睛发昏,简直维持不下去。可是因为发生了困难,越怕弄出乱子,每一张说明书,都要费加倍的工夫去看。昨天时间匆匆,倒还罢了。今天我一早起来,来了之后就对。心里是巴不得一刻工夫就对完,可是越对越不敢放松,也就越觉得时间过长。好容易忍住性子将说明题签对完,只累得浑身骨头酸痛。一看手上的表,已经打过了十二点,整整是罚了半天站罪。我就一人到这里来,打算慰劳慰劳自己。"

吴蔼芳正呷了一口茶在嘴里,听了这一句话,却由心里要笑出来,嗤的一声,一回头把一口茶喷在地上。低了头咳嗽了几声,然后才抬起来,红了脸,手抚着鬓发笑道:"卫先生说的这种话,不由得人不笑将起来,真是滑稽得很。"卫璧安道:"滑稽得很吗?我倒说的是实话呢。我觉得一个人要疲倦了,非得一点安慰不可。至于是精神方面或者是物质方面,那倒没有什么问题。"

吴蔼芳正想说什么,伙计却端了点心来了。东西端到桌上来,卫璧安一看,并不是点心,却是两碟凉菜,又是一小壶酒。吴蔼芳笑道:"我怕密斯脱卫客气,所以事先并没有征求同意,我就叫他预备了一点菜。这里的茶社酒馆,大概家兄们都已认识的,吃了还不用得给钱呢。"说时,伙计已经摆好了杯筷,吴蔼芳早就拿了酒壶伸过去，给他斟上一杯。卫璧安向来是不喝酒的，饿了这一早上，这空肚子酒更是不能喝。本待声明不能喝酒，无如人家已经斟上，不能回断人家这种美情。只得欠着身子，道了一声谢谢。吴蔼芳拿回酒壶，自己也斟上了一杯。她端起杯子，举平了鼻尖，向人一请道："不足以言慰劳，助助兴罢了。喝一点！"卫璧安觉得她这样请酒，是二十分诚意的，应该喝一点，只得呷了一口，偷眼看吴蔼芳时，只见她举着杯子，微微的有一点露底，杯子放下来时，已喝去大半杯了。据这一点看来，她竟是一位能喝酒的人，自己和她一比，正是愈见无量。

吴蔼芳笑道："密斯脱卫，不喝酒吗？"卫璧安道："笑话得很，我是不会喝酒的。"吴蔼芳道："不会喝酒，正是一样美德，怎么倒说是笑话？"卫璧安道："在中国人的眼光看来，读书的人，原该诗酒风流的。"说到"风流"这两个字，觉得有点不大妥当，声音突然细微起来，细微得几乎可以不听见。吴蔼芳对于这一点，却是毫不为意，笑道："然而诗酒风流，那也不过是个浪漫派的文人罢了。要是真正一个学者，就不至于好酒的。我读的中国书很少，喝酒品行好的人，最上等也不过像陶渊明这样。下一等的，可说不定，什么人都有。像刘伶这种人，喝得不知天地之高低，古今之久暂，那岂不成了一个废物！"卫璧安道："吴女士太谦了，太谦了。"吴蔼芳笑道："密斯脱卫，你以为我也会喝酒吗？其实我是闹着玩。高兴的时候，有人闹酒，四两半斤，也真喝得下去。平常的时候，一年不给我酒喝，我也不想。这也无所谓自谦了，绝没有一个能喝酒的人，只像我这样充其量不过四两半斤而已哩。"卫璧安笑道："虽然只有半斤四两，然而总比我的量大，况且喝酒也不在量之大小，古人不是说过了，一石亦醉，一斗亦醉吗？"

吴蔼芳听了他这话,心里可就想着,原来我总以为他不会说话,现在看起来,也并不是不会说话了。心里这样想着,嘴里可就说不出什么话来,只管是微笑。那店里的伙计,已是接二连三送了好几样菜来。卫璧安心里也想,真惭愧,今天我若是要做东,恐怕要拿衣服作押账,才脱得了身呢。真是有口福,无缘无故的倒叨扰了她一餐。她做这样一个小东,本来不在乎,但是我就却之不恭,受之有愧。

卫璧安只管在这里傻想,吴蔼芳却陪着他只管且吃且谈。伙计已是上过好几样菜,最后饭来了。吴蔼芳将杯子向卫璧安一举,笑道:"饭来了,干了罢。"卫璧安连道:"一定一定。"于是将一杯酒干了,还向吴蔼芳照了一照杯。吴蔼芳将饭碗移到面前,把勺子向汤碗里摆了两摆,笑着向卫璧安道:"热汤,不用一点泡饭?"卫璧安道:"很好,很好。"于是也跟着她舀了汤向碗里浸。饭里有了汤吃得很快,一会儿工夫,便是一碗。吴蔼芳见他吃得这样甜爽。便分付伙计盛饭。卫璧安碗刚放了,第二碗饭已经送到。把这碗饭又快要吃完,吴蔼芳还只是吃大半碗。

卫璧安笑道:"我真是个饭桶了……"吴蔼芳不待他接着把话去解释,便笑道:"我们要健康身体,一定就要增加食欲,哪里有食量不好,有强壮身体的哩?我就怨我自己食量不大,不能增进健康。密斯脱卫在学校里,大概是喜欢运动的罢?"卫璧安道:"谈起运动来,未免令人可笑!我除了打网球而外,其余各种运动,我是一律不行。我也知道这种运动,于康健身体,没有多大关系。"吴蔼芳道:"不然,凡是运动,都能康健身体的。我也欢喜网球,只是打得不好,将来倒要在密斯脱卫面前请教。"卫璧安笑道:"'请教'两个字是不敢当,无事把这个来消遣,可比别的什么玩意儿好多了。"吴蔼芳道:"正是这样,这是一样很好的消遣。我们哪一天没有事,不妨来比试一下。"卫璧安见她答应来比试,心里更是一喜。便道:"天气和暖了,春二三月比球,实在合适,也不热,也不怕太阳晒,但不知道吴女士家里有打球的地方吗?"吴蔼芳笑着点了点头。

说着话,二人已经把饭吃完。伙计揩抹了桌子,又把茶送了上来。二人品茗谈话,越谈越觉有趣,看看天上的太阳光,已经偏到西方去了。吴蔼芳将手表才看了一看,笑道:"密斯脱卫还有事吗?"卫璧安道:"几点钟了?真是坐久了。"吴蔼芳道:"我是没有什么事,就怕密斯脱卫有事,所以问一问。"卫璧安道:"我除了上课,哪里还有要紧的事?今天下午的课,正是不要紧的一堂课,我向来就不上堂,把这一点钟,消磨在图书馆里。"吴蔼芳道:"正是这样,与其上不要紧的一堂课,不如待在图书馆里,还能得着一点实在的好处呢。能上图书馆的学生,总是好学生。"说到这里,便不由得笑了一笑。卫璧安笑道:"'好学生'三个字,谈何容易啊?我想能做一个安分的学生,就了不得了,'好'字何能可当呢?"吴蔼芳一说到这里,觉得没有什么话可说了,只是捧了杯子喝茶。

彼此默然了一会儿,吴蔼芳微笑道:"今天公园里的天气,倒是不坏。"卫璧安道:"可不是,散散步是最好不过的了。"说到这里,吴蔼芳不曾说什么,好端端的却笑了一笑。卫璧安见她只笑了而不曾说什么,就也不说什么,只是陪了她坐着,还是说些闲话。慢慢的又说过去一个多钟头,吴蔼芳叫伙计开了账单来,接过在手里。卫璧安站起,便要客气两句。吴蔼芳笑着连连摇手道:"用不着客气的,这里我们有来往账,我已声明在先的了。"说着,就拿笔在账单后,签了一个字。那伙计接过单子去,却道了一声谢谢吴小姐。看那样子,大概在上面批了字,给他不少的小账了。吴蔼芳对卫璧安道:"我们可以一同走。"卫璧安道:"好极了。"吴蔼芳在前,他在后,在柏树林子的大道上慢慢走起来。

吴蔼芳道:"天气果然暖和得很,你看这风刮了来,刮到脸上,并不冷呢。"卫璧安道:"我们住在北京嫌他刮土,就说是香炉里的北京城,沙漠的北京城。但是到了天津,或者上海,我们就会思想北京不置。这样的公园,哪里找去!"吴蔼芳笑道:"果然如此。我在天津租界上曾住过几个月,只觉得洋气冲天,昏天黑地的找不到一个稍微清雅一点的地方。"卫璧安道:"不用到天津了,只在火车上,由老站到新站,火车在那一段铁路上的经过,看到两面的泥潭和满地无主的棺材,还有那黑泥塘的矮屋,看了就浑身难过。这倒好像有心给当地暴露一种弱点,请来往的中外人士参观。"吴蔼芳笑着连连点头道:"密斯脱卫说的这话,正是我每次上天津去所感想到的,这话不啻是和我说了一样呢。"二人一面说着话,一面在平坦的路上走着,不觉兜了大半个圈圈,把出大门的路走过去了。吴蔼芳并不在乎,还是且谈且走。卫璧安当然也不便半路上向回路走,在只好跟了下去。整兜过了一个圈子之后,又到了出大门的那一条大路上来了。依着卫璧安,又要说一句告别的话,不过却不忍先说出口,只管一步一步走慢,走到后来,却在那后面跟着,且看吴蔼芳究竟是往哪里走。

只见吴蔼芳依旧忘了这是出门的大路转弯之处,还是随了脚下向前的路线,一步一步走去。卫璧安一直让她走过了几十丈路,笑道:"这天气很好,散步是最适宜的。这样走着,让人忘了走路的疲倦了。"吴蔼芳道:"在早半年,我每日早上,都要到公园来散步的。每次散步,都是三个圈子。"卫璧安道:"为什么天天来?吴女士那时有点不舒服吗?"吴蔼芳回首一笑道:"密斯脱卫,你猜我是千金小姐,多愁多病的吗?"卫璧安才觉得自己失言了,脸红起来。

还是吴蔼芳自己来解围,便笑道:"但是,那个时候,我确是有点咳嗽。我总怕闹成了了肺病,不是玩的,因此未雨绸缪,先就用天然疗养法疗养起来,每日就到公园里来吸取两个钟头的空气。不过一个月的工夫,一点药也不曾吃,病就自然的好了。"卫璧安道:"此话诚然。我所知道的,还有许多南方的人,为了有病,常常有人到北方来疗养的呢。不但病人要来疗养,就是身体康健的人,到北方来居住,也比在南方好。"吴蔼芳听说,却是噗哧一笑。卫璧安看到她笑的样子,并不是怎样轻视,便问道:"怎么样?我这句话说得太外行了吗?"吴蔼芳笑道:"不是不是!"但是她虽说了不是,却也未加解释。卫璧安也就随着一笑,不再说了。

两人兜了一个圈子又兜了一个圈子,最后还是吴蔼芳醒悟过来了,太阳已经晒在东边红墙的上半截,下半截乃是阴的,正是太阳在西边,要落下去了。因看了看手表,已经是五点多钟。便笑道:"密斯脱卫,还要走走吗?"卫璧安道:"可以可以!"吴蔼芳道:"那末,我要告辞了。"卫璧安道:"好罢,我也回去了。"于是二人一同走出公园,各坐车子而去。

吴蔼芳到了家里,一直回自己的卧房,赶快脱了高跟鞋子,换上便鞋,就倒在沙发椅子上,斜躺着坐了。一会子工夫,老妈子进来道:"二小姐,你接电话罢,大小姐打来的电话。"吴蔼芳捏了拳头捶着腿道:"我累得要命,一步也懒得走了。你就说我大不舒服,躺下了。有什么话,叫她告诉你罢。"老妈子笑道:"好好儿的人,干吗说不舒服呢?你刚才由外面回来呢。"吴蔼芳道:"好啰嗦,你就这样去说得了。"

老妈子去了,过了一会儿来说:"大小姐有事要和你说,请你今天晚上去一趟呢。"吴蔼芳道:"哎哟!我正想今天早一点儿睡,偏是她又打电话来找我去。我还是去不去呢？我若是不去，又怕她真有事找我。"老妈子道："你去一趟罢，坐了家里的汽车去，很快的。"吴蔼芳也不理会她，自躺在沙发椅子上睡了，非常的舒服。一直睡到晚上八点钟，老妈子请吃饭，才把她叫醒。吴蔼芳道："什么事？把我叫醒了。"老妈子道："你不吃晚饭吗？"吴蔼芳道："这也不要紧的事，你就待一会儿再叫我要什么紧？我躺躺儿，不吃饭了，回头弄一点点心吃就是了。"说着，一翻身向里，又睡了。老妈子看她这样子，也许是真有病，就不敢再啰嗦了。

这一晚上，吴蔼芳也没有履佩芳之约，到了次日下午，才到金家去。佩芳因为自己的大肚子，已经出了怀，却不大肯出门，只是在自己院子里呆着。吴蔼芳来了，她就抱怨着道："幸而我没有什么大不了的急事。若是有急事的话，等着你来，什么事也早解决过去了。昨天打了一下午的电话，说是你没有在家。等你回来，自己不接电话，也不来，我倒吓了一跳，不知在什么地方得罪了你呢。"吴蔼芳笑道："你不知道，昨天下午跑了一下午的腿，忙得汗流浃背。回去刚要休息，你的电话就来了。你叫我怎办？"佩芳道："这事你也太热心了。又不是一方面的事，何必要你一个人大卖其力气呢？"吴蔼芳红了脸道："你说什么？我倒不懂。"佩芳道："我说会务啊！你以为我是说什么呢？"吴蔼芳笑道："说会务就说会务罢，你为什么说得那样隐隐约约的？"

佩芳原是不疑心，听她的话，却是好生奇怪，除了会务，还有什么呢？难道他们的事，倒进行得那样快？那真奇怪了。因笑道："不要去谈那些不相干的事，我们还归入正题罢。你看我昨天到处打电话找你，那是什么事？"吴蔼芳道："那我怎样猜得着？想必总有要紧的事。"佩芳低了头,看了一看自己的大肚子,笑道:"你看这问题快要解决了,总得先行预备一切才好。我有几件事,托你去转告母亲。"吴蔼芳道:"我说是什么事,要来找我,原来是这些事,我可不管。"佩芳道:"当然是你可以管的,我才要你管。不能要你管的,我也不会说出口啊。我所要你说的,很简单,就是要你对母亲说,让她来一趟。我们二少奶奶家里,已经来了好几次人了。"

吴蔼芳笑道:"不是我说你们金府上遇事喜欢铺张,这种家家有的事,你们也先要闹得马仰人翻。"佩芳道:"你不知道,我是头一次嘛。"说到这里,低了声音道:"我告诉你一个奇怪的消息。据我那雇的日本产婆说,我们家的新娘子,已经有喜了。"吴蔼芳道:"这也没有什么可惊奇之处啊!"佩芳道:"不惊奇吗?她说新娘已经怀孕有四个月以上了。这是不是新闻?"吴蔼芳道:"怎么,有这种话?她不能无缘无故,把这种话来告诉你啊!你们是怎样谈起来的,不至于罢?"佩芳道:"我原也不曾想到有这种事,可是我们这里的精灵鬼三少奶奶,不知道她怎么样探到了一点虚实。"吴蔼芳道:"她怎样又知道一点虚实呢?"佩芳笑道:"这有什么看不出来?有孕的人,吃饭喝茶,以至走路睡觉,处处都会露出马脚的。"吴蔼芳道:"这位新少奶奶,就是果有这种事,她也未必让日本产婆去诊察啊!"

佩芳道:"你真也会驳,还不失给她当傧相的资格呢。告诉你罢。是大家坐在我这里谈心,日本产婆和她拉着手谈话,看了看她的情形,又按着她脉,就诊断出来了。"吴蔼芳道:"这日本产婆子也会拉生意,老早就瞄准了,免得人家来抢了去。"佩芳笑道:"哪里是日本婆子的生意?这都是三少奶奶暗中教她这样做的呢。"吴蔼芳道:"那为什么?这是人家的短处,能遮掩一日,就给人家遮掩一日。又不干三少奶奶什么事,老早的给人家说破了,不嫌……"佩芳也不觉红了脸道:"不过是闹着玩罢了。我也对她说了,未必靠得住。就是真的,我们老七那也是个小精灵虫,他自然很明白。因之再三的对三少奶奶说,无论如何,不要告诉第三个人。"吴蔼芳道:"对了。这位新少奶奶是姓冷罢了。若是姓白,我想你们三少奶奶就不会这样给人开玩笑的。"佩芳道:"不说了,说得让人听见更是不好呢。"吴蔼芳又和佩芳谈了一会儿,她倒想起清秋来了,便到清秋这边院子里来。

这时候,恰好是清秋在家里,闲着无事,将一本英文小说拿出来翻弄。吴蔼芳先在院子里站着,正要扬声一嚷,清秋早在玻璃窗子里看见了。连忙叫道:"吴小姐来了。请进来坐,请进来坐。"吴蔼芳进来,见她穿了一件蓝布长罩袍,将长袍罩住。便笑道:"你们府上的人,都能够特别的时髦,现在却一阵风似的,都穿起蓝布衣服来了。"

清秋笑道:"说起来,真是笑话。不瞒你说,我是个穷孩子,家里没有什么可以陪嫁的,只有几件衣服。我有两件蓝布长衫是新做的,没有穿过。到了这边来。舍不得搁下,把它穿起来在屋子里写字,免得是擂墨脏了衣服。首先是六姐看见,她说这布衣颜色好看,问我是哪里买的?所幸我倒记得那家布店,就告诉她了。她当日就自坐了汽车去买了来,立刻分付裁缝去做。她一穿不要紧,大家新鲜起来,你一件,我一件,都做将起来。不过她们特别之处,就是穿了这蓝布长衫之后,手指上得套上一个钻石戒指。"吴蔼芳笑道:"你为什么不套呢?你不见得没有罢?"清秋道:"有是有的。但是我穿这蓝布褂子,原意是图省俭,不是图好看。若是带起钻石戒指来,就与原意相违背了。"吴蔼芳点点头道:"你这人很不错,是能够不忘本的人。"说着,李妈已经送上茶来,却是一个宜兴博古紫泥茶杯。

吴蔼芳拿着杯子看了笑道："真是古雅得很，喝茶都用这种茶具。"清秋笑道："说起来，这又不值一笑了。是上次家里清理瓷器，母亲让我去记帐。我见有两桶宜兴茶具，似乎都不曾用过的，我就问怎么不用？大家都说，有的是好瓷器，为什么要用泥的？事后我对母亲说，那许多紫泥的东西，放下不用，真是可惜。母亲说，本来那东西也不贱，从前好的泥壶，可以值到五十两银子一把哩。北方玩这样东西的人少，若是哪个单独的用，倒觉不大雅观。你若是要用，随便挑几套用一用，反正放在那里，也是无人顾到的。这样一说，我就用不着客气，老老实实的挑选了许多。吴小姐，你说我古雅得很，在另一方面看起来，也可以说我是乡下人呢。"吴蔼芳笑道："可不是！这也就叫仁者见仁，智者见智了。"她一面说话，一面观察清秋的行动，觉得她也并没有什么异乎平常之处。佩芳所说的话，未必就靠得住。因此倒很安慰了她几句，叫她不要思念母亲。若有工夫到我们那里去玩玩，我们是很欢迎的。坐谈了一会儿，告辞回去。清秋一直将她送到二门口，然后才走回房来。

偏是事不凑巧，当蔼芳和清秋谈话的时候，恰好玉芬叫她房里的张妈过来拿一样东西，却听到清秋说一句看起来是乡下人那一句话。她听了这话，心想，我们少奶奶，是有些不高兴于她，莫非她说这话，是说我们少奶奶的。她若是说我们少奶奶，这句话可说得正着啊！我们少奶奶就说她没有见过什么世面呢。当时东西也忘记拿了，就一路盘算着走了回去。

玉芬见老妈子没有拿东西回来，便问道："怎么空着手走来呢？"张妈道："那里来了客人，我怕不便，没有进去拿去。"玉芬道："谁在那里？"张妈道："是大少奶奶家里的二小姐。"玉芬道："这倒怪了！她不在大少奶奶屋子里坐，却跑到清秋那里去坐，这是什么意思呢?她们说了些什么?"张妈道:"我听到七少奶奶说,人家都笑她呢!"玉芬道:"是说我吗?是说谁?"张妈道:"说谁,我倒闹不清楚。她那意思,她也是学生出身,什么都知道,为什么大家都瞧她不起,说她是乡下人呢?"

玉芬一听这句话,脸就红了,冷笑道:"学生出身算什么?我们家里的小姐少奶奶们都也认识几个字罢?她不过多念过两句汉文,这也很平常。凭她那种本事,也不见有多少博士硕士会轮到她头上去。她怎样说我?我想吴二小姐是很漂亮的人物,不至于和她一般见识罢?"张妈便道:"吴二小姐就驳她的话呢。说是少奶奶和小姐,都是很文明的人,决不会那样说的。三少奶奶更是聪明人,犯不上说这种话。她说是不见得,反正总有人说出这种话来的。"玉芬冷笑道:"她自然是信我不过。但是信我不过,也不要紧,我王某人无论将来怎么倒霉,也不至于去求教她姓冷的。她不要夸嘴,过几个月再见,到了那个时候,我看是我的嘴硬,还是她的嘴硬?"

张妈笑道:"可不是,凭她那种人,哪里也能够和三少奶奶比哩?你府上做官都做了好几辈子。她家里那个舅舅,做喜事的那一天,也来了。见了咱们总理,身上只是哆嗦,我看他那样子,他家里准没有出过大官。"玉芬不觉笑道:"不要瞎扯了。我和她比,不过是比自己的人品,她家里有官没有我不去管他。"张妈道:"怎么不要管?就是为了她家里没有官,才有她那一副德行!"玉芬道:"你别说了,越说你越不对劲儿。我问你,吴家二小姐为什么到她那里去坐?"张妈道:"这事我倒知道,前天大少奶奶叫人打电话,请她去的。她来了,大概先也是在大少奶奶这边坐了一会儿,后来再到那边去坐的。"玉芬点了点头道:"我明白了,这里面另有原故的。"当时她忍耐着,却不说什么,然而她心里却另有一番打算了。

第六十五回

鹰犬亦工谗含沙射影　芝兰能独秀饮泣吞声

这一天晚上，玉芬闲着，到佩芳屋子里闲坐谈心。一进门，便笑道："呵！真了不得，瞧你这大肚子，可是一天比一天显得高了，怪不得你在屋子里待着，老也不出去。应该找两样玩意儿散散闷儿才好。至少，也得找人谈心。若是老在床上躺着，也是有损害身体的。"佩芳原坐在椅子上，站起来欢迎她的，无可隐藏，向后一退，笑道："你既然知道我闷得慌，为什么不来陪着我谈话呢？"玉芬道："我这不是来陪着你了吗？还有别的人来陪你谈话没有？"说时，现出亲热的样子，握了她的手，同在一张沙发上坐下。

佩芳道："今天我妹妹还来谈了许久呢。"玉芬道："她来了，怎么也不到我那里去坐坐？我倒听到张妈说，她还到新少奶奶屋子里去坐了呢。怎么着？我们的交情，还够不上比新来的人吗？"佩芳道："那还是为了她当过傧相的那一段事实了。"玉芬眉毛一耸，微笑道："你和你令妹说些什么了？燕西的老婆，可对令妹诉苦，以为我们说她是乡下人呢。"佩芳道："真有这话吗？我就以为她家里比较贫寒一点，决计不敢和她提一声娘家的事。十个指头儿也不能一般儿齐,亲戚哪里能够一律站在水平线上,富贵贫贱相等?不料她还是说出了这种话来,怪不怪?"玉芬道:"是啊!我也是这样说啊。就是有这种话,何必告诉令妹?俗言道得好,家丑不可外传,自己家里事,巴巴的告诉外人,那是什么意思呢?幸而令妹是至亲内戚,而且和你是手足,我们的真情,究竟是怎么样,她一定知道的。不然,简直与我们的人格都有妨碍了。"佩芳道:"据你这样说,她还说了我好些个坏话吗?谁告诉你的?你怎样知道?"

玉芬道:"我并没有听到别的什么?还是张妈告诉我的那几句话,你倒不要多心。"佩芳笑道:"说过就算说了罢,要什么紧!不过舍妹为人,向来是很细心的,她不至于提到这种话上去的,除非是清秋妹特意把这种话去告诉她了。"玉芬道:"那也差不多。那个人,你别看她斯文,肚子里是很有数的。"佩芳笑道:"肚子里有数,还能赛过你去吗?"玉芬道:"哟!这样高抬我做什么?我这人就吃亏心里搁不住事,心里有什么,嘴里马上就说什么。人家说我爽快是在这一点,我得罪了许多人,也在这一点。像清秋妹,见了人是十二分的客气,背转来,又是一个样子,我可没有做过。"佩芳笑道:"你这话我倒觉得有点所感相同,我觉得她总存这种心事,以为我们笑她穷。同时,她又觉得她有学问,连父亲都很赏识,我们都不如她。面子上尽管和我们谦逊,心里怕有点笑我们是个绣花枕哩。"玉芬道:"对了对了,正是如此。可见人同此心,心同此理呢。"

佩芳笑道:"其实,我们并没有什么和她过不去,不过觉得她总有点女学者的派头,在家里天天见面,时时见面的人,谁不知道谁,那又何必?"玉芬笑道:"这个女学者的面孔,恐怕她维持不了多少时候,有一天总会让大家给她揭穿这个纸老虎的。"说着,格格的一阵笑。又道:"怪不得老七结婚以前和她那样的好,她也费了一番深功夫的了。我们夫妻感情不大好，其原因大概如此。"佩芳笑道："你疯了吗？越来越胡说了。"玉芬道："你以为我瞎说吗？这全是事实，你若是不信，把现在对待人的办法，改良改良，我相信你的环境就要改变一个样子了。"佩芳笑道："我的环境怎么会改一个样子？又怎么要改良待人的办法？我真不懂。"玉芬笑道："你若是真不懂那也就算了。你若是假不懂，我可要骂了。"佩芳笑道："我懂你的意思了。但是你所说的，适得其反哩。你想，他们男子本来就很是欺骗妇女，你再绵羊也似的听他的话，跟在他面前转，我相信，他真要把人踏做脚底的泥了。我以为男子都是贱骨头，你愿迁就他，他越骄横得了不得。若得给他一个强硬对待，决裂到底，也不过是撒手。和我们不合作的男子，撒了手要什么紧？"

玉芬伸了一伸舌头，复又将头摆了一摆，然后笑道："了不得，了不得！这样强硬的手段，男子恋着女子，他为了什么？"佩芳站了起来，将手拍了一拍玉芬的肩膀，笑道："你说他恋着什么呢？我想只有清秋妹这样肯下身份，老七是求仁而得仁，就两好凑一好了。"两人说得高兴，声浪只管放大，却忘了一切，又是夜里，各处嘈杂的声浪，多半停止了，她们说话的声音，更容易传到户外去。

恰好这个时候，清秋想起白天蔼芳来了，想去回看她，便来问佩芳，她是什么时候准在家里？当她正走到院子门的黄竹篱笆边，就听到玉芬说了那句话：除非清秋妹那样肯下身份。不免一怔，脚步也停住了。再向下听去，她们谈来谈去，总是自己对于燕西的婚姻是用手腕巴结得来的。不由得一阵耳鸣心跳，眼睛发花。待了一会儿，便低了头转身回去。刚出那院子门，张妈却拿了一样东西由外面进来，顶头碰上。张妈问道："哟！七少奶奶，你在大少奶奶那儿来吗？"清秋顿了一顿，笑道："我还没去。因为我走到这里，我丢了一根腿带,我要回去找一找,也不知道是不是丢在路上了?"说着,低了头,四处张望,就寻找着,一路走开过去了。

张妈站在门边看了一看,见她一路找得很匆忙,并不曾仔细寻找,倒很纳闷。听到佩芳屋子里,有玉芬的声音,便走了进去。玉芬道:"什么事,找到这儿来?"张妈道:"你要的那麦米粉,已经买来了。不知道是不是就要熬上?"玉芬道:"这东西熟起来很快的,什么时候要喝,什么时候再点火酒炉子得了。这又何必来问?"张妈笑了一笑,退得站到房门边去,却故意低了头,也满地张望。

玉芬道:"你丢了什么?"张妈道:"我没有丢什么,刚才在院子门口碰到七少奶奶,她说丢了一只腿带,我想也许是落在屋子里,找一找。"佩芳道:"瞎说了,七少奶奶又没有到这里来,怎么会丢了腿带在这里?"张妈道:"我可不敢撒谎,我进来的时候,碰到七少奶奶刚出院子门,她说丢了一只腿带,还是一路找着出去的呢。"佩芳和玉芬听了这话,都是一怔。佩芳道:"我们刚才的话,这都让她听去了。这也奇怪,她怎么就知道你到我这里来了?"玉芬道:"我们是无心的,她是有心的。有心的人来查着无心的人,有什么查不着的?"佩芳道:"这样一来,她一定恨我们的,我们以后少管她的闲事,不要为着不相干的事,倒失了妯娌们的和气。"玉芬道:"谁要你管她的事!各人自己的事,自己还管不了呢!"于是玉芬很不高兴的走回自己屋子去了。

恰好鹏振不知在哪里喝了酒,正醉醺醺的回来。玉芬道:"要命,酒气冲得人只要吐,又是哪个妖精女人陪着你?灌得你成了醉鳖。"鹏振脱了长衣,见桌上有大半杯冷茶,端起来一骨碌喝了。笑道:"醉倒是让一个女人灌醉了,可不是妖精。"玉芬道:"你真和女人在一处喝酒吗?是谁?"说着,就拉着鹏振一只手,只管追问。鹏振笑道："你别问，两天之后就水落石出的。你说她是妖精，这话传到她耳朵去了，她可不能答应你。"说着，拿了茶壶又向杯子里倒上一杯茶，正要端起杯子来喝时，玉芬伸手将杯子按住，笑问道："你说是谁？你要是不说，我不让你喝这一杯茶事小，今天晚上我让你睡不了觉！"鹏振道："我对你实说了罢，你骂了你的老朋友了，是你表妹白秀珠呢。"

玉芬听了这话，手不由软了，就坐下来。因道："你可别胡说，她是个老实孩子。"鹏振笑道："现在男女社交公开的时代，男女相会，最是平常。若是照你这种话看来，男女简直不可以到一处来，若是到了一处，就会发生不正当的事情的。"玉芬笑道："不是那样说，因为你们这班男子，是专门喜欢欺骗女子的。"鹏振道："无论我怎么坏，也不至于欺骗到密斯白头上去。况且今天晚上同座有好几个人。"玉芬道："还有谁？秀珠和那班跳舞朋友，已经不大肯来往了。"鹏振道："你说她不和跳舞朋友来往，可知道今天她正是和一班跳舞朋友在一处。除了我之外，还有老七，还有曾小姐，乌小姐。"

玉芬道："怎么老七现在又常和秀珠来往？"鹏振道："这些时，他们就常在一处，似乎他们的感情又恢复原状了。"玉芬道："恢复感情，也是白恢复。未结婚以前的友谊，和结了婚以后的友谊，那是要分作两样看法来看的。"鹏振笑道："那也不见得罢？只要彼此相处得好，我看结婚不结婚，是没有关系系的。从前老七和她在一处，常常为一点小事就要发生口角。而今老七遇事相让，密斯白也是十分客气，因此两个人的友谊，似乎比以前浓厚了。"玉芬叹了一口气道："这也是所谓既有今日，何必当初了。"鹏振笑道："只要感情好，也不一定要结婚啦。"玉芬当时也没有说什么，只是把这一件事搁在心里。

到了次日,上午无事,逛到燕西的书房里来。见屋子门是关着,便用手敲了几下。燕西在里面道:"请进来罢。"玉芬一推门进来。燕西嚷着跳起来道:"稀客稀客,我这里大概有两个月没有来了。"玉芬道:"闷得很,我又懒得出去,要和你借两本电影杂志看看。"说着,随着身子就坐在那张沙发上。燕西笑道:"简直糟糕透了,总有两个月了,外面寄来的杂志,我都没有开过封。要什么,你自己找去罢。"玉芬笑道:"一年到头,你都是这样忙,究竟忙些什么?大概你又是开始跳舞了罢?昨晚上,我听说你就在跳舞呢。"燕西笑道:"昨天晚上可没跳舞,闹了几个钟头的酒,三哥和密斯白都在场。"

玉芬听说,沉吟了一会儿,正色道:"秀珠究竟是假聪明,若是别人,宁可这一生不再结交异性朋友,也不和你来往了。你从前那样和她好,一天大爷不高兴了,就把人家扔得远远的。而今想必是又比较着觉得人家有点好处了,又重新和人家好。女子是那样不值钱,只管由男子去搓挪。她和我是表亲,你和我是叔嫂,依说,我该为着你一点。可是站在女子一方面说,对你的行为,简直不应该加以原谅。"燕西站在玉芬对面,只管微笑,却不用一句话来驳她。

玉芬道:"哼!你这也就无词以对了。我把这话告诉清秋妹,让她来评一评这段理。"燕西连连的摇手道:"那可不是闹着玩的,她一质问起来,虽然也没有什么关系,究竟多一层麻烦。"玉芬笑道:"我看你在人面前总是和她抬杠,好像了不得。原来在暗地里,你怕她怕得很厉害呢。"燕西笑道:"无论哪个女子,也免不了有醋劲的,这可不能单说她,就是别一个女子,她若知道她丈夫在外面另有很好的女朋友,她有个不麻烦的吗?"玉芬一时想找一句什么话说,却是想不起来,默然了许久。还是燕西笑道:"她究竟还算不错。她说秀珠人很活泼,劝我还是和她做朋友,不要为了结婚,把多年的感情丧失。况且我们也算是亲戚呢。"玉芬笑道:"你不要瞎说了,女子们总会知道女子的心事,绝不能像你所说的那样好。"燕西笑道:"却又来!既是女子不能那样好,又何怪乎我不让你去对她说呢?"

玉芬微笑着,坐了许久没说话,然后点点头道:"清秋妹究竟也是一个精明的人,她当了人面虽不说什么,暗地里她也有她的算法呢。"于是把张妈两番说的话,加重了许多语气,告诉燕西。告诉完了,笑道:"我不过是闲谈,你就别把这事放在心上,也不要去质问她。"燕西沉吟着道:"是这样吗?不至于罢?我就常说她还是稚气太重,这种的手段,恐怕她还玩不来,就是因为她缺少成人的气派呢。"玉芬淡淡一笑道:"我原来闲谈,并不是要你来相信的。"说毕,起身便走了。燕西心里,好生疑惑,玉芬不至于凭空撒这样一个谎,就是撒这样一个谎,用意何在?今天她虽说是来拿杂志的,却又没有将杂志拿去,难道到这里来,是特意要把这些话告诉我吗?越想倒越不解这一疑惑。当时要特意去问清秋,又怕她也疑心,更是不妥,因此只放在心里。

这天晚上,燕西还是和一些男女朋友在一处闹,回来时,吃得酒气醺人。清秋本来是醒了,因他回来,披了睡衣起床,斟了一杯茶喝。燕西确是口渴,走上前一手接了杯子过来,咕嘟一口喝了。清秋见他脸上通红,伸手摸了一摸,皱眉道:"喝得这样子做什么?这也很有碍卫生啊!不要喝茶了,酒后是越喝越渴的,橱子面下的玻璃缸子里还有些水果,我拿给你吃两个罢。"说着,拿出水果来,就将小刀削了一个梨递给燕西。燕西一歪身倒沙发上,牵着清秋的手道:"你可记得去年夏天,我要和你分一个梨吃,你都不肯,而今我们真不至于……"说着，将咬过了半边梨，伸了过来，一面又将清秋向怀里拉。清秋微笑道："你瞧，喝得这样昏天黑地，回来就捣乱。"燕西道："这就算捣乱吗？"越说越将清秋向怀里拉。清秋啐了一声，摆脱了他的手，睡衣也不脱，爬上床，就钻进被窝里去。燕西也追了过来，清秋摇着手道："我怕那酒味儿，你躲开一点罢。"说着，向被里一缩，将被蒙了头。燕西道："怎么着？你怕酒味吗？我浑身都让酒气熏了，索性熏你一下子，我也要睡觉了。"说着，便自己来解衣扣。

清秋一掀被头，坐了起来，正色说道："你别胡闹，我有几句话和你说。"燕西见她这样，便侧身坐在床沿上，听她说什么。清秋道："你这一阵子，每晚总是喝得这样昏天黑地回来，你闹些什么？你这样子闹，第一是有碍卫生，伤了身体。第二废时失业……"燕西一手掩住了她的嘴，笑道："你不必说了，我全明白。说到废时失业，更不成问题，我的时间，向来就不值钱的。出去玩儿固然是白耗了时间，就是坐在家里，也生不出什么利。失业一层，那怎样谈得上？我有什么职业？若是真有了职业，有个事儿，不会闷着在家里待着，也许我就不玩儿了。"清秋听了他的话，握着他的手，默然了许久，却叹了一口气。

燕西道："你叹什么气？我知道，你以为我天天和女朋友在一处瞎混哩，其实我也是敷衍敷衍大家的面子。这几天，你有什么事不顺意？老是找这个的碴子，找那个碴子。"清秋道："哪来的话？我找了谁的碴子？"燕西虽然没大醉，究竟有几分酒气。清秋一问，他就将玉芬告诉他的话，说了出来。清秋听了，真是一肚皮冤屈。急忙之间，又不知道要用一种什么话来解释，急得眼皮一红，就流下泪来。燕西不免烦恼，也呆呆的坐在一边。清秋见燕西不理会她，心里更是难受,索性呜呜咽咽伏在被头上哭将起来。燕西站起来,一顿脚道:"你这怎么了?好好儿的说话,你一个人倒先哭将起来?你以为这话,好个委屈吗?我这话也是人家告诉我的,并不是我瞎造的谣言。你自己知道理短了,说不过了,就打算一哭了事吗?"

清秋在身上摸索了半天,摸出一条小小的粉红手绢,缓缓的擦着眼泪,交叉着手,将额头枕在手上,还是呜呜咽咽,有一下没一下的哭。燕西道:"我心里烦得很,请你不要哭,行不行?"清秋停了哭,正想说几句,但是一想到这话很长,不是三言两语可以说完的,因此复又忍住了,不肯再说。那一种委屈,只觉由心窝里酸痛出来,两只眼睛里一汪泪水,如暴雨一般流将出来。燕西见她不肯说,只是哭,烦恼又增加了几倍,一拍桌子道:"你这个人真是不通情理!"桌子打得咚的一下响,一转身子,便打开房门,一直向书房里去了。

清秋心想,自己这样委屈,他不但一点不来安慰,反要替旁人说话来压迫自己,这未免太不体贴。越想越觉燕西今天态度不对,电灯懒得拧,房门也懒得关,两手牵了被头,向后一倒,就倒在枕上睡了。这一份儿伤心,简直没有言语可以形容,思前想后,只觉得自己不对,归根结底,还是"齐大非偶"那四个字,是自己最近这大半年来的大错误。清秋想到这里,又顾虑到了将来,现在不过是初来金家几个月,便有这样的趋势,往后日子一长,知道要出些什么问题。往昔以为燕西牺牲一切,来与自己结婚,这是很可靠的一个男子。可是据最近的形势看来,他依然还是见一个爱一个,用情并不能专一的人,未必靠得住呢。这样一想,伤心已极,只管要哭起来。哭得久了,忽然觉得枕头上有些冷冰冰的,抽出枕头一看,却是让自己的眼泪哭湿了一大片。这才觉得哭得有些过分了,将枕头掉了一个面,擦擦眼泪,方安心睡了。

次日起得很早,披了衣服起床,正对着大橱的镜门,掠一掠鬓发。却发觉了自己两只眼睛,肿得如桃子一般,一定是昨天晚上糊里糊涂太哭狠了。这一出房门让大家看见了,还不明白我闹了什么鬼呢?于是便对老妈子说身上有病,脱了衣服复在床上睡下。两个老妈子因为清秋向来不摆架子,起睡都有定时的。今天见她不曾起来,以为她真有了病,就来问她,要不要去和老太太提一声儿?清秋道:"这点小不舒服,睡一会子就好了的,何必去惊动人。"老妈子见她如此说,就也不去惊动她了。直到十点钟,燕西进屋子来洗脸,老妈子才报告他,少奶奶病了。

燕西走进房,见清秋穿了蓝绫子短夹袄,敞了半边粉红衣里子在外,微侧着身子而睡,因就抢上前,拉了被头,要替她盖上。清秋一缩,噗哧一声笑了。燕西推着她胳膊,笑道:"怎么回事?我以为你真病了呢。"清秋一转脸,燕西才见她眼睛都肿了。因拉着她的手道:"这样子,你昨天晚上,是哭了一宿了。"清秋笑着,偏过了头去。燕西道:"你莫不是为了我晚上在书房里睡了,你就生气?你要原谅我,昨天晚上,我是喝醉了酒。"清秋说:"胡说,哪个管你这一笔帐?我是想家。"燕西笑道:"你瞎说,你想家何必哭?今天想家,今天可以回去。明天想家,明天可以回去。那用得着整宿的哭,把眼睛哭得肿成这个样子?你一定还有别的原故。"清秋道:"反正我心里有点不痛快,才会哭,这一阵不痛快,已经过去了,你就不必问。我要还是不痛快,能朝着你乐吗?"

燕西也明白她为的是昨晚自己那一番话,把她激动了。若是还要追问,不过是让清秋更加伤心,也就只好隐忍在心里,不再说了。因道:"既然把一双眼睛哭得这个样子,你索性装病罢。回头吃饭的时候，我就对母亲说你中了感冒，睡了觉不曾出来。你今天躲一天，明天也就好了。你这是何苦？好好儿，把一双眼睛，哭得这个样子。"清秋以为他一味的替自己设想，一定是很谅解的，心里坦然，昨晚上的事，就雨过天晴，完全把它忘了。自己也起来了，陪着燕西在一处漱洗。

但是到了这日晚上，一直等到两点钟，还不见他回来，这就料定他爱情就有转移了，又不免哭了一夜。不过想到昨晚一宿，将眼睛都哭肿了，今晚不要做那种傻事，又把眼睛哭肿。燕西这样浪漫不羁，并不是一朝一夕之故，自己既做了他的妻子，当然要慢慢将他劝转来。若是一味的发愁，自己烦恼了自己，对于燕西，也是没有一点补救。如此一想，就放了心去睡。次日起来，依然像往常一样，一点不显形迹。吃午饭的时候，在金太太屋子里和燕西会了面，当然不好说什么。吃过饭以后，燕西却一溜不见了。晚饭十有七八是不在家里吃的，不会面是更无足怪。直到晚上十二点以后，清秋已睡了，燕西才回来。

他一进房门看见，只留了铜床前面那盏绿色的小小电灯，便嚷起来道："怎么着？睡得这样早？我肚子饿了，想吃点东西，怎么办？"清秋原想不理会他的。听到他说饿了，一伸手在床里边拿了睡衣，向身上一披，便下床来。一面伸脚在地毯上踏鞋，一面向燕西笑道："我不知道你今天晚上要吃东西，什么也没有预备，怎么办？我叫李妈到厨房里去看看，还弄得出什么东西来没有？"燕西两手一伸，按着她在床上坐下，笑道："我去叫她们就是了，这何必要你起来呢？我想，稀饭一定是有的，让厨房里送来就是了。我以为屋子里有什么吃的呢？所以问你一声，就是没有，何必惊动你起来，我这人未免太不讲道理了。"清秋笑道："你这人也是不客气起来，太不客气；

要客气起来,又太客气。我就爬起来到门口叫一声人,这也很不吃劲,平常我给你做许多吃力费心的事,你也不曾谢上我一谢哩!"

燕西且不和她讨论这个问题,在她身上,将睡衣扒了下来,又两手扶住她的身子,只向床上乱推。笑道:"睡罢,睡罢!你若是伤风了,中了感冒,明天说给母亲听,还是由我要吃东西而起,我这一行罪就大了。"清秋笑得向被里一缩,问道:"你今晚上在哪里玩得这样高兴,回来却是这样和我表示好感?"燕西道:"据你这般说,我往常玩得不高兴回来,就和你过不去吗?清秋笑道:"并不是这样说,不过今天你回来,与前几天回来不同,和我是特别表示好感。若是你向来都是这样,也省得我……"说到这里,抿嘴一笑。

燕西道:"省得什么?省得你前天晚上哭了一宿吗?昨天晚上,我又没回来,你不要因为这个,又哭起来了罢?"清秋道:"我才犯不上为了这个去哭呢。"燕西笑道:"我自己检举,昨天晚上,我在刘二爷家里打了一夜牌,我本打算早回来的,无如他们拖住了我死也不放。"清秋笑道:"不用检举了,打一夜小牌玩,这也是很平常的事,哪值得你这样郑而重之追悔起来?"燕西笑道:"那末,你以为我的话是撒谎的了?据你的意思,是猜我干什么去了?"清秋道:"你说打牌,自然就是打牌,哪里有别的事可疑哩?"

燕西见她如此说,待要再辩白两句,又怕越辩白事情越僵,对着她微笑了一笑。因道:"你睡下,我去叫他们找东西吃去了。"清秋见他执意如此,她也就由他去。燕西一高兴,便自己跑到厨房里去找厨子。恰好玉芬的张妈,也是将一份碗碟送到厨房里去。她一见燕西在厨房里等着厨子张罗稀饭,便问道:"哟!七爷待少奶奶真好啊!都怕老妈子做事不干净,自己来张罗呢。"燕西笑着点了点头道:"可不是吗!"张妈望了一望,见燕西分付厨子预备两个人的饭菜,然后才走。燕西督率着一提盒子稀饭咸菜,一同到自己院子里来。厨子送到外面屋子里,老妈子便接着送进里面屋子里来。因笑道:"我们都没睡呢。七爷怎么不言语一声,自己到厨房里去?"燕西道:"我一般长得有手有脚,自己到厨房里去跑一趟,那也很不算什么。"老妈子没有说什么,自将碗筷放在小方桌上。

清秋睡在枕上望着,因问道:"要两份儿碗筷干什么?"燕西道:"屋子里又不冷,你披了衣服起来喝一碗罢。"清秋道:"那成了笑话了,睡了觉,又爬起来吃什么东西?"燕西笑道:"这算什么笑话?吃东西又不是做什么不高明的事情。况且关起房门来,又没有第三个人,要什么紧?快快起来罢,我在这里等着你了。"清秋见他坐在桌子边,却没有扶起筷子来吃,那种情形,果然是等着,只好又穿了睡衣起来。清秋笑道:"要人家睡是你,要人家起来也是你。你看这一会儿工夫,你倒改变了好几回宗旨了,叫人家真不好伺候。"燕西笑道:"虽然如此,但是我都是好意啊!你要领我的好意,你就陪我吃完这一顿稀饭。"清秋道:"我已经是起来了,陪你吃完不陪你吃完,那全没有关系。"燕西笑着点了点头,扶起筷子便吃。

这一餐稀饭,燕西吃得正香,吃了一小碗,又吃一小碗,一直吃了三碗,又同洗了脸。清秋穿的是一件睡衣,光了大腿,坐在地下这样久,着实受了一点凉。上床时,燕西嚷道:"哟!你怎么不对我说一说?两条腿,成了冰柱了。清秋笑道:"这只怪我这两条腿太不中用,没有练功夫,多少人三九天,也穿着长统丝袜在大街上跑呢。"燕西以为她这话是随口说的,也就不去管她。不料到了下半夜,清秋脸上便有些发烧。次日清早,头痛得非常的厉害,竟是真个病起来了

第六十六回

含笑看蛮花可怜模样　吟诗问止水无限情怀

早上九点钟,清秋觉得非起床不可了,刚一坐起来,便觉得有些天旋地转,依旧又躺了下去。燕西起来,面子上表示甚是后悔。清秋道:"这又不是什么大病,睡一会子就好了的,你只管出去,最好是不要对人说。吃午饭的时候,若是能起来,我就会挣扎起来的。"燕西笑道:"前天没病装病,倒安心睡了。今天真有病,你又要起来?"清秋道:"就因为装了病,不能再病了,三天两天的病着,回头多病多愁的那句话,又要听到了。"燕西听到,默然了许久。然后笑道:"我们这都叫天下本无事,庸人自扰之。你只管躺着罢,到了吃饭的时候,我再给你撒谎就是了。"清秋也觉刚才一句话,是不应当说的,就不再说了。

到了吃午饭的时候,金太太见清秋又不曾来,问燕西道:"你媳妇又病了吗?"燕西皱眉道:"她这也是自作自受。前日病着,昨日已经好些了,应该去休养休养。她硬挣扎着像平常一样,因之累到昨日晚上,就大烧起来。今天她还要起床,我竭力阻止她,她才睡下了。"金太太道:"这孩子人是斯文的,可惜斯文过分了,总是三灾两病的。"

说到这里时,恰好玉芬进来了。金太太道:"你吃了饭没有?我们这里缺一角,你就在我们这里吃罢?"玉芬果然坐下来吃,因问清秋怎样又病了?燕西还是把先前那番话告诉了她。玉芬笑道:"怪不得了,昨天半夜里,你到厨房里去和你好媳妇做稀饭了。你真也不怕脏?"燕西红了脸道:"你误会了,那是我自己高兴到厨房里去玩玩的。"金太太道:"胡说,玩也玩得特别,怎么玩到厨房里去了?"燕西一时失口说出来了,要想更正也来不及更正了,只低了头扒饭。金太太道:"你们那里有两个老妈子,为什么都不叫,倒要自己去做事?"玉芬笑道:"妈,你有所不知。老七一温存体贴起来,比什么人还要仔细。他怕老妈子手脏,捧着东西,有碍卫生,所以自己去动手。"

金太太听到玉芬这话,心里对燕西的行动,很有些不以为然。不过话是玉芬说的,当了玉芬的面,又来批评燕西,恐怕燕西有些难为情,因此隐忍在心里,且不说出来。到了吃晚饭的时候,没有玉芬在席了,金太太便对燕西道:"清秋晚饭又没出来吃,大概不是寻常的小感冒,你该给她找个大夫来瞧瞧。"燕西道:"我刚才是由屋子里出来的,也没有多大的病,随她睡睡罢。"金太太道:"你当着人的面,就是这样不在乎似的。可是回到房里去,连老妈子厨子的事,你一个人都包办了。"燕西正想分辩几句,只见金铨很生气的样子走了进来,不由得把他说的话,都吓忘了。

金铨没有坐下,先对金太太道:"守华这孩子,太不争气,今天我才晓得,原来他在日本还讨了一个下女回来,在外国什么有体面的事都没有干,就只做了这样好事!"金太太将筷子一放,突然站起来道:"是有这事吗?怎么我一点也不知道。你是听到谁说的?"

金铨道:"有人和他同席吃饭,他就带着那个下女呢。我不懂道之什么用意?她都瞒了几个月,不对我说一声。怪不得守华总要自己赁房子住,不肯住在我这里了。"说着话脸一扬,就对燕西道:"把你四姐叫来,我要问问她是怎么回事?"燕西答应了是,放下碗筷,连忙就到道之这边来,先就问道:"姐夫呢?"因把金铨生气的事说了。道之笑着,也没有理会,就跟了燕西一同来见金铨。

金铨口衔了雪茄,斜靠沙发椅子坐着,见道之进来,只管抽烟,也不理会。道之只当不知道犯了事,笑道:"爸爸,今天是在里面吃的饭吗?好久没有见着的事呢。"两个老妈子,刚收拾了碗筷,正擦抹着桌子。金太太也是板了面孔,坐在一边。梅丽却站在内房门双垂绿绒帷幔下,藏了半边身子,只管向道之做着眉眼。道之一概不理,很自在的在金铨对面椅子上坐下。金铨将烟喷了两口,然后向道之冷笑一声道:"你以后发生了什么大事,都可以不必来问我吗?"道之依然笑嘻嘻的,问道:"那怎样能够不问呢?"金铨道:"问?未必。你们去年从日本回来,一共是几个人?"道之顿了一顿,笑道:"你老人家怎么今天问起这句话?难道看出什么破绽来了吗?"金铨道:"你们做了什么歹事?怎么会有了破绽?"

金太太坐着,正偏了头向着一边,这时就突然回过脸来对金铨道:"咳!你有话就说罢,和她打个什么哑谜?"又对道之道:"守华在日本带了一个下女回来,至今还住在旅馆里,你怎么也不对我报告一声?我的容忍心,自负是很好的了,我看你这一分容忍还赛过我好几倍。"道之笑道:"哦!是这一件事吗?我是老早的就要说明的了。他自己总说,这事做得不对,让我千万给他瞒住,到了相当的时候,他自己要呈请处分的。"金铨道:"我最反对日本人,和他们交朋友,都怕他们会存什么用意。你怎么让守华会弄一个日本女人到家里来?"

金太太道:"他们日本人,不是主张一夫一妻制度的吗?这倒奇了,嫁在自己国里,非讲平等不可,嫁到外国去,倒可以做妾。"金铨道:"这有什么不明白的?自己国里,为法律所限制,没有法子。嫁到外国去,远走高飞,不受本国法律的限制,有什么使不得?"金太太道:"那倒好!据你这样说,她倒是为了爱情跟着守华了?"金铨道:"日本女子,会同中国男子讲爱情?不过是金钱作用罢了。"金太太道:"据你这样说,当姨太太的,都为的是金钱了,你对于这事,大概是有点研究!"金铨道:"太太,你是和我质问守华这件事哩?还是和我来拌嘴哩?"

金太太让他这样一驳,倒笑起来了,便问道之道:"那女人叫什么名字?"道之道:"叫明川樱子,原是当下女的。因为她人很柔驯,又会做事,而且也有相当的知识。"金铨道:"这几句话,你不要恭维那个女子,凡是日本女子,都可以用这几句话去批评的。"道之笑道:"虽然日本女子都是这样,但是这个女子,更能服从,弄得我都没有法子可以来拒绝她。妈若是不肯信,我叫她来见一见,就可以把我的话来证实了。"金太太道:"既然你自己都这样表示愿意,我还有什么话说?不过你们将来发生了问题的时候,可不许来找我。也不必证实了。"梅丽便由绿帷幔里笑着出来道:"请她来见见罢,我们大家看看,究竟是怎样一个人?"金铨道:"那要见她做什么?见了面,有什么话也不好说。"梅丽笑道:"什么也不用得叫她,让她先开口得了。她应当叫什么,四姐还不会告诉她吗?"金太太道:"据你说,我们倒要和她认亲吗?"梅丽碰了个钉子,当着父亲的面,又不便说什么,就默然了。

道之笑道:"我也不能那样傻,还让她在这里叫什么上人不成?"

燕西情不自禁的也说了一句道:"那人倒是很好的。"金太太道:"你看见过吗?怎么知道是很好的?"燕西只得说道:"也不止是我一个人见过。"金太太道:"哦!原来大家都知道了,不过瞒着我们两三个人呢。好罢,只要你们都认为无事,我也不加干涉了。"金铨原也料着刘守华做的这件事,女儿未必同意的。现在听道之的口气,竟是一点怨言也没有。当局的人,都安之若素了,旁观者又何必对他着什么急?因之也就只管抽着雪茄,不再说什么了。道之笑道:"那末,我明天带来罢。丑媳妇总要见公婆面,倒是带了她来见见的好。"说着,偷眼看看,父亲母亲的相,并没有了不得的怒容,这胆子又放大一些了。本来这一件事,家中虽有一部分人知道,但也不敢证实,看见樱子的,更不过是男兄弟四人。现在这事已经揭开了,大家都急于要看这位日本姨太太,有的等不及明天,就向道之要相片看。

到了晚上,刘守华从外面回来,还不曾进房,已经得了这个消息。一见道之,比着两只西装袖子,就和道之作了几个揖。道之笑道:"此礼为何而来?"守华笑道:"泰山泰水之前,全仗太太遮盖。"道之道:"你的耳朵真长,怎么全晓得了?现在你应该是疾风知劲草,板荡识忠臣。"守华笑道:"本来这个人,我是随便要的。因为你觉得她还不错,就让你办成功了。其实……"道之笑道:"我这样和你帮忙,到了现在,你还要移祸于人吗?"守华连连摇手笑道:"不必说了,算是我的错。不过我明天要溜走才好,大家抵在当面,我有些不好措词的。一切一切,全仗全仗。"道之指着自己的鼻子笑道:"你怎样谢我呢?"守华笑道:"当然,当然,先谢谢你再说。"道之道:"胡说!我不要你谢了。"道之虽然是这样说,但是刘守华一想,道之这种态度,不可多得,和她商量了半晚上的事情。到了次日早上,他果然一溜就走了。

道之坐了汽车，先到仓海旅馆，把明川樱子接了来。先让她在自己屋子里坐着，然后打听得父母都在上房，就带着樱子一路到上房来。在樱子未来以前，大家心里都忖度着，一定是梳着堆髻，穿着大袖衣服，拖着木头片子的一种矮妇人。及至见了面，大家倒猛吃一惊。她穿的是一件浅蓝镜面缎的短旗袍，头上挽着左右双髻，下面便是长筒丝袜，黑海绒半截高跟鞋，浑身上下，完全中国化。尤其是前额上，齐齐的剪了一排刘海发。金太太先一见，还以为不是这人，后来道之上前给一引见，她先对金铨一鞠躬，叫了一声总理。随后和金太太又是一鞠躬，叫了一声太太。她虽然学的是北京话，然而她口齿之间，总是结结巴巴的，夹杂着日本音，就把日本妇人的态度现出来了。

　　金铨在未见之前，是有些不以为然，现在见她那小小的身材，鹅蛋脸儿，简直和中国女子差不多。而且她向着人深深的一鞠躬，差不多够九十度，又极其恭顺。见着这种人，再要发脾气，未免太忍心了，因此当着人家鞠躬的时候，也就笑着点了点头。金太太却忘了点头，只管将眼睛注视着她的浑身上下。她看见金太太这样注意，脸倒先绯红了一个圆晕，而心里也不免有些惊慌。因为一惊慌，也不用道之介绍了，屋子里还有佩芳、玉芬、梅丽，都见着一人一鞠躬。

　　行礼行到梅丽面前，梅丽一伸两手连忙抱着她道："嗳哟！太客气，太客气！"道之恐怕她连对丫头都要鞠躬起来，便笑着给她介绍道："这是大少奶奶，这是三少奶奶，这是八小姐。"她因着道之的介绍，也就跟着叫了起来。梅丽拉了她的手，对金太太笑道："这简直不像外国人啦。"金太太已经把藏在身上的眼镜盒子拿了出来，戴上眼镜，对她又看了一看，笑着对金铨说了一句家乡话道："银（人）倒是呒啥。"金铨也笑得点了点头。道之一见父亲母亲都是很欢喜的样子，料得不会发生什么大问题的了，便让樱子在屋子里坐下。谈了一会儿，除了在这里见过面的人以外，又引了她去分别相见。

到了清秋屋子里，清秋已经早得了燕西报告的消息了。看见道之引了一个时装少妇进来，料定是了，便一直迎出堂屋门来。道之便给樱子介绍道："这是七少奶奶。"樱子口里叫着，老早的便是一鞠躬。清秋连忙回礼道："不敢当！不敢当！为什么这样相称？"于是含着笑容，将她二人引到屋子里来。清秋因为樱子是初次来的，就让她在正面坐着，在侧面相陪。樱子虽然勉强坐下，却是什么话也不敢说，道之说什么，她跟着随声附和什么，活显着一个可怜虫样子。清秋看见，心里老大不忍，就少不得问她在日本进什么学校？到中国来可曾过得惯？她含笑答应一两句，其余的话，都由道之代答。

清秋才知道她是初级师范的一个学生。只因迫于经济，就中途辍学。到中国来，起居饮食，倒很是相宜。道之又当面说："她和守华的感情，很好，很好，超过本人和守华的感情以上。"樱子却是很懂中国话，道之说时，她在一旁露着微笑，脸上有谦逊不遑的样子，可是并不曾说出来。清秋见她这样，越是可怜，极力的安慰着她，叫她没有事常来坐坐。又叫老妈子捧了几碟点心出来请她，谈了足有一个钟头，然后才走了。

道之带了樱子，到了自己屋里，守华正躺在沙发上，便直跳了起来，向前迎着，轻轻的笑道："结果怎么样？很好吗？"道之道："两位老人家都大发雷霆之怒，从何好起？"守华笑着，指了樱子道："你不要冤我，看她的样子，还乐着呢，不像是受了委屈啊。"樱子早忍不住了，就把金家全家上下待她很好的话，说了一遍。尤其是七少奶奶非常的客气，像客一样的看待。守华道："你本来是客，她以客待你，那有什么特别之处呢？"道之笑道："清秋她为人极是和蔼，果然是另眼看待。"于是把刚才的情形，略微说了一说。

守华道："这大概是爱屋及乌了。"道之道："你哪知道她的事？据我看，恐怕是同病相怜罢。"守华道："你这是什么话？未免拟不于伦。"道之道："我是生平厚道待人，看人也是用厚道眼光。你说我拟于不伦，将来你再向下看，就知道我的话不是全无根据了。"守华道："真是如此吗？哪天得便，我一定要向着老七问其所以然。"道之道："胡说，那话千万问不得！你若是问起来，那不啻给人家火上加油呢。"守华听了这话，心里好生奇怪。像清秋现在的生活，较之以前，可说是锦衣玉食了，为什么还有难言之隐？心里有了这一个疑问，更觉得是不问出来，心里不安。

当天晚上，恰好刘宝善家里有个聚会，吃完了饭有人打牌，燕西没有赶上，就在一边闲坐着玩扑克牌。守华像毫不留意的样子，坐到他一处来。因笑道："你既是很无聊的在这里坐着，何不回家去陪着少奶奶？"燕西笑道："因为无聊，才到外面来找乐儿。若是感到无聊而要回去，那在家里，就会更觉得无聊了。"守华道："老弟，你们的爱情原来是很浓厚很专一的啊，这很可以给你们一班朋友做个模范，不要无缘无故的把感情又破裂下来才好。"燕西笑道："我们的感情，原来不见很浓厚很专一。就是到了现在，也不见得怎样清淡，怎样浪漫。"守华道："果然的吗？可是我在种种方面观察，你有许多不对的地方。"燕西道："我有许多不对的地方吗？你能举出几个证据来？"守华随口说出来，本是抽象的，哪里能举出什么证据，便笑道："我也不过看到她总是不大做声，好像受了什么压迫似的。照说，这样年轻轻儿的女子，应该像八妹那一样活泼泼的，何至于连吴佩芳都赶不上，一点少年朝气都没有？"燕西笑道："她向来就是这样子的。有道是江山易改，本性难移，她要弄得像可怜虫一样，我也没有别的法子。"

他说着这话时，两手理着扑克牌一张一张的抽出，又一张一张的插上，抽着抽着，一句话也不说，只是这样的出了神。还是刘守华在他肩膀上拍了一下，笑道："怎么不说话？"燕西笑道："并不是不说话，我在这里想，怎样把这种情形，传到你那里去，又由你把这事来问我？"守华道："自然有原因啦。"于是就把道之带了樱子去见清秋，及樱子回来表示好感的话说了一遍。燕西道："她这人向来是很谦逊的，也不但对你姨太太如此。"守华笑道："你夫妇二人，对她都很垂青，她很感谢。她对我说，打算单请你两口子吃一回日本料理，不知道肯不肯赏光？"燕西道："哪天请？当然到。"守华道："原先不曾征求你们的同意，没有定下日子，既是你肯赏光，那就很好，等我今天和她去约好，看是哪一天最为合适。"燕西笑道："好罢，定了时间，先请你给我一个信，我是静候佳音了。"当时二人随便的约会，桌上打牌的人，却也没有留意。

燕西坐了不久，先回家去，清秋点着一盏桌灯，摊了一本木版书在灯下看。燕西将帽子取下，向挂钩上一扔，便伏在椅子背上，头伸到清秋的肩膀上来。笑道："看什么书？"清秋回转头来，笑道："恭喜恭喜，今天回来，居然没有带着酒味。"燕西看着桌上，是一本《孟东野集》，一本《词选》。那诗集向外翻着，正把那首"妾心古井水，波澜誓不起"的诗，现了出来，燕西道："你又有什么伤感？这心如古井，岂是你所应当注意的？"清秋笑道："我是看《词选》，这诗集是顺手带出来的。"说着，将书一掩。

燕西知道她是有心掩饰，也笑道："你几时教我填词？"清秋道："我劝你不必见一样学一样，把散文一样弄清楚了，也就行了。

难道你将来投身社会,一封体面些的八行都要我这位女秘书打枪不成?"燕西笑道:"你太看我不起了,从今天起,我非努力不可。"清秋一伸手,反转来,挽了燕西的脖子,笑道:"你生我的气吗?这话我是说重了一点。"燕西笑道:"也难怪你言语重,因为我太不争气了。"清秋便站起身来,拉着燕西同在一张沙发上坐了。笑道:"得了,我给你赔个不是,还不成吗?"说着,将头一靠歪在燕西身上。

这个时候,老妈子正要送东西进来。一掀门帘子,看到七爷那种样子,伸了舌头,赶忙向后一退。屋子里,清秋也知觉了,在身上掏了手绢,揩着嘴唇又揩着脸。燕西笑道:"你给我脸上也揩揩,不要弄上了许多胭脂印。"清秋笑道:"我嘴唇上从来不擦胭脂的,怎么会弄得你脸上有胭脂?"燕西道:"嘴上不擦胭脂,我倒也赞成。本来,爱美虽是人的天性使然,要天然的美才好。那些人工制造的美,就减一层成分。况且嘴唇本来就红的,浓浓的涂着胭脂,涂得像猪血一般,也不见得怎样美。再说嘴唇上一有了胭脂,挨着哪里,哪里就是一个红印子,多么讨厌!"

清秋笑道:"你这样爱繁华的人,不料今天能发出这样的议论,居然和我成为同调起来。"燕西道:"一床被不盖两样的人,你连这一句话都不知道吗?不过话又说回来了,我对天下事,是抱乐观的,可是你偏偏就抱着悲观,好端端的,弄得心如止水,这一点原因何在?"清秋道:"我不是天天很快活吗?你在哪一点上见得我是心如止水呢?"燕西道:"岂但是我可以看出你是个悲观主义者,连亲戚都看出你是个悲观主义者了。"清秋道:"真有这话吗?谁?"燕西就把刘守华的话,从头至尾,对她说了。

清秋微笑了一笑道:"这或者是他们主观的错误。我自己觉得我遇事都听其自然,并没有什么悲观之处。而且我觉得一个人生存现在的时代,只应该受人家的钦仰,不应该受人家的怜惜。人家怜惜我,就是说我无用。我这话似乎勉强些,可是仔细想起来,是有道理的。"燕西笑道:"岂有此理!岂有此理!你又犯了那好高的毛病。据你这样说,古来那些推衣推食的朋友,都会成了恶意了?"清秋道:"自然是善意。不过善之中,总有点看着要人帮助,有些不能自立之处。浅一点子说,也就是瞧不起人。"燕西一拍手道:"糟了,在未结婚以前,不客气的说,我也帮助你不少。照你现在的理论向前推去,我也就是瞧不起你的一分子。"清秋笑道:"那又不对,我们是受了爱情的驱使。"说完了这句话,她侧身躺在沙发上,望着壁上挂的那幅《寒江独钓图》,只管出神。

燕西握了她的手,摇撼了几下,笑道:"怎么样?你又有什么新的感触?"清秋望着那图半响,才慢慢答道:"我正想着一件事要和你说,你一打岔,把我要说的话又忘记了。你不要动,让我仔细想想看。"说时,将燕西握住的手,按了一按,还是望着那幅图出神。燕西见她如此沉吟,料着这句话是很要紧的,果然依了她的话,不去打断她的思索,默然的坐在一边。清秋望着《寒江独钓图》,出了一会儿神,却又摇摇头笑道:"不说了,不说了,等到必要的时候再说罢。"燕西道:"事无不可对人言,我们两人之间,还有什么隐瞒的事?"

清秋笑道:"你这话,可得分两层说。有些事情,夫妻之间,绝对不隐瞒的。有些事情,夫妻之间,又是绝对要隐瞒的。譬喻说,一个女子,对于他丈夫以外,另有一个情人,她岂能把事公开说出来?反之,若是男子另有……"说到这里,清秋不肯再说,向着燕西一笑。燕西红了脸,默然了一会儿,复又笑道:"你绕了一个大弯子,原来说我的?"清秋道:"我不过因话答话罢了,绝不是成心提到这一件事上来。"燕西正待要和她辩驳两句，忽然听得前面院子里一阵喧哗里面，又夹着许多嬉笑之声。

燕西连忙走出院子来。只见两个听差扛着两只小皮箱向里面走，他就嘻嘻的笑着说："大爷回来了，大爷回来了。"燕西道："大爷呢？"听差说："在太太屋……"燕西听说，也不等听差说完，一直就向金太太屋子里来。只见男男女女挤了一屋子的人，凤举一个人被围在屋子中间，指手画脚在那里谈上海的事情。回头一见燕西，便笑道："我给你在上海带了好东西来了，回头我把事情料理清楚了，我就送到你那里去。"燕西道："是吃的？是穿的？或者是用的？"凤举道："反正总是很有趣的，回头再给你瞧罢。"说着以目示意。燕西会意了，向他一笑。

金太太道："你给他带了什么来了？你做哥哥的，不教做兄弟的一些正经本领，有了什么坏事情，自己知道了不算，赶紧的就得传授给不知道的。"凤举笑道："你老人家这话可冤枉，我并没有和他带别什么坏东西，不过给他买了一套难得的邮票罢了。有许多小地方的邮票，恐怕中国都没有来过的，我都收到了。我想临时给他看，出其不意的，让他惊异一下子，并不是别什么不高雅的东西。"金太太道："什么叫做高雅？什么又叫做不高雅？照说，只有煮饭的锅，缝衣的针，你们一辈子也不上手的东西，那才是高雅。至于收字画，玩古董，有钱又闲着无事的人，拿着去消磨有限的光阴，算是废人玩废物，双倍的废料。说起来，是有利于己呢？还是有利于人呢？"凤举笑道："对是对的，不过那也总比打牌抽烟强。"金太太道："你总是向低处比，你怎么不说不如求学做事呢？"凤举没有可说了，只是笑。梅丽在一边问道："给我带了什么没有？"凤举道："都有呢，等我把行李先归置清楚了，我就来分东西。他们把行李送到哪里去了？"说着，就出了金太太的屋子，一直向自己这边院子里来。

一进院子门，自己先嚷着道："远客回来了，怎么不看见有一点欢迎的表示呢？"佩芳在屋子里听到这话，也就只迎出自己屋子来。掀了帘子，遮掩了半边身子，笑道："我早知道你来了。但是你恕我不远迎了。"凤举先听她光说这一句话，一点理由没有。后来一低头，只见她的大肚子，挺出来多高，心里这就明白了。因笑道："你简直深坐绣房，大门不出，二门不迈吗？"佩芳笑道："可不是吗？我有什么法子呢？"说时，凤举牵着她的手，一路走进屋里来，低头向佩芳脸上看了一看，笑道："你的颜色还很好，不像有病的样子。"佩芳笑道："我本来就没有病，脸上怎么会带病容呢？我是没有病，你只怕有点儿心病罢？我想你不是有心病，还不会赶着回北京呢。"

凤举本来一肚子心事，可是先得见双亲，其次又得见娇妻，都是正经大事，那有工夫去谈到失妾的一个问题。现在佩芳先谈起来了，倒不由得脸上颜色一阵难为情，随便的答道："我有心病吗？我自己都不知道。"说完了这两句，一回头，看见和行李搬在一处的那两只小皮箱，放在地板上，就一伸手掏出身上的钥匙，要低头去开小皮箱上的锁。

佩芳道："你忙着开箱子做什么？"凤举道："我给你带了好多东西来，让你先瞧瞧罢。"他就借着这开箱子检东西为名，就把佩芳要问的话，掩饰了过去。看完了东西，走到洗澡房里去洗了一个澡。在这个时候，正值金铨回来了，就换了衣服来见金铨。见过金铨，夜就深了，自己一肚子的心事，现在都不能问，只得耐着心头去睡觉。对于佩芳，还不敢露出一点懊丧的样子，这痛苦就难以言喻了。

第六十七回

一客远归来落花早谢　合家都忻悦玉树双辉

凤举好容易熬到了次日早上，先到燕西书房里坐着，派人把他催了出来。燕西一来，便道："这件事不怨我们照应不到，她要变心，我们也没有什么法子。"凤举皱了眉，跌着脚道："花了钱，费了心血，我都不悔。就是逃了一个人，朋友问起来，面子上难堪得很。"燕西道："这也无所谓，又不是明媒正娶的，来十个也不见得什么荣耀，丢十个也不见得损失什么面子。"凤举道："讨十个固然没有什么面子，丢十个那简直成了笑话了。这都不去管它，只求这事保守一点秘密，不让大家知道，就是万幸了。"燕西道："要说熟人，瞒得过谁？要说社会上，只要不在报上披露出来，也值不得人家注意。"

燕西说时，凤举靠了沙发的靠背斜坐着，眼望着天花板，半晌不言语，最后长叹了一声。燕西道："人心真是难测，你那样待她好，不到一年，就是这样结局。由此说来，金钱买的爱情，那是靠不住的。"凤举又连叹了两声，又将脚连跺了几下。燕西看他这样懊丧的样子，就不忍再说了，呆坐在一边。

对坐着沉默了一会子，凤举问道："你虽写了两封信告诉我，但是许多小事情我还不知道,你再把经过的情形,详详细细对我说一遍。"燕西笑道:"不说了,你已够懊悔的,说了出来,你心里更会不受用,我不说罢。"凤举道:"反正是心里不受用的了,你完全告诉我,也让我学一个乖。"燕西本来也就觉得肚子里藏不住这事了,经不得凤举再三的来问,也就把自己在电影院里碰到晚香和晚香两个哥哥也搬到家里来住,种种不堪的事,详详细细的一说。

凤举只管坐着听,一句话也不答,竟把银盒盛的一盒子烟卷,都抽了一半。直等燕西说完,然后站起来道:"宁人负我罢。"停了一停,又道:"别的罢了,我还有许多好古玩字画,都让她给我带走了,真可惜得很。"燕西道:"人都走了,何在乎一点古董字画?"凤举道:"那都罢了,家里人对我的批评怎么样?"燕西道:"家里除了大嫂,对这事都不关痛痒的,也无所谓批评。至于大嫂的批评如何,那可以你自己去研究了。"凤举笑了一笑,便走开了。走出房门后又转身来道:"你可不要对人说,我和你打听这事来了。"燕西笑道:"你打听也是人情,我也犯不着去对哪个说。"凤举这才走了。可是表面上,虽不见得就把这事挂在心上,但是总怕朋友见面问起来,因之回家来几天,除了上衙门而外,许多地方都没有去,下了衙门就在家里,佩芳心里暗喜,想他受了这一个打击,也许已经觉悟了。

这日星期,凤举到下午两点钟还没有出门。佩芳道:"今天你打算到哪里去消遣?"凤举笑道:"你总不放心我吗?但是我若老在上海不回来,一天到晚在堂子里也可以,你又怎样管得了呢?"佩芳道:"你真是不识好歹。我怕你闷得慌,所以问你一问,你倒疑心我起来了吗?"凤举笑道:"你忽然有这样的好意待我,我实在出于意料以外。你待我好,我也要待你好才对。那末,我们两人,一块儿出门去看电影罢。"

佩芳道:"我不好怎样骂你了。你知道我是不能出房门的,你倒要和我一块儿去看电影吗?"凤举笑道:"真是我一时疏忽,把这事忘了。我为表示我有诚意起见,今天我在家里陪着你了。"佩芳道:"话虽如此,但是要好也不在今天一日。"凤举道:"老实告诉你罢。我受了这一次教训,对于什么娱乐,也看得淡得多了。对于娱乐,我是一切都引不起兴趣来。"佩芳笑道:"你这话简直该打,你因为得不着一个女人,把所有的娱乐都看淡了。据你这样说,难道女人是一种娱乐?把娱乐和她看成平等的东西了。这话可又说回来了,像那些女子,本来也是以娱乐品自居的。"

凤举笑道:"我不说了,我是左说左错,右说右错。我倒想起来了,家庭美术展览会不是展期了吗?那里还有你的大作,我不如到那里消磨半天去。"佩芳笑道:"你要到那里去,倒可以看到一桩新闻。我妹妹现在居然有爱人了。"凤举原是坐着的,这时突然站立起来,两手一拍道:"这真是一桩新闻啦。她逢人就说守独身主义,原来也是纸老虎。她的爱人,不应该坏,我倒要去看看。"佩芳道:"这又算你明白一件事了。女子没有爱人的时候,都是守独身主义的。一到有了爱人,情形就变了。难道你这样专研究女人问题的,这一点儿事情都不知道?"凤举笑道:"专门研究女人问题的这个雅号,我可担不起。"佩芳道:"你本来担不起,你不过是专门侮辱女子的罢了。"凤举不敢和佩芳再谈了。口里说道:"我倒要去看看,我这位未来的连襟,是怎样一个尊重女性者?"一面说着话,一面便已将帽子戴起。匆匆的走到院子里来了。

今天是星期,家里的汽车,当然是完全开出去了。凤举走到大门口,见没有了汽车,就坐了一辆人力车到公园来。这车子在路上走着，快有一个钟头，到了公园里，遇到了两个熟人，拉着走路谈话，耗费的光阴又是不少，因此走到展览会的会场，已掩了半边门，只放游人出来，不放游人进去了。凤举走到会场门口，正待转身要走，忽然后面有一个人嚷道："金大爷怎样不进去？"凤举看时，是一个极熟的朋友，身上挂了红绸条子，大概是会里的主干人员。因道："晚了，不进去了。"那人就说自己熟人，不受时间的限制，将凤举让了进去了。

走进会场看时，里面许多隔架，陈设了各种美术品，里面却静悄悄的，只有会里几个办事员，在里面徘徊。其中有男的，也有女的，有两个凤举认识的和他点了点头，凤举也就点了点头。但是其中并不见有吴蔼芳，至于谁是她的爱人，更是不可得而知了。因之将两手背在身后，挨着次序，将美术陈列品一样一样的看了去。看到三分之二的时候，却把佩芳绣的那一架花卉找到了。凤举还记得当佩芳绣那花的时候，因为忙不过来，曾让小怜替她绣了几片叶子。自己还把情苗爱叶的话去引小怜，小怜也颇有相怜之意。现在东西在这里，人却不知道到哪里双宿双飞去了？自己呢，这一回又在情海里打了一个滚，自己觉得未免太没有艳福了。心里这样想着，站定了脚，两只眼睛只管注视着那架绣花出神，许久许久，不曾移动。这个时候，心神定了。便听到一种喁喁之声，传入耳鼓。忽然醒悟过来，就倾耳而听，这声音从何而来？

仔细听时，那声音发自一架绣屏之后。那绣屏放在当地，是朝南背北的。声音既发自绣屏里，所以只听到说话的声音，并不看见人。而且那声音，一高一低，一强一柔，正是男女二人说话，更可以吸引他的注意了。便索性呆望着那绣花，向下听了去。只听到一个女的道："天天见面，而且见面的时间又很长，为什么还要写信？"

又有一个男的带着笑声道:"有许多话,嘴里不容易那样婉转的说出来,惟有笔写出来,就可以曲曲传出。"女的也笑道:"据你这样说,你以为你所写给我的信,是曲曲传出吗?"男的道:"在你这种文学家的眼光看来,或者觉得肤浅,然而在我呢,却是尽力而为了。这是限于人力的事,叫我也无可如何呀。"女的道:"不许再说什么文学家哲学家了。第二次你再要这样说,我就不依你了。"男的道:"你不依我,又怎么办呢?请说出来听听。"女的忽然失惊道:"呀!时间早过了,我们还在这里高谈阔论呢。"女的说这句话时,和平常人说话的声音一样高大,这不是别人,正是二姨吴蔼芳。

凤举一想,若是她看到了我,还以为我窃听她的消息,却是不大妙。赶紧向后退一步,就要溜出会场去。但是这会场乃是一所大殿,四周只有几根大柱子,并没有掩藏的地方。因之还不曾退到几步,吴蔼芳已经由绣屏后走将出来。随着又走出一个漂漂亮亮的西装少年,脸上是笑嘻嘻的。凤举一见,好生面熟,却是一时又想不起在什么地方曾和他见过。自己正这样沉吟着,那西装少年已是用手扶着那呢帽的帽沿,先点了一个头。吴蔼芳就笑道:"啊哟!是姐夫。我听说前几天就回来了。会务正忙着,没有看你去,你倒先来了。"那西装少年也走近前一步,笑道:"大爷,好久不见,我听到密斯吴说,你到上海去了。燕西今天不曾来吗?"他这样一提,凤举想起来了,这是燕西结婚时候做傧相的卫璧安。便笑着上前,伸手和他握了一握手,笑道:"我说是谁?原来是密斯脱卫,好极了,好极了。"

凤举这几句话,说得语无伦次,不知所云。卫璧安却是不懂。但是蔼芳当他一相见时,便猜中了他的意思,及至他说话时,脸上现出恍然大悟之色,更加明白凤举的来意。却怕他尽管向下说,直道出来了,卫璧安会不好意思。便笑道:"姐夫回来了,我……"蔼芳说到这里,一个"们"字,几乎连续着要说将出来。所幸自己发觉得快,连忙顿了一顿,然后接着道:"应该要接风的。不过上海这地方,有的是好东西,不知道给我带了什么来没有?"凤举耳朵在听蔼芳说话,目光却是在他两人浑身上下看了一周。蔼芳说完了,凤举还是观察着未停。口里随便答应道:"要什么东西呢?等我去买罢。"

蔼芳笑道:"姐夫,你今天在部里喝了酒来吗?我看你说话有点心不在焉。"凤举醒悟过来,笑道:"并不是喝醉了酒,这陈列品里面,有一两样东西,给了我一点刺激。我口里说着话,总忘不了那事。哦!你是问我在上海带了什么礼品没有吗?"说着,皱了一皱眉头,叹一口气道:"上海除了舶来品,还有什么可买的?上一次街就是举行一次提倡洋货。"蔼芳笑道:"姐夫,你不用下许多转笔,干脆就说没有带给我,岂不是好?我也不能绑票一样的强要啊。"凤举笑道:"有是有点小东西,不过我拿不出手。哪一天有工夫,你到舍下去玩玩,让你姐姐拿给你罢。最好是密斯脱卫也一同去,我们很欢迎的。"卫璧安觉得他话里有话,只微笑了一笑,也就算了。

凤举本想还开几句玩笑,因会场里其他的职员也走过来了,他们友谊是公开的,爱情却未曾公开,不要胡乱把话说出来了。因和卫璧安握了一握手道:"今天晚了,我不参观了,哪一天有工夫再来罢。"说毕,便走出会场来了。吴蔼芳往常见着,总要客客气气在一处多说几句话的,现在却是默然微笑,让凤举走去。

凤举心里恍然,回得家来,见了佩芳,笑道:"果然果然,你妹妹眼力不错,找了那样好的一个爱人。"佩芳笑道:"你出乎意料以外罢。你看看他们将来的结果怎么样?总比我们好。"凤举正有一句话要答复佩芳,见她两个眉头几乎皱到了一处,脸上的气色就不同往常,一阵阵的变成灰白色,她虽极力的镇静着,似乎慢慢的要屈着腰,才觉得好过似的。因此在沙发椅子上坐了一会儿,又站了起来。站了起来,先靠了衣橱站了,复又走到桌子边倒一杯茶喝了,只喝了一口,又走到床边去靠着。凤举道:"你这是怎么了?要不是……"佩芳连忙站起来道:"不要瞎说,你又知道什么?"

凤举让她将话一盖,无甚可说的了。但是看她现在的颜色,的确有一种很重的痛苦似的。便笑道:"你也是外行,我也是外行,这可别到临时抱佛脚,要什么没有什么。宁可早一点预备,大家从容一点。"佩芳将一手撑着腰,一手扶了桌沿,侧着身子,皱了眉道:"也许是吃坏了东西,肚子里不受用。我为这事,看的书不少,现在还不像书上说的那种情形。快开晚饭了,这样子,晚饭我是吃不成功的。你到外面去吃饭罢,这里有蒋妈陪着我就行了。"凤举道:"这不是闹着玩的,书上的话,没有实验过,知道准不准?你让我去给产婆通个电话,看她怎样说罢。"佩芳道:"那样一来,你要闹……"一句话不曾说完,深深的皱着眉哼了一声。凤举道:"我不能不说了,不然,我负不起这一个大责任。"说毕,也不再征求佩芳的同意,竟自到金太太这边来。

金太太正和燕西、梅丽等吃晚饭。看到凤举形色仓皇走了进来,就是一惊。凤举叫了一声妈,又淡笑了一笑,站在屋子中间。金太太连忙放筷子碗,站将起来,望着凤举脸上道:"佩芳怎么样?"凤举微笑道:"我摸不着头脑,你老人家去看看也好。"金太太用手点了他几点道:"你这孩子,这是什么事?你还是如此不要紧的样子。"金太太一走,燕西首先乱起来,便问凤举道:"什么事,是大嫂临产了?"凤举道:"我也不知道是不是,但是我看她在屋子里起坐不安,我怕是的,所以先来对母亲说一说。"

燕西道:"既然如此,那还有什么疑问,一定是的了。你还不赶快打电话去请产婆。产婆不见得有汽车罢,你可以先告诉车房,留下一辆车子在家里。"凤举道:"既是要派汽车去接她,干脆就派汽车去得了,又何必打什么电话?"在屋子里,梅丽是个小姐,清秋是一个未开怀的青春少妇,自然也不便说什么。他兄弟两人,一个说得比一个紧张,凤举也不再考量了,就按着铃,叫一个听差进来,分付开一辆汽车去接产婆。

这一个消息传了出去,立刻金宅上下皆知。上房里一些太太少奶奶小姐们,一齐都拥到佩芳屋子里来。佩芳屋子里坐不下,大家挤到外面屋子里来。佩芳皱了眉道:"我叫他不要言语,你瞧他这一嚷,闹得满城风雨。"金太太走上前,握了佩芳一只手,按了一按,闭着眼,偏了头,凝了一凝神,又轻轻就着佩芳耳边,轻轻的说了几句,大家也听不出什么话,佩芳却红了脸,微摇着头,轻轻的说了一个"不"字。二姨太太点了点头道:"大概还早着啦。这里别拥上许多人,把屋子空气弄坏了。"大家听说,正要走时,家里老妈子提着一个大皮包,引着一个穿白衣服的矮妇人来了,那正是日本产婆。这日本产婆后面,又跟着年纪轻些的两个女看护。大家一见产婆来了,便有个确实的消息,要走的也不走,又在这里等着报告了。产婆进了房去,除了金太太,都拥到外面屋子来了。据产婆说,时候还早,只好在这里等着了。

闹了一阵子,不觉夜深,佩芳在屋子里来往徘徊,坐立彷徨,只问产婆你给我想点法子罢。金太太虽是多儿多女的人,看见她的样子,似乎很不信任产婆,便出来和金铨商量。金铨终日记念着国家大政,家里儿女小事,向来不过问的。今天晚上,却是口里衔着雪茄,背着两手,到金太太屋子里来过两次。到了第三次头上,金铨便先道:"太太,这不是静候佳音的事,我看接一位大夫来瞧瞧罢。"金太太道:"这产婆是很有名的了,而且特意在医院里带了两个看护来。另找一个大夫来,岂不是令人下不去吗?"金铨道:"那倒不要紧,还找一位日本大夫就是了。他们都是日本人,商量商量也好。可以帮产婆的忙,自然是好。不能帮她的忙,也不过花二十块钱的医金,很小的事情。"

金太太点点头,于是由金铨分付听差打电话,请了一位叫井田的日本大夫来。而在这位大夫刚刚进门的时候,凤举在外面也急了,已经把一位德国大夫请了来。两位大夫在客厅里面却是不期而遇。好在这些当大夫的,很明了阔人家治病,决不能信任一个大夫的,总要多找几个人看看,才可以放心,因此倒也不见怪。就分作先后到佩芳屋子里去看了看,又问产婆的话,竟是很好的现象。便对凤举说,并用不着吃什么药,也用不着施行什么手术,只要听产婆的话,安心待其瓜熟蒂落就是了。两个大夫,各拿了几十块钱,就是说了这几句话就走了。在这时,帐房贾先生,又向凤举建议,请了一位中医来。这位中医是贾先生的朋友,来了之后,听说并不是难产,就没有进去诊脉,口说了几个助产的丹方也就走了。大家直闹了一晚。

凤举也是有点疲乏,因为产婆说,大概时候还早,就在外面燕西书房里,和衣在沙发上躺下。及至醒来时,只见小兰站在榻边,笑道:"大爷,大喜啊!太太叫你瞧孩子去,挺大的个儿,又白又胖的一个小小子。"凤举揉着眼睛坐了起来,便问道:"什么时候添的?怎么先不来叫我一声儿?"小兰道:"添了一个多钟头了。有人说叫大爷来看。太太说,别叫他,他起来了,也没有他的什么事,让他睡着罢。现在孩子洗好了,穿好了,再来叫你了。"凤举牵扯着衣报,一面向自己院子里来。刚进孩子门,就听到一阵婴儿啼哭之声,那声音还是很洪亮。凤举走到外边屋子里,还不曾进去,梅丽就嚷道:"大哥,快瞧瞧你这孩子,多么相像啊!"凤举一脚踏进屋时,却看到金太太两手向上托着一个绒衣包里的小孩。梅丽拉着凤举上前,笑道:"你瞧你瞧,这儿子多么像你啊!"

凤举正俯了身子,看这小孩,忽听得鹤荪在窗子外问道:"妈还在这里吗?"金太太道:"什么事?你忙着这个时候来找我。"鹤荪道:"不知道产婆走了没有?若是没走,让她等一会子。"佩芳原是高高的枕着枕头,躺在床上,眼睛望了桌上那芸香盒子里烧的芸香,凝着神在休息着。听了鹤荪的话,笑道:"我说慧厂怎么没有来露过面?正纳闷呢。原来她也是今天,那就巧了。"金太太从从容容的,将小孩双手捧着交给佩芳,笑道:"我也是这样说,她那样一个好事的人,哪能够不来看看?或者因为挺着大肚子有点害臊,所以我也就没追问了。她倒有耐性,竟是一声儿也不响。"

金太太说着这话,已经是出了房门了。鹤荪见母亲出来了。笑道:"我也不知道是不是,你老人家先别嚷。"金太太道:"这又不是什么秘密事情。你们为什么都犯了这种毛病?老是不愿先说,非事到临头不发表。"鹤荪笑道:"是她们身上的事,她要不对我说,我怎样会知道?"金太太也不和他辩论,已是走得很快的走进房来,只见慧厂坐在椅子边,一手撑着腰,一手在桌上摸着牙牌,过五关。金太太心里原想着,她一定也是和佩芳一样,无非是娇啼婉转。现在见她还十分镇静,倒有些奇怪。不过看她的脸上,也是极不自然,便道:"你觉得怎么样子?"

慧厂将牌一推,站了起来笑道:"我实在忍耐不住了。"只说得这一句,脸上的笑容,立刻就让痛苦的颜色将笑容盖过去了。金太太伸着两手,各执住慧厂的一只手腕,紧紧的按了一按,失声道:"啊!是时候了。你怎么声张得这样缓呢?"鹤荪见母亲如此说,情形觉得紧张,便笑道:"怎么样?"金太太一回头道:"傻子!还不打电话去叫产婆快来?"鹤荪听了这话,才知这是自己耽误了事,赶快跑了出去,分付听差们打电话。大家得了这个消息,都哄传起来。说是这喜事不发动则已,一发动起来,却是双喜临门,太有趣了。上上下下的人,闹了一宿半天,刚刚要休息,接上又是一阵忙碌。所幸这次的时间要缩短许多,当日下午三点钟,慧厂也照样添了一个白胖可爱的男孩。

当佩芳男孩安全落地之时,金铨因为有要紧公事,就出门去了。直到下午四点多钟回来,金太太却笑嘻嘻的找到书房里来,笑道:"恭喜恭喜!你添孙子了。"金铨摸着胡子道:"中国人这宗法社会观念总打不破,怎么你乐得又来恭喜了?"金太太道:"这事有趣得很,我当然可以乐一乐。"金铨道:"乐是可以乐,但是我未出门之先,我早知道了,回来还要你告诉我做什么?难道说你乐糊涂了吗?"金太太道:"闹到现在,大概你还不知道,我告诉你罢,你出去的时候,知道添了孩子,那是一件事。现在我告诉你添了孩子,可又是一件事了。"金铨道:"那是怎么说?我不懂。"金太太笑道:"你看看巧不巧?慧厂也是今天添的孩子。自你出门去以后,孩子三点钟落地,我忙到现在方才了事。"金铨笑道:"这倒很有趣味。两个孩子,哪个好一点?"金太太道:"都像他老子。"金铨笑道:"这话还得转个弯,不如说是都像他爷爷罢。"金太太道:"别乐了,你给他取个名字是正经。将来这两个小东西,让他就学着爷爷罢。"

金铨且不理会他夫人的话,在皮夹子里取出一支雪茄来,自擦了火柴吸着,将两只袖子一拢,便在屋子里踱来踱去。转过身,又将两只手，背在身后，点点头道："有了。一个叫同先，一个叫同继罢。"金太太道："两个出世的孩子，给他取这样古板板的名字，太不活泼了。"金铨又背了手踱了几周，点了点头，又摇了一摇头。金太太笑道："瞧你这国务总理，人家说宰相肚里好撑船，找两个乳名，会费这么大事！还是我来罢，一个叫着小双，一个叫着小同，怎么样？"金铨笑道："很好，就是这个罢。"

金太太道："还有一件事要征求你的同意，不过这件事，你似乎不反对才好。"金铨道："什么事呢？还不曾说出来，已经是非我同意不可了，哪还用得着征求我的同意吗？"金太太笑道："你想，一天之间，我们家添两个孩子，亲戚朋友有个不来起哄的吗？后日又正是星期，家里随便乐一天，你看行不行？"金铨道："还有什么可说的？这种情形，分明是赞成也得赞成，不赞成也得赞成，我还有什么可说的。"金太太笑道："从来没有这样干脆过，今天大概你也是很乐罢？"金铨笑道："我虽不见得淡然视之，我也并不把这事认为怎样重大。"金太太笑道："我不和你讨论这些不成问题的话了。"于是笑嘻嘻走回自己屋里，自己计划着，应当怎样热闹？一面就叫小兰把燕西、梅丽找来。

梅丽一进门，金太太就笑道："八小姐，该有你乐的了。后天咱们家里得热闹一下子，你看要怎样热闹才好？"二姨太太也是跟着梅丽一路来的，便笑道："太太今天乐大发了。累得这个样子，一点不觉得，这会子对孩子这样叫起来了。"金太太笑道："你也熬到今天，算添了孙子了。你就不乐吗？陈二姐哩？来！把昨天人家送来的茶叶，新沏上一壶，请二姨太喝一杯她久不相逢的家乡味。"

二姨太太真不料今天有这种殊遇，太太一再客气，还要将新得的茶叶，特意泡一壶来，让我尝尝家乡味，这实在是不常见的事。

因笑道:"太太添了两孙子,我们还没道喜,倒先要叨扰起来。"金太太先笑着,有一句话不曾答应出来。梅丽笑道:"她老人家,今天真是高兴了。刚才叫了我一声八小姐,真把我愣住了。我想不出什么事做得太贵重了,所以妈倒说着我,后来一听,敢情是她老人家高兴得这样叫呢。"金太太道:"你听听她那话儿。凭着你亲生之母当面,我没有把你不当是肚子里出来的一样看待呀。我要骂你,要打你,尽可以明说,为什么我要倒说?人家都说我有点偏心,最欢喜阿七和你呢。阿七罢了,你是另一个母亲生的,我乐得人家说我偏心。"

燕西听见母亲叫他,正同了清秋一块儿来,刚走到门外,便接嘴道:"这话我不承认啦。"金太太道:"你不承认吗?大家不但说我偏心向着你,连你的小媳妇,我都有偏爱的嫌疑哩!"二姨太太笑道:"没有的话,手背也是肉,手掌也是肉,哪里会对哪个厚哪个薄?"金太太用手点了点二姨太道:"你这话可让我挑眼了。梅丽不是我生的,算手背算手掌呢?"说着将右手掌翻覆着看了几看。二姨太笑道:"你瞧着罢,谁是手背?谁是手掌呢?其实这话,不应当那样说呀。你想,就算我存那个心事,我只一个,太太是七个。混在一堆儿算,我有多么合算,我们何必要分那个彼此!我一进来,太太就给我道喜,说我添了两个孙子。要分彼此的话,我这就先没分了。我真有那个心眼儿,我也只有放在心里,不能说出来呀!而且梅丽这东西,她简直的就不大亲近我,和太太自己生的一样。我不论背地里当面,都是这样说的,随便谁都能证实的。这都是我心眼儿里的话,我要分个彼此……"

梅丽道:"得了得了,别说了。一说起来,你就开了话匣子。这一篇话,你先来了三个分彼此。"梅丽挨着金太太坐的,金太太将手举着向她头上虚击了一击,笑道:"你这孩子,真有些欺负你娘,我大耳光子打你。知道的,说你娘把你惯坏了。不知道的,还要说我教你狗仗人势呢。"梅丽笑着向清秋这边一躲,笑道:"我惹下祸了,你帮着我一点罢。"燕西笑道:"今天大家这一个乐劲儿,真也了不得,乐得要发狂了,连二姨妈,一个有名的吴老实,都能说起来。"梅丽笑着对清秋道:"你瞧,妈喜欢小孩子,喜欢到了什么地步?要不,你赶快的……"清清秋不等她向下说完,暗地里握着她的手胳膊,轻轻拧了一把,对她瞟了一眼道:"你还瞎说?"梅丽笑着又避到燕西这边来。燕西道:"别闹了,别闹了。妈不是叫我们来有话说的吗?我还不知道是什么事呢?"金太太于是把计划着的事一说,大家都欢喜起来了。

第六十八回

堂上说狂欢召优志庆　车前惊乍过迎伴留痕

金太太笑对大家道:"叫你们来,哪里还有什么重要的事说?后天咱们家里要热闹一番,你们建个议,怎样热闹法子?"燕西道:"唱戏是最热闹的了。省事点呢,就来一堂大鼓书。"梅丽道:"我讨厌那个。与其玩那个,还不如叫一场玩戏法儿的呢。"燕西道:"唱大戏是自然赞成者多,就是怕戏台赶搭不起来。"梅丽道:"还有一天两整晚哩,为什么搭不起来?"燕西道:"戏台搭起来了,邀角也有相当的困难。"金太太道:"你们哥儿几个,玩票的玩票,捧角的捧角,我有什么不知道的?慢说还有两天限期,就是要你们立刻找一班戏子来唱戏,也办得到的。这时候,又向着我假惺惺。"

燕西笑道:"戏子我是认得几个,不过是别个介绍的。可是捧角没有我的事。"梅丽道:"当着嫂子的面,你又要胡赖了。"清秋笑道:"我向来不干预他丝毫行动的,他用不着赖。"金太太道:"管你是怎样认得戏子的,你就承办这一趟差使试试看。钱不成问题,在我这里拿。"燕西坐着的,这就拍着手站了起来,笑道:"只要有人出钱,那我绝可以办到,我这就去。"说着,就向外走。金太太道:"你忙些什么?我的话还没有说完呢。"但是燕西并不曾把这话听到,已是走到外面去了。

金贵因有一点小事,要到上房来禀报。燕西一见,便道:"搭戏台是棚铺里的事吗?你去对帐房里说一声,叫一班人搭戏台。"金贵摸不着头脑,听了这话,倒愣住了。燕西道:"发什么愣?你不知道搭戏台是归哪一行管吗?"金贵道:"若是堂会的话,搭戏台是棚铺里的事。"燕西道:"我不和你说了。"一直就到帐房里来,在门外便问道:"贾先生在家吗?"贾先生道:"在家,今天喜事重重,我还分得开身来吗?"燕西说着话,已经走进屋子里来了。问道:"老贾,若是搭一座堂会的戏台,你看要多少时候?"贾先生笑道:"七爷想起了什么心事?怎么问起这一句话来?"燕西道:"告诉你听,太太乐大发了,自己发起要唱戏。这事连总理都同了意,真是难得的事呀。而且太太说了,要花多少钱,都可以实报实销。"

贾先生笑道:"我的爷,你要我办事出点力都行,你不要把这个甜指头给我尝。就算是实报实销,我也不敢开谎帐。"燕西道:"这是事实,我并不冤你。老贾,我金燕西多会儿查过你的帐的,你干吗急?"贾先生笑道:"这也许是实情。"他这样说着,脸可就红起来了。燕西笑道:"这话说完了,就丢开不谈了。你赶紧办事,别误了日期。"贾先生道:"搭一所堂会的台,这耗费不了多大工夫,我负这个责任,准不误事。只是这邀角儿的事,不能不发生困难罢?"燕西道:"这个我们自然有把握,你就别管了。"说时,按着铃,手只管放在机上。

听差屋子里一阵很急的铃子响,大家一看,是帐房里的铜牌落下来。就有人道:"这两位帐房先生常是要那官牌子,我就有点不服。"说着话时,铃子还是响。金贵便道:"你们别扯淡了。我看见七爷到帐房里去,这准是他。"金荣一听,首先起身便走,到了帐房里,燕西的手,还按在机上呢。金荣连叫道:"七爷七爷,我来了,我来了。"燕西道:"你们又是在谈嫖经,或者是谈赌经呢?按这么久的铃,你才能够来。"金荣道:"我听到铃响就来了,若是按久了,除非是电线出毛病。"燕西道:"这个时候,我没有工夫和你说这些了。三爷到哪里去了,你知道吗?你把他常到的那些地方,都打一个电话找找看。我在这里等你的回话。快去!"金荣又不知道发生了什么紧急的事情,料着是片刻也不许耽误的,不敢多说话,马上就出来打电话。不料鹏振所常去的地方,都打听遍了,并没有他的踪影。明知燕西是要找着才痛快的,也只好认着挨骂去回话。

他正在为难之际,只见玻璃窗外有个人影子匆匆过去,正是鹏振。连忙追了出来,嚷道:"真是好造化,救星到了。"鹏振听到身后有人嚷,回头一看,见是金荣。便问道:"谁是救星到了?"金荣道:"还有谁呢?就是三爷呀。"于是把燕西找他的话说了一遍。鹏振道:"他又惹了什么大祸,非找我不可?"金荣道:"他在帐房里等着呢。"金荣也来不及请鹏振去了,就在走廊子外叫道:"七爷,三爷回来了。"

燕西听说,他就追了出来。一见鹏振,远远的就连连招手,笑道:"你要给花玉仙下点进款不要?现在有机会了。母亲要在孩子的三朝,演堂会戏呢,少不得邀她一角。戏价你爱说多少,就给多少,一点也不含糊。"鹏振四周看了一看,因皱着眉道:"一点子事你就大嚷特嚷,你也不瞧这是什么地方,就嚷起来。"燕西道:"唱堂会,叫你邀一个角儿,这又是什么秘密,不能让人知道?"鹏振听了半天,还是没有听到头脑,就和他一路走到书房里去,问他究竟是怎样一回事?燕西一说清楚了,鹏振也笑着点头道:"这倒是个机会。后天就要人,今天就得开始去找了。我们除自己固定的人而外,其余别麻烦,交刘二爷一手办去。"说着,就将电话插销插上,要刘宝善的电话。

刘宝善恰好在家里,一接到电话,说是总理太太自己发起堂会,要热闹一番。便道:"你哥儿们别忙,都交给我罢。我就来,不说电话了。"电话挂上,还不到十五分钟,刘宝善就来了。笑道:"难得的事,金夫人这样高兴。七哥就去说一声,这事已经全部交我负责办理就是了。此外还有什么事,可以一齐交给我去办。"燕西道:"你去办就是了,何必还要先去说上一声?"鹏振笑道:"若不去说上一声,功劳簿上怎样记这笔账?"刘宝善红了脸道:"府上有什么大喜事,我九二码子,敢说不效劳吗?和金夫人去说一声,也无非是让她老人家放心一点的意思,哪里就敢以功自居?"鹏振笑道:"不要功劳就好,这一笔小小功劳,让给老七罢。"燕西笑道:"我干吗那样不讲交情?下次还有找人家的时候呢。"

刘宝善闹得真有点不好意思,便笑道:"我先来拟几个戏码罢,不好再请二位更改。"于是借着写字,就避开他兄弟俩的辩论。因问燕西道:"把白莲花也叫来,好不好?"燕西道:"她在天津,怎么把她叫来?"刘宝善道:"一个电话到天津,说是金七爷叫她来,她能不来吗?"燕西沉吟半响,又笑了一笑,因道:"那又会闹得满城风雨的。依我说,少她一个人,也不见得就减少兴趣。多她一个,也不见得就增加兴趣。"刘宝善道:"减是不会减少兴趣,可是她若真来了,增加兴趣,就不在少处了。"燕西笑道:"要打电话,我也不拦阻你们,可是别打我的旗号。"刘宝善道:"只要说是金府上的堂会就得了,不打你的旗号,那是没有关系的。再说,她到了北京来,还怕你不会殷勤招待吗?"

燕西沉吟了一会子,笑道:"电话让我自己来打也好。"刘宝善笑道:"你瞧,马上就自己露出马脚来了不是?可是这长途电话,好几毛钱三分钟,别在电话里情话绵绵的。有那笔费用,等她到了京以后,买别的东西送她得了。"燕西道:"就算要说情话,反正后天就见面了,我为什么要花那种钱呢?我是怕她没有同我亲自说话,会疑心人家开玩笑,少不得还要打电话来问的。与其还要她来一次电话,不如就是我自己打电话去罢。而且她打电话来,我未必在家,那就要耽误时间了。"鹏振道:"这倒也是事实,既是要她来,当然你要招待的。这电话,可以到了今天晚上再打,那时候,她正由戏园子里回了家。你也不必打里面的电话,到外客厅里来打电话得了,省得又闹得别人知道。"

刘宝善听他说时,只管向着他微笑。他说完了,才道:"嘿!你哥们真有个商量。"鹏振道:"你知道什么?你想,我要不叮嘱他,由他闹去,一定会闹得上下皆知的。那个时候,我们不方便倒没有什么关系,就怕白莲花来了,从中要受一丝一毫波折,你看这是多难为情。"刘宝善笑道:"我有什么不知道的?我不过和你们说笑话罢了。那末,花玉仙、白莲花两个人,就让你们自己电召。其余的男女角,都归我去邀。"燕西道:"你先拟一个戏单罢,让我拿进去老人家瞧瞧。若是戏有更动的话,或者还要特别找几个人也未可定。"刘宝善道:"这话说得是,要不是这样,临时才觉得戏有点不对老人家劲,那就迟了。"说着,就把刚才文不加点拟的一个草单,揉成一团,摔到字纸篓里去了。却又另拿了一张纸恭恭敬敬的写了一个戏单子。原来点着几出风情戏,如《花田错》、《贵妃醉酒》,都把来改了。

燕西将单子接了过来,从头至尾一看,皱眉道:"你这拟得太不对劲了。老太太听戏,老实说,不怎样内行,就爱个热闹与有趣。

武的如《水帘洞》,文的如《荷珠配》,那是最好的了。你来上《二进宫》、《上天台》、《打金枝》这样整大段的唱工戏,简直是去找钉子碰。"刘宝善道:"我的七哥,你为什么不早说?"于是把那张单子接过去又一把撕了,坐下来,又仔细斟酌着戏码写将起来。

鹏振笑道:"我真替你着急,这样一档子事,你会越办越糟。你若是就用原先那个单子,我瞧大体还能用。你这凭空一捉摸,倒完全不对劲。"刘宝善笑道:"并不是我故意捉摸。我听七哥说这回堂会是金夫人发起的,年老的人,当然意见和我们不同。"燕西道:"你也不必拟了,你就还把原先那个戏码誊正罢。纵然要改,也不过一两样,比二次三次的强得多。"刘宝善现在一点主张也没有了,就照他们的话,把最先一个单子,从字纸篓里找了出来,重新誊了一份。燕西拿着,又从头至尾看了一遍,笑道:"这个就很好。你要重新改两遍,真是庸人自扰。"刘宝善在怀里掏出方手帕,揩着额角上的汗珠,强笑道:"得了,这份儿差使总算没有巴结上。你兄弟俩的指示,这回是受教良多,下次我就有把握了。"燕西也笑了起来,就拿戏单进去。

刘宝善却和鹏振依旧在外面等信,约有半个钟头,燕西出来了,拍着刘宝善的肩膀道:"我说怎么样?家母就说这戏码大体可以,自己用笔圈了几个,除了这个不必更动而外,其余听我们的便。"刘宝善将单子接过来一看,只见第一个圈圈,就圈在《贵妃醉酒》上面。鹏振笑道:"你看这事情怎么样,不是我们猜得很准吗?"刘宝善拱了一拱手笑道:"甚为感激。要不然,我准碰一个大钉子。这是大家快乐的时候,就是我一个人碰钉子,也未免有点难为情。"燕西道:"要论起你拿话挖苦我们来,我们就应该让你碰钉子去!"刘宝善拿着单子又拱了几拱手道:"感激感激,这件差事,我已经摸着一些头绪了,还是交给我罢。"鹏振兄弟本来就怕忙,二来也不知堂会这种事要怎样去接洽,当然是要交给人去办的。一点也不留难,就让刘宝善拿着单子去了。

有了他这一个宣传,大家在外面一宣扬,政界里先得了信,知道金铨一天得两个孙子。再有几个辗转,这消息传到新闻界去了。有两家通讯社和金铨是有关系的,一听说总理添了两个孙少爷,便四处打电话,打听这个消息。有这样说的,有那样说的,究竟听不出一个真实状况来。后来只得冒了重大的危险,向金宅打电话,请大爷说话。凤举又不在家,通讯社里人说,就随便请哪一位少爷说话罢。听差找着燕西,把话告诉他。燕西仿佛知道父亲曾津贴两家通讯社,可不知道是哪家?现在说是通讯社里的电话,他便接了。

那边问话,恭喜,总理今天一次添两个孙少爷吗?燕西答应是的。那通讯社里便问,但不知是哪一位公子添的?燕西虽然觉得麻烦,然而既然说上了,又不便戛然中止,便答道:"我大家兄添了,二家兄也添了。"通讯社便问,是两个吗?燕西就答应是两个。那边又问都是两个吗?燕西觉得实在麻烦了,便答应道:"都是两个。"说毕,便将电话挂上了。通讯社里以为是总理七公子亲自说的话,哪里还有错的,于是大书着,本社据金宅电话,金总理一日得了四个孙子。乃是大公子夫人孪生两个,二公子夫人孪生两个,孪生不足奇,同日孪生,实为稀有之盛事云云。这个消息一传出去,人家虽然知道有些捧场的意味,然而这件事很奇,不可放过,无论哪家报上,都登了出来。

金铨向来起得不晚,九点多钟的时候,连接着几个朋友的电话,说是府上有这样喜事,怎么不先给我们一个信呢?金铨这才知道报上登遍的了,他一日孪生四孙。只得对朋友说了实话,报上是弄错了。

一面就叫听差,将报拿来看。因为阔人们是不大看报的,金铨也不能例外。现在听了这话,才将报要来一查。一见报上所载,是有关系的通讯社传出去的,而且他所得的消息,又是本宅的电话。不觉生气道:"这是谁给他们打电话的?自己家里为什么先造起谣言来?"听差见总理不高兴,直挺挺的垂手站在一边,不敢做声。金铨道:"你去把贾先生请来。"听差答应着去,不多一会儿,贾先生便来了。

金铨问道:"现在还在家里拿津贴的那两家通讯社,每月是多少钱?"贾先生听到这话,倒吓了一跳。心想,一百扣二十,还是和他们商量好了的,难道他们还把这话转告诉了老头子不成?金铨是坐在一张写字台上,手上拿着雪茄,不住的在烟灰缸子上擦灰,眼睛就望着贾先生,待他答话。贾先生道:"现在还是原来的数目。"金铨道:"原来是多少钱?我已经不记得了。"贾先生道:"原来是二百元一处。"金铨道:"家里为什么要添这样一笔开支?从这月起,将它停了罢。"贾先生踌躇道:"事情很小,省了这笔钱……也不见得能补盖哪一方面。没有这一个倒也罢了,既然有了,突然停止,倒让他们大大的失望。"金铨道:"失望又要什么紧?难道在报上攻击我吗?"贾先生微笑道:"那也不见得。"金铨道:"怎样没有?你看今天报上登载我家的新闻吗?他们造了谣言不要紧,还说是据金宅的电话,把谣言证实过来。知道的,说是他们造谣言。不知道的,岂不要说我家里胡乱鼓吹吗?"说着话,将雪茄连在烟灰缸上敲着几下响。

贾先生一看这样子,是无疏通之余地的了。只得连答应了几声是,就退出去了,口里却自言自语的道:"拍马拍得好,拍到马腿去了。"他这样一路说着,正好碰着了燕西,燕西便拦住他问道:"你说谁拍马没有拍着?"贾先生就把总理分付,停了两家通讯社津贴的事说了一遍。燕西笑道："糟糕，这事是我害了他。他昨天打电话问我，我就含糊着答应了他们，大概他们也不考量，就做了消息。天下哪有那末巧的事？同日添小孩子，还会同是双胞儿吗？"一路说着，就同到帐房里来。

贾先生道："你一句话，既是把人家的津贴取消，你得想点法子，还把人家津贴维持着才好。"燕西道："总理今天刚发了命令，今天就去疏通，那明摆着是不行。他们是什么时候领钱？"贾先生道："就是这两天。往常都领过去了，惟有这个月，我有事压了两天，就出了这个岔儿。"燕西笑道："那有什么难办的？你就倒填日月，发给他们就是了。不然，我也不管这事，无奈是我害得人家如此的，我良心上过不去，不能不这样。"贾先生踌躇着道："不很妥当罢？你要是不留神，给我一说出来，那更糟了。"燕西道："是我出的主意，我哪有反说出来之理？"贾先生笑道："好极了，明天我让那通讯社，多多捧捧七爷的人儿罢。"燕西为着明日的堂会，正忙着照应这里，哪有工夫过问这些闲事，早笑着走开了。

这一天不但是金家忙碌，几位亲戚家里，也是赶着办好礼物，送了过来。清秋因为自己家里清寒，抵不上那些亲友的豪贵，平常是不主张母亲和舅舅向这边来的，不过这次家中一日添双丁，举家视为重典，母亲也应当来一次才好。因此趁着大家忙乱，私下回娘家去了一转，留下几十块钱，叫母亲办一点小孩儿东西。又告嘱母亲明日要亲去道喜。冷太太听说全家要大会亲友，也是不愿来，但是不去，人情上又说不过去。只是对清秋说，明天到了金家要多多照应一点。清秋道："那也没有什么，反正多客气少说话，总不会闹出错处来。"叮嘱一遍，就匆匆的回来。自己是坐着人力车的，刚要到家门,只见后面连连一阵汽车喇叭响,一回头,汽车挨身而过,正是燕西和一个年青的女子坐在里面,燕西脸正向了那女子笑着说话,却没有看到清秋。让汽车过去了,清秋立刻让车夫停住,给了车钱,自走回家来。

她走到门口,号房看见,却吃了一惊。便迎着上前道:"七少奶奶没坐车吗?"清秋笑道:"我没有到哪里去,我走出胡同去看看呢。"号房见她是平常衣服,却也信了。等她进去以后,却去告诉金荣道:"刚才七爷在车站上接白莲花来,少奶奶知道了,特意在大门外候着呢。"金荣道:"我们这位少奶奶,很好说话,大概不至于那样的,可是她一人到门口来做什么呢?我还是给七爷一个信儿的好。"于是走到小客厅里,在门外逡巡了几趟,只听到燕西笑着说:"难得你到北京来的,今天晚上,我得陪你哪儿玩玩去才好。"金荣轻轻的自言自语道:"好高兴!真不怕出乱子呢。"接上又听到鹏振道:"别到处去瞎跑了,到绿槐饭店开个房间打牌去罢。"金荣一听,知道屋子里不是两个人,这才放重脚步,一掀帘子进去。见燕西和白莲花坐在一张沙发上,鹏振又和花玉仙坐在一张沙发上。于是倒了一倒茶,然后退了站在一边,燕西对他看时,他却微微点了点头。

燕西会意,于是走到隔壁小屋子里去,随后金荣也就跟着来了。燕西问道:"有什么事吗?"金荣把号房的话说了一遍。燕西道:"不是她一个人出去的罢?"金荣却说是不知道,只是听到号房如此说的。燕西沉吟了一会儿,因轻轻的道:"不要紧的,不必对别人说了。"燕西依旧和白莲花在一处说笑了一会儿,不过放心不下,就走回自己院子里来,看看清秋做什么。只见她站在那株盘松下面,左手攀着松枝,右手却将松针一根一根的扯着向地下扔,目不转睛的却望了天空,大概是想什么想出了神呢。燕西道:"你这是做什么?"清秋猛然听到身边有人说话,倒吃了一惊。因手拍着胸道:"你也不做声的就走来了,倒吓我一跳!"燕西道:"你怎么站在这儿?"清秋皱了眉道:"我心里烦恼着呢,回头我再对你说罢。"说着这话,一个人竟自低着头走回屋子去了。

燕西看她的样子,分明是极不高兴,这倒把金荣的话证实了。本想追着到屋子里去问几句,说明白了,也无非是为了和白莲花同车的事。这时白莲花在前面等着,若是和清秋一讨论起来,怕要消磨许多时间,暂时也就不说了。便掉转身躯出去。这一出去,先是陪着白莲花吃晚饭,后来又陪着在旅馆里打牌,一直混到晚上两点多钟回来,清秋早是睡熟了。燕西往常回来得晚,也有把清秋叫醒来的时候,今天房门是虚掩的,既不用她起来开门,自己又玩得疲倦万分,一进房也就睡了。清秋睡得早,自然起来得早。又明知道今天家里有许多亲友来,或者有事,起来以后,就上金太太那边去。燕西一场好睡,睡到十二点钟才醒,一看屋子里并没人。及至到金太太那边去,已经有些亲戚来了。清秋奉着母亲的命令,也在各处招待,怎能找她说话?

到了下午一点钟,冷太太也来了。金太太因为这位亲母是不常来的,一直出来接过楼房门外。敏之、润之因为母亲的关系,也接了出来,清秋是不必说,早在大门口接着,陪了进来。冷太太见了金太太,又道喜她添了孙子,又道谢不敢当她接出来。金太太常听到清秋说,她母亲短于应酬,所以不大出门。心想,自己家里客多,一个一个介绍,一来费事,二来也让人苦于应酬,因此不把她向内客厅里让,直让到自己屋子里来。清秋也很明白婆婆是体谅自己母亲的意思,更不踌躇,就陪着母亲来了。冷太太来过两回,一次是在内客厅里坐的,一次是在清秋屋子里坐的,金太太屋子里还没到过。金太太笑道:"亲母,今天请你到我屋子去坐罢。外面客多,我一周旋着,又不能招待你了。"冷太太笑道:"我们是这样的亲戚,还客气吗?"金太太道:"不,我也要请你谈谈。"

说着话,进了一列六根朱漆大柱落地的走廊。里面细雕花木格扇,中露着梅花、海棠、芙蓉各式玻璃窗。一进屋,只觉四壁辉煌,脚下的地毯,其软如绵。也不容细看,已让到右手一间屋。房子是长方形,正面是一副紫绒堆花的高厚沙发,沙发下是五凤朝阳的地毯,地毯上是宽矮的踏凳。这踏凳,也是用堆花紫绒蒙了面子的。再看下手两套紫檀细花的架格,随格大小高下,安放了许多东西,除了古玩之外,还有许多不识的东西。也常听到清秋说过,金太太自己私人休息的屋子,她所需要的东西,都预备在那里,另外有两架半截大穿衣镜,下面也是紫檀座橱,据说,一边是藏着无线电放音器,一面是自动的电器话匣子。冷太太一看,怪不得这位亲母太太是如此的气色好,就此随便闲坐的屋子,都布置得这样舒服。金太太道:"亲母就在这里坐罢,虽然不恭敬一点,倒是极可以随便的。"说着,让冷太太在紫绒沙发上坐了。

冷太太一看这屋子,全是用白底印花的绸子裱糊的墙壁,沙发后,两座人高的大瓷瓶,瓶子里全是颠倒四季花。最妙的是下手一座蓝花瓷缸,却用小斑竹搭着架子,上面绕着绿蔓,种着几朵黄花儿,几只王瓜。心里便想着,五六月天,我们鸡笼边也搭着王瓜架,值得如些铺张吗?金太太见她也在赏鉴这王瓜,便笑道:"亲母,你看,这不很有意思吗?"冷太太笑道:"很有意思。"金太太道:"有人送了我们早开的牡丹和一些茉莉花,另外就有两架王瓜。这瓷缸和斑竹架子都是他们配的,我就单留下了这个。这屋子里阳光好,又有暖气管，是很合宜的。"金太太将王瓜夸奖了一阵子，冷太太也只好附和着。

清秋见她母亲虽是敷衍着说话，可是态度很自然的。今天家里既是客多，自己应该去陪客，不能专陪着自己母亲，就转身到内客厅里来。玉芬一见，连忙走过来，拍着她的肩膀道："你来得正好，我听说伯母来了，我应该瞧瞧去。这许多客，你帮着招待一下子罢。劳驾劳驾！"清秋道："我也是分内的事，你干吗说劳驾呢？"玉芬又拍拍她的肩道："我是要休息休息，这样说了，你就可以多招待些时候了。"清秋笑着点了点头道："你尽管去休息罢，都交给我了，还有五姐六姐在这儿呢，我不过摆个样子，总可以对付的。"玉芬笑道："老实说，我在这里，真没有招待什么，我都让两位姐姐上前，不过是做个幌子而已。"清秋连忙握她一只手，摇撼了几下道："好姐姐，你可别多心，我是一句谦逊话。"玉芬笑道："你说这话，才是多心呢。我多什么心呢？别说废话了，我瞧伯母去。"说着，也就走了。

第六十九回

野草闲花突来空引怨　翠帘绣幕静坐暗生愁

清秋站在客厅门外,懊悔不迭,自己来招待就来招待便了,又和她谦虚个什么?这人是个笑脸虎,说不多心一定是多心了。正在发愣,客厅却有一班客挤出来了。清秋只得敷衍了几句,然后自己也进客厅去。

这时玉芬已经到了金太太屋子里来了。她见冷太太和婆婆同坐在沙发上,非常的亲密,便在屋子外站了一站。冷太太早看见了,便站起身来,叫了一声三少奶奶。金太太道:"你请坐罢,和晚辈这样客气?"玉芬想不进来的,人家这样客气,不得不进来了,便进来寒暄了几句。冷太太道:"清秋对我说,三少奶奶最是聪明伶俐的人,我来一回爱一回,你真个聪明相。"玉芬笑道:"你不要把话来倒说着罢,我这人会让人见了一回爱一回?"冷太太连称不敢。金太太笑道:"这孩子谁也这样说,挂着调皮的相。但是真说她的心地,却不怎样调皮。"冷太太连连点头道:"这话对的,许多人看去老实,心真不老实。许多人看去调皮。实在倒忠厚。"玉芬笑道:"幸而伯母把这话又说回来了,不然,我倒要想个法子,把脸上调皮的样子改一改才好。"这一说,大家都笑了。玉芬道:"前面大厅上,已经开戏了,伯母不去听听戏去?"金太太道:"这时候好戏还没有上场,我和伯母,倒是谈得对劲,多谈一会儿,回头好戏上场再去罢。你要听戏,你就去罢。"玉芬便和冷太太笑道:"伯母,我告罪了,回头再谈罢。"说着,走了出来,便回自己的屋子里。

只见鹏振胁下夹了一包东西,匆匆就向外跑。玉芬见着,一把将他拉住,道:"你拿了什么东西走?让我检查检查。"鹏振笑道:"你又来捣乱,并没有什么东西。"说着,一甩玉芬的手就要跑。玉芬见他如此,更添了一只手来拉住,鼻子一哼道:"你给我来硬的,我是不怕这一套,非得让我瞧不可。"鹏振将包袱依旧夹着,笑道:"你放手,我也跑不了。检查就让你检查,但是我有几句话,要和你讲一讲理,你看成不成?"玉芬放了手,向他前面拦着一站,然后对他浑身上下看了一看,笑道:"怎不讲理?"鹏振道:"讲理就好,你拿东西进进出出,我检查过没有?为什么你就单单的检查我?我拿一个布包袱出去,都要受媳妇儿的检查,这话传出了,叫我脸向哪里搁?"玉芬道:"你说得很有理,我也都承认。可是有一层,今天无论如何,我要不讲理一回,请你把包袱打开,给我看一看。我若是看不着内容,我是不能让你过去的。"

鹏振笑道:"真的,你要看看?得啦,怪麻烦的,晚上我再告诉你就是了。"玉芬脸一板,两手一叉腰,瞪着眼道:"废话!硬来不行,就软来,软来我也是不受的!"鹏振也板着脸道:"要查就让你查。查出来了,我认罚,查不出来呢,你该怎么样?"玉芬道:"哼!你唬我不着,我要是查不出什么来,我也认罚,这话说得怎么样?"鹏振道:"搜不着,真能受罚吗?"玉芬道:"君子一言,驷马难追,说了出来,哪有反悔之理。"鹏振就不再说什么了,将包袱轻轻巧巧的递了过去，笑道："请你检查罢！诸事包涵一点。"

玉芬将包裹接过去，匆匆忙忙打开一看，却是一大包书。放在走廊短栏上，翻了一翻，都是燕西所定阅的杂志，此外却是大大小小一些画报，拿了几本杂志，在手里抖了一抖，却也不见一点东西落下来。便将书向旁边一推，落了一地，鼻子一哼道："怪不得不怕我搜，你把秘密的信件，都夹在这些书里面呢，我又不是神仙，我知道你的秘密藏在哪一页书里？我现在不查，让我事后来慢慢打听，只要我肯留心，没有打听不出来的。你少高兴，你以为我不查，这一关就算你闯过去了？我可要慢慢的来对付，总会水落石出的。"一口气，她说上了一遍，也不等鹏振再回复一句，一掉头，挺着胸脯子就走了。

鹏振望着她身后，发了一会子愣。等她走远了，一个人冷笑道："这倒好，猪八戒倒打了一耙！她搜不着我的赃证，倒说我有赃证她没工夫查。"忽然身后有人笑道："干吗一个人在这里说话？又是抱怨谁？"鹏振回头一看，却是翠姨，因把刚才事略微说了一说。翠姨道："你少给她过硬罢，这回搜不着你的赃证，下回呢？"鹏振又叹了一口气道："今天家里这么些亲戚朋友，我忍耐一点子，不和她吵了。可是这样一来，又让她兴了一个规矩，以后动不动，她又得检查我了。"翠姨笑道："你也别尽管抱怨她。若是你总是好好儿的，没有什么弊在人家手里，我看她也不至于无缘无故的兴风作浪。今天这戏子里面，我就知道你捧两个人。"鹏振道："不要又用这种话来套我们的消息了。"翠姨道："你以为我一点不知道吗？我就知道男的你捧陈玉芳，女的你是捧花玉仙，对不对？"

鹏振笑道："这是你瞎指的。"翠姨道："瞎指有那末碰巧全指到心眼儿里去吗？老实告诉你，我认识几个姨太太，她们都爱听戏捧坤角，还有一两个人，简直就捧男角的呢。他们在戏子那里得来的消息，知道你就捧这两个人，因为不干我什么事，我早知道了，谁也没有告诉过。你今天当着我面胡赖，我倒成了造谣言了，我不能不说出来。老实说，你们在外头胡来，以为只要瞒着家里人，就不要紧，你就不许你们的朋友对别人说，别人传别人，到底会传回来吗？你要不要我举几个例？"鹏振一听这话，的确不太好，向翠姨拱了一拱手，笑道："多多包涵罢。"说毕，竟自出去了。

这个时候，金氏兄弟，和着他们一班朋友，都拥在前面小客厅里，和那些戏子说笑着。因为由这里拐过一座走廊，便是大礼堂。有堂会的时候，这道宽走廊，将活窗格一齐挂起，便是后台。左右两个小客厅，就无形变成了伶人休息室。右边这小客厅，尤其是金氏弟兄愿到的地方，因为这里全是女戏子。鹏振推门一进来，花玉仙就迎上前道："我说随便借两本杂志看看，你就给我来上这些。"鹏振道："多些不好吗？"花玉仙道："好的，我谢谢你，这一来，我慢慢的有得看了。"燕西对鹏振道："你倒慷他人之慨。"花玉仙没有懂得这句话，只管望了燕西。燕西又不好直说出来，只是笑笑而已。

孔学尼伸出右手两个指头，做一个阔叉子形，将由鼻子梁直坠下来的近视眼镜，向上托了一托。然后摆一摆脑袋，笑道："这种事情，我得说出来。"于是走近一步。望着花玉仙的脸道："老实告诉你，这些书，都是老七的，老三借去看了。看了不算，还一齐送人，当面领下这个大情，不但是乞诸其邻而与之，真有些掠他人之美。"鹏振笑道："孔夫子，这又挨上你背一阵子四书五经了。这些杂志，每月寄了许多来，他原封也不开，尽管让它去堆着。我是看了不过意，所以拆开来，偶然看个几页。我给他送人，倒是省得辜负了这些好书。

不然,都送给换洋取灯儿的了。"燕西笑道:"你瞧瞧,不见我的情倒罢了,反而说一大堆不是。"

花玉仙怕鹏振兄弟,倒为这个恼了,便上前一手拉着他的手,一手拍着他的肩膀道:"我事先不知道,听了半天,我这才明白了。我这就谢谢你,你要怎样谢法呢?"燕西笑道:"这是笑话了,难道为你不谢我,我才说上这么个些吗?"花玉仙笑道:"本来也是我不对,既是得了人家的东西,还不知道谁是主人,不该打吗?"白莲花也在这里坐着的,就将花玉仙的手一拖道:"你有那末些闲工夫,和他说这些废话。"说着,就把花玉仙轻轻一推,把她推得远远的。孔学尼摆了两摆头道:"在这一点上面,我们可以知道,亲者亲,而疏者疏矣。"王幼春在一边拍手笑着:"你别瞧这孔夫子文绉绉的,他说两句话,倒是打在关节上。玉仙那种道谢,显然是假意殷勤。莲花出来解围,显然是帮着燕西。"白莲花道:"我们不过闹看好玩罢了,在这里头,还能安什么小心眼儿吗?你真是锅碗找岔儿。"说着,向他瞟了一眼,嘴唇一撇,满屋子人都拍手顿足哈哈大笑起来。

孔学尼道:"不是我说李老板,说话还带飞眼儿,岂不是在屋子里唱《卖胭脂》,怎么叫大家不乐呢?"这样一来,白莲花倒有些不好意思,便拉花玉仙走出房门去了。刘宝善在人丛里站了起来道:"开玩笑倒不要紧,可别从中挑拨是非,你们这样一来,她俩不好意思,一定是躲开去了。我瞧你们该去转圜一下子,别让她俩溜了。"鹏振道:"那何至于?要是那样……"燕西道:"不管怎样,得去看看,知道她两人到哪里去了?"说着,就站起身来追上去。

追到走廊外,只见她两人站在一座太湖石下,四望着屋子。燕西道:"你们看什么?"白莲花道:"我看你府上这屋子,盖得真好,让我们在这里住一天,也是舒服的。"燕西道:"那有什么难?只要你乐意,住周年半载,又待何妨?刚才你所说的是你心眼儿里的话吗。"花玉仙手扶着白莲花的肩膀,推了一推,笑道:"傻子!说话不留神,让人家讨了便宜去了。"白莲花笑道:"我想七爷是随便说的,不会讨我们的便宜的。要是照你那样说法,七爷处处都是不安好心眼儿的,我们以后还敢和他来往吗?"燕西走上前,一手挽了一个,笑道:"别说这些无谓的话了,你们看看我的书房罢!我带你们去看。"他想着,这时大家都听戏陪客去了,自己书房里绝没有什么人来的。就一点不踌躇,将二花带了去坐。

坐了不大一会儿,只见房门一开,有一个女子伸进头来,不是别人,正是清秋。二花倒不为意,燕西未免为之一愣。清秋原是在内客厅里招待客的,后来冷太太也到客厅里来了。因为冷太太说,来几次都没有看过燕西的书房,这一回倒是要看看。所以清秋趁着大家都起身去看戏,将冷太太悄悄的带了来。总算是她还是格外的小心,让冷太太在走廊上站了一站,先去推一推门,看看屋子里还有谁?不料只一开门,燕西恰好一只手挽了白连花的脖子,一只手挽着花玉仙的手,同坐在沙发上。清秋看二花的装束,就知道是女戏子。知道他们兄弟,都是胡闹惯了的,这也不足为奇,因此也不必等燕西去遮掩,连忙就身子向后一缩。冷太太看她那样子,猜着屋子里必然有人,这也就用不着再向前进了。

清秋过来,轻轻的笑道:"不必瞧了,他屋子里许多男客。"冷太太道:"怎么斯斯文文,一点声音都没有呢?"清秋道:"我看那些人,都在桌子上哼哼唧唧的,似乎是在作诗呢。"冷太太道:"那我们就别在这里打扰了。有的是好戏,去听戏去罢。"于是母子俩仍旧悄悄的回客厅来。

清秋虽然对于刚才所见的事,有些不愿意,因为母亲在这里,家里又是喜事,只得一点颜色也不露出,像平常一样陪着母亲听戏。也不过听了两出戏,有个老妈子悄悄的步到身边,将她的衣襟扯了一扯,她已会意,就跟老妈子走了开来。走到没有人的地方,清秋才问道:"鬼鬼祟祟的有什么事?"老妈子道:"七爷在屋子里等着你,让你去有话说呢。我不知道是什么事。"清秋心里明白,必定是为刚才看到那两个女宾,他急于要向我解释,其实我哪里管这些闲账?也就不甚为意的走回屋子里来。只见燕西板着脸,两手背在身后,只管在屋子里走来走去。看见人来,只瞅了一眼,并不理会,还是来回的走着。清秋见他不做声,只得先笑道:"叫我有什么事吗?"燕西半晌又不做声,忽然将脚一顿,地板顿得咚的一响。咛了一声道:"你要学她们那种样子,处处都要干涉我,那可不行的!"

清秋已是满肚子不舒服,燕西倒先生起气来,便冷笑道:"你这是给我一个下马威看吗?我想我很能退让的了,我什么事干涉过你?"燕西道:"你说下马威就是下马威,你怎么样办罢?"清秋见他脸都气紫了,便道:"今天家里这些个人,别让人家笑话。你有什么话,只管慢慢的说,何必先生上气?"燕西道:"你还怕人家笑话吗?昨天你就一个人到街上侦探我的行动去了。刚才你还要我的好看,一直找到我书房里去。"清秋道:"我别嚷,让我解释。我绝对不知道你有女朋友在那里。因为母亲要看你的书房,所以我引了她去。"燕西道:"很好,我以为不过是你要和我捣乱呢。原来你把你母亲也带去调查我的行动,事情总算你查出来了,你要怎样办,就听你怎样办?"清秋不曾说得他一句,他倒反过来生气,一肚子委屈,也不知道怎么说好?只在这一难之间,两道眼泪,就不期然而然的流下来了。燕西道:"这又算委屈你了?得!我还是忍耐一点，什么也不说，省得你说我给了你下马威看。"他说毕，掉转身子就走了。清秋一点办法没有，只得伏到床上去哭了一阵。

一会子，只听得玉儿在外面叫道："七少奶奶，你们老太太请你去哩。"清秋连忙掏出手绢，将脸上泪痕一阵乱擦，向窗子外道："你别进来，我这儿有事。你去对我们老太太说，我就来。"玉儿答应着去了。清秋站起来，先对镜子照了一照，然后走到屋后洗澡间里去，赶忙洗了一把脸，重新扑了一点粉，然后又换了一件衣服，才到戏场上来。冷太太问道："你去了大半天，做什么去了？"清秋笑道："我又不是客，哪能够太太平平的坐在这里听戏哩？我去招待了一会子客，刚才回屋子里去换衣服来的。"冷太太道："你家客是不少，果然得分开来招待。若是由一个人去招待，那真累坏了。燕西呢？我总没瞧见他，大概也是招待客去了。"清秋点点头。清秋三言两语，将事情掩饰过去了，就不深谈了。

这金家的堂会戏，一直演到半夜三四点钟。但是冷太太因家里无人，不肯看到那末晚。吃过晚饭之后，只看了一出戏，就向金太太告辞。金太太也知道她家人口少，不敢强留，就分付用汽车送，自己也送到大楼门外。清秋携着母亲的手，送出大门，一直看着母亲上了汽车，车子开走了，还站着呆望，一阵心酸，不由得落下几点泪。一个人怅怅的走回上房，只听得那边大厅里锣鼓喧天，大概正演着热闹戏。心里一阵阵难受，哪里还有兴致去听戏？便顺着走廊，回自己院子里来。

这道走廊正长，前后两头，也不见一个人，倒是横梁上的电灯，都亮灿灿的。走到自己院子门口，门却是虚掩的，只檐下一盏电灯亮着，其余都灭了。叫了两声老妈子，一个也不曾答应。大概她们以为主人翁绝不会这时候进来,也偷着听戏了。院子里静悄悄的,倒是隔壁院子下房里哗啦哗啦抄动麻雀牌的声音,隔墙传了过来。自己并不害怕,家里难得有堂会,两个老妈子听戏就让她听去,不必管了。

一个人走进屋子去,拧亮电灯,要倒一杯茶喝,一摸茶壶,却是冷冷冰冰的。于是将珐琅瓷壶拿到浴室自来水管子里灌了一壶水,点了火酒炉子来烧着了。火酒炉子烧得呼呼作响,不多大一会儿,水就开了。她自己沏上了一壶茶,又撮了一把台湾沉香末,放在御瓷小炉子里烧。自己定了一定神,便拿了一本书,坐着灯下来看。但是前面戏台上的锣鼓,锵当锵当,只管一片传来。心境越是定,越听得清清楚楚,哪里能把书看了下去?灯下坐了一会儿,只觉无聊。心想,今天晚上,坐在这里是格外闷人的,不如还是到戏场上去混混去。屋子里留下一盏小灯,便向戏场上来。只一走进门,便见座中之客,红男绿女,乱纷纷的。心想都是快乐的,惟有我一个人不快乐,我为什么混在他们一处?还不曾落座,于是又退了回去。

到了屋子里,那炉里檀烟,刚刚散尽,屋子里只剩着一股稀微的香气。自己坐到灯边,又斟了一杯热茶喝了。心想,这种境界,茶热香温,酒阑灯灺,有一个合意郎君,并肩共话,多么好!有这种碧窗朱户,绣帘翠幕,只住了我一个含垢忍辱的女子,真是彼此都辜负了。自己明明知道燕西是个纨绔子弟,齐大非偶。只因他忘了贫富,一味的迁就,觉得他是个多情人。到了后来,虽偶然也发现他有点不对的地方,自己又成了骑虎莫下之势,只好嫁过来。不料嫁过来之后,他越发是放荡,长此以往,不知道要变到什么样子了?今天这事,恐怕还是小发其端罢?她个人静沉沉的想着,想到后来,将手托了头,支着在桌上。过了许久,偶然低头一看,只见桌上的绒布桌面，有几处深色的斑点，将手指头一摸，湿着沾肉，正是滴了不少的眼泪。半晌，叹了一口气道："过后思量尽可怜"。

这时，夜已深了，前面的锣鼓和隔墙的牌声，反觉得十分吵人。自己走到铜床边，正待展被要睡，手牵着被头，站立不住，就坐下来，也不知道睡觉，也不知道走开，就是这样呆呆的坐在床沿上。坐了许久，身子倦得很，就和衣横伏在被子上睡下去。自己也不知道什么时候，醒了过来，只觉身上凉飕飕的，赶忙脱下外衣，就向被里一钻。就在这个时候，听得桌上的小金钟和隔室的挂钟，同时当当当敲了三下响，一听外面的锣鼓无声，墙外的牌声也止了。只这样一惊醒，人就睡不着，在枕头上抬头一看，房门还是自己进房时虚掩的，分明是燕西还不曾进来。

到了这般时候，他当然是不进来了。他本来和两个女戏子似的人在书房里纠成了一团，既是生了气，索性和她们相混着在一处了。不料他一生气，自己和他辩驳了两句，倒反给他一个有词可措的机会。夫妻无论怎样的恩爱，男子究竟是受不了外物引诱的，想将起来，恐怕也不免像大哥三哥那种情形罢？清秋只管躺在枕头上望了天花板呆想。钟一次两次的报了时刻过去，总是不曾睡好，就这样清醒白醒的天亮了。越是睡不着，越是爱想闲事，随后想到佩芳、慧厂添了孩子，家里就是这样惊天动地的闹热，若临了自己，应该怎么样呢？只想到这里，把几个月犹豫莫决的大问题，又更加扩大起来，心里乱跳一阵，接上就如火烧一般。

还是老妈子进房来扫地，见清秋睁着眼，头偏在枕上，因失惊道："少奶奶昨晚上不是比我们早回来的吗？怎么眼睛红红的，倒像是熬了夜了。"清秋道："我眼睛红了吗？我自己不觉得呢。你给我拿面镜子来瞧瞧看。"老妈子于是卷了窗帘子，取了一面带柄的镜子，送到床上。清秋一翻身向里,拿着镜子照了一照,可不是眼睛有些红吗?因将镜子向床里面一扔,笑道:"究竟我是不大听戏的人,听了半天的戏,在床上许久,耳朵里头,还是锵当锵当的敲着锣鼓,哪里睡得着?我是在枕上一宿没睡,也怪不得眼睛要红了。"老妈子道:"早着呢,你还是睡睡罢。我先给你点上一点香,你定一定神。"于是找了一撮水沉香末,在檀香炉里点着了,然后再轻轻的擦着地板。

　　清秋一宿没睡,只觉心里难受,虽然闭上眼睛,但屋子里屋子外一切动作,都听得清清楚楚,哪里睡得着?听得金钟敲了九下,索性不睡,就坐起来了。不过虽然起来了,心里只是如火焦一般,老想到自己没有办法。尤其是昨日给两个侄子做三朝,想到自己身上的事,好像受了一个莫大的打击。以前燕西和自己的感情,如胶似漆,心想,总有一个打算,而今他老是拿背对着我,我怎么去和他商量?好便好,不好先受他一番教训,也说不定,一个人在屋子里就是这样发愁。到了正午,勉强到金太太屋子里去吃饭。燕西也不曾来,只端起碗,扒了几口饭,便觉吃不下去。桌上的荤菜,吃着嫌油腻,素菜吃着又没有味,还剩了大半碗饭,叫老妈子到厨房里去要了一碟子什锦小菜,对了一碗开水,连吞带喝的吃着。金太太看到,便问道:"你是吃不下去罢?你吃不下去,就别勉强。勉强吃下去,那会更不受用的。"清秋只谈笑了一笑,也没回答什么。

　　不料金太太的话,果然说得很对,走到自己房里来,只觉胃向上一翻,哇的一声,来不及就痰盂子,把刚才吃的水饭,吐了一地板。一吐之后,倒觉得肚子里舒服多了。不过这种痛快,乃是顷刻间的。一个好好的人,大半天没吃饭,总不会舒服。约摸过了半个钟头,清秋又觉心里有种如焦如灼的情况,不好意思又叫老妈子到厨房里去要东西,便叫她递钱给听差,买些干点心来吃。干点心买来了以后,也只吃了两块就不想吃。因为这些点心,嚼到嘴里,就像嚼着木头渣子一样,一点也没有味。倒是沏了一壶好浓茶,一杯一杯的斟着,都喝完了。心里自己也说不出哪一种烦闷,坐也不好,睡也不好,看了一会儿书,只觉眼光望到书上,一片模糊,不知所云。放了书,走到院子里来,便只绕着那两棵松树走,说不出个滋味。走得久了,人也就疲倦得很。她这样心神不安的闹了大半天,到了下午四点以后,人果然是支持不住,便倒在床上去睡了。一来昨晚没有睡好,二来是今天劳苦过甚,因此一上床就昏着睡过去了。

　　醒过来时,只见侍候润之的小大姐阿囡,斜着身子坐在床沿上。她伸了手握着清秋的手道:"五小姐六小姐刚才打这里去,说是你睡了,没敢惊动。叫我在这里等着你醒,问问可是身上不舒服?"清秋道:"倒要她两人给我担心,其实我没有什么病。"阿囡和她说话,将她的手握着时,便觉她手掌心里热烘烘的,因道:"你是真病了,让我对五小姐六小姐说一声儿。"清秋握着她的手连摇几下道:"别说,别说!我在床上躺躺就好了,你要去说了,回头惊天动地,又是找中国大夫找外国大夫,闹得无人不知。自己本没什么病,那样一闹,倒闹得自己怪不好意思的。"阿囡一想,这话也很有理由,便道:"我对六小姐是要说的,请她别告诉太太就是了。要不然,她倒说我撒谎。你要不要什么?"清秋道:"我不要什么,只要安安静静的躺一会儿就好了。"阿囡听她这话,不免误会了她的意思,以为她是不愿人在这里打搅,便站起身来说道:"六小姐还等着我回话呢。"清秋道:"六小姐是离不开你的,你去罢,给我道谢。"

　　阿囡去了,清秋便慢慢的坐了起来,让老妈子拧了手巾擦了一把脸。老妈子说:"大半天都没吃东西,可要吃些什么?"清秋想了许久,还是让老妈子到厨房去要点稀饭吃。自己找了一件睡衣披着,慢慢的起来。厨房知道她爱吃清淡的菜,一会子,送了菜饭来了,是一碟子炒紫菜苔,一碟子虾米拌王瓜,一碟子素烧扁豆,一碟子冷芦笋。李妈先盛了一碗玉田香米稀饭,都放在小圆桌上。清秋坐过来,先扶起筷子,夹了两片王瓜吃了,酸凉香脆,觉得很适口,连吃了几下。老妈子在一边看见,便笑道:"你人不大舒服,可别吃那些个生冷。你瞧一碟子生王瓜,快让你吃完了。"清秋道:"我心里烧得很,吃点凉的,心里也痛快些。"说着,将筷子插在碗中间,将稀饭乱搅。李妈见她要吃凉的,又给她盛了一碗上来凉着。清秋将稀饭搅凉了,夹着凉菜喝了一口,觉得很适口,先吃完了一碗。那一碗稀饭凉了许久,自不十分热,清秋端起来,不多会儿,又吃完了。伸着碗,便让老妈子再盛。

李妈道:"七少奶奶,我瞧你可真是不舒服,你少吃一点罢?凉菜你就吃得不少,再要闹上两三碗凉稀饭,你那个身体,可搁不住。"清秋放着碗,微笑道:"你倒真有两分保护着我。"于是长叹了一口气,站起来道:"我们往后瞧着罢。"李妈也不知道她命意所在,自打了手巾把子,递了漱口水过来。清秋跋着鞋向痰盂子里吐水。李妈道:"哟!你还光着这一大截腿子,可仔细着了凉。"清秋也没理会她,抽了本书,坐到床上去,将床头边壁上倒悬的一盏电灯开了。

正待要看书时,只觉得胃里的东西,一阵一阵的要向外翻,也来不及跋鞋,连忙跑下床,对着痰盂子,哗啦哗啦,吐个不歇。这一阵恶吐,连眼泪都带出来了。李妈听到呕吐声,又跑进来,重拧手巾,递漱口水。李妈道:"七少奶奶,我说怎么着?你要受凉不是?你赶快去躺着罢。"于是挽着清秋一只胳膊,扶她上床,就叠着枕头睡下。分付李妈将床头边的电灯也灭了,只留着横壁上一盏绿罩的垂络灯。李妈将碗筷子收拾清楚,自去了。

清秋一人睡在床上,见那绿色的灯,映着绿色的垂幔,屋子里便阴沉沉的。这个院子,是另一个附设的部落,上房一切的热闹声音,都传不到这里来。屋子里是这样的凄凉,屋子外,又是那样沉寂。这倒将清秋一肚子思潮,都引了上来。一个人想了许久,也不知道什么时候了,忽然听到院子里呼呼一阵声音,接上那盏垂络绿罩电灯,在空中摇动起来,立刻人也凉飕飕的。定了一定神,才想起过去一阵风,忘了关窗子呢。床头边有电铃,按着铃,将李妈叫来,关了窗子。李妈道:"七爷今晚又没回来吗?两点多钟了,大概不回来了。我给你带上门罢。"清秋听说,微微的哼了一声,在这一声哼中,她可有无限的幽怨哩。

第七十回

救友肯驰驱弥缝黑幕　释囚何慷慨接受黄金

这一晚上,清秋迷迷糊糊的,混到了深夜,躺在枕上,不能睡熟,人极无聊,便不由得观望壁子四周,看看这些陈设,有一大半还是结婚那晚就摆着的,到而今还未曾移动。现在屋子还是那样子,情形可就大大的不同了。想着昔日双红烛下,照着这些陈设,觉得无一点不美满,连那花瓶子里插的鲜花那一股香气,都觉令人喜气洋洋的。还记得那些少年恶客,隔着绿色的垂幕,偷听新房的时候,只觉满屋春光旖旎。而今晚,双红画烛换了一盏绿色的电灯,那一晚上也点着,但不像此时此地这种凄凉。自己心里,何以只管生着悲感?却是不明白。

正这样想着时,忽听得窗子外头,滴滴嗒嗒的响了起来。仔细听时,原来是在下雨,起了檐溜之声。那松枝和竹叶上,稀沙稀沙的雨点声,渐渐儿听得清楚。半个钟点以后,檐溜的声音,加倍的重大,滴在石阶上的瓷花盆上,与叭儿狗的食盆上,发出各种叮当噼啪之声。在这深沉的夜里,加倍的令人生厌。同时屋子里面,也自然加重一番凉意。人既是睡不着,加着雨声一闹,夜气一凉,越发没有睡意。迷迷糊糊听了一夜的雨,不觉窗户发着白色,又算熬到了天亮。别的什么病自己不知道,失眠症总算是很明显的了。不要自己害着自己,今天应当说出来,找个大夫来瞧瞧。

一个人等到自己觉得有病的时候,精神自觉更见疲倦。清秋见窗户发白以后,渐觉身上有点酸痛,也很口渴,很盼望老妈子她们有人起来伺候。可是窗户虽然白了,那雨还是淅淅沥沥的下着,因此窗户上的光亮,老是保持着天刚亮的那种程度,始终不会大亮。自从听钟点响起,便候着人,然而候到钟响八点,还没有一个老妈子起来。实在等不过了,只好做向来不肯做的事,按着电铃,把两个老妈子催起来。刘妈一进外屋子里,就哟了一声说:"八点钟了,下雨的天,哪里知道?"清秋也不计较她们,就叫她们预备茶水。自己只抬了一抬头,便觉得晕得厉害,也懒得起来,就让刘妈拧了手巾,端了水盂,自己伏在床沿上,向着痰盂胡乱盥洗了一阵。及至忙得茶来了,喝在口内,觉得苦涩,并没别的味,只喝了大半杯,就不要喝了。窗子外的雨声,格外紧了,屋子里阴暗暗的,那盏过夜的电灯,因此未灭。清秋烦闷了一宿,不耐再烦闷,便昏沉沉的睡过去了。

睡着了,魂梦倒是安适,正仿佛在一个花园里,日丽风和之下看花似的,只听得燕西大呼大嚷道:"倒霉!倒霉!偏是下雨的天,出这种岔事。"清秋睁眼一看,见他只管跳着脚说:"我的雨衣在哪里?快拿出来罢,我等着要出门呢。"清秋本想不理会,看他那种皱了眉的样子,又不知道他惹下了什么麻烦,只得哼着说道:"我起不来,一刻也记不清在哪箱子里收着。这床边小抽屉桌里有钥匙,你打开玻璃格子第二个抽屉,找出衣服单子来,我给你查一查。"燕西照着样办了,拿着小帐本子自己看了一遍,也找不着。便扔到清秋枕边,站着望了她。清秋也不在意,翻了本子,查出来了。因道:"在第三只皮箱子浮面,你到屋后搁箱子地方,自己去拿罢。那箱子没有东西压着,很好拿的。"燕西听说,便自己取雨衣来穿了。正待要走,清秋问道:"我又忍不住问,有什么问题吗?"燕西道:"你别多心,我自己没有什么事,刘二爷搁了乱子了。"

清秋这才知道刘宝善的事,和他不相干的。因道:"刘二爷闹了什么事呢?"燕西本懒得和清秋说,向窗外一看,突然一阵大雨,下得哗啦哗啦直响。檐溜上的水,瀑布似的奔流下来。因向椅上一坐道:"这大雨,车子也没法子走,只好等一等了。谁叫他拼命的搂钱呢?这会子有了真凭实据,人家告下来了,有什么法子抵赖?我们看着朋友份上,也只好尽人事罢了。"清秋听了这话,也惊讶起来,便道:"刘二爷人很和气的,怎么会让人告了?再说,外交上的事,也没有什么弄钱的事情。"

燕西道:"各人有各人的事,你知道什么?他不是在造币局兼了采办科的科长吗?他在买材料里头,弄了不少的钱,报了不少的谎帐。原来几个局长,和他有些联络,都过去了。现新来的一个局长,是个巡阅使的人,向来欢喜放大炮。他到任不到一个月,就查出刘二爷有多少弊端。也有人报告过刘二爷,叫他早些防备。他倚恃着我们这里给他撑腰,并不放在心上。昨天晚上,那局长雷一鸣,叫了刘二爷到他自己宅里去,调了局子里的帐一查,虽然表面上没有什么漏洞,但是仔细盘一盘,全是毛病。我今天早上听见说,差不多查出有上十万的毛病呢。到了今天这个时候为止,刘二爷还没有回来,都说是又送到局子里去看管起来了。一面报告到部,要从严查办。他们太太也不知是由哪里得来的消息,把我弟兄几个人都找遍了,让我们想法子。"

清秋道:"你同官场又不大来往的人,找你有什么用?"燕西道:"她还非找我不可呢。从前给我讲国文的梁先生,现在就是这雷一鸣的家庭教授,只有我这位老先生,私下和姓雷的一提,这事就可以暗销。我不走一趟,哪行?"说时,外面的雨,已经小了许多,他就起身走了出来。

燕西一走出院门,就见金荣在走廊上探头探脑。燕西道:"为什么这样鬼鬼祟祟的?"金荣道:"刘太太打了两遍电话来催了,我不敢进去冒失说。"燕西道:"你们以为我这里当二爷三爷那里一样呢。这正正经经的事,有什么不能说?刚才那大雨,我怎样走?为了朋友,还能不要命吗?"说着话,走到外面。汽车已经由雨里开出来了,汽车夫穿了雨衣,在车上扶机盘,专等燕西上车。燕西道:"我以为车子还没有开出来呢,倒在门口等我。你们平常沾刘二爷的光不少,今天人家有事,你们是得出一点力。要是我有这一天,不知道你们可有这样上劲?"车夫和金荣都笑了。

这时,大雨刚过,各处的水,全向街上涌。走出胡同口,正是几条低些的马路,水流成急滩一般,平地一二尺深,浪花乱滚。汽车在深水里开着,溅得水花飞起好几尺来。燕西连喝道:"在水里头,你们为什么跑得这快?你们瞧见道吗?撞坏了车子还不要紧,若是把我摔下来了,你们打算怎么办?"汽车夫笑着回头道:"七爷,你放心,这几条道,一天也不知走多少回,闭了眼睛也走过去了。"口里说着,车子还开得飞快。

刚要拐弯,一辆人力车拉到面前,汽车一闪,却碰着人力车的轮子,车子、车夫和车上一个老太太,一齐滚到水里去。汽车夫怕这事让燕西知道了,不免挨骂,理也不理,开着车子飞跑。燕西在汽车里,似乎也听到街上有许多人,呵了一声,同时自己的汽车,向旁边一折,似乎撞着了什么东西了。连忙敲着玻璃隔板问道:"怎么样?撞着人了没有?"汽车夫笑道:"没撞着,没撞着。这宽的街,谁还要向汽车上面撞,那也是活该。"燕西哪里会知道弄的这个祸事?他说没有撞着,也就不问了。

汽车到了这造币局雷局长家门口,小汽车夫先跳下来,向门房说道:"我们金总理的七少爷来拜会这里梁先生。"门房先就听到门口汽车声音,料是来了贵客,现在听说是总理的七少爷,哪敢怠慢?连忙迎到大门外。燕西下了车子,因问梁先生出去没有?门房说:"这大的雨,哪会出去?我知道这位梁先生,从前也在你府上呆过的。这儿你来过吗?"燕西厌他絮絮叨叨,懒和他说得,只是由鼻子里哼着去答应他。他说着话,引着燕西转过两个院子,就请燕西在院门房边站了一站,抢着几步,先到屋子里厢报告。燕西的老业师梁海舟由里面迎了出来,老远的笑着道:"这是想不到的事,老弟台今天有工夫到我这里来谈谈。"说着,便下台阶来,执着燕西的手。燕西笑道:"早就该来看看的,一直延到了今天呢。"于是二人一同走到书房来。

这时正下了课,书房里没有学生。梁海舟让燕西坐下,正要寒暄几句话。燕西先笑道:"我今天来是有一件事,要求求梁先生讲个情。这事自然是冒昧一点,然而梁先生必能原谅的。"于是就把刘宝善的事情,详详细细的说了。因轻轻的道:"刘二爷错或者是有错的。但是这位局长恐怕也是借题发挥。刘二爷也不是一点援救没有的人,只是这事弄得外面知道了,报上一登,他在政治上活动的地位,恐怕也就发生影响。最好这事就是这样私了,大家不要伤面子。梁先生可以不可以去和雷局长说一说?大家方便一点。"

燕西的话虽然抢着一说,梁海舟倒是懂了。因道:"燕西兄到这儿来,总理知道吗?"燕西道:"不知道,让他老人家知道,这就扎手了。你想,他肯对雷局长说,这事不必办吗?也许他还说一句公事公办呢。连这件事,最好是根本都不让他晓得。"梁海舟默然了一会儿,点了点头道:"刘二爷也是朋友,老弟又来托我,我不能不帮一个忙。不过我这位东家虽然和我很客气,但是不很大在一处说话。我突然去找他讲情,他或者会疑心起来,也未可知。"说着,将手轻轻的拍了一下桌沿道:"然而我决计去说。"燕西听说,连忙站起来和他拱拱手,笑道:"那就不胜感激之至,只是这件事越快越好,迟了就怕挽回不及了。"

正说到这里,听差的对燕西说:"宅里来了电话,请七爷说话。"燕西跟着到了接电话的地方,一接电话,却是鹏振打来的。他说:"这老雷的脾气,我们是知道的,光说人情,恐怕是不行,你简直可以托梁先生探探他的口气,是要不要钱?若是要钱的话,你就斟酌和他答应罢。"燕西放下电话,回头就来把这话轻轻的对梁海舟说了。梁海舟踌躇了一会儿,皱着眉道:"这不是玩笑的事,我怎样说哩?我们东家,这时倒是还没有出去,让我先和他谈谈看。老弟你能不能在我这里等上一等?"燕西道:"为朋友的事,有什么不可以?"梁海舟便在书架上找了一部小说和一些由法国寄来的美术信片,放在桌上,笑道:"勉强解解闷罢。"于是就便去和那位雷一鸣局长谈话去了。

去了约一个钟头,他笑嘻嘻的走来,一进门便道:"幸不辱命,幸不辱命!"燕西道:"他怎么说了?"梁海舟道:"我绕了一个很大的弯子,才说到这事,他先是很生气。他后来说了一句,历任局长未必有姓刘的弄得钱多,应该让他吃点苦才好。梁先生你别和他疏通,请问他弄了那些个钱,肯分一个给你用吗?"燕西笑道:"他肯说这句话，倒有点意思了。梁先生应该乘机而入。"

梁海舟道："那是当然。我就说，从前的事，那是不管了。现在若是要他吐出一点子来，也不怕他不依。这种事情，本来可大可小，与其让他想了法子来弥补，倒不如抢先罚他一笔款子，倒让他真感受着痛苦。这位雷局长说，罚他一下也好。我是不要钱，我们大帅，正打算在前门外军衣庄上要付一笔款子，他若肯担任下来，我就放过他。可是我又怕传出去，人家倒疑惑我弄钱，我背上这个名声，未免不值得。我就说，这事情不办则已，若一办起来，只要他签一张支票，派人到银行将款子取将出来，有谁知道？他听了我的话，只管抽着烟微笑，那意思自然是可以了。我就说，这位刘君，我虽不大熟识，但是也见过几次面，他那方面，倒有人和他表示事是做错了，只要有补救之法，倒无不从命。他就说，你不能和他直接说吗？我听他说了此话，分明是成功了，索性把这话从头至尾，详详细细一说。他也就说，和刘二爷并没有什么恶感，只要公事上大家过得去，他又何必和刘二爷为难？既是有金府上人来转圜，不看僧面看佛面，他愿担一半责任，不把这事告到部里去，也不打电报给赵巡阅使，只要大家过得去就是了。总而言之，他是完全答应了。"

燕西道："事情说到这种程度，自然是成功了，但不知开口要多少钱？"梁海舟笑道："这个数目，他好意思说出口，我倒不好意思说出口。你猜他要多少？他要十万。"燕西迫："什么？"梁海舟笑道：你不用惊讶，我已声明在先，连我都不好意思说的。"燕西道："难道他还把刘二爷当肉票，大大绑他一笔不成？刘二爷这事，大概也不至于砍头，他若是有这么些钱，不会留在那里，等着事情平了，他慢慢的受用，何必一下子拿出来给大家去享福呢？"梁海舟望了一望院子，然后走近一步，轻轻的道："这话不是那样说，他反正有人扛叉杆儿的，设若他绑票绑到底，把刘二爷向他的主人翁那儿一送，你猜怎么样？那结果不是更糟糕吗？"

燕西听了这话，心里倒为之软化起来，踌躇若道："不过一开口就要十万，这叫人可没有法子还价。事情太大了，我也不敢做主，让我和他太太商量商量看。不过由我看来，他太太就是愿出，破了他的产，未必还凑付得上呢。"梁海舟笑道："老弟究竟是个书生，太老实了。他说要十万，我们就老老实实的给十万吗？自然要他大大的跌一跌价钱。给我草草的说了一番，他已经打了对折了。因为我不知道刘二爷那方面的事，不敢担负讲价，所以没有把价钱说定。由大势说来，自然还是可以减的。"燕西道："既是数目还可以通融，那就好办。现在我先回去，和刘太太商量一下，究竟能出多少钱，让她酌定。"梁海舟笑道："这个你放心，他既愿意妥洽，当然不把事情扩大起来的。我等候你的电话罢。"燕西见这方面已不成问题，就坐了车子一直到刘宝善家来。

刘太太和刘宝善一班朋友，都是熟极了的人，燕西一来了，她就出来相见。燕西把刚才的事说了一遍，刘太太道："只要能平安无事，多花几个钱，倒不在乎。七爷和宝善是至好朋友，他的能力，七爷总也知道，七爷看要怎样办呢？"燕西笑道："这个我可不敢胡来，据那老雷的意思，是非五万不可的了，我哪敢担这种的担子呢？"刘太太道："钱就要交吗？若是就要交的话，我就先开一张支票请七爷带去。"燕西道："二爷的支票，刘太太代签字有效吗？"刘太太沉吟了一会儿，因道："我不必动他名下的，我在别处给他想一点法子得了。"说着，她走进内室去，过了一会子，就由里面拿出了一张支票来交给燕西。燕西接过来看时，正是五万元的支票，下面写了云记,盖了一颗小圆章,乃是"何岫云"三个字签字,这正是刘太太的名字。

燕西看到,心里很是奇怪,怎么她随随便便就开了一张五万元的支票来?这样子,在银行没有超过一倍的数目,不能一点也不踌躇呢。她既如此,刘宝善又可知了。他心里想着,自不免在脸上有点形色露出来。刘太太便道:"七爷,你放心拿去罢。这又不是抵什么急债,可以开空头支票。"燕西笑道:"我有什么不放心?宝善有了事,刘太太难道还舍不得花钱把他救出来吗?我暂时回家去一趟,和三家兄大家兄商量一下子,看看这支票,是不是马上就要交出去?若是还可以省得的话,就把这支票压置一两天。"刘太太皱了眉道:"不要罢!我们南方人说的话,花了钱,折了灾,只要人能够早一点平平安安的恢复自由,那也就管不得许多,只当他少挣几个得了。"燕西道:"好罢,那我就这样照办罢。"于是告别回家。

今天天气不好,凤举弟兄都在家里坐在外面小客厅里,大家正在讨论刘宝善的事,正觉没有办法。燕西一回来,大家就先争着问事情怎么样?燕西一说,鹏振便首先要了支票去看,因笑道:"人家说刘二爷发了财,我总不肯信,于今看起来,手边实在是方便。我看总有个三五十万。"鹤荪叹了一口气道:"我们空负着虚名,和刘老二一比,未免自增惭愧了。"凤举笑道:"见钱就眼馋。那又算什么,值得叹一口气?"鹤荪道:"并不是我见钱眼馋,我佩服刘老二真有点手段,那雷一鸣绑了票,他有这些个钱,你想搜刮岂是容易吗?"燕西道:"人家正等我们帮忙,我们倒议论人家。我是拿不着主意,现在刘太太这张支票,是不是交出去呢?"凤举道:"她自己都舍得花钱,还要你给她爱惜做什么?他惹了那大的祸,用五万块钱脱身，他就是一件便宜事了。你就把这张支票送去罢。不过你要梁先生负责，支票交了出去，可就得放人。他们这种票匪，可不讲什么江湖上的义气，回头交了钱，他不放人，那可扎手。"鹏振道："能用钱了，这事总算平易，我就怕要闹大呢。那边既是等着你回话，你就去罢。"

燕西见大家都如此主张，他也不再犹豫，揣了支票，又到雷家来了。见了梁海舟，将支票交给他，笑道："款子是遵命办理了，人能够在今天恢复自由吗？"梁海舟道："大概总可以罢？让我去和他说说看。"于是将支票藏在身上，去见雷一鸣了。那雷一鸣等着梁海舟的消息，却也没有出门。过了一会儿，梁海舟笑嘻嘻的走来，进门对燕西拱拱手道："事情妥了，妥了，妥了！我原想银行兑过支票以后，才能放人的。他倒更直接痛快，说是人家干脆，我也干脆，已经打了电话给局子里，将监视刘二爷的警察取消了。"燕西道："这样说来，人是马上可以恢复自由了？"

梁海舟道："当然。他还说了，你若是愿意送他回家，你就可以坐了你的汽车去接他出来。"燕西不料轻轻悄悄的就办成了这样一件大事，很是高兴。便道："既然马上可以接他，我又何必不顺便去接他出来。"于是一面和梁海舟道谢，一面向外走。坐上汽车，就告诉车夫直开造币局。汽车走了一截路，才想起来，刘宝善被监视在什么地方，也不曾打听清楚。再说，只有撤销监视的话，究竟让不让人来接他，也没有一句切实的话。况且雷局长通电话到现在，也不到一点钟，急忙之间，是否就撤销了监视，还未可知。自己马上就来接人，未免太大意一点了。

他在车上，正自踌躇着，汽车已到造币局门口停住。燕西要不下车，也是不可能，只好走下车来，直奔门房。不料刚到门房口，就见刘宝善由里面自自在在的走将出来。他老远的抬起一只手,向燕西招了一招,笑道:"我接到梁海舟的电话,说是你已经起身由那里来了。我知道你是没有到这儿来过的,所以我接到外边来。"说着话,二人越走越近,刘宝善就伸着手握了燕西的手,连连摇了几摇,笑道:"把你累坏了,感激得很。将来有用我老大哥的时候,我是尽着力量帮忙。"燕西笑道:"你出来了,那就很好。你太太在家里惦记得很,我先送你回家去罢。"

刘宝善跟他一路上车,燕西和他一谈,他才知道家里拿出了五万块钱来赎票。因笑道:"我们太太究竟是个女流,经不得吓。人家随便一敲,就花了五万元了。"燕西道:"什么?据你这样说,难道说这五万元钱出得很冤吗?我原打算考量考量的,可是我也问过好几位参谋,都说只要人出来就得了,花几个钱却不在乎。我因为众口一词都是如此说,也就不肯胡拿主意。若是照你的办法,又怎么样呢?大概你还能有别的良法脱身吗?"刘宝善笑道:"虽然不能有良法脱身,但我自信帐目上并没有多大的漏缝,罪不至于坐监。我就硬挺他一下子,他也不过把我造币局里的地位取消。可是政治上的生活,日子正长,咱们将来也不知道鹿死谁手呢?"燕西道:"那末,这五万块钱算是扔到水里去了?"刘宝善微笑了一笑道:"出钱也有出钱的好处,我相信我这位置,他是不能不给我保留的,那末……"说着,又微笑了一笑。

燕西待要问个究竟,汽车已经停在门口了。刘太太听说刘宝善回来了,喜不自胜,一直迎了出来,笑道:"怎么出来得这样快?这都是七爷的力量,我们重重的谢谢。"燕西道:"别谢我,谢谢那五万元一张的支票罢。"刘宝善夫妇说得挺高兴的,燕西一想,就不必在这里误了人家的情话,就道:"刘二爷,回头见罢,我忙了一上午,还没有吃饭呢。"也不等刘宝善表出挽留的意思,他已经抽开身子走得很远了。燕西到了家,很是得意的,见着人就说,把宝善接回来了。

这个时候,家里已吃过了饭,回房换了衣服的时候,就叫老妈子去分付厨房里另开一客饭,送到外面屋子里吃。这时清秋勉强起了床,斜靠在沙发椅上。燕西先是没有留心到她的颜色,以为她对于前天的事,还没有去怀,不理会她的好。后来找了一个鞋拔子拔了鞋,一只脚放在小方凳上,一弯腰正对着清秋的脸色,见她十分的清瘦,便问道:"你真的病了吗?"清秋微笑道:"你这话问得有点奇怪,我几时又假病过呢?"

燕西且不答复她的话,只管使劲去拔鞋,把两只鞋都拔好了,还把刷子去刷了一刷。虽和清秋相距很近,并不望着她的脸。清秋道:"这下雨的天,穿得皮鞋好好的,干吗又换上一双绒鞋?换了也就得了,这样苦刷做什么?"燕西这才把鞋拔子一扔,坐到沙发上道:"忙一早上,真够了,我这一换鞋,今天不出去了。"清秋道:"结果怎样呢?"燕西就把大概情形说了一说,又道:"我出了面子来说,总得办好,若不是我,恐怕要出十万,也未可知呢。话又说回来了,就是十万,刘二爷也出得起。我真奇怪,他怎么会有许多钱?"

清秋道:"我不说心里忍不住,说出来或者你又会不快活。据我看,他发财是该的,一点不稀奇。这种人高比一点,是我们家的门客,实在说一句,是你们贤昆仲的帮闲。你欢喜小说,你不曾看到《红楼梦》上说的赖大家里,还盖着园子吗?这赖大家里有这样子好,那些少爷哪比得上?"燕西道:"你胡扯!刘二爷是我们的朋友,怎把他当起老管家的来?"清秋道:"据我看,还比不上呢。你想,他终年到头,都是陪着你们玩,有屁大的事情,你们也叫他帮忙。他口里虽有时也推诿一下子,但是实际上,没有不出全力和你们去办的。你们请客,是假座他家,你们打小牌,也是假座他家。还有许多在家里不方便做的事情,都可以在他家里办。若说是朋友,天下有这样在朋友家里闹的吗?若说他是父亲的僚属,勉强敷衍你们贤昆仲。那也不过偶尔为之,出于不得已罢了。现在终年累月这样,那绝不能是不得已,要是不得已的话,那就宁可得罪你们贤昆仲,放事不干了。"

燕西道:"据你这样说,难道他还揩我们的油吗?"清秋笑道:"凭你这句话,你就糊涂,你们贤昆仲一年玩到头,花钱虽冤,都是为着装面子,明明的花去。若是要你们暗中吃亏,是不可能的。刘二爷哪揩你们的油?就揩油,又能揩你们多少钱呢?"燕西道:"据你说,他就有钱,也是他的本事弄来的,与我们无干。你怎么又说他是门客帮闲那些话?"

清秋望着燕西,不由得微笑了一笑道:"我猜你不是装傻,惟其你们不明白这道理,他才好弄钱。你想,他因为和你们熟识,父亲有什么事,他全知道,得着你们的消息,他要做投机的事,比之别人,总是事半功倍。同时,人家要有什么事,不能不求助于父亲的,又不能不找个消息灵通的人接洽接洽。刘二爷终年到头和你们混,无论他能不能在父亲面前说话,人家也会说他是我们的亲信。他对于外面,就可借此挟天子以令诸侯,要求什么不得?对于内呢,利用你们贤昆仲给他通消息,父亲有点对他不满,你们还有不告诉他的吗?他自然先设法弥补起来。他若是要求得父亲一句话,一张八行,在父亲分明是随便的,人家就以为是金总理保荐了他的亲信,总要想法子给他一份兼差。有了差事之后,他那样聪明的人还不会弄钱吗?他有钱不必瞒别人,只要瞒我们金家人就行了。外人知道他有钱,他是没关系的。

你们知道他有钱,把这事传到父亲耳朵里去,哪里还能信他穷,到处给他想法子找事呢?所以他应该发财,你们也应该不知道。"

燕西将她的话,仔细一想,觉得很对,因笑道:"你没做官,你也没当过门客,这里头的诀窍,你怎么知道这样清楚?"清秋道:"古言道得好,王道不外乎人情,这些事我虽没有亲自经历,猜也猜出一半,况且你们和刘二爷来往的事,你又喜欢回来说,我冷眼看看,也就知道不少了。你想,他也是像你们贤昆仲一样,敞开来花钱吗?他可没有你们这样的好老子呢。"燕西听了他夫人这些话,仔细想了一想,不觉笑道:"听君一席话,胜读十年书。"清秋道:"这就不敢当,你回家来,少发我一点大爷脾气,我也就感激不尽了。"燕西觉得夫人如此聪明,说得又如此可怜,不觉心动,望着夫人的脸,只管注意。男女之间,真是有一种神秘,这一下子,燕西夫妇又回复到了新婚时代了。

第七十一回

四座惊奇引觞成眷属　两厢默契坠帕种相思

清秋如此说了一遍,燕西虽觉得她言重一点,然而是很在理的话,只是默然微笑。在他这样默然微笑的时候,眼光不觉望到清秋面上,清秋已是低了头,只看那两脚交叉的鞋尖,不将脸色正对着燕西,慢慢的呆定着。燕西一伸手,摸着清秋的脸道:"你果然是消瘦得多了,应该找位大夫瞧瞧才好。"清秋把头一偏,笑道:"你不要动手罢,摸得人怪痒痒的。"

燕西执着她一只手,拉到怀里,用手慢慢的摸着。清秋要想将胳膊抽回去,抬着头看看燕西的颜色,只把身子向后仰了一仰,将胳膊拉得很直。燕西又伸了手,将一个指头,在清秋脸上扒了一扒,笑道:"你为了前天的事,还和我生气吗?"清秋道:"我根本上就不敢生气,是你要和我过不去。你既是不生气,我有什么气可生呢?我不过病了,打不起精神来罢了。"燕西道:"你这话我不信,你既是打不起精神来,为什么刚才和我说话有头有尾,说了一大堆?"清秋道:"要是不能说话,我也好了,你也好了。现在偶然患病,何至于弄到不能说话哩?"燕西道:"你起来,我倒要躺躺了,早上既是冒着雨,跑了这大半天,昨晚上又没有睡得好。"

清秋听他昨晚上这句话,正想问他昨晚在哪里睡的。忽然一想,彼此发生了好几天的暗潮,现在刚有一点转机,又来挑拨他的痛处,他当然是不好回答。回答不出来,会闹成什么一个局面呢?如此想着,就把话来忍住。燕西便问道:"看你这样子有什么话要说,又忍回去了。是不是?"清秋道:"可不是!我看你的衣服上,有几点油渍,不免注意起来。只这一转念头,可就把要说的话忘了。"燕西倒信以为实,站起来,伸了一伸懒腰,和衣倒在床上睡了。不多大的工夫,他就睡得很酣了。李妈进来看见,笑道:"床上不离人,少奶奶起来,七爷倒又睡下了。他早上回家,两边脸腮上红红的,好像熬了夜似的,怪不得他要睡。"清秋道:"他大概是打牌了。"李妈却淡淡的一笑,不说什么走了,清秋靠着沙发,只管望了床上,只见燕西睡得软绵绵的,身子也不曾动上一动,因对他点了点头,又叹了一口长气。

燕西一睡,直睡到天色快黑方才醒过来。阴雨的天,屋子里格外容易黑暗,早已亮上了电灯。燕西一个翻身,向着外道:"什么时候?天没亮你就起来了。"清秋道:"你这人真糊涂!你是什么时候睡的,大概你就忘了。"燕西忽然醒悟,笑着坐了起来,自向浴室里去洗脸。只见长椅上放了一套小衣,澡盆边挂的铁丝络子里,又添了一块完整的卫生皂。燕西便道:"这为什么?还预备我洗澡吗?"清秋道:"今天晚上,我原打算你应该要洗个澡才好,不然,也不舒服的。衣是我预备好了的,洗了换上罢。"燕西想不洗,经她一提,倒真觉得身上有些不爽。将热水汽管子一扭,只见水带着一股热气,直射出来。今天汽水烧得正热,更引起人的洗澡兴趣。这也就不做声,放了一盆热水,洗了一个澡。

洗澡起来之后,刚换上小衣,清秋慢慢的推着那扇小门,隔了门笑问道:"起来了吗?"燕西道:"唉!进来罢。怕什么?我早换好衣服了。"清秋听说,便托了两双丝袜,一双棉袜,笑着放到长椅上。燕西笑道:"为什么拿了许多袜子来?"清秋道:"我知道你愿意要穿哪一种的?"说着话,清秋便伸手要将燕西换下来的衣袜,清理在一处。燕西连忙上前拦住道:"晚上还理它做什么?"说着,两手一齐抱了,向澡盆里一扔。清秋在旁看到,要拦阻已来不及,只是对燕西微笑了一笑,也就算了。燕西穿好衣服,出了浴室,搭讪着将桌上的小金钟,看了一看,便道:"不早了,我们应该到妈那儿吃饭去了罢?"清秋道:"你看我坐起来了吗?我一身都是病呢,还想吃饭吗?"燕西道:"刚才我问你,你只说是没精神,不承认有病。现在你又说一身都是病?"清秋道:"你难道还不知道我的脾气?我害病是不肯声张的。"燕西道:"你既是有病,刚才为什么给我拿这样拿那样呢?"清秋却说不出所以然来,只是对他一笑。

燕西远远的站着,见清秋侧着身子斜伏在沙发上,一只手只管去抚摩靠枕上的绣花,似乎有心事说不出来,故意低了头。燕西凝神望着她一会儿,因笑道:"你的意思,我完全明白了,但是你有点误会。十二点钟以后,我再对你说。"清秋道:"你不要胡猜,我并没有什么误会。不过我自己爱干净,因之也愿意你干净,所以逼你洗个澡,别的事情,我是不管的。"燕西道:"得啦!这话说过去,可以不提了。我们一路吃饭去罢。你就是不吃饭,下雨的天,大家坐在一处,谈谈也好,不强似你一个人在这里纳闷。"清秋摇了一摇头道:"不是吃不吃的问题,我简直坐不住,你让我在屋子里清静一会子,比让我去吃饭强得多。"

燕西一人走到金太太屋子里来吃饭,只见金太太和梅丽对面而坐,已经在吃了。梅丽道:"清秋姐早派人来告诉了,不吃饭的,倒不料你这匹野马,今天回来了。"燕西笑道:"妈还没有说,你倒先引起来?"说着,也就坐下来吃饭。金太太道:"你媳妇不舒服,你也该去找大夫来给她瞧瞧。你就是公忙,分不开身来,也可以对我说一声,她有几天不曾吃饭了。"燕西道:"不是我不找大夫,她对我还瞒着,说没有病呢。看也是看不出她有什么病来。"金太太将一只长银匙,正舀着火腿冬瓜汤,听了这话,慢慢的呷着,先望了一望梅丽,将汤喝完,手持着筷子,然后望着燕西道:"我看她那种神情,不要不是病罢?你这昏天黑地的浑小子,什么也不懂的,你问问她看罢。要是呢?可就要小心了。她是太年青了,而且又住在那个偏僻的小院子里,我照应不着她。"

梅丽笑道:"妈这是什么话,既不是病,又要去问问她。"金太太瞪了她一眼,又笑骂道:"做姑娘的人,别管这些闲事。"梅丽索性放下手上的筷子,站起来鼓着掌笑道:"我知道了,我知道了,七哥,恭喜你啊!"金太太鼓着嘴又瞪了她一眼。梅丽道:"别瞪我,瞪我也不行,谁让你当着我的面说着呢?"金太太不由得噗哧一声笑了,因道:"你这孩子,真是淘气,越是不让你说,你是越说得厉害,你这脾气几时改?"燕西道:"梅丽真是有些小孩子脾气。"梅丽道:"你娶了媳妇几天,这又要算是大人,说人家是小孩子。"

燕西笑着正待说什么,梅丽将筷子碗一放,说道:"你别说,我想起一桩事情来了。"说罢,她就向屋外一跑。燕西也不知道她想起了什么心事?且不理会,看她拿什么东西来?不一会工夫,只见梅丽拿着几个洋式信封进来,向燕西一扬道:"你瞧这个。明天有一餐西餐吃了。"燕西拿过来看时,却是吴蔼芳下的帖子,请明日中午在西来饭店会餐,数一数帖子,共有八封,自己的兄弟妯娌姐妹们都请全了。有一人一张帖子,有两人共一张帖子的。

燕西道:"怪不得你饭也不要吃,就跑去拿来了,原来是吴二小姐这样大大的破钞,要请我们一家人。无缘无故这样大大的请客,是什么用意呢?"梅丽道:"我也觉得奇怪。我把请帖留着,还没有给她分散呢。我原是打算吃完了饭拿去问大嫂的。"燕西道:"你去问她,她也和我们一样的不知道。帖子是什么时候送来的?该问一问下帖子的人就好了。"梅丽道:"是下午五点才送来的,送的人,送来了还在这里等着人家问他吗?要问也来不及了。"金太太道:"你们真是爱讨论,人家请你们吃一餐饭,也很平常,有什么可研究的?"燕西道:"并不是我们爱讨论,可是这西来饭店,不是平常的局面,她在这地方请我们家这多人,总有一点意思的。"

他说着,觉得这事很有味,吃完了饭,马上就拿着帖子去问润之和敏之。润之道:"这也无所谓,她和我们家里人常在一处玩的,我们虽不能个个都做过东,大概做过东的也不少。她那样大方的人,当然要还礼。还礼的时候,索性将我们都请到,省去还礼的痕迹,这正是她玩手段的地方。有什么不了解的呢?"燕西点点头道:"这倒有道理。五姐六姐都去吗?"润之道:"我们又没有什么大了不得事情的人,若不去,会得罪人的,那是自然要去的。"燕西见她们都答应去,自己更是要去的了。

到了次日,本也要拉着清秋同去的,清秋推了身上的病没有好,没有去。燕西却和润之、敏之、梅丽同坐一辆汽车到西来饭店去。一到饭店门口,只见停的汽车马车人力车却不在少数。只一下车,进饭店门,问着茶房吴小姐在哪里请客?茶房说是大厅。燕西对润之轻轻的笑道:"果然是大干。"润之瞪了他一眼,于是大家齐向大厅里来。一路进来,遇到的熟人却不少。大厅里那大餐桌子,摆成一个很大的半圆形,大厅两边小屋子里,衣香帽影,真有不少的人,而且有很多是不认识的。燕西姐妹们,找着许多熟人一块儿坐着,同时凤举、鹤荪、鹏振三人也来了。看看在场的人,似乎脸上都带有一层疑云,也不外是吴蔼芳何以大请其客的问题。这大厅两边小屋子里,人都坐满了,蔼芳却只在燕西这边招待,对过那边,也有男客,也有女客,她却不去。不过见着卫璧安在那里走来走去,似乎他也在招待的样子。他本来和蔼芳很好的,替蔼芳招待招待客,这也不足为奇,所以也不去注意。

过了一会子,茶房按着铃,蔼芳就请大家入座。不料入座之后,蔼芳和卫璧安两个人,各占着桌子末端的一个主位。在座的人,不由得都吃了一惊,怎么会是这样的坐法呢?大家刚刚是落椅坐下,卫璧安敲着盘子当当响了几下,已站将起来。他脸上带着一点笑容,从从容容道:"各位朋友,今天光降,我们荣幸得很。可是今天光降的佳宾,或者是兄弟请的,或者是吴女士请的。在未入席之前,都只知道那个下帖子的一位主人翁,现在忽然两个主人翁,大家岂不要惊异吗?对不住,这正是我们弄点小小的玄虚,让诸位惊异一下子。那末,譬之读一首很有趣味的诗,不是读完了就算了事,还要留着永久给诸位一种回忆的呢。"说到这里,卫璧安脸上的笑容格外深了。他道:"但是,我们为什么要这样引得大家感到趣味呢?就是引了大家今日在座一笑而已吗?那又显得太简单了。现在我说出来,要诸位大大的惊异一下子,就是我和吴女士请大家来喝一杯不成敬意的喜酒,我们现在订婚了。不但是订婚了,我们现在就结婚了。不但是结婚了,我们在席散之后,就到杭州度蜜月去了。"这几句话说完,在席的人,早是发了狂一般,哗啦哗啦鼓起掌来。

等大家这一阵潮涌的鼓掌声过去了,卫璧安道:"我对于吃饭中间来演说,却不大赞成。因为一来大家只听不吃,把菜等凉了。

只吃不听,却又教演说的人感觉不便。所以我今天演说,在吃饭之前,以免去上面所说的不妥之点。今天来的许多朋友,能给我们一个指教,我们是非常的欢迎的。"说毕,他就坐下去了。在座的人听了他报告已经结婚,已经是忍不住,等着要演说完了,现在他自己欢迎人家演说,人家岂有不从之理?早有两三个人同时站立起来,抢着演说。在座的人,看见这种样子,不由得哈哈大笑起来。于是三人之中,推了一个先说。那人道:"我们又要玩那老套子的文章了。卫先生吴女士既然是有这种惊人之举动,这就叫有非常之人,有非常之功。这种非常之事的经过,是值得一听的,我们非吴女士报告不可!"卫璧安对于这个要求,总觉得有点不好依允,正自踌躇着,吴蔼芳却敲了两下盘子站将起来。

新娘演说,真是不容易多见的事,所以在座的来宾,一见之下,应当如何狂热?早是机关枪似的,有一阵猛烈的鼓掌。这一阵掌声过去,蔼芳便道:"这恋爱的事情,本是神秘的,就是个中人对于爱情何以会发生?自己也说不出所以然来。惟其是这样神秘,就没有言语可以形容,若是可以形容出来,就很平常了。这事要说,也未尝不能统括的说两句,就是我们原不认识,由一个机会认识了,于是成了朋友。成了朋友之后,彼此因为志同道合,我们就上了爱情之路,结果是结婚。"说毕,便坐下去了。

这时大家不是鼓掌,却是哄天哄地的说话,都道:"那不行,那不行,这完全是敷衍来宾的,得重新说一遍详详细细的。"大家闹了一阵了,蔼芳又站起来道:"我还有真正的几句话,未曾报告诸位,现在要说一说。我们结婚之前,所以不通知诸位好友,不光是像璧安君所说,让大家惊异一下子,实在是为减省这些无谓的应酬起见。可是话又说回来了,既是要减省这些无谓的应酬,为什么我们又要请酒呢？这就因为度蜜月以后，也就要出洋，当然要和大家许久不见面的，所以我们借这个机会，来谈一谈。"大家听她说到这里，却不知道她是什么用意。蔼芳又道："惟其如此，我们在一处聚餐的时候，却是很匆促。很想聚餐之后，还照几张相。照相之后，我们还要回去料理铺盖行李，这时间实在怕分配不开来了。若是诸位真要我们报告恋爱的经过，我们就在蜜月里头，用笔记下来，将来印出若干份来，报告诸位罢。我们还很欢迎大家给我们一个批评呢。"大家一听吴蔼芳如此说了，就不应再为勉强，只得算了。

临时有几个人起来演说，恭维了吴卫二人几句。后来在场的孟继祖，却笑嘻嘻的站起来演说道："兄弟今天所恭贺新人的话，前面几位先生都说了，我用不着再来赞上几句。我所要说的，就是吴女士说的，得了一个机会和卫先生认识，这是事实，而且兄弟也曾参与那个机会。不但兄弟参与了那个机会，在场的诸位先生们女士们，大概曾参与的，也不少哩。是哪一回呢？就是金燕西、冷清秋二位结婚，四个男女傧相中，吴卫两君却在其内，这一对璧人就是那时一见倾心了。由此说来，结婚的场合，不光是为着主人翁而已，还要借这机会，实行愿天下有情人都成眷属的工作。所以吴卫二君，在打破婚姻虚套仪式之下，今天还主张聚餐，实在大有用意。这用意，说明了就没有意思；不说明，又怕有人辜负主人翁的好意。所以我得点破一句。"他说到这里，已经把前面斟满了的一只玻璃杯子举着道："我们恭祝新夫妇前途幸福无量，同时又恭祝参与今天盛筵的人，他若是有得机会的资格，就庆贺他们今天得机会。"

食堂里面许多的青年男女，自然不少未订婚的，听了这话，都不免心里一动。在女宾里面，还不过是一笑，在男宾里面，早就要鼓掌，因为孟继祖有那一番做作，只好等着他说完。他正要举着杯子喝酒呢,这里的鼓掌声,已经是惊动了屋瓦。这时在招待一切的谢玉树,却站起来道:"我要代表新人说一句,请大家原谅,来宾喝酒吃菜罢,人家时候不多呢?"他坐下来,在座就有人笑道:"谢先生,记得燕西那天结婚,你和璧安一般,也是一个男傧相啊,怎么你没有得着机会呢?"于是在座的人,哄堂大笑了。又有人道:"说这话的这位先生,未免太武断一点,在他未宣布以前,我们又怎么知道他没有得着机会呢?也许他的对手方,就在食堂里,比吴卫二位的经过,更守得很秘密,将来让我们惊异一下子,那更是有趣味了。"这一遍话说完,大家笑得更厉害,经过五分钟之久,声浪才平静。

说这话的人,原是无心,可是他误打误撞,这几句话,真的射中两人的心坎了。这其中第一个听了不安的,便是谢玉树。他心想,我的心事,小卫是知道的,他的嘴一不稳,我这事,就很容易传到别人耳朵里去的,大概孟继祖这话,不能凭空捏造,必定有所本。他心里这样想着,眼睛就不免向对过那排座位上的梅丽看去。梅丽听孟继祖演说时,她也想着,这个促狭鬼在哪里瞎诌了这一篇演说?到这里来拿人开玩笑。那天当傧相的,除了卫璧安,还有个谢玉树,论起人才来,他不见得不如小卫,不知道有了爱人没有?若没有爱人,在那天,倒是不少的人注意他,他要找个对手,那天果然他是一个机会。他有两次和我碰见的,倒不免有些姑娘调儿,见人脸先红了。心里想着时,目光也不免向对面看来。

两个有心的人,不先不后,目光却碰个正着。梅丽倒不十分为意,谢玉树却是先扎了一针麻醉剂一般,不由得身上酥麻一阵。现在用的是一碗汤,于是只管低了头,将长柄的勺子,不住的舀着汤喝。梅丽早知道他这个人是最善于害臊的,见他如此,不由得噗哧一声笑了。润之和梅丽紧邻坐着的,因轻轻的问道:"你笑什么?我看到谢玉树向我们这边望着来的呢。"梅丽笑道:"我笑他,既是偷着看人,又怕人家看着他,真是做贼的心虚。我就不信这位卫先生和他也一样的,怎么现在就改变了?"润之笑道:"小卫果然是比从前开敞多了。你要知道这种开敞,是蔼芳陶融出来的。若是小谢也有人去陶融他,我想不难做到小卫这种地步的。"梅丽也不再说什么,就笑了一笑。

西餐到了上咖啡,大家就纷纷离座,卫璧安和蔼芳两人便在一处走着,和大家周旋完了,他两人就双双出门,同坐一辆汽车而去。这饭店里的男女来宾,自有吴卫几个友人招待,燕西见主人翁一去,也就无须再在这里盘桓,就和姊妹们一块儿出门。刚走到大厅门口,恰好和谢玉树顶头相遇,便笑道:"小谢,你今天做何感想呢?"谢玉树一见他身后站立着三位小姐们,这却不可胡开玩笑,便含着微笑点点头道:"这件事情,大概你出于意料以外罢?照说,他们是不应该瞒着你的。可是他是不得已。因为你这人太随便了,一高兴起来,你对人一说,他们所谓要让人惊异一下子的,就成了泡影了。"说着,敏之她们都笑了。

燕西道:"都认识吗?要不要介绍一下子?"谢玉树连连点头道:"都认识的,都认识的。"正说着话,孟继祖也走过来了。他和金家是世交,小姐们自是都认识的。因之他就比较放肆些,就拍着谢玉树的肩膀道:"我说的话,你听清楚了没有,对于我有什么批评呢?很对的罢?"谢玉树见了梅丽,不免就有点心神不定。孟继祖竟把这话直说出来,他大窘之下,红着脸只说了四个字:"别开玩笑。"梅丽见他们说笑,站在两个姐姐后面,也是微笑。

燕西上前一步握着谢玉树的手道:"你好久不到我那里去玩了。

我很想跟你学英语，你能不能常到舍下去谈谈？谢玉树道："我是极愿去的，可是不容易会着你，可记得正月里那一次吗？在你书房里，整整等六个钟头，真把我腻个够。"他一提这话，梅丽倒记起了，那次是无意中碰见过他的。正自想着，润之忽然一牵手道："走哇，你还要等谁呢？"梅丽一抬头，只见燕西已走到门边，连忙笑着走了。手正一开门，想起来了，手里原捏着一块印花印度绸手绢，现在哪里去了？回头一看，只见落在原站之处的地板上，所幸发觉得早，还不曾被人拾了去。就回身来，要去拾那手绢。但是她发觉之时，恰好谢玉树也发觉了，他站得近，已是俯了身子拾将起来。梅丽一见，倒怔住了，怎样开口索还呢？谢玉树拾了手绢，心里先一喜，一抬头见梅丽站在一边看着，就一点不考虑，将手绢递给她，心里原想说句什么，一时又说不出来，就只笑着点了一个头。梅丽接过手绢，道了一声劳驾。见燕西等已出门，便赶上来。

梅丽退到门外，润之道："你都出来了，又跑回去做什么？倒让我们在这里先等你。"梅丽道："我手绢丢了，也不应当回去找吗？"润之道："你的手绢，不是拿在手上的吗？"梅丽笑道："是倒是拿在手上的。我可不知道怎么样会丢了？现在倒是寻着了。"润之道："大厅里那末些个人，都没有看见吗？"梅丽一红脸道："我又没走远，就是人家看见，谁又敢捡呢？"润之本是随便问的一句话，她既能答复出来，哪里还会注意？于是大家坐上汽车回家。

到了家里，梅丽早跑到金太太那里去告诉了，回头又到佩芳屋子里去，问佩芳可知道一点？佩芳道："我若知道，就是事先守秘密，今天我也会怂恿你们多去几个人了。"梅丽道："你和二嫂不去，那是当然的，玉芬姐好好儿的人，为什么不去呢？"佩芳道："这个我知道。这几天她为了做公债，魂不守舍，连吃一餐饭的工夫，都不敢离电话，她哪有心思去赴不相干的宴会？"梅丽道："她从前挣了一笔钱，不是不干了吗？"佩芳道："挣钱的买卖，哪有干了不再干的？这一回，她是邀了一班在行的人干，自信很有把握。不料这几天，她可是越做越赔，听说赔了两三万了。好在是团体的，她或者还摊不上多少钱。"梅丽道："怪不得，我今天和三哥说话，他总是不大高兴的样子。"佩芳道："你又胡扯了。玉芬做公债和鹏振并不合股，她蚀了本，与鹏振什么相干？"梅丽道："这有什么不明白的？三嫂公债做蚀了本，三哥有不碰钉子的吗？大概见着面，三嫂就要给他颜色看，钉子碰多了，他……"还不曾说下去，只听着院子里有人叫着梅丽梅丽，这正是鹏振的声音。

梅丽向佩芳伸了一个舌头，走到玻璃窗边，将窗纱掀起一只角，向外看了一看，只见鹏振站在走廊上，靠了一个柱子，向里边望着，像是等自己出去的样子。因此放下窗纱，微笑着不做声。鹏振道："你尽管说我，我不管的。我有两句话对你说，你出来。"梅丽躲不及了，走出房来，站在走廊这头，笑嘻嘻的向鹏振一鞠躬，笑道："得！我正式给你道歉，这还不行吗？"鹏振笑道："没有出息的东西，背后说人，见了面就鞠躬。别走，别走，我真有话说。"梅丽已走到走廊月亮门边，见他如此，慢吞吞将手摸着栏干一步一步走来。

鹏振笑道："我的事没有关系，可是你三嫂做公债亏了，你别嚷说，若是让父亲知道了，是不赞成的。知道与我不相干，不知道的，还不知道我私下积蓄了多少私款呢。"梅丽笑道："就是为了这个吗？这也无所谓，我不告诉人就是了。"说到这里，脸色便正了一正道："三哥，我有一句话得说明，我心里虽然搁不住事，可是不关紧要的事我才说。嫂嫂们的行动，我向来不敢过问，更是不会胡说。况且我自己很知道我自己的身份，我是个庶……"鹏振不等她说完，就笑道:"得了,得了,我也不过是谨慎之意,何曾说你搬什么是非。"说着话时,早在腰里掏出皮夹子来,在皮夹子里,拿了一张电影票,向梅丽手上一塞道:"得!我道歉,请你瞧电影。"梅丽笑道:"瞧你这前倨而后恭。"拿了电影票也就走了。

第七十二回

苦笑道多财难中求助　　逍遥为急使忙里偷闲

鹏振走回自己屋子,只见玉芬躺在一张长沙发上,两只脚高高的架起,放在一个小屉几上。她竟点了一支烟卷,不住的抽着。头向着天花板,烟是一口一口的向上直喷出来。有人进来,她也并不理,还是向着天花板喷烟。鹏振道:"这可新鲜,你也抽烟,抽得这样有趣。"玉芬依旧不理,将手取下嘴里的烟卷,向一边弹灰。这沙发榻边,正落了一条手绢,她弹的烟灰,全撒在手绢上。鹏振道:"你瞧,把手绢烧了。"说着话时,就将俯了身子来拾手绢。玉芬一扬脸道:"别在这里闹!我有心事。"鹏振道:"你这可难了,我怕你把手绢烧了,招呼你一声,那倒不好吗?若是不招呼你,让你把手绢烧了,那会儿又说我这人太不管你的事了。"说着,身子向后一退,坐在椅子上,不由得叹了一口气。

玉芬见他这样子,倒有些不忍,便笑着起来道:"你不知道我这几天有心事吗?"鹏振道:"我怎么不知道?公债是你们大家合股的,你蚀本也有限,你就把买进来的抛出去拉倒。摊到你头上有多少呢?"玉芬道:"抛出去,大概要蚀两千呢,然而这是小事。"

说到这里，眉毛皱了两皱。刚才发出来的那一点笑容，又收得一点没有了。看那样子，似乎有重要心事似的。鹏振道："据你说，蚀两千块钱是小事，难道还有比这更大的事吗？"玉芬道："人要倒霉，真没有法子，我是祸不单行的了。"

鹏振听了，突然站立起来，走到她身边问道："你还有什么事失败了？"玉芳道："果然失败了，我就死了这条心，不去管了。"说着把大半截烟卷，衔在口里，使劲吸了一阵，然后向痰盂子猛一掷，好像就是这样子决定了什么似的，便昂着头问道："我说出来了，你能不能帮我一点忙？若是本钱救回来了，我自然要给你一点好处。"说着，便向鹏振一笑。鹏振也笑起来道："什么好处哩？难道……"说着，也向沙发上坐下来。

若在往日，鹏振这样一坐下来，玉芬就要生气的。现在玉芬不但没看见一般，依然安稳的坐着。鹏振笑道："究竟是什么事？你说出来，我好替你打算。好处哩……"玉芬道："正正经经的说话，你别闹，你若是肯和我卖力，我就说出来，你若是不能帮忙，我这可算白说，我就不说了。"鹏振道："你这是怎么了？难道我不愿你发财，愿你的大洋钱向外滚吗？只要可以为力，我自然是尽力去干。"玉芬昂着头向天花板想了一想，笑道："你猜罢？我有多少钱私蓄？"鹏振道："那我怎么敢断言，我向来就避免这一层，怕你疑我调查你的私产。"玉芬道："惟其是这样，所以我们都发不了财。我老实说一句，我积蓄一点钱也并不为我自己。就是为我自己，我还能够把钱带到外国去过日子吗？无论如何，这里面，你多少总有点关系的。我老实告诉你罢，我一共有这个数。"说着，把右手四个指头一伸。

鹏振笑道："你又骗我了。无论如何，你总有七八千了，而且首饰不在其内的。"玉芬道："你真小看我了。我就上不了万数吗？

我说的是四万。"鹏振笑道:"你有那末些个钱,干吗常常还要向我要钱用?"玉芬道:"我像你一样吗?手上有多少就用多少。要是那样,钱又能积攒得起来?"鹏振笑道:"得!你这理由是很充足。自己腰里别着五六万不用,可要在我这月用月款的头上来搜刮。我这个人,就不该攒几文的?"

玉芬胸脯一伸,正要和他辩论几句,停了一停,复又向他微笑道:"过去的事,还有什么可说的?算我错了就是了。现在我这笔钱,发生了危险,你看要不要想法子挽救呢?"鹏振笑道:"那当然要挽救,但不知道挽救回来了,分给我多少?"玉芬道:"你这话,岂不是自己有意见外吗?从前我不敢告诉你,无非是怕你拿去胡花掉。现在告诉你了,就是公的了。这个钱,我自然不会胡花的,只要你是做正当用途,我哪里能拦阻你不拿。"鹏振听了这话,直由心里笑出来,因道:"那末,你都把这钱做了公债吗?这可无法子想的,除非向财政界探听内幕,再来投机。"玉芬道:"若是做了公债,我倒不急了,一看情形不好,我就可以赶快收场。我现在是拿了五万块钱,在天津万发公司投资……"

鹏振不等她说完,就跳起来道:"哎呀!这可危险得很啦!今天下午,我还得了一个秘密的消息,说是这家公司要破产呢。但是他有上千万的资本,你是怎样投了这一点小股呢?"玉芬道:"我还和几位太太们共凑成三十万,去投资的。她们都挣过好些个钱呢!不然……唉!不说了,不说了。"说着只管用脚擦着地板。鹏振道:"大概你们王府上总有好几股罢?不是你们王府上有人导引,你也不会走上这条道的。这个万发公司经理,手笔是真大,差不多的人,真会给他唬住了。有一次,我在天津一个宴会上会着他,有一笔买卖,要十八万块钱,当场有人问他承受不承受?他一口就答应了,反问来人要哪一家银行的支票。那人说是要汇到欧洲去的，他就说是那要英国银行的支票省事一点了，他找了一张纸，提起笔来，就写了十八万的字条，随便签了一个字，就交给那人了。那人拿了支票去了，约有半个钟头，银行里来了电话，问了一问，就照兑了。在外国银行，信用办到了这种程度，不能不信他是一个大资本家。"

玉芬道："可不是吗？我也是听到人说，这万发公司生意非常好，资本非常充足，平常的人，要投资到那公司里去是不可能的。他还要大资本家、大银行，才肯做来往呢。我因为做公债究竟无必胜之券，所以把存款十分之八九，都入了股。不料最近听得消息，这个经理完全是空架子，不过是善于腾挪，善于铺张，就像很有钱似的。最近在印度做一笔买卖，亏空了六七十万，又发现了他公司里，借过好几笔三五万的小债，因此人家都疑惑起来。但是我想他的资本有一二千万呢，总不至于完全落空罢？"鹏振道："做大买卖的人，大半就是手段辣的，一个钱也不肯让他放空，这里钱来了，那边就赶快想一个输出的法子，好从中生利。到了后来，有了信用，不必拿钱出来，一句话也可以生利，更挣得多。越是挣得多，越向空头买卖上做去，结果总是债务超过资本，有一天不顺手了，债就一齐出头，试问有什么不破产之理？不过他大破产就不知道要连累多少人小破产。大家维持场面起见，只有债权人不和他要债，股东不退股，甚至于还加些股本进去，然后公司不倒，多少还有挽回之余地。据我所知，现在有些银行，有些公司，都是这样……"

玉芬道："得！得！得！哪个和你研究经济学？要你说这个。我就是问你，这笔款子，能不能想法子弄回来？"鹏振笑道："你别忙呀，我这正是解释款子，或者不至于生多大的问题。这不是瞎子摸海的事。你等我到银行界里去打听打听消息看。"玉芬听说，就将鹏振挂在衣架上的帽子取下来。递到他手里,将手推了他一推道:"好极了,我心都急碎了,你就去罢,我等你的信。"鹏振待要缓一缓,无奈见他夫人两眉尖几乎要锁到一处,眼睛眶子深陷下去了,白脸泛黄,真急了。只得勉强出去。

鹏振被玉芬催了出来,走到外书房里,就向外面打了几个电话,找着经济界的人,打听这个消息。这究竟是公司里秘密的事,知道的很少,都说个不得其详。有几个人简直就说没有这话,像那样的大公司,哪里会有倒闭的事,这一定是经济界的谣言。鹏振问了好几处,都没有万发公司倒闭的话,心里不免松动了许多,就把积极调查的计划,放下来了。挂上了电话,正自徘徊着,不知道要个什么事消遣好?金贵却拿了一封信进来,笑道:"有人在外面等回话呢。"说着将信递了过来。鹏振接过去一看,只是一张信纸,歪歪斜斜,写了二三十个笔笔到头的字,乃是:

三爷台鉴:

即日下午五时,请到本宅一叙。恭候台光。
台安!

花玉仙启

鹏振不由得噗哧一笑,因向金贵道:"你叫那人先回去罢。不用回信了,我一会儿就来。"金贵答应去了。鹏振将信封信纸一块儿拿在手里,撕成了十几块,然后向字纸篓里一塞,又把字纸抖乱了一阵,料着不容易再找出来了。然后才坐汽车先到刘宝善家里去,再上花玉仙家。

玉芬在家里候着信,总以为鹏振有一个的实消息带回来的。到了晚上两点钟,鹏振带着三分酒兴,才走一步跌一步的走进房来。玉芬见他这个样子,便问道:"我这样着急,你还有心思在外面闹酒吗?我托你办的事,大概全没有办罢?"鹏振被他夫人一问,人清醒了一大半,笑道:"那是什么话?我今天下午,到处跑了一周,晚上还找了两个银行界里的人吃小馆子。我托了他们仔细调查万发公司最近的情形,他们就会回信的。"玉芬道:"闹到这时候,你都是和他们在一处吗?"鹏振道:"可不是!和这些人在一处是酸不得的,今天晚晌花的钱,真是可观。"玉芬道:"他们怎样说,不要紧吗?"这句话倒问得鹏振不知如何回答是好,因已走向浴室来,便只当着没有听到,却不答复这个问题。

玉芬一直追到屋子里来,连连问道:"怎么样?要紧不要紧?"鹏振冷水洗了一把脸,脑筋突然一凉,清醒了许多。因道:"我仔细和他们打听了,结果,谣言是有的,不过据大局看来,公司有这大的资本,总不至于倒的。"玉芬一撒手,回转身去,自言自语的道:"求人不如求己,让他打听了这一天一宿,还是这种菩萨话。若是这样,我何必要人去打听,自己也猜想得出来呀!"鹏振知道自己错了,便道:"今天我虽然卖力,究竟没有打听一些消息出来。我很抱歉!明天我抽一点工夫,给你到天津去一趟,无论如何,我总可以打听一些消息出来。"

玉芬跑近前,拉着鹏振的手道:"你这是真话吗?"鹏振道:"当然是真话,不去我也不负什么责任,我何必骗你呢?"玉芬道:"我也这样想着,要访得实的消息,只有自己去走一趟。可是我巴巴的到天津去,要说是光为着玩,恐怕别人有些不肯信。你若是能去,那就好极了,你也不必告诉人,你就两三天不回来,只要我不追问,旁人也就不会留心的。我希望你明天搭八点钟的早车就走。"鹏振听说,皱了眉,现着为难的样子,接上又是一笑。玉芬道:"我知道,又是钱不够花的了。你既是办正事,我岂有袖手旁观之理?我这里给垫上两百块钱,你衙门里发薪水的时候,还我就是了。"

鹏振听到,心里暗想,这倒好,你还说那笔款子救回来了,大家公用呢。现在我给你到天津去想法子,盘缠应酬等费,倒都要花我自己的。便向玉芬拱了拱手笑道:"那我就感谢不尽了,可是我怕钱不够花,你不如再给我一百元。干脆,我就把图章交出来,盐务署那一笔津贴,就由你托人去领,利息就叨光了。"说着,又笑着拱了拱手。玉芬道:"难道你到天津去一趟,花两百块钱,还会不够吗?"鹏振道:"不常到天津去,到了天津去,少不得要多买一些东西。百儿八十的钱,能做多少事情呢?"玉芬笑道:"你拿图章来,我就给你垫三百块钱。"鹏振难得有这样的好机会,可以在外面玩几天不归家。反正钱总是用的,便将自己的图章拿出,交给玉芬。玉芬看了一看,笑道:"可是这一块图章?你别把取不着钱的图章拿来。"鹏振道:"我这人虽然不讲信用,也应当看人而设,在你面前,我怎么能使这种手段呢?你想,你拿不着钱,能放过我吗?"玉芬笑了。等到鹏振睡了,然后悄悄的打开保险箱子,取了三百块钱的钞票,放在床头边一个小皮箱里。

到了次日早上醒时,已是九点多钟了。玉芬道:"好,还赶八点的车呢!火车都开过一百多里了。"于是将鹏振推醒,漱洗完了,打开小皮箱,将那卷钞票取了出来,敞着箱子盖也不关。鹏振指着小箱子道:"还不盖起来,你那里面有多少钱,都让我看到了。"玉芬听说,索性将箱子里东西翻了一翻,笑道:"请看罢,有什么呢?

我一共只剩了三百块钱,全都借给你了。现在要零钱用,都要想法子呢,这还对你不住吗?"鹏振见她是倾囊相助,今天总算借题目,重重的借了一笔大债,这也就算十分有情,不然和她借十块钱,还不肯呢。

当时叫秋香到厨房里去要了份点心吃,要了一个小皮包,将三百块钱钞票揣在里面。就匆匆的出门,坐了汽车到花玉仙家来,就要她一路到天津玩儿去。花玉仙道:"怎么突然要上天津去?"鹏振道:"衙门里有一件公事,要派我到天津去办,我得去两三天。我想顺便邀你去玩玩,不知道你可能赏这个面子?"花玉仙道:"有三爷带我们去玩玩,哪里还有不去之理?只是今天我有戏,要去除非是搭晚车去。"鹏振道:"那也可以。回头我们一路上戏馆子,你上后台,我进包厢。听完了戏,就一路上车站。"花玉仙道:"那就很好,四天之内,我没有戏,可以陪你玩三天三晚呢。"鹏振听说大喜,到了晚上,二人就同坐了一间包房上天津去了。

玉芬总以为鹏振十一点钟就走了,在三四点钟起,就候他的电话,一直候到晚上十二点钟,还不见电话到。玉芬急得什么似的,实在急不过了,知道鹏振若是住旅馆,必在太平饭店内的,就打电话去试试,问有位金三爷在这里没有?那边回说三爷是在这里,这个时候不在旅馆,已经出去听戏去了。挂上了电话,玉芬倒想起来,不曾问一声茶房,是和什么人一路出去听戏的?也只索性罢了。

到了晚上一点钟,鹏振却叫回电话来了。原来玉芬自从做公债买卖而后,自己却私安了一个话机,外面通电话来,一直可到室内的。当时玉芬接过电话,首先一句就说道:"你好,我特派你到天津去打听消息,真是救兵如救火,你倒放了不问,带了女朋友去听戏!"

鹏振说道:"谁说的?没有这事。"接上就听到鹏振的声浪离开了话机,似乎像在骂茶房的样子。然后他才说道:"绝对没有这事,连戏也没去听。戏出在北京,干吗跑到天津来听戏?"玉芬道:"别说废话了,长途电话是要钱的,打听的事情怎么了?"鹏振道:"我打听了好多地方,都说这公司买卖正做得兴旺,在表面上一点破绽也没有。明天中午我请两个经济界的人吃饭,得了消息,一定告诉你。是好是歹,明天下午,我准给你一个电话。"玉芬听得鹏振如此说,也就算了。

天津那边,鹏振挂上电话。屋子里电灯正亮得如白昼一般,花玉仙脱了高跟皮鞋,踏着拖鞋,斜躺在沙发上。手里捧了一杯又热又浓的咖啡,用小茶匙搅着,却望了鹏振微微一笑,点头道:"你真会撒谎呀!"鹏振道:"我撒了什么谎?"花玉仙道:"你在电话里说的话,都是真话吗?"鹏振道:"我不说真话,也是为了你呀。"说着,就同坐到一张沙发椅上来。于是伸了头,就到她的咖啡杯子边了一看,笑道:"这样夜深了,你还喝这浓的咖啡,今天晚上,你打算不睡觉了吗?"花玉仙瞅了他一眼,微笑道:"你也可以喝一杯,豁出去了,今天我们都不睡觉。"鹏振笑道:"那可不行,我明天还得起早一点,给我们少奶奶打听打听消息呢。"花玉仙道:"既然是这样,你就请睡罢。待一会儿,我到我姐姐家里去。"鹏振一伸手将她耳朵垂下来的一串珍珠耳坠,轻轻扯了两下,笑道:"你这东西,又胡捣乱,我使劲一下,把你耳朵扯了下来。"花玉仙将头偏着,笑道:"你扯你扯,我不要这只耳朵了。"鹏振道:"你不要,我又不扯了。这会子,我让你好好的喝下这杯咖啡,回头我慢慢的和你算帐。"花玉仙又瞅了他一眼,鼻子里哼了一声。

这时,不觉时钟当当的两下,鹏振觉得疲倦,自上床睡了。这一觉睡得不打紧，到了第二天上午十二点以后方才醒过来。鹏振一睁眼，看见玻璃窗上，有一片黄色日光，就在枕头底下将手表掏出来一看，连忙披着睡衣爬了起来。漱洗以后，茶房却送了几份日报进来，鹏振打开来，便支着脚在沙发上看。他先将本埠戏园广告、电影院广告看了一遍，然后再慢慢的来看新闻，看到第二张，忽然有几个加大题目的字，乃是"华北商界最大事件，资本三千万之万发公司倒闭"。

鹏振一看这两行题目，倒不由得先吓了一跳，连忙将新闻从头至尾一看，果然如此。说是公司经理昨日下午就已逃走，三时以后，满城风雨，都说该公司要倒闭。于是也不及叫茶房，自己取下壁上的电话分机，就要北京电话。偏是事不凑巧，这天长途电话特别忙，挂了两个钟头的号，电话方才叫来。那边接电话的，不是玉芬，却是秋香，她道："你是三爷，快回来罢。今天一早，少奶奶吐了几口血，晕过去了，现在病在床上呢。"鹏振道："她知道万发公司倒闭的消息吗？"秋香道："大概是罢？王三爷今天一早七点钟打了电话来，随后九点钟，他自己又来一趟，我听到说到公司里的事情。"鹏振再要问时，秋香已经把电话挂上了。鹏振急得跳脚，只得当天又把花玉仙带回京来。

原来玉芬自鹏振去后，心里宽了一小半，以为他是常在外面应酬的，哪一界的熟人都有。他到了天津去，不说他自己，就凭他父亲这一点面子，人家也不能不告诉他实话的。他打电话回来，说没有问题，大概公司要倒的话，总不至于实现。于是放了心，安然睡了一觉。

及至次日清早，睡得朦朦胧胧的时候，忽然电话铃响，心里有事，便惊醒了，以为必是鹏振打来的长途电话。及至一接话时，却是王幼春打的电话,因问道:"你这样早打电话来,有什么消息吗?"王幼春道:"姐姐,你还不知道吗?万发公司倒了。"玉芬道:"什么?公司倒了,你哪里得来的消息?"王幼春道:"昨天晚上两点多钟,接了天津的电话,说是公司倒了。我本想告诉你的,一来恐怕靠不住,二来又怕你听了着急。反正告诉你,也是没有办法的,所以没有告诉你。今天早上,又接到天津一封电报,果然是倒闭了。"玉芬听了这话,浑身只是发抖,半晌说不出话来。那边问了几声,玉芬才勉强答道:"你……你……你还给我……打……听打听罢。"挂上电话,哇的一声,便吐了一口血。电话机边,有一张椅子,身子向下一蹲,就坐在上面。

老妈子正在廊檐下扫地,见着玉芬脸色不对,便嚷了起来,秋香听见,首先跳出房来。玉芬虽然晕了过去,心里可是很明白的,就向她们摇了几摇手。秋香会意,就不声张,因问道:"少奶奶,你要不要上床去躺一躺呢?"玉芬点了点头。于是秋香和老妈子两人,便将她搀上床去。秋香知道她有心事,是不睡的了,将被叠得高高的,放在床头边,让她靠在枕上躺着。玉芬觉得很合意,便点了点头。秋香见她慢慢的醒了过来了,倒了一杯凉开水,让她漱了口,将痰盂接着,然后倒了一杯温茶给她喝。玉芬喝了茶,哼哼两声,然后对她道:"吐的血扫了没有?"秋香道:"早扫去了。"玉芬道:"你千万不要告诉人,说我吐了血,人家知道,可是笑话。你明白不明白?"秋香道:"我知道。王少爷也许快来了,我到前面去等着他罢。他来了,我就一直引他进来就是了。"玉芬又点了点头。

秋香走到外面去,不多一会儿,王幼春果然来了。秋香将他引来,他在外面屋子里叫了两声姐姐。玉芬道:"你进来罢。"王幼春走了进来,见她脸色惨淡,两个颧骨,隐隐的突起来。便道:"几天工夫不见,你怎么就憔悴到这种样子了?"玉芬道:"你想,我还不该着急吗?你看我们这款子,还能弄多少回头呢?"王幼春道:"这公司的经理,听说已经在大沽口投了海了,同时负责的人也跑一个光,所有的货款,在谁手里,谁就扣留着,我们空拿着股票,哪里兑钱去?"玉芬道:"照你这样说,我们所有的款子,一个也拿不回来了吗?"王幼春道:"唉!这回事,害的人不少,大概都是全军覆没呢。"玉芬听到,半晌无言,垂着两行泪下来道:"我千辛万苦攒下这几个钱,现在一把让人拿了去了,我这日子怎么过呢?"说毕,伏在床沿上,又向地上吐了几口血。秋香哟了一声道:"少奶奶你这是怎么办?你这是怎么办?"说着,走上前一手托了她的头,一手拍着她的背。玉芬道:"你这是怎么了?把我当小孩子吗?快住手罢。"说着,便伏在叠的被条上。

王幼春皱眉道:"这怎办?丢了钱不要闹病,赶快去找大夫罢。"玉芬摇了一摇头道:"快别这么样!让人家听见了笑话。谁要给我嚷叫出来了,我就不依谁。"王幼春知道他姐姐的脾气的,守着秘密的事,不肯宣布的;而且为了丢钱吐血,这也与面子有关。她一时心急吐了两口血,过后也就好了的,用不着找大夫的了。因道:"那末,你自己保重,我还要去打听打听消息呢。我们家里,受这件事影响的,还不在少处呢。姐夫不是到天津去了吗?他也许能在哪方面,打听一点真实消息,找一个机会。"玉芬听说,她那惨白的脸色,立刻又变一点红色,咯咯笑上一阵说道:"他能找一点机会吗?我也是这样想呢!"王幼春一看形势不对,就溜了。

刚才到了大门口,秋香由后面惊慌惊张的追了上来,叫道:"王三爷,你瞧瞧去罢,我们少奶奶不好呢。"王幼春不免吃了一惊,就停了脚问道:"怎么样,又变了卦了吗?"秋香道:"你快去看罢,她可真是不好。"王幼春也急了,三脚两步跟她走到房内,只见玉芬伏在叠被上,已是不会说话,只有喘气的份儿。王幼春道:"这可是不能闹着玩的,我来对她负这个责任,你们赶快去通知太太罢。"秋香正巴不得如此,就跑去告诉金太太了。

一会儿工夫,金太太在院子里就嚷了起来道:"这是怎么样得来的病?来得如此凶哩。"说着,已走进屋子里来,看见玉芬的样子,不由得向后退了一步,呀了一声道:"果然是厉害,赶快去找大夫罢。"身边只有秋香一个人可差使,便道:"糊涂东西!你怎么等少奶奶病到这样才告诉我哩?到前面叫人坐了汽车找大夫去罢。不论是个什么大夫,找来就得。"王幼春道:"伯母,也不用那样急,还是找一位有名的熟大夫妥当一点,我来打电话罢。"王幼春到外面屋子里打了一个电话。好在是早上,大夫还没有到平常出诊的时候,因此电话一叫,大夫就答应来。

不到十五分钟的工夫,就有前面的听差,把梁大夫引进来。这时,家中人都已知道了,三间屋子,都挤满了人。王幼春也不便十分隐瞒,只说是为公债亏了,急成这样的。金太太听到起病的原因,不过是如此,却也奇怪。心想,玉芬不是没有见过世面的人,就是公债上亏空两三千,也不至于急到这步田地。让大夫瞧过之后,就亲自问梁大夫,有什么特别的病状没有?大夫也是说,不过受一点刺激,过去也就好了。金太太听说,这才宽了心。一直等大夫去后,王家又有人来看病,金太太才想起来了,怎么闹这样的厉害,还不见鹏振的影子?这也不用问,一定是在外面又做了什么坏事。玉芬本来在失意的时候,偏是他又置之不顾,所以越发急起病来了。因此金太太索性装着糊涂,不来过问。

玉芬先是晕过去了,有一小时人是昏昏沉沉的,后来大夫扎了一针,又灌着喝下去好多葡萄糖,这才慢慢的清醒了。清醒了之后,自己又有些后悔,这岂不是让人笑话?我就是那样没出息,为了钱上一点小失败就急得吐血。但是事已做出去了,悔也无益。好在我病得这样,鹏振还不回来,他们必定疑心我为了鹏振,气出病来。若是那样,比较也有点面子,不如就这样赖上了。本来鹏振也太可恶,自己终身大事相托,巴巴让他上天津去,不料他一下车,就去听戏,也值得为他吐一口血。如此想着,面子总算找回一部分,心里又坦然些了。

第七十三回

扶榻问黄金心医解困　井头啁白发蔗境分甘

鹏振赶回北京的时候,已经两点多钟了。自己是接花玉仙一路走的,当然还少不得先送花玉仙回去,然后再回家。自己也觉乱子捣大了,待要冒冒失失闯进屋去,怕会和玉芬冲突起来。因此先在外面书房里等着,就叫一个老妈子进去,把秋香叫出来。秋香一见面,就道:"三爷,你怎么回事?特意请你到天津去打听消息的,北京都传遍了,你会不知道?"鹏振笑道:"你这东西没上没下的,倒批评起我来,这又和你什么相干呢?"秋香道:"还不和我相干吗?我们少奶奶病了。"鹏振问是什么病?秋香把经过情形略说了一说,因道:"现在躺着呢,你要是为省点事,最好是别进去。"鹏振道:"她病了,我怎能不进去?我若是不进去,她岂不是气上加气?"秋香望着他笑了笑,却不再说什么。鹏振道:"我为什么不能进去?"

秋香回头看了一看,屋子外头并没有人,就笑着将身子蹲了一蹲道:"除非你进去,和我们少奶奶这么,不然,"说着脸色一正道:"人有十分命,也去了七八分了。你瞧着她那样子,你忍心再让她生气吗?我真不是闹着玩,你要不是先叫我出来问一声,糊里糊涂的跑进去,也许真会弄出事情来。"鹏振道："你说这话,一定有根据的,她和你说什么来着吗?"秋香沉吟了一会子,笑道:"话我是告诉三爷,可是三爷别对少奶奶说。要不然,少奶奶要说我是个汉奸了。"鹏振道:"我比你们经验总要多一点,你告诉我的话,我岂有反告诉人之理?"秋香笑了一笑,又摇摇头道:"这问题太重大了,我还是不说罢。"鹏振道:"你干吗也这样文绉绉的,连问题也闹上了。快说罢!"秋香又沉吟了一会儿,才笑着低声说道:"这回可不是闹着玩的,少奶奶要跟你离婚哩。"鹏振笑道:"就是这句话吗?我至少也听了一千回了,这又算什么?"秋香道:"我是好意,你不信就算了。可是你不信我的话,你就进去,闹出祸事来了,后悔就迟了。少奶奶还等着我呢。"说毕,她抽身就走了。

鹏振将秋香的话一想,她究竟是个小孩子,若是玉芬真没有什么表示,她不会再三说得这样恳切。玉芬的脾气,自己是知道的,若是真冒昧冲了进去,也许真会冲突起来。而自己这次做的事情,实在有些不对,总应该暂避其锋才是。鹏振犹豫了一会子,虽然不敢十分相信秋香的话,却也没这样大的胆子敢进屋去,就慢慢的踱到母亲屋里来。金太太正是一个人在屋子里闲坐,一个陪着的没有。茶几边放了两盒围棋子,一张木棋盘,又是一册《桃花泉围棋谱》。

鹏振笑道:"妈一个人打棋谱吗?怎么不叫一个人来对着?"金太太也不理他,只是斜着身体,靠了太师椅子坐了。鹏振走近一步,笑道:"妈是生我的气吗?"金太太板着脸道:"我生你什么气?我只怪我自己,何以没有生到一个好儿子?"鹏振笑道:"哎哟!这样子,果然是生我的气的。是为了玉芬生病,我不在家吗?你老人家有所不知,我昨天到天津去了,刚才回来呢。"金太太道:"平白的你到天津去做什么?"鹏振道:"衙门里有一点公事,让我去办,你不信，可以调查。"金太太道："我到哪儿调查去，我对于这些事全是外行，你们爱怎么撒谎，就怎么撒谎。可是我希望你们自己也要问问良心，总别给我闹出大乱子来才好。"鹏振道："我又不能未卜先知，我要是知道玉芬今天会害病，昨日就不到天津去。"金太太冷笑道："你指望我睡在鼓里呢？玉芬就为的是你不在家，她才急病的。据我看来，也不知你们这里头，还藏了什么机关？我声明在先，你既然不通知我，我也不过问，将来闹出乱子来了，可别连累我就是了。"

鹏振见金太太也是如此说，足见秋香刚才告诉的话，不是私造的，索性坐下来问玉芬是什么情形。金太太道："你问我做什么？你难道躲了不和她见面，这事就解决了吗？女子都是没有志气的，不希望男子有什么伟大的举动，只要能哄着她快活就行了。你去哄哄罢，也许她的病就好了。"鹏振听了母亲的话，和秋香说的又不同，自己真没了主意，倒不知是进去好，是不进去好？这样犹豫着，索性不走了，将桌上的棋盘展开，打开一本《桃花泉》，左手翻了开来，右手就伸了到棋子盒里去，沙啦沙啦抓着响。人站在桌子边，半天下一个子。金太太将《桃花泉》夺过来，向桌上一扔，将棋盘上的棋子，抹在一处，抓了向盒子里一掷，望了他道："你倒自在，还有心打棋谱呢？"

鹏振笑道："我又不是个大夫，要我急急去看她做什么呢？"但是嘴里这样说着，自己不觉得如何走出了房门。慢慢踱到自己院子里，听到自己屋子里静悄悄的，也就放轻着脚步步上前去。到了房门口，先掀着门帘子伸头向里望了一望，屋子里并没有别人。玉芬侧着身子向外面睡，脸向着窗子，眼睛却是闭了的。鹏振先微笑着进了房去。玉芬在床上，似乎觉得有人进来了，却把眼睛微微睁开了一线,然后又闭上,身子却不曾动一动。鹏振在床面前弯腰站着,轻轻叫了两声玉芬。玉芬并不理会,只是闭眼不睁,犹如睡着一般。玉芬不做声,鹏振也不做声,彼此沉寂了许久,还是鹏振忍耐不住,因道:"你怎样突然得了这样的重病?"玉芬睁开眼望了他一望,又闭上了。鹏振道:"现在你觉得怎么了?"玉芬突然向上一坐,向他瞪着眼道:"你是和我说话吗?你还有脸见我,我可没有脸见你呢?你若是要我快死,干脆你就拿一把刀来。要不然,就请你快出去。我们从此永不见面。快走快走!"说着话时,将手向外乱挥。

鹏振低着声音道:"你别嚷,你别嚷,让我解释一下。"玉芬道:"用不着解释,我全知道。快走快走!你这丧尽了良心的人。"她口里说着,手向床外乱挥。一个支持不住,人向后一仰,便躺在叠被上。秋香和两个老妈子听到声音,都跑进来了,见她脸色转红,只是胸脯起伏,都忙着上前。鹏振向她们摇了一摇手道:"不要紧,有我在这里,你们只管出去。"她们三人听到,只好退到房门口去。鹏振走到床面前,给玉芬在胸前轻轻抚摩了一番,低着声音道:"我很对你不住,望你原谅我。我岂有不望你好,不给你救出股款的吗?实在因为……得了,我不解释了,我认错就是了。我们亡羊补牢,还得同心去奋斗,岂可自生意见?那!这儿给你正式道歉。"说时,他就退后了两步,然后笑嘻嘻的向玉芬行了两个双鞠躬礼。

玉芬虽然病了,她最大的原因是痛财,对于鹏振到天津去不探听消息这一件事,却不是极端的恨,因为公司要倒是已定之局,多少和公司里接近的人,一样失败。鹏振一个事外之人,贸然到天津去,他由哪里入手去调查呢?不过怨他不共患难罢了。现在听到鹏振这一番又柔软又诚恳的话,已心平气和了一半。及至他说到我这里给你鞠躬了,倒真个鞠躬下去,一个丈夫,这样的和妻子道歉,这不能不说他是极端的让步了。因道:"你这人怎么一回事?要折死我吗?"说时,就不是先紧闭双眼不闻不问的样子了,也微微的睁眼偏了头向鹏振望着。

鹏振见她脸上没有怒容了,因道:"你还生我的气吗?"玉芬道:"我并不是生你气,你想,我突然受这样大的损失,怎样不着急?巴巴的要你到天津去一趟,以为你总可以给我帮一点忙。结果,你去了的,反不如我在家里的消息灵通,你都靠不住了,何况别人呢?"鹏振道:"这回实在是我错了,可是你还得保重身体,你的病好了,我们就再来一同奋斗。"说着,他就坐在床沿上,侧了身子,复转来,对了玉芬的耳朵轻轻的说。玉芬一伸手,将鹏振的头向外一推,微微一笑道:"你又假惺惺。"鹏振道:"我是受不了良心的谴责,只因偶然一点事不曾卖力,就弄得你遭这样的惨败,我怎能不来安慰你一番呢?"玉芬道:"我失败的数目,你没有对人说吗?"鹏振道:"我自然不能对人说,去泄漏你的秘密……"

下面还不曾接着说,就有人在院子里说道:"玉芬姐。"鹏振一听是个女子的声音,连忙走到窗子边。隔着窗纱向外一看,原来是白秀珠,这真出乎意料以外的事。自从金冷二家的婚事成了定局以后,她就和这边绝交了。不料她居然惠然肯来,做个不速之客。赶着就招呼道:"白小姐,稀客稀客,请到里面来坐。"玉芬在床上问道:"谁?秀珠妹妹来了吗?"鹏振还不曾答话,她已经走进来了。和鹏振点了一个头,走上前,执着玉芬的手道:"姐姐,你怎么回事?突然得了这样的重病。我听到王家的伯母说,你为了万发公司倒闭了。是吗?"玉芬点了点头,又叹了一口气。秀珠回转头来,就对鹏振道:"三爷,我要求你,我单独和玉芬姐说几句话,行不行?"鹏振巴不得一声,笑道:"那有什么不可以?"说时,就起身走出房门去了。

秀珠等着鹏振脚步声音走远了,然后执着玉芬的手,低低的说道:"你那个款子,还不至于完全绝望,我也许能帮你一个忙,挽救回来。"玉芬紧紧握着秀珠的手,望了她的脸道:"你不是安慰我的空话吗?"秀珠道:"姐姐,你怎么还不明白?我要是说空话,我也不必自己来跑一趟了。你想,你府上,我还愿意来吗?我就知道我这剂药,准能治好你的病,所以我自己犯着嫌疑来一趟。"玉芬不由得笑了。因道:"小鬼头,你又瞎扯。我有什么病,要你对症下药哩?不过我是性子躁,急得这样罢了。你说你有挽救的办法,有什么法子呢?"秀珠正想说,你已经说不是为这个病,怎么又问我什么法子?继而一想,她是一个爱面子的人,不要说穿罢。就老实告诉她道:"这个公司里,承办了一批洋货,是秘密的,只有我哥哥和一两个朋友知道。这洋货足值五六十万,抵偿我们的债款,大概还有富余。我就对我哥哥说,把你这笔款子,也分一股,你这钱不就回来了吗?我哥哥和那几个朋友都是军人,只要照着他们的债款扣钱,别人是不敢说话的。"

玉芬道:"这话真吗?若是办成了,要什么报酬呢?"秀珠道:"这事就托我哥哥办,他能要你的报酬吗?这事详细的情形,我也不知道,反正他们和万发公司有债务关系,款子又收得回来,这是事实。要不然,等你身体好了,你到我家里去,和我哥哥当面谈谈,你就十分明白了。"玉芬道:"若是令兄肯帮我的忙,事不宜迟,我明天上午就去看他。"秀珠道:"那也不忙,只要我哥哥答应了,就可以算事。等你好了,再去见他,也是一样。"玉芬道:"我没有什么。我早就可以起床的,只是我恨鹏振对我的事太模糊,我懒起床。现在事情有了办法,我要去办我的正事,就犯不着和他计较了。"秀珠笑道:"你别着急,你自己去不去,是一样的。我因为知道你性急,想要托一个人来转告诉你,都来不及,所以只得亲自前来。我这样诚恳的意思,你还有什么不放心的吗?"玉芬道:"我很感激你,还有什么不放心?我就依你,多躺一两天罢。"

于是二人,说得很亲热,玉芬并留秀珠在自己屋里吃晚饭。秀珠既来了,也就不能十分避嫌疑,也不要人陪,厨房开了饭来,就在外面屋子里吃。饭后又谈到十点钟,要回去了,玉芬就叫秋香到外面打听打听,自己家里有空着的汽车没有?秀珠连忙拦住道:"不,不。我来了一天了,也没有人知道。现在要回去,倒去打草惊蛇,那是何必?你让我悄悄的走出去。你这大门口,有的是人力车,我坐上去就走了。"玉芬觉得也对,就分付秋香送她到大门口。

秀珠经过燕西书房的时候,因指着房子低低的问秋香道:"这个屋子里的人在家里吗?"秋香道:"这个时候,不见得在家里的。有什么事要找我们七爷吗?我给你瞧瞧去。"秀珠道:"我不过白问一声,没有什么事。你也不必去找他。"秋香道:"也许在家里,我给你找他一下子,好不好?"秀珠道:"你到哪里去找他?"秋香道:"自然是先到我们七少奶奶那里去找他。"秀珠扶着秋香的肩膀,轻轻一推道:"这孩子说话,干吗叫得这样亲热?谁抢了你七少奶奶去了?还加上'我们'两个字做什么?"秋香也笑了起来了。

二人说着话,已走到洋楼门下,刚一转弯,迎面一个人笑道:"本来是我们的七少奶奶嘛,怎么不加上'我们'两个字呢?"秀珠抬头看时,电灯下看得清楚,乃是翠姨。便笑道:"久违了,你忙呢?"说到这里,顿了一顿,又笑道:"也许,各人有各人的事,哪里说得定呢?几时来的?我一点不知道,坐一会儿再走罢。"秀珠道:"我半下午就来了,坐了不少的时候了,改天再见罢。"说着,就匆匆的出门去了。

　　翠姨站在楼洞门下，等着秋香送客回来。因问道："这一位今天怎么来了？这是猜想不到的事呀。"秋香道："她是看我们少奶奶病来的。"翠姨笑道："你这傻瓜！你不知道和她说七少奶奶犯忌讳吗？怎么还添上'我们'两个字呢？可是这事你也别和七少奶奶说，人家也是忌讳这个的。"秋香道："七少奶奶她很大方的，我猜不会在这些事上注意。"翠姨道："七少奶奶无论怎样好说话，她也只好对别的事如此，若是这种和她切己有关的事，她也麻糊吗？"两人说着话，一路笑了进来。秋香只管跟翠姨走，忘了回自己院子，及走到翠姨窗外，只见屋子里电光灿烂，由玻璃窗内射将出来，窗子里头，兀自人影摇动。秋香停住了脚，接上又有人的咳嗽声，秋香一扯翠姨衣襟道："总理在这里了，我可不敢进去。"说完，抽身走了。

　　翠姨走进房去，只见沙发背下，一阵一阵有烟冒将出来。便轻轻喝道："谁扔下火星在这儿？烧着椅子了。"这时，靠里一个人的上身伸将出来，笑道："别说我刚才还咳嗽两声，就是你闻到这种雪茄烟味，你也知道是金总理光降了。"说着，就将手上拿的雪茄烟，向翠姨点了两点。翠姨先不说话，走到铜床后，绣花屏风里换了一件短短的月白绸小紧衣，下面一条葱绿短脚裤比膝盖还要高上三四寸，踏着一双月白缎子绣红花拖鞋，手理着鬓发，走将出来。问道："这个时候，你跑到我这里来做什么？"金铨口里衔着雪茄，向她微笑，却不言语。

　　翠姨道："来是尽管来，可是我有话要声明在先，不能过十二点钟，那个时候我要关房门了。再说，你也得去办你的公事。"金铨衔着雪茄，只管抽着，却不言语，又摇了一摇头。翠姨道："你这是什么玩意儿？我有些不懂。"金铨笑道："有什么不懂？难道我在这屋子里，还没有坐过十二点钟的权利吗？"翠姨笑道："那怎样没有？这屋子里的东西，全是你的，你要在这里坐到天亮也可以。但是……"金铨道："能坐，我就不客气坐下了，我不知道什么叫着但是。"

翠姨也坐到沙发上，便将金铨手上的雪茄，一伸手抢了过来。皱着眉道："我就怕这一股子味儿，最是你当着人对面说话，非常的难受。"金铨笑道："我为了到你屋子里来，还不能抽雪茄不成？"翠姨将雪茄递了过来，将头却偏过去。笑道："你拿去抽去，可别在我这里抽，两样由你挑了。"金铨笑道："由我挑，我还是不抽烟罢。"翠姨撇嘴一笑，将雪茄扔在痰盂子里了。坐了一会儿，翠姨却打开桌屉，拿了一本帐簿出来。金铨将帐簿抢着，向屉里一扔，笑道："什么时候了，还算你的陈狗屎帐。"翠姨道："我亏了钱呢，不算怎么办？算你的吗？"金铨道："算我的就算我的。难道你那一点小小的帐目，我还有什么担负不起吗？"翠姨笑道："得！只要你有这句话，我就不算帐了。"于是把抽屉关将起来。

金铨随口和翠姨说笑，以为她没有大帐，到了次日早晌，因为有公事，八点钟就要走，翠姨一把扯住道："我的帐呢？"金铨笑道："哦！还有你的帐，我把这事忘了。多少钱？"翠姨笑道："不多，一千三百块钱。"口里说着，手上扯住金铨的衣服，却是不曾放。金铨笑道："你这竹杠，未免敲得凶一点。我若是昨天不来呢？"翠姨道："不来，也是要你出。难道我自己存着一注家私，来给自己填亏空吗？"金铨只好停住不走，要翠姨拿出帐来看。翠姨道："大清早的，你有的是公事，何必来查我这小帐呢？反正我不能冤你。晚晌，你来查帐也不迟，就是这时候，要先给我开一张支票。"

金铨道:"支票簿子不在身上哪行呢?"

翠姨道:"你打算让我到哪家去取款呢?你就拿纸亲笔写一张便条得了。只要你写上我指定的几家银行,我准能取款,你倒用不着替我发愁。"金铨道:"不用开支票,我晚上带了现款来交给你,好不好?"翠姨点点头笑道:"好是好,不过要涨二百元利息。"金铨笑道:"了不得!一天工夫涨二百块钱利钱,得!我不和你麻烦,我这就开支票罢。"说着,见靠窗户的桌上,放了笔和墨盒,将笔拿起,笑道:"你这屋子里,会有了这东西,足见早预备要讹我一下子的了。"翠姨道:"别胡说,我是预备写信用的。"说时,伏在桌沿上,用眼睛斜瞅着金铨道:"你真为了省二百块钱,回头就不来查帐了吗?"金铨哈哈一笑,这才一丢笔走了。

到了这天晚上,金铨果然就拿了一千五百元的钞票,送到翠姨屋子里来。笑道:"这样子,我总算对得住你罢?"翠姨接过钞票,马上就打开箱子一齐放了进去。金铨道:"我真不懂,凭我现在的情形,无论如何,也不至于要你挨饿,何以你还是这样的拼命攒钱?这箱子里关了多少呢?"说着,将手向箱子连连点了几下。翠姨道:"我这里有多少,有什么不知道的?反正我的钱,都是由你那儿来的啊。你觉我这就攒钱不少了。你打听打听看,你们三少奶奶,就存钱不少,单是这回天津一家公司倒闭,就倒了她三万。我还有你撑着我的腰,我哪里比得上她?"金铨笑道:"你可别嫌我的话说重了。若是自己本事挣来的钱呢,那就越挣得多越有面子。若是滚得人家的钱,一百万也不足为奇。你还和她比呢!"

翠姨道:"一个妇人家,不靠人帮助,哪里有钱来?"金铨道:"现在这话说不过去了,妇女一样可以找生活。"翠姨道:"好罢?我也找生活去。就请你给我写一封介绍信,不论在什么机关找一个位置。"金铨听了，禁不住哈哈大笑，因站起身来，伸手拍着翠姨的肩膀道："说来说去，你还是得找我。你也不必到机关上去了，就给我当一名机要女秘书罢。"说着，又哈哈大笑起来。翠姨道："你知道我认识不了几个字，为什么把话来损我？可是真要我当秘书，我也就去当。现在有些机关上，虽有几个女职员，可是装幌子的还多着呢。"金铨笑道："难道还要你去给我装幌子不成？"翠姨道："瞎扯淡，越扯越远了。"说着话，她就打开壁上一扇玻璃门，进浴室去洗手脸。金铨在后面笑道，也就跟了来。

到了浴室里，只见翠姨脱了长衣，上身一件红鸳鸯格的短褂子，罩了极紧极小的一件蓝绸坎肩，胸下突自鼓了起来。她将两只褂袖子高高举起，露出两只雪白的胳膊，弯了腰在脸盆架子上洗脸。她扭开盆上热水管，那水发出沙沙的响声，直射到盆里打漩涡。她却斜着身子等水满。这脸盆架上，正斜斜的悬了一面镜子，翠姨含着微笑，正半抬着头在想心事。忽然看到金铨放慢了脚步，轻轻悄悄的绕到自己身后，远远伸着两只手，看那样子，是想由后面抄抱到前面。当时且不做声，等他手伸到将近时，突然将身子一闪，回过头来对金铨笑道："干吗？你这糟老头子。"金铨道："老头子就老头子罢，干吗还加上个'糟'字？"翠姨将右手一个食指，在脸上轻轻耙了几下，却对金铨斜瞅着，只管撇了嘴。

金铨叹了一口气道："是呀！我该害臊呀。"翠姨退一步，坐在洗澡盆边一张白漆的短榻上，笑道："你还说不害臊呢？我看见过你对着晚辈那一副正经面孔，真是说一不二。这还是自己家里人，大概你在衙门里见着你的属员，一定是活阎罗一样的。可是让他们这时在门缝里偷瞧瞧你这样子，不会信你是小丑儿似的吗？"金铨道："你形容得我可以了，我还有什么话说？"说着，就叹了一口气。

于是在身上掏出一个雪茄的扁皮夹子来,抽了一枝雪茄,放在嘴里。一面揣着皮夹子,一面就转着身子,要找火柴。翠姨捉住他一只手,向身后一拉,将短椅子拍着道:"坐下罢。"金铨道:"刚才我走进来一点,你就说我是小丑,现在你扯我坐下来,这就没事了?"翠姨笑道:"我知道你就要生气。你常常教训我一顿,我总是领教的。我和你说两句笑话,这也不要紧,可是你就要生气。"

金铨和她并坐着,正对了那斜斜相对的镜子。这镜子原是为洗澡的人远远在盆子里对照的。两人在这里照着影子,自然是发眉毕现。金铨对了镜子,见自己头上的头发,虽然梳着一丝不乱,然而却有三分之一是带着白色的了。于是伸手在头上两边分着,连连摸了几下,接上又摸了一摸胡子,见镜子里的翠姨乌油油的头发,配着雪白的脸儿,就向镜子点了点头。翠姨见他这种样子,便回转头来问道:"你这是什么一回事?难道说我这样佩服了你,你还要生气吗?"金铨道:"我并不是生气。你看着镜子里那一头斑白的头发,和你这鲜花一朵并坐一处,我有些自惭形秽了。"翠姨道:"你打了半天的哑谜,我以为你要说什么?原来是一件不相干的事。慢说你身体很康健,并不算老。就是老的话,夫妻们好不好,也不在年岁上去计较。若是计较年岁,年岁大些的男子,都应该去守独身主义了。"金铨拍了她的肩膀笑道:"据你这样说,老头子也有可爱之道,这倒很有趣味啊!"说着,昂头哈哈大笑起来。

翠姨微笑道:"老头子怎么没有可爱之道?譬如甘蔗这东西,就越老越甜,若是嫩的呢,不但嚼着不甜,将甘蔗水嚼到口里,反有些青草气味。"金铨走过去几步,对了壁上的镜子,将头发理上两理,笑道:"白头发你还不要发愁,有人爱这调调儿呢。"说着,又笑了起来。因对翠姨道:"中国人作文章,欢喜搬古典,古典一搬,坏事都能说得好。老头子年岁当然是越过越苦,可是他掉过头来一说,年老还有点指望,这就叫什么蔗境。那意思就是说,到了甘蔗成熟的时候。书上说的,我还不大信,现在你这样一说,古人不欺我也。"翠姨皱了眉道:"你瞧,这又用得搬上一大套子书?"金铨道:"不是我搬书,大概老运好的人,都少不得用这话来解嘲的。其实我也用不着搬书。像你和我相处很久,感情不同平常,也就不应该嫌我老的。"说着,又笑起来。

翠姨道:"你瞧,只管和你说话,我放的这一盆热水,现在都凉过去了。你出去罢,让我洗澡。"金铨道:"昨天晚晌天气很热,盖着被出了一身的汗。早晌起来,忙着没有洗澡,让我先洗罢。"翠姨道:"我们盖的是一床被,怎么我没有出汗呢?你要洗你就洗罢。"说着,就起身出浴室,要给他带上门。金铨道:"你又何必走呢?你花了我那些钱,你也应该给我当一点小差事。"翠姨出去了,重新扶着门,又探了头进来笑问道:"又是什么差事?"金铨道:"劳你驾,给我擦一擦背。"说时,望了翠姨笑。翠姨摇着头道:"不行不行,回头溅我一身水。"金铨道:"我们权利义务,平等待遇,回头你洗澡,我是原礼儿退回。"翠姨道:"胡说!"一笑之下,将门带上了。

第七十四回

三戒异时微言寓深意　百花同寿断句写哀思

这个时候，也就到了开稀饭的时候了。那边金太太屋子里吃晚餐，因为儿辈们都散了，一个人吃的时候居多，有时金铨也就于此时进来，和金太太吃饭，借以陪着说笑。这晚晌，金太太想起老头子有一星期不曾共饭了，倒有点奇异起来。金太太越想越有点疑惑。这屋子里伺候杂事的，就是陈二姐一人，她是个中年的孀居，有些话，又不便和她说。一人喝罢了稀饭，因道："今天晚上，天气暖和得很，这水汽管子，热得受不了，我到外面透透空气去罢。"说着，就慢慢的踱到外面来。陈二姐追出来道："太太，晚上的风吹得怪凉，别……"金太太喝道："别嚷，别嚷，我就只在廊子下走走。"陈二姐不敢做声，退进屋子去了。

金太太在廊子下转了半个圈圈，不觉踱到小跨院子门边来。这里就是翠姨的私室。除了丫头玉儿，还有一个老妈子伺候她。这时下房都熄了电灯了，只有上房的玻璃窗子有电光。那电光带着紫色，和跳舞厅里，夜色深沉、酒醉酣舞的时候一样的颜色。金太太想了一想，她屋子里哪有这样的灯光？是了，翠姨曾说在床头边要安盏红色电灯泡,这大概是床头边的电灯泡了。金太太正在凝想,不觉触着廊下一只白瓷小花盆,当的一声响。自己倒吓了一跳,向后一缩,站着靠了圆月亮门,再一看时,只见玻璃窗边,伸出一只粉臂,拉着窗纱,将玻璃掩上了。窗子里的灯光,就格外朦胧。

金太太呆呆的站了一会儿,却听到金铨的嗓子,在屋子里咳嗽了几声。金太太一个人冲口而出的,轻轻骂了一句道:"越老越糊涂。"也就回房去了。金太太走回房去,连忙将房门一关,插上了横闩,只一回身,就看到陈二姐走了过来,她笑道:"太太,你怎么把我也关在屋子里?"金太太这才知道只管关门,忘了有人在屋子里,不觉笑了起来。陈二姐开了门,自己出去了。这里金太太倒不要睡觉,又自斟了一杯茶,坐在沙发椅上慢慢的喝将起来。自己只管一人发闷,就不觉糊里糊涂的坐到两点钟了。空想也是无益,便上床安歇了。

次日吃午餐的时候,叫人到金铨办公室里去看看,由衙门里回来没有?打听的结果,回来说总理刚到那屋子里去,今天还没有上衙门呢。金太太坐了一会儿,缓缓踱到办公室来。在门帘子外,先问了一声谁在这里?有金贵在旁答应出来了。金太太道:"没有什么事,我看有没有人在这里呢?你们是只顾玩,公事不管罢了,连性命不管,也没有关系的。"金贵也不知什么事得罪了太太,无故碰一个钉子,只得退到一边,连喳了几声。

金太太一掀帘子,走进房去,只见金铨靠住了沙发抽雪茄。金太太进来,他只是笑了一笑,没说什么,也没起身。金太太道:"今天早上,你没有上衙门去吗?"金铨道:"没有什么公事,今天可以不去。"金太太道:"你什么时候起来的?"问到这句话,金铨越发的笑起来了,因道:"今天为什么盘问起这个来了哩?"金太太道:"你笑什么?我是问你正话。"金铨笑道:"说正话,反正不是说气话,怎么不笑呢?说正话,你有什么问题要提出来呢?"金太太道:"正经莫过于孔夫子,孔夫子曾说过,君子有三戒。这三戒怎么分法呢?"

金铨听了这话,看着夫人的颜色,笑道:"这有什么难懂?分为老壮少罢了。"金太太道:"老时候呢?"金铨将嘴里雪茄取出来,以三个指头夹住,用无名指向雪茄弹着,伸到痰盂子上去落灰。那种很安适而自然的样子,似乎绝不为什么担心,笑着答道:"这有什么不能答的呢?孔子说,戒之在得。得呀,就是贪钱的意思。"问道:"壮年的时候呢?"答:"戒之在斗。那就是和人生气的意思。"问道:"少年的时候呢?"金铨又抽上雪茄了,靠着沙发,将腿摇曳了几下,笑道:"戒之在色。要不要下注解呢?"说着望了他夫人。金太太点了点头道:"哦!少年戒色,壮年和老年就不必戒的,是这样说吗?"金铨笑道:"孔子岂会讲这一家子理?他不过是说,每个时候,有一个最容易犯的毛病,就对那个毛病特别戒严。"金太太连摇着头道:"虽然是孔子说的话,不容后人来驳,但是据我看来,有点不对。如今年老的人哪,他的毛病,可不是贪钱呢。你相信我这话,不相信我这话呢?"

说到这里,金铨却不向下说了,他站了起来,将雪茄放在玻璃缸子上,连忙一推壁下的悬镜,露出保险箱子来,就要去开锁。原来这箱子是专门存放要紧的公文的。金太太道:"我要不来和你说话,你就睡到下午三点钟起来也没有事。我一来找你,你就要办公了。"金铨又把玻璃缸子上的雪茄拿起,笑道:"你说你的,我干我的,我们两不妨碍。"金太太道:"你不要误会了我的意思,我来和你说话,完全是好意。你若不信,我也不勉强要你信。"金铨口里含着雪茄,将两只手背在身后,在屋子里来回的踱着,笑道:"你这话,我有点不明白。"

金太太道："你不明白吗？那就算了。只是我对于你有一个要求，从今天起，请你不必到里边去了，就在这边楼上那间屋子里安歇。据我看，你身上有点毛病，应该要养周年半载。"金铨笑道："就是这事吗？我虽然寂寞一点，老头子了，倒无所谓。可是这样一来，连自己家里的晚辈，和那些下人，都会疑心我们发生了什么裂痕？"金太太道："绝不，绝不，绝不能够的。"说时，将脚在地板上连连踏了几下。又道："你若不照我的话办，也许真发生裂痕呢。谁要反对这事，谁就对你不怀好意。我非……"金铨笑道："得，得，就是这样办罢。不要拖泥带水，牵上许多人。"金太太冷笑一声道："你有了我这一个拖泥带水的，你比请了十个卫生顾问还强呢。你心里要明白一点。我言尽于此，听不听在乎你。"

说毕，马上站起身，就走出他的屋子了。刚刚走出这办公室的屋子，一到走廊外，就见翠姨打扮得像个花蝴蝶子似的，远远的带着一阵香风，就向这边来。她一遇到了金太太，不觉向后退了一步，金太太一看身边无人，将脸色一正道："他这会子正有公事要办，不要去打他的搅了。"翠姨笑道："我不是去见总理的。今天陈总长太太有电话来，请太太和我去吃便饭。我特意来问一声，太太去我就去，太太不去我又不懂规矩，我就不去了。"金太太本来不高兴，见她这种和颜悦色的样子，又不好怎样申斥，便淡淡的答道："我不去。你要去，你就去罢。"翠姨道："那我也不去了。"没着话时，闪到一边，就陪着金太太，一路走到屋里来，又在金太太屋子里陪着谈了一会儿话。因大夫瞧玉芬的病刚走，便道："我瞧瞧她去。病怎么还没有好呢？"这就走出来了。

先到玉芬屋子里坐着，听到清秋这两天身体也常是不好，又弯到清秋这院子里来。走进院子,便闻到一种很浓厚的檀香味儿,却是一点声音也没有。一掀帘子,只见清秋卧室里,绿幔低垂,不听到一些响动。再掀开绿幔,钻了进去,却见清秋斜靠在沙发上,一手撑了头,一手拿了一本大字的线装书,口里唧唧哝哝的念着。沙发椅旁边,有一个长脚茶儿,上面只放了一个三脚鼎,有一缕细细的青烟,由里面直冒上空际。看那烟只管突突上升,一点也不乱,这也就觉得这屋子里是十分的安静,空气都不流动的。

清秋一抬头,看见她进来,连忙将书放下,笑着站起来道:"姨娘怎么有工夫到我这里来谈谈?请坐请坐。"翠姨笑道:"你真客气。以后把这个'娘'字免了,还是叫我翠姨罢。我比你大不了几岁,这个'娘'字我不敢当。"说着,拉了清秋的手,一块儿在沙发上坐下了。因摸着她的手道:"我听说你身上不大舒服,是吗?"清秋笑道:"我的身体向来单弱,这几月来,都是这样子的。"翠姨拍着她的肩膀,笑着轻轻的道:"你不要是有了喜了罢?可别瞒人啦。你们这种新人物,总也不会为了这个害臊罢?"清秋脸一红道:"我才不会为这个害臊呢,我向来就是这个样子。"

翠姨道:"老七在家,你就陪着老七。老七不在家,你也苦守着这个屋子做什么?随便在哪个屋子里坐坐谈谈都可以,何必老闷着看书?我要学你这样子,只要两三天,我就会闷出病来的。"清秋笑道:"这话我也承认。你是这样,就会闷成病。可是我要三天不这样,也会闷成病的。"翠姨道:"可不是!我就想着,我们这种人,连读书的福气都没有。"清秋笑道:"你说这话,我就该打,难道我还在长辈面前,卖弄认识字吗?姨娘,你别看我认识几个字,我是十二分无用,什么也不懂,说话也不留心,什么能说,什么不能说,全不知道。我有不对的事,姨娘尽管指教我。"

翠姨对于这些少奶奶们向来不敢以长辈自居的,少奶奶们虽不敢得罪她,可是总不恭维她,现在见清秋对她这样客气,心里反老大的不过意。笑道:"我又懂得什么呢?不过我比你早到金家来几年,这里一些人的脾气,都是知道的。其实这里的人除了玩的时候,大家不常在一处,各干各的,彼此不发生什么关系。你不喜欢玩,更是看你的书去好了。慢说你这样的聪明人,用不着人来说,就是个傻子,也不要紧。不过你也不可以太用功了,大家玩的时候,你也可以凑在一处玩玩。你公公就常说什么人是感情动物,联络联络感情,彼此就格外相处得好的,这话我倒也相信。二十块底的小麻雀,他们也打的,玩玩不伤脾气。听戏、看电影、吃馆子,花钱很有限,而且那是大家互相做东的。你听我的话没有错,以后也玩一玩,省得那些不懂事的下人,说你……"

说到这里,翠姨顿了一顿,笑了一笑,才接着道:"说你是书呆子罢了,也没有说别的。"清秋听了她的话,自然很感激,也不去追求是不是人家仅笑她书呆子。可是要照着这样办,越发是向堕落一条路上走。因对她笑道:"谁不愿玩?可是我什么玩意儿也不行。那还得要姨娘指导指导呢。"翠姨笑道:"行哪,你说别的事,我是不在行,若要说到玩,我准能来个双份儿。"清秋道:"年青的人,都喜欢玩的,这也不但是姨娘一个人呀。"翠姨却不说什么,深深的叹了一口气。她原以为清秋有病的,所以来看一看,现在见她也不像什么有病,说了几句话,也就走了。

清秋送着客走了,见宣炉里香烟,更是微细,添上一点小檀条儿。将刚才看的一本书,又拿起来靠着沙发看。但是经翠姨一度来了之后,便不住咀嚼着她说的那几句话,眼睛虽然看在书上,心里可是念着翠姨说的话。大概不是因话答话偶然说出的，由此可知自己极力的随着人意，无所竞争，结果倒是这个主义坏了事。古人所谓有不虞之誉，有求全之毁，这是个明证了。回转来想想，自己并不是富贵人家的女子，现在安分守己，还觉不忘本，若跟他们闹，岂非小人得志便颠狂吗？我只要居心不做坏事，他们大体上总也说不出什么坏处来，我又何必同流合污？而且就是那样，也许人家说我高攀呢。

她一个人，只管坐在屋子里，沉沉的想着，也不知道起于何时，天色已经黑了。自己手里捧着一本书，早是连字影子都不看见，也不曾理会得，实在是想出了神了。自己一想，家里人因为我懒得出房门，所以说病体很沉重，我今天的晚饭，无论如何，是要到母亲屋子里去吃的。这样想着，明了电灯，洗了一把脸，梳了一梳头发，就到金太太屋子里来。

金太太戴了眼镜，正坐在躺椅上，见她进来，放下书本，一只手扶了眼镜腿，抬起头来，看着清秋道："你今天颜色好些了。我给你一盒参，你吃了些吗？"清秋笑道："吃了一些。可是颜色好一些，乃是假的，因为我抹了一些粉哩，省得他回来一见，就说我带着病容。"金太太笑道："不要胭脂粉，那也是女子唱高调罢了。其实年青的人，谁不爱个好儿？你二嫂天天和那些提倡女权的女伟人一块儿来往，嚷着解放这里，解放那里，可是她哪一回出门，也是穿了束缚着两只脚的高跟鞋。"清秋笑道："我倒不是唱高调，有时为了看书，或者做事，就把擦粉忘了。"

说着话时，走近来，将金太太看的一本书，由椅上拿起来翻了一翻，乃是《后红楼梦》。因道："这个东西，太没有意思，一个个都弄得欢喜团圆，一点回味也没有。你老人家倒看着舍不得放手。"金太太笑道："这书很有趣呀。贾府上不平的事，都给他弄团圆了，闹热意思，怪有趣的。所有的《红楼梦》后套，什么《续梦》、《后梦》、《复梦》、《圆梦》、《重梦》、《红楼梦影》，我全都看过了。我就爱这个。什么文学不文学，文艺不文艺，我可不管。我就不懂文学是什么意思？好好的一件事，一定要写得家败人亡，那才乐意。"

清秋可不敢和金太太讨论文学，只一笑，便在对面椅子上坐下。金太太道："我就常说，你和老七的性情，应该调换调换才好。他一谈到书，脑袋就痛，总是玩，你又一点也不运动，总是看书。"清秋道："母亲是可以坐着享福的人呢，还要看书，何况我呢？"金太太道："我看什么书？不过是消遣消遣。"清秋道："母亲是消遣？我又何尝不是消遣？难道还想念出书来做博士吗？我也想找点别的事消遣，可是除了打麻雀，还勉强能凑付一脚而外，其余什么玩意儿，我也不行，不行就没有趣味的。我看书，倒不管团圆不团圆，只要写得神乎其神的，我就爱看。"金太太笑道："这样说，我是文学不行，所以看那不团圆的小说心里十分难过。我年青的时候看小说，还不能公开的。为了看《红楼梦》，不知道暗下掉了多少眼泪。你想一个人家，落到那样一个收场，那是多么惨呀！"

正说到这里，梅丽一掀门帘，跳了进来，问道："谁家收场惨？又是求帮助来了。"金太太道："我们在这儿谈小说，你又想打听消息和谁报告去？做小姐的时候，你喜欢多事，人家不过是说一句快嘴快舌的丫头罢了。将来做了少奶奶，可别这样。"梅丽皱了眉道："不让我说话，就不让我说话，干吗提到那些话上面去？"金太太望了清秋笑道："做女孩子的人，都是这样，总要说做一辈子姑娘，表示清高。可是谈到恋爱的时候，那就什么都会忘了，只是要结婚。"梅丽不和她母亲说话了，却把手去抚弄桌上的一套活动日历。这日历是用玻璃罩子罩了，里面用钢丝系在机钮上，外面有活钮，可以扯过去，也可以退回来的。梅丽拨了那活钮，将里面的日历，乱拨了一阵，把一年的日历全翻过来了。

金太太道："你瞧，你总是没有一下子消停不是？"梅丽将头一偏，笑道："你不和我说话，又不许我动手，要我做个木头人儿坐在这里吗？"清秋就站起来，笑着将日历接过来，一张一张翻回来，翻到最近的日子，翻得更慢了。及至翻到明日，一看附注着阴历日子，却是二月十二日，不觉失声，呀了一声。梅丽道："我弄坏了吗？你呀什么？"清秋道："不是，我看到明日是花朝了。"金太太道："是花朝吗？这花朝的日子，各处不同，有定二月初八的，有定十二的，有定十五的。明天是阴历什么日子？"清秋道："是十二，我们家乡是把这日当花朝的。"金太太道："是花朝也不足为奇，为什么你看到日历，有些失惊的样子？"清秋笑道："糊里糊涂，不觉春天过去了一半了。"金太太道："日子还是糊里糊涂混过去的好。像我们算着日子过，也是没有事，反而会焦躁起来。倒不如糊里糊涂的过去，忘了自己是多大年纪。"清秋先以金太太盘问起来，倒怕是金太太会问出什么来。现在她转念到年纪老远的问题上去，把这事就牵扯开了。

大家吃过晚饭，清秋却推有东西要去收拾，先回房去。在路上走着，却碰到大姐阿囡，清秋便叫她到自己房里来，因问道："我听说你在这个月内，要回上海去，这话是真的吗？"阿囡微微一笑，将身子连忙掉了转去。手掀了帘子，做要走的样子。清秋扯着她的衣裳道："傻子，回来罢。我并不是和你开玩笑，有正经话和你说呢。因为你若是真回南去的话，我倒有些事，要托你办，所以我把你拉住，好问几句话。"阿囡听她如此说，就回转身来，望着清秋微笑道："我也是这样说，你不至于和我开玩笑哩。"清秋将她按了一按，让她在沙发上坐下,又倒了一杯茶递给她。阿囡见她倒茶,以为她是自己喝,及至一伸手过来,连忙站起来,两手捧着,呵了一声道:"那还了得!折煞我了。"清秋笑道:"你这叫少见多怪,你又不是伺候我的人,我顺手递一杯茶给你喝,你就受折。你不过穷一点,在我家帮工,又不是晚辈对着长辈,折什么呢?"阿囡笑道:"七少奶奶,你这话和二少奶奶常说的一样。可是要论到你这样客气,她可没有做出来呢。"清秋道:"她为人的确是很讲平等的,不过因为你少和她接近,你若是常和她在一处,她自然也和我这样的客气了。"

二人谈了一阵子,清秋就问到她的生辰上去,又问这些少奶奶过生日平常是怎样的办法呢?阿囡道:"也无所谓办法。大家闹一阵子,吃吃喝喝,回头听听戏罢了。"清秋道:"除此以外,没有别的乐子吗?"阿囡道:"这也就够了,还有什么闹的呢?七少奶奶是什么时候生日?"清秋昂着头想了一会儿,微笑道:"早着哩。"阿囡道:"我仿佛听到说是春天似的,春天都快过完了,怎么还远着呢?"清秋微笑,又想了一想道:"也许要等着明年了。"阿囡道:"啊!你把生日都瞒着过去了,那可了不得。"清秋笑道:"这也无所谓了不得,不过省事罢了。"阿囡又谈了一会儿,见清秋并没有什么事,又恐怕敏之、润之有事,便起身走了。回房之后,她姊妹二人写信的写信,看书的看书,都没有理会到她。

次日吃午饭的时候,阿囡在一边陪着闲谈。谈到清秋真是讲平等。润之笑道:"你和她向无来往,怎么好好的和她宣传起来了?"阿囡便说:"并不是无缘无故的。"就把昨晚上的事,细述了一遍。润之道:"这可怪了,她好好的把你叫了去,又没有什么事,不过和你闲谈几句,这是什么意思呢?"敏之道:"据我想,一定是她有什么事情要问,又不好意思说出来,于是就叫阿囡去闲谈,以便顺便将她口风探出来，你看对不对？"润之道："我想起来了，清秋的生日不是花朝吗？今天阴历是什么日子呢？"敏之道："我也仿佛记起花朝，那就是今天了。"阿囡道："怪不得我问她是哪天的生日，她就对着我笑，先不肯说，后来才说早过去了。我看那神气就很疑心的，倒不料就是今天。"润之道："我先去瞧瞧，她在做什么？"说着，马上吃了饭，跟着净了手脸，就到清秋这边院子里来。

转过走廊，屋子里还是静悄悄的，寂无人声。润之以为是还在金太太屋子里吃饭，不曾回屋子。正待转身，却听到清秋房子里一阵吟哦之声，达于户外，这正是清秋的声音。于是停了脚步，听她念些什么？可是清秋这种念书的调子，是家传的，还是她故乡的土音。因之润之站在外面听了一会子，一个字也听不出来。还待要听时，老妈子却在下房看见了，早叫了一声六小姐。润之只得一掀帘子，自走进房去。清秋站着在收拾窗户前横桌上的纸笔，笑道："六姐静悄悄的就来，也不言语一声。"润之指着她笑道："言语一声吗？我要罚你呢？"清秋道："你罚我什么呢？"润之道："你手里拿些什么稿子？只管向抽屉里乱塞。"

清秋将手上的稿子，一齐塞进去了，然后将抽屉一推，便关合了缝。笑道："没有什么可研究的价值，我是一个人坐在屋子里无聊，瞎涂了几句诗。"润之走过来，笑道将她一拉，向沙发上一推，笑道："你一个小人儿，可别和我讲打，要打，你是玩不过我的。"清秋根本就未曾防备到她会扯上一把的，所以她一拉一推，就让她拉开了。润之也不征求她的同意，扯开抽屉，将稿子一把拿在手里。然后向身后一藏，笑问道："你实说，是能看不能看的呢？若是能看的，我才看，不能看的，我也不胡来，还给你收起。"清秋笑道：

"我先收起来,不是不给你看,因为写得乱七八糟的。你要看就看,可别见笑。"润之见她如此,才拿出来看。

原来都是仿古云笺,拦着细细直横格子,头一行,便写的是《花朝初度》。润之虽是个新一点的女子,然而父亲是个好谈中国旧学的。对于辞章也略为知道一点,这分明是个诗题了。"初度"两个字,仿佛在哪里念过,就是生日的意思。因问道:"'初度'这两个字怎么解?"清秋道:"'初度'就是初次过,这有什么不懂的?"润之也不敢断定"初度"两个字就是生日,她说"初度"就是初次过,照字面也很通顺的,就没法子再追问她,且先看文字。清秋道:"你不要看了,那是零零碎碎的东西,你看不出所以然来的。"润之且不理会,只看她写的字。只见头一行是:

锦样年华一指弹,风花直似梦中看。
终乖鹦鹉贪香稻,博得鲇鱼上竹竿。

那"鹦鹉"一句,已是用笔圈了一路圈儿,字迹只模糊看得出来。第二行是:

不见春光似去年,却觉春恨胜从前。

这底下又没有了。第三行写的是:

百花生日我同生,命果如花一样轻。

润之叫起来道:"这两句我懂了。这不是明明说着你是花朝过生日吗？只是好好的过着生日，说这样的伤心话，有点不好罢？"清秋道："那也无所谓，旧诗人都是这样无病而呻的。"润之道："你问我要罚你什么？我没有拿着证据，先不敢说，现在可以说了。你今天的生日，为什么一个字也不吐露出来？怕我们喝你一杯寿酒吗？"清秋道："散生日，过去了就过去了，有什么可说的？"润之道："虽然是散生日，可是到我们金家来的第一个生日，为什么不热闹热闹呢？你不说也罢了，老七这东西也糊涂，为什么他也和你保守秘密？"清秋鼻子微微哼了一声，淡淡的笑道："他忙着哩，哪里还记得这个不相干的事？"

润之看她这种神色，知道燕西把清秋的生日忘了。虽明明知道燕西不对，然而无如是自己的兄弟，总不好完全批评他不对。因道："老七这种人，就是这样，绝对不会把正经事放在心上的。"清秋道："过散生日，这不算什么正经事。不过他有两天不见面了，是不是还记得我的生日，我也无从证明。"润之道："两天没有见着他，难道晚上也没有回家来吗？"清秋想了一想笑道："回来的，但是很晚，今天一早他又出去了。这话你可以不要告诉两位老人家，我早是司空见惯的了！"润之道："你愿意替他遮掩，我们还有替他宣布的道理吗？不过你的生日，我们不知道也就算了。我们既然知道，总得热闹一下子才好。"清秋连连摇手道："那又何必呢，就算今天的生日，今天也过去大半天了。"润之道："那不成，总得热闹一下子。"说着，将稿子丢了下来，就向外面跑，清秋想要拦阻，也来不及了。

润之走回房去，一拍手道："可不是今天生日吗？"敏之道："你怎知道？她自己承认了吗？"润之就把来看出证据的话说了出来。因道："那张稿上，全写的是零零碎碎的句子。可想她是心里很乱。

你说要不要告诉母亲去？"敏之道："她写些什么东西不必说了，至于她的生日，当然要说出来。她心里既然不痛快，大家热闹一下，也给她解解闷。"润之笑道："我这么大人，这一点事都不知道，还要你先照应着哩？"说着，便向金太太屋子里来。

金太太斜斜的躺在沙发上，看着梅丽拼益智图，梅丽将一本画样，放在桌上，手上拿着十几块大小木板，只管拼来拼去，一心一意对着图书出神。润之笑道："我瞧这样子，大概大家都无聊得很，我现在找一个有趣味的事情，大家可以乐一阵子了。"梅丽站起来，拍着胸道："你这冒失鬼，真吓我一大跳，什么事？大惊小怪。"润之向她笑道："你这会打听新闻的人，要宣告失败了。清秋是今天的生日，你怎么会没打听出来？"梅丽一拍手，哦了一声道："我想起来了，怪不得昨日她见日历发愣哩，这明明是想起生日来了。"

金太太也道："她昨日吃饭的时候，提到过花朝来的。原来花朝是她的生日，这孩子就是这个脾气不好，过于守缄默了。这也不是什么不能告人的事，为什么守着秘密呢？日子过了半天去了，找什么玩意儿呢？到帐房去拿两百块钱，由你们大家办去罢。她是到我们金家来的第一个生日，冷淡了她，可不大好。"梅丽笑道："喝寿酒不能安安静静的喝，找个什么下酒哩？"说到这里，燕西由外面嚷了进来，问道："喝谁的寿酒，别忘了我啊！"他这一说，大家都向他笑。

正是：粗忽恒为心上事，疏慵转是眼前人。

第七十五回

日半登楼祝嘏开小宴　酒酣谢席赴约赏浓装

却说燕西问起谁过生日,大家向他发笑,他更是莫名其妙。因道:"大家都望着我做什么?难道我这句话说错了吗?"金太太正色道:"阿七,你整天整晚的忙些什么?"燕西笑道:"你瞧,好好的说着笑话,这又寻出我的岔儿来了!"金太太道:"我找你的岔儿吗?若是像你这样的瞎忙,恐怕将来连自己姓甚名谁都忘了。你自己媳妇的生日,你不记得,倒也罢了,怎么连人家说起来了,你还是不知道?你两个人不像平常的小两口儿,早是无话不说不谈的,难道哪一天的生日,都没有和你提过吗?"燕西伸起手来,在自己头上轻轻的拍了一下,笑道:"该打!今天是她的生日,我全忘了。她倒不在乎这个,忘了就忘了,可是我们那位岳母冷老太太,今天一定在盼这边的消息,等到现在,音信渺然,她一定很奇怪的。我瞧瞧去,她在做什么事?"说着掉转身子,就向自己屋子里来。

一掀帘子便嚷道:"人呢?人呢?"清秋答:"在这儿。"燕西听声音,在卧室后面浴室里,便笑问道:"我能进来吗?"清秋道:"今天怎么这样客气?请进来罢。"燕西走了进去,只见她将头发梳得溜光，似乎脸上还微微的抹了一点胭脂，那白脸上，犹如喝酒以后，微微有点醉意一般。因笑道："除了结婚那一天，我看见你抹胭脂，这还是第一次呢！今天应该喜气洋洋的。这样就好。"清秋笑道："今天为什么要喜气洋洋的？特别一点吗？"燕西深深的点了一个头，算是鞠躬。笑道："这是我不对，你到我家来第一个生日，我会忘了。昨晚晌我就记起来了的，偏是喝的醉得不成个样子，我也不好意思来见你，就在外面书房里睡了。今天起来又让人家拉去吃小馆子，刚刚回来，一进门我心里连说糟了，怎么会把你的生日都忘了呢？你是一定可以原谅我的，只是伯母那里，也不知道你今天是热热闹闹的过着呢？也不知道是冷冷清清的过着？所以我急于来见你，问问你看要怎么样的通知你家里？你觉得我这话说得撒谎吗？"

清秋笑道："什么人也有疏忽的时候，我一个散生日，并不是什么大事。这一阵子我又没和你提过，本容易忘记的，何况你一进门就记起来了，究竟和别人的关系是不同。不要说别的，只这几句话，我就应该很感激你的了。"燕西一伸手，握住清秋的手，一只手拍着她的肩膀，笑道："你这一句话，好像是原谅我，又像是损我，真教我不知道要怎样答复你才好？本来我自己不对。"清秋道："你别那样说，我要埋怨你就埋怨几句，旁敲侧击损人的法子，我是向来不干的。这是我对你谅解，你倒不对我谅解了。"燕西点着头笑道："是是是，我说错了。这时候要不要我到你家去通知一声呢？"清秋笑道："你今天真想得很周到。最好是自己能回家一趟，但是大家都知道了，我要回去，反是说我矫情了。"燕西道："你偷偷去一趟，也不要紧，不过时候不要过多了，省得大家盼望寿星老。"清秋摇摇头道："你做不了主，等我见了母亲问上一问再说罢。"

正说到这里，只听得院子里，一阵嚷着："拜寿拜寿，寿星老哪里去了？"清秋听说，连忙迎到外边，这里除了敏之妹妹，还有刘守华，都拥了进来。刘守华虽是年长，然而他是亲戚一边，可以不受拘束的开玩笑。因笑道："这事老七要负一大半责任，怎么事先不通知我们？这时候要我们预备寿礼都来不及。"清秋笑道："这不能怨他，原是我保守秘密的。我守秘密，就因为十几岁的人，闹着过生日，可是有点寒碜。"敏之道："这话可就不然，小孩周岁做寿，十岁也做寿，十几岁倒不能做寿吗？"清秋道："那又当别论，因为过周岁是岁之始，十岁是以十计岁之始，是一个纪念的意思。"梅丽笑道："文绉绉的，你真够酸的了。妈正等着你，问你要什么玩？走罢，我们还要乐一阵子呢。"说着，拉了清秋的手向外就跑。

清秋笑道："去就去，让我换一件衣服。"这句话说出来，自己又觉得不对，这更是装出一个过生日的样子了。梅丽笑道："对了，寿星婆应该穿得齐齐整整的。穿一件什么衣服？挑一件红颜色的旗袍子穿，好吗？"本来已是将清秋簇拥到走廊子上来了，于是复又簇拥着她回房去。清秋笑道："得了，我也用不着换衣了，刚才是说着玩的。你想，真要换新衣服，倒是自己来做寿，岂不是笑话吗？而且见了母亲也不大方便。"梅丽究竟老实，就听她的话，又把她引出来。

大家到金太太屋子里，金太太笑道："你这孩子太守缄默了。自己的生日，纵然不愿取个热闹，也该回去看看你的母亲。我拿我自己打比，娘老子对于儿女的生日，那是非常注意的。"说到这里，抬头一看清秋脸上头上，笑着点了点头道："原来你是预备回家去的，这也好。你先回家去罢，这里让大家给你随便的凑些玩意儿，你早一点回来就是了。若是亲家太太愿意来，你索性把她接了来，大家玩玩。"清秋听她如此说，觉得这位婆婆不但是慈祥，而且十分体贴下情，心中非常的感激。便道："我正因为想回去，打算先来对母亲说一声,母亲这样说了,我就走了。"

金太太道:"别忙,问问家里还有车没有?若是有车,让车子送你回去。"燕西道:"有的,刚才我坐了那辆老车子回来。"说了这句,觉得有点不合适似的,就向清秋看了一看。清秋对于这一层,倒不甚注意,便道:"好极了,我就走罢。"燕西也十分凑趣,就道:"你只管回家罢,这里的事,都有我和你张罗。"清秋道:"你不阻止大家,还和我张罗闹热吗?"燕西道:"你去罢,你去罢,这里的事,你就不必管,反正不让你担受不起就是了。"清秋听了他如此说,这才回房换了一件衣服,坐了汽车回家去。

到了门口,汽车喇叭只一响,冷太太和韩妈早就迎了出来。韩妈抢上前一步,搀着她下了汽车,笑道:"我就猜着你今天要回来的。太太还说,不能定呢,金家人多,今天还不留着她闹一阵子吗?我正在这里盼望着,你再不回来,我也就要瞧你去了。"冷太太道:"依着我,早就让她去了,倒不料你自己果然回来。"三个人说着话,一路进了上房。韩观久提着嗓子,在院子里嚷起来道:"大姑娘,我瞧你脸上喜气洋洋的,这个生日,一定过得不错。大概要算今年的生日,是最欢喜了。"清秋道:"是啊,我欢喜,你还不欢喜吗?"

说着话,隔了玻璃向外张望时,只见韩观久乐得只用两只手去搔着两条腿,韩妈也嘻嘻的捧了茶来,回头又打手巾把。清秋道:"乳妈,我又不是客,你忙什么?现在家境宽裕一点了,舅舅又有好几份差事,家里就雇一个人罢。"冷太太道:"我也是这样说呀。可是他老夫妻俩都不肯,说是家里一并只有四人,还有一个常不落家的,雇了人来,也是没事,我也只好不雇了。"清秋道:"虽然没有什么事可做,但是家里多一个人,也热闹一点子,那不是很好吗?"

说着话时,韩妈已在外面屋子里端了一大盘子玫瑰糕来。笑道:

"这是我和太太两个人做的，知道你爱吃这个，给你上寿呢。"她将盘子放在桌上，却拿了一片糕递给清秋手上，笑道："若是雇的人，也能做这个吗？我们自己做东西，虽是累一点，倒也放着心吃。"清秋吃着玫瑰糕，只是微笑。冷太太道："你笑什么？你笑乳妈给你上寿的东西太不值钱吗？"清秋道："我怎么说这东西不值钱？你猜得是刚刚相反，我正是爱吃这个呢。我歇了许久没有看见这种小家庭的生活，今天回来，看见家里什么事都是自己来，非常的有趣。我想到从前在家里过的那种生活，真是自然生活。而今到那种大家庭去，虽然衣食住三大样，都比家里舒服，可是无形中受有一种拘束，反而，反而……"说到这里，她只将玫瑰糕咀嚼微笑。

韩妈道："哟！我的姑奶奶，你怎说出这种话来了呢？我到了你府上去过几次，我真觉得到了天宫里一样。那样好的日子，我们住一天半天，也是舒服的，何况过一辈子呢？我倒不明白，你反是不相信那种天宫，这不怪吗？"冷太太道："在家过惯了，突然掉一个生地方，自然有些不大合适，由做姑娘的人，变到做少奶奶，谁也是这样子。将来你过惯了，也就好了。"清秋笑道："妈这话还只说对了一半，有钱的人家，和平常的人家那种生活，可是两样呢。"说到这里，笑容可就有点维持不住。便借着将糕拿在手上看了几看，又复笑道："可真是比平常家里有些不同，又干净，又细致，这样就好，只要我受用就得了。金家那些小姐少奶奶们，这一下午，可不知要和我闹些什么？"说完了这话，又坐下来说笑。

冷太太道："既是你家里很热闹，你就回家热闹去罢。人家都高高兴兴的给你上寿，把一个寿星翁跑了，可也有点不大好。"清秋道："妈，你记得吗？去年今日，我还邀了四五个同学在家里闹着玩呢。今年我走了，我想你一个人太寂寞，你也一路跟我到金家去玩玩好吗?"冷太太道:"等一会儿,你舅舅就要回来,他一回来,就要开话匣子的,我不会寂寞。再说,和你在一处闹着玩的,都是年青的人,夹我一个老太婆在里面,那有什么意思?我能那样不知趣,夹在你们一处玩吗?"

清秋一想,这话也对,看看母亲的颜色,又很平稳,不像心中有什么伤感,这也就不必再劝了。又坐了一会儿,回来共有两小时之久了。心想,对于那边怎么样的铺张,也是放开不下,因笑道:"这玫瑰糕是我的,我就全数领收了,带回去慢慢的吃罢。"韩妈笑道:"是呀,我们这位姑爷就很爱吃这个呢。"说着,就找了一张干净纸来,将一盘玫瑰糕都包起来了。冷太太和韩妈,也都催着清秋早些回去。清秋站着呆了一呆,便走到里面屋子里去,因叫着韩妈送点热水洗手,趁着冷太太不在面前,轻轻的道:"乳娘,我有点事托你,请你过两三天到我那里去一趟。可是你要悄悄的去,不要先说出来。"韩妈连点着头,说是知道了。清秋见韩妈的神气,似乎很明白,心里的困难觉得为之解除了一小部分。这才出门上汽车回家。

只是一到上房,大家早围上来嚷着道:"寿星回来了,寿星回来了。"也不容分说,就把她簇拥到大客厅楼上去。楼上立时陈设了许多盆景,半空悬了万国旗和五彩纸条,那细纸条的绳上,还垂着小红绸灯笼。正中音乐台挂了一副丝绣的《麻姑骑鹿图》。前面一列长案,蒙上红缎桌围,陈设了许多大小锦匣,都是家中送的礼,立时这楼上,摆得花团锦簇。清秋笑道:"多劳诸位费神,布置得真好真快,但是我怎样承受得起呢?"因见燕西也站在人丛中,就向燕西笑道:"我还托重了你呢!怎么让大家给我真陈设起寿堂来?"燕西道:"这都是家里有的东西,铺陈出来,那算什么?可是这些送礼的给你叫了一班大鼓书,给你唱落子听呢。"说着,手向露台上一指。

清秋向露台上看时,原来是列着桌椅,正对了这楼上,桌上摆了三弦二胡,桌前摆了鼓架,正是有鼓书堂会的样子。因笑道:"你们办是办得快,可是我更消受不起了。我怎样的来答谢大家呢?"燕西笑道:"这个你就不用操心了,我已经叫厨房里办好几桌席面,回头请大家多喝两杯就是了。"

说时,佩芳和慧厂也都来了,一个人后面,跟随着一个乳妈抱着小孩。佩芳先笑道:"七婶上座呀,让两个小侄子给你拜寿罢。"两个乳妈听说,早是将红绸小褥子里的小孩,向清秋蹲了两蹲,口里同时说着给你拜寿。佩芳也在一边笑道:"虽然是乳妈代表,可是他哥儿俩,也是初次上这楼,参加盛典,来意是很诚的呢。"清秋笑着,先接过佩芳的孩子,吻了一吻,又抱慧厂的孩子吻了一吻。当她吻着的时候,大家都围成一个小圈圈,将两个孩子围着。梅丽笑着直嚷:"你瞧,这两个小东西,满处瞧人呢。"只这一声,就听到有人说道:"你们这些人一高兴,就太高兴了,怎么把两个小孩子也带出来了呢?这地方这多人,又笑又嚷,仔细把孩子吓着了。"大家看时,乃是金太太来了。燕西笑道:"这可了不得!连母亲也参加这个热闹了。"金太太道:"我也来拜寿吗,你这寿星公当不起罢?我听说两个孩子出来了,来照应孩子的。"燕西笑道:"你老人家这话漏了,儿子受不住,特意的来瞧孙子,孙子就受得住吗?"说毕,大家哄堂一笑。

金太太连忙挥着乳妈道:"赶快抱孩子走罢。这里这些个人,这么点大的孩子,哪里经得住这样嘈杂呢?"两个乳妈目的只是在拜这个寿领几个赏钱。寿是拜了,待一会儿,赏钱自然会下来的,这就用不着在这里等候了。因之她们也笑着抱孩子走了。只在她们走后,楼下就有人笑了上来道:"这可了不得,连这点大的小孩子,都把寿拜过去了,你瞧,我还不曾出来呢。"大家一看,原来是玉芬到了。当时玉芬走上前握了清秋的手,一定要她站在前面,口里笑道:"贺你公母俩千秋。"清秋笑道："三嫂，你这样客气，我怎样受得了？有过嫂嫂给弟媳拜寿的吗？"玉芬笑道："这年头儿平等啦。"清秋看她眉飞色舞，实实在在是欢喜的样子。便道："道贺不敢当，回头请你唱上一段罢。"玉芬道："行，上次老七做寿，我玩票失败了，今天我还得来那出《武家坡》。"说时，望了望大家一笑。

清秋心里，好生疑惑，她闹了大亏空之后，病得死去活来，只昨天没有去看她，怎么今天完全好了？而且是这样的欢喜。向来她是看不起人的，今天何以这样高兴和亲热？这真是奇怪了，难道自己的生日，还会引起她的兴趣吗？那倒未必。不但清秋是这样想，这寿堂一大部分人也是这样想。她前几天如丧家之犬一般，何以突然快乐到这步田地呢？不过大家虽如此想，也没有法问了出来，都搁在心里。

这舞厅上，已经安设了一排一排的椅子，一张椅子面前一副茶点。燕西笑着，请大家入座，一面就有听差将大鼓娘由露台下平梯上引上来。佩芳、慧厂是初出来玩，玉芬又高兴不过，她们都愿意听书，其余的人也就没有肯散的。燕西一班朋友，有接着电话的，也都来了，所以也有一点小热闹。到了晚上吃寿酒的时候，临时就加了五席，家里人自然没有不到的。这其间却只有鹤荪在酒席上坐了一半的时候，推着有事下了席。

女宾里头的乌二小姐，正坐在寿星夫妇的一桌，回过头来，一看鹤荪要走，便笑道："二爷，我有一件事托你。"说着，走近前来道："我有一个外国女朋友，音乐很好，还会几种外国语，有什么上等家庭课，请你介绍一两处。"鹤荪说着可以，走出了饭厅外，乌二小姐又觉着想出了一句什么话要追加似的，一直追到走廊上，回头望了一望，低低的笑道:"你们老七知道吗?"鹤荪道:"大概知道罢?但是回头怕要打小牌,他未必走得开。"乌二小姐道:"你先去,我就来,你和他们说,我决不失信的。"说毕,匆匆又归座了。只说到这里,那边桌上,已有人催乌二小姐喝酒,便回座了。

鹤荪轻轻悄悄的走到外边。今天家里的汽车,都没有开出去,就分付金荣,叫汽车夫开一辆车到曾小姐家里去。汽车夫们坐在家里,是找不着外花的,谁也愿意送了几位少爷出门,不是牌局,便是饭局,总可以得几文。而今又听说是到曾小姐家去,更是乐大发了。鹤荪溜出大门,坐上汽车,就直上曾美云家来。原来曾美云和家庭脱离关系的,自己在东城另觅了一幢带着浓厚洋味的房子,一人单独住家。屋子里除了几个不甚相干的疏远亲戚而外,其余就是仆役们。她在这里,无论怎样交际,也没有人来干涉她。有些男朋友,以为她这里,又文明,又便利,也常在她这里聚会。鹤荪和曾美云的感情,较之平常人又不同一点,有时竟可借她这地方请客。客请多了,曾美云多次作陪,也不能不回请一次。今晚这一会,就是曾美云回席,除了几位极熟的女朋友而外,还有两位唱戏的朋友,约了今晚,大家小小同乐一宿。

鹤荪在三日前就定好了今天的日期,不料突然发表出来,却是清秋的生日。在情理上固然是非到不可,同时也觉得不到又很露形迹,所以勉强与会,吃了半餐饭。这边曾美云,也早已得了他的消息,好在这些朋友,一来各家都有电话,二来他们并不怕晚,所以都通知了一声,约着十点钟才齐集。鹤荪吃了半餐就跑了出来,不过九点钟刚刚过去,还要算他来得最早。他一下汽车,只见里面屋子里电灯,接二连三的一齐亮着,很像是没有客到的样子。所以他走到院子里便笑道:"我总以为来得最晚呢。原来倒是我先到。"隔着纱窗，就看见曾美云袅袅婷婷的由里面屋子里，走到外面客厅里来。等到鹤荪上了走廊下的石阶，她就自己向前推着那铁纱门，来让鹤荪进去。鹤荪望了她笑道："你这样客气，我真是不敢当。"曾美云等人进来了，也不说什么，就一伸手，在他头上取下帽子，一回手交给了老妈子。

鹤荪见她穿了绿绸新式的旗衫，袖子长齐了手脉，小小的束着胳膊。衣服的腰身，小得一点点空幅没有，胸前高高的突起两块。这绸又亮又薄，电灯下面一照，衣服里就隐约托出一层白色。这衣服的底襟，长齐了脚背，高跟皮鞋移一步，将开岔的底摆踢着有一小截飘动。她在左摆上面，又垂着一挂长可二尺的穗子，上面带着一束通草藤萝花，还有一串小葡萄。走起来哆哩哆唆，倒有个热闹意思，鹤荪不由得先笑了。

曾美云见鹤荪老是笑嘻嘻的望着她，便笑问道："什么事，你今天这样的乐，老是对着我笑？"鹤荪笑道："我看你这一身，美是美极了，不过据我看来，也有些累赘似的，不知道你觉得怎么样？"曾美云道："这就太难了。我常穿西服，你们说我过于欧化，失去东方之美。我穿着中国衣服，又说太累赘了，到底是哪一种的好呢？"鹤荪道："这话还是你不对。中国衣服有的是又便利又好看的。这种衣服，我敢说浑身上下都受了一种束缚，而且还有许多不便。"说着，向曾美云微微一笑。正燃了一支烟卷抽着，于是衔了烟卷，斜靠在沙发上，望了曾美云。

她瞟了鹤荪一眼道："你这人是怎么了？总说不出好的来。"说着，挨了鹤荪，也就在沙发上坐下。笑着道："你说你说，究竟是哪一点不便利？你自己不往好处着想，我有什么法子呢？"鹤荪道："我就指点出几种坏处来，譬如手胳膊上的痒，你可没有法子搔，用手做事，如下水洗手之类，不能不小心。这衣服下摆是这样的小，虽然四角开了岔口，总不像短旗袍，光着两腿，可以开大步。上起高台阶，自己踏着衣服，也许摔你一个跟头。再说，如今讲曲线美，两条玉腿，是要紧的一部分，长旗袍把腿遮了起来，可有点开倒车。"曾美云笑道："据你这样说，这种最时新的衣服，倒是一个钱不值。"鹤荪道："衣服不管它时新不时新，总要合那美观和便利两个条件。若是糊里糊涂的时新，究竟是不久就会让人家来打倒的。"曾美云笑道："这样时新的衣服，我还做得不多，要说打倒的话，我很愿意这种衣服先倒，因为大袖子短身材的衣服，我还多着呢，我自然愿意少数的牺牲。"

只说到这里，院子外就有人接着嘴说道："要牺牲谁呀？无论站在哪一方面说，我都是少数的，不要将我牺牲了。"鹤荪听了这话，向外问道："咦！这不是老五？"外面答道："是我呀。你料想不到今晚来宾之中，有我这样一位罢？"说着话，这人已是由外面推了门进来，就是上次燕西和曾美云所讨论有曲线美相片的那个李倩云小姐。她手上搭着一件紫色夹斗篷，身上穿一件对襟半西式的白裌子，袖口比两胁长出二三寸。下面穿着猩猩血的短绸裙，其长不到一尺。上面两条光胳膊，下面两条丝袜子裹着大腿，都是圆圆溜溜的。

鹤荪因她说了猜不到我罢，这里面言中有物，不好意思把这话追下去说了，便笑道："这孩子真是，只要俏，冻得跳。为什么这样早的时候，你就穿着这样露出曲线美的衣服？"李倩云还不曾答复，曾美云便笑道："你这人怎么这样说话？我穿了这长袖子的衣服，你说是不好，人家穿了短衣服，你又说不好。"鹤荪道："我并不是说不好，不过我觉得这样太薄一点罢了。"说时，便伸手捞住李倩云的胳膊。李倩云笑道:"你摸着我的手,我凉不凉,你还不知道吗?"说时,也就向她一挨身坐下,挤着下去。

曾美云是坐在鹤荪右边,她就在鹤荪左边,将头靠在鹤荪肩膀上,脸一偏望着曾美云笑道:"我这样,你讨厌不讨厌?"说毕,昂着头,眼睛又向鹤荪一溜。曾美云道:"老五,你这话是什么意思?"李倩云将嘴对鹤荪一努,笑道:"他不是你的吗?我们朋友太亲热了,与你友谊有碍罢?"曾美云道:"你这话就自相矛盾,你既然承认是你的朋友,又说恐碍了我的友谊,分明大家都是朋友了。朋友和朋友亲热,与别个朋友有什么相干?二爷又怎能够是我的呢?"

李倩云道:"虽然都是朋友,可是朋友也要分个厚薄呀。"曾美云道:"我和二爷很熟,这是我承认的,但是你和二爷熟的程度,也不会在我以下。我就是听到别人说,关于和二爷交朋友,你我发生了误会。我想,这是哪里的话?谁也不能只交一个朋友哇?所以我今天请客,非把你请到不可,表示我们没有什么成见。"李倩云笑道:"惟其是这样,所以你一请,我今天就来,我要有成见,今天我也是不会到的了。"

鹤荪笑道:"你二位不必多说了,所有你们的苦衷,我都完全谅解。"李倩云将右手伸出,中指按住大拇指,中指打着掌心,啪的一下响。在这响的中间,眼睛斜望着鹤荪道:"反正你不吃亏,你有什么不谅解的呢?"鹤荪伸着手,将她的大腿拍了几下,笑道:"瞧你这淘气的样子。"曾美云笑道:"你们俩在这里蘑菇罢。"说毕,她就起身入室去了。鹤荪和倩云,都以为她果真有事,这也就不跟着去问。过了一会儿,她走了出来,却是焕然一新,原来她也照着李倩云的装束,换了一身短衣短袖的西服出来。鹤荪本想说两句俏皮话,转身一想,那或者有些不好意思,也就向她一笑而已。

张恨水

（1895—1967）

著名小说家，20世纪家喻户晓的文学大师，当之无愧的头号畅销作家。

生于江西，长于安徽。29岁凭借长篇小说《春明外史》名动京城；32岁发表《金粉世家》，引发街巷热议；35岁时，《啼笑因缘》横空出世，声望达至顶峰。老舍、张爱玲和鲁迅的妈妈，都是他的忠实读者。1967年，逝于北京。

张恨水一生创作了一百二十多部小说和大量的散文、诗词、游记等。时至今日，他的作品仍受到无数年轻人的喜爱，被誉为"永不过时的爱情经典"。

经典代表作：《金粉世家》、《啼笑因缘》、《春明外史》等。